Michael Chabon
Sommerland

Michael Chabon

Sommerland

Aus dem Amerikanischen von
Reiner Pfleiderer

Carl Hanser Verlag

Für Sophie, Zeke und Ida-Rose

Originally published in the United States and Canada
by Hyperion as *SUMMERLAND*.
This translated edition published by arrangement
with Hyperion/Miramax Books.

Die Schreibweise in diesem Buch entspricht
den Regeln der neuen Rechtschreibung.

Unser gesamtes lieferbares Programm
und viele andere Informationen finden Sie unter
www.hanser.de

1   2   3   4   5   08   07   06   05   04

ISBN 3-446-20441-5
© 2002 by Michael Chabon
Alle Rechte der deutschen Ausgabe:
© Carl Hanser Verlag München Wien 2004
Satz: Satz für Satz.Barbara Reischmann, Leutkirch
Druck und Bindung: Ebner & Spiegel, Ulm
Printed in Germany

Erstes Base

1

Der schlechteste Baseballspieler in der Geschichte von Clam Island, Washington

»ICH HASSE BASEBALL«, sagte Ethan. Er sagte es, während er seinem Vater in seinem Trikot und seinen Baseballschuhen aus dem Haus folgte. Auf seinem Jersey stand in geschwungener roter Schrift *Roosters* und auf seinem Rücken *Ruth's Fluff and Fold*.

»Ich hasse es«, sagte er wieder, obwohl er wusste, dass es gemein war. Sein Vater war nämlich ein großer Baseballfan.

Aber Mr. Feld erwiderte nichts darauf. Er schloss einfach die Tür ab, probierte, ob sie auch wirklich zu war, und legte Ethan den Arm um die Schulter. Sie gingen über den morastigen Weg zur Einfahrt und stiegen in ihren Saab-Kombi. Das Modell hieß Skidbladnir, aber normalerweise nannten sie den Wagen einfach nur Skid. Er war orangener als alles im Umkreis von fünfhundert Meilen um Clam Island, Pylonen, Autoanhänger und ziemlich viele richtige Orangen eingeschlossen. Er war sehr alt, und die quietschenden und klappernden Geräusche, die er beim Fahren machte, erinnerten mehr an eine Pferdekutsche als an ein Automobil. Die Anzeigen und Knöpfe waren alle in Schwedisch beschriftet, einer Sprache, die weder Ethan noch sein Vater konnte und die in den letzten zwanzig Generationen auch sonst niemand in den beiden Zweigen der Familie gesprochen hatte. Quietschend und klappernd rollten sie den kahlen Hügel hinunter, auf dem ihr kleines rosa Haus stand, und fuhren vom Zentrum der Insel nach Westen in Richtung Sommerland.

»Ich habe im letzten Spiel *drei* Fehler gemacht«, rief Ethan seinem Vater in Erinnerung, während sie zu Jennifer T. Rideout fuhren, die bei den Roosters auf der Position des Firstbaseman spielte. Sie hatte angerufen und gesagt, dass sie eine Mitfahrgelegenheit brauche. Ethan hielt es eher für unwahrscheinlich, dass sein Vater ihm das heutige Spiel gegen die Shopway Angels ersparen würde, aber man wusste ja nie. Immerhin hatte er gute Gründe, diesmal zu Hause zu bleiben, und sein Vater hatte immer ein offenes Ohr für Argumente, vorausgesetzt, dass sie stichhaltig waren. »Danny Desjardins hat gesagt, ich hätte direkt drei Punkte verschuldet.«

»Viele gute Spieler haben in einem Spiel drei Fehler gemacht«, sagte Mr. Feld und bog auf den Clam Island Highway ein, der von einem Ende der Insel zum anderen führte. Für Ethans Geschmack war er eigentlich gar kein richtiger Highway, sondern eine gewöhnliche zweispurige Landstraße, bucklig und leer wie alle Straßen auf der buckligen leeren Insel. »Das kommt ständig vor.«

Mr. Feld war ein großer, stämmiger Mann mit einem kurzen, aber struppigen Bart, der aussah wie ein schwarzes Wollknäuel. Er war Witwer und neuerdings auch Luftschiffkonstrukteur, und beide Bevölkerungsgruppen waren nicht gerade dafür bekannt, dass sie sehr auf ihre Kleidung achteten. Im Sommer trug er nie etwas anderes als ein sauberes T-Shirt und ausgefranste Flickenjeans. Im Winter zog er einen dicken Pullover darüber, und das war's. Doch an Spieltagen wie heute trug er stolz das T-Shirt der Roosters, Größe XXL, das er von Ethans Trainer, Mr. Perry Olafssen, gekauft hatte. Keiner der anderen Spielerväter trug das gleiche T-Shirt wie sein Sohn.

»Ich finde es unmöglich, dass sie sogar die Fehler zählen«, bohrte Ethan weiter. Um seinem Vater zu zeigen, wie sehr ihm allein der Gedanke, Fehler zu zählen, anwiderte, warf er seinen Fanghandschuh gegen das Armaturenbrett. Staub wirbelte auf. Ethan hustete energisch, um deutlich zu machen, dass jedes Staubkorn, auf dem er im Regionalstadion Ian »Jock« MacDougal stehen würde, seiner Gesundheit schadete. »Was ist das nur für ein bescheuertes Spiel? In keiner anderen Sportart tut man das, Dad. In keiner anderen Sportart werden die Fehler an der Anzeigetafel angezeigt, damit sie jeder zählen kann. In anderen Sportarten gibt es Fehler überhaupt nicht. Es gibt Strafstöße. Und Fouls. Aber die kann ein Spieler absichtlich begehen, verstehst du? Nur im Baseball wird gezählt, wie viele Missgeschicke einem passieren.«

Mr. Feld schmunzelte. Im Unterschied zu Ethan war er kein gesprächiger Typ. Aber er schien immer gern zuzuhören, wenn sein Sohn gegen dieses und jenes wetterte. Auch seine Frau, die verstorbene Dr. Feld, hatte zu solchen Verbalausbrüchen geneigt. Er wusste nicht, dass Ethan nur so viel redete, wenn er mit ihm zusammen war.

»Ethan«, sagte er mit einem besorgten Kopfschütteln, fasste hinüber und legte seinem Sohn eine Hand auf die Schulter. Der Skid machte einen wilden Schlenker nach links, die Federung quietschte und knarrte wie ein Einspänner in einem alten Western. Die knallige Farbe und der Fahrstil des zerstreuten Mr. Feld hatten das Auto in der kurzen Zeit, die sie auf Clam Island lebten, zu einem berüchtigten Verkehrsrisiko gemacht. »Fehler gehören nun mal zum Leben, Ethan«, versuchte er zu erklären. »Fouls und Strafstöße, allgemein gesprochen, nicht. Deshalb ist Baseball dem Leben näher als andere Spiele. Manchmal habe ich das Gefühl, dass ich im Leben nichts anderes tue, als meine Fehler zu zählen.«

»Aber Dad, du bist erwachsen«, rief ihm Ethan ins Gedächtnis. »Bei Kids sollte das nicht so sein. Dad, pass auf!«

Ethan klatschte die Hände aufs Armaturenbrett, als könnte er so den Wagen stoppen. Ein kleines Tier, nicht größer als eine Katze, stand mitten auf der Fahrbahn, und sie rasten direkt darauf zu. Gleich mussten es die Räder zermalmen. Doch das Tier blieb stehen, ein munteres kleines Geschöpf, rostfarben wie ein Laubhaufen, die Ohren gespitzt, und sah Ethan aus großen und runden schwarzen Augen an.

»Stopp!«, schrie Ethan.

Mr. Feld stieg auf die Bremse, und die Reifen stemmten sich gegen den Asphalt. Der Wagen rüttelte, dann soff der Motor ab und ging aus. Die Sicherheitsgurte waren aus irgendeinem schwedischen Gewebe, das wahrscheinlich Gewehrkugeln aufhalten konnte, und die Schnallen waren wie zwei Vorhängeschlösser aus Eisen. Deshalb kamen die Felds nicht zu Schaden. Aber der Handschuh flog aus Ethans Schoß und knallte gegen die Klappe des Handschuhfachs. Ein Staubwolke quoll aus dem Handschuh und erfüllte den Wagen. Straßenkarten von Seattle, Colorado Springs, Philadelphia und eine sehr alte von Göteborg in Schweden fielen aus dem Handschuhfach, zusammen mit einer Heftpflasterdose, gefüllt mit Vierterdollars, und einer Baseball-Sammelkarte von Rodrigo Buendía.

»Was war das denn?«, rief Mr. Feld und sah sich verstört um. Er wischte mit dem Unterarm die Windschutzscheibe und spähte hinaus. Die Straße war leer, und unter den Bäumen links und rechts regte sich nichts. Ethan hatte noch nie etwas so Leeres gesehen wie den Clam Island Highway in diesem Augenblick. Die Stille im Wagen, die nur das Klimpern des Schlüsselbunds am Zündschloss störte, war wie das Geräusch dieser Leere. »Ethan, was hast du gesehen?«

»Einen Fuchs«, antwortete er, doch noch während er sprach, kamen ihm Zweifel. Kopf und Schnauze des Tiers hatten an einen Fuchs erinnert, und auch der buschige rote Schwanz, aber irgendwie hatte seine Körperhaltung nichts von einem Fuchs gehabt. Es hatte auf den Hinterbeinen gestanden wie ein Affe und mit den Vorderpfoten am Boden gescharrt. »Erst dachte ich, es wäre ein Fuchs. Aber wenn ich es mir recht überlege, könnte es auch ein Lemur gewesen sein.«

»Ein Lemur?« Mr. Feld ließ den Motor wieder an und rieb sich dort, wo der Sicherheitsgurt ins Fleisch geschnitten hatte, die Schulter. Auch Ethans Schulter schmerzte ein wenig. »Auf Clam Island?«

»Hm. Nein, ich glaube eher, dass es ein Buschbaby war.«

»Ein Buschbaby?«

»Hm. Die leben in Afrika und ernähren sich von Insekten. Sie schälen die Rinde von den Bäumen, um an das wohlschmeckende und nahrhafte Harz heranzukommen.« Er hatte neulich eine ganze Sendung über Buschbabys im Tierkanal gesehen. »Vielleicht ist es aus einem Zoo entlaufen. Oder jemand auf der Insel hält Buschbabys.«

»Wäre möglich«, sagte Mr. Feld. »Aber es wird wohl doch eher ein Fuchs gewesen sein.«

Sie kamen an der VFW-Halle vorbei, dem obeliskartigen Denkmal für die Pioniere von Clam Island, und dann am Friedhof. Hier waren die Vorfahren und Angehörigen fast aller Inselbewohner begraben. Ethans Mutter lag auf einem Friedhof in Colorado Springs, tausend Meilen von hier. Er dachte fast jedes Mal an sie, wenn sie am Friedhof von Clam Island vorbeifuhren. Und sein Vater wahrscheinlich auch, wie er vermutete. Jedenfalls verfielen sie auf diesem Straßenstück immer in Schweigen.

»Ich glaube wirklich, dass es ein Buschbaby war«, sagte Ethan nach einer Weile.

»Ethan Feld, wenn du noch einmal das Wort ›Buschbaby‹ in den Mund nimmst ...«

»Tut mir Leid, wenn ich dich nerve, Dad, aber ich ...« Er holte tief Luft und hielt sie ein paar Sekunden lang an. »Aber ich glaube, ich will nicht mehr Baseball spielen.«

Zuerst sagte Mr. Feld gar nichts. Er fuhr einfach weiter und hielt am Straßenrand nach der Abzweigung zum Haus der Rideouts Ausschau.

Dann sagte er: »Tut mir sehr Leid, das zu hören.«

Wie oft hatte er Ethan vom allerersten wissenschaftlichen Experiment erzählt, das er in seinem Leben durchgeführt hatte. Er war damals acht und wohnte in Philadelphia, Pennsylvania, und er wollte feststellen, ob er sich in einen linkshändigen Pitcher verwandeln konnte. Er hatte nämlich gelesen, dass Jungs, die mit links werfen konnten, bessere Chancen hatten, den Sprung in die Profiliga zu schaffen. Und so hängte er im Garten seiner Großmutter einen alten Reifen an einen Baum und versuchte einen ganzen Sommer lang, mit links einen Baseball durch den Reifen zu werfen. Jeden Tag hundertmal. Dann, als er hart und gerade werfen konnte, trainierte er einen so genannten Knuckleball, einen langsamen Wurf, der ohne Spin zum Catcher fliegt, so wie ein Schmetterling über ein Blumenbeet flattert. Doch es war kein besonders guter Knuckleball, und als er ihn in richtigen Spielen ausprobierte, machten ihn die anderen Jungs zur Schnecke. Doch die verrückte Flugbahn des Balls faszinierte ihn, und so begann er, über die Form von Gegenständen und die Luftströmungen nachzudenken, die sich um ein rundes, sehr schnell fliegendes Objekt bilden. Am Ende gab er Baseball auf und verlegte sich auf die Aerodynamik. Doch bis zum heutigen Tag hatte er nicht vergessen, was für ein Gefühl es war, auf diesem kleinen, sauberen Hügel aus brauner Erde mitten in einem Rasenplatz zu stehen und ein kleines Ding in der Hand zu halten, das fliegen konnte.

»Dad?«

»*Ethan?*«, sagte Mr. Feld. Er klang jetzt leicht angesäuert. »Wenn du nicht mehr spielen willst, von mir aus. Auch recht. Ich verstehe das. Niemand mag es, wenn er immer verliert.«

Tatsächlich hatten die Roosters die ersten sieben Saisonspiele allesamt verloren. Und nach Ansicht der meisten Spieler und ihres Trainers, Mr. Perry Olafssen, war Ethan Felds Teamzugehörigkeit die Hauptursache für ihre Schwierigkeiten auf dem Platz. Fast alle, die Ethan hatten spielen sehen, waren sich darin einig, dass er der untalentierteste Baseballspieler war, den Clam Island je gesehen hatte. Warum das so war, war schwer zu sagen. Ethan war durchschnittlich groß, vielleicht etwas untersetzt, aber ein gesunder und aufgeweckter Junge. Er war kein Tollpatsch, und er konnte ziemlich schnell rennen, wenn es darauf ankam, wie zum Beispiel wenn eine Biene hinter ihm her war. Doch jedes Mal, wenn er sein Trikot überstreifte und die staubige graue Erde des Jock-MacDougal-Stadions betrat, passierte eine mittlere Katastrophe.

»Nur fürchte ich«, fuhr Mr. Feld fort, »dass du heute nicht einfach wegbleiben kannst. Das Team rechnet mit dir, mein Sohn.«

»Klar doch.«

»Mr. Olafssen rechnet mit dir.«

»Er rechnet damit, dass ich drei Fehler mache.«

Sie kamen an die wackeligen Briefkästen, die den Zufahrtsweg zum Haus der Rideouts markierten. Ethan spürte, dass ihm die Zeit davonlief. Wenn Jennifer T. Rideout erst einmal im Wagen saß, konnte er die Hoffnung begraben, sich um das heutige Spiel zu drücken. Jennifer T. war nämlich überhaupt keine geduldige Zuhörerin, egal wie gut und stichhaltig seine Argumente waren. Sie dachte einfach, was sie dachte, und ließ sich durch nichts davon abbringen. Auch und gerade wenn es um Baseball ging. Ethan musste sich sputen. Er beschloss, alles auf eine Karte zu setzen.

»Baseball ist ein blödes Spiel«, sagte er. »Es ist total bescheuert.«

13

»Nein, Ethan«, entgegnete sein Vater traurig, »das ist es nicht.«

»Ich finde es echt langweilig.«

»Nichts ist langweilig, mein Sohn …«, begann sein Vater. »Ich weiß, ich weiß«, unterbrach ihn Ethan. »Nichts ist langweilig. Nur für Leute, die nicht richtig bei der Sache sind.« Den Spruch hatte er von seinem Vater schon tausendmal gehört. Er war sein Motto. Das Motto seiner Mutter hatte gelautet: »Von den Lamas könnten die Menschen viel lernen.« Seine Mutter war Tierärztin gewesen. Als sie noch in Colorado Springs wohnten, hatte sie sich auf die wachsamen, wilden und intelligenten Lamas spezialisiert, die Hirten in den Rocky Mountains einsetzten, um ihre Herden vor Hunden und Kojoten zu schützen.

»Ganz recht«, sagte sein Vater und bekräftigte seine eigene Lebensweisheit mit einem Nicken. Er bog in den langen, ausgefahrenen Schotterweg ein, der zu den baufälligen Häusern im Wald führte, in denen die Rideouts wohnten. »Man muss immer bei der Sache sein, im Leben wie beim Baseball.«

»Aber es passiert überhaupt nichts. Es ist so langsam.«

»Ja, das stimmt«, sagte sein Vater. »Früher war alles langsam. Heute fast nichts mehr. Aber sind wir deswegen glücklicher, mein Sohn?«

Ethan wusste nicht, was er darauf antworten sollte. Wenn sein Vater am Steuer eines seiner behäbigen Himmelswale saß und mit fünfzig km/h Spitze ohne festes Ziel durch die Lüfte gondelte, spielte immer ein Lächeln um seinen Mund. Falls es ihm jemals gelingen sollte, für seine Zeppelina, das erschwingliche Familienluftschiff*, einen Geldgeber zu finden, dann wegen dieses Lächelns.

---

* »Die beste Art, von hier nach da zu kommen« – Slogan der Firma Feld Airship Inc.

Mr. Feld fuhr in den von Schotterstreifen durchzogenen Morast vor dem Haus, in dem Jennifer T. zusammen mit ihren Zwillingsbrüdern Darrin und Dirk, ihrer Großmutter Billy Ann, ihren beiden Großtanten und ihrem Onkel Mo wohnte. Jeder im Haus war entweder sehr alt oder sehr jung. Ihr Vater wohnte allem Anschein nach überhaupt nirgends – er ließ sich nur hin und wieder blicken –, und ihre Mutter war nicht lange nach der Geburt der Zwillinge nach Alaska gegangen, um den Sommer über dort zu arbeiten, und nie wiedergekommen. Wer in den drei anderen Häusern wohnte, die wie Würfel über die grüne Lichtung verstreut waren, wusste Ethan nicht genau. Nur dass es Rideouts waren. Die Rideouts lebten schon sehr lange auf Clam Island. Sie selbst behaupteten, dass sie von den indianischen Ureinwohnern der Insel abstammten, doch Ethan hatte in der Schule gelernt, dass bei der Ankunft der ersten weißen Siedler im Jahr 1872 überhaupt niemand auf Clam Island gelebt hatte, weder Indianer noch sonst wer. Als Mrs. Clutch, die Sozialkundelehrerin, das Thema im Unterricht durchgenommen hatte, war Jennifer T. so in Zorn geraten, dass sie einen Bleistift zerbrach. Ethan war davon tief beeindruckt gewesen. Und auch von ihrem Großonkel Mo war er beeindruckt. Mo Rideout war der älteste Mann, den er je gesehen hatte. Er war ein waschechter Salishan-Indianer. Laut Jennifer T. hatte er vor Urzeiten in den Negro Leagues gespielt, außerdem drei Jahre lang in der alten Pacific Coast League bei den Seattle Rainiers.

Mr. Feld brauchte nicht zu hupen. Jennifer T. wartete bereits auf der schiefen Veranda. Sie schnappte sich ihre riesige Sporttasche und sprang, immer zwei Stufen auf einmal nehmend, die Treppe herunter. Anscheinend konnte sie nie schnell genug von zu Hause wegkommen. In Ethans Leben hatte es Zeiten gegeben, da war es ihm genauso gegangen, wie zum Beispiel damals, als seine Mutter zu Hause im Sterben lag.

Wie gewöhnlich trug Jennifer T. eine pieksaubere Baseball-Uniform. Ihre Hosen, ihr Jersey und ihre Socken waren irgendwie immer weißer als die aller anderen. (Jennifer T. wusch ihre Sachen, wie Mr. Feld bei jeder Gelegenheit betonte, alle selber.) Sie hatte sich das lange schwarze Haar zu einem Pferdeschwanz gebunden und hinten an der Mütze, wo man den Plastikverschluss zumachte, durch das Loch gezogen.

Sie warf ihre Tasche auf den Rücksitz und setzt sich daneben. Sie brachte eine Duftwolke mit, die nach den Zigaretten ihrer Großmutter und intensiv nach Kaugummi roch – sie kaute die geschredderte Sorte, die es wie Kautabak in der Tüte gab.

»Hey.«

»Hey.«

»Hallo, Jennifer T.«, sagte Mr. Feld. »Schnall dich an, dann erzähl ich dir, wozu mein Sohn mich eben überreden wollte.«

Diesen Augenblick hatte Ethan gefürchtet.

»Ich habe ein Buschbaby gesehen«, beeilte er sich zu sagen. »Ein afrikanisches Buschbaby. Zuerst dachte ich, es wäre ein Fuchs, aber es lief wie ein Affe und ich ...«

»Ethan sagt, dass er das Team verlassen will«, unterbrach ihn Mr. Feld.

Jennifer T. ließ ein paar Kaugummiblasen zerplatzen und öffnete den Reißverschluss ihrer zerschlissenen Baseballtasche, die mit Gras- und Gatorade-Flecken übersät und an mehrere Stellen mit Isolierband geflickt war. Sie nahm ihren Fanghandschuh heraus, den sie immer mit einem geheimnisvollen Mittel namens Neets Fußöl einfettete und in eine elastische Binde einwickelte, mit einem Tennisball in der Handfläche, damit er seine Form behielt. Der Handschuh war älter als sie selbst und mit dem Autogramm eines gewissen Keith Hernandez bedruckt. Behutsam wickelte sie die Binde ab, und ein stechender Geruch Marke Landluft erfüllte den Wagen.

16

»Das glaube ich nicht, Feld«, sagte sie. Wieder knallte eine Kaugummiblase. »Daraus wird nichts.«

Und damit war die Diskussion beendet.

CLAM ISLAND WAR EIN GRÜNES UND FEUCHTES FLECKchen Erde. Wenn überhaupt, dann war die Insel für drei Dinge bekannt. Das Erste waren ihre Muscheln. Das Zweite der Einsturz der riesigen Clam-Narrows-Brücke im Jahr 1943. Der eine oder andere hat im Fernsehen vielleicht alte Filmaufnahmen von der spektakulären Katastrophe gesehen: Die lange Stahlbrücke schlenkerte wie ein riesiger loser Schnürsenkel hin und her, bevor sie in Stücke brach und in die eisigen Fluten des Puget-Sunds stürzte. Die Inselbewohner trauerten ihr nicht nach, denn sie hatten sich mit dem Bauwerk, das sie mit dem Festland verband, ohnehin nie richtig anfreunden können. Sie benutzten wieder die Clam-Island-Fähre, die ihnen viel lieber war. Auf der Brücke konnte man keine Tasse Kaffee oder Muschelsuppe bekommen oder das Neueste über die kranke Cousine oder Henne des Nachbarn erfahren. Von Zeit zu Zeit hieß es, dass die Brücke wieder aufgebaut werden sollte, doch viele Leute waren dagegen. Sie wollten lieber keine feste Verbindung mit dem Festland. Inseln hätten schon immer etwas Besonderes, Magisches gehabt, sagten sie. Und die Anreise übers Wasser solle wenigstens einen Hauch von Abenteuer behalten.

Das Dritte, wofür Clam Island nach den ausgezeichneten Muscheln (sofern man Muscheln mag) und dem Brückeneinsturz bekannt war, war der Regen. Selbst in diesem Teil der Welt, dessen Bewohner an Nieselregen und Wolkenbrüche gewöhnt waren, galt Clam Island als ungewöhnlich feucht. Angeblich regnete es auf der Insel sommers wie winters mindestens einmal am Tag mindestens zwanzig Minuten lang.

Das behaupteten jedenfalls die Leute auf Orcas Island und San Juan Island, und auch weiter unten in Tacoma und Seattle. Aber die Menschen auf Clam Island wussten, dass das nur die halbe Wahrheit war. Sie wussten – und das gehörte zu den ersten Dingen, die sie als Kinder über ihre Heimat lernten –, dass es an der Westspitze ihrer Insel im Sommer niemals regnete. Nicht einmal anderthalb Minuten lang. Ein kleines, verrücktes Wettersystem sorgte dafür, dass in diesem Teil der Insel, der alles in allem ungefähr eine Quadratmeile umfasste, im Juni, Juli und August nicht ein Tropfen fiel und jeden Tag die Sonne schien.

Auf der Landkarte sah Clam Island wie ein nach Westen galoppierender Keiler aus. Er hatte einen großen Rüssel – das so genannte Westende – mit einem langen zackigen Hauer. Die meisten Einheimischen nannten diese Landzunge im äußersten Westen, wo es im Sommer nie regnete, Keilerzahn oder Westzahn oder einfach nur den Zahn, für die anderen hieß er immer nur Sommerland. In den großen Ferien war der Zahn ein beliebter Treff für die Inseljugend. Außerdem wurden dort Picknicks und Grillpartys veranstaltet und Hochzeiten gefeiert. In erster Linie aber gingen die Inselbewohner dorthin, um Baseball zu spielen.

Praktisch seit der Ankunft der Pioniere im Jahr 1872 wurde auf Clam Island Baseball gespielt. Hinten in Hurleys Eisenwarenladen in der Stadt hing eine Fotografie. Sie zeigte eine Gruppe von Holzfällern und Fischern, raue Burschen, die altmodische Flanellhosen und Schnurrbärte trugen und im Schatten eines ausladenden Erdbeerbaums posierten. Über dem Foto stand *Clam-Island-Team, Sommerland, 1883*.

Lange Zeit – so lange, wie die Menschen mit dem Spiel aufwuchsen, lebten und starben – erfreute sich Baseball auf Clam Island großer Beliebtheit. Es gab ein Dutzend verschiedene Ligen, in denen Bewohner jeder Altersgruppe und beiderlei

Geschlechts spielten. In jenen Tagen ging es der Insel besser. Die Menschen aßen rohe Muscheln lieber als heute, und ein amerikanischer Durchschnittsarbeiter fand nichts dabei, zum Mittagessen drei oder vier Dutzend von den salzigen, glibberigen Dingern zu verdrücken. Viele Jahre lang waren der Muschelboom und die allgemeine Baseballbegeisterung Hand in Hand gegangen. Inzwischen litten viele Muschelbänke unter Planktonblüten und Umweltverschmutzung, und was die jungen Inselbewohner anging, so konnten einige zwar ganz gut mit einem Baseball umgehen, doch ihre Begeisterung für dieses Spiel hielt sich bedauerlicherweise in Grenzen. Viele spielten lieber Basketball oder jagten auf BMX-Rädern durchs Gelände, andere sahen sich Sport einfach in der Glotze an. In der Zeit, von der ich euch erzählen will, war die Clam Island Mustang League auf ganze vier Teams geschrumpft. Es gab die Shopway Angels, die Dick Helsing Realty Reds, die Bigfoot Tavern Bigfoots – und eben die Roosters, die, wie bereits erwähnt, ihre ersten sieben Saisonspiele allesamt verloren hatten. Im großen Weltenplan mag es nicht sonderlich ins Gewicht fallen, wenn man die ersten sieben Saisonspiele verliert, doch für die Roosters selbst war es eine Katastrophe. Ethan war nicht der Einzige, der sich mit dem Gedanken trug, das Team zu verlassen.

»Jetzt hört mir mal zu, Jungs«, sagte Mr. Olafssen an jenem Nachmittag vor dem Spiel, als er die Roosters um sich versammelt hatte. Mr. Olafssen war ein sehr großer hagerer Mann mit Haaren, deren Farbe an vergilbtes Zeitungspapier erinnerte, und einem traurigen Gesicht. Er hatte dieses Gesicht schon vor Saisonbeginn gehabt, und so wusste Ethan, dass es nicht an ihm lag, dass er so traurig aussah. Trotzdem bekam er jedes Mal Schuldgefühle, wenn er seinen Coach anschaute. Kyle Olafssen, sein Sohn, war Thirdbaseman und außerdem der zweitbeste Pitcher der Roosters nach Danny Desjardins. Für einen Jungen warf er ziemlich hart, aber nicht besonders genau, und da er immer schlechte Laune hatte, war er bei den Kids der anderen Teams gefürchtet. Das war wahrscheinlich sein größtes Plus als Pitcher – er war muffig und unbeherrscht. »Ich weiß«, fuhr Mr. Olafssen fort, »dass einige von euch nach dem letzten Spiel ein bisschen down sind. Und es war in der Tat eine bittere Niederlage.« Ethan spürte es wie eine magische Kraft, die an seinen Zahnplomben zog, dass es Mr. Olafssen große Anstrengung kostete, nicht in seine Richtung zu blicken und an seine drei Fehler zu erinnern. Er war ihm dafür dankbar, denn nichts machte ihn so glücklich wie die Gewissheit, dass ihn niemand ansah, und dennoch lief er rot an. »Wenn ihr euch unsere Bilanz anseht, seht ihr eine Null und eine Sieben, und ich weiß, es ist schwer, da nicht ein wenig down zu sein. Aber was ist schon eine Bilanz? Ein paar Zahlen auf einem Stück Papier, mehr nicht. Sie sagen nichts über uns als Menschen aus, und sie sagen nichts über uns als Team aus.«

»Aber«, meldete sich eine tiefe Stimme, »wenn man genug Daten hat, kann man jeden Menschen auf eine Reihe von Zahlen und Koordinaten auf einem Stück Papier reduzieren.«

Die Roosters hatten Mr. Olafssen mit einem gewissen Maß an Vertrauen, Zuversicht und Bereitwilligkeit zugehört. Jetzt brachen sie in höhnisches Gelächter aus. Mr. Olafssen runzelte die Stirn, denn die Stimmung war hin. Er sah sehr ärgerlich aus, als er sich zu Thor Wignutt umdrehte, der wie immer etwas außerhalb des Kreises stand.

Obwohl Thor im selben Alter war wie alle anderen, überragte er die anderen Roosters. Tatsächlich war er der größte Elfjährige auf Clam Island, so wie er schon der größte Neunjährige, der größte Fünfjährige und der größte Säugling gewesen war. Sein Scheitel reichte Mr. Olafssen fast bis zum Halsansatz, und seine Schultern waren eher noch breiter. Er war in jeder Hinsicht ein Wachstumswunder. Seine Stimme klang wie eine mit Steinen gefüllte Blechtrommel, und auf seiner Oberlippe und seinen Wangen sprossen dunkle Haare. Er trug eine dicke Sonnenbrille und galt im Allgemeinen als intelligent, bildete sich unglücklicherweise aber ein, er sei ein künstlicher Mensch namens TW03, jedenfalls die meiste Zeit. TW03 sei, wie er bei jeder Gelegenheit erklärte, die komplizierteste und erstaunlichste Maschine in der Geschichte des Universums. Aber natürlich wünschte er sich wie alle Androiden aus irgendeinem Grund nichts sehnlicher, als ein Mensch zu sein. Dass er in seinen Augen keiner war, aber unbedingt einer sein wollte, komplizierte oft sein Verhältnis zu anderen Kids seines Alters, wie man sich unschwer vorstellen kann. Mit seinen kräftigen Armen und Schultern sah er aus wie ein fabelhafter Schlagmann, aber meistens war er schon nach drei Würfen aus.

»Thor«, sagte Mr. Olafssen, »habe ich dir nicht gesagt, dass du mich nicht mit irgendwelchen lächerlichen Behauptungen unterbrechen sollst, solange du nicht den kleinsten Beweis dafür hast?«

Beim letzten Spiel hatte Thor die anderen mit der Theorie abgelenkt, dass sich direkt unter dem Zahn ein aktiver unterirdischer Vulkan befinde, der dafür verantwortlich sei, dass es dort im Sommer nie regne. Angeblich konnte er mit seiner »logischen Sensorenreihe« die seismischen Erschütterungen wahrnehmen. Seine ständige Behauptung, dass »das Ding in den nächsten Tagen den gesamten Quadranten atomisieren wird«, hatte Mr. Olafssen beinahe ebenso genervt wie Ethans miserable Leistung auf dem Platz.

»Hast du dafür einen Beweis, Thor?«, wollte Mr. Olafssen wissen. »Hast du etwas schwarz auf weiß?«

Thor blinzelte. Er stand direkt hinter Jennifer T. Sie war die Einzige im Team und vielleicht sogar auf der ganzen Insel, die sich bemühte, Thor wie einen halbwegs normalen Menschen zu behandeln. Einmal hatte sie ihn sogar zu Hause besucht. Die Leute erzählten, Mrs. Wignutt sei unglaublich fett, lebe unter einem durchsichtigen Plastikzelt und atme Luft aus einem Tank. Doch nach Jennifer T. gab es dort kein Zelt und auch keine riesenhafte Mutter.

»Es ist wahr«, beharrte Thor schließlich. Er hielt stur an seinen Theorien fest, und das war in Ethans Augen typisch für Androiden, vorausgesetzt, sie waren gut programmiert. Ethan war außer Jennifer T. wahrscheinlich der Einzige, der freundlich zu Thor war, aber er behandelte ihn nie wie einen halbwegs normalen Menschen. Ihm war klar, dass Thor keiner war.

»Hast du uns irgendwelche Karten mitgebracht, Thor?«, bohrte Mr. Olafssen weiter, offenbar fest entschlossen, Thor mit seinen eigenen Waffen zu schlagen. »Hast du überhaupt irgendeinen Beweis?«

Thor überlegte, dann schüttelte er den Kopf.

»Dann wäre ich dir dankbar, wenn du mit deiner Chip-Gruppe ausschließlich Berechnungen anstellen würdest, die etwas mit Bällen und Schlägern zu tun haben.«

»Ja, Sir«, sagte Thor.

»Also«, begann Mr. Olafssen und blickte über das Spielfeld zu den Angels, deren Trainer, Mr. Ganse, an seine Jungs gerade Schweißbänder in den Teamfarben Rot und Blau verteilte. Die Angels hatten überall von den Schweißbändern erzählt, die sie heute Nachmittag bekommen sollten, als Belohnung dafür, dass sie die ersten sieben Saisonspiele gewonnen hatten. Sie waren mit einem Bild des großen Rodrigo Buendiá geschmückt, des Star-Batters der Angels in Anaheim. »Ich möchte, dass wir heute Nachmittag Folgendes tun. Ich möchte, dass ihr euch ...«

»Dad?«

»Ruhe, Kyle. Also. Bei dem Spiel heute kommt es darauf an, dass ihr ...«

»Dad!«

»Zum Donnerwetter, Kyle, wenn du mich nicht ausreden lässt ...«

»Wir wollen nur etwas wissen.« Danny Desjardins und Tucker Corr, die links und rechts von Kyle standen, linsten zu Ethan herüber. Er erstarrte. Er ahnte die Frage und spürte, wie in seiner Magengrube eine Falltür aufging.

»Was denn, Kyle?«

»Lässt du Ethan heute spielen?«

Mr. Olafssen konnte es nicht länger verhindern. Sein trauriger Blick flackerte, dann schwenkte er herum und heftete sich so fest auf Ethan, dass man es beinahe einrasten hörte. Mr. Olafssen fuhr sich mit der Zunge über die Lippen. Ethan spürte, dass alle Mitspieler ihn anstarrten und inständig hofften und beteten, dass er heute auf die Bank verbannt wurde. Und das Schlimmste daran war: Auch er selbst hoffte, dass Mr. Olafssen jetzt sagen würde, na ja, er habe sich auch schon überlegt, ob es nicht vielleicht besser sei, Ethan diesmal draußen zu lassen. Er hasste sich dafür. Er spähte hinüber zur Tribüne, auf der sein Vater in seinem XXL-Roosters-Trikot zwischen den anderen Eltern saß. Sein Vater fing seinen Blick auf, reckte die Faust, als wollte er sagen *Zeig's ihnen, Sportsfreund* oder einen ähnlichen Blödsinn, und zeigte ein großes, breites, zuversichtliches Lächeln. Einfach grausam. Ethan sah weg.

»Du hältst jetzt besser den Mund, Kyle Olafssen«, sagte Mr. Olafssen schließlich. »Sonst sitzt du gleich auf der Bank.«

Die Angels betraten das Spielfeld. Die Roosters bildeten einen Kreis, bauten mit ihren Händen einen Turm, klatschten sich nacheinander ab und steckten die Köpfe zusammen. Dann brüllten sie alle zusammen »Break!«. Das machten sie vor jedem Spiel. Ethan hatte keine Ahnung, wieso. Alle anderen wussten es anscheinend, doch er traute sich nicht, sie zu fragen. Beim allerersten Training war er fünf Minuten zu spät gekommen, und er vermutete, dass es da erklärt worden war. Die Roosters setzten sich bis auf Jennifer T., die als Erste zum Schlag ging, und Kris Langenfelter, den Shortstop, der nach ihr an die Reihe kam.

Ethan fand ein Plätzchen ganz am Ende der Bank und harrte, die Mütze im Schoß, der Dinge, die da kommen sollten.

Die Dinge ließen sich gut an, wenigstens aus seiner feigen und schändlichen Sicht, denn die Roosters schafften es nicht, Jennifer T. zu einem Punkt zu verhelfen, obwohl sie das Spiel mit einem für sie typischen Double eröffnet hatte, einem Schlag, der von ihrem Schläger über den Kopf des Shortstops ins linke Feld spritzte. Dann, am Ende des ersten Innings, gingen die Angels mit zwei Punkten in Führung. Ethan entspannte sich ein wenig in der Gewissheit, dass Mr. Olafssen es nicht riskieren würde, durch seine Einwechslung noch höher in Rückstand zu geraten. Er lehnte sich auf der Bank zurück, verschränkte die Hände hinter dem Kopf und blickte in den blauen Himmel über Sommerland. Über der übrigen Insel war der Himmel, wie meistens in den Sommermonaten, eher perlfarben als blau, grau, aber voller Licht, als hätte man ein dünnes Baumwolltuch vor die Sonne gespannt. Hier, über Sommerland, war der Himmel jedoch wolkenlos und von einem kräftigen, dunklen Blau, fast ultramarin. Die Luft roch süßlich nach Strand, nach trocknendem Seegras und dem graugrünen Wasser, das den Zahn auf drei Seiten umgab. Die Sonne schien warm auf Ethans Wangen. Er schloss halb die Augen. Vielleicht, so dachte er, war Baseball ein Spiel, das sich am besten von der Bank aus genießen ließ.

»Du solltest dich fertig machen, Junge«, sagte eine Stimme direkt hinter ihm. »Bald musst du ran.«

Ethan blickte sich um. Hinter dem niedrigen Maschendrahtzaun, der das Spielfeld vom Zuschauerbereich trennte, lehnte ein dunkelhäutiger kleiner Mann mit hellgrünen Augen. Es war ein alter Mann mit weißen Haaren, die zu einem Pferdeschwanz zusammengebunden waren, und einer großen intelligenten Nase. Sein Gesicht hatte die Farbe eines gut eingefetteten Baseball-Handschuhs. Seine Miene war halb spöttisch, halb ärgerlich, als sei er enttäuscht, Ethan bei einem Nickerchen zu ertappen, aber nicht überrascht. Etwas in seinem Blick verriet, dass er Ethan Feld kannte.

»Kennst du den Typ?«, fragte Ethan mit leiser Stimme Thor.

»Negativ.«

»Er sieht mich an.«

»Er scheint dich zu beobachten, Captain.«

»Verzeihung, Sir«, sagte Ethan zu dem alten Mann mit dem Pferdeschwanz. »Was haben Sie gerade gesagt?«

»Ich habe nur gesagt, dass du früher auf dem Platz stehen wirst, als du ahnst, junger Mann.«

Ethan kam zu dem Ergebnis, dass der Alte sich einen Scherz mit ihm erlaubte, oder das, was er dafür hielt. Er hatte einmal eine private Erhebung gemacht. Daraus ging hervor, dass volle dreiundsiebzig Prozent von dem, was Erwachsene im Lauf eines Tages zu ihm sagten, als Scherz gemeint war. Doch der Alte hatte etwas in der Stimme, das ihn fast ein wenig ängstigte. Also griff er zu seiner bewährten Strategie gegen Erwachsenenhumor und stellte sich taub.

Zu Beginn des vierten Innings schritt Jennifer T. wieder zum Schlagmal, den dünnen hellen Schläger wie eine Angelrute über der Schulter. Sie trat auf die Platte und blickte auf ihre Stiefelspitzen. Man konnte spüren, woran sie dachte. Sie wollte unbedingt einen Punkt machen. Sie war die Einzige der Roosters – vielleicht die einzige Jugendliche auf der ganzen Muschelinsel –, die Baseball wirklich liebte. Sie liebte es, wenn sie einen hellen Grasfleck auf der Hose hatte, und sie liebte es, wenn der Schläger in ihren Händen tönte wie ein Gong. Sie konnte mit der Absicht schlagen, sicher das erste Base zu erreichen, aber auch versuchen, einen Homerun zu schlagen. Sie konnte trotz eines Doppelspiels noch punkten, einen Base Hit zu einem Triple und ein Triple zu einem Homerun ausbauen, bei dem der Ball nicht das Spielfeld verließ. Sie prahlte nie damit, wie gut sie war, und versuchte nie, einen Mitspieler schlecht aussehen zu lassen. Aber sie bestand darauf, dass man sie »Jennifer T.« nannte und nicht nur »Jennifer« oder, was am schlimmsten war, »Jenny«.

Bobby Bladen, der Pitcher der Angels, warf flach und neben die Platte. Jennifer T. hatte lange Arme und liebte solche Würfe. Sie fuhr den schlanken Schläger aus und drosch den Ball wieder über den Kopf des Shortstops ins linke Feld. Der linke Außenfeldspieler fing gut und warf den Ball direkt zum Secondbaseman, doch als der Staub sich legte, war Jennifer T. sicher auf dem zweiten Base.

»Gleich ist es so weit«, sagte der alte Mann. »Mach dich fertig.«

Ethan drehte sich um, um dem lästigen alten Knacker einen bösen Blick zuzuwerfen, doch zu seiner Überraschung war da niemand mehr. Dann hörte er einen Schläger krachen, und die Roosters und ihre Eltern jubelten. Kein Zweifel, Jennifer T. hatte etwas geholt. Troy Knadel war ein Schlag gelungen, der ihn selbst aufs erste Base und Jennifer T. nach Hause gebracht hatte, und danach war Bobby Bladen, wie Mr. Feld es später ausdrückte, völlig von der Rolle. Alle neun Roosters kamen zum Schlag. Als Jennifer T. das nächste Mal in dem Inning drankam, durfte sie nach vier schlecht geworfenen Bällen des Pitchers aufs erste Base vorrücken und stahl das zweite. Und als Kyle Olafssen später den dritten Angreifer ausmachte, lagen die Roosters mit 7:2 in Führung.

»Mr. Wignutt«, bellte Mr. Olafssen. Sein Gesicht war ganz rot, und seine blassen Augen flackerten ein wenig. Mit fünf Punkten Vorsprung hatten die Roosters in der ganzen Saison noch nie geführt. »Ans dritte Base.«

»Aber Dad«, rief Kyle Olafssen. »Das ist meine Position.«

»Das *war* deine Position, klar?«, sagte Mr. Olafssen. »Setz dich, mein Sohn, du bist aus dem Spiel. Wignutt, beweg deinen künstlichen Hintern aufs Feld.« Er wollte Thor gerade einen Klaps auf die Schulter geben und ihn in Richtung drittes Base bugsieren, da fiel sein Blick auf Ethan. Er zögerte. »Ach, und äh, vergiss nicht, deine Innenfeld-Software zu laden.«

Thor war augenblicklich auf den Beinen. »Jawohl, Sir.«

Ethans Herz pochte. Was, wenn die Roosters den Vorsprung hielten? Oder sogar ausbauten und noch ein paar Punkte erzielten? Wenn sich Mr. Olafssen bei fünf Punkten Vorsprung so sicher fühlte, dass er Thor aufs Feld schickte, wie viel Punkte würden die Roosters dann brauchen, ehe er seine Einwechslung ins Auge fasste? Ethan traute sich ohne weiteres zu, im Alleingang einen Vorsprung von sechs, sieben oder sogar acht Punkten zu verspielen.

Jedes Mal, wenn er zur Tribüne blickte und sah, wie sein Vater blinzelte und die große Nelke seines Lächelns welkte, wurde seine Angst größer. Dann, als die Roosters in ihrer Hälfte des fünften Innings erneut zwei Punkte erzielten, geriet er regelrecht in Panik. Mr. Olafssen blickte ständig in seine Richtung, und nach diesem Inning waren nur noch zwei zu spielen. Die Angels brachten einen neuen Pitcher, und Jennifer T. kam wieder zum Schlag. Diesmal schlug sie einen harten Ball, der nahezu parallel zum Boden ins linke Innenfeld flog, und flitzte zum zweiten Base. Das Team hatte zwei Spieler auf Base gehabt, damit stand es 11:2. Ethan blickte wieder verstohlen zur Tribüne, und da sah er, dass der komische alte Kauz wieder aufgetaucht war. Er saß rechts neben seinem Vater, blickte aber nicht auf den Platz wie jeder normale Mensch da oben, sondern direkt zu ihm herüber. Der Alte nickte, dann legte er die Hände übereinander, als halte er einen Schläger, und machte eine Ausholbewegung. Er deutete auf Ethan und grinste. Ethan sah weg. Sein Blick wanderte übers Feld in Richtung Parkplatz, dann weiter zum Waldrand. Er sah, wie etwas Rötliches mit buschigem Schwanz über eine umgefallene Birke huschte.

Was er dann tat, überraschte ihn selbst. Er stand von der Bank auf und murmelte, ohne sich an jemand Spezielles zu wenden, dass er dringend mal pinkeln müsse. Er war ganz in Gedanken verloren und blickte sich nicht um. Er machte sich einfach fort in den Wald zu dem Buschbaby.

Das Jock-MacDougal-Stadion nahm nur den unteren Teil des Zahns ein, und zwar den Teil, wo der Zahn aus dem Kiefer der Keilers ragt. Der Rest der lang gestreckten, spitz zulaufenden Landzunge war bewaldet. Zweihundert Hektar Wald mit großen weißen Bäumen. Papierbirken, laut Mr. Feld. Er hatte Ethan erzählt, dass sie auch »Kanubirken« genannt wurden, weil die Indianer früher aus der inneren Rinde Boote gebaut und die äußere, die sie wie helles Bonbonpapier abschälten, zum Schreiben und Malen benutzt hatten. An einem regnerischen Wintertag, wenn die kahlen Birken dicht an dicht dastanden, konnte der Wald am äußersten Zipfel von Clam Island richtig gespenstisch aussehen. Und selbst an einem hellen Sommernachmittag wie heute, wenn die großen, weißen, säuselnden Bäume ein dichtes grünes Kleid trugen, umgab sie etwas Geheimnisvolles. Sie säumten das Stadion, den Parkplatz und die leicht abschüssige Wiese mit dem Flaggenmast, wo die Hochzeiten gefeiert wurden. Wie Zuschauer standen sie direkt hinter dem grünen Zaun, der das Außenfeld begrenzte. Jeder Ball, der in den Birkenwald geknüppelt wurde, war ein Homerun und für immer verloren.

28

Ethan rannte über den Parkplatz und hinüber zu dem Baumstamm, wo er den buschigen roten Schwanz gesehen hatte. Er gelangte auf einen Trampelpfad, der zur Nordseite des Zahns führte. In der Hoffnung, das Buschbaby durch den Wald huschen zu sehen, rannte er den Pfad zuerst entlang. Doch nach einer Weile drückte ihn das trübe Licht, das durch das Blätterdach der Birken drang, nieder wie ein Gewicht. Es war, als legten ihm die Schatten Fesseln an. Er fiel in Trab, und dann schritt er nur noch den Weg entlang und lauschte dem Geräusch, das er zu hören meinte, einem leisen und rhythmischen Geräusch. Zuerst dachte er, es sei nur sein Atem. Dann begriff er, dass es die Wellen sein mussten, die im Sommerland an den Strand klatschten. Genau dorthin führte der Pfad: zum Strandhotel. Das Strandhotel war ein beliebter Treff für Teenager, doch er war auch schon mit seinem Vater dort gewesen. Zu Zeiten des Muschelbooms hatte es dort eine Art Feriensiedlung gegeben. Man konnte noch ein paar verfallene Hütten, einen eingestürzten Tanzsaal und das Gerippe eines alten Piers sehen.

Gerade jetzt erschien es ihm verlockend, dorthin zu gehen und sich zu schämen. Er würde sich ein paar Stunden hinsetzen und sich hassen, und später, wenn die Polizei ihn fand, würde sein Vater so besorgt um ihn sein, dass seine Feigheit und sein Versagen als Spieler vergessen und vergeben waren. Sein Vater würde begreifen, wie sehr ihn die Little League aus dem Gleichgewicht brachte und ängstigte. »Was habe ich mir nur dabei gedacht?«, würde er sagen. »Natürlich kannst du aus dem Team aussteigen, mein Sohn. Ich will doch nur dein Bestes.«

Als Ethan am Strandhotel ankam, fühlte er sich in seiner Traurigkeit beinahe glücklich. Das Buschbaby hatte er völlig vergessen. Er trat aus dem Wald auf den Strand und blieb einen Augenblick stehen. Dann ging er weiter. Der Sand knirschte unter seinen Schuhen. Er setzte sich auf den großen knorrigen Treibholzstamm, auf dem sein Vater und er bei ihrem Besuch gesessen und zu Mittag gegessen hatten. Es war ein uralter Stamm, riesig und mit abgebrochenen Ästen gespickt. Ethan hatte gerade ein seltsames Auffrischen des Windes und die grauen Wolken bemerkt, die von der Olympic-Bergkette herüberzogen, als er in der Nähe Stimmen hörte. Er duckte sich hinter den Stamm und horchte. Es waren Männerstimmen, und sie hatten einen rauen Beiklang, der ihm schroff und irgendwie feindselig vorkam. In gebückter Haltung schlich er zu den verfallenen Hütten.

Ein großer Rangerover parkte auf der Lichtung neben der Tanzhalle. An der Wagenseite stand *TransForm-Immobilien*. Vier Männer in Anzügen standen davor und beugten sich über Pläne, die ausgebreitet auf der Kühlerhaube lagen. Obwohl es ein trockener Tag war, trugen alle vier hellgelbe Regenmäntel über den Anzügen und große gummierte Regenstiefel aus Leder mit Stahlkappen. Er wusste nicht, warum – es waren nur vier Männer mit Schlips und Regenmantel –, aber er hatte das Gefühl, das sie nichts Gutes im Schilde führten.

Die vier schienen über irgendetwas zu streiten. Einer deutete auf den Boden, warf die Arme in die Luft und stapfte um den Wagen herum. Er öffnete die Heckklappe und zog eine schwere Schaufel heraus. Mit einem finsteren Blick auf seine Begleiter machte er ein paar Schritte vom Strand weg in Richtung Tanzhalle. Wieder deutete er auf den Boden, als wollte er sagen, dass er hier den Beweis für seine Behauptung finden würde, worin immer die bestehen mochte. Dann hob er die Schaufel, und das Blatt grub sich in den Teppich aus Unkraut und gelben Blumen zu seinen Füßen.

Ethan hörte neben sich ein Seufzen. Es war ein bitteres, langes, müdes Seufzen. Das Seufzen von jemandem, dessen schlimmste Befürchtungen wahr wurden. Er hörte es ganz deutlich. Er drehte sich um, um festzustellen, wer geseufzt hatte, doch da war niemand. Die Haare standen ihm zu Berge. Der Wind war kalt und so scharf wie das Blatt der Schaufel. Ethan fröstelte. Dann stieß der Mann mit der Schaufel einen Schrei aus. Er hob die Hand und schlug sich mit der flachen Hand in den Nacken. Etwas, das aussah wie ein kleiner Stein, hüpfte hinter ihm ins Gras. Ethan hob den Blick und entdeckte im Geäst einer Birke das kleine rote Tier mit den spöttischen Augen. Es ähnelte mehr einem Fuchs als einem Buschbaby. Doch es war auch kein Fuchs. Zum einen hatte es Hände, kleine Krallenhände wie Waschbären, und in der einen hielt es eine gabelförmige Schleuder. Und abgesehen von der spitzen Schnauze, den Schnurrhaaren und den langen Ohren hatte es ein menschliches Gesicht, das sich jetzt zu einem schadenfrohen Grinsen verzog. Es sah zu Ethan herüber, und ihm war, als winke es ihm mit der Schleuder zu. Dann huschte es, das Gesicht wieder ernst, den Stamm herunter und verschwand im Wald.

Ethan musste einen überraschten Schrei ausgestoßen haben, denn die vier Männer sahen zu ihm herüber. Er erstarrte, und sein Herz tat einen Sprung und schlug so heftig, dass er das Pochen in den Zähnen spürte. Sie kamen auf ihn zu. Sie trugen schmale Sonnenbrillen, die ihre Augen verbargen, und hatten schmale, beinahe lippenlose Münder. Er drehte sich um, um in den Wald zurückzurennen, und prallte im nächsten Moment gegen den alten Mann mit dem indianischen Pferdeschwanz. Für einen kleinen alten Mann war er erstaunlich kräftig. Ethan taumelte zurück und landete auf dem Hintern.

»Ich hab's dir ja gleich gesagt«, sagte er.

»Bin ... bin ich etwa dran? Haben sie mich eingewechselt?«

»Sie hätten es gern getan«, sagte der Alte. »Aber du wolltest ja nicht.«

Ethan wollte jetzt nur eins, den Männern von TransForm-Immobilien entkommen.

»Das kann ich dir nicht verdenken«, sagte der Alte, und wie verstört Ethan in diesem Augenblick war, lässt sich daran ermessen, dass ihm erst viel später auffiel, dass der Alte seine Gedanken gelesen hatte. »Komm, wir verschwinden lieber von hier.«

»Was sind das für Leute?«, fragte Ethan und folgte dem Alten, der ebenfalls einen Anzug trug, aber einen ausgebeulten aus einem verrückten, orangefarbenen Schottenstoff, der sich als Bezug für die alten Sofas auf der Veranda der Rideouts bestens geeignet hätte.

»Leute von der übelsten Sorte«, sagte der Alte. »Ich heiße übrigens Chiron Brown. Als ich noch Pitcher bei den Homestead Grays war, nannte man mich Ringfinger.«

»Haben Sie einen großen Ringfinger?«

»Nein«, erwiderte der Alte und hob seine lederne rechte Hand. »Ich habe überhaupt keinen Ringfinger. Du glaubst ja nicht, was für einen irren Spin man einem Baseball ohne Ringfinger geben kann.«

»Hat man Sie geschickt, um mich zu holen?«, fragte Ethan, als sie sich dem Parkplatz näherten. Er konnte das Geschrei der Eltern, die schrillen hämischen Stimmen der Jungs, das flehentliche Krächzen von Trainer Olafssen förmlich schon hören.

»In der Tat«, antwortete Ringfinger Brown. »Vor langer Zeit.«

ES WAR DER MERKWÜRDIGSTE AUGENBLICK AN DIESEM Morgen, der bis dahin schon merkwürdig genug gewesen war. Als Ethan zur Bank zurückkam, drehte sich niemand nach ihm um, als sei seine Abwesenheit überhaupt nicht aufgefallen. Aber im selben Augenblick, als sein Hintern das glatte Kiefernholz der Bank berührte, sah Mr. Olafssen zu ihm herüber und gab ihm das verhängnisvolle Zeichen.

»Okay, Ethan, du Sportskanone. Bringen wir dich ins Spiel.« Wie sich herausstellte, sah es für die Roosters nicht mehr ganz so rosig aus wie noch vorhin, als er sich verdrückt hatte. Die Angels hatten ins Spiel zurückgefunden und sechs Punkte erzielt, sodass es jetzt 11:8 stand. Mittlerweile lief die erste Hälfte des siebten und letzten Innings, und nach den Regeln des Anstands, der Fairness und der Clam Island Mustang League musste Mr. Olafssen jeden gesunden Spieler wenigstens ein halbes Inning in jedem Match spielen lassen. Die Roosters hatten im siebten noch keinen Punkt erzielt. Zwei waren aus, zwei auf Bases, und ausgerechnet Ethan sollte nun ihren Vorsprung ausbauen.

»Rein mit dir«, sagte Mr. Olafssen, so wie er es immer tat. »Rein mit dir und hau ihn weg.«

Aber Ethan wollte ihn nicht weghauen. Normalerweise, wenn er zum Schlag kam, versuchte er erst gar nicht, den Ball zu treffen. Er behielt den Schläger einfach auf der Schulter und hoffte auf einen Walk. Tatsächlich fürchtete er sich davor, am Schlagmal etwas anderes zu probieren. Und er hatte Angst, vom Ball getroffen zu werden. Vor allem aber hatte er einen Riesenbammel davor, drei Luftlöcher zu schlagen und ausgemacht zu werden. Gab es einen schlimmeren Fehler? Viele gegnerische Pitcher in der Mustang League waren nicht besonders gut, und so ging seine Taktik, einfach nur dazustehen und darauf zu hoffen, dass vier ungültige Würfe über die Platte flogen, häufig auf. Aber bei den anderen Spielern war sie gar nicht gern gesehen. Ethans Spitzname in der Mustang League war denn auch »Hundejunge«, weil er immer auf einen Walk zum ersten Base spekulierte.

Auf dem Weg zur Platte schleifte er den Schläger hinter

sich her wie ein Höhlenmensch im Zeichentrickfilm seine Keule. Er legte sich den Schläger über die Schulter – sie schmerzte noch von der Vollbremsung, die sein Vater hingelegt hatte, um den kleinen Affenfuchs nicht zu überfahren – und blickte hinüber zu seinem Vater, der beide Daumen in die Höhe reckte. Dann sah er zu Per Davis, der jetzt für die Angels warf. Per wirkte beinahe traurig, als er Ethan sah. Er zuckte zusammen, stöhnte und machte seinen Ausfallschritt. Einen Augenblick später spürte Ethan einen Luftzug an den Händen.

»*Her-ite ONE!*«, brüllte der Schiedsrichter, Mr. Arch Brody von Brodys Apotheke, der sich etwas darauf einbildete, dass er Balls und Strikes, schlechte und gute Würfe, wie seine Kollegen in den amerikanischen Profiligen ausrief.

»Los, Hundejunge«, rief Kyle. »Nimm den Schläger von der Schulter.«

»Los, Hundejunge«, riefen die anderen Jungs.

Ethan ließ einen zweiten Ball von Per Davis vorbeizischen.

»*Her-ite TWO!*«, rief Arch Brody.

Ethan vernahm die krächzende Stimme Ringfinger Browns.

»Beim nächsten Mal machst du dich besser zum Schwingen bereit.«

Ethan suchte mit den Augen die Menge ab, konnte den Alten aber nirgends entdecken, obwohl die Stimme so geklungen hatte, als stehe er ganz in seiner Nähe. Aber er bemerkte, dass Jennifer T. ihn ansah.

»Atmen«, erinnerte sie ihn, indem sie tonlos die Lippen bewegte. Ethan fiel auf, dass er die Luft anhielt, seit Mr. Olafssen in seine Richtung blickte.

Er machte einen Schritt vom Schlagmal, holte Luft und trat wieder zurück, fest entschlossen, es endlich zu probieren. Bei einem Count von 0-0 auf sein Glück zu hoffen, war eine Sache, aber wenn man bereits zwei gute Würfe durchgelassen hatte, war es vielleicht ratsamer, einen Schlag zu riskieren. Als

Per Davis zum dritten Wurf ausholte, umklammerte Ethan fest den Schaft des Schlägers und wippte mit den Schultern. Doch bevor er den Schläger schwang, tat er leider etwas sehr Fragwürdiges. Er schloss die Augen.

»*Her-ite her-REE!*«, schrie Mr. Brody und besiegelte damit Ethans Schicksal.

»Macht nichts«, sagte Jennifer T. später zu ihm, als sie aufs Feld gingen. »Wir werden uns erfolgreich verteidigen. Wenigstens hast du es probiert.«

»Ja.«

»Dein Swing ist nicht übel.«

»Ja.«

»Kommt nur etwas zu früh, das ist alles.«

»Ich hatte die Augen zu«, gestand Ethan.

Jennifer T. blieb am ersten Base stehen, ihrem gewohnten Platz. Sie schüttelte den Kopf, ohne ihre Wut auf Ethan zu verbergen, dann wandte sie sich dem Schlagmal zu.

»Dann versuch, sie wenigstens auf dem Feld offen zu lassen, klar?«

Auf dem Feld – Trainer Olafssen stellte Ethan immer ins rechte Außenfeld, auf den Platz, auf den Jungs, die lieber unsichtbar bleiben, seit der Erfindung des Baseballs immer gestellt werden – war die Situation noch schlimmer, sofern das überhaupt möglich war. Den Ball zu fangen, daran war überhaupt nicht zu denken. Ethan schien ihn nie zu sehen, wenn er auf ihn zukam. Selbst wenn ein Flugball, der mindestens für ein Triple gut war, im Gras landete und fröhlich an der äußeren Spielfeldbegrenzung entlanghüpfte, dauerte es oft eine ganze Weile, bis Ethan ihn hatte. Und wenn er ihn endlich hatte, warf er ihn einfach irgendwohin! Auwei! Die Väter, die hinter dem Zaun standen, schlugen sich vor Verzweiflung an die Stirn. Ethan dachte nie daran, zum Cut-off-man zu werfen, der auf halber Strecke zwischen ihm und dem Schlagmal stand und auf den Ball wartete, um ihn zum Catcher weiterzubefördern. Nein, er kniff fest die Augen zusammen und warf ihn einfach weg, wobei er die Arme wie Windmühlenflügel drehte. Und der Ball landete nicht irgendwo in der Nähe des Schlagmals, wo er hingehörte, sondern auf dem Parkplatz hinter dem dritten Base oder, wie einmal geschehen, auf dem Hinterteil eines schlafenden Labrador-Retrievers.

Ethan wanderte nach rechts und hoffte inständig, dass nichts passieren würde, solange er dort stand. Seine Hand fühlte sich in dem steifen neuen Fanghandschuh schweißig und taub an. Der kühle Wind, den er schon am Strandhotel gespürt hatte, blies jetzt über das Feld, und Wolken schoben sich vor die Sonne. Das graue Licht brachte ihn zum Blinzeln. Er bekam davon Kopfschmerzen. Er hatte noch die Stimme des alten Mannes im Ohr, und das fand er ziemlich irritierend. Eine Weile zerbrach er sich den Kopf darüber, ob es für das Gehirn wirklich einen Unterschied machte, ob man etwas hörte oder sich erinnerte, wie etwas geklungen hatte. Dann entwickelte er eine Zeit lang Theorien, die vielleicht erklären konnten, wie ein seltener afrikanischer Primat nach Clam Island kam. Mit anderen Worten, er war in Gedanken überall, nur nicht beim Baseball. Schwach nahm er wahr, wie die anderen Spieler plapperten, gegen ihre Handschuhe schlugen, sich gegenseitig aufzogen oder Mut machten, aber er fühlte sich allem weit entrückt. Er fühlte sich wie der eine Luftballon, der sich bei einer Geburtstagsparty von einem Liegestuhl löst und in den Himmel entschwindet.

Ein Ball landete in seiner Nähe und rollte in Richtung Zaun, als hätte er es eilig, irgendwo hinzukommen.

Wie sich später herausstellte, hätte Ethan diesen Ball fangen müssen. Die Angels erzielten vier Punkte und gewannen das Spiel mit 12:11. Mit anderen Worten, die Roosters bezogen die achte Niederlage in Folge. Tommy Bluefield, der Angel, der den Ball geschlagen hatte, war sauer auf Ethan, denn sein Hit, mit dem er alle drei Läufer und sich selbst nach Hause gebracht hatte, zählte nicht als Grand Slam, weil Ethan einen Fehler begangen hatte. Er hätte den Ball fangen müssen. »Du Arsch«, sagte Tommy Bluefield zu ihm.

Ethans schwerer Fehler und die Schande, die er über sich gebracht hatte, hätten eigentlich die Gedanken aller beschäftigen müssen, als er geknickt vom Spielfeld in Richtung Tribüne schlich, wo sein Vater mit der verwelkten Blume seines Lächelns wartete. Eigentlich hätten ihn seine Mitspieler Spießruten laufen lassen und mit ihren Handschuhen schlagen müssen. Sie hätten ihm das Abzeichen vom Jersey reißen, seinen Schläger zerbrechen und ihn vom gemeinsamen Pizzaessen nach dem Spiel im Clam Center ausladen müssen. Stattdessen verloren sie rasch das Interesse an der schmachvollen Geschichte von Ethan Feld und blickten verwundert zum Himmel. Über dem Jock-MacDougal-Stadion und über dem Zahn, die Sommer für Sommer, soweit der weiße Mann zurückdenken konnte, immer nur Sonnenschein und blauen Himmel gesehen hatten, begann es zu regnen.

2

Ein heißer Kandidat

IN DER NACHT träumte Ethan von einer merkwürdigen Baseball-Variante, bei der es sieben Bases, zwei Werfer und unendlich viele Außenfelder hinter dem Außenfeld gab, und als er erwachte, stellte er fest, dass der rote Fuchsaffe auf seiner Brust saß. Sein dichtes Fell war ordentlich gekämmt und geflochten, und die Zöpfe auf seinem Kopf waren mit hellblauen Bändern zusammengebunden. Und er rauchte eine Pfeife. Ethan öffnete den Mund, um zu schreien, doch er brachte keinen Laut heraus. Der Besucher drückte auf seine Brust wie ein Sack Nägel. Wer immer ihn geschniegelt und gestriegelt hatte, er hatte ihn auch in Rosenwasser gebadet, doch das Parfüm vermochte nicht den Fuchsgestank zu überdecken, einen widerlichen Geruch nach Fleisch und Schlamm. Seine Schnauze zitterte versonnen, und er sah Ethan aus funkelnden schwarzen Augen neugierig an. Was er sah, gab ihm offensichtlich zu denken. Ethan klappte den Mund auf und zu wie ein Fisch auf dem Trockenen und versuchte, nach seinem Vater zu rufen.

»Beruhige dich, Schweinchen«, sagte der Fuchsaffe. »Atme.« Seine Stimme klang dünn und kratzig, wie eine alte Schallplatte, die aus dem Trichter eines Grammofons dröhnte. »Schon gut«, fuhr er besänftigend fort. »Hol einfach Luft und hab keine Angst vor dem alten Mr. C., denn er wird einem armen unbehaarten Schweinchen wie dir kein Haar krümmen.«

»Was …«, brachte Ethan hervor. »Was …«

»Ich heiße Cutbelly. Ich bin ein Werfuchs. Und siebenhundertundfünfundsechzig Jahre alt. Man hat mich geschickt, um dir unvergänglichen Ruhm zu bringen. Das Schicksal hat dich zu Höherem bestimmt.« Er kratzte sich mit einem schwarzen Fingernagel im glänzenden weißen Fell auf seiner Brust. »Los«, befahl er und deutete mit dem Stiel seiner Pfeife auf Ethan. »Hol ein paar Mal richtig tief Luft.«

»Sie sitzen ...«, stieß Ethan hervor, »auf ... meiner ... Brust.«

»Ach so! Haha!« Der Werfuchs machte eine Rolle rückwärts und bot Ethan den verstörenden Anblick seiner Geschlechtsteile und seines pelzigen Hinterns. Cutbelly war nämlich vollständig nackt. Das hatte Ethan überhaupt nicht gestört, solange er ihn für ein Tier gehalten hatte, aber jetzt wäre es ihm doch lieber gewesen, er (und Cutbelly war eindeutig ein Er) hätte wenigstens eine Hose angehabt. Nach dem Purzelbaum landete Cutbelly auf seinen langen knochigen Hinterpfoten. Sie sahen viel mehr nach Fuchs aus als seine flinken schwarzen Hände. »Bitte um Vergebung.«

Ethan setzte sich auf und rang nach Atem. Er blickte zum Wecker auf dem Nachttisch: 7.35 Uhr. Sein Vater konnte jeden Augenblick hereinkommen und ihn im Gespräch mit einem übel riechenden rotbraunen Etwas finden. Cutbelly bemerkte, dass er immer wieder zur Zimmertür schielte.

»Keine Sorge wegen deinem Paps«, sagte er. »Die Nachbarn haben mir ein Schlafzauber gewebt. Dein Paps würde nicht mal die Posaunen von Zackenfels hören.«

»Zackenfels? Wo ist das?«

»Das ist kein Ort«, antwortete Cutbelly und zündete seine Pfeife wieder an. Sie war aus einem Knochen gefertigt. *Menschenknochen,* dachte Ethan. In den Pfeifenkopf war das bärtige Porträt Abraham Lincolns geschnitzt, ausgerechnet. »Zackenfels ist ein Zeitpunkt. Ein Tag, um genau zu sein. Der

Tag, an dem alle Schlafenden erwachen, die Toten einge-schlossen. Bloß dein Paps nicht. Nein, selbst wenn Zackenfels kommt, wird er schlafen, bis du wohlbehalten von deinem Ge-spräch mit den Nachbarn zurückgekehrt bist und ich das Schweinchen wieder in sein Bettchen gebracht und warm zu-gedeckt habe.«

Wenn in einem Buch oder Film die ersten merkwürdigen Dinge geschehen, sagt häufig jemand:»Ich glaube, ich träume.« Aber in Träumen ist nichts merkwürdig. Und wenn Ethan jetzt zu träumen meinte, dann nicht, weil ihm ein nackter Werfuchs einen Besuch abstattete, abenteuerliche Behaup-tungen aufstellte und eine Pfeife rauchte, die eindeutig nicht mit Tabak gestopft war, sondern weil ihn nichts von all dem sonderlich überraschte oder stutzig machte.

»Wieso zu Höherem bestimmt?«, fragte er. Er wusste nicht wieso, aber auf einmal kam ihm der Gedanke, dass es etwas mit Baseball zu tun haben könnte.

Cutbelly stand auf, schob sich die Pfeife zwischen die Zähne und sah ihn ausgefuchst an.

»Tja, das möchtest du gern wissen, was?«, sagte er.»Du be-kommst eine einmalige Chance. Und eine erstklassige Ausbil-dung.«

»Erzählen Sie!«, sagte Ethan.

»Das werde ich«, erwiderte Cutbelly.»Unterwegs.« Er blies eine dünne, gleichmäßige Rauchfahne, die wie ein versengter Polsterbezug stank. Dann sprang er vom Bett und trottete zum Fenster, reckte seine langen Arme und hievte sich per Klimmzug aufs Fensterbrett.

»Zieh dir einen Pullover an«, sagte er.»Beim Flitzen friert man leicht.«

»*Flitzen?*«

»Am Baum entlang.«

»Baum?«, fragte Ethan und fischte ein Sweatshirt mit Kapuze von der Lehne seines Schreibtischstuhls. »An welchem Baum?«

»Am Weltenbaum«, antwortete Cutbelly ungeduldig. »Was lernt ihr eigentlich in der Schule?«

WERFÜCHSE WAREN SCHON IMMER DAFÜR BEKANNT, DASS sie gute Lehrer sind. Als Cutbelly mit Ethan die Zufahrt zum Haus der Felds hinuntereilte, klärte er ihn über die wahre Natur des Universums auf. Es war eines seiner Lieblingsthemen. »Kannst du dir einen unendlichen Baum vorstellen?«, fragte er. Hinter dem Briefkasten, auf dem *Feld Airship Inc.* stand, bogen sie links ab, schlüpften unter dem Drahtzaun durch, der das Grundstück der Felds von dem der Jungermans trennte, und wanderten eine Weile nach Westen. »Einen Baum, dessen Wurzeln sich bis in die tiefsten Tiefen von allem winden? Und dessen äußerste Spitzen so weit reichen, wie überhaupt irgendetwas reichen kann?«

»Ich kann mir alles vorstellen«, antwortete Ethan, seinen Vater zitierend. »Nur nicht, dass man keine Fantasie hat.«

»Große Worte. Dann weiter. Also, wenn du dir jemals einen Baum angesehen hast, wirst du bemerkt haben, dass der Stamm sich in dicke Äste gabelt. Diese Äste teilen sich in dünnere Äste, und die wiederum teilen sich in Zweige und die in noch dünnere Zweige und die in noch dünnere und so weiter. Und das ganze Gewirr spreizt und windet sich kreuz und quer in alle Richtungen. Auf den Spitzen der Spitzen hast du Millionen und Abermillionen kleine grüne Triebe, die auseinander stieben wie die Funken einer explodierenden Feuerwerksrakete. Aber wenn du den Weg zurückverfolgst von den Milliarden grünen Fingerspitzen hinunter zu den Zweigen, zu den dünnen und dicken Ästen und den unteren Armen, kommst du irgendwann an den Punkt – der Fachausdruck lautet Achsenpunkt –, wo du siehst, dass die ganze wie ein Geflecht sich ausbreitende Masse tatsächlich nur aus vier großen Hauptästen besteht, in die sich der Stamm gabelt.«

»Okay«, sagte Ethan.

»Und jetzt nehmen wir an, der Baum ist unsichtbar. Immateriell. Du kannst ihn nicht berühren.«

»Okay.«

»Nur die Blätter sind sichtbar, sonst nichts.«

»Nur die Blätter sind sichtbar.«

»Die Blätter dieses gewaltigen Baums sind Millionen und Abermillionen Orte, wo Leben gelebt werden, Dinge geschehen, Geschichten und Geschöpfe kommen und gehen.«

Ethan sann darüber nach.

»Dann ist Clam Island also wie ein Blatt?«

»Es ist nicht *wie* ein Blatt. Es *ist* ein Blatt. Der Baum ist nicht irgendein fantasievoller bildhafter Ausdruck, Schweinchen. Es gibt ihn wirklich. Er trägt uns alle in diesem Augenblick, dich und mich, Bulgarien, den Planeten Pluto und alles andere. Nur weil etwas unsichtbar und immateriell ist, heißt das noch lange nicht, dass es nicht wirklich existiert.«

»Verzeihung«, sagte Ethan.

»Also. Diese vier Äste, die vier Hauptäste, von denen jeder ein riesiges Gewirr aus Zweigen und Blättern bildet, das sind die vier Welten.«

»Die vier Welten.«

»Und die Zweige und Äste sind die zahllosen Verbindungen zwischen den Blättern, die Wege und Straßen, die Pfade und Routen zwischen den Sternen. Doch einige wenige von uns können von Blatt zu Blatt hüpfen, verstehst du, von Ast zu Ast. Solche Wesen nennt man Schattenschwänze, und ich bin so ein Schattenschwanz. Wenn man an einem Zweig *entlang* reist, nennt man das Flitzen. Genau das tun wir gerade. Man kann dabei keine sehr großen Strecken zurücklegen, dafür ist es zu anstrengend, aber man kann sehr schnell reisen.«

Der Werfuchs krabbelte, Laub und Steine aufwirbelnd, eine niedrige Böschung hinauf und sprang mit dem Kopf voraus in einen Brombeerstrauch. Ethan musste ihm wohl oder übel folgen. Im Busch wurde es für einen Augenblick ganz dunkel und kalt, nasskalt, als seien sie nicht in einen Brombeerstrauch, sondern in den Schlund einer Höhle gehüpft. Er hörte ein leises Klirren wie von vereisten Kiefernnadeln, die sich im Wind bewegen. Und bevor er wusste, wie ihm geschah, landete er ohne den kleinsten Kratzer am Rand einer vertrauten Wiese, hinter der die geheimnisvollen weißen Birken aufragten.

»He! Wie sind wir ...? Ist das nicht ...?«

Sie waren höchstens ein paar Minuten marschiert. Nun hatte Ethan aber ausgiebige Streifzüge durch die Wälder und auf den Schotterwegen von Clam Island unternommen. Und es wäre ihm nie in den Sinn gekommen, die ganze Strecke von seinem Haus zum Zahn zu Fuß zurückzulegen. Es war einfach zu weit. Er hätte mindestens eine Stunde dafür gebraucht. Und doch waren sie jetzt hier, zumindest hatte es den Anschein. Die große sonnige Wiese, die Birken, der brackig-grüne Sund, den er dahinter riechen konnte.

»Und jetzt möchte ich, dass du dir noch eine letzte Sache vorstellst«, sagte Cutbelly. »Folgendes: Weil die Äste und Zweige des Baums, von dem ich spreche, so viele scharfe Kurven, Biegungen und Zickzackbewegungen machen, kommt es vor, dass zwei Blätter direkt nebeneinander zu liegen kommen, sodass es für einen begabten Schattenschwanz wie meine Wenigkeit eine Leichtigkeit ist, die Kluft mit einem einzigen Hüpfer zu überspringen. Wenn du aber den Weg zurückgehst, an den Zweigen und Ästen entlang bis hinunter zum Stamm, wirst du feststellen, dass diese beiden Blätter tatsächlich an zwei verschiedenen Hauptstämmen das Baumes wachsen. Obwohl sie Nachbarn sind, gehören sie zu völlig verschiedenen Welten. Kannst du dir das vorstellen, Schweinchen? Kannst du begreifen, dass die vier Welten ineinander geschlungen sind wie die sich gabelnden und verzweigenden Äste eines Baums?«

»Soll das heißen, Sie können von einer Welt in die andere flitzen?«

»Nein, ich kann springen. Und ich kann dich mitnehmen«, sagte der Werfuchs. »Und der Name dieser Welt ist Sommerlande.«

Es war das Sommerland, das Ethan kannte, und doch war es anders. Die schlichten Stahltribünen und die Drahtzäune des Jock-MacDougal-Stadions am anderen Ende der Wiese waren einem eleganten Bauwerk gewichen, das reich verziert war und dennoch einen stabilen Eindruck machte. Es bestand aus einem gelblichen, beinahe weißen Material, das er zunächst nicht bestimmen konnte. Es war ein hübsches Schmuckkästchen von einem Stadion mit langen Bogengängen, durch die der Himmel über dem Spielfeld blinzelte. Es erinnerte ein wenig an das Taj Mahal und ein wenig an die großen alten Hotels, die es in Florida gab, mit ihren Türmchen und Pavillons. Auf jeder Ecke saß eine Art Zwiebelturm, und über den Bogengängen wehten Fahnen, die in einer langen Reihe im Wind knatterten.

»Ein Stadion!«, rief Ethan. »Ein winziges Stadion.« Es war nicht größer als ein Burger-King-Restaurant.

»Die Nachbarn sind keine großen Leute«, erklärte Cutbelly, »wie du bald feststellen wirst.«

»Die Nachbarn?«, sagte Ethan. »Sind das Menschen?«

»Die Nachbarn? Nein. Ganz und gar nicht. Sie sind eine Schöpfung für sich, genau wie meinesgleichen.«

»Sind sie Aliens?« Ethan suchte zu verstehen, was Cutbelly

44

war. Ihm war der Gedanke gekommen, dass sein neuer Freund möglicherweise einer fernen Graswelt entstammte, in der man sich von etwas Fuchsähnlichem nach oben arbeiten musste.

»Was soll das sein, ein Alien?«

»Ein Lebewesen aus einer anderen Welt. Aus dem Weltraum.«

»Ich dachte, ich hätte dir erklärt, dass es nur vier Welten gibt«, sagte Cutbelly. »Auch wenn eine, wie ich erwähnen sollte, für immer für uns verloren ist. Durch einen Trick des Kojoten abgetrennt. Deine Welt und alles, was du und deinesgleichen ›das Universum‹ nennen, ist nur eine der drei verbliebenen, obwohl sie mir, wenn ich das sagen darf, bei weitem die liebste ist. Wir beide sind soeben in eine andere Welt gewechselt, in die Sommerlande. In die angestammte Heimat der Nachbarn. Nur sind sie, wie ich schon sagte, nicht besonders groß. Nicht umsonst nennt man sie auch das Kleine Volk.«

»Das Kleine Volk?«, fragte Ethan. »Moment mal. Okay. Die Nachbarn. Sind sie ... sind sie etwa Märchen...«

»Märchenwesen?«, unterbrach ihn Cutbelly. »Ja, durchaus, das ist ein alter Name für sie. Sie selbst nennen sich *Ferischer,* das heißt, so wollen sie von anderen genannt werden.«

»Und sie spielen Baseball.«

»Ständig.« Cutbelly verdrehte die Augen und warf sich in die Wiese, rupfte büschelweise Gras und Unkraut aus und stopfte alles in seine Pfeife.

»In dem kleinen Stadion da drüben?«

»Das Donnervogel-Stadion«, sagte Cutbelly. »Das Schmuckkästchen der Chinook-Liga.‹ Als es noch eine Liga gab. Eine zugige alte Bruchbude, wenn du mich fragst.«

»Aber ... äh, aber woraus ist es gebaut?« Noch während er fragte, schoss ihm wieder der Gedanke durch den Kopf: aus Menschenknochen.

»Aus Elfenbein«, antwortete Cutbelly.

»Wal?«

»Nein.«

»Walross?«

»Auch nicht Walross.«

»Elefant?«

»Wo soll man hier denn so viele Elefanten herkriegen? Nein, nein, das Stadion ist aus Riesenelfenbein. Aus den Knochen des Starken John. Er hat irgendwann um 1743 die Gegend hier überfallen – ein Leichtsinn, der ihm zum Verhängnis wurde.« Cutbelly seufzte und sog nachdenklich an seiner Pfeife. »Ach ja. Aber nun setz dich doch, Schweinchen. Sie wissen, dass wir hier sind. Sie müssen jeden Moment aufkreuzen.«

Ethan hockte sich neben Cutbelly in die Wiese. Die Sonne stand hoch, und Bienen summten im grünen Gras. Es hätte der schönste Sommertag im Leben des Ethan Feld sein können. Im Birkenwald lärmten die Vögel. Der Rauch aus Cutbellys Pfeife roch scharf, aber nicht unangenehm. Plötzlich erinnerte sich Ethan an einen ähnlichen Nachmittag mit Bienen und blauem Himmel vor langer Zeit, irgendwo am Rand einer Landstraße, neben einer Grasböschung, die zu einem stillen Teich hinabführte. Es musste im Haus seiner Großeltern in South Fallsburg, New York, gewesen sein. Seine Mutter hatte davon gesprochen, aber bis heute hatte er sich nie daran erinnert. Sie hatten das Haus auf dem Land verkauft, als er noch ein kleiner Junge war. Seine Mutter kauerte sich hinter ihm nieder, eine schlanke Hand auf seiner Schulter. Mit der anderen deutete sie auf das trübe schwarze Wasser des Teichs. Dort schwebte, nur wenige Zentimeter über dem Wasser, eine kleine weiße Frau mit wirbelnden Kolibriflügeln.

»Das war eine Elfe«, sagte Cutbelly, und er klang melancholischer denn je. Diesmal fiel Ethan auf, dass er seine Gedanken gelesen hatte. »Und du kannst dich glücklich schätzen, dass du eine gesehen hast. Es gibt nämlich nicht mehr viele. Die Graufalten haben unter ihnen schlimmer gewütet als unter allen anderen.«

»Graufalten?«

Aus dem Wald zu ihrer Linken drang ein Knattern wie von einem Vorhang oder einer Fahne. Eine große Krähe stieg mit einem heiseren Lachen in den Himmel, und Ethan hätte schwören können, dass sie sich nach ihnen umblickte.

»Eine Seuche, und eine große Plage für die Sommerlande«, sagte Cutbelly und verfolgte mit seinen strahlenden schwarzen Augen den Flug der Krähe. »Auch sie ist das Werk des Kojoten. Ein scheußlicher Anblick.«

Er zog verdrossen an seiner Pfeife. Offensichtlich wollte er sich nicht weiter über das traurige Thema der aussterbenden Elfen und die schreckliche Seuche auslassen, die sie dahingerafft hatte.

Wie so oft, wenn man mit einem wirklich begnadeten Lehrer zusammen ist, hatte Ethan nach Cutbellys Ausführungen so viele Fragen, dass er gar nicht wusste, wo er anfangen sollte. Was geschah, wenn man die Graufalten bekam? Was hatten Kojoten damit zu tun?

»Worin besteht der Unterschied?«, begann er. »Ich meine, zwischen Elfen und ... Ferischern?«

Cutbelly rappelte sich auf. Der verkokelte Krautpfropf hüpfte aus dem Kopf seiner Schienbeinpfeife, und Ethan stieg der Geruch von angesengtem Fell in die Nase.

»Das wirst du gleich selber sehen«, sagte Cutbelly. »Und hören.«

Sie reisten in Bussen wie die Baseballclubs vergangener Tage, nur dass ihre Busse fliegen konnten. Sie tauchten in loser Formation aus dem Birkenwald auf, sieben an der Zahl, und sie versuchten, nebeneinander zu bleiben, aber ständig preschten welche vor und andere fielen zurück. Ihre Form erinnerte an die Greyhound-Busse, die man aus alten Filmen kannte, klobig und dennoch schnittig. Nur waren sie viel kleiner als ein normaler Bus, nicht größer als ein alter Kombi. Und sie bestanden nicht aus Stahl oder Aluminium, sondern aus Golddraht, gestreiftem Stoff, einem merkwürdigen perlenfarbenen Silberglas und allen möglichen anderen Materialien und Bauteilen wie Muscheln und Federn, Murmeln, Pennys und Bleistiften. Sie sahen aus wie die kleinen wilden Vettern ihrer gezähmten Verwandten. Schlingernd und schaukelnd steuerten sie auf Ethan und Cutbelly zu, und als sie näher kamen, hörte Ethan Gelächter, Flüche und Schreie. Sie flogen mit ihren klapprigen goldenen Bussen über der sonnigen Wiese um die Wette.

»Die Nachbarn müssen aus allem ein Rennen oder einen Wettkampf machen«, stöhnte Cutbelly, als sei er es leid. »Einer muss immer verlieren, sonst sind sie nicht zufrieden.«

Endlich löste sich ein Bus aus dem Pulk und hängte die anderen ab. Er schoss in die schrumpfende Lücke zwischen sich und Ethans Kopf und kam dann mit quietschenden Reifen in der Luft zum Stehen. Von drinnen ertönte lauter Jubel, dann stoppten auch die anderen Busse mit lautem Kreischen. Im nächsten Augenblick quollen aus den Türen sechs oder sieben Dutzend sehr kleine Gestalten und begannen zu schimpfen, miteinander zu streiten und sich gegenseitig niederzubrüllen. Sie rissen Lederbeutel aus ihren Gürteln und fuchtelten damit herum, und nach einer Weile wechselten jede Menge Goldstücke den Besitzer. Schließlich waren die meisten glücklich oder zumindest mit dem Ausgang des Rennens zufrieden und wandten sich Cutbelly und Ethan zu. Sie drängelten und stießen sich gegenseitig mit den Ellbogen, um den Fremdling besser sehen zu können.

Ethan machte ebenso große Augen wie sie. Sie sahen aus wie eine Schar kleiner Indianer aus einem alten Film oder einem Diorama in einem Museum. Sie trugen gefärbte, mit Perlen bestickte Hosen und Kleider aus Leder und waren mit Muscheln, Federn und glitzernden Goldstücken behangen. Ihre Haut hatte die Farbe von Kirschholz. Einige waren mit Pfeil und Bogen bewaffnet. Der Gedanke an einen verschwundenen Stamm von Pygmäenindianern, der einst in den Wäldern von Clam Island gelebt hatte, kam ihm in den Sinn, wurde von ihm aber sogleich wieder als lächerlich verworfen. Diese Geschöpfe waren nicht mit Menschen zu verwechseln. Keines war größer als ein menschlicher Säugling, und doch handelte es sich eindeutig um Erwachsene, denn die Frauen hatten Brüste und die Männer Bärte. Und ihre Augen hatten die Farbe von Apfelwein und Bier und Pupillen, die rechteckige schwarze Schlitze waren wie die Pupillen von Ziegen. Doch es lag nicht nur an ihrer Größe und ihren seltsamen blassgoldenen Augen. Bei ihrem Anblick, bei ihrem bloßen Anblick sträubten sich Ethan die Nackenhaare, und obwohl es ein warmer Sommertag war, fröstelte er, als hätte er Fieber. Seine Kinnlade zitterte, und er hörte seine Zähne klappern.

»Mit der Zeit wirst du dich an ihren Anblick gewöhnen«, raunte ihm Cutbelly zu.

Ein Ferischer, der etwas größer war als die anderen, löste sich aus der Menge. Er trug gefiederte Hosen, ein Lederhemd mit Hornknöpfen und eine grüne Jacke mit langen Frackschößen. Auf seinem Kopf saß eine hohe Baseballmütze, rot mit schwarzem Schild und einem großen silbernen O auf der Krone, und seine Füße steckten in winzigen schwarzen Baseballschuhen von der altmodischen Sorte, wie sie auf alten Fotos von Ty Cobb zu sehen waren. Er wirkte so stattlich wie ein Spielkartenkönig und hatte dasselbe unbeeindruckte Gesicht.

»Ein elfjähriger Junge«, sagte er und blickte an Ethan hoch. »Wirklich magere Zeiten.«

»Er wird es schon schaffen«, sagte ein vertraute Stimme,

knarrend und abgewetzt wie ein alter Lederhandschuh. Ethan drehte sich um. Hinter ihm stand der alte Ringfinger Brown. Heute trug er einen Dreiteiler. Jacke und Hose waren rosa wie Lippenstift, nur die Weste war anders. Sie hatte genau dieselbe Farbe wie der Kombi seines Vaters.

»Wollen's hoffen«, erwiderte der Ferischer. »Das Wilde Heer ist nämlich da, genau wie Johnny Speakwater vorausgesagt hat. Und sie haben ihre Baumscheren mitgebracht, wenn du verstehst, was ich meine.«

»Ja, haben wir gesehen, stimmt's, Junge?«, sagte Ringfinger zu Ethan. »Sie sind mit ihren Schaufeln, Autos und Stahlkappenstiefeln aufgekreuzt und haben sich an ihr schändliches Werk gemacht.«

»Ich bin übrigens Cinquefoil«, sagte der Ferischer zu Ethan. »Der Häuptling dieses Stammes. Und Firstbaseman.«

Ein Murren erhob sich unter den Ferischern, und Ethan blickte fragend zu Ringfinger Brown. Der Alte deutete mit den Fingern auf den Boden. Ethan verstand nicht.

»Du befindest dich in Gegenwart einer Person von königlichem Geblüt, mein Sohn«, sagte Ringfinger. »Du musst dich verneigen, wenn du vor einen König oder Häuptling trittst oder sonst einen Spitzenmann oder Herrscher. Ganz zu schweigen vom Homerun-König der drei Welten, Cinquefoil vom Keilerhauerstamm.«

»Mann«, entfuhr es Ethan. Es war ihm sehr peinlich, und er hatte das Gefühl, dass eine einfache Verbeugung als Entschuldigung für seine Taktlosigkeit nicht genügte. Also kniete er nieder und neigte den Kopf. Hätte er einen Hut getragen, so hätte er ihn gelüftet. So etwas hat man hundertmal in Filmen gesehen, aber man bekommt selten die Gelegenheit, es einmal selbst zu probieren. Er sah wohl ziemlich albern aus. Jedenfalls brüllten die Ferischer vor Lachen, und am lautesten Cinquefoil.

»So gefällst du mir, kleiner Reuben«, sagte er.

Ethan wartete so lange, wie es der Respekt seines Erachtens gebot, dann erhob er sich wieder.

»Wie viele Homeruns haben Sie denn erzielt?«, fragte er. Cinquefoil zuckte bescheiden mit den Schultern. »72 954«, antwortete er. »Den letzten gestern Abend.« Er schlug mit der Faust gegen seinen Handschuh, der ungefähr die Größe und die Farbe einer Waffel hatte. »Fang.«

Ein kleiner weißer Ball mit roten Nähten, aber nicht größer als eine Kaugummikugel, flog auf Ethan zu. Die Luft um ihn herum schien zu vibrieren, und er kam schneller als erwartet. Ethan riss die Hände hoch und griff hoffnungsvoll in die Luft vor seinem Gesicht. Der Ball prallte gegen seine Schulter und fiel mit einem peinlichen Plumps ins Gras.

Alle Ferischer stöhnten. Der Ball kullerte zurück und blieb vor Cinquefoils schwarzen Schuhen liegen. Er sah zuerst den Ball an, dann Ethan, bückte sich mit einem Seufzer und schnippte den Ball in seinen Handschuh.

»Wirklich ein heißer Kandidat«, sagte er zu Ringfinger Brown. Diesmal setzte sich Mr. Brown nicht für Ethan ein.

»Na ja, wir haben keine Wahl, und das ist eine Tatsache. Das Wilde Heer ist aufgetaucht, Jahre früher, als wir erwartet hatten, und du bist gut zehn Jahre zu jung und noch nicht trocken hinter den Ohren, aber wir haben keine Wahl. Wir haben keine Zeit, nach einem anderen Champion zu suchen. Deshalb musst du ran.«

»Aber wozu braucht ihr mich denn?«, fragte Ethan.

»Was glaubst du denn? Um uns zu retten. Um den Birkenwald zu retten.«

»Was ist der Birkenwald?«

Der kleine Häuptling rieb sich mit der kleinen braunen Hand das Kinn. Es war offenbar eine Geste der Verärgerung.

»Das ist der Birkenwald. Die Bäume da – hast du keine Augen im Kopf? Das sind Birken. Ein Birkenwald. Dieser Wald ist unser Zuhause. Wir leben hier.«

»Verzeihung, aber, äh, wovor soll ich ihn retten?«

Cinquefoil sah Ringfinger Brown scharf an.

»Wenn ich daran denke«, knurrte er, »dass wir dafür unseren halben Schatz berappen mussten.«

Ringfinger bemerkte plötzlich einen Fussel auf seinem Revers.

Der Häuptling wandte sich an Ethan.

»Vor dem Kojoten, natürlich«, sagte er. »Jetzt, wo er uns gefunden hat, wird er versuchen, unsere Galle durchzuhauen. Wenn er das tut, ist es aus mit dem Birkenwald. Und mit meinem Stamm.«

Ethan war verwirrt und verlegen. Er konnte es auf den Tod nicht leiden, wenn man ihn für einen Dummkopf hielt. Normalerweise tat er in solchen Situationen so, als verstehe er, und zwar so lange, bis er wirklich verstanden hatte. Er hatte nicht die geringste Ahnung, wovon der Ferischer sprach – *unsere Galle durchhauen?* –, aber offenbar war es sehr wichtig, und deshalb wollte er sich nicht verstellen. Er wandte sich Hilfe suchend an Cutbelly.

»Wer ist Johnny Speakwater?«, fragte er traurig.

»Johnny Speakwater ist das Orakel in diesem Teil der westlichen Sommerlande«, antwortete der Werfuchs. »Vor etwa zehn Jahren hat er prophezeit, dass der Kojote oder der Änderer, wie er auch genannt wird, den Weg zum Birkenwald finden würde. Hör mal, du erinnerst dich doch, was ich dir über den Baum erzählt habe, den Lodgepole, wie ihn die Leute hier nennen.«

Bei diesen Worten lief ein Stöhnen durch die Reihen der Ferischer.

»Er kennt nicht mal den Lodgepole!«, rief Cinquefoil.

»Hör auf, mich so anzuglotzen«, fuhr ihn Ringfinger Brown an. »Ich habe euch doch gesagt, dass die Auswahl begrenzt ist.«

»Wirklich magere Zeiten«, wiederholte der Häuptling, und der ganze Stamm nickte beifällig. Ethan sah ihnen an, dass sie von ihm schwer enttäuscht waren, und dabei hatte er noch gar nichts getan.

»Es kommt immer wieder mal vor«, fuhr Cutbelly geduldig fort, »dass sich zwei Äste eines Baumes aneinander reiben. Hast du das schon mal gesehen? Jedes Mal, wenn der Wind stark genug ist. Das tun sie so lange und so heftig, dass dort, wo sie sich aneinander reiben, die Rinde aufgescheuert wird und eine Art Wunde entsteht. Mit der Zeit heilt die Wunde wieder zu und die Rinde wächst nach, nur sind die beiden Äste jetzt zu einem Ast zusammengewachsen. Wenn zwei Teile eines Baums so zusammenwachsen oder sich innig verbinden, spricht man von einer Verflechtung. Und die Stelle, wo sie miteinander verbunden sind, nennt man eine Galle.«

»Das kenne ich«, sagte Ethan. »Ich habe mal in Florida einen Baum gesehen, der so war.«

»Tja, und bei einem Baum, der so alt und verwachsen ist wie der Lodgepole und durch den die Winde der Zeit so kräftig blasen, wie sie es gerne tun, bilden sich zwangsläufig hier und dort Gallen. Und weil das schon lange so geht, sind die Gallen über den ganzen Baum verteilt. Gallen sind die Stellen, wo zwei Welten ineinander übergehen. Und oft sind es magische Orte. Heilige Wälder, verwunschene Teiche und so weiter. Euer Sommerland ist so ein Ort.«

»Aha, Sommerland gibt es also in meiner Welt und in dieser hier«, sagte Ethan ebenso zu Cinquefoil wie zu Cutbelly, um ihnen zu zeigen, dass er kein völlig hoffnungsloser Fall war. »Gleichzeitig. Und das ist der Grund, warum es dort nie regnet?«

»Man kann nie voraussagen, was rings um eine Galle geschieht«, sagte Cutbelly. »Alle möglichen wunderbaren Dinge. Dass in einem Land, wo es sonst immerzu bewölkt ist und regnet, ein sonniges grünes Fleckchen entsteht, ist nur eine von vielen Möglichkeiten.«

»Und jetzt will der Kojote die Welten wieder trennen?«

Cutbelly nickte.

»Aber wieso?«, fragte Ethan.

»Weil der Kojote so was eben tut, neben tausend anderen Verrücktheiten. Er durchstreift mit seinen Gefolgsleuten, dem Wilden Heer, den Baum, und wenn er irgendwo eine Stelle findet, wo zwei Welten miteinander verflochten sind, haut er sie auseinander. Aber diese Galle hier liegt in einem so entlegenen Winkel der Welten, dass er sie bis heute übersehen hat.«

»Okay«, sagte Ethan. »Jetzt hab ich's kapiert. Glaube ich jedenfalls. Aber, na ja, ich meine, irgendwie habt ihr ja Recht, von wegen, dass ich, äh, dass ich noch ein Kind bin. Zum Beispiel habe ich keine Ahnung, wie man mit einem Schwert umgeht. Ich kann ja nicht mal reiten, falls ihr so etwas in der Art von mir erwartet.«

Lange Zeit sprach keiner ein Wort. Es war, als hätten alle wider besseres Wissen gehofft, Ethan würde mit der Aufgabe wachsen und mit irgendeinem Plan zur Rettung der Sommerlande aufwarten. Diese Hoffnung war jetzt geplatzt. Sie wandten sich ab, und genau in diesem Augenblick stieg ein großer schwarzer Vogel in den Himmel – Ethan hätte schwören können, dass es die Krähe war, die Cutbelly und er vorhin gesehen hatten. Mehrere Ferischer rissen die Bogen von der Schulter, legten Pfeile auf und schossen sie ab. Die Pfeile zischten durch die Luft, doch der Vogel beachtete sie nicht. Langsam und träge schlug er mit den Flügeln, als hätte er alle Zeit der Welt. Sein heiseres, spöttisches Lachen wehte hinter ihm her wie eine Fahne im Wind.

»Genug jetzt«, bellte der Häuptling mit gebieterischer Stimme und grimmiger Miene. Wieder warf er Ethan den Ball zu. Diesmal konnte er ihn festhalten, als er schmerzend in seiner Hand landete. »Kommt, reden wir ein paar Takte mit der verrückten alten Muschel.«

SIE STAPFTEN ÜBER DIE WIESE, VORBEI AN DEM STRAH-lend weißen Stadion und hinunter zum Strand. Hier in den Sommerlanden, im Birkenwald, gab es keine Hotelruine, keinen verfallenen Tanzsaal und keinen Pier. Es gab nur einen langen dunklen Streifen schmutzigen Sand mit den gespensterhaften Bäumen auf der einen und dem endlos sich dehnenden dunkelgrünen Wasser auf der anderen Seite. Und mitten drin lag der große graue Treibholzstamm, stachelig und halb verschüttet, ein vor Urzeiten angeschwemmter Baum, auf dem er und sein Vater einmal gesessen und Hühnersandwiches mit heißer Hühnerbrühe aus der Thermoskanne gegessen hatten. Ethan fragte sich, ob es derselbe Stamm war. Konnte etwas zu gleichen Zeit in zwei verschiedenen Welten existieren?

»Manche behaupten, dass dieser stoppelige alte Holzklotz die Galle ist«, erklärte ihm Cutbelly. »Die Stelle, wo die Welten fest miteinander verbunden sind.«

Tatsächlich schienen sie direkt auf ihn zuzusteuern.

»Aber haben Sie nicht gesagt, dass man den Baum nicht sehen und nicht anfassen kann?«, fragte Ethan.

»Kannst du die Liebe sehen? Oder anfassen?«

»Na ja«, sagte Ethan in der Hoffnung, dass es keine Fangfrage war. »Nein, Liebe kann man auch nicht sehen oder anfassen.«

»Und wenn dein Paps das große Roosters-Trikot anzieht und dir von der Tribüne aus zusieht und dabei unentwegt lächelt? Und dich nach dem Spiel abklatscht, obwohl du viermal ausgemacht worden bist?«

»Haha.«

»Manche Dinge sind unsichtbar, und trotzdem kann man sie sehen und fühlen.«

Sie hatten den Stamm erreicht. Cinquefoil winkte, und ein gutes Dutzend Ferischer kniete sich hin und begann, langsam und mit seltsamer Behutsamkeit unter dem Stamm im Sand zu graben. Jeder grub für sich, aber alle blieben im Schatten seiner knorrigen Wurzeln. Sie bohrten ihre kleinen Hände zischend in den Sand und zogen sie dann, hohl gemacht, mit einem leisen saugenden Geräusch wieder heraus. Den Sand, den sie auf diese Weise entfernten, ließen sie durch die Finger rieseln und malten damit schnörkelige Figuren auf die glatte Oberfläche des Strands, Gänseblümchen, Kleeblätter und Sonnen. Schließlich stieß eine Ferischer einen Ruf aus und deutete auf das Muster, das der nasse Sand aus ihrer Hand gebildet hatte. Es sah aus wie zwei Blitze, die sich kreuzten. Die anderen Grabenden scharten sich um sie, und alle gruben an dieser Stelle weiter. Bald hatten sie ein Loch ausgehoben, das dreimal so tief und doppelt so breit war wie allen anderen. Dann wieder ein Ruf, gefolgt von einem Geräusch, das in Ethans Ohren wie ein lautes ordinäres Rülpsen klang. Alle lachten, und die Ferischer kletterten aus dem Loch.

Die letzten drei hoben mit vereinten Kräften eine Muschel heraus, die größte, die Ethan je gesehen hatte. Sie war mindestens so groß wie eine Wassermelone, wirkte aber in den kleinen Armen der Ferischer, die mit ihr auf den Strand wankten, eher noch größer. Ihre Schale war furchig wie zerbrochener Beton. Aus der gewellten Mundöffnung troffen grünes Wasser und brauner Schleim. Die Ferischer setzten sie auf den Strand, und der Rest des Stammes umringte sie. Ringfinger Brown gab Ethan einen sanften Stoß ins Kreuz.

»Los, Junge«, sagte er. »Hör dir an, was Johnny Speakwater zu sagen hat.«

Ethan trat vor – er hätte über die Ferischer hinwegsteigen können, doch sein Gefühl sagte ihm, dass sich das nicht gehörte. Er erreichte gerade den innersten Ring, als der Häuptling einen Kniefall vor der Muschel machte.

»Hey, Johnny«, sprach Cinquefoil zu der Muschel mit der leisen, sanften Stimme eines Mannes, der versucht, am Morgen vor einem lang ersehnten Angel- oder Campingausflug einen Freund zu wecken. »Hallo, Johnny. Alles in Ordnung. Mach auf. Wir müssen mit dir reden.«

Ein tiefes Knurren drang aus der Muschel, und Ethans Herz schlug schneller, als er sah, wie ihre salzigen Lippen sich öffneten. Wasser sprudelte heraus und versickerte im Sand. Knarrend hob sich die obere Schale ein paar Zentimeter, und in der Öffnung sah Ethan den grau und rosa glänzenden Muskel von dem Ding, der schlabbernd in der unteren Schale lag.

»Blubberschmatzschlürfblubberschmatz«, sagte die Muschel, oder so etwas in der Art.

Cinquefoil nickte und winkte zwei Ferischern, die neben ihm standen. Einer der beiden fasste in einen Lederschlauch, eine Art Köcher, der auf seinem Rücken hing, und zog ein zusammengerolltes Blatt hervor, das wie Pergament aussah. Der andere ergriff es am anderen Ende, dann traten sie einen Schritt auseinander und entrollten dabei die Schriftrolle. Sie war aus hellem Hirschleder wie ihre Kleidung und mit allerlei geheimnisvollen Buchstaben eines Alphabets bemalt, das Ethan nicht kannte. Sie sah aus wie eine Alphabetentafel für spiritistische Sitzungen, nur dass die Buchstaben von Hand geschrieben waren. Die Ferischer knieten vor der Muschel nieder und hielten die Schriftrolle vor sie hin.

Cinquefoil legte eine Hand auf die obere Schale und streichelte sie zärtlich, anscheinend ohne sich dessen bewusst zu sein. Er war in Gedanken versunken. Ethan vermutete, dass er an der richtigen Frage für das Orakel knobelte. Orakel waren trickreich, wie Ethan von der Lektüre alter Heldensagen wusste. Oft beantworteten sie die Frage, die man hätte stellen *sollen*, oder die, die man stellte, ohne sich darüber im Klaren zu sein. Ethan überlegte, welche Frage er einer Orakelmuschel stellen würde, wenn er die Gelegenheit dazu hätte.

»Johnny«, sagte der Häuptling endlich. »Du hast uns davor gewarnt, dass der Kojote kommen würde. Und du hast Recht gehabt. Du hast gesagt, wir sollten uns einen Champion holen, und das haben wir versucht. Es hat uns die Hälfte unseres geliebten Schatzes gekostet. Aber sieh ihn dir an, Johnny.« Cinquefoil machte eine verächtliche Geste in Ethans Richtung. »Er ist nur ein Grünschnabel. Er ist der Sache nicht gewachsen. Wir haben ihn jetzt eine Weile beobachtet, und wir hatten noch Hoffnung, aber der Kojote ist früher gekommen, als wir dachten. Und deshalb, Johnny, frage ich dich noch einmal. Was sollen wir tun? Wie können wir den Kojoten aufhalten? An wen können wir uns wenden?«

Es entstand eine Pause, in der Johnny Speakwater unablässig zischte, rülpste und gereizt wie ein Teekessel pfiff. Die Schriftrolle zitterte in den Händen der Ferischer. Irgendwo in der Nähe ertönte das respektlose Krächzen einer Krähe. Dann blubberte es tief im Innern Johnny Speakwaters, und ein klarer, glitzernder Wasserstrahl schoss zwischen seinen Lippen hervor. Er durchbohrte den halben Meter Luft, der die Muschel von der Schriftrolle trennte, und landete mit einem lauten, fetten Klatschen auf einem Buchstaben, der aussah wie ein verschlungenes U mit einem Kreuz in der Mitte.

»Oh!«, riefen alle Ferischer. Cinquefoil malte ein U mit einem Kreuz in den Sand.

Langsam, Buchstabe für Buchstabe, spuckte Johnny Speakwater mit tödlicher Präzision seine Prophezeiung auf die Rolle. Jeder dicke Klumpen Muschelspucke traf einen Buchstaben, den Cinquefoil sogleich in den Sand malte und dann sauber wischte. Die Muschel spuckte mit der Zeit immer schneller, und als sie etwa fünfundvierzig Klumpen ausgehustet hatte, hörte sie auf. Ein matter nasser Seufzer entfuhr ihr, dann klappte der Deckel wieder zu. Die Ferischer drängten sich um die Schrift im Sand, viele murmelten die Worte. Dann drehte sich einer nach dem anderen um und betrachtete Ethan mit neuem Interesse.

»Was sagt sie?«, fragte Ethan. »Warum seht ihr mich so an?«

Ringfinger Brown ging rüber und warf einen Blick auf die Prophezeiung im Sand. Er rieb sich die kahle Stelle an seinem grauen Hinterkopf, dann streckte er Cinquefoil die Hand hin. Der Häuptling gab ihm den Stock, und der alte Talentspäher kratzte zwei neue Sätze unter die Schriftzeichen der Ferischer.

»Kommt das ungefähr hin?«, fragte er den Häuptling.

Cinquefoil nickte.

»Na, was habe ich euch gesagt?«, rief Ringfinger. »Was habe ich euch gesagt?«

Ethan beugte sich vor, um zu sehen, wie der Alte das Orakel der Muschel übersetzt hatte.

FELD IST DER GESUCHTE
FELD HAT DAS ZEUG, DAS ER BRAUCHT.

Als er diese Worte las, durchströmte ihn eine seltsame Wärme. Er war der Gesuchte – der Champion. Er hatte das Zeug dazu. Er drehte sich nach Johnny Speakwater um, überfließend vor Dankbarkeit für das große Vertrauen, das die Muschel in ihn setzte, im Gegensatz zu allen anderen. Doch was er dann sah, entlockte ihm einen Schrei des Entsetzens.

»Die Krähe!«, rief er. »Sie hat Johnny!«

In der Aufregung über die Prophezeiung hatte man den Propheten ganz vergessen.

»Das ist keine Krähe«, rief Cinquefoil. »Das ist ein Rabe.

Ich möchte sogar wetten, es ist der Kojote höchstpersönlich.«

Hinter ihrem Rücken war der große schwarze Vogel offenbar von den Bäumen herabgestoßen. Gerade erhob er sich, die Muschel in den Klauen, schwerfällig wieder in die Lüfte. Er schlug ungleichmäßig mit den Flügeln. Es war ein großer und kräftiger Vogel, doch die riesige Muschel machte ihm zu schaffen. Er verlor wieder an Höhe, schwankte, geriet in Schräglage. Ethan hörte das verzweifelte Pfeifen und Blubbern der entführten Muschel.

Dann kam es über ihn. Vielleicht fühlte er sich in der Pflicht, weil Johnny Speakwater ihm das Vertrauen ausgesprochen hatte. Vielleicht war er einfach nur empört, wie es wohl jeder von uns wäre, wenn er mit ansehen müsste, wie eine unschuldige Muschel das Opfer eines schändliches Verbrechens wird. Im Tierkanal hatte er gesehen, wie Vögel Muscheln fraßen. Und jetzt sah er vor seinem geistigen Auge, wie der Rabe Johnny Speakwater aus großer Höhe auf die Steine fallen ließ. Er sah, wie seine Schale in Stücke zersprang und wie der scharfe gelbe Schnabel des Raben in das weiche formlose Fleisch hackte, aus dem sein Körper bestand. Wie auch immer, jedenfalls rannte er über den Strand und rief dem Raben nach: »He! Komm zurück! He!«

Der Räuber hatte mit der schweren Last zu kämpfen. Je näher Ethan ihm kam, desto wütender wurde er. Jetzt war er direkt unter dem flatternden Flügelpaar, hart am Rand der Bäume. Das Pfeifen der Muschel klang kläglicher denn je. Ethan wollte etwas tun, um Johnny Speakwater zu helfen. Er wollte das in ihn gesetzte Vertrauen rechtfertigen und den Ferischern beweisen, dass er nicht bloß ein unerfahrener und unfertiger Grünschnabel war.

Er spürte etwas in seiner Hand, rund und hart und sachlich wie ein schlagendes Argument. Er senkte den Blick. Es war der Baseball der Ferischer. Ohne einen Gedanken an Luftwiderstand oder Flugkurve zu verschwenden, schleuderte er ihn himmelwärts in Richtung Rabe. Der Ball beschrieb einen Bogen und traf den Vogel haargenau am Kopf. Ein grässliches Knacksen ertönte. Der Vogel kreischte, schlug wild mit den Flügeln und ließ Johnny Speakwater fallen. Einen Augenblick später prallte etwas, schwer wie ein Felsblock und kantig wie ein Backstein, gegen Ethans Brust, und ein warmer, nasser Schwall klatschte ihm ins Gesicht, dann gaben die Beine unter ihm nach. Das Letzte, was er hörte, ehe er die Besinnung verlor, war die Stimme von Häuptling Cinquefoil.

»Nehmt den Jungen unter Vertrag.«

3

Ein Wind wird hergepfiffen

ETHAN SCHLUG DIE AUGEN AUF. Er lag in seinem Bett, in
seinem Zimmer im rosa Haus auf dem Hügel. Aus dem Vo-
gelgezwitscher und dem gedämpften grauen Licht im Fenster
schloss er, dass es Morgen war. Er setzte sich auf und nahm
seine Armbanduhr vom Nachttisch. Sein Vater hatte die Uhr
für ihn entworfen und aus Teilen, die er drüben in Tacoma in
einem Laden namens Computerfreak World gekauft hatte, zusammengebaut. Das Zifferblatt war mit Knöpfen übersät – es
sah aus wie eine kleine Tastatur – und hatte eine Flüssigkristallanzeige. Sein Vater hatte die Uhr mit allen möglichen interessanten und vielleicht sogar nützlichen Funktionen ausgestattet, aber Ethan war nie dahinter gekommen, wie man sie
bediente, und begnügte sich damit, Uhrzeit und Datum abzu-
lesen. Jetzt war es 7.24 Uhr, Samstag, der Neunte. Nur etwas
mehr als eine Minute war verstrichen, seit der übel riechende
Werfuchs, der sich Cutbelly nannte, hier auf seiner Brust gesessen und ihm eine Einladung aus einer anderen Welt über-
bracht hatte. Er hörte das vertraute Samstagsgeklapper seines
Vaters unten in der Küche.

Wäre diese Geschichte erfunden, so müsste der Autor Ethan
jetzt eine Zeit lang darüber nachdenken lassen, ob er die Ereignisse der letzten Stunden nur geträumt hatte. Da aber jedes
Wort wahr ist, wird der Leser nicht überrascht sein, wenn ich
sage, dass Ethan keine Sekunde daran zweifelte, dass er in Begleitung eines Schattenschwanzes von einem verborgenen Ast
des Weltenbaums zu einem anderen gehüpft war, in die Welt,

die in Büchern manchmal Märchenland genannt wird, und das zum zweiten Mal in seinem Leben. Er wusste ganz genau, dass er dort wirklich einer Art Märchenkönig begegnet war, dass er ein Stadion aus den Knochen eines Riesen gesehen und mit einem Glückswurf eine Orakelmuschel gerettet hatte. Ethan kannte den Unterschied zwischen einem sinnlosen Traum und der wundersamen Logik eines wahren Abenteuers. Doch wenn es einen weiteren Beweises bedurft hätte, dass er die letzten Stunden in den Sommerlanden verbracht hatte, so hätte ein Blick auf das Buch genügt, das auf seinem Kopfkissen lag, gleich neben der Delle, die sein Kopf hinterlassen hatte. Es war natürlich klein, nicht größer als ein Streichholzheft, und in dunkelgrünes Leder gebunden. Auf dem Buchrücken stand in ameisengroßen goldenen Lettern *Wie man Blitze und Rauch fängt* und auf der Titelseite der Name des Verfassers: E. Peavine. Der Text im Innern war so klein gedruckt, dass er für Ethan kaum zu entziffern war. Doch die Abbildungen ließen keinen Zweifel daran, dass es in dem Buch um Baseball ging, insbesondere um die Position des Catchers. Von allen Positionen im Baseball war sie die wichtigste, und die geheimnisvolle Maske und Schutzweste hatten Ethan seit jeher am meisten fasziniert. Nur der Umstand, dass der Catcher die Spielregeln aus dem Effeff beherrschen musste, hatte ihn immer abgeschreckt.

Er stand auf und ging zum Schreibtisch. Ganz hinten in der Schublade, zwischen den Überbleibseln diverser angefangener, aber bald wieder aufgegebener Hobbys wie Briefmarkensammeln, Steinesammeln oder Topflappenhäkeln aus elastischen bunten Bändchen fand er das Vergrößerungsglas, das ihm sein Vater zum elften Geburtstag geschenkt hatte. Sein Vater sammelte leidenschaftlich gern Briefmarken und Steine. (Er häkelte auch ganz entzückende Topflappen.) Ethan schlüpfte ins Bett zurück, zog sich die Decke über den Kopf und las mit der Lupe die Einführung.

»Für den Freund des Baseballs«, so begann Peavines Buch,

»gilt dasselbe wie für den Freund des Lebens selbst: Das oberste Gebot ist Aufmerksamkeit, auf der Tribüne wie auf dem Spielfeld. Und für die Position des Catchers gilt diese vornehme Pflicht, wie wohl alle außer Narren und Shortstops anstandslos zugeben werden, in besonderem Maße.«

Peavine, so erfuhr Ethan, war ein Ferischer und stammte aus einer Gegend in den Sommerlanden, die, wie er selbst es ausdrückte, die Stadt Troy im Bundesstaat New York »berührte«. In den Sommern der Jahre 1880, 1881 und 1882 hatte er heimlich den Catcher der Troy Trojans, einen Menschen (»Reuben« war Peavines Bezeichnung) namens William »Buck« Ewing, beobachtet und dabei das Spiel von der Pike auf gelernt. »Diese Sommer«, schrieb er, »die ich in der staubigen grünen Schüssel des Trojan-Stadions neben dem coolen und eleganten Buck zubrachte, dem nobelsten Reuben, der mir jemals begegnet ist, gehören zu den schönsten Erinnerungen meines langen, langen Lebens.« Als eine Graufaltenepidemie seinen Stamm dahinraffte, wanderte er nach Westen und zog Maske, Handschuh und Brustschutz für einen Ferischer-Stamm an, der an einem Ort namens Schlangeninsel lebte, »einen Katzensprung von Cœur d'Alene in Idaho entfernt«. Zwischen Pappelwäldern und blühenden Wiesen spielte er dort in der aus zweiundsiebzig Mannschaften bestehenden Flachkopf-Liga für das Team der Wapatos, als er zum ersten Mal »den tieferen Sinn des Spiels begriff: Ein Baseballspiel ist nichts anderes als ein großes langsames Vehikel, das uns dazu bewegt, dem Rhythmus eines Sommertages Beachtung zu schenken.«

»Ethan?«

Es klopfte an der Tür. Ethan schob das Buch unters Kissen und setzte sich auf, ehe die Tür aufging und sein Vater den Kopf ins Zimmer steckte.

»Das Frühstück ist...« Er runzelte verdutzt die Stirn.

»... fertig.«

Ethan bemerkte, dass er vergessen hatte, die Lupe zu verstecken. Er hielt sie noch in der linken Hand, und um ihn herum war nichts, aber auch gar nichts, was er glaubhaft durch sie betrachtet haben konnte. Halbherzig hob er sie ans Fenster neben dem Bett.

»Eine Spinne«, sagte er. »Eine ganz kleine.«

»Eine Spinne!«, wiederholte sein Vater. »Lass sehen.« Er kam ans Bett, und Ethan gab ihm die Lupe. »Wo?«

Ethan deutete irgendwohin, und sein Vater beugte sich vor. Leere Luft wellte sich in dem runden Glas. Dann tauchte zu Ethans Überraschung ein Gesicht auf, das mit gelben Zähnen grinste. Ein graues Gesicht mit einem grauen Moskitostachel als Nase und einem zuckenden schwarzen Flügelpaar. Ethans Zunge schien anzuschwellen, er bekam keinen Ton heraus. Entsetzt sah er, wie die Kreatur ihm *zuwinkte*, und machte sich auf den Angstschrei seines Vaters gefasst.

»Ich sehe keine Spinne«, sagte Mr. Feld sanft. Er richtete sich wieder auf, und das hässliche Grinsen verschwand. Vor dem Fenster war nur noch der Frühnebel von Clam Island.

»Der Wind muss sie weggeblasen haben«, sagte Ethan.

Er kletterte aus dem Bett, zog zu dem langen Hellboy-T-Shirt, in dem er geschlafen hatte, ein Paar Unterhosen an und folgte seinem Vater in die Küche, wo ihn das allwöchentliche Pfannkuchen-Trauerspiel erwartete.

Sein Vater stellte einen Stapel vor ihn hin und setzte sich dann mit einem eigenen Stapel. Die Pfannkuchen waren riesig, jeder fast so groß wie der Teller, und von Ethan wurde erwartet, dass er mindestens fünf oder sechs davon verdrückte. Unter der Woche machte er sich das Frühstück selbst – Müsli oder ein englisches Muffin mit Erdnussbutter. Das musste sein, weil sein Vater bis in die Puppen in seiner Werkstatt arbeitete. Und das wiederum musste sein, weil ihm nachts die besten Ideen kamen. Behauptete er zumindest. Aber manchmal beschlich Ethan der Verdacht, dass er einfach nur das Tageslicht scheute. Wenn er sich für die Schule fertig machte oder, wie jetzt in den Ferien, für einen Waldspaziergang oder eine Radtour zu Thor oder Jennifer T., schlief sein Vater gewöhnlich noch. Doch am Samstagmorgen stand er auf, egal wie lange er gearbeitet hatte, oder ging gar nicht erst ins Bett und backte für sich und Ethan Pfannkuchen zum Frühstück. Pfannkuchen waren eine Spezialität seiner Frau gewesen, und das Frühstück am Samstag war bei den Felds Tradition. Nur leider war Mr. Feld ein miserabler Koch, und seine Pfannkuchen waren fade, weiche Lappen.

»Also dann«, sagte Mr. Feld und kippte Ahornsirup über seinen Stapel. »Mal sehen, wie sie diese Woche gelungen sind.«

»Hast du an das Backpulver gedacht?«, erkundigte sich Ethan schaudernd. Die Erinnerung an die im Vergrößerungsglas schwimmende graue Fratze mit der spitzen Nase und dem gemeinen Grinsen machte ihn noch immer nervös. »Und an die Eier?«

Sein Vater nickte und wartete, bis sich eine große Siruppfütze gebildet hatte. Beim Verzehr seiner Pfannkuchen galt die unausgesprochene, aber unverzichtbare Grundregel, dass man sich so viel Sirup nehmen durfte, wie man brauchte, damit sie rutschten.

»Und die Vanille?«, fragte Ethan und nahm sich von seinem eigenen Sirup. Er zog Karo-Sirup vor. Er hatte einmal in einem Film gesehen, wie Männer mit Fellmützen lange spitze

Stahlröhrchen in das weiche Kernholz der kanadischen Ahorn-
bäume trieben, seitdem taten ihm die Bäume so Leid, dass er
auf Ahornsirup verzichtete.

Sein Vater nickte abermals. Er schnitt sich ein großes Stück
herunter, hellgelb mit dunkelbraunen Streifen, und schob es
mit zuversichtlicher Miene in den Mund. Ethan tat eilig dasselbe. Sie kauten und beobachteten sich dabei aufmerksam.
Dann starrten sie beide auf ihre Teller.

»Hätte sie doch nur das Rezept aufgeschrieben«, seufzte Mr.
Feld schließlich.

Sie aßen schweigend, und nur das Klappern der Gabeln,
das Summen des Elektroweckers über dem Herd und das
unablässige Glucksen des alten Kühlschranks durchbrachen
die Stille. Für Ethan war es die eintönige Begleitmusik ihres
Lebens. Sie lebten allein in dem kleinen Haus. Sein Vater arbeitete achtzehn Stunden und mehr pro Tag an seiner Zeppelina, dem privaten Familienluftschiff, das eines Tages das
Verkehrswesen revolutionieren sollte, und Ethan versuchte,
ihn nicht dabei zu stören, überhaupt niemanden zu stören, die
Welt nicht zu stören. Oft sprachen sie tagelang kaum mehr als
ein paar Worte. Sie hatten wenig Freunde auf der Insel. Niemand kam zu Besuch, und niemand lud sie ein. Und dann
jeden Samstagmorgen dieser sprachlose Versuch, eine Tradition zu pflegen, die ihren Witz verloren hatte, seit ihr beleben-
der Geist, nämlich Ethans Mutter, nicht mehr da war.

Nach ein paar Minuten hielt Ethan das Summen des Weckers nicht mehr aus. Das Schweigen lastete auf ihm wie ein
mit Sirup verklebter Pfannkuchenberg. Er rutschte mit dem
Stuhl zurück und sprang auf.

»Dad?«, sagte Ethan, als die Tortur weitgehend ausgestan-
den war. »He, Dad?«

Sein Vater war halb eingedöst und kaute, ein Auge zu, endlos an einem Stück Pfannkuchen. Sein dichtes schwarzes Haar

stand in wilden Locken vom Kopf ab, und seine Augenlider waren gerötet von zu wenig Schlaf.

Er setzte sich auf und trank einen großen Schluck Kaffee. Er zuckte zusammen. Der Kaffee, den er gekocht hatte, schmeckte fast ebenso scheußlich wie seine Pfannkuchen.

»Was ist, mein Sohn?«

»Glaubst du, ich könnte einen guten Catcher abgeben?«

Sein Vater glotzte ihn an, hellwach jetzt, aber unfähig, seine Zweifel zu verbergen. »Du meinst ... du meinst einen Catcher im Baseball?«

»Wie Buck Ewing.«

»Buck Ewing? Das ist lange her.« Aber er lächelte. »Nun ja, Ethan, ein sehr interessanter Gedanke, wie ich finde.«

»Ich habe mir gedacht ... Vielleicht wäre es an der Zeit, dass ich ... dass wir mal was anderes probieren.«

»Wie zum Beispiel Waffeln?« Mr. Feld schob seinen Teller weg, streckte die Zunge heraus und glättete seine Frisur. »Komm. Ich muss draußen in der Werkstatt noch einen alten Catcher-Handschuh haben.«

DAS ROSA HAUS AUF DEM HÜGEL HATTE FRÜHER EINER Familie namens Okawa gehört. Sie hatten Muscheln gefischt, Hühner gezüchtet und auf einem großen Feld, das sich eine Viertelmeile weit am Clam Island Highway in Richtung Clam Center hinzog, Erdbeeren angebaut. Nach dem Überfall auf Pearl Harbor wurden die Okawas zusammen mit drei oder vier anderen japanischen Familien, die damals auf Clam Island lebten, in einen Schulbus verfrachtet und in ein staatliches Internierungslager bei Spokane auf dem Festland gebracht. Ihre Farm wurde an die Jungermans verkauft, doch die ließen sie verkommen. Die Okawas kehrten nie zurück, und so waren es die Inselbehörden, die Ansprüche auf den

Besitz geltend machten. Das Erdbeerfeld existierte noch, war aber von einem dichten Dorngestrüpp überwuchert, aus dem im Sommer manchmal wie ein verborgener Edelstein eine Erdbeere hervorleuchtete.

Ethan und sein Vater hatten die traurige Geschichte der Farm nicht gekannt, als sie nach Clam Island kamen, und sich hauptsächlich deshalb für dieses Haus entschieden, weil Mr. Feld der große, aus Glas und Schlackensteinen bestehende Schuppen, in dem die Okawas ihre Erdbeeren verpackt hatten, so gut gefiel. Er hatte große breite Türen, eine hohe Decke aus Glas und Aluminium und bot viel Platz für seine Werkzeuge, seine Maschinen und die verschiedenen Komponenten seiner Luftschiffe, ganz zu schweigen von seiner umfangreichen Pappkarton-Sammlung.

»In einem von denen da muss er sein«, sagte Mr. Feld. »Ich weiß, ich hätte ihn nie weggeworfen.«

Ethan stand neben ihm und sah zu, wie er in einem Karton wühlte, der vor langer Zeit einmal zwölf Flaschen Gilbey's Gin enthalten hatte. Er gehörte nicht zu den Kartons, die noch von ihrem Umzug nach Clam Island übrig waren, denn die trugen alle den Stempel *Mayflower* und ein Bild vom Schiff der Pilgerväter. Von der Sorte standen noch ganze Stapel oben im Haus, mit spitzen Ecken und säuberlich zugeklebt. Ethan beachtete sie so wenig wie möglich. Sie erinnerten ihn schmerzlich daran, wie aufgeregt er damals beim Umzug gewesen war und wie froh, endlich aus Colorado Springs wegzukommen, obwohl es wie ein endgültiger Abschied von seiner Mutter war. Anfangs hatte ihn der Anblick des kleinen rosa Hauses bezaubert, und die Vorstellung, dass in dem klotzigen Packschuppen das fabelhafte Kleinluftschiff entstehen sollte, begeisterte ihn. Er und sein Vater hatten den Schuppen in jenem Sommer fast im Alleingang wieder hergerichtet, und nur Albert, Jennifer T.'s Vater, hatte ihnen gelegentlich geholfen.

Eine Zeit lang hatten ihm die Luftveränderung, die Arbeit und das Gefühl, etwas Sinnvolles zu tun, den Glauben daran zurückgegeben, dass alles wieder ins Lot kommen würde. Es war Albert Rideout, der ihm eines Nachmittags von den Okawas erzählte. Nach Albert war der Sohn einer der besten Shortstops in der Geschichte von Clam Island gewesen, geschmeidig und groß, sicher auf den Beinen und flink mit den Händen. Um seine Balance zu verbessern, rannte er immer so schnell er konnte durch die schmalen Reihen zwischen den Erdbeerpflanzen, ohne auch nur eine einzige Beere oder einen einzigen Trieb zu zertreten. Nach der Internierung der Okawas wollte der Sohn unbedingt beweisen, dass er und seine Familie gute Amerikaner waren, und meldete sich freiwillig zur Armee. Er fiel in Frankreich im Kampf gegen die Deutschen. Es war nur eine Geschichte, die Albert Rideout erzählte, als sie den Zementboden in der Werkstatt strichen, und die er immer wieder mit seinem kurzen trockenen Lachen unterbrach, das wie ein Husten klang. Doch von dem Augenblick an und besonders, wenn Ethan über das verwilderte Erdbeerfeld blickte, wirkte der Himmel über der alten Okawa-Farm irgendwie wolkenverhangener, trüber und grauer als noch bei ihrer Ankunft. Und auch die Stille im Haus war seitdem bedrückender geworden.

»Eigentlich ist es ein Softball-Handschuh«, sagte sein Vater. »Ich habe auf dem College gelegentlich damit gespielt, als Catcher in einer internen Mannschaft ... Hallo!« Er hatte aus dem Karton, in dem er wühlte, bereits das Okular eines Mikroskops und eine Erdnussbüchse mit kanadischen Geldstücken geborgen, außerdem eine kleine, mit schuppigem grauem Staub gefüllte Zellophantüte mit dem alarmierenden Etikett *Rasierter Fisch*. Wie alle Kartons in der Werkstatt war auch dieser verbeult, eingerissen und an vielen Stellen mit Klebeband geflickt. Mal sagte Dr. Feld, diese Kartons enthielten sein ganzes Junggesellenleben, dann wieder sagte er, das alles sei nur ein Haufen Plunder. Egal wie oft er sie durchstöberte, er fand nie das, was er eigentlich suchte, und alles, was er zu Tage förderte, schien ihn zu überraschen. Jetzt war es ihm gelungen, das Gesuchte zu finden, zum allerersten Mal, soweit sich Ethan erinnerte.

»Wow«, rief er und betrachtete mit einem zärtlichem Ausdruck den Handschuh. »Der alte Kuchenteller.«

Er war größer als jeder Catcher-Handschuh, den Ethan bisher gesehen hatte, praller und dicker wattiert, ja wulstig, von einer kräftig dunkelbraunen Farbe wie das irische Bier, das sein Vater manchmal an regnerischen Winternachmittagen trank. Halb zusammengefaltet erinnerte er Ethan an einen winzigen, gut gepolsterten Ledersessel.

»Hier, mein Sohn.«

Der Handschuh fiel in Ethans ausgestreckte Hände, klappte auf, und ein Ball rollte heraus. Und plötzlich erfüllte ein Geruch nach Salz und Wildblumen die Luft, der Ethan sofort an die Luft in den Sommerlanden erinnerte. Er fing den Ball, ehe er zu Boden fiel, und steckte ihn in die verschließbare Tasche seiner Shorts.

»Probier ihn aus«, sagte sein Vater.

Ethan schob die Hand in den Handschuh. Er fühlte sich feucht an, aber angenehm feucht, wie kühler Schlamm zwischen den Zehen an einem heißen Sommertag. Wenn Ethan in seinen eigenen Handschuh schlüpfte, entbrannte immer ein kurzer Kampf mit den Fingerlöchern. Sein Ringfinger verklemmte sich neben dem kleinen, oder sein Zeigefinger ragte aus dem Loch auf der Rückseite und schmerzte. Doch als er den alten Handschuh seines Vaters anzog, glitten seine Finger mühelos in die richtigen Schlitze. Er hob die linke Hand und ballte zur Probe ein paar Mal die Faust. Der Handschuh war schwer, viel schwerer als der eines Feldspielers, aber irgendwie gut ausbalanciert, und sein Gewicht verteilte sich gleichmäßig auf die ganze Hand. Ein Schauer lief Ethan über den Rücken, ein ähnlicher Schauer wie bei seiner Begegnung mit Cinquefoil und dem wilden Keilerhauerstamm der Ferischer. »Wie fühlt er sich an?«, fragte sein Vater.

»Gut«, antwortete Ethan. »Ich finde, er fühlt sich gut an.«

»Wenn wir im Stadion sind, rede ich mit Mr. Olafssen und bitte ihn, dich nächste Woche mit den Pitchern trainieren zu lassen. Bis dahin könnte ich ein wenig mit dir üben. Und ich bin mir sicher, dass dir auch Jennifer T. gerne helfen wird. Wir könnten an deiner Hocke arbeiten und mit Würfen aus der Hocke anfangen und ...« Er stockte und lief rot an. Es war für seine Verhältnisse eine lange Rede gewesen, und er fürchtete wohl, seine Baseball-Leidenschaft sei mit ihm durchgegangen. Er drückte das Wollknäuel seiner Haare fest. »Aber natürlich nur, wenn du Lust hast.«

»Klar, Dad«, sagte Ethan. »Ich denke schon.«

Sein Vater grinste, zum ersten Mal seit Jahren, wie Ethan vorkam. Es war dieses breite Grinsen, bei dem er den unteren Schneidezahn entblößte, den er sich vor langer Zeit bei einem Zusammenprall am Schlagmal abgebrochen hatte.

»Cool!«, sagte er.

Ethan blickte auf die Uhr. Ein Reihe von Ziffern blinkte auf der Flüssigkristallanzeige. Offensichtlich hatte er aus Versehen einen der rätselhaften Knöpfe gedrückt. Er hielt das Display seinem Vater hin, der es stirnrunzelnd betrachtete.

»Das ist deine Herzfrequenz«, sagte er und drückte ein paar Knöpfe unter dem Display. »Scheint leicht erhöht. Hmm. Oh, schon fast elf. Wir müssen los.«

»Das Spiel beginnt doch erst um halb eins«, rief ihm Ethan in Erinnerung.

»Ich weiß. Aber ich habe mir gedacht, wir könnten heute die *Victoria Jean* nehmen.«

DREI MONATE NACH DEM TOD SEINER FRAU HATTE
Mr. Feld seinem Sohn an einem kalten Wintermorgen eröffnet, dass er beschlossen habe, bei Aileron Aeronautics zu kün-
digen, ihr Haus in einem Vorort von Colorado Springs zu verkaufen und auf eine Insel im Puget-Sund zu ziehen, um dort
das Luftschiff seiner Träume zu bauen. In gewisser Weise
hatte er sein Leben lang von Luftschiffen geträumt – sie studiert, bewundert, sich mit ihrer bewegten Geschichte beschäftigt. Luftschiffe waren nur eines seiner vielen Hobbys.
Doch nach dem Tod seiner Frau hatte er *richtig* von ihnen geträumt. Jede Nacht, und es war immer derselbe Traum. Seine
Frau stand, das Haar mit einem karierten, zu ihrem Sommer-
kleid passenden Band zurückgebunden, auf einer sonnigen
Wiese und winkte ihm lächelnd zu. Er konnte sie und ihr
glückliches Lächeln im Traum deutlich sehen, und doch war
sie irgendwie auch weit weg. Hohe Berge und ausgedehnte
Wälder lagen zwischen ihnen.

Also baute Mr. Feld ein Luftschiff – er setzte es schnell und
mühelos aus den einfachsten Materialien zusammen –, blies
per Knopfdruck die hübsche silberne Außenhaut auf und flog
nach Norden. Als er langsam in den Himmel stieg, wurden
die Berge immer kleiner, bis sie nur noch ein flacher brauner
Fleck unter ihm waren, und die Wälder wurden hellgrüne
Tintenkleckse. Er flog jetzt über eine Landkarte, eine unaufhaltsam schrumpfende Straßenkarte der westlichen Vereinigten Staaten, bis zu einem hübschen braunen Fleck in der
Form eines galoppierenden Keilers, umgeben von Blau. An
der äußersten Westspitze der Insel stand auf einer grünen
Wiese seine schöne Frau und winkte. Es war Ethan, der
schließlich zum Atlas gegriffen und Clam Island gefunden
hatte. Keinen Monat später rollte der große, mit Kartons
beladene Mayflower-Laster auf den Hof zwischen dem rosa
Haus und dem halb verfallenen Packschuppen. Seit damals

war die kleine, glitzernde, gemächlich durch die Lüfte schwebende *Victoria Jean,* der Prototyp von Mr. Felds Zeppelina, überall auf der Insel ein vertrauter Anblick. Ihre cremeweiße Fiberglasgondel, die ungefähr die Größe und Form eines kleinen Kajütboots hatte, passte bequem in eine Durchschnittsgarage. Ihre lange, schlanke Außenhülle aus einem silbernen Pikofaserverbundstoff ließ sich per Knopfdruck aufblasen und innerhalb von zehn Minuten wieder entleeren. War das Gas vollständig entwichen, konnte man die Hülle wie einen Schlafsack in einen gewöhnlichen Müllsack stopfen. Die unverwüstliche, robuste und elastische Pikofaserhülle war Mr. Felds ganzer Stolz. Allein auf diese Erfindung hielt er sieben Patente.

Mr. Arch Brody war früh ins Mac-Dougal-Stadion gekommen, um sich ein Bild vom Zustand des Platzes zu machen, und er war auch der Erste, der den kleinen Motor der Zeppelina, einen umgebauten Bootsmotor von Mitsubishi, brummen hörte. Er hatte soeben mit einem kleinen Handbesen die Gummiplatte auf dem Werferhügel gefegt. Jetzt richtete er sich auf und blickte stirnrunzelnd zum Himmel. Kein Zweifel, da kam dieser Feld in seiner fliegenden Benzinkutsche, ein Spinner wie die meisten Festländer. Das Luftschiff nahte in einem flotten Tempo, und bald konnte Arch Brody erkennen, dass das Verdeck der Gondel aufgeklappt war und der junge Feld neben seinem Vater saß. Sie flogen direkt in Richtung Zahn. Brody lächelte selten, aber jetzt konnte er sich ein Lächeln nicht verkneifen. Er hatte Mr. Feld schon viele Male über die Insel gondeln sehen, wenn er mit seinem Kleinluftschiff Testflüge unternahm. Aber er hätte es nie für möglich gehalten, dass man die verrückte Kiste tatsächlich dazu benutzen konnte, irgendwo hinzufliegen.

»Meine Fresse«, entfuhr es Perry Olafssen, der hinter Mr. Brody aufgetaucht war. Heute spielten die Roosters gegen die

Dick Helsing Realty Reds, und die ersten Eltern und Spieler trudelten ein. Die Jungs warfen ihre Taschen weg und liefen aufs Außenfeld, um den Anflug der *Victoria Jean* zu beobachten.

»Also ich würde heute nicht in so einem Ding rumfliegen wollen«, nörgelte Mr. Brody, jetzt wieder der gewohnte Miesepeter. »Nicht bei dem Wetter.«

Er hatte nicht ganz Unrecht. Der Bann, der dem Zahn hundert Jahre lang ideales Sommerwetter beschert und ihn bei den Inselbewohnern so beliebt gemacht hatte, schien zum Erstaunen aller gebrochen. Die Wolken über Sommerland waren eher noch dicker als über dem Rest der Insel, als richteten die Unwetter von Jahren ihren aufgestauten Groll gegen den Ort, der sich ihnen so lange entzogen hatte. Seit gestern hatte es fast ununterbrochen geregnet, und wenn der Regen inzwischen auch aufgehört hatte, so zogen doch erneut dunkle, schwere Wolken am Himmel auf. Tatsächlich hatte sich Mr. Brody bei der Fahrt ins Stadion darauf eingestellt, dass er heute möglicherweise einer ernsten Pflicht würde nachkommen müssen, zu der seit Menschengedenken und länger noch kein Schiedsrichter auf Clam Island genötigt war, nämlich wegen Regens ein Baseballspiel abzusagen.

»Ich wette, das Ding ist an dem Regen schuld«, murmelte eine düstere Stimme hinter ihnen. »Weiß der Himmel, woraus das silberne Zeug des Ballons ist.«

Alle drehten sich um. Mr. Brody ging ein Stich durchs Herz. Er kannte die Stimme nur zu gut. Wie jeder auf Clam Island.

»Der Mann bringt unser Wetter durcheinander«, sagte Albert Rideout im Brustton der Überzeugung, wie immer, wenn er eine seiner lächerlichen Theorien ausgebrütet hatte. Vor zwei Tagen war er mit sieben hässlichen Stichen an der Wange wieder aufgetaucht. Niemand wusste, woher er kam und wohin er wollte.

»Was verstehst du denn davon?«, fuhr Jennifer T. ihren Vater an. »Bist du vielleicht Luftfahrtingenieur und hast am M.I.T. studiert wie Mr. Feld? Dann erklär uns doch mal das Bernoulli-Prinzip, na los!«

Albert blickte sie finster an. Seine lädierten, pockennarbigen Backen färbten sich rot, und dann hob er die Hand, wie um seiner Tochter eine Ohrfeige zu geben. Jennifer T. sah zu ihm auf, ohne sich zu ducken, zurückzuzucken oder irgendeine Regung zu zeigen.

»Tu es doch«, sagte sie. »Dann sorge ich dafür, dass du ein für alle Mal von der Insel fliegst. Der Deputy Sheriff hat gesagt, dass er dir nur noch eine Chance gibt.«

Albert ließ langsam die Hand sinken und blickte in die Runde. Die anderen Eltern beobachteten ihn. Sie hielten es für unwahrscheinlich, dass er handgreiflich werden würde, aber bei Albert Rideout wusste man nie. Die frische Wunde in seinem Gesicht sagte alles. Sie kannten Albert seit ihrer gemeinsamen Kindheit, und einige erinnerten sich noch an den netten und furchtlosen Jungen, der er mal war, ein trickreicher Pitcher mit einem irren Curveball, für jedes Abenteuer zu haben und bis heute der beste Gehilfe, den Mr. Brody jemals in seiner Apotheke gehabt hatte. Mr. Brody hatte im Stillen sogar gehofft, Albert würde eines Tages in seine Fußstapfen treten und Pharmazeutik studieren. Bei dem Gedanken daran traten ihm fast Tränen in die Augen, doch er weinte noch seltener, als er lächelte.

»Ich habe keine Angst vor dem Deputy Sheriff«, tönte Albert. »Und vor dir schon gar nicht, du freches Gör.«

Aber Jennifer T. hörte schon nicht mehr zu. Sie war in einem Affenzahn über das Spielfeld gerannt und griff nach dem Haltetau, das Mr. Feld in die ausgestreckten Hände der Kinder unter ihm geworfen hatte. Ehe jemand begriff, was sie tat, oder einen Versuch unternehmen konnte, sie aufzuhalten, schlang sie das Tau um ihr rechtes Bein und zog sich nach oben.

Die *Victoria Jean* legte sich leicht auf die Seite, an der Jennifer T. hing, richtete sich dank dem Feldschen Gyrotronischen Neigungsausgleich (zum Patent angemeldet) aber gleich wieder auf. Sich mit dem rechten Bein abstützend, kletterte Jennifer T. Hand über Hand rasch zu der chromglänzenden Reling der schwarzen Gondel hinauf. Mr. Feld und Ethan bekamen sie zu fassen und zogen sie vollends an Bord. Beide waren zu verdutzt über ihr Auftauchen, um sie für ihren Leichtsinn zu rügen oder auch nur Hallo zu sagen.

»Hey«, brachte Ethan schließlich heraus. »Ist dein Dad da?«

Jennifer T. beachtete ihn nicht. Sie wandte sich an Mr. Feld.

»Darf ich sie landen?«, fragte sie.

Mr. Feld spähte nach unten und entdeckte Albert Rideout, der, die Arme vor der Brust verschränkt, mit rotem Kopf dastand und sie mit Blicken durchbohrte. Er wandte sich an Jennifer T., nickte und trat beiseite. Sie ergriff das Steuer mit beiden Händen, so wie er es ihr beigebracht hatte.

»Ich wollte gerade bei den Picknicktischen landen«, sagte Mr. Feld. »Jennifer T.?«

Jennifer T. antwortete nicht. Sie hatte das Heck der *Victoria Jean* herumgezogen, sodass sie jetzt nach Südosten blickten, in Richtung Seattle und Kaskadengebirge, dessen dunkle Zacken hinter der Stadt aufragten. Sie hatte diesen sonderbaren Blick, den Ethan schon öfter bei ihr gesehen hatte, besonders wenn ihr Vater in der Nähe war.

»Müssen wir denn?«, fragte sie schließlich. »Können wir nicht einfach weiterfliegen?«

ES WAR EIN MERKWÜRDIGES SPIEL. Als die Roosters aufliefen, lag eine Art zäher Dunst über dem Platz, der einem Nieselregen nahe kam, und kurz nach Spielbeginn setzte der Regen ein. Andy Dienstag, der Pitcher der Reds, geriet früh in Bedrängnis. Die Roosters brachten einen Läufer auf jedes Base und erzielten den ersten Punkt. Je stärker der Regen wurde, desto schlechter warfen die Reds, und als das Spiel im fünften Inning unterbrochen wurde, stand es 7:1 für Mr. Olafssens Truppe. Es folgte eine seltsame, zähe halbe Stunde, in der alle unter ihren Jacken und ein paar Planen, die Leute aus ihren Pickups geholt hatten, hockten und abwarteten, wie sich das Wetter und Mr. Arch Brody entscheiden würden. Ethan war noch nicht eingewechselt worden. Und zum ersten Mal war er darüber nicht froh. Er wusste selbst nicht recht, wieso. Zum einen hatte der Trainer die Ankündigung seines Vaters, dass er, Ethan, Catcher werden wolle, mit einem verkniffenen Lächeln quittiert und lediglich versprochen, »sich die Sache durch den Kopf gehen zu lassen«. Zum anderen war das heute nicht der ruhige, beschauliche und strahlende Sommernachmittag, zu dessen besserem Verständnis, wie Peavine meinte, Baseball erfunden worden sei. Es herrschte nasskaltes Schmuddelwetter. Doch aus irgendeinem Grund wollte er heute spielen.

»Ich habe auf meine historische Datenbank zugegriffen«, sagte Thor. Er saß zwischen Jennifer T. und Ethan und hielt die Plane über ihren Köpfen. Er hielt sie schon seit zwanzig Minuten so, ohne dass seine Arme erlahmten. Manchmal fragte sich Ethan, ob er nicht vielleicht wirklich ein Android war. »Die letzten Niederschläge in diesen Koordinaten wurden 1882 verzeichnet.«

»Echt?«, sagte Jennifer T. »Und was hat der Regen mit deiner Theorie von dem unterseeischen Vulkan zu tun?«

»Hä?«, machte Thor.

»Vielleicht«, erklärte Jennifer T., »leidest du auch nur unter einem Zustand, den wir Menschen gern ›Größenwahn‹ nennen.« Sie schlüpfte unter der Plane hervor und stand auf. »Scheibenkleister!«, rief sie. »Ich will spielen.«

Doch es regnete und regnete, und nach einer Weile war der Funke Interesse an dem Spiel, der am Morgen bei der Lektüre von Peavines Buch in Ethan erglüht war, in der Feuchtigkeit des Tages wieder erloschen. Er sah, wie Mr. Brody auf die Uhr blickte, die Backen aufblies und dann frustriert die Luft ausstieß. Es war so weit. Er wollte das Spiel abbrechen. Tu es, dachte Ethan. Mach einfach Schluss.

Plötzlich drehte sich Jennifer T. um und blickte zum Kanubirkenwald. »Was war das?«

»Was war was?«, fragte Ethan, obwohl er es ebenfalls hörte. Es klang wie ein Pfeifen, als pfiffen eine Menge Leute gleichzeitig dieselbe Melodie. Es kam von weit her und war doch unüberhörbar, eine liebliche und unheimliche Melodie, wie von einem Schiff, das in der Ferne durch den Sund fuhr. Jennifer T. und Ethan sahen einander an, dann die anderen Kids auf der Bank. Alle beobachteten Mr. Brody, der gerade einen Finger ins Gras stach, um festzustellen, wie nass es war. Anscheinend hörte niemand außer ihnen das seltsame Pfeifen. Jennifer T. schnupperte.

»He«, sagte sie. »Ich rieche ...« Sie hielt inne. Sie konnte nicht genau sagen, was sie roch, nur dass sich in der Luft etwas verändert hatte.

»Der Wind«, sagte Albert Rideout. »Er kommt jetzt von Osten.«

Richtig, der Wind hatte gedreht. Er blies scharf vom Sund herüber, fegte über den Platz und vertrieb er die grauen Wolken, die sich über Sommerland aufgetürmt hatten. Zum ersten Mal seit Tagen kam die Sonne heraus, kräftig und warm. Dampfkringel stiegen vom Rasen auf.

»Weiter geht's!«, rief Mr. Brody.

»Feld«, sagte Mr. Olafssen, »du kommst jetzt rein. Geh nach links.« Er hielt Ethan fest, als er an ihm vorbeitrabte. »Beim Training am Montag kannst du vielleicht eine Weile hinter der Platte spielen, einverstanden? Mal sehen, wie's läuft.«

»Okay«, sagte Ethan. Er rannte rüber auf die linke Seite, und als er den Blick hob und sah, wie der leise pfeifende Wind die letzten Wolkenfetzen nach Westen trieb, fühlte er sich fast im Stande, einen Flugball zu fangen. Er war überzeugt, dass die Ferischer gepfiffen hatten. Sie waren in der Nähe. Sie wollten ihn spielen sehen und feststellen, ob er bereit war, in Peavins Fußstapfen zu treten und das Spiel zu lernen. Ja, sie wollten ihn spielen sehen. Deshalb hatten sie den Regen weggepfiffen.

ETHAN KAM AM ENDE DES SIEBTEN UND LETZTEN INNINGS zum Schlagmal. Die Reds führten mittlerweile mit 8:7. Der Wetterumschwung war ihnen besser bekommen als den Roosters – Kyle Olafssen, der auf dem Werferhügel stand, als die Reds sechs ihrer letzten sieben Punkte erzielten, sagte, die Sonne habe ihn geblendet. Ethan ging rüber zu dem Haufen Schläger und griff zu dem hellroten aus Aluminium, den er normalerweise benutzte, weil ihm der Trainer am ersten Trainingstag dazu geraten hatte. Er spürte alle Blicke auf sich gerichtet. Jennifer T. war auf dem ersten Base, Tucker Corr auf dem zweiten, und zwei waren aus. Er brauchte eigentlich nur zu treffen und den Ball aus dem Innenfeld zu schlagen, um den schnellen Tucker nach Hause zu bringen. Dann würde das Spiel zumindest in die Verlängerung gehen. Und wenn ein gegnerischer Spieler einen Fehler machte, und das lag absolut im Bereich des Möglichen, konnte auch Jennifer T. einen Punkt erzielen. Und der Sieg gehörte den Roosters. Und Ethan wäre der Held des Tages. Er ließ den roten Schläger liegen, richtete sich kurz auf und blickte zum Birkenwald. Er holte tief Luft. Der Gedanke, zum Helden der Tages zu werden, war ihm noch nie gekommen. Er machte ihn ein bisschen nervös.

Er bückte sich wieder, und diesmal griff er, ohne zu wissen, warum, zu dem Holzschläger, den Jennifer T. manchmal benutzte. Er hatte früher Albert gehört, und davor dem alten Mo Rideout. Er war dunkel, von den vielen Flecken an manchen Stellen fast schwarz, und er trug den Namenszug von Mickey Cochrane. Ein Catcher, dachte Ethan. Er konnte nicht sagen, woher er das wusste.

»Weißt du auch genau, was du tust, Feld?«, rief der Trainer ihm nach, als er zum Schlagmal ging und den alten Louisville-Schläger locker über der Schulter trug, wie es Jennifer T. immer tat.

»He, Ethan!«, rief sein Vater. Ethan versuchte, den zweifelnden Ton in seiner Stimme zu überhören.

Er trat auf die Platte und schwang den Schläger ein paar Mal. Er sah rüber zu Nicky Marten, dem neuen Pitcher der Reds. Nicky war kein übermäßig guter Pitcher. Genau genommen war er so etwas wie der Ethan Field seines Teams.

»Atmen!«, rief Jennifer T. vom ersten Base. Ethan atmete. »Und lass die Augen offen«, fügte sie hinzu.

Er gehorchte. Nicky holte aus und brachte den Arm nach vorn. Sein Bewegung war eckig, der Wurf leicht zu lesen. Der Ball verließ langsam seine kurzen Wurstfinger. Ethan umklammerte den Schaft des Schlägers, und das Nächste, was er registrierte, war ein Pochen in seiner Hand, dann ein schönes sattes *Plop!,* und etwas, das genauso aussah wie ein Baseball, zischte an Nicky Martin vorbei ins linke Feld.

»Lauf!«, rief Mr. Feld von der Tribüne.

»Lauf!«, riefen alle Roosters und alle Eltern und Mr. Olafssen und sogar Mr. Arch Brody.

Ethan sprintete zum ersten Base. Er hörte das rhythmische Keuchen Jennifer T. Rideouts, die zum zweiten rannte, dann das Klatschen eines Handschuhs und einen Augenblick später ein zweites Klatschen. Ein Klatschen stammte von einem Ball, der in einem Handschuh landete, das andere von einem Fuß, der auf ein Base trat, aber er konnte hinterher nicht mehr sagen, welches er zuerst gehört hatte. Er konnte überhaupt nichts sehen, entweder weil er die Augen jetzt geschlossen hatte oder weil er von dem herrlichen Anblick seines Hits, seines allerersten Hits, so geblendet war, dass er nichts anderes mehr wahrnahm.

»Du bist aus!«, brüllte Mr. Brody, und dann, wie um etwaigen Protesten von der Bank der Roosters vorzubeugen: »Ich hab's ganz genau gesehen.«

Aus. Er war aus. Er öffnete die Augen und sah, dass er allein auf dem ersten Base stand. Der Firstbaseman der Reds war bereits übers Feld getrabt und klatschte sich mit seinen Mitspielern ab.

»Prima Schlag, mein Sohn!«

Mr. Feld kam mit ausgebreiteten Armen auf ihn zugerannt. Er wollte ihn umarmen, doch Ethan wich ihm aus.

»Es war kein Hit«, sagte er.

»Was redest du da?«, fragte sein Vater. »Natürlich war es einer. Ein blitzsauberer Hit. Wenn Jennifer T. kurz vor dem zweiten nicht gestolpert wäre, wärt ihr beide auf Base gekommen.«

»Jennifer T.?«, fragte Ethan. »Jennifer T. ist aus?« Sein Vater nickte. »Nicht ich?«

Bevor Mr. Feld antworten konnte, vernahmen sie laute Stimmen. Männer brüllten und fluchten. Sie blickten zum Schlagmal. Albert Rideout hatte offensichtlich beschlossen, Mr. Brody die Hölle heiß zu machen, weil er Jennifer T. am zweiten Base aus gegeben hatte.

»Du bist doch blind wie ein Maulwurf, Brody!«, rief er.
»Schon immer gewesen! Tappst wie ein Blinder durch deine
Apotheke. Ein Wunder, dass du einem asthmatischen Kind
noch kein Rattengift gegeben hast! Wie kannst du behaupten,
das Mädchen ist aus, wo doch jeder, der Augen im Kopf hat,
sehen konnte, dass sie es um Längen geschafft hat?«

»Sie ist gestolpert, Albert«, entgegnete Brody etwas be-
herrschter als Albert. Aber nicht viel. Kein halber Meter
trennte die Gesichter der beiden Männer.

»Quatsch!«, schrie Albert. »Quatsch mit Soße. Du bist nicht
bloß blind, du bist dumm!«

Seine Stimme wurde mit jeder Sekunde schriller. Die Jacke
rutschte ihm von den Schultern, und sein Hosenschlitz stand
offen, als platze er vor Wut gleich aus den Kleidern. Mr. Brody
wich vor ihm zurück. Albert setzte ihm nach, torkelte und verlor fast das Gleichgewicht. Wahrscheinlich war er betrunken.
Mehrere Väter machten ein paar Schritte auf ihn zu, und er
beschimpfte sie. Er bückte sich, hob ein paar Baseballschläger
auf und schleuderte einen nach den Männern. Dann kippte er
um. Die restlichen Schläger fielen klappernd auf die Erde.

Albert rappelte sich wieder auf, und dabei fiel sein Blick auf
Ethan. »He!«, rief er. »Ethan Feld! Das war ein Hit, Mann! Ein
sauberer Hit! Der erste, der dir je gelungen ist. Und da be-
hauptet dieser Idiot, die Reds hätten dich ausmachen können,
wenn sie gewollt hätten. Willst du das hinnehmen?«

Alle Jungs, Roosters wie Reds, blickten zu Ethan, als fragten sie sich, was der Hundejunge mit dem verrückten alten Albert Rideout, diesem betrunkenen Kerl, zu schaffen hatte.

Das war zu viel für ihn. Er wollte kein Held sein. Er hatte
keine Ahnung, was er Albert Rideout antworten sollte. Er war
doch nur ein Junge. Er konnte sich nicht mit dem Schiedsrichter anlegen, er konnte nicht gegen Raben, Kojoten und scheußliche graue Männchen mit zuckenden schwarzen Flügeln

kämpfen. Und so rannte er. Er rannte so schnell er konnte zum Picknickplatz hinter dem weißen Pavillon, in dem manchmal Leute heirateten und von dem die Farbe abblättert. Und noch im Rennen sagte er sich, dass er heute zum letzten Mal auf einem Baseballplatz gestanden hatte. Es war ihm egal, was sein Vater liebte oder wovon er träumte. Baseball machte einfach keinen Spaß, niemandem. Er flitzte quer durch den Pavillon, rutschte auf einem nassen Stück Holz weg und landete auf dem Bauch. Er meinte zu hören, wie die anderen Kids über ihn lachten. Er kroch auf allen vieren aus dem Pavillon und schlüpfte unter die Picknicktische. Er versteckte sich nicht zum ersten Mal unter Picknicktischen. Sie eigneten sich gut als Versteck.

Ein paar Minuten später knirschte der Kies. Ethan spähte zwischen Sitzbank und Tischplatte hindurch und sah seinen Vater kommen. Der Wind hatte abermals gedreht. Das Pfeifen war verstummt. Es regnete wieder in Sommerland. Ethan versuchte, seinen Vater zu ignorieren. Er stand einfach nur da und atmete, und seine Füße wirkten in den Socken und Sandalen unglaublich verständig.

»Was ist?«, fragte Ethan schließlich.

»Komm, Ethan. Wir haben Albert beruhigt. Er ist wieder in Ordnung.«

»Ja und?«

»Na ja, ich dachte mir, du willst vielleicht Jennifer T. helfen. Sie ist weggerannt. Ich schätze, weil sie sich über ihren Vater geärgert hat. Vielleicht war sie auch nur wütend, weil sie aus gegeben wurde, was weiß ich. Ich habe gehofft, du ...«

»Verzeihen Sie. Sind Sie Mr. Feld? Mr. Bruce Feld?«

Ethan streckte den Kopf unter dem Tisch hervor. Ein junger Mann mit ziemlich langen Haaren stand neben seinem Wagen. Er trug Shorts, ein Flanellhemd und nagelneue sportliche Wanderschuhe, hielt aber auch einen Aktenkoffer in der

Hand. Seine Haare, die er sich hinter die Ohren geklemmt hatte, waren so blond, dass sie wie weiß aussahen. Auf seiner Nase saß eine abgefahrene Sonnenbrille aus weißem Kunststoff mit tränenförmigen Gläsern, die in allen Regenbogenfarben schillerten.

»Ja?«, fragte Mr. Feld.

»Oh, hallo. Hähä. Wie geht's? Mein Name ist Rob. Rob Padfoot. Von der Firma Brain & Storm Aerostatics. Wir machen in alternative und zukunftsweisende Luftschifftechnologien.«

Wow, dachte Ethan. Auf genau so jemanden hatte sein Vater gewartet. Einen Typ mit langen Haaren und Aktenkoffer. Einen, der Geld hatte, begeisterungsfähig und ein bisschen verrückt war. Ethan glaubte sich zu erinnern, dass sein Vater in der Vergangenheit selbst von »alternativen und zukunftsweisenden Luftschifftechnologien« gesprochen hatte.

»Und?«, fragte sein Vater etwas ungeduldig.

»Na ja, ich habe von Ihrem kleinem Prototyp da gehört. Niedlich. Außerdem habe ich Ihre Arbeit über die Pikofaserhülle gelesen. Und da habe ich mir gesagt, schau doch mal auf einen Sprung vorbei und sieh dir das, hähä, Wunderding mal an, verstehen Sie? Und wie ich so über Ihre herrliche Insel kutschiere und zum Himmel blicke ...«

»Hören Sie, Mr. Padfoot. Sie müssen schon entschuldigen, aber ich rede gerade mit meinem Sohn.«

»Oh. Ach so. Alles klar.« Ein Ausdruck der Verwirrung huschte über Rob Padfoots Gesicht. Ethan sah jetzt, dass sein Haar gar nicht blond, sondern tatsächlich weiß war. Er hatte in Büchern von jungen Leuten gelesen, die weiße Haare bekommen hatten, und er fragte sich, welche unsägliche Tragödie Rob Padfoot wohl erlebt hatte. »Hey, aber, hähä, hören Sie, ich gebe Ihnen meine Karte. Rufen Sie mich an oder schicken Sie mir eine Mail. Wenn Sie mal Zeit haben.«

Ethans Vater nahm die Karte und steckte sie, ohne einen Blick darauf zu werfen, in die Tasche. Eine Sekunde lang sah Rob Padfoot unglaublich wütend aus, fast so, als wollte er seinen Vater schlagen. Dann war die Wut wie weggewischt, und Ethan war sich nicht sicher, ob er richtig gesehen hatte.

»Dad?« sagte er, als Padfoot, den Aktenkoffer schlenkernd, davonspazierte.

»Vergiss es«, sagte Mr. Feld. Er kauerte sich im Kies neben dem Picknicktisch nieder. »Komm jetzt. Wir müssen Jennifer T. suchen. Du weißt doch bestimmt, wo sie stecken könnte.«

Ethan blieb noch einen Moment sitzen, dann kroch er unter dem Tisch hervor, hinaus in den Dauerregen.

»Ja«, sagte er. »Ich glaub schon.«

JENNIFER T. RIDEOUT HATTE MEHR ZEIT IM VERFALLE-nen Sommerland-Hotel verbracht als jedes andere Kind ihrer Generation. Von ihrem Haus bis zum Strand war es ein Fußmarsch von siebenunddreißig Minuten durch Wälder, Wiesen und über den Parkplatz der Mülldeponie. Es gab keine Straße, die zum Hotel führte. Es hatte nie eine gegeben. Das hatte ihr schon immer an dem Platz gefallen. Früher, so hatte ihr Onkel Mo erzählt, kam alles mit dem Dampfschiff: Lebensmittel, Bettwäsche, feine Damen und Herren, die Post, Musiker, das Feuerwerk für die Feier am 4. Juli. Heute war das Strandhotel im Sommer ein beliebter Treff für Jugendliche, aber an grauen Winternachmittagen konnte es dort ganz schön einsam sein. Und wie zur Strafe für den wundersamen Sonnenschein im Sommer wurde es im Winter von Regen, Nebel und Hagelschauern heimgesucht. Überall wuchs dieses grüne Zeug, ein merkwürdiges Zwischending aus Algen, Pilzen und Schleim, das sich wie Schnee auf das angeschwemmte Treibholz legte und auf überhaupt alles, was aus Holz war. An einem nasskalten Winternachmittag war sie oft der einzige Mensch auf dem Zahn. Außer der Einsamkeit gefielen ihr auch die Geschichten. Ein Junge aus Kiwanis Beach war eines Abends in eine der verlassenen Strandhütten gegangen und total verrückt wieder herausgekommen. Er konnte nie darüber sprechen, was er gesehen hatte. Geister verstorbener Hotelgäste, musizierende Spukorchester, Gespenster, die bei Vollmond Jitterbug tanzten. Manchmal spürten Leute, dass etwas über ihre Wangen strich, sie in den Arm kniff oder ihnen sogar einen Tritt in den Hintern gab. Mädchen wurde der Rock gehoben, oder sie hatten plötzlich Knoten im Haar, die sie kaum wieder aufbekamen. Jennifer T. glaubte diese Geschichten nicht unbedingt. Aber sie verliehen dem Strandhotel eine Atmosphäre, die ihr gefiel. Sie glaubte an Zauberei, vielleicht sogar noch mehr als Ethan, sonst könnte sie in dieser Geschichte keine Rolle spielen. Aber sie glaubte auch, dass sie hundert Jahre zu spät geboren war, um auch nur eine kleine Kostprobe davon zu bekommen. Vor langer Zeit hatte es hier Tiere gegeben, die sprechen konnten, und merkwürdige kleine Indianer, die im Unterschied zu den anderen Indianern, die am Ende des Sunds in Dörfern lebten, im Birkenwald herumgeisterten. Heute war diese Welt praktisch verschwunden. Nur nicht auf dem Baseballplatz in Sommerland, und hier am Strandhotel.

Deshalb war sie hierher gerannt, als Albert sich vor ihren Teamkameraden lächerlich gemacht hatte. Doch gleich bei ihrer Ankunft sah sie, dass etwas Schreckliches passiert war und der Ort seinen Zauber verloren hatte.

Die Lichtung am Strand stand voller Bulldozer und Planierraupen. Sie waren neben einem Bauwagen ordentlich in Dreierreihen geparkt, und sie fragte sich, wie man sie wohl hergebracht hatte. Mit dem Hubschrauber? Seitlich am Bauwagen hing ein großes weißes Schild, auf dem *TransForm-Immobilien* stand und darunter *Betreten verboten!*. Überall auf dem Gelände waren Schilder aufgestellt mit der Aufschrift *Betreten verboten, Kein Zutritt, Privat* oder *Pilze sammeln verboten*. Die verwitterten blauen Hütten – es waren sieben gewesen – waren fort. Sie hatten sieben rechteckigen Zelten Platz gemacht. Die Überreste der eingestürzten Hotelveranda, die unzähligen spielenden Kindern als Festung, Galeone und Gefängnis gedient hatten, waren bis auf den letzten Stein fortgeschafft worden, auf welche Weise auch immer. Und mein Gott, wie viele Bäume sie gefällt hatten! Einhundert schlanke Birkenstämme lagen säuberlich gestapelt auf einem Haufen wie Malstifte in einer Schachtel. Jeder Stamm war mit roten Plastikstreifen markiert, bereit, der Veranda, den Strandhütten und den letzten Gespenstern des Hotels in die Vergessenheit zu folgen. Nun, da so viele Bäume weg waren, konnte man deutlich das matte graue Schimmern der Bucht auf der anderen Seite des Zahns schimmern sehen.

Jennifer T. setzte sich auf den großen Treibholzstamm, der ihr Lieblingsplatz war. Ihr Verlangen zu weinen war wie ein Luftballon, der langsam in ihrer Brust aufgeblasen wurde und gegen ihre Kehle und Lunge drückte. Sie kämpfte dagegen an. Sie wollte nicht weinen. Sie weinte nicht gern. Aber jedes Mal, wenn sie die Augen schloss, sah sie ihren Vater, wie er tobte, mit den Armen fuchtelte, beim Sprechen spuckte, fluchte, und das alles mit offenem Hosenschlitz.

Sie vernahm ein Scharren, ein angestrengtes Keuchen, ein Rascheln von Laub, und dann tauchte Ethan Feld unter den Bäumen auf, die das Strandhotel noch gegen den Baseballplatz abschirmten.

»Hey«, sagte er.

»Hey.« Sie war sehr froh, dass sie nicht weinte. Wenn es einen Menschen gab, von dem sie nicht bemitleidet werden wollte, dann Ethan Feld. »Was ist los? Ist die Polizei gekommen?«

»Keine Ahnung. Mein Dad hat gesagt ... Oh, mein Gott!« Ethan hatte die Verwüstung am Hotelstrand bemerkt. Er starrte entgeistert zu den Bulldozern und Schaufelbaggern, zu dem eingeebneten Platz, wo die Hütten gestanden hatten. Und dann blickte er aus irgendeinem Grund zum Himmel. Jennifer T. tat es ihm nach. Hier und dort behaupteten sich noch ausgefranste Fetzen von Blau gegen den Ansturm der dunklen Wolken.

»Im Juni Regen in Sommerland«, meinte Jennifer T. »Was hat das zu bedeuten?«

»Ja«, sagte Ethan. »Merkwürdig.« Es schien, als wollte er noch etwas hinzufügen. »Ja. Zurzeit passieren viele merkwürdige Dinge.«

Er setzte sich neben sie auf den Treibholzstamm. Seine Baseballschuhe sahen noch wie neu aus. Ihre waren, wie all ihre Sachen, abgenutzt, zerkratzt, die Schnürsenkel zerrissen.

»Wie ich meinen Dad hasse«, sagte sie.

»Ja«, sagte Ethan. Sie spürte, dass er noch etwas hinzufügen wollte, dass ihm aber nichts einfiel. Er saß einfach nur da und spielte mit dem Armband seiner großen hässlichen Uhr, während der Regen auf sie niederprasselte und kleine Krater in den Sand grub. »Ich weiß nicht, aber zu mir und meinem Dad war er eigentlich immer ganz nett.«

In diesem Augenblick platzte der Luftballon der Traurigkeit in ihrer Brust. Denn natürlich liebte sie ihren Vater, auch wenn sie ihn jetzt hasste. Natürlich konnte er auch richtig nett sein, wenn ihm danach war, nur hatte sie immer angenommen, sie sei die Einzige, die das wusste. Sie versuchte, ganz leise zu weinen, und hoffte, dass Ethan nichts merkte. Ethan fasste in seine Tasche und zog eine von diesen Minipackungen Papiertaschentücher hervor, die er wegen seiner Allergien mit sich herumtrug. Er war allergisch gegen Pekannüsse, Auberginen, Hunde, Tomaten und Dinkel. Sie wusste nicht genau, was Dinkel war.

Der Kunststoff knisterte, als er ein Taschentuch herausnahm und ihr reichte.

»Darf ich dir eine Frage stellen?«, fragte er.

»Geht es um Albert?«

»Nein.«

»Dann ja.«

»Glaubst du an, äh, na ja, an das Kleine Volk? Du weißt schon.«

»Das Kleine Volk?«, wiederholte Jennifer T. Die Frage kam sehr überraschend. »Du meinst ... du meinst Elfen, Kobolde, Trolle und so?«

Ethan nickte.

»Eigentlich nicht«, antwortete sie, obwohl wir wissen, dass das nicht ganz der Wahrheit entsprach. Sie glaubte durchaus, dass es Elfen mal gegeben hatte, drüben in der Schweiz oder in Schweden oder wo auch immer, und dass ein Stamm von Indianern, die keinen halben Meter groß waren, in den Wäldern von Clam Island gelebt hatte. Früher. »Und du?«

»Ich schon. Ich habe welche gesehen.«

»Du hast Elfen gesehen?«

»Nein, Elfen nicht. Aber eine Fee, als ich zwei war. Und ich habe Fer... noch ein paar andere gesehen. Sie leben hier in der Gegend.«

Jennifer T. rückte ein Stück von ihm weg, damit sie sein Gesicht besser sehen konnte. Doch er meinte es anscheinend absolut ernst. Von dem kalten Westwind bekam sie wieder Gänsehaut an ihren nassen Armen, und sie vernahm wieder das schwache Echo des Pfeifens, das sie zuvor schon gehört hatte. Es kam aus dem Wald.

»Also ich weiß nicht«, sagte sie schließlich.

»Du kannst dem Jungen ruhig glauben«, sagte eine Stimme hinter ihr. Sie sprang vom Stamm und fuhr herum. Vor ihr stand ein kleiner kräftiger schwarzer Mann. Er trug einen dunkelroten Samtanzug mit Rüschenhemd, und seine Manschettenknöpfe hatten die Form kleiner Basebälle. Sein Pferdeschwanz war weiß, sein Bart war weiß, und auf seinen Ohren spross eine Art weißer Flaum. »Du glaubst ihm. Du weißt, dass er dich nicht anlügen würde.«

Irgendwie kam ihr der Mann bekannt vor. Das glatte schwarze Gesicht, die großen grünen Augen, der fehlende Ringfinger an der rechten Hand. Sie kannte ihn von einem grobkörnigen, verblassten Foto aus einem ihrer Lieblingsbücher, *Nur der Ball war weiß*, einem Buch über die Geschichte der alten Negro Leagues.

»Chiron ›Ringfinger‹ Brown«, sagte sie.

»Jennifer Theodora Rideout.«

»Wie? Dein zweiter Vorname ist Theodora?«, sagte Ethan.

»Klappe«, sagte Jennifer T.

»Hast du nicht gesagt, das T steht für nichts?«

»Sind Sie es wirklich?«

Mr. Brown nickte.

»Aber dann müssten Sie ja mindestens hundert Jahre alt sein.«

»Dieser Körper hat hundertneun Jahre auf dem Buckel«, sagte er leichthin. Er musterte sie mit einem seltsamen Blick. »Jennifer T. Rideout«, murmelte er stirnrunzelnd und schüttelte den Kopf. »Ich glaube, ich werde langsam alt.« Er zog ein Notizbuch aus der Brusttasche und schrieb sich etwas auf. »Ich weiß nicht, wieso«, fuhr er fort, »aber irgendwie habe ich dich immer übersehen. Hast du jemals gepitcht?«

Sie schüttelte den Kopf. Ihr Vater war Pitcher gewesen. Er behauptete, die Kansas City Royals seien an ihm interessiert gewesen, und machte für alle Fehlschläge in seinem Leben

91

Probleme mit dem Wurfarm verantwortlich, die ganz plötzlich auftraten, als er neunzehn war. Er drohte immer damit, ihr demnächst mal zu zeigen, »wie man ›ihn über die Platte bringt‹«. Und eigentlich hätte sie froh darüber sein müssen, dass er versuchte, ihre Begeisterung für das Spiel zu teilen, das sie am meisten auf der Welt liebte. Aber sie war es nicht. Und schon gar nicht konnte sie es leiden, wenn er Baseballausdrücke wie »über die Platte bringen« benutzte.

»Ich will kein Pitcher werden«, erklärte sie.

»Also ich finde, du hast was von einem Pitcher.«

»Wieso übersehen?«, fragte Ethan.»Ich meine, äh, na ja, wer sind Sie eigentlich? Gut, ich weiß, dass Sie in den Negro Leagues gespielt haben und so, aber ...«

»Er hat in der Geschichte der Negro Leagues mehr Siege gefeiert als jeder andere«, sagte Jennifer T.»In einem Buch von mir steht, dass es 342 waren. Nach einem anderen waren es 360.«

»Es waren ganz genau 378«, sagte Mr. Brown.»Aber um deine Frage zu beantworten, Ethan: Seit vierzig Jahren klappere ich die gesamte Küste ab, verstehst du? Ich suche Talente. Ich sehe mich nach Leuten um, die besonders begabt sind. In Idaho. Nevada.« Er linste zu Ethan.»Auch in Colorado.« Er zog etwas aus der Gesäßtasche. Es war ein alter Baseball, fleckig und abgenutzt.»Hier«, sagte er und reichte ihn Jennifer T.»Mach gelegentlich ein paar Würfe damit, nur um zu sehen, wie es klappt.« Sie nahm den Ball. Er war noch warm von seiner Tasche, hart wie ein Meteorstein und gelb wie die Zähne eines alten Mannes.»Mit dem Ball habe ich Joseph DiMaggio dreimal ausgemacht. Das war anno 1934 bei einem Freundschaftsspiel unten in Frisco, im alten Scals Stadium.«

»Soll das heißen, dass Sie Talentspäher sind?«, fragte Ethan.»Für wen denn?«

»Im Moment arbeite ich für die kleinen Leute, die du kennen gelernt hast, Ethan. Den Keilerhauerstamm. Aber ich suche keine Baseballspieler. Jedenfalls nicht nur.«

»Was denn dann?«, fragte Jennifer T.

»Helden«, antwortete Mr. Brown. Er fasste in die Brusttasche, zückte eine Brieftasche und reichte Ethan und Jennifer T. eine Visitenkarte.

AGENTUR PELION

MR. CHIRON BROWN, INHABER
UND GESCHÄFTSFÜHRER
Wir suchen und machen Champions
Seit über sieben Äonen

»Ein Heldenspäher«, staunte Ethan. Es war das zweite Mal in der letzten Stunde, dass ihm das Wort Held im Kopf herumging. Diesmal kam es ihm nicht mehr so fremd vor wie beim ersten Mal.

»Aber«, sagte Jennifer T.,»vielleicht sind Sie auch nur irgend so ein komischer Vogel, der uns nachschleicht.«

Aber noch während sie sprach, wusste sie, dass man diesen Mann nicht verwechseln konnte, angefangen bei den großen Glupschaugen bis zu dem legendären fehlenden Finger an der Wurfhand. Er war wirklich Ringfinger Brown, der Starpitcher der Homestead Grays, die es längst nicht mehr gab.

»Mr. Brown«, sagte Ethan,»wissen Sie, was hier los ist? Was wird hier gebaut?«

»Was hier gebaut wird?« Ringfinger Brown drehte sich um, und es war, als sehe er die Verwüstung des Hotelstrands zum ersten Mal. Seine vorquellenden Augen bekamen einen feuchten Schimmer, wobei nicht zu sagen war, ob sein Alter, Trauer oder der schneidend kalte Westwind der Grund dafür waren. Er seufzte und kratzte sich mit den vier Fingern der rechten Hand träge am Hinterkopf.»Sie bauen sich das Ende der Welt.«

Ethan sagte etwas mit leiser Stimme, beinahe flüsternd, das Jennifer T. nicht verstand. Er sagte: »Zackenfels.«

»Genau«, erwiderte Mr. Brown. »Sie trennen nacheinander alle magischen Orte, wo Teile des Baums miteinander verwachsen sind.«

»Und sie haben mich wirklich entdeckt?« Ethan stand auf und ging rückwärts in Richtung Wald. »Als ich noch in Colorado Springs wohnte?«

»Sogar schon früher.«

»Und die Ferischer haben meinem Dad all die Träume eingegeben, von den Luftschiffen und von meiner Mom?«

»So ist es.«

Aus dem Wald nahten Stimmen. Jennifer T. erkannte mindestens eine, die von Mr. Feld.

»Haben sie es meinetwegen getan?«, fragte Ethan. »Was habe ich denn mit dem Ende der Welt zu tun?«

»Möglicherweise nichts«, antwortete Mr. Brown. »Das heißt, falls mir mein magisches Auge« – dabei tippte er sich mit einem zitternden Finger an das linke untere Lid – »einen Streich gespielt hat.« Der milchige Film, der sein Auge verschleierte wie Wolken einen Planeten, schien sich vorübergehend zu klären, als er Ethan ansah. Dann blickte er in die Richtung, aus der die Stimmen kamen. »Aber wenn ich noch etwas von meinem Geschäft verstehe, kannst du uns helfen, diesen schwarzen Tag noch etwas hinauszuschieben.«

Jennifer T. konnte dem Gespräch nicht ganz folgen, aber bevor sie Gelegenheit bekam, die beiden zu fragen, wovon in drei Teufels Namen sie eigentlich redeten, tauchte Mr. Feld unter den Bäumen auf, gefolgt von Trainer Olafssen, Mr. Brody und Hilfssheriff Branley, der ihren Vater, soweit sie wusste, schon dreimal verhaftet hatte.

»Ethan? Jennifer T.? Alles in Ordnung?« Mr. Feld trat auf einen Haufen nasses Laub und rutschte aus. Hilfssheriff

94

Branley fing ihn auf und stellte ihn wieder auf die Füße. »Was tut ihr denn hier?«

»Nichts«, antwortete Ethan. »Wir stehen nur so herum und reden mit ...« Ethan hob die Hände, um den Männern Ringfinger Brown vorzustellen. Aber da war kein Ringfinger Brown mehr. Er hatte sich in Luft aufgelöst. Jennifer T. fragte sich, wie ein so alter Mann so schnell hinter die Planierraupen huschen konnte. Und warum versteckte er sich überhaupt? Irgendwie passte das nicht zu einem Mann wie ihm.

»Äh«, machte Ethan. Er erbleichte. »Und unterhalten uns.«

»Kommt«, sagte Mr. Feld und fasste mit dem einen Arm Ethan, mit dem anderen Jennifer T. um die Schulter. »Gehen wir nach Hause.«

Jennifer T. begann, am ganzen Körper zu zittern, als sie sich an Mr. Felds warmen Arm schmiegte, und erst jetzt merkte sie, dass sie klatschnass war und fror. Mr. Feld schlug mit ihnen die Richtung zum Baseballplatz ein, doch dann blieb er stehen. Er hatte die schweren Baumaschinen entdeckt, die aufgestapelten Baumleichen, den leeren aufgewühlten Platz, auf dem vor hundert Jahren ein großes Hotel mit hohen spitzen Türmen gestanden hatte.

»Was zum Teufel ist denn hier los?«, fragte er.

»Sie blasen die letzten kleinen Kerzen aus, eine nach der anderen«, sagte Ethan, und selbst er blickte überrascht, als die Worte über seine Lippen kamen.

4

Mittelland

EINE UNERWARTETE FOLGE von Ethan Felds Entschluss, Catcher zu werden, war die Entdeckung, dass Jennifer T. Rideout ein besonderes Talent zum Werfen hatte. Am Morgen nach der Niederlage gegen die Reds trafen sich die beiden Freunde auf dem Sportplatz hinter der Clam Island Middle School, weil der Weg dorthin näher war als zum MacDougal-Stadion. Ethan hatte den alten Handschuh seines Vaters dabei, und in der Tasche seines Sweatshirts steckte Peavines Buch übers Fangen. Jennifer T. brachte einen Feldspieler-Handschuh mit, den sie irgendwo aufgetrieben hatte, und den Baseball, den ihr Ringfinger Brown gegeben hatte. Als sie ausholte und warf, kam der Ball pfeifend und zischend auf Ethan zugeflogen, als sei er mit Dampf getrieben.

»Autsch!«, rief Ethan, als der alte Ball das erste Mal gegen seinen Handballen klatschte und er das Knacken bis hinauf in seine Schulter spürte. Vor lauter Schmerz merkte er zunächst gar nicht, dass er den Ball fest in der Hand hielt. »He, du kannst ja werfen.«

»Hä?« Jennifer T. betrachtete ihre linke Hand mit neuem Interesse.

»Das war ein Fastball.«

»Echt?«

»Glaub schon.«

Sie nickte. »Cool.« Sie winkte ihm mit dem Handschuh, und er richtete sich halb auf und warf den Ball in einem hohen Bogen zurück. Der Wurf war etwas hoch, aber nicht zu hoch.

Sie fing den Ball, fingerte an ihm herum und versteckte ihn dann wieder im Handschuh.

»Los, Catcher«, rief sie. »Zeig den Wurf an.«

»Hast du einen Slider drauf?«

»Mal sehen. Ich weiß, wie die Finger liegen müssen. Ich habe es in Tom Eavers Video *Baseball Total* gesehen.« Sie blickte zuerst zu einem nicht vorhandenen Läufer, dann wandte sie sich wieder Ethan zu. Sie legte zwei Finger nach unten und spreizte sie zu einem umgekehrten V, das zur Erde zeigte. Er wollte einen Slider. Jennifer T. nickte, ihr Pferdeschwanz wippte. Sie holte wieder aus, hob das rechte Bein und winkelte es an wie zu einem Tritt, dann stemmte sie den rechten Fuß gegen den Boden, brachte den Körper nach vorn, hob das linke Bein und streckte es nach hinten weg, bis es zitternd in der Luft hing. Ethan sah, wie ihre Hand nach vorn schnellte. Ihre Finger öffneten sich wie ein Blüte, und der Ball flog wie an der Schnur gezogen auf ihn zu. Erst im allerletzten Moment senkte er sich plötzlich, und Ethan bekam gerade noch rechtzeitig den Handschuh nach unten und vor den Ball. Hätte er am Schlagmal gestanden, wäre der Ball in dem Moment, wenn er ihn mit dem Schläger zu treffen hoffte, nach unten weggetaucht.

»Fies«, sagte Ethan. Er verspürte plötzlich Beschützergefühle für Jennifer T., den Drang, ihr Mut zu machen und Selbstvertrauen einzuflößen. Nicht weil sie ein Mädchen oder seine Freundin war oder aus einer zerrütteten, in alle Winde zerstreuten Familie stammte und ihr Vater wieder mal im Gefängnis saß, sondern weil er Catcher war und sie Pitcher und weil es seine Aufgabe war, ihr zu helfen.

»Du hast ihn echt gut gefangen«, sagte Jennifer T. »Und du hast die ganze Zeit die Augen offen gehabt.«

Ethan fühlte, wie ein Gefühl der Wärme seine Brust durchströmte, doch es war nur von kurzer Dauer, denn im nächsten

Augenblick knackte es laut in dem Brombeergestrüpp, das die rechte Platzseite begrenzte und bei allen Kick- und Softballern, die dort drüben spielen mussten, gefürchtet war. Cutbelly erschien und taumelte aufs Feld. Er zog ein Bein nach und hinkte auf Ethan und Jennifer T. zu. Seine Jacke war zerrissen und schmutzig, und er blutete aus drei verschiedenen Wunden im Gesicht und am Hals. Auf seiner Schnauze und seinen Ohren lag ein dünner Belag, der wie Reif aussah. Das spöttische Funkeln in seinen Augen war erloschen.

»Hallo, Schweinchen«, grüßte er mit einer Stimme, die kaum mehr als ein Flüstern war. »Ich habe Durst. Großen Durst, und mir ist kalt.« Er zitterte und verschränkte die Arme, um sich zu wärmen, dann wischte er sich das pulverige Eis von den Ohren. »Ich bin zu schnell hergeflitzt.«

Ethan fischte eine halb leere Spritzflasche aus seinem Rucksack und reichte sie dem Werfuchs, dann zog er sein Sweatshirt aus und legte es ihm um die pelzigen Schultern. Jennifer T. hatte sich nicht vom Werferhügel gerührt. Ihr Arm mit dem Handschuh hing schlapp herab, ihr Mund stand offen. Cutbelly setzte die Flasche an, leerte sie in einem Zug und wischte sich mit dem blutigen Handrücken den Mund ab.

»Danke«, sagte er. »Und jetzt möchte ich dich bitten, mit mir zu kommen. Vielleicht zum letzten Mal. Du wirst gebraucht.«

»Was kann ich schon tun?«, sagte Ethan. »Ich kann nicht kämpfen. Ich kann nicht Baseball spielen. Ich kann überhaupt nichts.«

Cutbelly sank zu Boden und vergrub das Gesicht in den Händen. »Ich weiß.« Er rieb sich die lange Schnauze. »Dasselbe habe ich ihnen auch schon gesagt. Aber wir haben keine andere Wahl. Vielleicht ist es sowieso schon zu spät.« Er streckte Ethan eine kleine Pfote hin und ließ sich von ihm hochziehen. »Wir müssen rüber, und zwar sofort. Das andere

Schweinchen auch. Bedauerlich, dass sie mich gesehen hat, aber daran ist jetzt nichts mehr zu ändern.«

Ethan hatte Jennifer T. ganz vergessen Sie stand immer noch auf dem Werferhügel, mittlerweile aber ein Stück hinter der Gummiplatte, als wollte sie etwas zwischen sich und Cutbelly haben. Ihr Mund war zu einem seltsamen halben Grinsen verzogen, aber ihre Augen waren groß und leer. Ethan sah ihr an, dass sie Angst hatte.

»Alles in Ordnung«, rief er ihr mit seiner neuen Catcher-Stimme zu. »Er ist ein Freund von mir. Ich wollte es dir gestern sagen, aber ...«

»Das Kleine Volk«, sagte sie mit belegter Stimme.

»... aber du hast mir nicht geglaubt.«

»Sie hat dir geglaubt«, sagte Cutbelly. »Komm, Mädchen. Sieh es dir selbst an.«

BEIM SPRUNG IN DIE SOMMERLANDE WAR ES DUNKLER, als Ethan in Erinnerung hatte, und so kalt, dass Raureif ihr Haar mit weißen Streifen überzog und die Schilder ihrer Mützen bestäubte. Er war dunkel, aber nicht stockfinster, und Ethan musste an die Sonnenfinsternis denken, die er als Erstklässler an einem Wintertag in Colorado Springs erlebt hatte. Cutbelly lief so schnell, wie er mit seinem verletzten Bein konnte, und im Laufen suchte er mit seinen hellen orangefarbenen Augen, die unablässig von links nach rechts huschten, die Umgebung ab. Von Zeit zu Zeit blieb er stehen, bedeutete den Kindern mit einem kurzen Wink, seinem Beispiel zu folgen, verharrte reglos und lauschte mit seinen zitternden langen Ohren auf ein Geräusch, das nur sie aufzufangen vermochten. Ethan hatte tausend Fragen, aber Cutbelly wollte sie weder hören noch beantworten. Er wollte nicht sagen, wie er verwundet worden war oder was im Birkenwald geschah.

»Zwei Drittel der Schatten, die ihr um euch herum seht, sind in Wirklichkeit gar keine Schatten«, war alles, was er ihnen zuraunte. »Versucht, daran zu denken, Schweinchen.« Sie sahen sich um. Die Schatten wälzten sich wie Rauchschwaden, bauschten sich wie Vorhänge, hingen wie Spanisches Moos von den Ästen der Birken. Und wenn sie ein zweites Mal hinsahen, regte sich nichts mehr. Jennifer T. stieß gegen Ethan, und eine Zeit lang folgten sie dem Werfuchs Seite an Seite und behinderten sich gegenseitig. Krähenschwärme drehten sich langsam am grauen Himmel wie große Räder. Regen setzte ein. Schließlich traten sie unter den Bäumen hervor auf die Lichtung, auf der Ethan Cinquefoil und die anderen Ferischer von Clam Island getroffen hatte, und mussten feststellen, dass die letzten Zeilen des ersten Abschnitts des letzten Kapitels der Geschichte der Welt bereits geschrieben waren.

»Zu spät!«, rief Cutbelly. »Zu spät!«

Grauer Rauch und zischende Dampfstrahlen hüllten die Lichtung ein. Das Gras war niedergetrampelt und zerdrückt. Und der Birkenwald selbst war verschwunden. Alle Bäume waren gefällt und offenbar abtransportiert worden. Nur zersplitterte Stümpfe und große Haufen abgehauener Äste waren von den hohen weißen Bäumen geblieben. Das schöne kleine Stadion aus Riesenknochen lag in Trümmern, die Türme waren niedergerissen, die Tribünen in sich zusammengefallen. Mitten auf der Wiese, die das Stadion umgab, lag in der aufgewühlten, schlammigen Erde ein umgekipptes Fahrzeug, ein verbeultes Wrack aus schwarzem Eisen, und aus seinen dicken Lederreifen ragten furchtbare Dornen. Rings um das Wrack verstreut lagen reglose kleine Körper. Es hätten Kinder oder sogar Ferischer sein können, nur hatten sie hellgraue Haut.

Dampf kringelte sich über der Stätte der Verwüstung, sonst regte sich nichts. Nichts bis auf …

»He«, rief Ethan. »Was ist das?«

Unten am Strand, wo die Ferischer Johnny Speakwater um Rat gefragt hatten, war ein letztes Gefecht im Gang. Ein Ferischer stand auf dem großen Treibholzstamm, und um ihn herum schwirrte ein halbes Dutzend geflügelter Kreaturen. Ethan erkannte sie trotz der Entfernung. Eine von diesen Kreaturen hatte ihn durch sein Zimmerfenster angegrinst.

»Das ist Cinquefoil!«, schrie Cutbelly. »Die Skriker bedrängen ihn!«

»Skriker?«, fragte Ethan. »Was ist das?«

»Ferischer, die der Änderer verwandelt hat«, antwortete Cutbelly. »Sie hassen, was sie sind, und noch mehr, was sie früher waren. Hilf ihm, Schweinchen.«

»Wie denn?«, fragte Ethan. »Sag schon.«

Cutbelly sah ihn an. Die schwarze Spitze seiner Schnauze zitterte, und das Leuchten in seinen großen Augen erschien Ethan wie ein unerwarteter Hoffnungsschimmer.

»Frag dein Herz, Schweinchen!«, sagte er. »Der alte Chiron höchstpersönlich hat dich aufgespürt! Derselbe, der Achilles entdeckt hat. Und König Arthur! Toussaint und Crazy Horse! Du musst das Zeug dazu haben, Schweinchen hin oder her!«

Ethan fühlte, wie ihn bei diesen Worten etwas durchzuckte. Es war wie das Kratzen eines Streichholzes an der Reibfläche einer Zündholzschachtel. Etwas Helles und Heißes loderte in ihm auf. Er sah sich um, und dann lief er, zuerst trabend, in Richtung Strand.

»Ethan!«, rief Jennifer T.

Er drehte sich nach ihr um. Sie stand hinter Cutbelly. Ihr Blick war so seltsam und leer wie zuvor, doch das halbe Grinsen war verschwunden.

»Was hast du vor?«

Ethan zuckte mit den Schultern. »Ich schätze, ich muss ihn retten.« Er bezweifelte, dass er dazu im Stande war, ganz gleich was Cutbelly gesagt hatte. Doch irgendwie hatte er das Gefühl, dass er es zumindest versuchen sollte. Immerhin brauchte er nur einen einzigen Ferischer zu retten und nicht einen ganzen Stamm. Vielleicht konnte er die Angreifer irgendwie ablenken und Cinquefoil Gelegenheit geben, neue Kräfte zu schöpfen. Der Ferischer war zweifellos ein hervorragender Kämpfer, ein viel besserer, als er je zu werden hoffen konnte.

Er rannte zu dem Treibholzstamm. Cinquefoil stach und hieb, immer abduckend und springend, mit einem langen, Furcht erregenden Messer auf einen Schwarm von Flattermännern ein. Seine Haare wehten, und sein Arm zerschnitt und peitschte die Luft, ohne zu erlahmen. Ein faszinierender Anblick. So sah ein Held aus. So musste man es machen. Ethan rannte zu ihm, brüllte und schrie in der Hoffnung, die Skriker einen Augenblick abzulenken. Cinquefoil drehte sich um und lächelte verhalten, dann blickten drei Skriker in Ethans Richtung. Sie grinsten gelb, und als er sah, wie sich ihre scharfen Nasenrücken vor hämischer Freude kräuselten, erlosch die kleine Flamme der Entschlossenheit, die Cutbellys Worte in ihm entfacht hatten. Sie kamen auf ihn zugeflogen, umschwirrten ihn mit zuckenden Flügeln. Jetzt erst bemerkte er, dass ihre Flügel nicht Teil ihres Körpers waren, sondern eigenartige Maschinen, die mit messingroten Schrauben an ihrem Rücken befestigt waren. Er rannte weiter, tauchte unter ihren spindeldürren Beinen durch, und als er sich umdrehte, griffen sie an.

Er sah sich nach etwas um, womit er sich verteidigen konnte, doch er sah nur die abgebrochenen Äste, die spitz aus dem Baumstamm ragten. Die meisten waren sehr kurz und deshalb nicht zu gebrauchen, aber einer war etwas länger und ziemlich gerade. Mit einem Satz war Ethan auf dem Stamm, packte den Ast und zog. Er knackte trocken, gab aber nicht nach.

»Schön, dass du es noch geschafft hast«, sagte Cinquefoil, dann gab es einen dumpfen Knall, und der Ferischer schrie auf und purzelte vom Stamm. Einer der Skriker drehte wilde Kreise in der Luft, und Ethan sah, dass er keinen Kopf mehr hatte. Cinquefoil hatte ihm offenbar den Kopf abgeschlagen, ehe er selbst gestürzt war. Jetzt schwebten die Skriker über seinem leblosen Körper, stießen und traten mit den Stahlkappen ihrer Schuhe nach ihm. Ethan warf sich mit seinem ganzen Gewicht gegen den Stamm, drückte mit der Schulter gegen den Ast. Mit einem lauten Knirschen brach er ab und lag in seiner Hand.

Er war ungefähr so dick und so lang wie ein Baseballschläger, mehr oder weniger gerade, aber knotig und verwittert. Ethan hob ihn hoch, wiegte ihn und packte ihn mit beiden Händen an einem Ende. Er fühlte sich gut und stabil an. Den Stock hin und her schwingend, warf Ethan sich auf die Skriker, die den reglosen Ferischer traktierten. Einer hob die Hände und fasste sich an den Ohren. Sein Grinsen wurde noch breiter und gelber. Seine Zähne bestanden aus zackigen Scherben, die wie Quarz aussahen. Im nächsten Moment hörte Ethan ein hässliches Ratschen, dann ein nasses, reißendes Geräusch, und auf einmal saß das Gesicht mit dem gemeinen Grinsen nicht mehr auf dem Hals. Es lag in der linken Hand des Skrikers wie ein matschiger grauer Pfirsich. Er hatte sich selbst den Kopf abgenommen und feixte ihn von seinem merkwürdigen Aussichtspunkt aus an. Auf dem Hals saß nun eine schwarze Kugel, die wie ein Tropfen Tinte glänzte. Ethan wich zurück, und der Flattermann holte aus und schleuderte seinen Kopf nach ihm. Der Kopf raste auf Ethan zu, der ohne nachzudenken den Knüppel schwang.

»Atme!«, hörte er Jennifer T. rufen.

Er behielt auch die Augen offen. Und er traf. Eine weiße Stichflamme schoss empor, ein lauter Knall ertönte, und ein unangenehm süßlicher Geruch nach verbranntem Käse erfüllte die Luft. Ein zweiter Kopf wirbelte auf ihn zu, er holte aus, und wieder gab es einen scharfen Knall und einen grellen Blitz. Mit wilden, harten Schlägen wehrte Ethan drei weitere Kopfbomben ab, dann brannte irgendwo in seinem Kopf eine Sicherung durch.

ROT UND SCHWARZ. BLUT UND HIMMEL. JENNIFER T. sah auf ihn herab, eine hässliche Platzwunde an der Wange, hinter ihr der bedeckte Himmel. Dann ein Geruch nach Wild und Metzgerladen: Cutbelly. Und schließlich pikte ihn etwas in die Wange. Auch das war Cutbelly. Er stach und stach mit einem kleinen spitzen Finger.

»Wach auf, Schweinchen!«

Ethan lag auf dem Rücken, im grünen, dem Untergang geweihten Gras der Sommerlande. »Ich bin wach.« Er setzte sich auf.

»Komm«, sagte Cutbelly. »Das Wilde Heer hat den Keilerhauerstamm verschleppt. Sie haben alle Bäume auf beiden Seiten der Galle gefällt. Uns bleibt nicht mehr viel Zeit, auf die andere Seite zu hüpfen, sonst müssen wir uns einen anderen Weg suchen. Das könnte eine Weile dauern. Kommt! Versagt oder nicht, wir müssen hier weg.«

Versagt. Das Wort hallte in Ethans Kopf wider. Er hatte geschlagen und war ausgemacht worden. Man hatte ihm eine einmalige Chance geboten, und noch ehe er wusste, wie ihm geschah, hatte er die Chance verspielt. Er fühlte schon jetzt die Bitterkeit über die vertane Gelegenheit, die ihn für den Rest seines Lebens verfolgen würde.

»Werden sie ... Sind sie alle tot?«, fragte er. »Was ist mit Cinquefoil?«

»Mir fehlt nichts«, antwortete eine barsche Stimme hinter

ihm. »Du gehst jetzt nach Mittelland zurück. Man weiß nie, was der Kojote im Schilde führt.«

Ethan wälzte sich herum. Der kleine Häuptling hockte neben ihm auf der Erde. Er war schmutzig, und aus seinem Haar tropfte Wasser und wusch helle Streifen in seine rußigen Wangen. Das Kettenhemd, das er über dem Wildlederhemd trug, war völlig zerfetzt und baumelte in klirrenden Streifen von seinen Schultern. Seine braunen Leggins waren ausgebeult, seine Kappe saß schief, die grüne Feder darauf war zerknickt. Und sein Pfeilköcher war leer.

»Ich stehe in deiner Schuld«, sagte er, war darüber anscheinend aber nicht glücklich. »Das war saubere Arbeit mit deinem Stock.«

»Sie waren großartig.«

»Ach was. Alles umsonst. Ich habe nichts und niemanden gerettet, alles ist verloren.«

»Hat er Ihre Angehörigen gekriegt?«

»Wer im Stamm nicht mein Bruder oder meine Schwester ist, ist mein Kind, meine Mutter oder meine Tante«, sagte Cinquefoil. Vor Sorge brach ihm die Stimme. »Und alle werden jetzt verwandelt. In die Kreaturen, die du gesehen hast, die Skriker.«

»Und in Graulinge«, setzte der Werfuchs verdrossen hinzu.

Das musste der Name der scheußlichen grauen Kinder sein, deren Leichen verstreut auf der Wiese lagen.

»Und in Graulinge.« Cinquefoil schauderte. »Und danach werden sie zurückgeschickt, um sich an ihrem Häuptling zu rächen, weil er versagt hat. Weil es nicht verstanden hat, sie zu schützen.«

Da war es wieder, das Wort: *versagt*.

»Ich wünschte, ich hätte mehr tun können«, sagte Ethan. »Wir sind zu spät gekommen.«

»Du hättest nichts tun können. Der Kojote und das Wilde

Heer sind in den letzten tausend Jahren immer stärker und schneller geworden. Und wir sind in alle Winde zerstreut und nur noch wenige.«

»Hat er alle erwischt?«

»Ich weiß nicht, aber ich befürchte es. Geht zurück. Ich muss fort, hinterher. Vielleicht sind noch welche übrig.«

»Wir kommen mit«, sagte Jennifer T. »Wir helfen Ihnen, sie zu finden, wenn noch welche da sind.«

Der Ferischer schüttelte den Kopf. »Geht«, sagte er. »Ihr habt doch gehört, was Cutbelly gesagt hat. Euch bleibt nicht mehr viel Zeit.«

Also nahmen sie Abschied von dem kleinen Häuptling, und er drehte sich um und stapfte durch die verkohlten Überreste des Birkenwalds auf die Wiesen dahinter. Ethan sah tiefe schlammige Wagenspuren im Gras, als hätten es schwere Fahrzeuge durchpflügt. Der Häuptling ging immer schneller, je weiter er sich entfernte, und bald entschwand er den Blicken im blassgrünen Dunst der Sommerlande.

»Kommt«, sagte Cutbelly. Sie kehrten in den gewöhnlichen Tannen- und Kiefernwald zurück, durch den sie gekommen waren. Ethan folgte Jennifer T., und Jennifer T. folgte dem vorauseilenden Schattenschwanz. Sie waren noch nicht lange gegangen, als Ethan ein leises, anhaltendes Rascheln in den Bäumen ringsum vernahm.

»Was ist das für ein Geräusch?«, fragte Jennifer T.

Ethan hatte nicht verstanden, was Cutbelly gemeint hatte, als er sie vor Schatten warnte, die keine Schatten seien. Jetzt verstand er. Die schwarzen Schatten, die den Wald in das Halbdunkel einer Sonnenfinsternis hüllten, hatten sich von den Bäumen gelöst und aus den Mulden erhoben. Sie folgten ihnen. Sie flatterten wie große dünne Laken. Mal tanzten sie wie weggeworfenes Papier im Wind, mal schlugen sie gleichmäßig mit großen Geierschwingen. Sie drangen durch Äste und Stämme wie ein Mittelding aus Fischnetz und Rauch. Und obwohl Cutbelly so schnell, wie seine kurzen Beine ihn trugen, vorauslief, zurück in die Welt, in der es so etwas nicht gab, kamen die falschen Schatten immer näher.

Sie rannten so schnell, dass glitzernder weißer Schnee um sie herum zu wirbeln begann. Die Kälte brannte in Ethans Nase. Die Luft klirrte in seinen Ohren wie Eis. Er sah, wie Jennifer T. über eine Wurzel stolperte und der Länge nach hinschlug. Er blieb stehen und ergriff ihre Hand. Im selben Moment hörte er ein Säuseln von Stoff, wie von einem sich teilenden Vorhang. Er hob den Blick, und da sah er, wie ein falscher Schatten sich über sie schob. Brennende Kälte und ein rostiger Geruch nach kalter Bratpfanne. Ethan riss die Arme hoch, um ihn abzuwehren, da bemerkte er, dass er noch den Knüppel in der Hand hielt. Das Holz stieß gegen etwas Hartes, das zugleich elastisch war, und als Ethan den Stock aus dem Schatten zurückzog, vernahm er ein widerwärtiges nasses Geräusch. Im nächsten Augenblick verblasste der Schatten und verschwand. Inzwischen war Jennifer T. wieder auf den Beinen. Sie packte Ethan am Ellenbogen und zog ihn fort, den Weg entlang. Von Cutbelly war nichts mehr zu sehen, und als Ethan sich umblickte, sah er etwas, das ihn entsetzte. Einer der falschen Schatten schwebte träge in den Himmel, und aus seinen seidig fließenden Falten ragte die weiße Spitze eines buschigen roten Schwanzes.

Dann war es still, und Ethan dachte: Sie haben ihn erwischt. Dann hörten sie ganz in der Nähe das Knattern eines Motors.

»Eine Harley-Davidson«, sagte Jennifer T. »Eine große.«

Sie standen am Rand des Clam Island Highway. Sie waren wieder zu Hause. Das Motorrad kam dröhnend den Hügel herunter und bog in die Abfahrt ein, die zur Anlegestelle der Bellingham-Fähre führte.

»Wie kommen wir hierher?«, fragte Jennifer T.

Da war das mexikanische Restaurant Zorro, dort der Fährhafen und der schmale grüne Streifen des Festlands. Sie waren auf der Südspitze der Muschelinsel gelandet. Die Harley ordnete sich in die Spur ein, wo man auf die nächste Fähre wartete. Einen Augenblick später hörten sie wieder ein Motorengeräusch, und ein Auto tauchte auf, ein großes altes Monstrum mit Heckflossen, pfefferminzweiß mit rotem Dach und roten Zierleisten. Es fuhr langsamer, als es auf ihre Höhe kam, und hielt an.

Mr. Chiron Brown kurbelte das Fenster herunter. Er war überrascht, aber offenbar nicht gerade erfreut, sie hier zu sehen. Er schüttelte den Kopf.

»Tja«, seufzte er. Seine Augen glänzten, und im ersten Moment dachte Ethan, er breche gleich in Tränen aus. »Lasst euch das eine Lehre sein. Hört nie auf einen verrückten alten Mann, wenn der alte Kojote in seine Trickkiste greift.« Eine Träne rollte ihm über die Wange. »Ich habe die armen Geschöpfe enttäuscht.«

Nein, dachte Ethan. *Ich* habe sie enttäuscht. »Ich habe es verbockt«, sagte er.

»Nein«, erwiderte Mr. Brown. »Mach dir keine Vorwürfe. Es ist schon so, wie du gesagt hast. Du bist zu jung. Früher, in der guten alten Zeit, und das ist noch gar nicht so lange her, konnte man es sich noch leisten, Talente langsam aufzubauen. Sie reifen zu lassen. Zum Henker, General Grant hat fast sein ganzes natürliches Leben gebraucht, bis er den Bogen raushatte.«

»He, wohin fahren Sie denn?«, fragte Jennifer T. Ein Kleinlaster kam über die Kuppe des Ferrydock Hill und drosselte das Tempo, als er sich dem weißen Cadillac näherte. »Wollen Sie uns verlassen?«

Ringfinger gestand, dass er auf dem Weg nach Hause sei.

»Wo ist denn Ihr Zuhause?«, fragte Ethan.

»Oh, ich habe keinen festen Wohnsitz, nicht hier in Mittelland. Aber seit einiger Zeit wohne ich unten in Tacoma.«

»Mittelland? Was ist das?«, fragte Jennifer T.

»Mittelland? Du stehst drauf. Das alles hier. Die Welt, in der ihr lebt.« Der Kleinlaster hatte hinter Mr. Browns Wagen angehalten. Der Fahrer übte sich ein paar Sekunden lang in Geduld, dann hupte er gereizt. Mr. Brown achtete nicht darauf oder hörte es gar nicht. Ein zweiter Wagen rollte den Hügel herunter, dicht dahinter ein dritter.

»Dann ... dann ist also alles vorbei?«, fragte Ethan.

»Nun ja, ich bin in der Mondologie nicht so bewandert, wie ich es eigentlich sein sollte. Das Wort bedeutet Studium der Welten. Ich weiß nicht genau, mit wie vielen Gallen wir begonnen haben, ehe der Kojote anfing, Unheil zu stiften. Und ich kann auch nicht sagen, wie viele jetzt noch übrig sind. Aber sehr viele waren es sowieso nie, auch nicht in den besten Zeiten. Und der Kojote hat schon vor langer, langer Zeit begonnen, sie abzuhacken.«

»Und was geschieht jetzt? Geht jetzt die Welt unter?«

»Das tut sie so oder so«, antwortete Mr. Brown. »Jetzt passiert's nur etwas früher.«

»Ethan? Jennifer T.?« Die Fahrerin im zweiten Auto, dem hinter dem Kleinlaster, hatte ihre Scheibe heruntergekurbelt. »Alles in Ordnung, Kinder?«

»Ja«, rief Ethan. Mrs. Baldwin arbeitete im Sekretariat ihrer Schule, und Jennifer T. konnte sich vorstellen, welchen Eindruck es auf sie machen musste, dass sie hier am Fährhafen rumhingen und mit einem komischem Kauz in einem Cadillac sprachen.

»Ach«, sagte Mr. Brown und kurbelte das Fenster fast ganz hoch. »Ich halte anscheinend den Verkehr auf.« Er legte knirschend einen Gang ein. Der Motor hustete und röhrte. »Genießt den Rest des Sommers, Kinder.«

»Warten Sie«, sagte Ethan, während die anderen Fahrer, wütend jetzt, um Mr. Browns Wagen herumkurvten und nacheinander den Hügel hinunterfuhren. »Können wir, kann ich denn gar nichts dagegen tun?«

»Ihr verstehst nichts von Zauberei. Ihr versteht nichts von Baseball.« Sein Blick wanderte zu Jennifer T. »Ich vermute mal, du verstehst ein bisschen von beidem, aber mehr auch nicht.« Er schüttelte den Kopf. »Außerdem seid ihr Kinder. Oder könnt ihr mir sagen, wie ihr Zackenfels verhindern wollt?«

Ethan und Jennifer T. wussten darauf keine Antwort. Mr. Brown kurbelte die Scheibe vollends hinauf und fuhr davon, und sie machten sich auf den langen Weg zum Haus des Rideouts, zu dem es näher war als zu dem der Felds. Lange Zeit sagten sie nichts. Was soll man über das Ende der Welt auch sagen? Der Gedanke an den zerstörten Birkenwald und die Ferischer, die man entführt hatte, um sie in diese grässlichen grauen Flattermänner zu verwandeln, ließ Ethan keine Ruhe. Und jedes Mal, wenn er die Augen schloss, sah er, wie die Spitze des kleinen roten Schwanzes in der Welt der Schatten verschwand. Doch über eines war er trotz allem froh. Mr. Brown hatte auf ihre Frage nicht geantwortet: Da kann man nichts machen. Er war nur der Ansicht, dass er, Ethan, und Jennifer T. nichts machen könnten.

Ethan versuchte sich vorstellen, wie sein Vater regieren würde, wenn er ihm von den Ferischern und Zackenfels erzählte. Es gab nur wenige Dinge, die Mr. Feld in Rage brachten, aber zu den wenigen gehörte, wenn Leute behaupteten, dass es mehr auf der Welt gebe als das, was man sehen, hören, berühren oder sonst wie mit Instrumenten und seinen fünf Sinnen untersuchen konnte. Also eine Welt hinter oder jenseits der Welt. Ein Leben nach dem Tod, sozusagen. Mr. Feld war der Ansicht, dass Menschen, die an andere Welten glaubten, dieser einen einfach nicht genug Aufmerksamkeit schenkten. Er hatte Ethan gegenüber immer wieder erklärt, dass seine Mutter für immer von ihnen gegangen sei und dass alles, was sie zu einem so einzigartigen und wunderbaren Menschen gemacht habe, in der Erde liege und wieder in die Elemente und Mineralien zerfalle, aus denen es bestanden habe. Damit sei er zufrieden. Behauptete er jedenfalls. Für Geschichten von Elfen, Skrikern und Schatten, die zum Leben erwachten und Werfüchse in die Lüfte entführten, würde er wenig Verständnis haben. Aber Ethan fiel sonst niemand ein, den er um Hilfe bitten konnte. Nein, er kam nicht darum herum, seinem Vater die Wahrheit zu sagen, wenigstens eine bestimmte Version. Und dann? Sein Vater würde Nan Finkel anrufen, die Therapeutin, die Ethan seit ihrem Umzug nach Clam Island ab und zu aufgesucht hatte, und Nan Finkel, die so lange Zöpfe hatte, dass sie darauf sitzen konnte, würde ihn in ein Krankenhaus für verhaltensgestörte Kinder einweisen, und das war es dann.

»Jennifer T.«, sagte er. Sie waren eine halbe Stunde schweigend gegangen, und bis zum Haus des Rideouts war es nicht mehr weit. »Niemand wird uns glauben.«

»Das habe ich mir auch gerade gesagt.«

»Aber du weißt, dass es wahr ist, oder?«

»Alles ist wahr.« Jennifer T. spuckte auf den Boden. Sie spuckte genauso professionell, wie sie spielte. »Das sagt Albert immer.«

»Ich weiß. Ich hab's gehört.«

Sie hatten die Lücke zwischen den Bäumen erreicht, wo der klapprige und von Kugeln durchsiebte alte Briefkasten hing, auf den Jennifer T.'s Nachname gepinselt war. Einer der Hunde stürmte ihnen entgegen, ein großer schwarzer, dessen

111

rosa Zunge wie eine Fahne flatterte. Ein kleiner grüner Sittich saß auf seiner Schulter.

»Wir erzählen es den alten Damen«, schlug Jennifer T. vor. »Die glauben Geschichten, die noch viel verrückter sind.«

DAS HAUS, IN DEM JENNIFER T. WOHNTE, HATTE ZWEI Schlafzimmer. In dem einen schliefen Jennifer T. und die kleinen Zwillinge Darrin und Dirk, in dem anderen Großmutter Billy Ann und ihre Schwestern Beatrice und Shambleau. Die Toilette war ans Haus angebaut und überdacht, aber draußen. Man musste durch die Hintertür, wenn man mal musste. Es gab sieben bis neun Hunde, und die Katzen wuchsen sich von Zeit zu Zeit zu einem öffentlichen Ärgernis aus. Man betrat das Haus durch das Wohnzimmer, in dem drei riesige Sessel standen, die so groß waren, dass kaum genug Platz für einen kleinen Fernseher blieb. Einer war rot kariert, einer grün kariert und einer aus weißem Leder. Sie vibrierten, wenn man auf einen bestimmten Knopf drückte. Darin saßen die alten Damen und lasen Abenteuer- und Liebesromane. Es waren große Damen, und sie brauchten große Sessel. Sie hatten eine Sammlung von über 7500 Romanen, darunter alle, die Barbara Cartland je geschrieben hatte. Die Taschenbücher stapelten sich fast bis zur Decke. Sie verdunkelten die Fenster, nahmen den Zimmerpflanzen das Licht und stürzten regelmäßig über Besuchern zusammen. Inselbewohner, die von der Leselust der Rideout-Girls wussten, kamen mitten in der Nacht vorbei und stellten Einkaufstüten und Schnapskartons voller Romane in die Einfahrt. Die alten Damen verabscheuten Almosen, aber Bücherspenden akzeptierten sie als Achtungsbezeigung: Schließlich waren sie die ältesten Frauen auf Clam Island und hatten Anspruch auf einen gewissen Respekt. Sie lasen die herrenlosen Bücher gern. Und wenn sie ein Buch schon gelesen hatten, lasen sie es ein zweites Mal. Es störte sie nicht im Geringsten, wenn sie die Geschichte schon kannten.

»Der Kleine Stamm«, sagte Großmutter Billy Ann. Sie hatte die Füße, die in großen orthopädischen Schuhen steckten, hochgelegt, rekelte sich in ihrem Sessel, dem roten, und ließ ihn vibrieren. »Was sagt man dazu! Ich erinnere mich, dass Pa Geschichten über sie erzählt hat. Einmal, als er noch ein Junge war, haben sie seiner Schwester eine silberne Haarnadel stibitzt. Vom Kopf runter! Drüben am Strandhotel war das. Bevor das Hotel da war. Aber von diesem Zackenfels habe ich nie gehört.« Großmutter Billy Ann steckte sich eine Zigarette an. Obwohl sie eigentlich nicht rauchen sollte. Sie sollte eigentlich auch nicht trinken, dennoch trank sie eine Dose Olympia-Bier. Aber das war in Ordnung, wenn man eine der drei ältesten Frauen auf der Muschelinsel war. »Die Sache gefällt mir nicht.«

»Zackenfels«, sagte Tante Beatrice. »Zackenfels. Ich wüsste nicht, dass Pa mal davon gesprochen hat.«

»Ich habe einen gesehen, einmal«, sagte Tante Shambleau mit leiser Stimme, wie zu sich selbst. »Es war im Sommer. Ein schöner kleiner Mann. Nackt wie ein Fisch. Er lag auf dem Rücken in der Sonne.«

Die beiden anderen Damen wandten sich ihr zu.

»Davon hast du mir nie was gesagt!«, sagte Tante Beatrice.

»Sie lügt«, sagte Großmutter Billy Ann. Sie blickte ihre Schwester finster an, dann Jennifer T. und Ethan. »Ihr wollt uns doch nicht weismachen, ihr hättet den Kleinen Stamm gesehen. Sonst kommen sie nachts und zwicken euch, bis ihr grün und blau seid.«

»Komm her, Mädchen«, sagte Tante Shambleau. Großmutter Billy Ann war zwar die mürrischste von den dreien, aber vor Shambleau hatte Ethan am meisten Angst. Sie hatte so eine ruhige Art zu reden, und aus Gründen, nach denen er lieber nicht fragte, hatte sie auch im Haus eine große, dunkle und an den Seiten geschlossene Brille auf, wie sie Weltraumkrieger oder Patienten mit grauem Star trugen. Sie war die älteste der Schwestern, und manchmal, wenn sie im Bett lag, führte sie Selbstgespräche in einer sonderbaren kehligen Sprache, die auf der ganzen Welt kein Mensch außer ihr mehr sprach, was Ethan allerdings sehr viel später erfuhr. Jetzt packte sie Jennifer T. am Arm und zog sie zu sich heran. Sie musterte das Mädchen durch die undurchdringlichen Gläser ihrer Sonnenbrille.»Sie lügt nicht, Billy Ann. Sie hat den Kleinen Stamm wirklich gesehen.«

Jennifer T. riss sich los.»Alte Hexe. Natürlich lüge ich nicht.«

Shambleau lachte entzückt. Ihre Schwestern stimmten ein. Sie lachten immer herzhaft, wenn es ihnen gelungen war, Jennifer T. zu reizen.

»Es ist wahr«, sagte Ethan. Er fand, dass jetzt nicht der rechte Augenblick zum Lachen war.»Zackenfels ist das Ende der Welt.«

»Was höre ich da?«, sagte eine raue Stimme. Onkel Mo. Er stand in der Küchentür, mit einem Bier in der Hand. Auch er sollte nicht trinken.»Wer redet hier so verrücktes Zeug?«

»Onkel Mo!«, rief Jennifer T.»Onkel Mo, ich habe heute geworfen. Ethan sagt, mein Fastball war tückisch.«

»Das war er wirklich«, bekräftigte Ethan und vergaß vorübergehend das Ende der Welt. Mo Rideout wusste bestimmt, was zu tun war. Er war ein weit gereister Mann. Er hatte sich, nachdem er Probleme mit dem Arm bekommen hatte, zur Kriegsmarine gemeldet und war später, nach dem Krieg, bei der Handelsmarine zur See gefahren. Er war in Alaska gewesen, in Japan und im Kaspischen Meer. Obwohl er wie ein alter Seemann aussah, redete und fluchte, hatte er dank einem speziellen Programm für Seeleute ein Fernstudium am lutherischen College absolviert. Er hatte Ethan seine Diplome gezeigt. Außerdem war er Baseballspieler und Indianer.»Er war sehr hart.«

Wie sich herausstellte, wusste Onkel Mo mehr, als sie jemals gedacht hätten.

»Zackenfels«, sagte er traurig, nachdem Ethan und Jennifer T. die ganze Geschichte noch einmal erzählt hatten, diesmal mit Unterstützung von Mos großen Schwestern. Jennifer T. holte einen Stuhl aus der Küche, und er setzte sich.»Zackenfels. Ich kann nicht glauben, dass es wahr ist. Ich habe es vor langer Zeit aufgegeben, darüber nachzudenken.«

»Pa hat nie was von einem kaputten alten Felsen erzählt«, beharrte Großmutter Billy Ann.

»Dir nicht«, fuhr Onkel Mo sie an.»Manche Dinge sind eben nicht für die Ohren von Frauenzimmern bestimmt.« Er sah Ethan an.»Oder von Weißen.«

Ethan errötete.»Es ist, äh, na ja, es ist das Ende der Welt. Und wir wollen jetzt wissen, wie man es verhindern kann. Wir glauben nämlich, dass man es verhindern kann. Cutbelly glaubt, dass man es verhindern kann. Auch wenn wir es nicht können.«

»Ein sterblicher Champion«, sagte Onkel Mo, jetzt mit leiserer Stimme.»Das ist richtig. Ein Mann aus Mittelland.«

»Oder eine Frau aus Mittelland«, warf Jennifer T. ein.»Mr. Brown hat gesagt, auch ich hätte das Zeug zum Champion.«

»Mr. Chiron C. Brown!« Onkel Mo bekam feuchte Augen. »Was sagt man dazu? Genau vor diesem Tag hat er sich immer gefürchtet.«

»Wie? Sie kennen Ringfinger Brown?«, fragte Ethan. Wahrscheinlich hatten sie mal zusammengespielt. Onkel Mo hatte eine oder zwei Saisons in den Negro Leagues mitgemacht. »Hat er Ihnen gesagt, was man tun kann?«

»Ja«, antwortete Onkel Mo.»Oft. Aber bedenkt, das alles ist

lange, lange her, und seitdem ist so manche Flasche geleert worden.« Und wie zur Verdeutlichung nahm er einen tüchtigen Schluck Bier. »Zackenfels ist ein Tag, der letzte Tag. Der letzte Tag des letzten Jahres. Das letzte Aus in der zweiten Hälfte des neunten Innings.« Er schmatzte mit den Lippen. »Der Tag, an dem die Geschichte endet.«

»Welche Geschichte?«, fragte Ethan.

»*Die* Geschichte. Alle Geschichten. Alle Geschichten, alle, die jemand irgendwann erlebt, erzählt oder gehört hat. Auf diesen Tag hat der Kojote all die Jahre hingearbeitet. Wisst ihr, da sind diese ... diese Knoten an den Ästen des Lodgepole. Orte, wo die Welten zusammenkleben.«

»Gallen«, sagte Ethan.

Onkel Mo sah ihn scharf an. »Ja, ich glaube, so heißen sie. Überall, wo solche Gallen sind, beginnt das große Abenteuer. Die Welten fließen ineinander, und Reisende stolpern auf der einen Seite rein und kommen auf der anderen wieder raus. Und sie erleben alle möglichen Geschichten, Abenteuer und Missgeschicke. Seit langer, langer Zeit streift der Kojote umher und zerschlägt diese Knoten. Versucht, all die kleinen Geschichten zu beenden, damit er auch die eine große Geschichte beenden kann, die über euch und mich und über alle Geschöpfe, die je gelebt haben. Er ist die Dinge leid, so wie sie sind. Er ist sie praktisch von dem Moment an leid, wo sie so geworden sind, was sie übrigens nur ihm zu verdanken haben.«

»Von was für einem Lodgepole redest du?«

»*Dem* Lodgepole. Dem Mutterbaum. Dem Baum, der alles umfasst. Mir fällt im Moment nicht der richtige Name ein. Er trägt die verschiedenen Welten. Er sorgt dafür, das alles an seinem angestammten Platz bleibt.«

»Früher waren es vier Welten«, sagte Ethan. »Jetzt sind es nur noch drei.«

»Das ... nun ja, das ist richtig, Ethan«, sagte Onkel Mo und blickte etwas überrascht.»Woher weißt du das?«

»Was ist mit der anderen geschehen?« Die Frage kam von Tante Shambleau. Die anderen Damen hörten zwar zu, konnten aber, wie Ethan vermutete, den Worten ihres Bruders nicht ganz folgen.

»Es war die Welt des großen *Tahmahnawis*«, sagte er. Tante Shambleau nickte, als habe sie verstanden, was er meinte.»Die Welt des Geisterstamms oder des Volks der Geister, wie man wohl auch sagen könnte. Die anderen Welten sind die Sommerlande, die Winterlande und unsere. Mittelland. Sie alle werden von den Ästen des Lodgepoles getragen. Und dann gibt es noch eine Quelle. Den Namen hab ich vergessen, falls ich ihn überhaupt jemals gewusst habe. Jedenfalls speist sie den Baum.«

»Eine Quelle«, sagte Tante Shambleau.»Siedend kalt und blau wie die Nacht. Ich erinnere mich. Pa hat mir davon erzählt.«

»Tatsächlich?«, fragte Onkel Mo.»Ich erinnere mich nicht, dass er jemals darüber gesprochen hat. Ich weiß das alles von Mr. Brown.«

»Nein«, sagte Tante Shambleau,»du hast Recht. Ich habe es letzte Nacht geträumt. Pa hat mir alles im Traum erzählt.«

»Wir sollten auf ihn hören«, sagte Ethan zu seiner und aller Überraschung. Die anderen starrten ihn an. Jennifer T. wirkte am überraschtesten von allen.

»Ach ja? Jetzt noch?«, fragte Großmutter Billy Ann und hob eine Augenbraue. Ihre Brauen waren nur aufgemalte Bögen aus braunem Make-up und sahen deshalb besonders skeptisch aus.

»Als die Ferischer mich hierher nach Clam Island holen wollten«, erklärte Ethan,»haben sie meinem Vater Träume eingegeben. Um ihn auf die Idee mit Clam Island zu bringen.

Das weiß ich von Mr. Brown. Vielleicht hat jemand oder etwas auch Tante Shambleau so einen Traum geschickt.«

»Interessante Theorie«, meinte Onkel Mo. »Und was bezweckt dieser Jemand oder dieses Etwas damit?«

»Jetzt erinnere ich mich wieder an den Traum!«, rief Tante Shambleau. »Da war ein Teich, wie ich schon sagte, siedend kalt. Und Pa und ich haben ihn uns angesehen. Und dann sagte er, sieh mal, da kommt der Kojote. Und dann war da ein Kojote. Er sah den Teich, und auf einmal bekam er diesen verschlagenen Blick, als wäre ihm gerade ein guter, boshafter Gedanke gekommen. Und dann geht er vor unseren Augen übers Wasser, hebt das Bein und pinkelt in das schöne blaue Wasser. Es war verrückt!« Bei dem Gedanken daran schüttelte sie angewidert den Kopf. Dann deutete sie auf ihre Großnichte. »Du musst zu dieser Quelle, Mädchen. Bevor der Kojote hinkommt.« Ihre Stimme steigerte sich zu einem Brüllen. »Du musst ihm zuvorkommen.« Sie stieß den Arm in die Luft, und das weiche braune Fleisch schwabbelte. »Lass nicht zu, dass er das Wasser besudelt!«

Ethan und Jennifer T. blickten zu dem alten Mann, der seine Schwester kopfschüttelnd ansah.

»Du machst mir Angst, Shambleau«, sagte er. »Das hast du schon immer getan.«

»Stimmt das, Onkel Mo?«, fragte Jennifer T. »Müssen wir zu dieser Quelle?«

»Ich erinnere mich an nichts in der Art. Ich zermartere mir das bisschen Hirn, das mir noch geblieben ist. Ich weiß nur, dass der Kojote die Knoten zwischen den Welten durchhaut. Tut mir Leid, Leute.« Er angelte sich eine von Billys Zigaretten. Ihr könnt euch vorstellen, dass auch er eigentlich nicht mehr rauchen sollte. »Ich habe nicht die leiseste Ahnung, wie man zu dieser Quelle kommt. Ich war nur einmal drüben in den Sommerlanden.«

»Wovon zum Teufel redest du eigentlich, Morris?«, rief Großmutter Billy Ann. »In den ersten zwanzig Jahren deines Lebens hast du jeden Sommer drüben in Sommerland verbracht.«

»Dieses Sommerland meine ich nicht, Billy Ann. Es ist nur ein Schatten der richtigen Sommerlande.«

»Also das ist mir zu hoch«, sagte Großmutter Billy Ann. Unter ausgiebigem Grunzen und Stöhnen und mit Ethans Hilfe rutschte sie in ihrem roten Sessel nach vorn und setzte die großen Füße auf den Boden. Dann steuerte sie in Richtung Küche. »Ich hoffe für dich, dass du etwas von dem Kuchen übrig gelassen hast, Beatrice Casper.«

Tante Beatrice schürzte die Lippen und setzte eine Unschuldsmiene auf. »Ich sage nichts. Ich verweigere die Aussage.«

»Wenn ich mich recht erinnere«, sagte Onkel Mo, »braucht man eine besondere Art von Wesen, das einen von einer Welt in die andere führt. Ein normaler Mensch beherrscht den Trick nicht.«

»Einen Schattenschwanz«, sagte Ethan.

»So ein Wesen ist weder Fisch noch Fleisch, versteht ihr? Ein wenig von diesem, ein wenig von jenem. Immer halb in dieser Welt und halb in der anderen.«

»Wie ein Werfuchs.«

»Wie Thor Wignutt«, sagte Jennifer T.

5
. . . .

Entkommen

SIE VEREINBARTEN, SICH AUFZUTEILEN. Jennifer T. sollte
Thor Wignutt für die Sache gewinnen, und Ethan sollte nach
Hause gehen und seinen Vater um Rat fragen, wie sie den Kojoten daran hindern konnten, der Geschichte des Universums
ein Ende zu machen. Jennifer T. hatte Thor bereits zweimal
zu Hause besucht, zweimal mehr als jedes andere Kind auf
der Insel. (Mrs. Wignutt war, wie bereits erwähnt, selbst eine
sagenumwobene Gestalt.) Unterdessen sollten Tante Shambleau und Onkel Mo Campingausrüstung, Frühstücksfleisch,
Taschenlampen, Angelgerät und andere Sachen zusammen-
packen, an denen die Kinder nicht allzu schwer zu schleppen
haben würden. Es war jetzt fünf Uhr. Ethan versprach, bis
sieben zurück zu sein. Was der Kojote vorhatte, erinnerte ihn
fatal an die maximale Entropie, den Wärmetod des Weltalls,
und andere grausige Theorien aus der Physik, von denen ihm
sein Vater im Lauf der Jahre erzählt hatte. Vielleicht, so hatte
er Jennifer T. erklärt, konnte er seinen Vater für ihr Vorhaben
interessieren, wenn er es mehr auf diese Weise ausdrückte.
Und wenn das Schlimmste eintrat und sein Vater sich nicht
überzeugen ließ? In dem Fall wollte Ethan warten, bis er zu
Bett gegangen war, wann immer das sein mochte, womöglich erst im Morgengrauen, und sich dann aus dem Haus
schleichen.

Jennifer T. schwang sich auf ihr Fahrrad, und Ethan nahm
das alte Schwinn-Rad, das schon etlichen Rideouts gehört
hatte. Ständig sprang die Kette herunter, und da Ethan wegen

des Knüppels obendrein einhändig fahren musste, brauchte er fast eine Stunde bis nach Hause. Das Herz rutschte ihm in die Hose, als er in den Schotterweg einbog und den leicht verbeulten orangefarbenen Kombi sah. Der alte Skid erschien ihm wie ein komisches Symbol für die Empfindlichkeit seines Vaters, die Farbe wie ein Warnsignal: *Stopp, Ethan. Du bist zu weit gegangen.*

Was hatte er sich nur gedacht? Nie und nimmer würde ihm sein Vater auch nur ein Wort glauben, wenn er ihm von Baseball spielenden Gnomen, von Kobolden, die Fledermausflügel hatten und mit ihren eigenen Köpfen warfen, und von Zackenfels erzählte. Um ihn von etwas zu überzeugen, das wusste Ethan nur zu gut, brauchte man Beweise. Aber welchen Beweis für die Existenz der Sommerlande hatte er schon außer einem verwitterten grauen Knüppel und einem winzigen Buch, in dem stand, dass es im Krötenjahr 1320 an einem Ort namens Duyvilburg in den Sommerlanden gedruckt worden war? *Wie man Blitze und Rauch fängt* war durchaus ein Beweis, der sich nicht so ohne weiteres abtun ließ, aber er bezweifelte, dass er genügen würde.

Er ließ das alte Schwinn in der Einfahrt stehen und ging weiter. Das Haus war dunkel, doch die Hintertür war nicht verschlossen. Wahrscheinlich schlief sein Vater noch. Manchmal wachte er erst gegen Abend auf. Er ging durch die Küche zur Vordertür und spähte ins Zimmer seines Vaters.

»Dad?« Seine Stimme klang dünn und verloren, und er knipste das Licht an. Mitten auf dem Tisch lag ein Stück Papier, eine weiße Visitenkarte, und darauf stand

ROB PADFOOT

INNOVA AERONAUTIK

mit einer Adresse in Seattle, Telefonnummer und der E-Mail-Adresse padfoot@aenderer.com. Und daneben lag die abgefahrene weiße Skifreak-Sonnenbrille. Anscheinend hatte sein Vater endlich Zeit gefunden, diesen Padfoot anzurufen. Vielleicht hatte der Mann am Telefon etwas zu ihm gesagt, das seine Fantasie beflügelt hatte, und er hatte sich schon früh an die Arbeit gemacht. Ethan nahm die Brille und steckte sie hinten in seine Jeans. Dann trat er wieder durch die Hintertür und ging zum Schuppen. Der Mut verließ ihn. Jetzt war es noch schwerer, seinen Vater dazu zu überreden, die Insel zu verlassen und, wenn nötig, in die Sommerlande zu reisen. Wenn er sich in die Arbeit kniete, um einen möglichen Geldgeber zu beeindrucken, war das mit Sicherheit das Letzte, was er tun wollte.

Ethan wusste sofort, dass etwas nicht stimmte, als er sah, dass auch in der Werkstatt kein Licht brannte. Die hohen Glastüren waren zu, aber wie die Haustüren unverschlossen. Sein Vater fuhr nie für längere Zeit weg, ohne die Werkstatt abzusperren. In ihr steckten, wie er oft sagte, seine gesamten Ersparnisse. Anscheinend hatte er in der Absicht, bald wiederzukommen, das Haus verlassen und war dann doch nicht zurückgekehrt. So etwas hatte er noch nie getan, aber man wusste ja nie. Nein, so war es nicht. So etwas spürt man. Jeder weiß, was für ein Gefühl es ist, wenn man nach Hause kommt und irgendwie ist alles nicht so, wie es sein sollte. Es ist zu still. Zu ordentlich. Und in der Luft liegt ein Geruch, der eigentlich gar keiner ist und doch irgendwie nicht der vertraute Geruch des eigenen Hauses.

»Dad?«, rief Ethan noch einmal, und die feinen Haare in seinem Nacken sträubten sich. Vor dem Schuppen hatten sich die Schatten verdichtet, drückten gegen die Fenster und verdunkelten die Welt dahinter. In den Scheiben sah Ethan nur das eigene Spiegelbild, das ihn anstarrte. »Oh, mein Gott.«

Die *Victoria Jean* war weg. Er hatte sich so auf die Suche nach seinem Dad konzentriert, dass es ihm zunächst gar nicht aufgefallen war. Dort, wo sonst die cremefarbene Gondel stand, war nur nackter, mit Schmutz- und Ölflecken gesprenkelter Zementboden. Das Brennstoffzellenaggregat stand noch da, aber die Hülle und die Haltetaue waren ebenfalls weg. Als er das erfasst hatte, wurden ihm unmittelbar hintereinander zwei Dinge zur Gewissheit. Erstens, Rob Padfoot steckte dahinter. Der junge Mann mit dem Aktenkoffer und den langen Haaren war auf die Insel zurückgekommen – oder gar nicht erst aufs Festland zurückgekehrt – und hatte seinen Vater und die *Victoria Jean* entführt. Zweitens, und das spürte er in der Magengrube: Padfoots Firma Innova Aeronautik war nichts anderes als eine Tarnorganisation oder ein Werkzeug des Kojoten. Er erinnerte sich an die Art, wie Padfoot sich ins Zeug gelegt und von der Pikofaserhülle des Luftschiffs geschwärmt hatte. War das nur ein Trick gewesen? Oder wollte der Kojote aus irgendeinem Grund tatsächlich Mr. Felds ultrastabiles, nicht leitendes Außenhautmaterial? Und wollte er aus demselben Grund auch Mr. Feld selbst? Falls Ethan noch letzte Zweifel an seinem gesunden Menschenverstand oder an der Richtigkeit seines Plans gehabt haben sollte, so waren sie jetzt beseitigt. Wie Albert Rideout immer sagte: Alles war wahr.

Ethan hörte ein leises Rascheln. Es kam aus dem Efeu direkt neben der Tür des Schuppens. Er drehte sich um. Zu dumm, dass er den Knüppel beim Fahrrad gelassen hatte. Er vernahm ein leises Stöhnen, dann ein metallisches Klirren, und in den Schuppen trat Cinquefoil. Er hatte eine klaffende orange Wunde an der Stirn und breite orange Striemen an Wangen und Hals. Die Farbe erinnerte an das kräftige, leuchtende Orange von Aprikosenmarmelade. Auf seinem Wildlederhemd war ein klebriger Fleck, der sich ausbreitete. Von der überstürzten Flucht durch die Lücke zwischen den Ästen hatte er eine dicke Schicht Raureif auf Schultern und Ohren. Er richtete sich zu seiner vollen Größe von vielleicht 35 Zentimetern auf, riss sich die Mütze vom Kopf und machte vor Ethan eine tiefe Verbeugung.

»Zu Diensten«, sagte er und zog den alten Handschuh, den Ethans Vater am Morgen aus dem Karton zu Tage gefördert hatte, hinter dem Rücken hervor. »Ich glaube, der gehört dir.« Dann kippte er nach vorn und schlug der Länge nach hin.

Ethan hob ihn auf. Er wog so viel wie eine große Katze, und sein Körper fühlte sich in seinen Armen wie ein schlummernde Mieze an, fest und weich zugleich. Er trug ihn zu der alten Couch in der Ecke, auf der sein Vater die Arbeit des Öfteren für ein Nickerchen unterbrach, und legte ihn behutsam auf die Polster. Dann trat er einen Schritt zurück und fragte sich, ob er nun würde mit ansehen müssen, wie das übel zugerichtete hübsche Kerlchen starb.

»Noch nicht«, sagte Cinquefoil, ohne die Augen zu öffnen. »Nicht auf dieser Seite der Winterlande.«

»Winterlande?«, fragte Ethan. »Wohnt er dort?«

»Der Änderer? Er wohnt nirgendwo. Er hat kein Zuhause. Kein Haus könnte ihn halten, und er würde es nirgendwo länger als einen Tag ertragen. Aber er mag die Winterlande, heißt es, und die ganze Bande von Schaggurts, Sturmkrachern und Frostriesen. Seine Frau ist angeblich eine große graue Schaggurt, die Böse Betty. Würde mich nicht überraschen, wenn du ihn dort findest, wahrscheinlich kampiert er dort mit seinem Wilden Heer, seinen komischen Apparaten und Erfindungen, seinen Hexen, Monstern und Kobolden.« Cinquefoil schlug die Augen auf. »Aber ich weiß es nicht genau. Ich persönlich habe nie einen Fuß in die Winterlande gesetzt oder mich in die Nähe seiner Wagen gewagt, wenn er auf seiner Wanderschaft irgendwo für eine Nacht Halt gemacht hat. Und ich kenne keinen, der zurückgekehrt ist und davon erzählen konnte. Jedenfalls keinen, auf dessen Bekanntschaft ich Wert lege.« Er schloss die Augen wieder.

»Was ist mit Ihrer Familie ... Haben Sie ...« Ethan konnte sich die Frage sparen. Hätte Cinquefoil jemanden lebend gefunden, so hätte er ihn sicherlich mitgebracht. Der Ferischer sagte nichts. Er schüttelt nur langsam den Kopf.

Ethan ging zum Spülbecken in der Ecke und füllte einen Eimer mit warmem Wasser. Er fühlte sich geehrt, dass er den Homerun-König der drei Welten verarzten durfte. Ferischerblut war offenbar dicker als Menschenblut, und es hatte einen unverwechselbaren Geruch, der ihn an den Schlamm im Frühjahr erinnerte, beim ersten Baseball-Training der Saison. Es ließ sich leicht abwaschen, und Ethan hatte den Eindruck, dass die Platzwunden und Schnitte bereits zuheilten, als er sie mit einem feuchten Handtuch abtupfte. Cinquefoil setzte sich auf. Er nahm Ethan das Tuch aus der Hand und versorgte die übrigen Wunden selbst.

»Nochmals danke«, sagte er mit leiser Stimme. Ein Teil seines Barts war versengt, und er betastete die kahle Stelle. »Es war ein Höllensprung. Der Abstand zwischen den Ästen ist mittlerweile arg groß. Früher waren sie noch so eng zusammen wie Lippen beim Kuss. Außerdem sollte unsereins nicht allein springen.«

»Haben sie Sie verfolgt? Die Skriker? Die Graulinge?«

Cinquefoil schüttelte den Kopf. »Ein Finsterling. Die sind wie lebende Schatten, die ...«

»Ich weiß. Sie waren auch hinter uns her. Sie haben Cutbelly erwischt.«

»Eine bittere Ncuigkeit«, seufzte der Ferischer.

»Und sie haben auch meinen Dad geholt, Cinquefoil. Ich bin mir ganz sicher. Ein Mann namens Rob Padfoot hat ihn entführt, und er hat auch die Zeppelina mitgenommen.«

»Padfoot? Dann ist jeder Zweifel ausgeschlossen. Der Kojote hat deinen Vater.«

Ethan erinnerte sich an die Sonnenbrille. Er zog sie aus der

Gesäßtasche und drehte sie in der Hand. Die dunklen Gläser schillerten in den Regenbogenfarben wie zwei Ölpfützen. Das weiße Gestell war aus einer Art Gummi oder Vinyl. Es fühlte sich weich an und war von einem Netz aus dünnem Draht durchzogen, das knisterte, wenn man es berührte. Das Gummi, oder was es war – irgendein moderner Kunststoff, den sein Vater bestimmt kannte –, war noch warm von seiner Hosentasche. »Kennen Sie diesen Padfoot?«, fragte er und setzte die Brille auf. Irgendwie war sie wärmer als seine Hosentasche. Als werde sie von innen beheizt.

»Und ob«, antwortete Cinquefoil. »Leider. Er sitzt an Kojotes Tisch. Macht mit ihm gemeinsame Sache. Foltert seine Sklaven, verführt seine Opfer und belohnt seine Marionetten und Lieblinge. Ein gemeiner, boshafter Kerl.«

Ethan wollte die Sonnenbrille wieder abnehmen, als könnte die Bosheit Rob Padfoots noch wie ein klebriger Rückstand an ihr haften. Doch es war zu spät. Die Gläser bedeckten bereits seine Augen.

Wenn man eine Sonnenbrille aufsetzt, erwartet man, dass man durch die Gläser durchsehen kann, auch wenn sie ganz dunkel sind. Mit anderen Worten, man erwartet, seine Umgebung zu sehen, klarer oder weniger grell. Diese Erwartung ist so tief verwurzelt, das Ethans Gehirn einen Augenblick brauchte, einen seltsamen, Schwindel erregenden Augenblick, bis es erkannte, dass die Signale, die es von den Sehnerven empfing, nicht das Geringste mit der Werkstatt, der alten Couch in der Ecke oder dem verwundeten Häuptling zu tun hatten. Es dauerte einen weiteren Augenblick, bis sein verwirrtes Gehirn in der Lage war, aus der Vielzahl der grauen, weißen und blauen Kleckse, die seine Augen angeblich sahen, ein klares Bild zu formen.

»Ich sehe ihn!«, schrie er und umklammerte die Bügel mit den Fingern. »Oh, mein Gott, ich sehe ihn!«

»Padfoot?«

»Nein! Meinen Vater!«

Er sah ihn verschwommen wie durch einen dünnen schwarzen Ölfilm, und das Bild war seltsam wackelig, ruckte vor und zurück, rauf und runter. Mr. Feld lag auf einer Matratze vor einer weißen Wand. Er lag auf der Seite, und über dem Bund seiner Jeans waren ein paar Zentimeter Bauch zu sehen. Nur seine Brust bewegt sich, hob und senkte sich bei jedem Atemzug. Ob er schlief? Das war unmöglich zu sagen, denn eine Augenbinde verdeckte die obere Gesichtshälfte. Aber es war eindeutig der behaarte Bauch seines Vaters, daran bestand keine Zweifel. Und er trug seine klobige alte Armbanduhr. Er bot einen friedlichen Anblick, doch die Augenbinde und die nackte Matratze jagten Ethan einen Schrecken ein. Sein Vater war ein Gefangener, eine Geisel. Vielleicht wurde er sogar gefoltert. Das Bild, das er in den Brillengläsern sah, erinnerte in erschreckender Weise an Filme, die Terroristen und Entführer von ihren Opfern aufnahmen.

»Ich werde meinen Dad befreien«, sagte er zögernd, wie um sich auf die Probe zu stellen, indem er sein Vorhaben laut aussprach. Er nahm die Sonnenbrille ab und steckte sie in die Tasche zurück. »Ich werde meinen Dad befreien«, wiederholte er, jetzt schon entschlossener. Mit einem Mal war ihm das Ende der Welt egal. Es lag ihm nichts mehr daran, ein Held zu werden. Johnny Speakwaters Prophezeiung, die Talente, die angeblich in ihm steckten und die Ringfinger Brown bewogen hatten, ihn als heißen Kandidaten auszuwählen, das alles interessierte ihn nicht mehr. Er wollte nur noch eines: seinen armen Vater nach Hause holen. Er hatte in seinem kurzen Leben bereits ein Elternteil verloren. Wenn er die Welt retten musste, um das andere wiederzubekommen, würde er es tun. »Können Sie mir helfen und mich führen?«

Cinquefoil fuhr sich mit den Händen über sein breites unbewegtes Gesicht und seufzte.»Bei der Steuerbordkanone, ich bin müde, kleiner Reuben.«Nun, da er sich von den Wunden und den Strapazen der Passage etwas erholt hatte, schien ihm der Verlust, den er und sein Stamm erlitten hatten, mit einem Mal das Herz abzudrücken.

»Wenn der Kojote meinen Vater entführt hat, könnte das etwas mit Zackenfels zu tun haben. Ich schätze, er wollte die Faser, die mein Vater erfunden hat. Sie ist unbrennbar und absolut reißfest. Das Zeug ist echt cool und ... He! Moment mal!«

»Was ist?«, fragte der Ferischer.»Was ist denn?«

»*Zeug*«, rief Ethan. Ein jäher Schreck durchzuckte ihn.»Ich glaube, wir ... Ich glaube, wir haben einen Fehler gemacht.«

»Wovon redest du?«, fragte Cinquefoil.

»*Feld* ist der Gesuchte‹«, zitierte Ethan.»*Feld* hat das Zeug, das er braucht.‹ Damit bin gar nicht ich gemeint. Mein Dad ist gemeint. Mein Dad hat das *Zeug* – die Pikofaserhülle. Und mit ›er‹ ist der Kojote gemeint! Verstehen Sie? Johnny Speakwater hat die ganze Zeit gar nicht mich gemeint. *Feld,* das ist mein Vater. Mein Vater hat das Zeug, das der Kojote braucht. Und wozu braucht er es? Um die Quelle zu vergiften!«

»Da komm ich nicht mehr mit«, stöhnte der Ferischer und griff sich an die Stirn.»Nicht so schnell.«

»Sie kennen doch meine Freundin, Jennifer T. Also, ihre Tante hatte einen Traum. Sie hat von einer magischen Quelle geträumt, die den Baum speist. Und in dem Traum hat ein Kojote, na ja, er hat ins Wasser gepinkelt. Er hat es verdorben. Vergiftet.«

»Die Flüsterquelle«, sagte der Ferischer.

»Was sagen Sie?«

»Die Flüsterquelle. Sie befindet sich am Grünschmelz. In jenem Teil der Winterlande, der dem Herzen der Welten am nächsten liegt. Ja, wenn er eine Möglichkeit findet, das Wasser zu vergiften, ist der Baum dem Untergang geweiht, so viel ist sicher. Und dann kommt Zackenfels, in einem Maulwurfjahr, so wie es die Alten immer vorausgesagt haben. Und *wir* haben den Kojoten auf die Spur deines Vaters gebracht. Wir haben ihn mit den Träumen vom Luftschiff hierher gelockt. Wir haben ihn direkt neben eine Galle gesetzt, wo der Kojote ihn früher oder später bemerken musste.« Seine Stimme wurde immer leiser und dünner.»Alles ist unsere Schuld.«

Sie sagten lange Zeit nichts. Ethan spürte, wie der letzte Funken Hoffnung, er sei vielleicht doch der verheißene Held, erlosch. Aber gleichzeitig fühlte er eine seltsame, ganz und gar unmagische Entschlossenheit. Er war nicht der Gesuchte. Na schön, auch gut. Er war vielleicht nicht der Retter der Welt. Aber er würde seinen Vater retten. Das hatte mit den Visionen einer Orakelmuschel gar nichts zu tun.

»Und«, sagte er schließlich,»wie gehen wir jetzt vor?«

Der Ferischer seufzte. Jedes Gramm, jeder Zentimeter und jedes Atom seines Körpers schien sich gegen die Vorstellung zu sträuben, jemals wieder etwas anderes zu tun, als auf dieser alten Couch zu liegen. Und doch war er nach der vergeblichen Suche nach seinen Angehörigen nicht woanders hingegangen, sondern ausgerechnet hierher gekommen. Ethan hatte langsam das Gefühl, dass hinter allem eine Art Kraft stand, eine Absicht, die den Ereignissen eine bestimmte Richtung gab.

»Wir haben keinen Schattenschwanz. Das vorhin war mein letzter Sprung ohne die Hilfe eines Schattenschwanzes, so viel steht fest.« Er schauderte und versetzte sich einen kräftigen Schlag an die linke Kopfseite.»Auf dem Ohr höre ich überhaupt nichts mehr.«

»Kennen Sie einen Jungen namens Thor Wignutt?«

»Thor Wignutt«, wiederholte Cinquefoil mit skeptischem Blick. Offenbar wusste er genau, von wem Ethan sprach.

»Wir glauben, dass uns Thor bei dem Sprung auf die andere Seite ...«

»Ja«, sagte Cinquefoil.»Mit dem könnte es klappen.« Er
kletterte von der Couch und lief nachdenklich auf und ab.
»Wir brauchen ein Flugzeug oder irgendeinen fahrbaren Un-
tersatz. Der Kojote hat alle möglichen schnellen Fahrzeuge
und Tiere, und schreckliche Apparate, die zehnmal schneller
sind als wir zu Fuß. Ohne Luftschiff kriegen wir ihn nie, völlig aussichtslos. Und wenn wir am Ende trotz allem in die
Winterlande müssen, nun ja, in keiner Geschichte, die ich darüber gehört habe, ist ein Held oder Abenteurer auf Schusters
Rappen dorthin gelangt.«

»Ein Flugzeug«, sagte Ethan.»Ja, klar. Mensch, zu dumm,
dass sie die *Victoria Jean* gestohlen haben. Was ist mit euren
fliegenden Bussen?«

»Die Graulinge haben alle verbrannt. Ein Jammer. Aber
was ist mit der großen Himmelsblase von deinem Pa? Gab es
nur die eine? Hat er keine zweite in Reserve?«

»Nein«, sagte Ethan.

Ein Plan nahm in Ethans Kopf vage Gestalt an. Wichtige
Teile fehlten noch, aber irgendwie hatte er das Gefühl, dass
Cinquefoil ihm weiterhelfen konnte. Er ging zu einem der großen Schränke mit Zahlenschloss. Alle Schlösser seines Vaters
hatten dieselbe Kombination: 10-20-80. Das war der Tag, an
dem die Philadelphia Phillies zum ersten Mal in den sieben-
undsiebzig Jahren ihres Bestehens die World Series gewonnen
hatten. Er fand eine handgenähte Polycarbon-Pikofaser-Hülle
und trug sie ins Freie. Er legte sie ins Gras, drehte sie immer
wieder um und suchte nach Rissen oder Schwachstellen. Es
war die erste, die sein Vater hergestellt hatte, ein Prototyp, mit
dem er nie aufgestiegen war. Ethan trug die nicht erprobte
Hülle und alle Seile, die er finden konnte, die Zufahrt hinunter.

Cinquefoil rutschte von der Couch, schleppte sich den Hügel hinunter und sah zu, wie Ethan fast die ganze nächste
Stunde damit zubrachte, Seile durch Ösen zu ziehen, Haken

anzubringen und alle Verbindungen noch einmal zu überprüfen. Er half Ethan, einen Gasregulator auf ein fahrbares Montagegestell zu wuchten und zusammen mit einem großen Heliumtank den Hang hinabzurollen. Ethan schloss den Regulator an das gummierte Ventil der Hülle an. Dann drückte er einen Knopf am Regulator, und mit einem lauten Zischen strömte Gas durch den Schlauch. Der Gassack ruckte und grummelte, und dann, ganz plötzlich, dehnte er sich mit einem Knistern aus, blähte sich nach allen Seiten, hüpfte dröhnend hin und her und erhob sich schließlich in die Luft, bis die Leinen sich spannten, und noch höher.

Sachte und anmutig hob der orange Saab-Kombi einen Meter vom Boden ab. Cinquefoil klatschte in die Hände, und für einen Moment wich die Sorge in seinem Gesicht der einfachen Freude darüber, dass ein so extrem schwerer Gegenstand so mühelos schweben konnte wie die Fallschirme einer Pusteblume.

»Einwandfrei«, sagte Ethan. »Die Sache hat nur einen Haken. Es ist eine Attrappe.«

Cinquefoil blickte verdutzt.

»Na ja, es fliegt. Aber es hat keinen Antrieb. Verstehen Sie? Und es hat kein Ruder. Ich könnte den Motor anlassen und am Lenkrad drehen, aber das würde nichts bewirken. Die sind für ein Auto gemacht.«

Cinquefoils Lächeln kehrte zurück. »Wenn es weiter nichts ist.«

»Wieso?«

»Wie, glaubst du, fliegt ein Ferischer-Bus geradeaus, nach links oder rechts? Mit einem Zahnstangengetriebe? Mit Benzin?«

»Ach so«, sagte Ethan.

»Hol alles, was du brauchst, aus dem Haus«, sagte Cinquefoil. »Ich fange mit der Arbeit an dem Zauber an.«

Ethan ging ins Haus und zog sich saubere, warme Sachen an. Er schlüpfte in Thermounterwäsche und stopfte zwei weitere Garnituren in seinen Rucksack, dazu mehrere Pullover, drei Paar saubere Unterhosen und einen Berg Socken. In luftiger Höhe konnte es bitterkalt werden. Zudem packte er Peavins Buch und eine Zahnbürste ein. Dann ging er in das Zimmer seines Vaters. Sein Vater war von Haus aus ein schlampiger Mensch, aber seine Mutter war sehr penibel gewesen, und in ihrer Ehe hatte sich ihre Art durchgesetzt. Nun, da sie tot war, war sein Vater wieder in die alte Schlamperei zurückgefallen, doch in seinem Zimmer hielt er noch Ordnung. Taschenmesser und Brieftasche lagen auf der Kommode, das Kleingeld aus seiner Hosentasche war säuberlich daneben gestapelt. Das Bett war gemacht, die Tagesdecke glatt und straff gezogen wie das Fell einer Trommel. Für Ethan sah es verblüffend leer aus. *Ich werde ihn nie wieder sehen,* dachte er, und schaudernd versuchte er, den Gedanken zu verdrängen. Er zog die Sonnenbrille aus der Tasche und setzte sie auf. Wieder spürte er ihre seltsame Wärme. Die Bügel lagen wie zwei lange Finger an seinen Schläfen.

Diesmal begriff er sofort, was er sah. Es war eine Schüssel, und die Schüssel enthielt eine glänzende bräunliche Masse, eine Art Eintopf oder Suppe, in der irgendwelche dunklere Brocken schwammen. Die Schüssel stieg in die Höhe, kam auf Ethan zu – es war ein ganz merkwürdiges Gefühl – und neigte sich in seine Richtung. Er sprang zurück, als könnte heiße Suppe in seinen Schoß schwappen. Aber natürlich geschah nichts dergleichen. Die Suppe und die Person, die sie aß, waren weit weg. Der Blick durch die Gläser veränderte sich abrupt, schwenkte nach links, und da war er wieder, sein Vater. Er lag noch immer auf der Matratze vor der Wand, aber er hatte sich auf die andere Seite gedreht, sodass sein Gesicht nicht zu sehen war. In diesem Augenblick begriff Ethan.

Wenn er Rob Padfoots Sonnenbrille aufsetzte, konnte er sehen, was Padfoot sah, drüben in den Winterlanden oder wohin er auch immer seinen Dad verschleppt hatte. Padfoot beobachtete Mr. Feld in dem kahlen Raum und aß dabei etwas widerlich Glibberiges. Es war, als sei die Sonnenbrille ein verlorener Teil von Padfoot selbst, der immer noch in Verbindung mit seinen Augen und seinem Gehirn stand, von denen er getrennt worden war.

Ethan nahm die Brille ab und drehte sie in den Händen. Er spürte ein schwaches Pulsieren in dem dünnen Draht, der das Gestell durchzog. Er ging hinüber zur Kommode seines Vaters und wühlte in der obersten Schublade, bis er ein flaches schwarzes Etui fand. Es enthielt eine Nickelbrille, die seiner verstorbenen Mutter gehört hatte. Er nahm sie behutsam heraus, legte sie auf die Kommode und ersetzte sie durch Padfoots Brille. Sie passte genau. Er klappte das Etui zu und wollte das Zimmer wieder verlassen, aber irgendetwas ließ ihm keine Ruhe. Er drehte sich um und ließ den Blick durch das Zimmer schweifen. Die Brieftasche. Sein Vater hasste es, ohne seine Brieftasche aus dem Haus zu gehen. Es lag nicht an dem Geld, den Kreditkarten oder den Fotos, die sie enthielt, auch nicht an der Brieftasche selbst, die nur ein abgenutztes Stück Rindsleder voller Schweißflecken war. Genau genommen hatte Ethan keine Ahnung, was es mit der Brieftasche auf sich hatte. Wie oft hatten sie sich verspätet, weil sein Vater sie immer so lange suchte, bis er sie gefunden hatte, ob sie nun einen dringenden Termin hatten oder einfach nur einen Waldspaziergang machen wollten. »Ohne sie fühle ich mich irgendwie nackt«, hatte er immer gesagt. Ethan ging zur Kommode und steckte die Brieftasche in seinen Rucksack. Dann kehrte er zu seinem selbst gebauten Zeppelin zurück. Er schwebte über der Zufahrt, und der Schlauch zum Aufblasen war noch angeschlossen (was Mr. Feld nicht hätte sehen dürfen, weil der Schlauch dabei Schaden nahm). Cinquefoil war nirgends zu sehen.

Ethan vernahm ein schwaches Blubbern, dann ein leises, liebliches Zwitschern. Es klang wie eine von diesen Pfeifen, die es neuerdings gab. Sie sahen aus wie ein Vogel, der auf einem Ast hockte, und mussten mit Wasser gefüllt werden. Das provisorische Luftschiff flog einen Meter vorwärts und kam wieder zum Stehen. Im nächsten Augenblick erschien Cinquefoils Kopf im Fenster auf der Fahrerseite.

»Probier du mal«, sagte er. »Ich kann nicht gleichzeitig das Pedal treten und lenken. Außerdem fühle ich mich in diesem Stahlkasten nicht besonders wohl. Wir Ferischer haben für Stahl nämlich nicht viel übrig.«

Ethan holte eine leere Kabeltrommel aus Holz und benutzte sie als Trittbrett. Er warf seinen Rucksack ins Auto und wollte gerade hinterher klettern, da fiel ihm der Knüppel ein. Irgendwie hatte er das Gefühl, dass es ein Fehler wäre, ohne ihn zu reisen. Als Waffe taugte er zwar nicht viel, aber hatte ihm schon einmal gute Dienste geleistet. Er hüpfte von der Kabeltrommel.

»Wo läufst du denn hin?«, rief Cinquefoil.

Ethan ging zu dem alten Schwinn und ergriff den Stock, und wieder verspürte er ein seltsam angenehmes Gefühl, als er ihn in der Hand hielt. Er zeigte ihn Cinquefoil. Der Ferischer neigte ein wenig den Kopf zur Seite und sah ihn sich genau an.

»Aha«, sagte er. »Dein Stück Wundholz.«

»Wundholz?«

»Wundholz ist das Holz, das sich rings um eine Galle bildet«, erklärte Cinquefoil. »Das ist ein Splitter vom Lodgepole, du ahnungsloser Tropf. Ein ganz seltenes Stück, ein echtes Stück Lodgepole. Du musst gut darauf aufpassen. Die lassen sich nicht so leicht abbrechen. Man könnte sogar sagen, dass

Wundholz ziemlich wählerisch ist. So ein Stück überlässt es nicht jedem.« Er sah Ethan an und kratzte sich am Kopf. »Vielleicht bist du ja doch was Besonderes.«

»Ich weiß auch nicht«, sagte Ethan, »aber wenn ich ihn in der Hand halte, habe ich das Gefühl … Er liegt einfach gut in der Hand.«

»Er könnte einen guten Baseballschläger abgeben.«

»Einen Schläger?« Ethan drehte den Stock in der Hand. Er war knotig und narbig, aber vollkommen gerade. Ethan hatte sich noch nie überlegt, dass ein Baseballschläger früher mal ein Ast war.

»Der Lodgepole ist eine Esche«, erklärte Cinquefoil. »Er ist die Esche der Eschen.«

»Und Baseballschläger werden aus Eschenholz gemacht, nicht?«

»Schon immer. Seit Baseball gespielt wird. Und weißt du auch, warum?«

»Warum?«, wiederholte Ethan unsicher.

»Tja, warum. Fragst du eigentlich nie nach dem Warum, kleiner Reuben?« Cinquefoil verschwand im Wageninneren und tauchte gleich darauf wieder auf. »Und vergiss deinen Handschuh nicht.«

»Meinen Handschuh?«

»Wir haben eine lange Reise vor uns. Wir werden unterwegs viel Zeit haben, um an deiner Fangtechnik zu feilen.«

Ethan holte den Handschuh, dann kletterte er mit ihm und dem zukünftigen Schläger zum zweiten Mal auf die Kabeltrommel und hievte sich in den Kombi. Er legte die Hände ans Lenkrad. Cinquefoil stand auf dem Beifahrersitz und hielt sich am Armaturenbrett fest. Er war gespannt wie ein Flitzebogen.

»Fuß aufs Pedal«, sagte Cinquefoil.

Ethan streckte das rechte Bein. Da war nichts.

»Ich komme nicht an die Pedale.«

135

»Dann schieb den Sitz weiter vor.«

Ethan verstellte den Sitz, bis er mit der Brust fast das Lenkrad berührte. Jetzt konnte er mit der rechten Fußspitze das Gaspedal treten.

Blubbernd und zwitschernd glitten sie fünf oder sechs Meter weit, vielleicht ein wenig zu schnell.

»Kannst du durch die Windschutzscheibe sehen?«

»Ja.«

»Wir sind nämlich drauf und dran, den Glasschuppen zu rammen.«

Ethan trat auf die Bremse in der Hoffnung, dass auch sie mit einem Zauber belegt war. Rüttelnd kam das Auto zum Stehen, mit der vorderen Stoßstange nur Zentimeter von der Schuppenecke entfernt.

»Hoppla!«, rief Ethan. »Entschuldigung.«

»Und jetzt ... Wie sagt man noch mal? Zurückstoßen.«

»Zurückstoßen.«

»Leg den Rückwärtsgang ein.«

Ethan fand das rote R auf dem Schaltknüppel und versuchte, den Hebel nach rechts zu drücken, in Richtung Heck. Es ging nicht.

»Die Kupplung«, sagte Cinquefoil. »Unsere Gefährte haben so was nicht. Aber irgendwie habe ich mir gedacht, für dich wäre es so einfacher.«

»Ich bin erst elf.«

»Erinnere mich nicht daran.«

Ethan legte den Gang ein und drehte am Lenkrad. Der Skid machte einen Schwenk nach rechts hinten. Dann schaltete Ethan in den ersten Gang, steuerte in die andere Richtung, und sie schlingerten die Zufahrt hinunter in Richtung Straße. Sie schwebten nur ein, zwei Meter über dem Boden.

»Ich muss an Höhe gewinnen.«

»Das Radio.«

Ethan schaltete das Radio ein. Er fasste nach dem Lautstärkeknopf und blickte zu Cinquefoil, der nickte. Er drehte langsam im Uhrzeigersinn, und der Skid stieg knarrend und zitternd in den Himmel.

»Okay«, sagte Ethan. »Wir sind oben.«

»Sieht fast so aus«, meinte Cinquefoil.

Ethan zog den Skid hoch, bis sie doppelt so hoch waren wie
die höchsten Baumwipfel. Dann nahm er Kurs auf das Haus
der Rideouts. Der Ferischer-Antrieb gluckerte und gurgelte
wie Regenwasser im Rinnstein. Ethan spürte einen Druck in
den Ohren.

»Wir nennen ihn Skidbladnir«, sagte er. »Mein Dad und ich.
Das ist ein skandinavischer Name.«

»Und was bedeutet er?«, fragte Cinquefoil. »Hässlich wie
ein Grauling-Hinterteil‹?«

»Das war ein fliegendes Schiff, das dem Gott Freyr gehörte«, erklärte Ethan. »In den nordischen Sagen. Ein großes,
schmuckes Schiff, das so raffiniert konstruiert war, dass man
es zusammenfalten und in die Tasche stecken konnte.«

»Ach, dann ist es nur ein Scherzname«, sagte Cinquefoil.
»So wie man einen Glatzkopf Locke nennt.«

»Wahrscheinlich. Meistens nennen wir ihn einfach nur Skid.«

Cinquefoil nickte. »Ich weiß, wie ich das Auto nennen
würde, wenn ich ihm einen Namen geben müsste.« Und dann
folgte eine Reihe merkwürdiger Silben. Es klang ungefähr wie
Karggruxragakkurgorok.

»Was für eine Sprache ist das?«

»Alt-Fatidisch.«

»Und was bedeutet es?«

»Es bedeutet: ›Hässlich wie ein Grauling-Hinterteil‹.«

Zehn Minuten nach dem Start schwebten sie über dem
Grundstück der Rideouts. Jennifer T. und Thor Wignutt warteten im Dämmerlicht neben einem kleinen Berg Gepäck.

»Was, zum Teufel, ist das denn für ein Ding?«, rief sie zu Ethan hinauf.

»Klappe«, rief Ethan zurück. »Marke Eigenbau.«

Er drehte den Lautstärkeregler zurück und manövrierte das Auto zu einem großen freien Platz mitten im verwilderten Garten der Rideouts. Als sie landeten, kamen die Zwillinge Darrin und Dirk und ihre jüngeren Cousins aus einem der Nebengebäude gerannt. Alle starrten das Luftschiff mit offenem Mund an, nur Dirk warf einen Stein nach ihm. Sein Wurf ging weit daneben, und seine ältere Schwester verpasste ihm eine Kopfnuss. Danach stand auch Dirk einfach nur da und glotzte. Onkel Mo und Tante Shambleau traten auf die Veranda. Doch ihre Blicke galten nicht dem schwedischen Oldtimer, der sich vom Himmel auf ihr Unkraut senkte. Sie hatten nur Augen für den Ferischer.

»Können sie Sie sehen?«, fragte Ethan leise.

»Wozu soll ich für die einen Zauber vergeuden«, antwortete Cinquefoil. »Einem Rideout glaubt sowieso keiner. Die Rideouts glauben ja nicht einmal sich selber.«

»Kann jeder Sie sehen? Ich meine, wenn Sie keinen Zauber auf ihn anwenden.«

Cinquefoil klopfte sich auf den Schenkel. »Liest du denn keine Bücher? Lesen Kinder heutzutage eigentlich überhaupt nicht mehr?«

»Klar lese ich.«

»Und trotzdem weißt du nicht, wer uns sehen darf und wer nicht?«

»Euch können nur Leute sehen, die vorher schon an euch geglaubt haben«, sagte Ethan.

»Das ist er!«, rief Tante Shambleau. »Nackt wie ein Fisch!«

»Nackt wie ein Fisch«, rief der kleine Dirk Rideout, und seine Bruder wiederholte: »Nackt! Nackt!«

»Geht zurück ins Haus, Kinder, und seht fern«, befahl Tante

Shambleau. Die Zwillinge und ihre Cousins blieben einfach stehen. Tante Shambleau hob die Hand und tat so, als wollte sie ihre Grauer-Star-Brille abnehmen. Die kleinen Cousins machten einen Schritt zurück. Sie zog die Brille langsam vom Nasenrücken. Schreiend und kreischend rannten die Cousins in die Hütte zurück, aus der sie gekommen waren. Keiner wusste, was geschah, wenn Tante Shambleau die Brille abnahm. Aber mit Sicherheit nichts Gutes.

Ethan stieg aus dem Wagen, und Jennifer T. kam mit Thor herüber.

»Sie haben meinen Dad«, sagte Ethan. »Der Kojote steckt dahinter. Dieser Padfoot ist gekommen und hat ihn entführt. Hier.« Er bückte sich, öffnete den Rucksack und zog das Brillenetui hervor. Er nahm Padfoots Brille heraus und reichte sie Jennifer T. »Setz die mal auf.«

Jennifer T. schob sich Padfoots Brille auf die Nase. Sie zuckte zusammen und zog den Kopf ein. Ihre Kinnlade klappte herunter.

»Huch!«, stieß sie hervor.

»Was ist? Was siehst du?«, fragte Thor.

»Ich sehe Mr. Feld. Er hat die Augen verbunden. Er sitzt da.«

»Er sitzt?«, fragte Ethan. Das musste er sehen.

»Er spricht. Er fuchtelt mit den Händen, wie er es immer tut, wenn er was erklärt.«

Ethan fragte sich, was sein Vater den Entführern wohl erklären mochte. Er nahm Jennifer T. die Brille ab und setzte sie auf. Sie hatte Recht. Offensichtlich hielt sein Vater Padfoot gerade einen Vortrag. Er deutete auf irgendwelche Elektronen oder Gasmoleküle oder worüber er auch immer sprechen mochte. Jedenfalls war es unsichtbar. Es tat Ethan in der Seele weh zu sehen, wie er geduldig versuchte, Padfoot irgendeinen Sachverhalt zu erklären.

»Wieso hat der Kojote deinen Dad entführt?«, fragte Jennifer T.

»Vielleicht will er ein Luftschiff bauen.«

»Oh, der Kojote liebt Erfindungen«, sagte Cinquefoil. »Die allererste stammt von ihm.«

»Das Netz«, sagte Thor. Jetzt war er mit der Sonnenbrille an der Reihe. Er hatte seine Hornbrille abgenommen, um sie auszuprobieren.

»Das stimmt.« Cinquefoil musterte ihn stirnrunzelnd.

»Woher weißt du das, Thor?«, fragte Ethan. »Hat Jennifer T. es dir erklärt?«

»Ich hab's versucht«, sagte sie. »Aber dann hab ich gemerkt, dass ich überhaupt nicht kapiere, um was es hier eigentlich geht.«

»Aber du weißt alles übers ›Flitzen‹ und ›Springen‹, Thor?«

»Selbstverständlich«, antwortete Thor mit seiner nüchternsten TW03-Stimme und starrte weiter in Padfoots Brille. »Dem Universum liegt eine Struktur zu Grunde. Diese Struktur hat die Form eines nicht quantifizierbaren Baums. Allem Anschein nach gibt es gewisse Individuen, die in der Lage sind, die zu Grunde liegenden Strukturelemente aufzufinden und ihnen eine kurze Strecke zu folgen. Geschieht dies innerhalb einer Dimension der Realität, spricht man von *Flitzen*. Ist die Reise interdimensional, spricht man von *Springen*.«

Es war schwer, darauf etwas zu sagen. Eine Weile sprach keiner ein Wort. Thor nahm die Sonnenbrille ab und gab sie Ethan, der sie wieder ins Etui legte.

»Er hat von dir gesprochen«, sagte Thor.

»Was? Wie kommst du darauf?«

»Ich hab's ihm von den Lippen abgelesen. Er sagte ›Ethan‹. Und ›mein Sohn‹.«

Ethan traten Tränen in die Augen. Er wischte sie weg.

»Thor«, sagte er, »glaubst du, du schaffst es? Kannst du uns in die Winterlande bringen, oder wo immer dieser Kojote meinen Dad hingebracht hat?«

Thor antwortete nicht sofort. Er sah Ethan an, und seine kleinen braunen Augen blinzelten heftig hinter den Brillengläsern. Erst jetzt fiel Ethan auf, dass Thor nur einen Pyjama und Laufschuhe anhatte. Sein Vater trug ähnliche Pyjamas. Die Jacke war zum Knöpfen wie ein Hemd, und das Muster bestand aus altmodischen Baseballspielern in Knickerbockern. Das Schweigen dauerte an. Es war einer der Augenblicke, in denen Thor zu begreifen schien, dass er im Grunde nur ein kleiner Junge war und kein Android. Solche Augenblicke gab es nicht sehr oft, und gewöhnlich nur dann, wenn er es etwas zu weit trieb.

»Wie es aussieht«, sagte er schließlich, »muss ich es schaffen. Oder?«

Sie machten sich daran, so viel wie möglich hinten in den Kombi zu laden. Den Rest mussten sie unter ihren Füßen und auf dem Rücksitz verstauen. Sie nahmen drei Schlafsäcke und ein kleines Zelt mit, eine Kühltasche voller Sandwiches (leider hauptsächlich Leberwurst), zwei Wasserflaschen, einen Campingkocher, mehrere Taschenlampen, Seile, Jennifer T.'s Baseballhandschuh und einen kleinen Matchsack mit ihren Kleidern. Sie packte zusätzlich drei Roosters-Trikots und drei Mützen ein, weil Ethan seine vergessen hatte, und Thor hatte nur den Pyjama und die Laufschuhe.

»Hast du schon geschlafen?«, fragte Ethan ihn, als sie die Schlafsäcke neben den Gasregulator quetschten. »Oder warum hast du einen Pyjama an?«

»Meine Mutter schickt mich um halb sieben ins Bett«, antwortete er. »Im Winter um halb sechs.«

»Mein Fehler«, sagte Jennifer T. »Ich habe vergessen, ihm zu sagen, dass er sich eine Tasche packen soll. Ich hatte einen solchen Bammel davor, dass uns seine Mutter hört.«

»Sie wäre mit dem Riemen auf uns los«, sagte Thor. »Da bleibe ich lieber im Pyjama.«

Mo Rideout packte beim Laden mit an, aber Tante Shambleau rührte sich nicht von der Stelle. Sie saß auf der obersten Verandastufe und starrte Cinquefoil an, der vor der Stoßstange des Skid stand und an einem Zauber arbeitete, der den Motor verschwinden ließ, um vorne zusätzlichen Laderaum zu schaffen. Er murmelte und brabbelte vor sich hin, fuchtelte mit den Armen, stieß laute Flüche aus und stampfte auf den Boden. Jedes Mal, wenn er aufstampfte, quietschte das Auto laut. Es war schwer zu glauben, dass ein so kleiner Fuß so fest aufstampfen konnte.

»Zwecklos«, sagte er und gab auf. »Ich hab es mit einem Putzzauber versucht. Das ist ein Zauber, der Dinge verschwinden lässt, deshalb hatte ich gehofft ... Aber man darf einen Zauber nicht zu sehr zweckentfremden. Von der alten grauen Reuben, die mich mit ihren Blicken durchbohrt, will ich gar nicht reden ...«

»Ist schon in Ordnung«, sagte Ethan. »Vielleicht wollen wir ja irgendwann mit ihm *fahren*.«

Als alles eingeladen war, kam Onkel Mo herüber und stellte sich neben die Kinder.

»Ich würde gern mitkommen«, sagte er. »Es wäre gut, wenn ein Erwachsener dabei wäre. Mein Erfahrung könnte euch nützlich sein.«

Cinquefoil schüttelte den Kopf.

»Sie würden die Reise nicht überleben.«

»Bin ich zu alt?«

»Der Schöpfer hat Sie mit einem vortrefflichen Körper ausgestattet, Morris ›Chief‹ Rideout. Wenn Sie ihn pfleglicher behandelt hätten, könnten Sie es trotz Ihres Alters vielleicht durchstehen. Ich weiß, seit damals, als Sie noch ein junger Reuben waren, ist es Ihr Herzenswunsch, die Sommerlande wieder zu sehen. Und irgendwann hatten wir die große Hoffnung, Sie dort zu sehen, ganz zu schweigen von diesem armen Okawa-Reuben. Also, der Junge hatte wirklich das Zeug zum Helden.«

Onkel Mo nickte. Tränen standen ihm in den Augen. Er wühlte in der Außentasche seines glänzenden blauen Jacketts. Dann reichte er seiner Großnichte ein kleines, dickes Buch von der Größe eines Taschenwörterbuchs, vielleicht ein bisschen größer. Der Einband bestand aus dickem Karton mit abgestoßenen, eingerissenen Ecken. Die Seitenränder waren abgegriffen und fühlten sich weich und moosig an. Der Buchrücken war arg geknickt. Auf dem Deckel war eine Gruppe rotbackiger Jungs zu sehen, die zu Füßen eines großen, geisterhaften Mannes mit Federhaube saßen.

»*Das offizielle Handbuch des Wa-He-Ta-Kriegers*«, las Ethan.

»Was ist ein Wa-He-Ta-Krieger?«

»Das war eine Organisation, die es früher mal gab, so was wie die Pfadfinder«, erklärte Onkel Mo. »Hauptsächlich an der Westküste. Ist vor Jahren eingegangen.«

Ethan spähte Jennifer T. über die Schulter, als sie durch das Buch blätterte. Über den Seiten las er Überschriften wie »Das Handwerk des Wa-He-Ta«, »Der Stammesgeist des Wa-He-Ta« und »Das Gesetz des Wa-He-Ta«.

»Was bedeutet denn Wa-He-Ta?«, fragte Jennifer T.

Onkel Mo blickte verlegen. »Oh, das ist keine echte Indianersprache. Sie ist nur erfunden. Hinten im Buch ist ein Glossar. Sie haben sich alles nur ausgedacht. Die ganze Wa-He-Ta-Geschichte ist reine Erfindung, es hat nie einen solchen Stamm gegeben. Aber es enthält auch eine Liste mit Abkürzungen. Danach bedeutet Wa Ha Te so viel wie Achtung, Zuversicht und Glaube. Die Dreifache Lehre, wie sie es nennen. Alles Humbug, wenn du mich fragst. Aber es steht viel Wissenswertes über das Leben im Wald drin. Ich habe jedenfalls eine Menge übers Fischen, Feuermachen und Fährtenlesen gelernt, was ich heute noch gebrauchen kann. Und über Motoren, Funkgeräte und sogar Schusswaffen. Ich habe mir gedacht, ihr könntet es vielleicht brauchen.«

»Danke, Onkel Mo«, sagte Jennifer T. Als sie in den Wagen stiegen, legte sie das Buch ins Handschuhfach und ergriff das Steuer. Sie eignete sich am ehesten als Pilot, denn sie hatte nicht nur die *Victoria Jean* geflogen, sondern war auch heimlich mit dem Auto ihres Vaters gefahren. Ethan machte Anstalten, neben ihr einzusteigen.

»Ich bin der Homerun-König der drei Welten«, protestierte Cinquefoil. »Ich möchte niemandem einen Platz auf dem Rücksitz wegnehmen.« Also stieg Ethan mit Thor hinten ein. Als Thor hinter den Beifahrersitz schlüpfte, den Cinquefoil nach vorn geklappt hatte, meinte Ethan zu sehen, wie der Ferischer-Häuptling leicht zurückzuckte. Er fragte sich, ob Thor irgendeinen Geruch verströmte, den der Ferischer abstoßend fand. Auch Menschen hatten in dieser Hinsicht gelegentlich über Thor geklagt.

Im letzten Moment schien Tante Shambleau ihre Scheu abzulegen. Sie kam zum Wagen herübergeschlurft, steckte den Kopf durchs Fenster und sah Cinquefoil an.

»Ich liebe dich«, sagte sie. »Ich liebe dich schon mein Leben lang, seit dem Augenblick, als ich dich zum ersten Mal sah, am 3. August 1944.«

Cinquefoil sah sie aus zusammengekniffenen Augen an und hörte ihr zu. Sein altersloses Gesicht zeigte keine Regung.

»Ich habe lange von dir geträumt«, fuhr sie fort. »Jede Nacht.«

Cinquefoils Züge wurden milder, dann hob er eine kleine, raue Hand und strich ihr über die runzligen Wangen. Sie schob die dunkle Brille in die Stirn. Ihre Augen waren groß, braun und überraschend sanft.

»Nicht alles war nur geträumt, meine Liebe«, sagte Cinquefoil.

Tante Shambleau starrte ihn einen Augenblick an, dann
errötete sie. Die Brille fiel auf ihren Platz auf der Nase, und
sie wich vom Wagen zurück.

»Wiedersehen, Kinder«, rief Onkel Mo.

Dann stellte Jennifer T. das Radio an, und sie hoben ab.

Zweites Base

6

Thors Weltensprung

»OKAY«, SAGTE THOR WIGNUTT, als sie die Lichter von
Butler Beach an der Ostspitze der Muschelinsel hinter sich
ließen und über dem schimmernden dunklen Wasser des
Sunds schwebten. »Ich bin bereit.«

»Toll«, sagte Ethan.

»Ich hätte nur noch eine Frage.«

»Und die wäre?«

»Wohin soll die Reise gehen?«

Ethan blickte von Thor zu Cinquefoil, der immer noch auf
dem Beifahrersitz stand und sich mit seinen rötlichen Händen
am Armaturenbrett festhielt.

»Schwer zu sagen«, meinte der kleine Häuptling. »Man weiß
nie, was der alte Kojote als Nächstes tun wird. So ziemlich
alles, was sich so oder so oder noch anders entwickeln kann,
hat er erfunden, damals, als er die Welt das erste Mal verändert hat. Davor konnte sich alles, wie ihr vielleicht wisst oder
auch nicht, nur in eine Richtung entwickeln. Beispielsweise
gab es keine Kreuzungen. Nur gerade Wege, ohne Biegungen.
Wenn man eine Münze warf, kam immer nur Wappen. Und
niemand starb. Auch das hat der Kojote geändert. Er hat die
Unsicherheit in die Welt gebracht. Alles, was sich in die eine
Richtung entwickelt, könnte sich genauso gut in die andere
entwickeln. Gut oder Böse. Tod oder Leben. Hungern oder
sich den Bauch voll schlagen.«

»Wollen Sie damit sagen, dass ... Was wollen Sie damit
eigentlich sagen?« Ethan hatte Mühe, sich ein Bild von diesem

Änderer zu machen, dem Kojoten, der seinen Vater entführt hatte. War er nur böse? Wollte er tatsächlich die Welten zerstören? Trotz seiner grässlichen Geschöpfe und Maschinen, trotz seiner Armee von Padfoots und Skrikern und Graulingen und trotz der Verwüstung, die seine menschlichen Helfershelfer am Strandhotel angerichtet hatten – in Cinquefoils Augen blitzte immer so etwas wie Bewunderung auf, wenn er von ihm sprach. Wieso?

»Ich will damit sagen, dass ich es nicht mag, wenn man versucht, den Kojoten zu durchschauen. Das kann nicht gut gehen. Außerdem kriege ich davon Kopfschmerzen. Ich finde, wir sollten auf jeden Fall in die Sommerlande reisen. Falls der Kojote seine Meinung ändert, was er gerne tut, oder falls gar er nicht zur Flüsterquelle will, wäre es sinnlos, in den Winterlanden rumzuhängen, das ist so sicher wie Elchkacke. Und falls er doch zur Flüsterquelle will, können wir uns den Umweg über die Winterlande sparen. Es gibt andere Wege zum Grünschmelz, der die Quelle umgibt. Mit etwas Glück und einem talentierten Schattenschwanz schaffen wir es auch von den Sommerlanden aus. Und vielleicht finden wir dort ein paar Antworten. Hilfe. Waffen. Ein Zauberbuch oder zwei. Eine Karte. Oder ein paar Tricks, um den Trickser auszutricksen. Vielleicht sogar ein paar wackere Bundesgenossen.«

»Klingt logisch«, sagte Jennifer T. »Ich bin mir sowieso nicht sicher, ob ich für die Winterlande bereit bin. Die Sommerlande sind mir schon unheimlich genug.«

Cinquefoil blickte nach hinten zu Ethan. »Und was meint unser Held?«

Ethan nickte.

»Okay«, sagte Thor. »In die Sommerlande.«

»Dann mal los«, sagte Cinquefoil zu Jennifer T. »Wenn ich mich recht entsinne, ist direkt vor uns eine günstige Stelle. Dort hängt ein Ast der Sommerlande so weit herüber, dass wir den Sprung wagen können. Es ist ein alter Donnervogel-Pfad.«

Jennifer T. flog schlingernd noch etwa eine halbe Meile weiter, dann sagte Cinquefoil einfach nur:»Hier.«

Thor schloss die Augen und lehnte sich gegen den Rücksitz. Jennifer T. nahm eine Hand vom Lenkrad und drehte sich zu ihm um. Sein Gesicht war entspannt. Die erstaunte Falte, die immer wie ein V auf seiner Nasenwurzel saß, glättete sich. Seine Hände lagen mit den Innenflächen nach oben auf dem Sitz neben ihm. Ethan verschränkte die Arme, um sich gegen den unvermeidlichen kalten Lufthauch aus einer Lücke zwischen den Ästen zu wappnen. Thor öffnete die Augen.

»Ich habe keinen blassen Schimmer, was ich tun soll«, sagte er. So etwas hatte Ethan noch nie aus seinem Mund gehört. Doch er sprach mit derselben ruhigen menschenähnlichen Stimme wie immer.»Ich hoffe, alle Besatzungsmitglieder sind sich darüber im Klaren.«

»Taste dich einfach am Ast entlang«, sagte Cinquefoil,»bis du einen Schatten spürst. Den Schatten eines Blattes, zum Beispiel. Dann weißt du, dass du an der richtigen Stelle bist.«

»Aber ich weiß nicht, wie es in den Sommerlanden aussieht«, erwiderte Thor.»Da ist nichts.« Er tippte sich an die Schläfe. Ethan wusste, was er meinte. Er hatte in seiner Datenbank nichts über die Sommerlande.

»Das stimmt nicht«, sagte Ethan.»Du warst schon tausendmal dort.«

»Na ja, in *dem* Sommerland schon. Aber nicht im richtigen.«

»Aber irgendwie ist unser Sommerland ein Teil der richtigen Sommerlande. Oder war es. Mitten in Mittelland.«

»Euer Sommerland war nicht ein Teil des Birkenwalds«, sagte Cinquefoil.»Es waren zwei Seiten desselben Ortes. Wie zwei Zwillingsbrüder, die sich umarmen.«

»Aber hätten wir dann nicht von dort aus rüberflitzen müssen?«, fragte Thor.

»Gestern hätten wir vielleicht noch gekonnt«, sagte Cinquefoil. »Heute nicht mehr. Ich habe es selbst kaum geschafft, die Kluft war schon so groß. Und ich konnte spüren, dass sie mit jeder Minute größer wird. Kein Schattenschwanz wird jemals wieder hinüberspringen können.«

»Das ist ja furchtbar«, sagte Ethan. Sommerland, die Zauberinsel blauen Himmels inmitten der grauen See des Clam-Island-Sommers, war für immer verloren. »Stell es dir vor«, sagte er zu Thor. »Versuch einfach, Sommerland in deinen Gedanken zu sehen.«

»Stell dir das Stadion vor«, schlug Jennifer T. vor. »An einem sonnigen Nachmittag.«

»Grün«, sagte Thor.

»Das Wasser am Strandhotel und die Blätter der Birken.«

»Grün, mit einer Spur Grau. Ein leuchtendes Grün.«

»Die Brombeerbüsche«, schlug Ethan vor.

»Grün, mit dunkelgrünen Schatten. Okay. Huh.«

Auf der Insel waren sie von Birkenwald zu Birkenwald gereist, ohne eine sichtbare Lücke im Gefüge der Welten. Aber wie war es, wenn man in der Luft von einer Welt in die andere glitt? Sprang man aus der Nacht in den Tag? Von der Küste in den Wald? Ethan spähte durchs Heckfenster des Kombis. Zunächst erschien ihm die Dunkelheit draußen unverändert. Unter ihnen die verstreuten Lichter eines Küstenorts. Über ihnen die Sterne, fahl und fern. Dann fiel die Temperatur, und die Sterne erloschen. Die Lichter von Coos Bay, oder wie die Stadt da unten hieß, flackerten und gingen aus.

»He«, rief Jennifer T. Sie drehte an den Knöpfen am Armaturenbrett. »Hat die Schrottkiste eigentlich keine Heizung?«

»Faszinierend«, sagte Thor. »Meine Klimasensoren zeigen

einen Temperatursturz von über zehn Grad innerhalb der letzten neun Sekunden an.«

»Er schafft es«, rief Ethan. »Häuptling, er schafft es, nicht wahr?«

»Sieht fast so aus. Aber ob er uns in die Sommerlande bringt oder ...«

Ein heftiger Schauder überlief Ethan, und er schloss den Reißverschluss seines Fleece-Pullovers bis zum Kragen. Noch nie hatte er so gefroren.

»Wir verlieren an Höhe«, sagte Jennifer T. »Das Gas in der Hülle schrumpft oder zieht sich zusammen oder wie das heißt.«

»Eis«, murmelte Thor. Er fasste nach oben und wischte die Gläser seiner Hornbrille.

Jennifer T. drehte am Lautstärkeknopf des Radios, und Ethan blickte wieder aus dem Fenster.

»Über was verlieren wir an Höhe?«, fragte er. »Sieht eher so aus, als sei da unten überhaupt nichts. Kein Nebel. Keine Wolken.«

»Du hast Recht«, sagte Cinquefoil. »Da ist nichts. Das Nichts zwischen den Blättern und Ästen des Baums. Das mächtigste Nichts, das es gibt.«

Thor polierte schon wieder seine Brillengläser, diesmal mit dem Ärmel.

»Eis«, wiederholte er und schniefte. Seine Nase lief, und er sah ziemlich elend aus.

Cinquefoil versetzte ihm mit der Stiefelspitze einen Tritt. »Pass auf. Ich habe das Gefühl, du denkst zu viel an ...«

»Eis!«, rief Jennifer T. Plötzlich tat sich vor ihnen eine gleißend helle Öffnung auf, wie eine große Blume, die aufblühte. Ethan war so geblendet, dass er die Augen schließen musste. Es war wie ein Sprung aus einem dunklen Karton in einen strahlenden Nachmittag. Seine Sehnerven waren so verwirrt, dass sie alles in Rot und Blau und das leuchtende Grün eines Käfers verwandelten, obwohl seine Lider fest geschlossen waren. Nach einer Weile wagte er es, die Augen wieder zu öffnen, doch was er sah, ergab so wenig Sinn, dass er sie ebenso gut hätte zulassen können.

Draußen vor dem Autofenster, weit unter ihnen, dehnte sich eine endlose Eisfläche mit zerklüfteten Eisbergen und glitzernden Eissteppen, so weit das Auge reichte, und der Himmel hatte die blauschwarze Farbe eines angekokelten Stahltopfs. Doch obwohl der Himmel über dem Eis dunkel war, leuchtete er auch und war übersät mit Sternen, Lichtwirbeln und Strudeln aus glitzerndem Schneestaub. Auch das Eis leuchtete. Die Eisberge, die Eissäulen, die stufenförmig in die Tiefe stürzenden Gletscherströme, sie alle schienen von innen zu leuchten, als bestünden sie nicht nur aus Wasser, sondern auch aus dem Strahlengemisch, das die Sterne über sie gossen: gefrorenes Sternenlicht. Das Eis beleuchtete den Himmel, der Himmel beleuchtete das Eis.

Ethan drehte sich um und blickte aus dem Heckfenster. Es rahmte die sternenlose schwarze Leere, die sie soeben durchflogen hatten.

»Bruder!«, brüllte Cinquefoil. »Oh, kleiner Bruder! Wohin hast du uns gebracht? Das sind nie und nimmer die Sommerlande.«

»Tut mir Leid«, sagte Thor unglücklich. »Da war ... Es war ... Meine Brille war vereist.«

»Wir sinken immer noch!«, rief Jennifer T. Sie griff zum Lautstärkeknopf, auf dem so harmlos *Ljudvolym* stand, und drehte ihn voll auf. Ihre Flugbahn veränderte sich, aber nicht genug. Wenn sie so weiterflogen, würden sie bald auf dem Eis aufsetzen.

Ethan krallte sich so fest an den Schultergurt, dass ihm der dicke Rand in die Finger schnitt. »Was ... Was ist ...«

»Du liegst auf dem Rücken«, sagte Jennifer T. beschwörend zu Thor. »Auf dem kleinen Hügel hinter den Picknicktischen.«

»Echt?«, fragte Thor. Er klang nicht sehr überzeugt.

»Du siehst über dir den dunkelgrünen Schatten von diesem Baum, du weißt schon, dem großen mit den kleinen Hubschraubern. Mach schon!«

»Alles klar!«, brüllte Thor. »Ich weiß, welchen Baum du meinst – ja. Alles klar.«

Plötzlich lief Wasser an den Scheiben herunter, helle Tropfen jagten sich gegenseitig über das Glas. Das Eis schmolz, der Himmel um sie herum wurde blau. Ethan beschirmte seine Augen gegen die Helligkeit der Sonne. Sie kurbelten die Scheiben herunter, und der herrlich würzige Duft von Tannenreisig strömte in den Wagen. Cinquefoils Gesicht bekam wieder Farbe. Seine Augenlider flimmerten, öffneten sich, und dann lächelte er und kurbelte ebenfalls sein Fenster herunter. Er stand auf und lehnte sich hinaus.

»Die Sommerlande«, rief er. »Du hast es geschafft, mein Junge.«

Jennifer T. steckte den Kopf hinaus in den blauen Himmel. Sie spähte nach unten. Unter den nutzlosen Rädern des Skidbladnir erstreckte sich ein großer Wald, schattig und kühl. Der stachelige Teppich der Nadelbäume erstrahlte im satten Grün eines Sommernachmittags. In der Ferne erhob sich eine graublaue Bergkette. Sie sah nicht wie das Kaskadengebirge aus. Sie wirkte älter, niedriger, als hätte die Zeit sie schon stärker abgetragen.

»Wo sind wir?«, fragte Ethan und blickte in die Tiefe. »Kennt einer die Gegend?«

»Ich kann mich irren«, sagte Cinquefoil und sah Thor scharf an. »Aber ich glaube, du hast uns mitten in die Fernen Territorien geführt.«

»War das verkehrt?«, fragte Thor.

»Nein, nein, das hast du sehr gut gemacht.« Er hatte noch immer diesen stechenden Blick und zupfte an der krausen Spitze seines Spielkartenkönigbarts. »Aber eigentlich ist es unmöglich.«

»Unmöglich?«, fragte Jennifer T. »Wieso denn unmöglich?«

»Na ja«, antwortete Cinquefoil, »es kann einfach nicht sein, dass man von einem Ast in Mittelland zu einem Ast in den Winterlanden springt und dann blitzartig rüber zu einem Ast in den Sommerlanden. Keiner kann das. Das ist . . . das ist, wie wenn du in deinem Haus von einem Zimmer in ein anderes gehst, es durch die Tür wieder verlässt und in einem dritten Zimmer landest, nur in einem ganz anderen Stockwerk.«

»Ich habe doch nur getan, was ihr mir gesagt habt«, protestierte Thor. »Ich habe an Sonnenschein gedacht, an den blauen Himmel und an etwas Grünes, das fast schwarz ist.«

»Schon gut«, unterbrach ihn Cinquefoil. »Ist ja nichts passiert. Ganz im Gegenteil, du hast uns in einen Teil dieser Welt verfrachtet, in den sogar der Kojote nur ungern einen Fuß setzt. Die Fernen Territorien. Ganz in der Nähe der Rauen Berge, wie's aussieht. Eine wilde Gegend, die wildeste überhaupt, die Schaggurt-verseuchteste Ecke in den Winterlanden eingeschlossen. Und damit nicht genug. Wenn es uns gelingt, über die Berge dahinten zu kommen, müssten wir eigentlich einen Weg zum Grünschmelz finden.«

»Ich dachte, der Grünschmelz liegt in den Winterlanden?«, sagte Jennifer T.

»Schon. Aber hinter den Fernen Territorien und den Rauen Bergen kommt man durch die Lager der Verlorenen, und wenn man dann noch über den Großen Fluss setzt, gelangt man an einen Ort namens Apfelhain. Dahinter liegt das Diamantgrün. Dort gabelt sich der Baum in die vier Hauptäste.«

»Der Achsenpunkt«, sagte Ethan.

»Das Wort hab ich schon mal gehört. Dort hat der alte Mr.

Wood gestanden, als er den ersten Feuerball der Schöpfung geworfen hat. Und genau an derselben Stelle hat der Kojote die Linien für das erste Baseball-Inning gezogen, das je gespielt wurde. Na ja, dieser Teil der Winterlande heißt Grünschmelz. Und genau gegenüber in den Sommerlanden liegt das Diamantgrün des Apfelhains. Wir brauchen also nur das Diamantgrün zu überqueren, und schon sind wir an der Flüsterquelle. Wir schlüpfen sozusagen durch die Hintertür und können dem Kojoten ein Schnippchen schlagen. Ja, das war wirklich hervorragende Arbeit, Thor Wignutt.« Seine Augen verengten sich, und sein sonst so gelassener Blick wurde scharf. »Als hättest du genau gewusst, wo's langgeht.«

Ethans Aufmerksamkeit wurde durch ein Geräusch abgelenkt. Es rumpelte und knarrte, als würde ein altes Möbelstück über Holzdielen geschoben. Er drehte sich um. Von unterhalb des Autos tauchte ein gewaltiges zottiges Ding auf, halb Eisbär, halb Riesenseestern. Es hatte rosa Haut und weiße Haare. Seine Arme schlenkerten direkt vor ihnen in der Luft, und seine Knochen knackten hörbar.

»Häuptling?«, rief Ethan und deutete darauf. »He, Häuptling. Oh, Mann!«

Im nächsten Augenblick bekam das blasse Ding Gesellschaft von einem langhaarigen Zwilling. Jedes der beiden Ungetüme war mindestens doppelt so groß wie der Skid.

»Was ist das denn?«, rief Jennifer T. Es war eine nahe liegende Frage, und auch Ethan hätte sie gestellt, wenn es ihm nicht die Sprache verschlagen hätte. »Sieht aus wie zwei Riesenhände.«

»Das *sind* Riesenhände«, sagte Cinquefoil, kurz bevor sie vom Himmel gepflückt wurden.

7

Der achtzehnte Riesenbruder

WIE EIN RIGHTFIELDER, der hart am Zaun einen hohen Ball fängt und den Batter um einen Homerun bringt, hatte sich der Riese auf die Zehenspitzen stellen müssen, um sie zu erwischen. Natürlich hatte der Skid keinen Höhenmesser, aber Ethan war oft genug mit der *Victoria Jean* geflogen, um schätzen zu können, dass ihre Höhe ungefähr dreißig Meter betragen hatte. Eine Höhe, die fünfzehn extrem große Männer erreichten, wenn einer auf den Schultern des anderen stand. Die Hülle des Luftschiffs konnte zwei Tonnen Gewicht tragen, doch den knarrenden Armen des Riesen bot sie keinen Widerstand. Er pflückte sie vorsichtig, ja behutsam vom Himmel wie jemand, der eine Glühbirne auswechselt. Bei ihrem unfreiwilligen Sinkflug in Richtung Baumwipfel pfiff der Wind durch die offenen Wagenfenster. Nach einem Drittel der Strecke endete der Sturz abrupt, und ein riesiges Auge mit blutroter Iris und rosa geädertem Weißem blinzelte auf Ethans Seite durchs Fenster. Die Wimpern waren ebenso hell wie die Haare auf den großen rosa Händen. Der Riese war offenbar ein Albino. Irgendwie machte ihn das noch Furcht einflößender.

»Er sieht mich an«, brachte Ethan schließlich mit matter, erstickter Stimme heraus.

Nebel hüllte das rote Auge des Riesen ein. Bei jedem Wimpernschlag wirbelte er zur Seite und zog sich gleich darauf wieder zusammen. Er stank widerlich nach Fisch und verdorbenem Fleisch, und da begriff Ethan, dass es der Atem des Riesen war.

»Es ist sein Job, dich anzusehen«, sagte Cinquefoil. »Das ist Mushackel-John.«

»Wie? Sie kennen ihn?«, fragte Jennifer T. Sie hatte die Hände vors Gesicht geschlagen und äugte jetzt zwischen den Fingern durch.

»Er und seine siebzehn Brüder, die übrigens alle John heißen, haben unserem Gebiet im Lauf der Jahre immer wieder mal einen Besuch abgestattet«, erklärte Cinquefoil und erwiderte den blutunterlaufenen Blick des Riesen mit höflichem Desinteresse. »Haben eine Menge Unheil angerichtet. Aber wir haben es ihnen ordentlich heimgezahlt.«

»Will er uns fressen?«, fragte Thor. Das positronische Gehirn stieß immer gleich zum Kern eines Problems vor.

»Ja, vorausgesetzt, kleine Reuben schmecken ihm«, sagte Cinquefoil, »und das halte ich für sehr wahrscheinlich. Den meisten Kerlen seines Schlags schmecken sie. Früher haben sie Menschenkinder im Dutzend verspeist.«

»Also ich wäre jetzt lieber woanders«, sagte Jennifer T. »Ich ...«

»HÜBSCHES SPIELZEUG!«

Die Stimme des Riesen war weniger zu hören als in jedem Gelenk und jedem Weichteil des Körpers zu spüren. Jede Schraube im Fahrgestell des Skid wackelte, und die Scheiben zitterten. Ein süßlicher Gestank nach totem Fisch und fauligem Fleisch flutete ins Auto. Ethan hätte sich am liebsten übergeben. Es wäre gewiss nicht das erste Mal gewesen, dass er sich im Skid erbrach. Er musste an jenen Sommerabend nach dem Volksfest in Pueblo, Colorado, denken, als sein Magen, von Achterbahn- und Karrusselfahrten in Aufruhr versetzt, alles wieder nach oben beförderte, was er gegessen hatte: den frittierten Hotdog in Maisteig, den Krapfen, die Zuckerwatte, die Eistüte und den Karamellapfel, und alles auf den Rücksitz des Skid. Seine Mutter hatte ihn so ruhig und

geduldig getröstet. Sie hatte Papierservietten mit Eis ange-
feuchtet und ihn damit abgewischt, ihm eine saubere Trai-
ningshose angezogen, die hinten im Kofferraum lag, und
einen Fruchtkaugummi gegen den schlechten Geschmack im
Mund gegeben.

Das Auge des Riesen verengte sich und schien einen Moment lang nur Ethan zu fixieren.

»EINER HAT SICH VERIRRT«, sagte Mushackel-John.
»EINER HAT EINEN GROLL. EINER HAT ANGST.
UND EINER HAT EIN GEBROCHENES HERZ.«

Die vier Insassen des Skidbladnir sahen einander an. Im
ersten Moment wusste keiner, wer womit gemeint war.

»Riesen haben scharfe Augen«, bemerkte Cinquefoil trocken.

»Und Mundgeruch«, flüsterte Jennifer T.

Der Häuptling rutschte von seinem Sitz und kletterte Jennifer T. ohne ein Wort der Entschuldigung auf den Schoß.
Wenn er wach und aktiv war, hatte er etwas Katzenhaftes. Er
hockte sich auf ihre Knie, doch im Unterschied zu einer
Katze, die einem Menschenschoß einen Besuch abstattet,
machte er es sich nicht bequem. Er steckte grimmig den Kopf
aus dem Fenster.

»Hör mal, Mushackel-John«, rief er mit ruhiger, klarer
Stimme. »Wir haben etwas Dringendes zu erledigen, und
ziemlich weit weg von zu Hause. Hättest du die Güte, uns in
Ruhe zu lassen, nur dieses eine Mal?«

»ICH MÖCHTE DAS SPIELZEUG, HALBE POR-
TION«, antwortete Mushackel-John. Er nahm eine Hand
vom Skid und schnippte mit seinem gewaltigen Zeigefinger
gegen die pralle Gashülle, so wie man gegen eine Melone
klopft, um festzustellen, ob sie reif ist. Die Hülle dröhnte
dumpf wie eine Trommel. »GEFÄLLT MIR.«

»Die Sache ist die, John. Wir würden dir das Ding ja gerne
schenken, nur leider brauchen wir es ziemlich dringend.«

»JETZT NICHT MEHR, HALBE PORTION.« Die Stimme des Riesen klang nicht wie ein Grollen, sondern wie das tiefe volltönende Läuten einer gewaltigen Glocke. Mit seinem verbeulten Gesicht und seinen vorquellenden Augen war er abstoßend hässlich, aber Ethan sagte sich, dass wohl alle Riesen so aussahen.

»Stimmt«, raunte Cinquefoil ihm zu. »Einer hässlicher als der andere. Und um deine Frage zu beantworten, kleiner Bruder«, sagte er zu Thor, der aus seinen Gedanken aufschreckte, »er versteht Englisch, weil er mindestens dreißigtausend Jahre alt ist. Schätze, er hatte mit mehr Reuben zu tun, als ihm lieb war. Er spricht Sumerisch, Urdu, Hebräisch und Khoisan. Er spricht alle toten und alle lebenden Sprachen Mittellands. Natürlich beherrscht er auch meine, nur habe ich mir gedacht, dass ihr verstehen wollt, was ich sage.«

»Mir gefällt nicht, dass er Sie immer halbe Portion nennt«, meinte Jennifer T. »Das klingt so, als hätte er die Absicht, uns zu fressen.«

»Mich würde er nie fressen«, sagte Cinquefoil. »Ich würde ihm nicht bekommen. Hast du den gelben Saft gesehen, der aus meinem bemoosten Haupt getropft ist, kleiner Reuben?« Seine Kopfverletzungen waren mittlerweile völlig verheilt. Ethan nickte. »Das reinste Gift für ihn. Ebenso gut könnte er Steine oder trockene Rinde essen. Nein, nein, am liebsten mögen sie Kinder, Kinder und Schafe. Würdet ihr mehr wahre Geschichten lesen, wüsstet ihr das.«

Die Kinder sahen einander mit großen Augen an. Die Urangst vor dem Gefressenwerden hatte sie nie sonderlich beschäftigt. Sie lebten in einer Welt, in der es keine Riesen oder Menschenfresser gab, nicht einmal Wölfe, Bären oder Löwen. Und doch war es Ethan, wie vielen Kindern, die sonst keine Vegetarier sind, immer schon zuwider gewesen, junge Tiere zu essen. Ob Lamm, Kalb oder Spanferkel – die Vorstellung,

Babys zu essen, hatte ihn immer abgestoßen. Jetzt verstand er, warum. Es wäre eine Art Kannibalismus. Es hieße, dass er, der kleine, wehrlose Ethan Feld, ebenso leicht gefressen werden könnte.

Cinquefoil steckte wieder den Kopf aus dem Fenster. »Hör mal, John, lass den Unsinn und gib den Weg frei. Es gibt so schon Ärger genug. Der Kojote ist auf dem Weg zur Flüsterquelle. Wir glauben, dass er sie vergiften will. Wenn du uns noch länger aufhältst, bist du schuld, wenn Zackenfels kommt. Ich wette, das würde dir bald sehr Leid tun.«

»WETTE HAST DU SCHON VERLOREN«, erwiderte der Riese. »WENN ZACKENFELS KOMMT, HILFT AUCH KEINE REUE MEHR.« Er legte die Hände um den Skid, und im Wagen wurde es dunkel. Thor schrie auf. »Hilfe!« Ethan wusste, dass er in engen Räumen und dunklen Ecken Angst bekam.

Die Stimme des Riesen klang jetzt gedämpft, dröhnte aber noch immer. »KÖNNTE EIGENTLICH EINEN HAPPEN ESSEN.«

»Können Sie denn nichts unternehmen?«, fragte Ethan den Häuptling. »Mit einem Zauber oder so?«

»Zu schwierig«, antwortete Cinquefoil. »Selbst für einen Häuptling. Ich könnte allenfalls seine Gedanken etwas durcheinander bringen. Oder ihm Rauch ins Auge blasen, sodass er nicht mehr durchblickt.« Aber er wirkte unschlüssig.

Ethan überlegte und kramte in seinem Gedächtnis, was er in Märchen über Riesen gelesen hatte, obwohl er eigentlich nicht an Märchen glaubte, trotz allem, was in der letzten Woche geschehen war.

»Sie sind Spieler«, sagte er schließlich. »Riesen, meine ich. Habe ich Recht?«

»Leidenschaftliche Spieler.« Die Stimme des Häuptlings nahm im Dunkeln eine gewisse Schärfe an. »Sie würden ihre beiden Augäpfel darauf verwetten, ob eine Schneeflocke fällt oder nicht. Wenn wir etwas hätten, um das wir wetten könnten, dann könnten wir vielleicht ... *John!*«, schrie er direkt in Ethans Ohr. »He, *Mushackel-John!*« Seine Stimme klang wie das heisere Krächzen einer Krähe. »Er kann uns nicht hören.«

Sie brüllten den Namen des Riesen, schrien sich im Gefängnis seiner hohlen Hände die Kehle heiser, doch von draußen kam keine Antwort. Ethan spürte, wie der Riese sie beim Gehen hin- und herschwang, und jedes Mal, wenn er einen Fuß auf den Boden setzte, wurden sie durchgerüttelt. Der Wagen klapperte und quietschte. Sie gaben das Rufen auf. Bald würden sie über dem Feuer des Riesen braten.

»AUTSCH!«

Der ganze Wagen dröhnte vom Schrei des Riesen, und Licht flutete herein, als er die Hand wegzog, mit der er den Skid auf der Fahrerseite gehalten hatte. Jennifer T. grinste. Sie hielt ein Schweizer Armeemesser in der Hand, und die aufgeklappte Klinge glänzte von Blut. In den fleischigen Falten der Riesenhand war ein kleiner roter Fleck.

»*Das* hat er gehört«, sagte sie.

»DAS MÄDCHEN VERSPEISE ICH ZUERST!«, brüllte Mushackel-John. »NOCH BEVOR ES GAR IST!«

»Wir wollten nur deine Aufmerksamkeit erregen«, erklärte Cinquefoil. »Wir haben uns nämlich gefragt, ob du nicht vielleicht Lust hättest, deinen Imbiss mit einer kleinen Wette zu verbinden.«

Der Riese blieb stehen. Direkt vor ihnen erhob sich ein großer Berg aus Felsblöcken, ein gewaltiger Steinhaufen mit einem schwarzen Schlund, der fast so hoch war wie Mushackel-John selbst. Vor der großen Spalte des Eingangs lag ein kleinerer Haufen, der offenbar ganz aus Knochen bestand. Viele Schädel sahen beunruhigend menschlich und klein aus.

»MIT EINER WETTE?« Er grinste. Die Idee gefiel ihm offensichtlich. »UM WAS WOLLT IHR DENN WETTEN? IHR HABT DOCH NUR EUER LEBEN, UND DAS GEHÖRT MIR SCHON?«

Er hob das Auto wieder vor sein knöchernes, blutrotes Auge, schnipste die Hülle beiseite und spähte hinein, wobei er Jennifer T. mit größerer Wachsamkeit beäugte als zuvor. Er kippte den Wagen auf die eine, dann auf die andere Seite, sodass die Insassen übereinander purzelten und auf der Ladefläche, wo das Gepäck verstaut war, ein wüstes Durcheinander entstand. »JOHN MAG NICHTS HABEN. EIN HAUFEN PLUNDER. ICH SEHE NICHTS – AH, WEM GEHÖRT DER KUCHENTELLER?«

»Kuchenteller?«, fragte Thor. »Ich wüsste nicht, dass wir einen ...«

»Mir«, meldete sich Ethan. »Genau genommen meinem Vater. Er ist Ingenieur, und der Kojote hat ...«

»KANNST DU FANGEN, HALBE PORTION?«

»Na ja, ich habe erst kürzlich damit angegangen. Ich bin kein ...«

»DANN GEHT DIE WETTE DARUM. JOHN WIRFT EINEN SCHRECKLICHEN, SCHRECKLICHEN FASTBALL. REISST DIE MAUERN EINER FESTUNG EIN. BRENNT LÖCHER IN MÄCHTIGE EICHEN.« Seine rosa Augen leuchteten, und er strahlte vor Stolz wie ein Honigkuchenpferd. »HAB IHN DREIMAL HINTEREINANDER AM STARKEN JOHN VORBEIGEWORFEN. HAB IHN AUSGEMACHT, WAR OHNE CHANCE.«

»Riesen spielen auch Baseball?«, fragte Ethan.

»Ohne echte Klasse«, sagte Cinquefoil. »Aber der Starke John war ein hervorragender Batter, bis Kanu-Sees ihn gefällt hat.«

»Kanu-Sees?«, fragte Jennifer T.

»Ein Reuben und ein berühmter Riesenkiller. Schon ein paar Jährchen her. Ein Indianer, den Mr. Brown entdeckt hat, wenn mich nicht alles täuscht.«

»Ich hab von ihm gehört!«, sagte Jennifer T. »Onkel Mo hat mal von ihm erzählt. Er war ein Salishan. Ich glaube, er war mein Ur-Ur-Ur-Dingsbums oder so.«

»Könntest du das eventuell für dich behalten?«, sagte Cinquefoil.

»DU FÄNGST DREIMAL MUSHACKEL-JOHNS FASTBALL MIT DEINEM HANDSCHUH. DANN LÄSST EUCH MUSHACKEL-JOHN GEHEN UND GIBT EUCH SOGAR EINEN KLEINEN SCHUBS. LÄSST DU IHN FALLEN ODER VORBEIFLIEGEN, SAUGT ER DIR DEN SAFT AUS DEN LÖCHERN IN DEINEM KOPF.«

»Igitt«, machte Jennifer T.

»Wenn ich alle drei Würfe fange? Wie groß ist der Ball?«

»GROSSER BALL«, antwortete der Riese. »HÜBSCH GROSS! HÜBSCH GROSSER KLEINER REUBEN. FAIRES SPIEL. NACH DEN UNIVERSALREGELN.«

Der Riese fieberte Ethans Antwort entgegen. Sein übel riechender Atem nebelte den Wagen ein.

»Was sind denn Universalregeln?«, fragte Jennifer T.

»Die Regeln für Spiele zwischen den Welten«, sagte Thor. Er neigte den Kopf zur Seite und gab ihm mit dem Handballen einen Klaps, wie um den Wackelkontakt einer Platine zu beheben. »Wieso weiß ich das?«

Cinquefoil sah ihn forschend an. »Er hat Recht«, sagte er. »Wenn Wesen unterschiedlicher Größe auf dem Spielfeld gegeneinander antreten, spielen sie in den Körpermaßen der Heimmannschaft. Der Zauber, der die Gestalt verändert, ist normalerweise in das Muster des Spielfelds selbst eingewoben.«

»Soll das heißen, ich werde ein Riese?«, fragte Ethan.

»Nur solange du auf dem Platz stehst und fair bleibst. Solltest du zum Beispiel versuchen, dich von hinten an ihn heranzuschleichen und ihm mit einer Eiche den Schädel einzuschlagen, verliert der Zauber seine Wirkung und du schrumpfst wieder zum Würstchen. Und dann wanderst du in den Kochtopf, so viel ist sicher.«

Cinquefoil kletterte auf den Rücksitz und von dort auf die Ladefläche des Wagens. Er zog den alten Lederhandschuh hervor und reichte ihn Ethan.

»Hier«, sagte er.

»Ich kann ja kaum einen Wurf von Jennifer T. festhalten«, sagte Ethan. »Wie soll ich da den Fastball eines ausgewachsenen Riesen fangen, selbst wenn ich so groß bin wie er?«

»Warum schlägst du nicht in deinem Buch nach?«, sagte Cinquefoil.

8

········

Taffy

ETHAN HATTE *Wie man Blitze und Rauch fängt* völlig vergessen. Nun, da sich die ganze Gesellschaft am gewaltigen
Herdfeuer des Riesen wärmte und nicht daran zu denken versuchte, dass dieses Feuer sehr bald einem ganz anderen Zweck
dienen könnte, suchte er im Index des Buches nach einem
Hinweis auf Zweikämpfe mit Riesen.

Mushackel-Johns Behausung war eine Art gewaltiger Iglu
aus Stein, ein Kuppelbau aus mächtigen Granitblöcken, die
aufeinander geschichtet waren wie bei einer alten Mauer. Man
betrat sie durch einen überwölbten Eingang rechts neben dem
erwähnten Knochenhaufen, den sie sich lieber nicht so genau
angesehen hatten. Dann gelangte man in einen Gang mit stei-
len Wänden, der sich wie eine Spirale wand und in der Mitte
in einen Raum mündete. Hier war das Gewölbe so hoch und
so breit, dass Mushackel-John aufrecht stehen oder sich mitsamt Fellmütze und Stiefeln auf dem Boden ausstrecken
konnte. Ethan kam der Raum riesig vor, als er ihn, dicht um-
ringt von seinen Freunden, zögernd betrat. Eine Halle voll
von Schatten und allen möglichen unangenehmen Gerüchen.
Felle und Häute bedeckten den Boden. Die grauen und braunen stammten vermutlich von Bären, andere von Wölfen, El-
chen und Wapitihirschen und wieder andere, so hätte Ethan
schwören können, von Gorillas, denn sie glänzten silbrig-
schwarz. Fenster gab es nicht, nur eine breite, dreieckige
Öffnung im Dach. Sie diente als Rauchabzug für das hoch lo-
dernde Feuer, auf dem der Riese seine schaurigen Mahlzeiten

kochte. An drei dicken Lederseilen, die in den Fugen der Mauern verankert waren, hingen ein Eisentopf, groß wie eine Garage, eine Schöpfkelle, tief wie eine Badewanne, und ein Löffel, breit wie ein Mülleimerdeckel. Möbel gab es nicht, doch an der Wand gegenüber stand ein Eisenkäfig. Er war größer als Ethans Zimmer zu Hause und leer bis auf einen Haufen alter Knochen und Felle in einer Ecke.

»Und?«, fragte Jennifer T. und trat neben ihn. Sie hatte einen braunen Pelz vom Boden aufgehoben und legte ihn sich um die Schultern. Er war dicht und weich und roch widerlich. Trotz des Feuers war es in der Behausung nicht sehr warm. »Schreibt Peavine etwas über Riesen?«

»Schwer zu sagen«, antwortete Ethan und blätterte mit dem kleinen Finger in den hinteren Kapiteln des Buchs. »Die Schrift ist so winzig.«

Natürlich hatte er es versäumt, die Lupe einzupacken. Und obwohl er neben dem Feuer stand, war es ziemlich dunkel. Cinquefoil kannte das Buch gut und hätte ihm nützliche Hinweise geben können. Aber kaum waren sie von Mushackel-John in die Halle geführt worden, hatte sich der Ferischer, erschöpft und geschwächt von seinen Verwundungen und den Zaubern, die er gewoben hatte, in eine Bärenhaut gewickelt und war eingeschlafen.

»Es ist nur eine Frage von Minuten, bis der Riese zurückkommt, Captain«, sagte Thor. Der Riese war hinausgegangen, um aus seinem Gemüsekeller Rüben oder sonstige Zutaten für seinen Menschenkinder-Eintopf zu holen. »Ich rate dir, dich zu beeilen.«

»Alles klar, TW03«, sagte Ethan, ganz Captain. Zum ersten Mal seit ihrer Abreise aus Mittelland blickte er auf seine Uhr.

»He!«, rief er. »Seht euch das mal an.«

Thor und Jennifer T. beugten sich über das technische

Wunderwerk, das Mr. Felds Erfindergeist mit Unterstützung der Computerindustrie geschaffen hatte.

Das Display hatte sich verändert. Oben, wo sonst immer SO MO DI MI DO FR SA stand und der richtige Tag mit einer Digitalanzeige hervorgehoben wurde, war jetzt SO KA FU RA HU SA und MO zu lesen (für Sonne, Katze, Fuchs, Ratte, Hund, Sau und Mond, wie Ethan später erfuhr). Er drückte *Funktion* und 1, worauf normalerweise das Datum erschien, und stellte fest, dass beim Monat zwar immer noch eine »4« stand. Doch das alte Jahr des gregorianischen Kalenders war durch »1519 Maulwurf« ersetzt.

»Dann haben wir also ein Maulwurfjahr«, sagte Thor.

»Ist das schlimm? Cinquefoil hat mir erzählt, dass die alten Leute immer sagen, die Welt werde in einem Maulwurfjahr untergehen.«

Thor kratzte sich kurz an der rechten Schläfe, dann schüttelte er den Kopf. Er zuckte mit den Achseln.

»Scheint zu stimmen«, sagte er.

In der rechten unteren Ecke der Datumsanzeige, dort, wo vorher noch nie etwas war, leuchtete jetzt die Ziffer 1 und daneben ein kleiner Pfeil, der nach unten zeigte. Ethan drückte die Tasten ein paar Mal und scrollte zurück durch die Funktionen, die er kannte, doch jedes Mal, wenn er zur Datumsanzeige zurückkehrte, erschien wieder die kleine Eins. Er wurde sie nicht los. Er fragte sich, ob die Schaltkreise beim Sprung durch die Welten überlastet worden waren.

»Komm«, sagte Jennifer T. »Hör auf, mit der Uhr rumzuspielen.«

Ethan nickte, nahm sich wieder das Buch vor und blätterte mit zusammengekniffenen Augen.

»Warte mal!«, rief Jennifer T. und packte Ethan am Handgelenk, ehe er die Seite umschlagen konnte. »Wie heißt das Kapitel?«

»He«, sagte Ethan. »Gutes Auge. ›Auf Tournee ... in den Fernen Territorien.‹ Hm. Es ...« Er drehte das Buch hin und her, hielt es näher an die Flammen, konnte die Schrift aber nicht entziffern. »Mist!«

»Vielleicht hilft das, Captain«, sagte Thor und nahm seine Brille ab. »Wie ihr wisst, ist mein fotooptischer Sensor mit diesen Adapter-Linsen ausgestattet.«

Ethan hielt sich die Brille vor die Augen. Natürlich war es im Unterschied zu Padfoots Sonnenbrille eine stinknormale Brille ohne besondere Kräfte. Thors blasses, ernstes Gesicht wurde scharf und wieder unscharf, und Ethan erkannte, dass die Brille andere Gläser hatte als die seines Vaters. Sein Vater war kurzsichtig, und wenn er durch seine Brille sah, krümmte sich alles nach innen und die Welt schien auf Taschenformat zu schrumpfen. Aber Thor war offensichtlich weitsichtig. In seinen Gläsern rückte alles näher und wuchs auf die doppelte Größe an.

Ethan hielt die Brille über die erste Seite des Kapitels, das Jennifer T. gefunden hatte. Die Wörter schwollen auf eine leserliche Größe an, wenn er das linke Glas über die Zeile führte, und er las für seine Freunde laut vor. In den Jahren, die in den Sommerlanden als das 1319. der Natter, das 1319. der Kröte und das 1319. des Otters bezeichnet wurden, hatte ein Team, das unter dem Namen Peavines Ferischer-All-Stars bekannt war, eine, wie der Autor schrieb, »verrückte Tournee durch die Fernen Territorien unternommen und gegen Riesen, Kobolde, Elfen und die ganze bunte Schar von mythischen Wesen gespielt, die dieses großartige und wunderbare Spiel noch immer verehren«. Eine beträchtliche Anzahl dieser Spiele war gegen Riesen ausgetragen worden.

»Was bedeutet mythisch?«, fragte Jennifer T.

»Ich glaube, so etwas Ähnliches wie magisch«, antwortete Ethan.

»Mit dem Wort mythisch«, sagte eine düstere, unglückliche Stimme ganz in der Nähe, »bezeichnen manche eine Welt, in der die Macht des Zaubers noch ungebrochen ist.« Die Kinder sahen einander an. Keiner von ihnen hatte gesprochen. Ethan grapschte nach Jennifers Arm, und sie lauschten wie erstarrt. Sie blickten zu Thor. Er schüttelte den Kopf. Ohne seine Brille sah er jung und verängstigt aus. Wieder sprach die düstere Stimme.

»Auch eure Welt hat einstmals zu den Zauberwelten gehört. Aber das liegt weit zurück.«

»Ein Gespenst«, raunte Jennifer T. und klammerte sich nun ihrerseits an Ethan.

»Es kommt aus dem Käfig«, sagte Thor und deutete in die Ecke, aber sein ausgestreckter Arm zitterte gar nicht androidenhaft.

Ethan steckte Peavines Buch in die Bauchtasche seines Sweatshirts und schlich, ohne Jennifers Arm loszulassen, langsam durch die Halle zu dem schwarzen Eisenkäfig. Beim Näherkommen sah er, dass ihn das, was er von weitem für einen Haufen alter Felle und Knochen gehalten hatte, mit einem gelben Augenpaar ansah. Die Augen waren groß, intelligent und traurig und von buschigen Brauen überwölbt. Sie saßen in einem dunklen Gesicht, das eine dichte schwarze Mähne rahmte.

»Es ist nichts Besonderes, die Würfe eines Riesen zu fangen«, sagte das Geschöpf. Seine Stimme klang so traurig und zugleich so vernünftig, dass bei Ethan keine Furcht aufkam. Es stand langsam auf, und der Fellhaufen schien sich zu zusammenzuziehen und zu drehen. Das Fell war dicht und glänzte silbern – wie die, die auf dem Höhlenboden lagen, die vermeintlichen Gorillafelle. Doch das unglückliche Geschöpf im Eisenkäfig war kein Gorilla. Es stand aufrecht wie ein Mensch, aber es hatte lange, kräftige Arme, die bis zu den

Knien reichten. Und schwere Brüste wie eine Frau, schwarz wie Kohle und nur teilweise mit Fell bedeckt. Und es war mindestens drei Meter groß. »Es ist genauso, wie wenn man die Würfe eines Menschen fängt, oder eines Elfs, ja selbst, wie ich mir denken könnte, die eines weißen Blutelfs, obwohl ich nie gegen ein Team aus dem hohen Norden gespielt habe. Man zeigt dem Pitcher einfach an, wie er werfen soll.«

Ethan hörte hinter sich einen seltsamen Laut, einen erstickten Schrei. Er fuhr herum. Thor Wignutt hatte ihn ausgestoßen. Er betrachtete die pelzige Gefangene mit einer Mischung aus Entsetzen und Begeisterung.

»Ein Bigfoot«, sagte er.

»Richtig«, seufzte die Gefangene. »*Eine* Bigfoot, um genau zu sein. Und glaubt mir, es ist ein schweres, schweres Los.«

»Fressen sie auch gern Bigfoots?«, fragte Jennifer T. »Die Riesen, meine ich.«

Ein schwaches Lächeln huschte über das verbitterte Gesicht. »Nein. Obwohl ich mir von Herzen wünsche, dass dieser stinkende alte Griesgram meinem Leben ein Ende macht, und sei es zwischen den Mahlsteinen seiner verfaulten alten Backenzähne. Riesen essen alles wie ihr Menschen – Walfischdung, gekochten Dämonenhuf –, aber sie sind euch auch in einer anderen Hinsicht merkwürdig ähnlich: Sie essen niemals ihre Haustiere.«

»Bist du denn ein Haustier?«

Die Bigfoot nickte, und ihre Augen schwammen in Tränen. »Unter Riesen gilt es als schick, meinesgleichen im Haus zu halten und mit ihren ekelhaften Speiseresten zu füttern. Früher haben sie uns wegen unserer Pelze gejagt. Ich bin mir ziemlich sicher, dass du gerade den Pelz eines nahen Verwandten von mir trägst.«

»Aber, äh, was tust du?«, fragte Jennifer T. und ließ das weiche Fell zu Boden gleiten. »Was macht er mit dir?«

»Ja«, sagte Thor. »Nimmt er dich vielleicht an die Leine und geht mir dir Gassi?«

Die Bigfoot sah ihn beleidigt an. Sie schüttelte energisch den Kopf. Dann sagte sie etwas, aber so leise, dass es keiner verstand.

»Wie bitte?«, fragte Ethan.

»Ich sagte, ich singe. Ich habe eine schöne Altstimme.«

Bevor sie die Bigfoot um eine Kostprobe ihres Könnens bitten konnten, begann der Boden unter ihren Füßen zu beben, und im nächsten Augenblick erschien Mushackel-John aus dem gewundenen Gang, auf dem Arm riesenhafte Rüben, Pastinaken, Karotten und Kartoffeln. Mit lautem Gepolter purzelte das Gemüse zu Boden. Eine Kartoffel kullerte rumpelnd auf die Kinder zu, und sie konnten gerade noch zur Seite springen, ehe sie mit einem lauten Bums gegen den Eisenkäfig prallte, aufplatzte und eine Kartoffelduftwolke freisetzte. Von der Wucht des Aufpralls wurde die Bigfoot nach hinten geschleudert.

»Nach Speck stinkender, tollpatschiger Sohn eines Misthaufens!«, fluchte sie vor sich hin und stand zitternd auf.

»HAHAHA!« Mushackel-John bog sich vor Lachen. »ALLES IN ORDNUNG, TAFFY? HAT SICH TAFFY WEHGETAN?«

Er stapfte hinüber zum Käfig, beugte sich vor und spähte hinein, einen amüsierten, aber auch ernstlich besorgten Ausdruck auf seinem hässlichen Gesicht.

»ALLES IN ORDNUNG, MEINE FRECHE KLEINE WUSCHEL-KUSCHEL? HAT SIE SICH WAS GETAN, DIE HÜBSCHE KLEINE TAFFY-GROSSFUSS?« Er richtete sich wieder zu seiner vollen Größe auf und sah auf die Kinder herab. Seine Züge wurden wieder ernst. »KOMM«, befahl er Ethan. »ES WIRD ZEIT, DASS ICH DIR EIN MAUSELOCH IN DEN BAUCH BOHRE.«

9

Ein Wurfduell

SIE VERSAMMELTEN SICH DRAUSSEN in der lauen Luft
eines Sommerlande-Nachmittags auf dem gigantischen Spielfeld, auf dem das Duell zwischen Ethan Feld und Mushackel-
John stattfinden sollte. Das Innenfeld war eilends geharkt
worden, und auf dem Außenfeld wucherte fröhlich das Unkraut. Genau an dieser Stelle, so behauptete der Riese, hätten
Peavines Ferischer bei ihrer Tournee achtundneunzig Spiele
gegen ihn und seine siebzehn Brüder ausgetragen (die zwei
Mannschaften zu jeweils neun Riesen gebildet hatten, die Knir-
scher und die Drescher). Und zwar in einem großen Stadion,
das aus den Knochen von Drachen und anderen Ungeheuern
errichtet worden war und zehntausend trampelnden, brüllen-
den Tiermenschen, Waldgeistern und Kobolden Platz geboten
hatte. Gemäß den Universalregeln – Näheres stand in *Wie man
Blitze und Rauch fängt* – waren mächtige Zauber gewoben worden, um das Team der Ferischer auf die Größe der Heimmannschaft zu bringen. Entsprechend gewaltig waren die Ausmaße
des Spielfelds. Die Entfernung zwischen Werferhügel und
Schlagmal betrug nach Ethans Schätzung rund 300 Meter.
»DIE RIESEN HABEN DIE SERIE GEWONNEN«,
sagte Mushackel-John, als er zu seinem Platz stapfte.»EIN-
UNDVIERZIG ZU VIERZIG. GLAUB NICHT ALLES,
WAS IN DEN VERLOGENEN BÜCHERN DER FERI-
SCHER STEHT.«
Ethan sah fragend zu Cinquefoil, doch der schüttelte den
Kopf.

»Die Johns hatten an der Niederlage schwer zu knapsen«,
sagte er.

»Bleib konzentriert, Ethan«, sagte Jennifer T. »Und ganz
locker.«

»Und immer auf den Ball schauen«, steuerte Thor bei.

Jennifer T. sah Thor böse an. Sie saßen beide auf den verfallenen Tribünen des ehemals gewaltigen Stadions der achtzehn Johns.

»Hab ich was Falsches gesagt?«, fragte Thor.

»Und immer auf den Ball schauen‹,« sagte Jennifer T. und
spuckte aus.

Als Ethan vorsichtig das Spielfeld betrat, spürte er ein
Brennen in den Beinen. Es stieg rasch nach oben in seine Hüften, dann den Oberkörper hinauf und von den Schultern bis
in die Fingerspitzen. Es fühlte sich an wie das Kribbeln in den
Muskeln, das man bekommt, wenn man die Arme zu lange
über den Kopf hält. Gleichzeitig knisterte sein Schädel wie
eine Windschutzscheibe, die ein Stern getroffen hat. In seinem Magen rumorte es, sein Herz schwoll an und flatterte in
seiner Brust, und er hatte einen komischen Geschmack im
Mund, als hätte er einen Faustschlag auf die Nase bekommen.
Der Wind brauste in seinen Ohren, die Bäume rings um ihn
schrumpften, und die Erde sackte weg, bis der Skidbladnir
wie ein Spielzeugauto zu seinen Füßen stand.

»Wow!«, rief Jennifer T. mit ihrem dünnen Stimmchen.
»Seht euch den großen Ethan Feld an!«

Ethan spürte das kolossale Grinsen in seinem Gesicht. Er
war ein Riese! Er hätte seine Freunde hochheben und in die
Bauchtasche seines Sweatshirts stecken können!

Der Gedanke an die Tasche erinnerte ihn an Peavines
Buch, und in der Hoffnung, dass es mitgewachsen war, fasste
er hinein. Wenn nicht, war jeder Versuch, darin zu lesen, wie
die fruchtlosen Bemühungen, eine widerspenstige Pistazie zu

knacken. Da war es, herangewachsen zu einem zwar immer noch kleinen, aber gerade noch leserlichen Buch von der Größe eines Doppelbetts.

Mushackel-John hatte seinen Platz auf dem Werferhügel eingenommen und starrte zu Ethan herüber, plattfüßig und mit hängenden Armen. Er sah immer noch sehr, sehr groß aus. Der Zauber hatte Ethans Größe offenbar im richtigen Verhältnis verändert. Das hieß, dass er die Würfe eines Erwachsenen fangen musste, eines Erwachsenen, der hart warf und obendrein Hunger hatte.

»Fertig?«, rief der Riese, aber seine Stimme dröhnte nicht mehr so in Ethans Ohren.

Ethan zog Peavine zu Rate. Auf Seite 18 klärte ein Reihe von Abbildungen darüber auf, wie ein Catcher richtig zu hocken und den Handschuh zu halten hatte. Einzelheiten waren ohne Lupe nur schwer zu erkennen, aber er hatte sie noch recht gut in Erinnerung und nahm seine Position mit einer Leichtigkeit ein, die ihn selbst verwunderte. Als er gegen den Handschuhballen schlug, fühlte er zu seiner Überraschung, wie sein Selbstvertrauen stieg. Weit, sehr weit hinter ihm lag die Welt, in der ein Junge, der zwei Tage zuvor zum ersten Mal in seinem Leben den Handschuh eines Catchers übergestreift hatte, niemals darauf hoffen konnte, das zu vollbringen, was er nun versuchen wollte. Zum Beispiel gab es in Mittelland keine dreißig Meter großen, Flammen werfenden Albinoriesen. In dieser Welt, in den Sommerlanden, galten andere Gesetze. Vielleicht konnte er hier wie durch ein Wunder plötzlich fangen. Drüben in Mittelland war der Softball-Handschuh seines Vaters nur ein altes Stück Leder mit Nähten und Riemen. Hier war er – und er spürte die Wärme seiner Hand darin – vielleicht ein magischer Handschuh wie der, den der Gott Thor in den Wikinger-Sagen trug, damit er den Rauch und die Blitze seines magischen Hammers Mjolnir auffangen konnte. Vielleicht brauchte er gar nichts weiter zu tun, als die Augen offen zu halten, den Arm auszustrecken und darauf zu warten, dass der Ball dreimal hintereinander in den Handschuh flog. Und wenn nicht? Dann wurden seine Freunde und er wie Hummer in einen großen schwarzen Kessel geworfen und zusammen mit Zwiebeln und Rüben gekocht. (Auch Hummer hatte Ethan noch nie essen können. Er war fest davon überzeugt, dass ein Hummer furchtbare Qualen litt, wenn er in brodelndes Wasser geworfen wurde.) Und sein Vater blieb in den Klauen des Kojoten. Und vielleicht würde ihn eines Tages in einem entlegenen Winkel der eisigen Winterlande die traurige Kunde von Ethans letztem Fiasko auf einem Baseball-Platz erreichen. Geschwind setzte er die Sonnenbrille auf, um seinen Vater noch einmal zu sehen. Mr. Feld saß mit hängendem Kopf vor einer Mauer und wippte mit dem Fuß. Anscheinend sang er vor sich hin. Natürlich konnte Ethan nicht hören, was er sang, aber es war bestimmt »Kiss Him Goodbye« von Steam. Irgendwann um 1973 hatte sein Vater das Lied zum ersten Mal gehört, und seitdem spukte es in seinem Kopf herum. Wenn er angespannt, nervös oder bedrückt war, konnte er hundertmal hintereinander den Refrain singen:

Na na na na
Na na na na
Hey hey hey
Goodbye

Ein Geräusch ertönte wie von Backsteinen, die in einem Wäschetrockner durcheinander purzeln. Der Riese räusperte sich. Ethan nahm die Brille ab, gepeinigt vom Anblick seines Vaters und der Vorstellung, dass er in dieser dunklen, fernen Zelle

177

mit seiner rauen einsamen Stimme immer und immer wieder
»Goodbye« sang. Er steckte die Brille weg.

Mushackel-John schien auf ein Zeichen von ihm zu warten.
Ethan schluckte schwer, stieß die rechte Hand in den Handschuh und nickte langsam. Der Riese erwiderte das Nicken.
Dann warf er das zottige blonde Haar zurück und holte mit
einer torkelnden Bewegung aus, die Ethan irgendwie an Albert Rideout erinnerte. Seine Windmühlenarme wirbelten,
ein Zischen ertönte wie von kaltem Wasser, das in eine heiße
Bratpfanne spritzt, und im nächsten Augenblick hatte Ethan
das Gefühl, dass seine linke Hand explodierte. Er spürte,
wie er sein Handgelenk verlor. Sein Handteller klappte in
sich zusammen, seine Finger flogen in alle Richtungen, der
alte Lederhandschuh fing Feuer, und eine Flamme schoss
empor, die nach verbrannten Haaren roch. Der Schmerz
zuckte wie ein Blitz seinen Arm hinauf und gabelte sich in
seiner Schulter. Der eine Teil fuhr hinab in den Brustkorb
und zerbrach jede einzelne Rippe wie einen Eiszapfen, der
andere hinauf zur Schädeldecke, die an mehreren Stelle barst
und in dampfenden Stücken zu seinen Füßen auf die Erde
prasselte.

Tausend Jahre später lag er in einem tiefen Brunnen des
Schmerzes und meinte die dünne Stimme Jennifer T. Rideouts zu hören, die er, wie er sich dunkel erinnerte, vor langer Zeit einmal gekannt hatte, damals, als zu seinem Körper
noch ein funktionierender Kopf gehört hatte.

»*Gut gemacht, Feld!*«, rief sie unerklärlicherweise.

Ethan öffnete die Augen. Seine Körperteile hatten sich irgendwie wieder zusammengefügt, und der Schmerz ließ nach.
Er drehte den Handschuh um und spähte hinein. Da lag,
zischend wie ein vom Himmel gefallener Asteroid, der Ball.

»Ich habe ihn gefangen«, sagte er zu sich selbst und seinen
Freunden und jedem im Haus der Welten.

Cinquefoil deutete auf den Ball, den Ethan in die Wolken reckte. »Siehst du das, du käsiger Fleischberg?«, rief er mit quieksender Stimme über das Innenfeld zu Mushackel-John hinüber.

Der Riese beachtete ihn nicht. Ethan warf den Ball zurück, etwas zu weit, sodass der Riese den Werferhügel verlassen musste.

»Mach einfach dasselbe noch mal«, riet ihm Cinquefoil, während er von der Platte zurücktrat, und Thor und Jennifer T. bliesen ins gleiche Horn, als sei es die leichteste Sache von der Welt. Ethan allein wusste, dass er unter der Wucht des Wurfs beinahe wie Eis zersprungen wäre. Er bezweifelte, dass er einen zweiten oder gar dritten unbeschadet überstehen würde. Andererseits würde er, wenn er die Wahl hätte, lieber kurz und schmerzlos explodieren, als sich die Lebenssäfte aus dem Kopf saugen zu lassen.

Etwas zittriger als beim ersten Mal ging er wieder in die federnde Hocke, die der große Peavine in seinem Buch beschrieb. In seinem linken Handteller pochte es noch immer. Wieder zögerte Mushackel-John, ehe er ausholte, und spähte zu ihm herüber, als warte er auf einen brauchbaren Tipp, wie er ihm ein noch tieferes Loch in die Hand bohren könne. Wieder nickte Ethan, aber nicht mehr ganz so selbstsicher, und wieder holte Mushackel-John aus, schwankte auf einem Bein, als kippe er gleich nach hinten, schnellte dann nach vorn und landete mit einem donnernden Bums auf dem vorderen Fuß.

Diesmal hörte es sich so an, als werde ein Gitterkorb mit tiefgefrorenen Pommes in siedend heißes Fett gesenkt, und im nächsten Augenblick begann jedes einzelne Molekül in Ethans Körper zu vibrieren, als sei er eine Glocke, die soeben angeschlagen worden war, und sein armer linker Arm der Klöppel. Die Moleküle vibrierten so schnell, dass sie schließlich mit einem Zischen verdampften, und dort, wo eben noch ein Junge namens Ethan Feld gestanden hatte, war jetzt nur noch eine rötlich schimmernde Wolke von reinem, brüllendem Schmerz.

Aus unerfindlichen Gründen schien seine grausige Verwandlung mehreren körperlosen Wesen in unmittelbarer Nähe der Schmerzwolke zu gefallen.

»*Ja!*«

Langsam kondensierte die Wolke, die Vibrationen wurden langsamer, und wie eine Stimmgabel, die verstummte, klang auch der Schmerz wieder ab. Ethan öffnete die Augen. Im Handschuh lag der zweite Fastball des Riesen.

»Einen noch«, sagte Cinquefoil, aber diesmal war seine Freude verhaltener. Anscheinend spürte er, wie knapp es für Ethan geworden war. »Einen noch, und wir sind auf dem Weg zu deinem Vater.«

»Ich schaffe es nicht, Häuptling«, sagte Ethan. »Ausgeschlossen. Der Riese pustet mich weg.«

»Du kannst es schaffen«, sagte Cinquefoil. »Und du wirst es schaffen.«

»Ich kann es schaffen«, sagte Ethan, und es klang so hohl, wie eine Lüge nur klingen kann.

Diesmal ging der Schmerz tiefer und hielt länger an. Seine linke Hand schien zu surren, und zwar so laut, dass er es hören konnte. Und als er über den Rasen zu Mushackel-John blickte, wusste er tief in seinem Innern, dass er nie und nimmer, nicht in tausend Jahren, im Stande sein würde, einen weiteren Fastball des Riesen zu fangen. Was sollte er tun? Er fischte *Wie man Blitze und Rauch fängt* aus der Tasche seines Sweatshirts und blätterte verzweifelt darin. Vielleicht gab es eine geheime Fangtechnik für Würfe von Riesen. Aber natürlich hatte Peavine niemals Würfe eines Riesen gefangen, nur die seiner Ferischer-Teamkameraden, die, wie er selbst, durch einen Zauber auf das Sechshundertfache ihrer normalen Größe angewachsen waren. Die Bigfoot hatte Unrecht – es machte sehr wohl einen Unterschied, ob man normale Würfe fing oder die eines Riesen. Wie hatte sie noch gesagt? *Man zeigt dem Pitcher einfach an, wie er werfen soll.* Das war lachhaft. Wieso sollte der Riese – aber das war seltsam. Gerade als ihm Taffys Rat wieder einfiel, schlug er in *Wie man Blitze und Rauch fängt* eine Seite auf, auf der die verschiedenen Fingerzeichen abgebildet waren, mit denen der Catcher dem Pitcher anzeigte, wie er werfen sollte.

Ethan kniff die Augen zusammen, blinzelte, kniff wieder die Augen zusammen.

»*Time!*«, rief er. Der Riese nickte.

Ethan trat von der Platte zurück und sah sich die Abbildungen an. Ein Finger bedeutete Fastball, zwei standen für einen mit viel Spin geworfenen Ball und drei für einen Change-up, einen Ball, der wie ein Fastball aussah, wenn er die Hand des Pitchers verließ, aber viel langsamer flog und den Batter dazu verleitete, zu früh zu schwingen. Peavine schrieb:

»Denkt immer daran, dass der Wurf das Pigment ist, der Arm des Pitchers der Pinsel und der Pitcher selbst der Kopf und die Hand des Künstlers, die den Pinsel führen und die Farbe auftragen; aber du, der Catcher, bist das Auge des Künstlers, das klar erkennt, was gemalt werden muss. Du bestimmst die Wurftaktik, du zeigst den Wurf an. Lass dich nicht von den Gefühlen deines Teamkameraden beeinflussen, zumal wenn er ein Hitzkopf ist. Und lass auf keinen Fall zu, dass der Halunke deine Fingerzeichen missachtet.«

»Danke, Peavine«, sagte Ethan.

»Was hast du vor?«, rief Jennifer T. ihm zu.

»Ich werde einen Change-up fordern.«

181

Er ging wieder in die Hocke. Mushackel-John erklomm den Werferhügel und schaute wieder zu ihm herüber, wie er es schon zweimal getan hatte, ohne dass Ethan verstanden hatte, warum. Diesmal beließ es Ethan nicht bei einem Nicken, sondern spreizte die ersten drei Finger seiner rechten Hand nach unten. Mushackel-John erstarrte. Seine Kinnlade klappte herunter, als traue er seinen Augen nicht. Dann grinste er säuerlich und schüttelte energisch den großen Kopf. Er holte aus. Ethan ließ die Finger gespreizt und stach mit ihnen immer wieder nach unten. Der Riese hielt inne und schüttelte abermals den Kopf. Er wollte unbedingt einen Fastball werfen – Kartoffeln und Rüben warteten. Ethan hielt den Atem an, ballte ein paar Mal die Faust und machte dann wieder das Zeichen für einen Change-up.

»Schüttel nicht den Kopf«, rief er Mushackel-John zu, und seine Stimme klang überraschend großspurig und gebieterisch. »Was bist du, ein Anfänger?«

Der Riese wollte etwas erwidern. Dann schloss er den Mund und holte ein letztes Mal aus. Sein Arm kam nach vorn, seine Hand drehte weg, und der Ball wirbelte pfeifend über den Himmel in Richtung Handschuh. Er landete mit einem satten Klatschen, und Ethan legte schnell die andere Hand darüber. Mushackel-John hatte einen Change-up geworfen.

»Es hat funktioniert«, sagte Ethan, als er das Spielfeld verlassen hatte und wieder auf seine normale Größe geschrumpft war, so wie Sand in das untere Glas einer Sanduhr rieselt. »Er hat getan, was ich von ihm verlangt habe.«

»Er konnte nicht anders«, sagte Cinquefoil. Er nahm Peavines Buch, schlug die Stelle mit den Wurfanzeigen auf und deutete mit dem Finger unten auf die Seite.

Da war eine Fußnote zu dem Absatz, den Ethan gelesen hatte. Sie lautete:

»Übrigens: In Mittelland haben diese alten Zeichen nicht mehr die Zauberkraft, die sie einstmals besaßen.«

»Die Fingerzeichen«, sagte er, »sind ein mächtiger Zauber.«

WUTANFÄLLE VON RIESEN SIND DER STOFF, AUS DEM Legenden sind, und das in einem wörtlichen Sinn. Wie viele Vulkanausbrüche, Mahlströme und brodelnde Geysire, wie viele Wirbelstürme und Erdbeben auf der Welt wurden Riesen zugeschrieben, die vor Wut schäumten, weil sie eine Niederlage nicht verwinden konnten! Vor der großen Zeit der Riesenkiller, als *Homo gigantus* noch die Straßen von Mittelland unsicher machte, taten die Menschen schreckliche und traurige Dinge, um den Zorn eines großen gefräßigen Nachbarn in den Bergen zu besänftigen. Sie opferten ihre saftigsten Kälber, ihre fettesten Schweine, ja sogar, wie ihr wissen müsst, ihre Söhne und Töchter, um einen tobenden Riesen versöhnlich zu stimmen. Als Mushackel-John erkannte, dass dieser Wicht von einem Reuben-Jungen zwei seiner härtesten Fastballs gefangen und ihn obendrein im letzten Moment mit dem mächtigen Zauber der Zeichen überlistet und gezwungen hatte, einen jämmerlich langsamen Change-up zu werfen, war er, gelinde ausgedrückt, in höchstem Maße ungehalten.

Zuerst stand er nur da, die Knie gebeugt, die Füße auf beiden Seiten des Werferhügels, und streckte die Arme zur Seite. Dann reckte er die Fäuste zum Himmel, warf den Kopf zurück, öffnete den Mund und brüllte. Es war nicht das Brüllen eines Löwen oder eines Bären, sondern ein schauerlich menschliches Brüllen, gellend und tief zugleich. Es war so laut, dass die Luft über seinem Kopf wie eine blaue Säule erzitterte, die Nadeln von den Bäumen rieselten und die Mauern seines Steiniglus Sprünge bekamen. Der Wind aus seinen Lungen ließ die Gashülle des Skid flattern wie ein Segel. Dann, als die Kinder und der Häuptling sich auf den gefrorenen Boden warfen und die Ohren zuhielten, hörte der Riese auf zu brüllen, stampfte fluchend über den Rasen und schleuderte mit den Füßen große Erdklumpen in die Luft. Dabei verletzte er sich mehrere Zehen, was ihn nur noch wütender machte. Schließlich warf er sich auf den Bauch und begann, wie ein Kleinkind zu strampeln und mit den Fäusten auf den Rasen zu trommeln. Die Erde bebte, als sollte sie jeden Augenblick aufbrechen. Die Kinder wurden gegeneinander geworfen, und ein Teil der Behausung stürzte ein, klirrend und scheppernd wie eine Kiste Flaschen, die eine Eisentreppe hinunterfällt.

Er schnaubte und tobte, er geiferte und erstickte fast an seiner Spucke. Er drohte mit Vergeltung und stieß Flüche aus, die so abscheulich und ordinär waren, dass selbst eine Wiedergabe in den mildesten Worten die Seiten des Buches, das ihr in Händen haltet, kräuseln und eure Finger zum Summen bringen würde, als wimmelten sie von Bienen. Aber keine Verwünschung, keine Drohung vermochte etwas zu ändern, denn Mushackel-John hatte mit Ethan eine Abmachung getroffen, und in den beiden letzten der magischen Welten sind Abmachungen, wie einst auch hier in Mittelland, aus einem Stoff, der härter ist als Eisen. Kurz und gut, er musste die Freunde ziehen lassen und ihnen obendrein einen hilfreichen Schubs in die richtige Richtung geben.

Und wie viele Wutanfälle führte auch dieser dazu, dass der Riese am Ende mehr verlor, als er ursprünglich gesetzt hatte. Denn während Ethan und Thor verängstigt unter der Tribüne kauerten und dort bis zum Ende der Stürme und Beben ausharrten, huschte Jennifer T. übers Gras zur Wohnung des Riesen. Sie hatte die Absicht, dem Mitleid nachzugeben, das an ihrem Herzen nagte und ihr keine Ruhe mehr ließ.

Sie rannte durch den spiralförmigen Korridor, dann über den Teppich, der aus den Häuten fünfhundert armer Tiere bestand, und hinüber zu dem schwarzen Eisenkäfig. Die Bigfoot lag in einer Ecke wie ein großer Haufen Elend und schlief. Sie schnarchte laut, aber ihr Sägen ging fast in den Flüchen unter, die von draußen hereindonnerten. Ein ums andere Mal geriet die gesamte Konstruktion des Iglus ins Wackeln und rasselte wie eine riesige Schublade voller Löffel. Jede Sekunde konnte das Ding über ihnen zusammenbrechen.

»He!«, flüsterte Jennifer T., obwohl sie bezweifelte, dass der Riese sie in diesem Augenblick hören konnte. »He, Mrs. Bigfoot, Taffy.« Es kam keine Antwort. Sie hob die Stimme. »He, *Bigfoot!*«

Wieder schien sich der Haufen zottiger Felle mit verblüffender Geschwindigkeit zu einem Ganzen zu fügen, und vor ihr wuchs das kräftige Geschöpf empor, das Jennifer T. gestern wohl noch als Riesin bezeichnet hätte, und sah mit großen, leuchtenden Bernsteinaugen auf sie herab. Taffy machte keinen glücklichen Eindruck.

»Sieh dir meine Füße an«, sagte sie mit matter, ärgerlicher Stimme. »Findest du, dass sie zu groß sind?«

Sie sahen mehr oder weniger wie Menschenfüße aus, große Zehe, kleine Zehe und drei dazwischen, nur waren sie mit dichtem schwarzem Fell bedeckt, und die große Zehe sah bei genauerer Betrachtung mehr wie ein Daumen aus. Und sie waren anderthalb mal so lang und anderthalb mal so breit wie die Füße eines großen Menschen. Mindestens Schuhgröße fünfzig, dachte Jennifer T. Sie wusste nicht, was sie antworten sollte. Sie wollte Taffys Gefühle nicht verletzen, aber ihre Füße sahen wirklich schrecklich groß aus.

»Im Verhältnis zum Rest, wohlgemerkt«, fügte die Bigfoot hinzu. »Ich bin drei Meter groß. Da sind sie natürlich größer als deine.«

»Ich finde sie nicht zu groß«, sagte Jennifer T. »Wenn man es von dieser Seite betrachtet, sind sie sogar beinahe zierlich.«

Zum ersten Mal lächelte die Bigfoot. Doch als Jennifer T. ihr berichtete, dass Mushackel-John die Wette verloren hatte, und erklärte, dass sie seinen Zornausbruch dazu genutzt habe, um hereinzuschleichen und sie zu befreien, erstarb ihr Lächeln.

»Wo soll ich denn hin?«, fragte sie mit einem Ausdruck tiefer Verzweiflung.

»Komm doch einfach mit uns«, schlug Jennifer T. vor. »Wir reisen durch die Fernen Territorien.«

Das dunkle, von dichtem weichem Pelz gerahmte Gesicht der Bigfoot hellte sich auf.

»Die Fernen Territorien«, sagte sie mit belegter Stimme. »Ich habe die Großen Wälder lange nicht mehr gesehen, seit jenem Tag, an dem mich Mushackel-John und die anderen Trapper gefangen haben.«

»Dann komm!« Jennifer T. schoss der irritierende Gedanke durch den Kopf, dass im Saab-Kombi möglicherweise gar kein Platz für eine drei Meter große Bigfoot war, doch sie verscheuchte ihn. »Und mach schnell. Könnte sein, dass wir schleunigst verschwinden müssen, wenn der Kerl sich beruhigt.«

Die Bigfoot war ungeduldig im Käfig auf und ab gegangen. Jetzt blieb sie stehen, und wieder erstarb ihr Lächeln. Sie deutete auf das riesige Schloss, das an die Tür des Käfigs geschraubt war. Das Schlüsselloch war beinahe so groß und so breit wie Jennifer T. selbst. Selbst wenn es ihr gelingen sollte, den Schlüssel zu beschaffen, wäre sie niemals in der Lage, damit aufzuschließen. Und während ein Menschenmädchen eventuell noch durch das Schlüsselloch schlüpfen konnte, war es für eine Bigfoot viel zu klein. Jennifer T. blickte zu den

Türangeln und den Eisennieten, mit denen die Stäbe am Rahmen befestigt waren.

»Seit zweihundert Jahren bin ich hier gefangen«, sagte die Bigfoot. »Ich habe diese Angeln und Nieten so gründlich studiert wie eine heilige Schrift, und ich habe sie verflucht und mit ihnen gerungen, als beraubten sie mich der Sache, die mir die liebste auf der ganzen Welt ist. Was sie natürlich auch tun. Es ist aussichtslos, kleiner Mensch. Fort mir dir, geh zurück zu deinen Freunden.«

Und damit sank sie auf den Boden und wurde wieder der zottige Haufen Elend.

Jennifer T. sah sich nach einem Werkzeug um, mit dem sie den Käfig aufstemmen konnte. In der Halle lagen viele Schienbein- und Unterschenkelknochen, doch sie war sich ziemlich sicher, dass sie zerbrechen würden, wenn sie die dicken Stäbe damit zu verbiegen versuchte. Sie blickte zu den brennenden Holzklötzen und Stämmen des Herdfeuers, aber sie wusste, dass ein normales Feuer, selbst das eines Riesen, nicht heiß genug war, um Eisen zum Schmelzen zu bringen – sonst würde ja auch der große Eisentopf schmelzen. Sie spürte, wie mit jedem Zentimeter, den Taffy weiter zu Boden sank, ihre Hoffnung schwand. Sie öffnete den Reißverschluss ihres Rucksacks und sah das *Offizielle Handbuch des Wa-He-Ta-Kriegers* darin liegen. Vielleicht stand ja etwas übers Feuermachen drin, über Kräuter oder Minerale, die man in ein Feuer geben konnte, damit es heißer brannte.

Sie blätterte in dem modrigen alten Buch und stellte fest, dass ein Wa-He-Ta-Krieger vor allem danach strebte, Federn zu sammeln, wobei offen blieb, ob es sich um richtige Federn handelte. Eine Feder bekam man, wenn man sich auf bestimmten Gebieten der wahren indianischen Schule durch Fertigkeiten hervortat. Es gab Federn im Spurenlesen, Kanubauen, Feuermachen und Herstellen von Speeren, im Fischen,

Schwimmen und Klettern. Es gab Federn im Tanzen, Singen, Die-Wahrheit-Sagen und zu ihrem Erstaunen sogar im geschickten Lügen. Und auf Seite 621 stand, dass man sich auch eine Feder in der ältesten aller Künste verdienen konnte, der Knotenkunde. Dort, ganz hinten im Kapitel über Knoten, in den drei letzten Absätzen, ging der Autor kurz darauf ein, wie man Schlösser knackte. Die Stelle war mit fünf Zeichnungen illustriert, die veranschaulichten, was in einem Schloss passierte. Sie bezogen sich offenbar genau auf die Art von Schloss, mit der sie es hier zu tun hatte. Die Art, die man mit einem simplen Dietrich öffnen konnte. Im Innern des Schlosses war eine Art Metallröhre, und wenn man sie drehte, hob sie den Riegel. Drei auf Federn ruhende Stifte verhinderten jedoch, dass sie sich drehen konnte. Die Stifte waren unterschiedlich hoch. Wenn man den Schlüssel hineinsteckte, drückten drei unterschiedliche Höcker am Schlüsselbart die Stifte nach unten, sodass alle auf der gleichen Höhe lagen und den Weg für die Röhre freigaben. So konnte sich die Röhre drehen.

Jennifer T. legte das Buch weg und zog sich zu dem Schlüsselloch hoch. Sie steckte den Kopf hinein, doch es war zu dunkel, um etwas zu sehen. Mit der Hand tastete sie die schmale Röhre ab. Sie konnte einen Stift spüren – er fühlte sich an wie ein dicker und kalter Stab. Sie drückte ihn nach unten, und mit einem widerwilligen Quietschen gab die Feder nach. Sie kroch in die Röhre hinein, bis sie den zweiten Stift fand und dann den dritten. Einen Augenblick später streckte sie den Kopf in den Käfig, gefolgt von den Schultern. Taffy schaute verdutzt.

»Was hast du vor?«, fragte sie.

»Dreh mich an den Schultern«, sagte Jennifer T. Mit den Fußknöcheln, den Knien und den Oberarmen drückte sie mit aller Kraft die drei Stifte nach unten. Die Federn leisteten zähen Widerstand, und die Spitzen der Stifte stachen in ihre Haut.

»Was?« Die ersehnte Freiheit ähnelt, wenn sie denn endlich kommt, nur selten dem Bild, das der Gefangene sich von ihr gemacht hat. Taffy blinzelte, ihre große bärtige Kinnlade klappte herunter.

»Ich bin ein *Schlüssel*, Bigfoot! Fass mich an den Schultern und dreh mich!«

Taffy stand auf und schüttelte zweihundert Jahre Knechtschaft ab. Sie hatte Mushackel-John oft genug mit dem großen Eisenschlüssel hantieren sehen, und daher wusste sie, dass Jennifer T. von ihr aus gesehen im Uhrzeigersinn gedreht werden musste, damit der Riegel sich hob. Sie packte das Mädchen an beiden Schultern und drehte.

»Autsch!«

Taffy ließ sie sofort los.

»Nein, ist schon in Ordnung«, sagte Jennifer T. »Mach weiter. Beeil dich!«

Die pelzigen Hände mit den langen Daumen packten sie wieder an den Schultern und drehten sie im Uhrzeigersinn. Jennifer T. drückte mit aller Kraft gegen die Stifte, bis sie das Gefühl hatte, dass sie gleich ihre Haut durchbohrten. Langsam, beinahe ärgerlich, begann das Schloss zu knirschen und nachzugeben. Der Riegel hob sich, und quietschend wie die rostigen Räder einer Lokomotive schwang die schwere Eisentür auf. Und Jennifer T. schwang natürlich mit. Ihr Kopf zeigte jetzt in die Mitte der großen Halle – sie selbst lag mit dem Gesicht nach oben auf dem Rücken und konnte deshalb leider nicht sehen, wie Taffy den ersten Schritt in die Freiheit tat.

Ein lautes Rumpeln erschütterte die Behausung, und die Wände klingelten wie ein Glockenspiel. Gesteinsbrocken fielen von der Decke und zerschellten auf dem harten Boden unter den Fellen.

»Er kommt«, sagte Jennifer T. »Hol mich hier raus.«

Taffy schloss die Tür, und diesmal packte sie Jennifer T. an den Füßen. Nun, da sie auf der anderen Seite stand, musste sie das Mädchen noch einmal im Uhrzeigersinn drehen. Das Schloss gab in dieser Richtung leichter nach, und bald konnte sie den Riegel einschnappen lassen und das Mädchen herausziehen. Sie stellte Jennifer T. auf die Füße und überraschte sie damit, dass sie die starken und pelzigen Arme um sie schlang und jedes Sauerstoffatom aus ihren Lungen quetschte. Taffy roch muffig, aber nicht unangenehm, so wie Großmutter Billy Anns Hunde, wenn sie im Sund gebadet hatten.

»Danke!«, rief Taffy. »Oh, vielen, vielen Dank!«

Eine dunkle Welle schäumte hoch und brach sich mitten in Jennifer T.'s Gehirn. Es war schon verrückt, dass man vergessen konnte, wie wichtig das Atmen war, wenn man bedachte, dass man es sein Leben lang jede Sekunde tat. »Bitte ... bitte ... ich ...«

SIE ERWACHTE AUF DEM RÜCKSITZ DES SAAB. DER Kombi rüttelte so heftig, dass Gepäckstücke durcheinander flogen, und das Innere des Wagens schepperte und rasselte wie eine Sparbüchse voller Pennys, die geschüttelt wurde. Sie stieß mit dem Kopf gegen etwas Hartes. Es war Thors Kopf.

»Fähnrich Rideout hat das Bewusstsein wiedererlangt, Captain«, meldete Thor Wignutt.

Ethan drehte sich um und sah sie an. Er saß auf dem Fahrersitz, und Cinquefoil rechts neben ihm. Der Häuptling hatte die Augen geschlossen und rührte sich nicht.

»Hallo, Jennifer T.«, sagte Ethan. »Halt dich fest. John ist gerade dabei, uns anzuschubsen.«

In den Fenstern auf der rechten Seite waren nur die großen

weißen Finger Mushackel-Johns zu sehen, und auf der linken Seite krümmte sich sein gewaltiger Daumen mit dem langen schwarzen Nagel. Er hielt den Skidbladnir von unten zwischen den Fingern wie ein Junge, der einen Papierflieger fliegen lassen will.

»Wo ist ...« Von panischem Schrecken erfasst, setzte Jennifer T. sich auf.

»Psst«, machte Ethan. Er deutete nach hinten. Jennifer T. drehte sich um und sah oben an der Heckscheibe einen schwarzen Fellzipfel. Er sah aus wie von einem Fuß. Dann bemerkte sie einen zweiten Zipfel an ihrem Fenster und einen dritten an Thors Fenster. Ethan deutete auf Cinquefoil, auf dessen Stirn wieder goldene Schweißperlen glänzten. Mit einem Mal verstand sie: Taffy lag auf dem Wagendach und hielt sich wahrscheinlich an den Seilen fest, an denen die Gashülle hing. Und Cinquefoil – bleich, schweißnass, aber alles andere als bewusstlos – bemühte sich verzweifelt, den Zauber aufrechtzuerhalten, der dafür sorgte, dass Mushackel-John nichts merkte.

»FERTIG, IHR HALBEN PORTIONEN?« Die Stimme des Riesen schüttelte den Wagen. Eine boshafte Freude schwang darin mit, wie in der Stimme eines Fieslings, bevor er einem in den Swimmingpool »hilft«, obwohl man noch alle Kleider anhat.

Alle griffen nach ihren dicken schwedischen Sicherheitsgurten und hielten sich fest.

»RIECHE ETWAS«, sagte der Riese.»RIECHE TAFFY.«

Er schnupperte und brabbelte einen Augenblick lang vor sich hin. Dem Häuptling entfuhr ein leises Stöhnen. Doch der Zauber hielt. Mushackel-John hob den Arm, und sie wurden tief in die Sitze gedrückt. Die Seile zitterten und sirrten. Dann fingen sie den Wind ein und tönten wie die Saiten einer riesigen Gitarre, und Jennifer T. wurde von der Kraft des mächtigen Riesenarms nach hinten geworfen. Der Wagen quietschte und zitterte, und der Wind pfiff über ihn hinweg. Jennifer T. drehte sich um und sah, wie der Riese hinter ihnen zurückblieb. Gedankenverloren rieb er sich den Bauch und sah wehmütig zu, wie seine Mahlzeit in der Ferne entschwand.

»SO, IHR REUBEN«, SAGTE CINQUEFOIL, NACHDEM SIE eine halbe Stunde lang über den endlosen grünen Teppich der Großen Wälder geflogen waren. Er hoffte, dass sie auf diesem Kurs über die Rauen Berge und den Großen Fluss zum Apfelhain gelangten und von dort weiter zum Diamantgrün und schließlich zur Flüsterquelle. »Jetzt seid ihr zum ersten Mal in den großen Zauber verstrickt worden.«

»Was ist das?«, fragte Ethan.

»Er soll euch Reuben von den Sommerlanden fern halten«, antwortete Taffy vom Wagendach.

»Nicht ganz«, sagte Cinquefoil. »Er wird nie jemanden fern halten, der so versessen auf einen Besuch ist wie ihr. Selbstverständlich lässt er euch hinein. Aber ihr kommt nicht weit. Jedenfalls nicht, ohne in den Zauber verstrickt zu werden.«

»Und was passiert dann?«, fragte Ethan und sah an sich hinunter, als könnten noch Spuren des Zaubers an seiner Kleidung haften.

»Man erlebt *Geschichten*«, antwortete der Ferischer. »Missgeschicke. Abenteuer. Wer zufällig auf eine Stelle stößt, die mit dem großen Zauber belegt ist, braucht unter Umständen hundert Jahre, um zwei Meilen zurückzulegen. Schickt eine Reuben-Armee hinüber – nur zu! –, und sie wird in alle möglichen Sagen und Geschichten verstrickt. Wir sind gut durchgekommen. Aber wir müssen uns beeilen. Ich fürchte, uns bleibt nicht mehr viel Zeit.«

Ethan blickte wieder auf seine Uhr. Aus der Eins in der rechten unteren Ecke der Datumsanzeige war eine Zwei geworden, und der Pfeil daneben zeigte jetzt nach oben.

»Wenn ich nur wüsste, was das zu bedeuten hat«, sagte er.

»Was«?, fragte Jennifer T.

»Die kleine Ziffer hier und der Pfeil. Als wir im Haus des Riesen waren, stand hier noch eine Eins, und der Pfeil zeigte nach unten.«

Jennifer T. zog sein Handgelenk zu sich heran.

»Innings«, sagte sie. »Erste Hälfte des zweiten Innings.«

»Die erste Hälfte des zweiten Innings? Des zweiten Innings von was denn?«

Noch bevor er die Frage ausgesprochen hatte, wusste er die Antwort. Er rief sich Mo Rideouts heisere Stimme ins Gedächtnis: *Zackenfels ist ein Tag, der letzte Tag. Der letzte Tag des letzten Jahrs. Das letzte Aus in der zweiten Hälfte des neunten Innings.*

»Erste Hälfte des zweiten Innings«, sagte er. »Dann sind noch siebeneinhalb Innings zu spielen.«

In diesem Augenblick begannen die Seile, an denen sie baumelten, leise zu summen. Und buchstäblich aus heiterem Himmel ballten sich rings um sie dunkle Wolken.

»Hmmm«, machte Taffy, und wohl zum zehnten Mal, seit sie dem Riesen entflohen war, sog sie tief die Luft der wiedergewonnenen Freiheit ein. »Ein Unwetter zieht auf.«

»Heißt das, dass uns nichts mehr passieren wird?«, fragte Ethan. »Dass wir keine Geschichten mehr erleben, meine ich? Irgendwie habe ich nämlich das Gefühl, dass wir meinen Dad nie finden, wenn nichts passiert. Unsere Suche nach meinem Dad und unser Versuch, den Baum zu retten – das ist wie eine Geschichte, nur dass sie wahr ist.«

»Alle Geschichten sind wahr«, sagte Cinquefoil.

»Du redest wie der alte Albert«, sagte Jennifer T. »Aber du

brauchst dir keine großen Sorgen machen, dass nichts passiert, Ethan.«

Sie deutete auf die silberne Hülle. Ein Windstoß ließ sie erzittern und entlockte ihr ein aufgeregtes Surren, dann tauchten sie in den Schatten riesiger Schwingen ein.

10

Mr. Feld in den Winterlanden

SCHON KLÜGERE LEUTE als ich haben sich vergeblich den
Kopf darüber zerbrochen, wie Uhren und Kalender zwischen
den Welten funktionieren. Ein menschlicher Reisender kann
einen einzigen Monat in den Winterlanden verbringen, beispielsweise den Monat Splaik, in dem dreiundvierzig Tage
lang ununterbrochen schwarzer Hagel fällt, doch wenn er
nach Mittelland zurückkehrt, muss er feststellen, dass selbst
seine Urenkel schon seit über vierzig Jahren tot sind. Ein anderer mag sein Leben lang die Sommerlande durchstreifen,
und wenn er dann, vom Alter gebeugt, nach Hause kommt,
warten Frau und Kinder mit dem Essen auf ihn, als habe er
sie erst vor Minuten verlassen. Aus diesem Grund kann ich
nicht erklären, wie es geschah, und doch ist es wahr, dass im
selben Augenblick, als der Skidbladnir in den Fernen Territorien der Sommerlande am Himmel auftauchte, in der schat-
tenlosen Region der Winterlande, die unter dem Namen Eisbrände bekannt ist, sich eine bunte Karawane der Kreuzung
näherte, die man Bettys Knochengrube nennt.

Als Ethan viel später versuchte, den Leidensweg seines
Vaters durch die Winterlande nachzuzeichnen, kam er zu dem
Ergebnis, dass es zumindest sechs, vielleicht sogar siebenund-
dreißig direktere Routen gab, auf denen das Wilde Heer von
Clam Island aus ins Herz des Riesenlandes hätte vorstoßen
können. Die Leute des Kojoten hatten eigentlich keinen
Grund, über die Eisbrände zu reisen, denn sie lagen weit
abseits ihres Weges. Aber das Wilde Heer wählt selten die kür-

zeste und direkteste Marschroute. Im Gegenteil. Wenn ihr in den alten Sagen und Legenden nachlest, werdet ihr feststellen, dass der Kojote bei seinen Streifzügen durch die Welten so gut wie nie ein festes Ziel hat. Die Geschichte lehrt uns, dass er einfach nur immer weiterzieht. Seine Reisegefährten, der lärmende, purpurrot und schwarz gekleidete Haufen Purzelbäume schlagender, kriechender, tanzender, watschelnder Skriker, Graulinge, Elben, Kobolde, Gnome, Feuergeister und Tiermenschen jeder erdenklichen Kreuzung und Gestalt, darunter auch Werforellen und Werfliegen – sie alle, die man das Wilde Heer nennt, wussten fast nie, wo sie am nächsten Tag schlafen würden.

Sie wussten nicht einmal immer mit Gewissheit, ob der Kojote gerade unter ihnen weilte, wie Robin Padfoot seinem Gefangenen Mr. Bruce Feld beteuerte. Und weil dem so war, konnte er ihn auch nicht zum Kojoten bringen oder seine wiederholte Forderung nach unverzüglicher Freilassung erfüllen.

»Er ist, hähä, zurzeit nicht da«, erklärte Robin Padfoot. »Und selbst wenn er da wäre, hähä, könnte ich Sie nicht zu ihm bringen. Die Leute müssen warten, bis der Kojote zu ihnen kommt.«

Mr. Feld nickte. Er fühlte sich elend. Seit dreiundzwanzig Stunden und neun Minuten lag er mit verbundenen Augen und gefesselten Händen auf einer muffigen Schaumstoffmatratze. Als Decke diente ihm ein Fell, das nach Ziege roch und wenig Schutz vor der grimmigen Kälte bot. Er wusste deshalb so genau, wie lange er schlotternd dagelegen hatte, weil er alle zehn Minuten seine Uhr zu Rate zog. Den meisten Leuten wäre dies mit verbundenen Augen schwer gefallen, nicht aber Mr. Feld. Er trug nämlich eine selbst gebaute Uhr, die wie die seines Sohnes die Zeit ansagte, wenn man die Funktionstaste drückte und 2*1 eingab. Aus Gründen, die er selbst nicht verstand, sprach die Uhr mit einem etwas steifen britischen Akzent. Und obwohl es ihm wenig half, alle zehn Minuten die Zeit zu erfragen, hatte die unerschütterliche Butlerstimme der Uhr doch etwas Beruhigendes.

Sein primitives Lager wurde dadurch noch ungemütlicher, dass die Zelle, in der er lag, nicht in Ruhe verharrte wie ein normales Zimmer, sondern sich unentwegt neigte, wackelte und knarrte. Von Zeit zu Zeit ertönte ein metallisches Kreischen, das so grässlich war, dass ihm die Haare zu Berge standen und die Plomben in den Zähnen klirrten. Aber das Schlimmste war, dass er nicht die leiseste Ahnung hatte, wo er war, warum man ihn entführt hatte und was seine Kidnapper von ihm wollten. Jedes Mal, wenn dieser Padfoot ihm etwas zu trinken (angeblich geschmolzenen Schnee) und zu essen (angeblich Karibuschinkenaufschnitt) brachte, fragte er ihn danach. Er fragte ihn mal zornig, mal flehentlich, mal resigniert. Er erinnerte ihn daran, dass er einen kleinen Sohn habe, den er nicht allein lassen könne, weil er keine Mutter mehr habe und nicht selbst für sich sorgen könne. Mit Tricks versuchte er ihn zu unvorsichtigen Äußerungen zu verleiten, die etwas über seine wahren Absichten verrieten. Aber Padfoot kicherte immer nur mit heiserer Stimme und wiederholte stets dieselben unverschämten Lügen.

1. Mr. Feld werde im Laderaum eines »dampfgetriebenen Frachtschlittens« gefangen gehalten.
2. Der Schlitten gehöre zu einer großen Streitmacht von Schneefahrzeugen und Hundeschlitten, die auf einem Eroberungszug sei.
3. Die Fahrzeuge und anderen Maschinen würden mit dem Strom von tausend Gewittern versorgt, »einer Herde von Donnerbüffeln«, die der Streitmacht folge.
4. Ziel der Feldzugs sei die Eroberung einer Stadt na-

mens Outlandishton, die von irgendwelchen »Schaggurts« oder »Eisriesen« gehalten werde.

5. In einem einsamen grünen Fleckchen am Rand der Stadt Outlandishton liege ein Teich namens Flüsterquelle. Sein Wasser speise »einen unendlich großen und dicken Baum«, an dem das Universum, das er kenne, wie eine Pflaume hänge.

6. Der Befehlshaber dieser Armee, ein gewisser Kojote, habe die Absicht, die Quelle zu vergiften und den kosmischen Baum zu zerstören, und zwar aus Gründen, die Padfoot, wie er zugab, selbst nicht ganz klar seien.

7. Wenn Punkt 6 erfüllt sei, ende mit einem Schlag jede Existenz und alles Leben, wie wir es kennen.

»Bitte«, sagte Mr. Feld, »ich flehe Sie an. Ich weiß nicht, wer Sie sind und warum Sie mit das antun, Mr. Padfoot. Aber wenn ich Sie in irgendeiner Weise gekränkt oder beleidigt haben sollte, so tut es mir aufrichtig Leid, und ich hoffe, Sie geben mir Gelegenheit, es wieder gutzumachen.«

»Sie wollen einfach nicht kapieren, Mr. Feld, hähä, und das ist traurig, aber wahr«, erwiderte Padfoot ärgerlich. Sein Ton war irgendwie schroffer als an jenem Tag beim Baseballplatz, und seine Sprache derber, als Mr. Feld sie in Erinnerung hatte. Aber das kurze trockene Lachen war unverwechselbar. Es klang wie Laub, das man in der Hand zerdrückte. »Was muss denn noch passieren, damit Sie mir glauben? Alles, hähä, was ich Ihnen gesagt habe, ist die hundertprozentige Wahrheit.«

»Nun ja, mir erscheint das alles etwas weit hergeholt, Mr. Padfoot«, sagte Mr. Feld und bog seine Handgelenke. Den Versuch, die Fesseln abzuschütteln, hatte er längst aufgegeben, doch er hatte gemerkt, dass er die Hände bewegen musste, wenn er keine tauben Finger bekommen wollte. »Ich glaube, ich müsste es vorher mit eigenen Augen gesehen haben. Aber selbst dann bin ich mir nicht sicher, ob ich Ihnen glauben würde.«

»Oh, das bezweifele ich«, sagte Padfoot. Mr. Feld hörte ein Schlurfen. Wie von einer Ledersohle auf hartem, sandigem Untergrund. »Mir ist noch nie ein Reuben untergekommen, der im Stande ist, das zu bestreiten, was er am eigenen Leibe erfährt.«

»Ich bin Ingenieur. Das gehört zu meinem Beruf. Nehmen Sie nur die Zentrifugalkraft ...«

Mr. Feld spürte einen scharfen Ruck am Hinterkopf, und seine Augen schwammen in goldenem Licht und schattigen Klecksen. Etwas ragte vor ihm auf und nahm Gestalt an, und als seine Augen sich an das matte Licht gewöhnt hatten, sah er, dass es ein breites Grinsen mit krummen spitzen Zähnen war. Das Grinsen saß in einem grauen Gesicht mit stumpfer Nase, behaarten Backen und rot geränderten Augen, die empfindlich blinzelten, aber begehrlich funkelten. Mit einem Schrei fuhr Mr. Feld in die Höhe und hielt sich schützend die Arme vors Gesicht. Das Geschöpf, das ihn anblinzelte, war ungeschlacht und klein zugleich, nicht größer als ein elf- oder zwölfjähriger Junge, aber mit einem breiten Brustkasten und einem dicken, kräftigen Hals wie ein Pferd. Es hatte muskulöse Arme, die sich in den Ellbogen krümmten und bis zu den Knien reichten, und dichtes hellblondes Fell, das seinen ganzen Körper bedeckte. Es trug keine Kleidung, nur hohe, rotbraune Lederstiefel und einen Gürtel mit einem kleinen Beutel. Nichts an ihm erinnerte an den Geschäftsmann mit dem Pferdeschwanz, der ihn auf Clam Island angesprochen hatte und angeblich in alternative und zukunftsweisende Luftschifftechnologien investierte.

»Nun?«, fragte die Kreatur. »Weiden Sie Ihre Augen an der hübschen Visage des blassen Robin Padfoot.« Er leckte mit breiter Zunge die Innenfläche seiner gekrümmten Hand und strich ein widerspenstiges Haarbüschel an seinem Hinterkopf glatt. »Hat es Ihnen die Sprache verschlagen?«

»Ich ... ich ...« Mr. Felds nüchterner Verstand sagte ihm, dass sein Gegenüber unmöglich Rob Padfoot sein konnte, doch die Alternativen waren noch viel unwahrscheinlicher, ja buchstäblich *undenkbar,* und so musste er sich in diesem Punkt wohl oder übel geschlagen geben. »Hmmm.«

»Bin ich echt, Mr. Feld?« Wieder leistete ihnen das graue Grinsen in der düsteren Zelle Gesellschaft.

»Zeigen Sie mir die Maschinen«, sagte Mr. Feld. »Die Dampfschlitten, von denen Sie mir erzählt haben. Die Gewitterwolken. Damit ich mich davon überzeugen kann.«

Der Vorschlag brachte Padfoot sichtlich in Verlegenheit. Aha, dachte Mr. Feld. Also war doch alles nur Schwindel. Es gab keine Dampfschlitten, und das Universum war keine Pflaume.

»Also, ich weiß nicht«, sagte Padfoot. »So gern ich einem Dickschädel wie Ihnen die letzten Reuben-Flausen austreiben würde ... Niemand, hähä, hat gesagt, dass ich Sie rauslassen soll ... Was ...?«

Mr. Feld hatte sich aufgesetzt und vorgebeugt und begutachtete nun durch seine Brille das verfilzte Haar auf Padfoots Brust. Im nächsten Moment riss er die gefesselten Hände hoch, krallte die Finger in das Fell und zog mit einem kräftigen Ruck.

»*Autsch!*« Padfoot schlug ihm mit dem Pfotenrücken auf die Hand. »Was soll das, Sie haarloser Sohn eines glatzköpfigen Affen?«

»Echt!« Mr. Feld konnte seine Bewunderung nicht verhehlen. »Das Kostüm ist wirklich bemerkenswert überzeugend.«

»Schluss jetzt«, blaffte Padfoot, packte ihn am Kragen, hob ihn in die Höhe und ließ ihn am langen Arm baumeln, sodass seine Zehen am Boden schleiften.»Mr. Bruce Feld, machen Sie sich darauf gefasst, dass Sie Ihr letztes bisschen Verstand verlieren.«

Mr. Feld immer noch von sich weg haltend wie ein Mann, der ein Baby trägt, das dringend frische Windeln braucht, stapfte Padfoot aus dem Raum. Der Raum war ganz aus Eisen, wie Mr. Feld jetzt bemerkte. Fußboden, Wände, Decke, alles. Und die Tür, durch die sie gingen, war eine Art ovale Eisenpforte. Sie eilten einen niedrigen, schmalen Gang entlang. Er war wie alles andere mit kanonengrauen Eisenplatten verkleidet und mit dicken grauen Bolzen vernietet und erinnerte an das Innere eines U-Boots in einem alten Film über den Zweiten Weltkrieg. Padfoot nahm keine Rücksicht auf den Kopf seines Gefangenen, und so erhielt Mr. Feld zahlreiche schmerzhafte Stöße. Die Luft im Gang war stickig und roch nach abgebrannten Streichhölzern, wurde aber schlagartig besser und zugleich schneidend kalt, als sie eine eiserne Wendeltreppe erklommen, wobei Mr. Felds armer Kopf an die Unterkante jeder einzelnen Stufe knallte. Die Treppe endete in einem niedrigen runden Raum aus vernieteten Eisenplatten. Mr. Feld sah überall an den Wänden Instrumente, Hebel, lederbezogene Griffe und Zähler, deren Funktion ihm unklar war, die er aber sehr gerne genauer untersucht hätte. Und zwischen den Armaturen aus Stahl und Messing wuselten gräuliche Tiere, die er im ersten Moment für große Nagetiere hielt, für eine Art Biberratte oder Opposum. Ihm blieb kaum Zeit für die beunruhigende Feststellung, dass diese Nager sich in einem plappernden Englisch verständigten, sich zielstrebig bewegten und ihrer Beschäftigung mit offenkundigem Eifer nachgingen, ehe Padfoot ihn umdrehte und mit einem Ruck auf die Füße stellte. Im nächsten Moment spürte er etwas Weiches und Schweres, das ihn in Dunkelheit hüllte und nach Ziege roch.

»Ziehen Sie das an«, befahl Padfoot. »Da oben, hähä, ist es saukalt.«

Sein Kichern klang so, als ob er immer noch seinen Scherz mit Mr. Feld treibe. Das Kleidungsstück war ein stinkender brauner Pelz mit Kapuze und Gürtel und schleifte am Boden. Er hatte hinten einen Schlitz, der fast bis zur Taille reichte, und Gurte, mit denen man sich die langen, lose herabhängenden Schöße um die Beine binden konnte wie Pelzleggins. Mr. Feld sah zu, wie Padfoot seinen Mantel schnürte.

»Worauf warten Sie denn?«, fragte Padfoot, weil er sich nicht ankleidete.

»Meine Hände«, sagte er.

Darauf ließ Padfoots seine flinken Finger über die komplizierten Knoten huschen, befreite Mr. Felds Hände und half ihm in den stinkenden Pelz. Dann gab er ihm Handschuhe, die dick mit Fell gefüttert waren.

»Woraus sind die gemacht?«, fragte Mr. Feld und rümpfte die Nase, als er sich einen Handschuh vors Gesicht hielt.

»Aus Mastodon, selbstverständlich«, antwortete Padfoot, als sei die Frage idiotisch.

Und obwohl Mr. Feld sich mit allen Mitteln dagegen sträubte und nicht glauben wollte, dass irgendetwas von all dem wirklich mit ihm geschah, spürte er plötzlich ein Kribbeln im Bauch. Als Ingenieur und Physiker kannte er dieses Gefühl sehr gut. Er spürte, gleich wurde ein Fenster aufgestoßen, und er, Bruce Feld aus Philadelphia, erhielt Gelegenheit, einen Blick auf das ewige Räderwerk des Universums zu werfen.

»Los jetzt, Reuben«, sagte Padfoot. »Klettern Sie die Leiter da rauf, bevor mir mein Boss Ihretwegen in den pelzbesetzten Hintern tritt.«

Die Leiter war im Fußboden verankert, und ihre schmalen Sprossen führten zu einer Luke im runden Dach. Der schwere

Mantel behinderte Mr. Feld beim Klettern, und er hatte keine
Ahnung, wie er die Luke öffnen sollte. Doch als er das Ende
der Leiter erreichte, vernahm er ein Knirschen und Zischen,
und die Luke sprang auf wie die Blende einer Kamera. Mit
einem Aufschrei zuckte er zurück, denn ein Schwall Kälte und
gleißendes Sonnenlicht schlugen ihm entgegen. Doch Padfoot
drückte und schob von hinten, und im nächsten Augenblick
purzelte er durch die Luke hinaus in die schneidende Kälte.
Von allen Seiten drang ohrenbetäubender Maschinenlärm
auf ihn ein, in den sich ein Heulen und Kläffen mischte. Dazu
ertönte immer wieder dieses markerschütternde metallische
Kratzen, das ihm schon die Stunden in der Zelle zur Qual gemacht hatte.

»Hilfe!«, rief er. »Ich ... ich kann nichts sehen.«

»Hier«, knurrte Padfoot. »Setzen Sie die auf. Ich hatte mal
eine bessere, aber die habe ich auf ihrer verschimmelten Insel
verloren.«

Mr. Feld tastete mit den behandschuhten Fingern, bis er an
etwas Biegsames und Hartes stieß, das sich als dicke Schutzbrille entpuppte. Sie bestand aus Segeltuch und Leder. Er
setzte sie auf. Die Gläser dämpften das grelle Licht, gaben
aber allem einen gelben Farbton. Er sah, dass er auf dem Boden einer Art Krähennest oder Aussichtsplattform lag. Padfoot stand auf und hielt sich an einem niedrigen Messinggeländer fest, das die Plattform umgab. Mr. Feld fasste nach
der Stange und zog sich langsam hoch. Es war gut, dass das
Geländer da war, wie er sofort begriff, denn sie fuhren mit hoher Geschwindigkeit über einen holprigen Untergrund, sodass man leicht den Halt verlieren konnte. Er sah sich um. Der
Boden, über den sie rasten, erstrahlte in einem Licht, das
durch die Gläser seiner Schutzbrille zwar gelblich erschien,
aber hart und hell war wie der Glanz einer Porzellantasse.

»Sieht aus wie Eis«, bemerkte er. Und noch während er es

sagte, war es ihm peinlich, dass er etwas so Offensichtliches aussprach.

»Natürlich ist es Eis, was denn sonst? Wir rasen über die Eisbrände, mitten in den Winterlanden.«

Und so wurden Mr. Felds letzte Zweifel zerstreut und beseitigt. Die Existenz des Fahrzeugs, auf dem sie standen – ein ungewöhnliches Mittelding zwischen Schneemobil und Kampfpanzer mit schwarzem Anstrich – ließ sich nicht bestreiten. Ebenso wenig das laute *Tschun-ka-tschun* der Kolbenmotoren oder das Rumpeln der anderen Schlitten, die zu dutzenden um sie herum übers beinharte Eis glitten. Und es ließ sich auch nicht bestreiten, dass zwischen den Dampfschlitten unzählige Hundeschlitten flitzten, die von kleinen, in Pelze gehüllten Gestalten gelenkt und von kläffenden Meuten gezogen wurden, bei denen es sich eigentlich nur um Werwölfe handeln konnte. Sie hatten kräftige Hinterläufe und pelzige Pfoten und waren in Geschirre aus dicken Leinen gespannt. Und selbst der kühle, nüchterne Verstand Mr. Felds konnte nicht leugnen, dass sich hinter ihnen schwarze Gewitterwolken ballten und den Himmel verdunkelten, ein zehn Meilen langer donnernder Zug, eine wirbelnde, brodelnde Masse, in der rote Blitze zuckten. Die Herde der Donnerbüffel.

»Ah«, machte Mr. Feld, und da ihm nichts einfiel, was er noch hinzufügen konnte, wiederholte er einfach: »Ah.«

»Wenn der Kojote Sie sehen will, hähä«, sagte Padfoot, »kommt er zu Ihnen.«

Als seien Padfoots Worte ein Signal gewesen, ließ im nächsten Moment das Stampfen der Motoren nach, und der Dampfschlitten drosselte das Tempo. Auch alle anderen Schlitten fuhren langsamer, und die Werwölfe warfen ihre Zugleinen ab. Die Schlittenlenker sprangen von den Schlitten und schlugen ihre Kapuzen zurück. Sie hatten spitze, höhnisch grinsende Gesichter.

»Schlittengoblins«, erklärte Padfoot. »Die Wolfsjungen hören auf niemand anders.«

Die Schlittengoblins rissen schwere Säcke auf und schütteten ihren Inhalt aufs Eis. Gefrorene blutrote Fleischbrocken kullerten nach allen Seiten. Die Werwölfe stimmten ein wildes Geheul an, das auf schauderhafte Weise an menschliches Lachen erinnerte, dann fielen sie über das Fleisch her, während die Schlittengoblins mit den Peitschen knallten und eine unmelodische Melodie sangen. Eine Minute später war das Fleisch verschwunden. Die Werwölfe wälzten sich auf dem Eis, schubsten sich gegenseitig, spielten Bockspringen und packten einander übermütig an der Kehle. Jemand zauberte einen alten Football hervor, und auf dem Eis entbrannte ein wildes Gerangel.

Unterdessen hatte die Herde der schwarzen Donnerbüffel sie eingeholt und warf einen langen Schatten aufs Eis. Plötzlich geriet das Eis in Bewegung, als sei es lebendig, und Mr. Feld brauchte eine Weile, bis er erkannte, dass es nicht das Eis war, das sich bewegte, sondern kleine Kreaturen, Millionen von winzigen weißen Mäusen.

Der Anblick brachte Padfoot zum Lachen. »Sie glauben, es sei Nacht! Die armen kleinen Mäuse der Eisbrände! Sie haben noch nie einen Schatten gesehen.«

Die Werwölfe unterbrachen ihr Footballspiel und fuhren zwischen die Mäuse, warfen sie mit ihren Pfoten in die Luft und fingen sie wie gesalzene Nüsse mit den Mäulern auf.

Ein Gedanke, ein keineswegs abwegiger Gedanke, hatte sich unter Mühen Mr. Felds Gehirn entrungen und fand nun endlich und sehr verspätet den Weg zu seinem Mund.

»Wo sind wir?«, fragte er.

»An einer Kreuzung. Einer großen Kreuzung. Sie heißt Bettys Knochengrube. Sieht gut für Sie aus, hähä! Der Kojote liebt nämlich Kreuzungen. Und die hier ist, hähä, eine seiner liebsten.« Die Aussicht, seinen Boss wieder zu sehen, schien Padfoot zu erregen.

Mr. Feld kniff die Augen zusammen und spähte durch die gelben Brillengläser. Ihm war noch gar nicht aufgefallen, dass sie tatsächlich auf einer Straße fuhren. Es war eine gigantische Straße, so breit, dass die Bewohner einer ganzen Stadt darauf nebeneinander gehen konnten. In der Sonne funkelte sie wie eine Diamantenstraße, und im Schatten der Donnerbüffel glänzte sie wie eine Perle. Direkt vor der Stelle, wo der Führungsschlitten angehalten hatte, vereinigte sie sich mit sechs anderen, teils ebenso breiten, teils schmäleren Straßen zu einem verbogenen Stern mit sieben Strahlen. Wie alle Kreuzungen in den Winterlanden war sie ein trostloser Ort ohne Bäume und Wegweiser, ein Ort, an dem sterbliche Abenteurer zu Grunde gingen. In der Mitte des zackigen Sterns klaffte ein Loch. Es war annähernd rund und, wie Mr. Feld vom Dampfschlitten aus erkennen konnte, mit Knochen gefüllt. Knochen jeder Art, verwittert und grau, auch Schädel mit Geweihen, zerklüfteten Nasenhöhlen, tückisch gekrümmten Kiefern, gespickt mit scharfen Zähnen. Auf den ersten Blick konnte man ahnen, dass das Loch sehr, sehr tief war. Jemand oder etwas hatte im Lauf der Zeit schrecklich viele Tiere gegessen.

»Die Böse Betty ist eine hungrige Dame«, sagte Padfoot. »Sie, hähä, hätte beinahe auch meinen Vater verspeist, als er noch ein kleiner Kobold war.«

Ein Dampfschlitten nach dem anderen blieb stotternd und ächzend stehen und verstummte mit einem Seufzer des Motors. Von innen wurden Luken aufgestoßen. Dicke Dampfwolken quollen heraus und gleich darauf die Besatzungen der kleinen Graulinge. Sie prasselten aufs Eis wie eine Hand voll Kieselsteine, die in eine Schneewehe geworfen werden, und liefen in Richtung Kreuzung. Die Schlittengoblins schlossen sich ihnen an, und mit ihnen eine verwirrende Vielfalt anderer jaulender Kreaturen, die unter den Fellen der Schlitten hervorkrochen und übers Eis taumelten. Einige trugen Dudelsäcke und Tamburine. Andere schlugen mit kleinen schwarzen Schwertern auf Eisenschilde. Sie machten einen furchtbaren Krach. In dem Haus in Philadelphia, in dem Mr. Feld aufgewachsen war, hatten die alten Lamellenheizkörper die ganze Nacht geklopft und gehämmert, gescheppert und gekreischt. Der Lärm hatte den Schlaf gestört, und wenn man mitten in der Nacht mit Herzklopfen aus einem Traum aufschreckte, konnte man gleichzeitig alle neun Heizkörper im Haus hören. Genauso klang für Mr. Feld die Musik, die das Wilde Heer machte, blechern, schrill und ausgelassen.

»Worüber freuen sie sich denn so?«, fragte er.

Doch von Robin Padfoot kam keine Antwort. Der zottige Dämon (und etwas anderes konnte er nicht sein) war bereits halb von der Aussichtsplattform geklettert, und Mr. Feld sah zu, wie er sich auf das Eis hinabließ und dann, Graulinge, Schlittengoblins und was auch immer beiseite stoßend, mit watschelndem Gang in Richtung Kreuzung eilte. Seine tierähnliche Art der Fortbewegung bot einen verstörenden Anblick.

»Padfoot!«, rief Mr. Feld. »Wohin laufen Sie denn? Was ist los?«

»Es ist eine Kreuzung«, sagte eine dünne, drollige Stimme neben ihm.

Mr. Feld fuhr herum. Auf dem Messinggeländer saß, das Gefieder zerzaust vom schneidenden Wind, ein Rabe. Seine Augen waren tintenschwarz, sein Schnabel gelb und seine schuppigen Beine und Krallen rostrot wie Zedernholzspäne. Er hatte denselben starren und listigen Blick wie alle seiner Art, als versuche er, seine Gedanken zu verbergen. »An einer Kreuzung kann man den Kojoten treffen.«

207

»Ist er denn hier?«, fragte Mr. Feld und blickte wieder zu Robin Padfoot, der über die spiegelglatte Fläche der Eisbrände schlurfte. Dann beschloss er, darüber hinwegzusehen, dass er mit einem Vogel sprach. Er wischte den Reif von seiner Brille und versuchte, zwischen den Horden von Graulingen und Goblins, die zu Bettys Knochengrube strömten, etwas zu erkennen. »Kann ich mit ihm sprechen?« Er wandte sich wieder dem Raben zu, der den Kopf unter den Flügel gesteckt hatte, als suche er unter den Federn etwas Essbares. »Wissen Sie, wo er ist?«

»Aber gewiss«, antwortete der Rabe. »Alle Raben wissen, wo der Kojote ist, zu jeder Zeit. Das ist nur eine bescheidene Gabe. Wir haben sie vom Kojoten selbst bekommen, damals, als er die Welt verändert hat.«

»Ist er hier? Ich muss ihn unbedingt sprechen.«

»Nur die Ruhe«, erwiderte der Rabe. »Er will auch mit Ihnen sprechen. Er hat von Ihnen gehört.«

Graulinge schlitterten die Laderampen herunter und kreischten dabei wie kleine Jungs.

»Das kann ich mir denken«, sagte Mr. Feld. »Ich glaube, er will mein ... Er hat Padfoot geschickt, um ... Er will die Hülle meines Luftschiffs.«

Das leise Glucksen des Raben klang angenehmer, nicht mehr so kratzig und rau. Mr. Feld wandte ihm wieder das Gesicht zu. Was er sah, ließ ihn einen so unbedachten Satz machen, dass er beinahe von der Aussichtsplattform stürzte. Wo eben noch der Rabe gehockt hatte, lehnte jetzt ein Mann am Messinggeländer. Er war von schlanker, schmächtiger Gestalt und vier, fünf Zentimeter kleiner als Mr. Feld. Er trug eine scharlachrote, mit Goldfäden durchwirkte halblange Jacke, die an Kragen, Kapuze und Saum mit dichtem schwarzem Pelz besetzt war. Die Kapuze war zurückgeschlagen und enthüllte einen feuerroten Haarschopf. Das Gesicht unter den flammenden Haaren war schwer zu beschreiben, und ist es schon immer gewesen. Es war schön, aber Nase, Wangen und Kinn waren zu scharf geschnitten, jugendlich, aber die Haut war faltig und zerfurcht, heiter, aber die Augen blickten kalt und unfreundlich, klug, aber um die vollen roten Lippen spielte ein boshaftes und blödes Grinsen. Es war das Gesicht von jemandem, für den es eins war, Unheil zu stiften und sein Vergnügen zu suchen. Doch obwohl er seit Anbeginn der Zeiten erfolgreich Unheil stiftete, hatte er lange, viel zu lange keinen Spaß mehr gehabt.

»Ich will nicht Ihre kostbare Hülle, Mr. Feld«, sagte der Mann. »Ich will eigentlich nur den wunderbaren Stoff, aus dem sie gemacht ist.«

Mr. Feld stellte gerade (durchaus zutreffende) Vermutungen darüber an, wer sein Gegenüber wohl war, als seine Aufmerksamkeit durch eine hohe, schrille Stimme abgelenkt wurde. Die Stimme stieß die wüstesten Flüche aus, die er jemals gehört hatte. Er blickte zur Kreuzung. Eine wogende Menge tanzte zum Pfeifen der Dudelsäcke ausgelassen um die Knochengrube. Zudem hatten Graulinge eine Kette gebildet, die vom Führungsschlitten zum Rand der Grube führte. Und an dieser Kette entlang warfen sie über ihren Köpfen ein kleines Fellbündel von einem Händepaar zum nächsten. Das Bündel war leuchtend orange und stach gegen die farblose Fläche der Eisbrände ab, und mitten aus diesem Bündel schienen die derben Flüche zu kommen.

Die Sprache, der sich das Bündel bediente, war Mr. Feld unbekannt. (Tatsächlich war es ein in West-Reineken beheimateter Dialekt.) Aber die Stimme klang so empört und erregt, dass Mr. Feld jedes Wort zu verstehen meinte. Zunächst verglich das Bündel die Vorfahren der Graulinge mit einer Reihe abscheulicher Tiere, Pilze und Bazillen, dann hielt es ihnen vor, sie hätten an sich und anderen gewisse widerwärtige Handlungen vorgenommen, die, rein körperlich gesehen, wahrscheinlich unmöglich waren. Doch die Graulinge schienen sich köstlich darüber zu amüsieren. Als Nächstes ging das Bündel – es hatte einen Schwanz, wie Mr. Feld jetzt bemerkte, einen roten buschigen Schwanz –, als Nächstes ging es also dazu über, den Graulingen, die es unaufhaltsam in Richtung Knochengrube beförderten, all die schlimmen Krankheiten und Leiden zu schildern, die ihnen, ihren Nachkommen und deren Nachkommen drohten, wenn sie es nicht auf der Stelle absetzten. Hautausschläge, Furunkel, Geschwüre, Missbildungen, Störungen lebenswichtiger Organe. Nichts davon beeindruckte die Graulinge. Das Ding mit dem Schwanz erreichte die zupackenden Hände des letzten Graulings vor der Grube, dann wurde es mit Schwung und einem vielstimmigen »Hepp« auf die Reise geschickt. Es flog, mit kleinen schwarzen Fäusten um sich schlagend, im hohen Bogen durch die frostblaue Luft und landete knirschend im Knochenhaufen. Es bumste mit dem Kopf gegen etwas Hartes und blieb reglos liegen, ein armes, kleines Geschöpf, das Mr. Feld irgendwie bekannt vorkam. Ein Fuchs, oder eine Affe, oder ...

»Ein Buschbaby!«, rief Mr. Feld.

»Ein Werfuchs, mit Verlaub«, sagte der jung-alte Mann mit einem höflichen Hüsteln. »Buschbabys sind meines Wissens erheblich kleiner.«

Mr. Feld wandte sich ab. Er hatte Mitleid mit dem Werfuchs, und verspätet auch mit Ethan. Der arme Junge war gestraft mit einem Vater, der das Unwahrscheinliche mied und das Unmögliche leugnete, törichterweise, wie sich nun zeigte. Mr. Feld protestierte bei dem jung-alten Mann gegen die Behandlung des unschuldigen Werfuchses, der auf dem Clam Island Highway nur dank der scharfen Augen seines Sohnes dem Unfalltod entronnen war. Doch sowie er ihn ansah, verwirrten sich seine Gedanken. Es war, als verströme der Kojote eine Art unsichtbares Licht, das man nur mit der tiefsten animalischen Schicht des Gehirns wahrnehmen konnte. »Was geschieht mit ihm?«, brachte er heraus. »Nichts, was Sie interessieren dürfte. Er hat seine Schuldigkeit getan, der alte Cutbelly. Ich habe ihm gesagt, dass er sich eigentlich geehrt fühlen sollte. Schattenschwanz beim letzten großen Weltensprung!« Sein Blick flog wie ein Funke zu dem wilden Treiben an der Kreuzung, dann zurück zu seinem Gegenüber. »Idioten«, sagte er liebevoll und grinste dabei so vergnügt übers ganze Gesicht, dass Mr. Feld ein Gefühl der Wärme durchströmte, von seinem in Pelz gehüllten Bauch bis hinauf in seine kalten Ohren. »Lassen wir ihnen den Spaß. In der Zwischenzeit, Mr. Bruce Feld, können wir uns näher miteinander bekannt machen.«

Nichts änderte sich. Kein Laut war zu hören, keine Bewegung zu sehen. Und doch verschwand von einem Herzschlag zum anderen die endlose weiße Weite, und mit ihr der Lärm der Dudelsäcke und Trommeln, das Knurren der Werwölfe, das Stampfen der Motoren, das seltsame Zwielicht des Himmels. Stattdessen saß Mr. Feld in einem großen, bequemen Sessel. Ein Feuer prasselte munter in einem Kamin. Die Wände waren dunkel und schön. Lampen verströmten ein warmes, gelbliches Licht. In der einen Hand hielt er eine Tasse Kaffee, schwarz mit Zucker, so wie er ihn am liebsten trank, in der anderen ein Hühnersandwich mit Mayonnaise und Tomate, das Fleisch noch warm und kräftig gesalzen, so wie er es am liebsten aß. Er nahm einen Bissen von dem köstlichen Sandwich und spülte ihn mit einem Schluck Kaffee hinunter.

Der Rothaarige saß ihm gegenüber in einem Sessel, der noch größer war. Er trug einen chinesischen Pyjama, der mit herumtollenden Affen bestickt war, und seine schlanken Hände hielten einen dampfenden Becher umschlungen. Auch

211

er schien es so richtig behaglich zu haben, doch Mr. Feld ließ sich nicht täuschen. Er wusste, dass der andere ihn um etwas bitten wollte, wozu er nicht bereit war.

»Sie sind ein vernünftiger Mensch«, sagte der Rothaarige mit einem ungeduldigen Seufzer. Er lächelte. »Und Verhandlungen mit vernünftigen Geschöpfen gestalten sich immer schwieriger. Zum Glück sind solche Geschöpfe recht selten. Einer von vielen Fehlern des alten Woodenhead. Wie geht es Ihnen? Ich hoffe, gut. Schmeckt Ihnen der Kaffee? Peruanischer Biokaffee. Den mögen Sie doch am liebsten, nicht wahr? Und das Salz an Ihrem Sandwich stammt aus Salinen an der französischen Küste. Man schmeckt wirklich einen Unterschied zwischen Meersalz und dem normalen, finden Sie nicht? Sagen Sie das nicht auch immer?«

»Sind Sie der Boss? Sind Sie der Kojote?«

»Manche Leute nennen mich so. Oder auch Änderer. Affe. Rabe. Wiesel. Schlange. Loki. Hermes. Legba. Glooscap. Eschu. Scheitan. Prometheus.«

»Scheitan? Ist das nicht ein anderer Name für …?«

»Ja, ja, aber diese Satansgeschichte ist Quark«, sagte der Kojote, den dieses Thema offenbar langweilte. »Sie geht mir auf die Nerven. Zugegeben, ich habe euch Menschen im Lauf der Jahre so manchen Streich gespielt. Haha, du meine Güte, ja, und ich gebe auch zu, dass ich bisweilen schrecklich gemein war. Aber das ist nur die halbe Wahrheit. Nennen Sie mir eine Sache, die Sie in Ihrer leidvollen Welt mögen. Nur zu. Ich garantiere Ihnen, sie ist mein Werk. Los, nennen Sie mir eine.«

»Pizza«, sagte Mr. Feld.

»Feuer«, erwiderte der Kojote sofort. »Versuchen Sie mal, ohne Feuer einen Holzofen zu heizen.«

»Sie haben das Feuer erfunden?« Mr. Feld klang skeptisch.

»Bevor ich dem alten Woodenhead diesen kostbaren, flackernden Stoff abgeluchst habe, war das Essen in Mittelland einfach ekelhaft. Alles zäh, blutig und faserig.« Bei der Erinnerung an den Raub des Feuers schien der Körper des Kojoten selbst vor Vergnügen zu flackern wie ein Feuer. »Nennen Sie mir noch etwas.«

»Die Physik.«

»Lassen Sie mich Ihnen eine Frage stellen«, sagte der Kojote. »Kann eine Kiste gemäß der Physik eine Katze enthalten, die gleichzeitig sowohl tot als auch lebendig ist?«

»Schrödingers Katze«, erwiderte Mr. Feld. »Nichts ist so oder so, bevor man es studiert hat. Theoretisch, ja. Die Katze ist sowohl eine tote Katze als auch eine lebendige Katze, bis man den Deckel hebt und nachsieht.«

»Nun, auch dafür dürfen Sie mir danken. So viel zur Physik. Weiter. Kommen Sie. Etwas, das Sie wirklich und aufrichtig am Leben in Mittelland lieben.«

Und wie um Mr. Feld auf die Sprünge zu helfen, begann er, die inoffizielle Hymne des Baseballspiels *Take me out to the ballgame* zu pfeifen.

»Baseball?«, riet Mr. Feld gehorsam.

»Das erzählt man sich nicht über den alten Scheitan, was?«

»Sie wollen Baseball erfunden haben?«

»Schon ein Weilchen her. An einem schönen Sommertag auf dem Diamantgrün.«

»Und was ist mit dem Tod?«, fragte Mr. Feld. Er stellte den Kaffee auf einen kleinen Tisch neben seinem Sessel. »Mein Sohn hat ein Buch mit Indianermärchen. Ich weiß noch, wie ich ihm daraus eine Geschichte über den Kojoten vorgelesen habe. Darin hieß es, der Kojote habe den Tod in die Welt gebracht. Ich erinnere mich, wie wir darüber gesprochen haben, Ethan und ich.«

»Ach ja, Ethan«, sagte der Kojote. »Ein mutiges Bürschchen. Aber mutig sind sie am Anfang alle, die Helden aus Mittelland. Und nehmen dann doch ein trauriges Ende. Vergiften sich an Zentaurenblut. Geraten in die Fänge eines Drachens. Spielen den Befreier und stürzen beim Flug nach Nicaragua ins Karibische Meer.«

Mr. Feld stand auf. Echt oder nicht, er hatte jetzt genug. Seit über vierundzwanzig Stunden hatte er nicht geschlafen, sein Magen streikte, und von der Hitze des Kaminfeuers wurde ihm schwindlig.

»Ich will Sie nicht gegen Ihren Willen festhalten, Mr. Feld«, sagte der Kojote. »Sie können jederzeit gehen.«

Mr. Feld blickte sich um und suchte nach der Tür. Der Raum schien keine zu haben. Er trat zu einem großen Vorhang, der in einer Ecke herabhing, und zog ihn beiseite. Dahinter war nichts. Er spähte in die Ecken. Er suchte sogar den Fußboden und die Decke nach einer Falltür ab.

»Hat das Zimmer keinen Ausgang?«

Der Kojote seufzte. »Nein.«

»Sagten Sie nicht, ich könnte jederzeit gehen?«

»Ich habe gelogen.«

Mr. Feld wollte protestieren, doch dann erinnerte er sich. »Ach ja, richtig. Sie sind ein großer Lügner, habe ich Recht? Der Fürst der Lügen.«

»Angenommen, ich verneine die Frage«, grinste der Kojote. »Hilft Ihnen das weiter? Oder wenn ich, umgekehrt, Ja sage?«

Traurig kehrte Mr. Feld zu seinem Sessel zurück und nahm wieder Platz. Alles Wohlbehagen war verflogen. Er sehnte sich nach zu Hause. Er sehnte sich nach Ethan.

»Was wollen Sie von mir?«

»Ich brauche Ihr Gehirn«, erklärte der Kojote. »Ihr Gehirn, Ihre Hände, Ihre Art, die Dinge zu sehen. Und zwar für das kleine Projekt, an dem ich gerade arbeite.«

»Richtig. Hören Sie, ich weiß, was Sie vorhaben. Meine Zeppelina haben Sie ja bereits. Und für die aufgeweckten kleinen grauen Kerle, die Sie beschäftigen, wäre es sicher kein Problem, hinter das Geheimnis meiner Pikofaser zu kommen.«

»Sie arbeiten bereits daran, während wir hier plaudern. Ach, übrigens.« Er zuckte zusammen. »Ich fürchte, meine Jungs haben etwas Schönes angerichtet. Sie haben Ihre entzückende kleine Zeppelina komplett auseinander genommen, die kleinen Monster.«

Mr. Feld stöhnte auf. Für den Bau der *Victoria Jean* hatte er viel Herzblut vergossen.

»Tut mir aufrichtig Leid«, sagte der Kojote. »Ich weiß, wie viel sie Ihnen bedeutet hat. Aber da kann man nichts machen.« Und er sah wirklich untröstlich aus. »Hören Sie. Aus Gründen, die einem Reuben schwer zu erklären sind – glauben Sie mir, ich habe es versucht –, möchte ich dem Leben, wie wir es kennen, ein Ende setzen. Nur ist mir die Art, wie ich bisher vorgegangen bin, zu umständlich. Mir dauert das alles viel zu lange. Im Lauf der letzten drei, vier Jahrtausende ist mir klar geworden, dass ich niemals in der Lage sein werde, alles rückgängig zu machen und auf den Ausgangspunkt zurückzuführen, solange die Magie und ihre Nebenprodukte, Geschichten und Märchen, unablässig zwischen den Welten wandern, weil die Äste des Baums miteinander verflochten sind. Deshalb habe ich versucht, diese lästigen Gallen zu trennen. Aber das ist sehr zeitraubend, und zu allem Überfluss entstehen ständig neue Gallen. Seit einiger Zeit suche ich daher nach einer Methode, die rascher zum Ziel führt. Dann, eines schönen Tages, erfahre ich von einer bescheidenen kleinen Galle in einem abgelegenen Ort, der Ihnen unter dem Namen Sommerland bekannt ist. Ich schicke ein paar von meinen Leuten hin, um nachzusehen, und tatsächlich, dort lebt ein Stamm von äußerst lästigen Ferischern. Und damit nicht genug. Wie sich herausstellt, sind sie sogar vor meinem Kommen gewarnt worden. Sie haben nach jemandem geschickt, der sie vor mir beschützen soll. Ist natürlich aussichtslos, aber diese Leute sind offenbar unbelehrbar. Und das Schönste: Dieser ›Jemand‹ ist ein ganz gewöhnlicher kleiner Junge, wenn Sie mir diesen Ausdruck gestatten.

Ganz anders der Vater des Jungen! Ein interessanter Bursche. Wie sich herausstellt, ist er zufällig auf eine Substanz gestoßen, die ein paar hochinteressante Eigenschaften hat. Sie ist inert. Sie wird von Chemikalien nicht angegriffen und greift andere Stoffe nicht an. Und ist dennoch beliebig verformbar. Genau das, was ich für die Aufbewahrung und den Transport einer gewissen, sagen wir mal, flüchtigen Substanz benötige. Sie ist giftiger als ein Totenkopfpilz. Ekliger als Erbrochenes. Ätzender als Säure. Ein gefährlicher Stoff. Schwer zu handhaben. Die Art von Stoff, die man benötigt, um beispielsweise *die gesamte, dem Universum zu Grunde liegende Struktur aufzulösen.*«

»Mein Fach ist die Luftfahrt«, erwiderte Mr. Feld. Er zweifelte am Wahrheitsgehalt der Geschichte, brachte es aber nicht fertig, dem Kojoten überhaupt nicht zu glauben. »Was Sie brauchen, ist ein Werkstoff-Ingenieur, wie mir scheint.«

»Sie verstehen von Pikofasern so viel wie jeder Chemiker«, entgegnete der Kojote. »Mit einem Unterschied – Sie haben sich alles selbst beigebracht. Sie haben einen scharfen und wachen Verstand. Und sie können selbstständig denken. Ich brauche nur Ihren Kopf zu berühren, das genügt. Nur einmal. Mit meinem kleinen Finger. So wie ich es bei Tesla, Goddard oder Tycho Brahe getan habe.« Alle drei gehörten zu den Wissenschaftlern, die Mr. Feld seit jeher am meisten bewunderte. Der Kojote hätte auch Dädalus, Wernher von Braun oder Robert Oppenheimer erwähnen können, tat es aber nicht. »Oder bei den Männern und Frauen, denen Mittelland die Pizza, die Physik und das Baseballspiel verdankt.«

»Und wenn ich mich weigere?«, fragte Mr. Feld.

»Oh, ich schaffe es auch ohne Sie. Nur dauert es dann alles etwas länger. Aber darauf kommt es nicht mehr an. Ich warte schon so lange.« Er zeigte wieder sein strahlendes, fröhliches, gemeines Lächeln. »Allerdings werden Sie dann Ihren Sohn nie wieder sehen. Das verspreche ich Ihnen. Die Welt, die Sie kennen, wird vorher untergehen.«

»Verstehe«, sagte Mr. Feld. »Also gut. Dann habe ich wohl keine andere Wahl.«

»Oh, man hat immer eine Wahl«, sagte der Kojote. »Auch das gehört zu den unterhaltsamen Besonderheiten des Lebens, die Sie mir zuschreiben können, wenn Sie mögen.«

»Aber alleine schaffe ich es nicht«, sagte Mr. Feld. »Ich brauche einen Assistenten.«

»Fein. Ich schicke Ihnen ein halbes Dutzend meiner klügsten ...«

»Nein«, erwiderte Mr. Feld. »Bloß keine Graulinge.«

AM NÄCHSTEN MORGEN, ALS DIE SONNE ÜBER DER KREUzung an Bettys Knochengrube aufging, erhob sich ein lautes Knirschen, Knacken und Krachen wie von zehntausend Nussschalen, die unter einem gigantischen Stiefelabsatz zu Staub zermahlen werden. Es war das Bersten des Eises, das sich bewegte und kräuselte wie das Fell eines gefrorenen Tiers. Im nächsten Augenblick ertönte ein schreckliches Klirren und Läuten, als werde eine riesige Glocke mit tausenden und abertausenden Weingläsern beworfen, von denen jedes einzelne mit einem scharfen *Ping!* zersprang. So klang es, wenn das Wilde Heer auftaute. Sie hatten die ganze Nacht getanzt, sich mit Eismäusen die Bäuche voll geschlagen, ihren Durst mit süßem Fusel gelöscht und darauf gewartet, dass ihr Anführer an der Kreuzung erschien. Nach einer Weile waren sie so ausgelassen und betrunken und stumpfsinnig vom Mäusefleisch, dass sie gar nicht merkten, wie sinnlos ihr Warten war. Der Kojote kam nicht. Dann, als die grimmigste und älteste Kälte von allen, die Kälte der Winterlande, ihre Wirkung tat wie eine starke Droge, wurden ihre Bewegungen langsamer, träger, und ihre Gesänge und ihr Getrommel verstummten bis auf wenige vereinzelte Schreie. Schließlich, etwa eine Stunde vor Tagesanbruch, waren sie alle steif gefroren und kippten gleichzeitig um. Diejenigen, die gerade auf einem Hang oder einer Schräge standen, rutschten in die Tiefe und schlitterten übers endlose Eis, manche kilometerweit. Als die Sonne sie wieder auftaute, eilten jene, über die nicht sofort ein Rudel Direwölfe hergefallen war, so schnell sie konnten zu ihren Schlitten und Gefährten an der Kreuzung zurück. Die Schlittengoblins stießen in ihre Pfeifen aus ausgehöhlten Mondsteinen, und von allen Seiten schleppten sich pelzige Geschöpfe herbei, die Schnauzen mit Blut verschmiert und triefend von Seehund- und Karibufett. Die Donnerbüffel wurden aufgeschreckt und machten sich sogleich auf den Weg über den wolkenlosen Himmel. Sofern überhaupt jemand bemerkte, dass der Werfuchs nicht mehr in der Knochengrube lag, so erklärte er sich sein Verschwinden damit, dass ihn wohl ein räuberischer Direwolf heimlich geholt habe.

Als der Dämon namens Padfoot endlich erwachte, dröhnte sein Kopf noch vom wilden Getrommel, und seine Kehle war trocken von den vielen Hörnern vergorener Gespenstermilch, die er in der Nacht getrunken hatte. Das Wilde Heer war längst weitergezogen, und er musste ohne Frühstück zwanzig Kilometer übers Eis rennen, ehe er den Dampfschlitten *Panik,* sein Flaggschiff als Oberbefehlshaber der Graulinge, einholte und an Bord ging. Verkatert, außer Atem und heilfroh, wieder bei der Truppe zu sein, war er nicht sonderlich überrascht und überhaupt nicht verärgert, als er feststellte, dass das geräumige Privatquartier im Mitteldeck des *Panik,* in dem er gewohnt hatte, Mr. Bruce Feld aus Clam Island, Washington, zugewiesen worden war. Es diente nun als Labor für die Erforschung neuer Anwendungen von Pikofasern, jenen merkwürdigen Molekülen, die, wenn sie richtig angeordnet wurden, so elastisch wie Gummi und so undurchlässig wie Diamant waren.

»So«, sagte er, gierig an einem Eiszapfen lutschend, »Sie machen uns also einen Schlauch, mit dem wir die Wurzeln des alten Baums mit Gift besprühen können?«

»Genau! Und danach richten wir den Schlauch auf dich, du pigmentloser Mopp ohne Griff!«

»Darf ich Ihnen meinen Laborassistenten vorstellen?«, sagte Mr. Feld mit einem Schmunzeln. »Ich glaube, Sie kennen Mr. Cutbelly bereits.«

11

Die Vorbotin

»EIN UNWETTER!«, rief Taffy von ihrem Beobachtungsposten auf dem Dach des Wagens, wo sie zwischen den Spannseilen lag. »Ein großes, altmodisches Sommerland-Gewitter, das einem das Nackenfell versengt.«

»Es hält direkt Kurs auf unser Luftschiff«, meldete Thor. Jennifer T. war aufgefallen, dass er immer dann besonders wie ein Android redete, wenn er Angst hatte. Tatsächlich schwebte das Gewitter direkt über ihnen, als überlege es noch, was es mit ihnen anfangen solle.

»Trotzdem ist es schön«, rief Taffy. Sie hörten, wie sie tief die Luft einsog. »Es riecht so gut.«

Jennifer T. musste zugeben, dass es ein schönes Gewitter war. Seine schwarzen Schwingen peitschten die Sommerluft. Es hatte Blitze als Klauen, Regen als Gefieder. Es war ein Geschöpf des Sturms, ein großer schwarzer Gewittervogel.

»Sagt mir, dass er es nicht ist«, bat sie. Doch sie wusste, dass er es war.

»Natürlich ist er es«, sagte Cinquefoil.

»Der Donnervogel!«, rief Taffy. »He, Donnervogel!« Lautes Getrampel drang durch das Dach, und der Wagen begann so wild zu schaukeln, dass sich Jennifer T. an Thor Wignutt festhalten musste. Taffy hüpfte ausgelassen auf dem Skidbladnir herum, was Jennifer T. ziemlich daneben fand. Anscheinend hatte die Bigfoot ein paar hundert Jahre zu lang in dem Käfig gesessen. »Hi! Juchhe!«

»Ruhe da oben, du zottige alte Bigfoot!«, blaffte Cinquefoil.

»Meinst du, dieser Schrotthaufen und ein Zauber würden einen Zusammenstoß mit dem Ding überstehen?« Taffy ließ die Hopserei sein, aber natürlich war es schon zu spät. Der Donnervogel hatte sie längst bemerkt. Gemächlich und bedrohlich kreiste er etwa einen halben Kilometer über ihnen. »Warum will er uns etwas tun?«, fragte Ethan. »Hält er es mit dem Kojoten?«

»Kann ich mir nicht vorstellen«, antwortete Cinquefoil. »Der Kojote hat dem Donnervogel Blitz und Donner gestohlen, so wie er dem Adler das Fischen gestohlen hat, oder der Ameise den Krieg und dem alten Mr. Wood das Feuer.«

»Wartet mal.« Bestimmte Dinge, die Jennifer T. seit ihrem ersten Weltensprung auf Clam Island erlebt hatte, kannte sie aus den Erzählungen der alten Leute, insbesondere natürlich die Geschichten vom Kojoten und Änderer. Aber von einem Donnervogel hatte sie nie gehört. »Sind die Sommerlande eigentlich eine Indianerwelt?«, fragte sie.

»Nun ja, früher hatten wir eine Menge Indianer in den Sommerlanden. Abenteurer, Schamanen, Schurken und Gauner, Hexen und Prinzessinen. Sie wurden alle in den großen Zauber verstrickt und nahmen die tollsten Geschichten mit nach Hause, als sie wieder den Ausgang fanden. Aber heutzutage bekommen wir kaum noch Indianer zu Gesicht.« Cinquefoil blickte mit schweren Lidern zu Jennifer T. auf. »Da muss etwas passiert sein.«

Jennifer T. spürte, dass der Ferischer tief in ihr Inneres blickte, mitten hinein in das, was ihr immer Kummer bereitet hatte und was der alte Albert ihre »indianische Seite« nannte. Sie liebte die alten Geschichten sehr, und doch hegte sie einen tiefen Groll gegen ihre indianischen Vorfahren. Sie nahm es ihnen übel, dass sie alles verloren hatten, ihr Land, ihre Sprache, ihre Legenden, alles. Obwohl sie wusste, dass sie ihnen damit Unrecht tat. Denn im Grunde genommen waren die bedauernswerten alten Squamish, Salishan und Nooksack gegen die Erfindungen und Krankheiten der Weißen, die ihren Tod wollten, völlig machtlos gewesen. Dennoch machte sie ihnen Vorhaltungen, sie konnte nicht anders. Sie verübelte es ihnen sogar, dass sie keine Antikörper gegen Pocken und Masern gehabt hatten. Gleichwohl trug sie die Geschichten der Alten in sich, eingesperrt in ihrem Kopf, ihrem Herzen oder wo immer solche Dinge aufbewahrt wurden. Und diese Geschichten hatten sie nun hierher geführt, in ein Land, in dem sie nie verloren gegangen waren.

»Nun«, sagte sie. »Ich bin jetzt hier.«

»Das bist du.«

Jennifer T. kurbelte ihr Fenster herunter. Ein kräftiger frischer Wind blies in den Wagen. Er roch nach Kupfer wie glühender Draht. Das Gewitter war dicht über ihnen. Und gerade sein Geruch gab ihr die plötzliche Gewissheit, dass sie, als Jennifer T. Rideout, wunderbare Dinge vollbringen konnte.

»He! Donnervogel!« Sie zwängte Kopf und Schultern aus dem Fenster. »Schäm dich! Du nimmst dem Kojoten die Arbeit ab, du großer blöder Truthahngeier! Weißt du denn nicht, was los ist? Weißt du nicht, dass der Tag da ist? Der Tag des ... *Huch!*« Sie rutschte an der Autotür ab, verlor das Gleichgewicht und fiel aus dem Fenster. Der dunkelgrüne Wald schien plötzlich aus der Tiefe zu ihr heraufzuspringen.

»Fähnrich Rideout!«

Thor hatte die schnellen Reflexe eines Androiden und bekam sie mit seinen Wurstfingern am rechten Knöchel zu fassen. Aber die Wucht ihres Sturzes war so groß, dass er sie nicht festhalten konnte. Selbst in den Sommerlanden bleiben bestimmte Naturgesetze in Kraft, und sie fiel sehr schnell mit einer Beschleunigung von 9,76 m/s^2. Die grüne Welt, in der sie sterben sollte, raste ihr in atemberaubendem Tempo entgegen. Die Sinne schwanden ihr, so wie die Luft aus einem Luftballon entweicht. Sie spürte nur schwach, wie sie an den Knöcheln gepackt wurde und ein scharfer Ruck durch ihren Körper ging. Zuerst dachte sie, es sei wieder Thor. Wie im Traum sah sie, wie er vom Auto aus nach unten griff, teleskopartige Roboterarme ausfuhr und sie aus der Luft fischte. Dann öffnete sie die Augen und sah über sich die flimmernde schwarze Brust des Donnervogels, der sie in seinen Blitzklauen hielt. Das Brausen des Windes machte sie fast taub und lähmte ihre Gedanken. Er heulte um ihre Ohren, flaute plötzlich ab, nahm wieder zu und wirbelte mit leisem Pfeifen. Ihre Haare waren nass von dem Regen, der aus dem Gefieder des Vogels fiel. Sie hingen ihr ins Gesicht, klebten an ihren Wangen, schlugen gegen ihre Augen und standen nach allen Seiten ab, als die elektrische Energie des Vogels sich in ihren Körper entlud. Sie spürte ein Prickeln und Brennen in den Knöcheln. Aber trotz allem schaffte sie es irgendwie, den Satz, den sie im Wagen begonnen hatte, zu beenden.

»... ZACKENFELS!«, rief sie dem Donnervogel zu.

In diesem Augenblick geschah etwas Merkwürdiges. Die gebogenen Schwingen des Sturmvogels schienen nach ihrer Stimme zu greifen, sie zu packen, herumzudrehen und dann in die weite Welt zu schicken. Es war, als hätte sich ein unsichtbares Händepaar, riesig wie das von Mushackel-John, wie der Trichter einer Trompete an ihre Lippen gelegt. Das Wort wurde in alle Himmelsrichtungen geschmettert und zerstreute alle Geräusche, auf die es stieß. Dann senkten sich die Echos wie eine Decke über das Land, und tiefe Stille trat ein. Der Wind legte sich. Die Flüsse und Bäche hörten auf, zu rauschen und über Steine zu plätschern. Die Vögel der Sommerlande unterbrachen ihr endloses Lied. Vom Land der Riesen bis zum Schildkrötenmeer und zu den schneebedeckten Gipfeln der Rauen Berge war nur noch der letzte Widerhall ihrer Stimme zu hören. Auf diese Weise gelangte die Kunde vom nahen Ende der Welt bis in die Fernen Territorien des Märchenlands. Und wie eine Antwort darauf hörte Jennifer T. aus weiter Ferne etwas, das ihr das Herz brach. Jemand weinte – eine Frau weinte, bitterlich und hemmungslos, stöhnend, halb lachend, das dumpfe grunzende Lachen des Kummers, so wie man nur weint, wenn man weiß, dass man ganz alleine ist, und die Traurigkeit in ihrer ganzen Hässlichkeit und animalischen Kraft herauslässt. Es war leise, aber unüberhörbar, und Jennifer T. traten heiße Tränen in die Augen. Mitleid umkrampfte ihr Herz, und sie vergaß, dass das Ende der Welt nahte und dass sie mit dem Kopf nach unten in der Luft hing und ihr ein Penny nach dem anderen aus der Hosentasche fiel. Noch einen Augenblick lang wurde die Welt vom Schluchzen der armen, einsamen Frau in den Wäldern gepeinigt. Dann wurde es leiser und verstummte. Die Vögel nahmen ihren Gesang wieder auf, und die Eichhörnchen ihr munteres Treiben, die Biber ihre mühsame Arbeit, und die Schmetterlinge ihren beschwingten Flug, und die Stille, das Weinen und die Kunde vom nahen Ende der Welt verloren sich in der gewohnten Betriebsamkeit der Sommerlande.

Der Donnervogel kreiste dicht über den Baumwipfeln und flog zu einer Stelle, wo der Wald sich lichtete, das Land anstieg und in die Ausläufer der Rauen Berge überging. Jennifer T. sah einen breiten graubraunen Streifen Land, der so aussah, als sei er platt gewalzt, asphaltiert oder brandgerodet worden – von ihrer jetzigen Position aus war es schwer zu sagen. Mitten aus dieser Lichtung erhob sich ein grüner, mit Löwenzahn übersäter Hügel wie eine grüne Insel aus einem Meer von Asche. Als der große Raubvogel tiefer ging, machte Jennifer T. auf der grauen Fläche des Ödlands die weißen Linien von Tennisplätzen und Kreise, Gitter und Parallelogramme anderer Spiele aus, von denen sie einige zu kennen glaubte, andere nicht. Über die ganze Fläche verstreut standen Ferischer, die, Tennisschläger, Krockethämmer und Lederbälle in den Händen, ihr Spiel unterbrachen und zu ihr heraufblickten, zu dem Mädchen, das am Himmel hing. Einer, der größer und kräftiger war als die anderen, hob die Hand, entweder um sie zu warnen oder zu grüßen. Im selben Augenblick ließ sie der Donnervogel fallen. Sie landete abseits der Spielfelder auf dem Hügel und purzelte den Hang hinunter. Unten angekommen, setzte sie sich auf und rieb sich die Fesseln, an denen die Blitzkrallen des Vogels schmerzende rote Flecken hinterlassen hatten. Der Boden unter ihrem Hintern war kalt, hart und nachgiebig zugleich, eine seltsame Art von Ton oder getrocknetem Schlamm, der beißend nach Holzkohle roch. Er fühlte sich an wie die Haut eines ekligen Tieres, und sie versuchte, sich zurück auf die Blumenwiese am Hang zu wälzen. Ferischer eilten herbei, halfen ihr auf und klopften, in ihrem örtlichen Dialekt des Fatidischen durcheinander plappernd, Staub und Gras von ihren Jeans. Sie hatte gerade genug Zeit, ihnen auf Englisch für den freundlichen Empfang zu danken, da wurden Seile herbeigeschafft, und die Ferischer begannen, ihr die Arme an die Seite zu fesseln, nicht besonders straff, aber mit sehr festen Knoten.

»Wartet!«, schrie sie.

Einige Ferischer-Frauen erschienen auf der Hügelkuppe. Sie nahmen Langbogen von ihren Rücken, legten Pfeile mit schwarzen Widerhaken und hellroten Federn auf und richteten sie in den Himmel. Im ersten Moment dachte Jennifer T., sie wollten auf den Donnervogel schießen, doch dann sah sie, dass er in Richtung der Berge entschwebte, ein kleiner Fleck, der unmöglich zu treffen war und immer kleiner wurde. Nein, die Pfeile der Ferischer waren auf ein Ziel gerichtet, das näher und leichter zu treffen war.

»Nein!«, schrie sie, doch es war zu spät. Die Pfeile zischten durch die Luft. Jennifer T. stieß die Umstehenden zur Seite, wirbelte herum und sah, dass die Pfeile in Richtung Skidbladnir flogen. Drei prallten an der Pikofaserhaut der Gashülle ab, ohne Schaden anzurichten, dann ein vierter und fünfter, und Jennifer T. hüpfte vor Freude. »Ja! Gut gemacht, Mr. Feld. Die Pikofaser hält.« Den sechsten Pfeil pflückte Taffy mit flinker Hand aus der Luft, zerbrach ihn und warf die beiden Hälften zurück zur Erde. »Gut gefangen!«, rief Jennifer T. »Ha-ha-ha, ihr dummen kleinen ... Oh!«

Der siebte Pfeil durchschlug die Windschutzscheibe auf der Beifahrerseite. Ein Schrei ertönte, der unverkennbar nach Cinquefoil klang, dann geriet der Skid ins Schlingern und Schaukeln, da der Zauber, den der Ferischer um die Pikofaserhülle gewoben hatte, seine Wirkung verlor, und der Kombi trudelte erst langsam, dann immer schneller zur Erde.

12

Die verräterische Prinzessin

DIE GEFANGENEN wurden in einen sauberen, warmen Raum tief im Innern des Löwenzahnhügels gebracht. Die Wände waren weiß getüncht, und der gestampfte Lehmfußboden war mit Binsen ausgelegt. Sie bekamen zwei Weidenkörbe mit Essen. Der eine war mit kleinen Laiben gefüllt, deren Teig aus Nüssen und getrockneten Früchten bestand. Sie schmeckten süß-salzig und etwas trocken und knirschten zwischen den Zähnen. Der andere enthielt gekochte Dinger, die wie Kartoffeln aussahen, wie Muskatnuss schmeckten und in essbare Blätter gewickelt waren. Ein großer Tonkrug, an dessen Henkel eine Schöpfkelle gebunden war, enthielt frisches Wasser, das seltsamerweise stundenlang kühl blieb, während die Ferischer über das Schicksal ihrer Gefangenen berieten. Obwohl sie nur zu fünft waren – Ethan, Jennifer T., Thor, Taffy und Cinquefoil –, saßen sechs Gefangene in der Zelle. Der sechste war eine Ferischer, eine kleine Rothaarige in einem kurzen grünen Wams und ausgebeulten Lederhosen. Sie hieß Spinnenrose.

Sie gehörte zum Löwenzahnhügelstamm. Das war der Name des Stammes, der sie abgeschossen hatte. Obwohl Ferischer so etwas wie Älterwerden nicht zu kennen schienen, wirkte sie jünger als Cinquefoil. Mit federnden Schritten ging sie in der Zelle ungeduldig auf und ab. Und sie hatte diese Puppe im Arm. Ein hässliches kleines Ding, ein Lederbündel mit einem schwarzen Garnwickel als Haar. Ethan vermochte nicht zu sagen, ob sie ein Gesicht hatte oder nicht.

227

Von Spinnenrose erfuhren sie, dass die trockenen Nuss-Laibe *Durpang* hießen und die weichen Dinger, die wie Kartoffeln aussahen, *Guapatoo*. Von beidem, so versicherte sie ihnen, bekamen Reuben »einen furchtbaren Dünnpfiff«.

»Nehmt es nicht persönlich«, sagte sie, als die anderen sie fragten, warum man sie so schlecht behandelt habe. »Sie sind zurzeit wahnsinnig nervös. Seit sie ...« Die Stimme versagte ihr. Sie herzte das Lederbündel und drückte es an ihre Wange. »Seit sie das Stadion verloren haben.«

»Was ist damit geschehen?«, fragte Ethan. Er und die anderen hatten aus der Luft die verödete graue Fläche rund um den Hügel bemerkt. »Wie ist es verloren gegangen?«

Doch Spinnenrose drückte die Puppe nur noch inniger und sah weg.

»Was haben sie mit uns vor?«, fragte Jennifer T. »Alles andere interessiert uns nicht. Wir müssen hier raus. Wir haben etwas zu erledigen.«

»Oh, darüber reden sie jetzt gerade. Sie reden und reden. Das kann Tage dauern. Aber ob sie eine Woche palavern oder nicht, für euch läuft es auf dasselbe hinaus. Zur Strafe für das unbefugte Betreten eines Ferischer-Hügels bringen sie euch Reuben um den Verstand.« Sie lächelte traurig. »Sie machen euch wahnsinnig, dann schicken sie euch zurück nach Mittelland, damit ihr dort abenteuerliche Geschichten erzählt, die euch keiner glaubt. Die Bigfoot wird mit einem Zauber belegt und muss bis in alle Ewigkeit Küchendienst leisten.«

»Und Cinquefoil?«, fragte Ethan mit einem besorgten Blick auf den kleinen Häuptling, der bewusstlos auf einem Strohlager neben dem Wasserkrug lag.

»Cinquefoil vom Keilerhauerstamm? Der Homerun-König? Das ist Cinquefoil?« Sie ging hinüber zu dem Strohlager und sah auf ihn hinunter. »Was ist mit ihm? O weh! Er wird furchtbar zusammenschrumpfen«, sagte Spinnenrose.»Ihre Pfeile hatten Eisenspitzen.«

»Eisen ist Gift für Elfen und Kobolde«, erinnerte sich Ethan. Sie hatten die Wunde an der rechten Hand des kleinen Häuptlings verbunden. Der Pfeil war am Handrücken eingedrungen und an der Innenfläche wieder ausgetreten. Zum Glück hatte er keinen Knochen verletzt, aber der Ferischer gab kein Lebenszeichen mehr von sich, und seit Ethan neben ihm saß, schien er tatsächlich zu schrumpfen. Sein Gesicht und sein Brustkorb sahen eingefallen aus.

»Man stelle sich vor! Gift!« Spinnenrose schauderte und streichelte sich mit dem schwarzen Garnhaar ihrer Puppe die Wange.»Wir meiden sogar jede Berührung. Die Bogenschützinnen hat man von klein auf daran gewöhnt. Man hat ihnen Eisenschuhe angezogen. Eisenketten um den Hals gehängt. Die Angst vor Eisen ausgetrieben. Eisenfest, so nennen wir sie. Aber wenn Eisen in den Körper eines Ferischer eindringt, hat das böse Folgen. Er vertrocknet wie eine Samenhülse. Sogar ein Mädchen, das eisenfest ist. Es ist zwar noch Leben in ihr, aber sie wacht nie wieder auf. Nein, er ist rettungslos verloren.«

»Warum verwendet ihr dann solche Pfeilspitzen?«, fragte Jennifer T.»Wollt ihr damit andere Ferischer töten?«

»Eisen bekommt auch unseren Vettern schlecht. Graulingen. Skrikern. Und Reuben. Immer wieder dringen üble Gesellen in die Fernen Territorien ein und belästigen uns Ferischer. Sie suchen sich in Mittelland eine Stelle, die an die Sommerlande stößt, und benutzen Gallen für die Reise. Wir können gar nicht vorsichtig genug sein.«

Ethan dachte an die Verwüstung des Strandhotels, die Lastwagen und Bulldozer mit der Aufschrift *TransForm-Immobilien*, die vielen gefällten Birken. Die Armee des Kojoten hatte immer wieder gegen die Zauber des Keilerhauerstamms angekämpft, bis ihr schließlich der Durchbruch gelungen und der alte Bann gebrochen war, der verhindert hatte, dass es im Sommer regnete.

»Was ist mit eurem Baseballstadion geschehen?«, fragte Ethan. »Haben die Leute des Kojoten es zerstört?«

Spinnenrose antwortete nicht gleich. Sie unterbrach ihre Wanderung durch die Zelle und ließ die Puppe sinken. »In gewisser Weise«, sagte sie und blickte auf die grünen Pantoffeln, in der ihre kleinen Füße steckten. »Aber nicht ganz.«

»Ist das wahr, Taffy?«, fragte Jennifer T. die Bigfoot. »Wird er zusammenschrumpfen und sterben?«

Taffy schüttelte den Kopf. »Sterben nicht«, sagte sie. »Nichts kann sie umbringen bis auf die Graufalten, soweit ich weiß. Aber Eisen ist für sie sehr, sehr schädlich.«

»Können wir denn gar nichts tun?«

Spinnenrose schüttelte den Kopf. »Nicht in diesen stinklangweiligen Zeiten, in denen ich hier versauere«, sagte sie und wirkte irgendwie jünger denn je. Falls es überhaupt so etwas wie einen Ferischer-Teenager geben konnte, so sagte sich Ethan, dann erfüllte Spinnenrose alle Bedingungen. »Früher ist man einfach tief in den Wald gegangen und hat sich ein Stück vom Lodgepole gesucht. Einen hübschen kleinen Span der Uresche. Man hat damit ein paar Mal über dem Loch gewedelt, das Eisenstück herausgezogen, und die Wunde ist verheilt.« Sie seufzte und schüttelte den Kopf. »Aber die Zeiten sind längst vorbei. Heute findet man kein Stück vom Lodgepole mehr. Der Kojote hat alle aufgespürt.«

Ethan fuhr aufgeregt in die Höhe.

»Ich habe eins!«, rief er. »Das heißt, ich *hatte* eins. Einen Ast vom Lodgepole, das hat Cinquefoil selbst gesagt. Ich habe ihn in den Sommerlanden gefunden, auf dem Zahn. Einer von deinen Leuten muss ihn mir weggenommen haben. Nach unserer Bruchlandung mit dem Wagen. Er lag auf dem Rücksitz, und ich ... Ich weiß, dass er etwas Besonderes ist, ich spüre es jedes Mal, wenn ich ihn in die Hand nehme. Ich habe damit einem von diesen Skrikern glatt den Kopf weggehauen.« Er ballte ein paar Mal die Faust, umklammerte den Griff eines unsichtbaren Schlägers und machte eine Ausholbewegung. Er sehnte sich danach, das kalte harte Stück Holz in den Händen zu halten. In dem Durcheinander beim Absturz und bei ihrer Gefangennahme hatte er es irgendwie aus den Augen verloren. Jetzt schämte er sich dafür. Er hätte es sich niemals wegnehmen lassen dürfen.»Wir müssen es zurückholen!«

Er rannte zur Tür der Zelle und trommelte mit beiden Fäusten dagegen.

»He!«, rief er.»Ihr da draußen! Gebt mir meinen Stock wieder!«

Jennifer T. stieß zu ihm und pochte ebenfalls gegen die Tür. Aber das Holz – Eiche, wie Ethan annahm –, schluckte die Schläge wie ein weiches Kissen. Nichts war zu hören. Genauso gut hätten sie Löcher in die Luft schlagen können. Taffy kam dazu, und die Kinder traten beiseite. Die Bigfoot kauerte sich vor der Tür nieder – ihr Kopf streifte fast die Zellendecke – und starrte sie einen Augenblick lang mit ihren sanften intelligenten Augen an. Dann hob sie das rechte Bein und beugte das Knie. Sie legte so viel Kraft in den Tritt, dass ihr riesiger Fuß zitterte.

»Pah!«, schrie sie.»Jetzt kommt Bigfoot!«

Im nächsten Moment wälzte sie sich auf den weichen Binsen und hielt sich den schmerzenden Fuß.

»Habt ihr denn keine Ahnung, was ein Zauber ist?«, fragte Spinnenrose und schüttelte den Kopf.»Und ein Türzauber gehört so ziemlich zu den mächtigsten. Ein gutes Eichenbrett kann man mit Zaubern regelrecht voll packen. Ein Türzauber widersteht jedem Tritt, jedem Trick und jedem Dietrich. Ihr könnt hingehen und dagegen treten bis in alle Ewigkeit. Auch wenn das vielleicht nicht mehr lange hin ist. Wir sind verloren.« Sie seufzte und sank neben dem schlafenden Cinquefoil auf die Knie.»Und das ist wirklich Cinquefoil? Armer kleiner Elf. Er sieht nicht schlecht aus.«

»Darf ich es mal probieren?«, fragte Thor.

Thor hatte sich kaum gerührt und kaum ein Wort gesprochen, seit sie hier eingesperrt waren. Er hatte die ganze Zeit nur in der Ecke gesessen und mit den Augen gerollt. Von Zeit zu Zeit hatte er sich an die linke Schläfe getippt und vor sich hin gemurmelt. Einmal hatte Jennifer T. nach ihm sehen wollen, doch er hatte sie weggescheucht. Jetzt trat er an die Eichentür. Mit einer Hand strich er über das Holz und bewegte vorsichtig die Finger, als wären sie hoch empfindliche Instrumente.

»Geschenkt, Thor«, sagte Ethan.»Wir wissen, wie stark du bist. Aber Taffy ist stärker.«

»Schon, aber darum geht es nicht. Du hast doch gesagt, dass der Werfuchs-Typ, dieser Cutbelly, überallhin flitzen kann, solange es eine Möglichkeit gibt, einen Ast oder Zweig des Baumes. Nicht nur zwischen den Welten, sondern auch innerhalb einer Welt. Und solche Zweige und Äste gibt es überall. Ich kann hier welche spüren.« Thor dachte tief und gründlich nach, ohne jedes TW03-Getue.»Ich bin von einer Welt in die andere gesprungen, schon vergessen? Was soll mich daran hindern, durch eine kleine Zaubertür zu gehen?«

Und damit trat er dicht an die Tür und drückte fest sein Gesicht, seine Brust und seine Hüften dagegen. Er schloss die Augen und murmelte etwas. Die massive Tür wackelte kurz wie ein Vorhang, den ein Luftzug bewegt. Dann war sie wieder so starr und undurchdringlich wie zuvor. Nur war Thor verschwunden. Er war durch die Tür gegangen.

»Ich wusste gleich, dass mit dem Jungen was nicht stimmt«, meckerte Spinnenrose.

»Er ist ein Schattenschwanz«, sagte Ethan, ohne die Tür aus den Augen zu lassen. Er hoffte, dass sein Freund sich nicht allein auf die Suche in dem Elfenhügel machte. Der Stock konnte sonst wo sein. »Cinquefoil hat gesagt, dass er ...«

»Er ist ein Wechselbalg, das ist er«, sagte Taffy, erhob sich und setzte vorsichtig ihren verletzten Fuß auf.

»Ein Wechselbalg?«, wiederholte Ethan. »Soll das heißen ... willst du damit sagen, dass Thor Wignutt ein Ferischer ist?«

»Wow«, rief Jennifer T. »Das würde einiges erklären.«

»Aber er ist doch so groß«, wandte Ethan ein. Er fand, dass diese Erklärung ebenso viele Fragen aufwarf, wie sie beantwortete. »Und sein Blut ist rot, ich habe es selbst gesehen.«

»Bestimmt wurde er mit Menschenmilch gefüttert«, sagte Taffy. »Von seiner Menschenmutter gestillt. In dem Fall ...«

»In dem Fall ist er weder ein Ferischer noch ein Reuben«, sagte Spinnenrose. Sie nahm ihre Wanderung wieder auf. »Deshalb kann er durch eine Tür gehen, die mit Zaubern voll gepackt ist. Ein Wechselbalg-Schattenschwanz. O weh.« Sie schüttelte finster den Kopf. »Mit dem werdet ihr allerhand Scherereien bekommen, das kann ich euch prophezeien.«

»Mit wem?«, fragte Thor. Er stand wieder in der Zelle, atmete tief und gleichmäßig, als habe er Herzklopfen und versuche, sich zu beruhigen.

Alle starrten ihn an, als wäre er nicht nur von der anderen Seite der Tür, sondern aus dem Reich der Toten zurückgekehrt. Ethan blickte Hilfe suchend zu Taffy. Vielleicht wusste sie, was zu tun war. Die Bigfoot zupfte eine Weile nachdenklich an ihrem struppigen Bart, dann ging sie zu Thor und legte ihm ihre große weiche Pfote auf die Schulter.

»Kannst du mich auf die andere Seite mitnehmen?«, fragte sie.

Thor nickte. »Ja, Miss Bigfoot, ich glaub schon.«

»Dann lass uns den Stock suchen.«

Sie bugsierte ihn zur Tür und stellte sich mit eingezogenem Kopf hinter ihn. Thor streckte eine Hand nach der Tür aus.

»Nein!«, rief Ethan.

Taffy fuhr herum und sah ihn verdutzt an. Ethans Stimme hatte gereizt, beinahe zornig geklungen. Er war darüber selbst überrascht. Eigentlich hatte er nur ganz normal »Nein« sagen wollen.

»Es ist mein Stock, Taffy«, sagte er etwas verlegen. »Ich hätte ihn mir nicht wegnehmen lassen dürfen. Cinquefoil hat mir gesagt, dass ich gut auf ihn Acht geben soll. Außerdem bist du viel zu groß, um in einem Ferischer-Hügel herumzuschleichen.«

»An eurer Stelle würde ich es gar nicht erst versuchen«, mischte sich Spinnenrose ein. »Sie erwischen euch so oder so.«

»Du siehst wohl immer schwarz, was?«, fragte Ethan.

Taffy zog abermals an ihrem üppigen silbernen Kinnhaar und sah Ethan kühl an. Dann nickte sie.

»Na schön«, sagte sie. »Das Mädchen und ich bleiben hier und kümmern uns um den Häuptling. Wir können ihn nicht allein lassen, und transportfähig ist er wohl auch nicht.«

»Was?« Jennifer T. sprang auf. »Kommt nicht in Frage. Ethan, Thor und ich sind ein Team.«

»Drei werden leichter entdeckt als zwei«, sagte Taffy. »Sei vernünftig, Mädchen. Hör zu. Wenn dieser Junge und der andere Junge länger wegbleiben, als man meines Erachtens für ein solches Unternehmen braucht, gehen wir ihnen nach. Wenn es sein muss, trete ich ein Loch in die Wand.«

»Oh, die Wände sind kilometerdick«, sagte Spinnenrose und küsste den struppigen Kopf ihrer Puppe. »Da kommt ihr nie durch.«

»Halt doch endlich den Rand«, brauste Jennifer T. auf. Ethan spürte, dass sie sauer war, weil sie zurückbleiben sollte. »Du gehst mir auf die Nerven. Warum haust du nicht einfach ab? Mitsamt deiner blöden Puppe. Das ist eine einmalige Chance.«

»Na klar«, sagte Spinnenrose. »Genau darauf wartet meine Mutter doch nur. Das wäre ihr eine Genugtuung.« Sie blieb stehen und setzte sich, ein wütendes kleines Knäuel Arme und Beine. »Sie hat gesagt, ich könnte hier schmoren bis Zackenfels, und genau das werde ich tun.«

Jennifer T. zuckte mit den Achseln und trat zu Ethan. »Seht zu, dass ihr bald zurück seid«, sagte sie leise, aber nicht ganz so leise, wie sie gekonnt hätte. »Sonst kann ich für die Gesundheit dieser Elfe nicht garantieren.«

Spinnenrose streckte ihr die Zunge heraus.

»Versprochen«, sagte Ethan. Er drehte sich um und legte Thor die Hand auf die Schulter. Sie fühlte sich beruhigend fest und stark an. »Dann mal los, Schattenschwanz«, raunte er ihm zu. »Suchen wir den Stock.«

Die Tür kräuselte sich wieder. Sie gingen durch sie hindurch und waren verschwunden.

STUNDEN VERGINGEN. TAFFY UND JENNIFER T. SASSEN abwechselnd an Cinquefoils Lager und kühlten ihm die Stirn mit Wasser aus dem Krug, vermieden es aber, den schwarzgrünen Fleck anzusehen, der sich wie verschüttete Tinte auf seiner rechten Hand ausbreitete. Spinnenrose beobachtete sie eine Zeit lang und ging dann noch länger auf und ab. Schließlich, als Jennifer T. ihre Anwesenheit fast vergessen hatte, explodierte sie.

»Ich halte es hier nicht mehr aus! Ich hätte die beiden kleinen Reuben begleiten sollen, als ich die Gelegenheit hatte! Was habe ich mir nur gedacht?«

»Ich hatte den Eindruck, du wolltest deiner Mutter eins auswischen«, bemerkte Taffy zutreffend.

»Ganz recht«, sagte Spinnenrose.

»Wer ist deine Mutter eigentlich?«, fragte Jennifer T. »Wieso will sie, dass du bis Zackenfels hier versauerst?«

»Meine Mutter? Meine Mutter ist Filaree, die Königin des Löwenzahnhügelstamms!« Sie richtete sich zu ihrer vollen Länge auf, die knapp unter Jennifers Kniescheibe endete. Die kleine Feder in ihrem Stirnband zitterte. Das Stirnband war mit einem Perlenmuster bestickt, das spinnenartige Rosenranken darstellte. »Wisst ihr denn nicht, dass ich eine Prinzessin bin?«

Jennifer T. tauschte einen Blick mit Taffy. Irgendwie überraschte sie diese Neuigkeit nicht besonders. Sie nickte. Auch Taffy nickte.

»Und warum hat sie dich hier eingesperrt?«, fragte Jennifer T. »Euer Hochwohlgeboren?«

»Weil sie eine zähe alte Flunder ist und ein stachliges Herz wie eine Rosskastanie hat, deshalb!«, erklärte Spinnenrose. »Und der Stamm ist ein Haufen bornierter Idioten ohne einen Funken Fantasie.«

»Inwiefern ohne Fantasie?«, fragte Taffy.

»Ja, was hast du getan?«

»Was ich getan habe? Was ich getan habe? Ich habe ihnen einen Vorschlag gemacht, das habe ich getan. Ich hatte eine Idee, einen Verbesserungsvorschlag. Die Idee war einfach und brillant, daran besteht kein Zweifel. Alle waren der Meinung. Zumindest am Anfang. Dann ist alles schief gelaufen.«

»Worum ging es dabei?«, fragte Jennifer T.

»Um Baseball natürlich.« Spinnenrose stand auf und ging wieder auf und ab, die Puppe an ihrem Zopf aus Lumpen schlenkernd. Sie redete sich in Fahrt. »Na ja, eigentlich war die Idee gar nicht von mir. Ich habe sie nur etwas ausgeschmückt. Verbessert. Eigentlich ist ein anderer zuerst drauf gekommen.«

Jennifer T. wusste sofort, wer. »Der Kojote.«

»Na ja, immerhin hat er das Spiel erfunden. Warum sollte

er es nicht ändern wollen? Schließlich heißt er auch Änderer. Eines Tages bin ich ihm beim Spazierengehen im Wald begegnet. Da hat er mich darauf angesprochen. Denk drüber nach, hat er gesagt, lass es dir durch den Kopf gehen und denk drüber nach. Und am Ende wirst du es zugeben müssen, wenn du ehrlich bist. Das Spiel –« Hier schien sie der Mut etwas zu verlassen, und sie blieb stehen und senkte die Stimme. »Das Spiel ist langweilig.«

Jennifer T. blickte sie finster an. Sie hatte diese Spinnenrose von Anfang an nicht gemocht. Jetzt wusste sie, warum.

»Nicht immer«, schob Spinnenrose eilends nach, als sie ihren tödlichen Blick auffing. »Nur manchmal. Nehmen wir ein Beispiel. Es ist das Beispiel, dass der Kojote mir gegeben hat. Gibt es im ganzen Spiel etwas Öderes, als dem Pitcher beim Schlagen zuzusehen? Wenn er den Schläger überhaupt von der Schulter nimmt, fuchtelt er damit herum, als wollte er eine Motte verscheuchen. Und dann, drei oder vier Würfe später, Überraschung!, ist er aus. Nun hat sich der Kojote gefragt, und mir hat das sofort eingeleuchtet: Wieso muss der Pitcher unbedingt schlagen? Das ist alles. Nur eine kleiner Gedanke. Ein anderer soll für den Pitcher schlagen. Einer von den Oldies, zum Beispiel, der schon etwas wacklig auf den Beinen ist. Oder ein begnadeter Batter, der als Fänger, Läufer oder Verteidiger eine Niete ist, aber einmal kurz ausholt und den Ball in Fetzen haut. Jemand, der ...«

»Ein Batter soll an Stelle des Pitchers schlagen!«, sagte Jennifer T. und schüttelte den Kopf. Sie nahm eine Binse vom Boden, tauchte sie in eine Schöpfkelle mit Wasser aus dem Krug und legte sie auf Cinquefoils Stirn. »Es geschieht dir ganz recht, dass du hier bist.«

Spinnenrose sank zu Boden und legte sich die Puppe in den Schoß. Lange Zeit sagte sie nichts und starrte nur traurig in das leere und knittrige Gesicht.

»Schon allein deshalb«, sagte sie. »Aber es kommt noch schlimmer.«

»Was ist geschehen?«, fragte Jennifer T., die ihre harten Worte nun etwas bedauerte.

»Ich hätte es nie tun dürfen«, sagte Spinnenrose. »Ich hätte nie auf ihn hören dürfen, obwohl ich die Idee gut fand. Aber er hat mir etwas versprochen. Als Gegenleistung dafür, dass ich die Idee unter die Leute bringe. Etwas, das ich mir gewünscht habe.«

»Und was war das?«, fragte Jennifer T.

»Ein Herzenswunsch«, sagte Taffy.

»Das ist richtig«, sagte Spinnenrose. »Ihr wisst ja nicht, niemand weiß es, was es heißt, in diesen schlimmen Zeiten eine junge Ferischer zu sein. Das einzige Baby im Hügelreich, das einzige Kind, die einzige Jugendliche seit Jahrhunderten. Selbst als Prinzessin. Der Kojote versprach mir die Erfüllung meines sehnlichsten Wunsches, wenn ich den Stamm für die neue Regel gewann, und so machte ich mich daran, einen nach dem anderen zu überzeugen. Einige waren gleich einverstanden, bei anderen dauerte es Jahre. Meine Mutter war die Letzte, die sich umstimmen ließ. Aber es gelang mir. Und schon am nächsten Tag bekam sie ein Kind. Einen Jungen.«

»Ein Brüderchen«, sagte Jennifer T. und dachte an Dirk und Darrin und an die Zeiten, in denen sie sich das genaue Gegenteil gewünscht hatte. »Du hast dir einen kleinen Bruder gewünscht.«

Spinnenrose nickte, außer Stande, etwas zu sagen. Bernsteinfarbene Tränen tropften vor ihr auf den Boden.

»Der Tag seiner Geburt war der glücklichste Tag in meinem Leben«, sagte sie nach einer Weile. »Aber wir merkten bald, dass etwas mit ihm nicht stimmte. Ihm fehlte etwas. Er gab nie einen Laut von sich. Blickte mit seinen großen Augen nur verängstigt in die Welt, als sei ihm das, was er sah, zu viel.«

»Und das Stadion?«, fragte Taffy sanft.

»Es dauerte eine Weile, bis wir es merkten. Irgendwie wurde durch die Regeländerung der Zauber aufgehoben, der seit zehntausenden von Jahren, seit wir in diesem Hügel leben, den Rasen grün hielt, die Base-Pfade stampfte und harkte, die Kreidelinien nachzog. Genau das hatte der Kojote bezweckt. Später erfuhren wir, dass auch andere Stämme in den Sommerlanden seinen Vorschlag aufgriffen und die neue Regel übernahmen, und ihnen widerfuhr dasselbe. Natürlich schafften wir die neue Regel wieder ab. Wir spielten wieder auf altbewährte Weise. Aber es war zu spät. Der Rasen vergilbte, verkümmerte und verdorrte immer mehr, und als wir eines schönen Morgens aus dem Hügel kamen, sah der Platz so aus wie jetzt. Grau und leblos, als sei die Erde mit einer Art Wundschorf überzogen. Kein Zauber, kein Gebet konnte sie wieder gesund machen. Und als ich am nächsten Tag ins Kinderzimmer kam, fand ich dort meinen Bruder. Vielmehr das, was ich für meinen Bruder gehalten und geliebt hatte. Aber es war nur ein Trick des Kojoten, dieses Betrügers.«

Bei diesen Worten drückte sie sich wieder das Lumpenknäuel an die Brust und küsste zärtlich die grobe Wolle auf seinem Kopf. Dann legte sie sich hin und drehte das Gesicht zur Wand.

Jennifer T. blickte zu Taffy, die mit den Achseln zuckte. *Sag doch etwas,* schien ihre Miene auszudrücken.

»Das ist, äh, das ist sehr traurig«, sagte Jennifer T.

Sie wollte mit dieser Ferischer, die ihr Volk und das Spiel verraten hatte, kein Mitleid empfinden. Doch als sie ihren schmalen kleinen Rücken anstarrte, merkte sie, dass sie nicht anders konnte. Sie hob ein zerrissenes Stück Filz auf, das in der Ecke lag, trug es hinüber zu Spinnenrose und bedeckte damit das schreckliche leere Gesicht der strubbeligen Puppe.

Die Einbrecher
im Löwenzahnhügel

DAS INNERE EINES HÜGELREICHS ist, wie Thor Wignutt
Ethan erklärte, immer spiralförmig angelegt. Große Feri-
scher-Höfe wie Caer Sidhe, Lyonesse oder die Fields of Even
mögen aus mehreren Hügeln und vielen Spiralen bestehen,
die sich ineinander schlingen und ein kompliziertes und weit-
läufiges Tunnellabyrinth bilden. Doch der Hof Filarees, der
Königin des Löwenzahnhügels, war nur ein ganz gewöhnliches Hügelreich, einfach und bescheiden. Es wird in keinem
Märchen und in keinem Bericht erwähnt, von diesem hier einmal abgesehen, und vor dem Erscheinen der verräterischen
Prinzessin Spinnenrose hatte niemals ein Held oder eine andere Person von Interesse innerhalb seiner Grenzen von sich
reden gemacht.

Als Ethan und Thor auf der anderen Seite der Zellentür
waren, erkannten sie daher sofort, dass es nur einen Weg gab –
nach oben. Die Zelle, in die man sie geworfen hatte, war der
unterste Raum im Hügel. Die Spirale endete sozusagen an
ihrer Tür. Von dort führte sie in langen, sanft geschwungenen,
aber immer enger werdenden Windungen nach oben zum
Versammlungsraum in der Spitze, wie es bei Ferischern üb-
lich und zu erwarten war. Bemerkenswert war nur, dass Thor
Wignutt alles erklärte, während sie auf der Suche nach dem
Stock hinaufstiegen. Er sprach sehr leise, daher war sich Ethan
seiner Sache nicht sicher. Aber irgendwie hatte er das Gefühl,
dass die Stimme seines Freundes den roboterhaften Tonfall

verloren hatte, den sie immer annahm, wenn er TW03 wurde und sich über thermische Winde ausließ oder darüber, dass man einen Menschen mit Zahlen und Kurven darstellen könne, wenn man nur wolle. Er sprach einfach nur mit seiner heiseren Stimme. Das stimmte Ethan merkwürdig traurig.

Gewiss, es war lästig, wenn Thor ihn die ganze Zeit mit »Captain« anredete und ihn ständig über irgendwelche Koordinaten und Ionenemissionen informierte. Aber auf der anderen Seite hatte es etwas Rührendes, wie Thor sich immer nach Kräften bemühte, sich wie ein richtiger Mensch zu benehmen. Das war viel mehr, als man von manchen Leuten erwarten konnte. Taffy hatte ihnen in der Zelle gesagt, dass Thor tatsächlich kein richtiger Mensch sei, aber darüber konnte er jetzt nicht nachdenken. Das überforderte ihn im Moment.

Beim Aufstieg kamen sie an dutzenden und aberdutzenden kleinen Türen vorbei. Die meisten waren mit kunstvoll geschnitzten Mustern verziert, die Ranken, Flammen oder magische Zeichen vorstellten. Viele standen einen Spaltbreit, andere weit offen. Die Räume dahinter, Küchen, Schlafgemächer und Stuben, Kartenspielzimmer und Korridore, waren wegen der dringend einberufenen Ratssitzung verlassen. Sie hatten kleine Fenster, durch welche die Nachmittagssonne schien, obwohl Ethan sich sicher war, dass er außen am Hügel keine Fenster gesehen hatte.

»Zauberfenster«, erklärte Thor und schnitt mit der Hand durch einen schrägen Strahl aus flimmerndem Staub.

»Heißen die wirklich so oder hast du dir das gerade ausgedacht?«

Thor sann mit ernster Miene über die Frage nach und legte den Kopf auf die Seite.

»Keine Ahnung.«

Anfangs krochen sie ganz vorsichtig in die Räume, sahen sich überall um, spähten unter die puppengroßen Betten und

Spieltische, lugten hinter Vorhänge, ohne etwas anzurühren. Als ihnen jedoch klar wurde, dass kein Ferischer mehr da war, wurden sie mutiger. Sie aßen Käse, Kürbiskerne und Walderdbeeren und naschten von dem überwältigenden Angebot an Süßigkeiten, die sich nahezu in jedem Raum auf Tellern türmten. Manche sahen aus wie Schneeflocken, andere wie Sterne und Planeten, wieder andere wie die gestreiften Kuppeln russischer Kirchen. Sie füllten sich damit die Bäuche und die Taschen. Sie öffneten Schränke, durchwühlten Schubladen, spähten hinter verstaubte Bücherreihen in den Regalen der modrigen Bibliothek. Sie kletterten höher und höher, doch sie fanden nirgendwo ein Spur von Ethans Stock. Die Windungen des Tunnels wurden immer enger, und schließlich hörten sie schwach das Gebrüll und Gepolter der Ferischer, die in der Spitze des Hügels berieten.

Dann, nachdem sie lange vergeblich gesucht hatten und immer höher gekommen waren, gelangten sie an eine knorrige Tür, die fast ebenso groß war wie sie selbst. Im Unterschied zu allen anderen war sie geschlossen und hatte weder Riegel noch Klinke. Im ersten Moment dachte Ethan, sie seien auf den Versammlungsraum gestoßen, und wich zurück, dann kroch er wieder vor und legte das Ohr an die Tür. Stille. Die gedämpften Stimmen der Ferischer kamen von weiter oben. Er drückte gegen die Tür, doch sie gab nicht nach. Er ging in die Hocke und presste mit aller Kraft die Schulter dagegen.

»Die Schatzkammer«, flüsterte Thor, hob wieder die Hand und kratzte sich an der Schläfe. »Die Tür schützen alle möglichen Zauber.«

Ethan sah seinen Freund an. Die Informationen kamen ihm so leicht über die Lippen, und doch schien ihm das Sprechen Schmerzen zu bereiten.

»Gibt es hier einen Ast, auf dem du ...« Aber Thor stemmte sich bereits gegen die Tür. Ethan hielt sich am Bund seiner

Jeans fest. Er hörte ein Klirren wie von splitternden Eiszapfen, und eine halbe Sekunde später hatten sie die dicke Tür durchdrungen.

Wenn wir das Wort Schatz hören, denken wir unwillkürlich an Berge von funkelnden Dublonen, an goldene Kandelaber und Schmuckschatullen voller Smaragde und Diamanten. Doch solche Kostbarkeiten interessieren Ferischer nicht. Nein, Ferischer sammeln ganz andere Schätze. Als Ethan und Thor die Schatzkammer des Löwenzahnhügels betraten, die bei weitem der größte Raum im Hügel war, fanden sie 1,5-Volt-Batterien, Bilderhaken und Gummitürstopper, Schnürsenkel, Krawatten und Badehosenkordeln, Uhrbänder, Uhrwerke, Uhrgläser und einzelne Zeiger und Zifferblätter, Drahtschlingen, Paketschnur, Gummibänder, Kletterseile und Elektrokabel mit Kunststoff-, Gummi- oder Textilummantelung, mehrere zehntausend Hemdenknöpfe aus Horn, Vinyl, Holz und Muschelschale, Schläuche, Getriebe, Spulen und Fenstergitter, die aus Radioreparaturwerkstätten, Eisenwarenläden und Tankstellen stibitzt worden waren. Dazu Weihnachtsschmuck, Feuerwerkskörper und Ostereier, die zu weit unter die Hortensien gerollt waren und nie gefunden wurden, unzählige, jedenfalls nicht weniger als zweihundertundfünfzig elfengroße Stanniolkugeln, Aluminiumfolie, Blattgold, PVC und buntes Zellophan, Leinwände, die Malern, und Spitzen, die feinen Damen entwendet worden waren, Taschentücher, Halstücher, Kopftücher und zigtausende Lumpen aus Flanell, Kordsamt, Jeansstoff und Kräuselsamt, dazu Schlüssel ohne Ende, Hausschlüssel, Autoschlüssel, Hotelzimmerschlüssel, Safeschlüssel und Tagebuchschlüssel von Mädchen, die längst unter der Erde lagen und ihre sorgsam gehüteten, langweiligen Geheimnisse mit ins Grab genommen hatten, ferner Kämme und Haarspangen, Rheinkieselbroschen, Ohrringe mit falschen Perlen und billige Fingerringe, die Zahnärzte seit hundert Jahren verschenken, Rautenmuster-Socken, die nicht zusammenpassten, aber noch in einem tadellosen Zustand waren, sonnengebleichte Frisbees, Wurfpfeile, Katzenminzedrops und Schweinekoteletts aus Gummi und die Rümpfe tausender Modellflugzeuge ... Kurzum, alles, was Leuten wie euch irgendwann abhanden gekommen ist und wonach ihr beispielsweise vergeblich sucht, wenn ihr, eine einzelne Rautenmuster-Socke in der Hand, in eurem Zimmer steht und euch fragt:»Wo ist nur die andere hingekommen?«

»In dem Chaos finden wir meinen Stock nie«, stöhnte Ethan. »Nicht in hundert Jahren. Irgendwie hatte ich gehofft, er würde gleich hier vorn liegen.« Er stocherte mit dem Fuß in Messingknöpfen, wie man sie von Marineuniformen kennt. Neben der Tür lag ein ganzer Haufen davon.»Aber sie können ihn genauso irgendwo da hinten hingeworfen haben, dann suchen wir ...« Er verstummte und stand eine Zeit lang still da, mutlos angesichts der Vielfalt und Menge des hier angehäuften Plunders. Spinnenrose hatte Recht: Cinquefoil war verloren. Und ohne den Häuptling als Führer und Berater würden sie seinen Vater niemals finden.

Bei dem Gedanken an seinen Vater zog Ethan die Sonnenbrille hervor und setzte sie auf. Zu seiner Überraschung bot sich ihm nicht das vertraute Bild: sein Vater zusammengekauert auf einer dunkelgrauen Matratze in einem hellgrauen Zimmer. Stattdessen sah er etwas so Seltsames und Unerwartetes, dass er eine Weile brauchte, bis er begriff. Zuerst hielt er es für eine wehende Fahne oder ein Bettlaken, das sich im Wind bauschte. Dann für eine Art Teppich, der sich wie Wasser kräuselte. Schließlich erkannte er, dass es Mäuse waren, tausende, Millionen von Mäusen, kleine weiße Mäuse, die um ihr Leben rannten. Und am unteren Bildrand fassten zwei klauenartige Handschuhe in das Gewimmel und schaufelten welche herauf zu Ethans Mund. Das Bild wackelte,

als ob derjenige, der sie aß, den Kopf zurückwarf und ge-
nüsslich kaute.

Ethan riss sich die Brille von der Nase und stopfte sie angewidert in die Tasche. Er würde es sich zweimal überlegen, ehe
er sie wieder aufsetzte. Er sah sich nach Thor um. Er hockte auf
einem Haufen Hefter oder Notizbücher und hielt ein zusam-
mengefaltetes Papier in den Händen. Er drehte es mal so und
mal so herum, faltete es auseinander und wieder zusammen.
»Was hast du da?«, fragte Ethan, aber Thor antwortete
nicht. Er war zu sehr mit dem Papier beschäftigt, das etwa die
Größe einer aufgeschlagenen Zeitung hatte. Vor ein paar Tagen hätte Ethan noch gesagt, Thor scanne es in seine Datenbank. »Thor?«

Ethan setzte einen Fuß in den Papierberg und drückte sich
nach oben. Was er für Hefter gehalten hatte, waren in Wirklichkeit Adressbücher, in Leder oder Kunststoff gebunden,
Adressbücher jeder Größe vom Taschen- bis zum Aktenkof-
ferformat, in denen der Bekanntenkreis von gut ein paar tausend Menschen verewigt war. Er erinnerte sich, dass seine
Mutter einmal ihr Adressbuch verloren hatte, am Tag bevor
sie zu einer Gewebeuntersuchung ins Krankenhaus musste –
»die schlimmste Woche meines Lebens«, hatte sie damals gesagt, aber natürlich sollten noch schlimmere folgen. Er stellte
sich die müßige Frage, ob das Adressbuch seiner Mutter irgendwo in dem Berg steckte, den er gerade erklomm. Wessen
Adressen und Telefonnummern würde er darin finden? Was
würden diese Leute sagen, wenn er sie jetzt anriefe? In wie
vielen Adressbüchern da draußen stand noch, sauber mit Bleistift geschrieben, der Name seiner Mutter, mit einer Telefonnummer und einer Adresse, die nicht mehr existierten?

Noch ehe Ethan den Gipfel bezwungen hatte, konnte er
sehen, dass Thor eine Karte studierte, eine große Karte, die
sichtlich darunter gelitten hatte, dass sie häufig schlampig

zusammengefaltet worden war. Im Handschuhfach des Skidbladnir lagen mehrere solche Karten, Puzzle-Karten, Rubikwürfel aus Papier und so gründlich »verhunzt«, wie sein Vater es ausdrückte, dass sie eigentlich nicht mehr ausgebreitet werden konnten. Sie waren so oft falsch zusammengelegt worden, dass sie nun ein rätselhaftes Origami der Nachlässigkeit für immer versiegelte. Man konnte bestenfalls eine Falte anheben, hineinspähen und eine Straße oder einen Highway in einem merkwürdig gestauchten, zusammengestoppelten Gebiet suchen, in dem beispielsweise der Pazifische Ozean bis an die Innenstadt von Phoenix in Arizona heranreichte. Thor studierte nicht den Inhalt der Karte. Er versuchte noch immer herauszufinden, wie die farbigen Rechtecke richtig angeordnet und zusammengeklappt werden mussten. Es gab weiße, grüne und braune Rechtecke, die mit kleinen schwarzen Zeichen beschriftet und mit geschwungenen grauen Linien durchzogen waren. Und blaue Rechtecke, von einem klaren Blau und leer wie der Himmel, ohne graue Linien oder irgendwelche Zeichen.

»Was für eine Karte ist das?«, fragte Ethan und hockte sich neben Thor, wobei er aus Versehen einen Erdrutsch von Adressbüchern auslöste. Er beugte sich über die Karte. Das Papier war alt und vergilbt und an den Rändern stellenweise eingerissen. Er sah sich die Beschriftung an. Die Buchstaben waren seltsam schnörkelig. Es war dasselbe Alphabet wie auf der Schriftrolle, die das Orakel Johnny Speakwater benutzt hatte, um spuckenderweise die Zukunft vorauszusagen. »Wirst du schlau daraus? Siehst du Ortsnamen, die du kennst? Hat das Ding ein Verzeichnis? Wo ist Norden?«

Aber Thor antwortete nicht. Er klappte weiter Vierecke auf, legte sie auf die Hälfte, dann auf ein Viertel zusammen und faltete sie so wieder auseinander, dass ganz neue Viertel und Hälften zum Vorschein kamen.

»Mach schon, Thor«, sagte Ethan. »Wir haben keine Zeit
für solche Spielereien. Wir müssen den Stock finden.« Thor
hörte nicht. Er hatte die Karte jetzt zu einem einzigen dicken
Rechteck zusammengefaltet, und ganz oben lag ein blaues
Rechteck ohne jegliche Beschriftungen und Markierungen.
Jetzt faltete er sie vorsichtig wieder auseinander, ein Teil nach
dem anderen.

»Thor«, flehte Ethan. »Thor, mach schon, wir müssen ...
He! Du hast es!«

Er hatte es geschafft. Er hatte die Karte vollständig ausgebreitet und hielt sie mit ausgestreckten Armen. Von oben nach
unten, von der rechten zur linken Hand hing vor ihnen eine
gleichmäßig blaue Fläche, die aussah wie der Ausschnitt einer
Großaufnahme eines kleinen blauen Stücks des großen weiten
Himmels. Die Karte war sechs Rechtecke breit und neun
Rechtecke hoch, und jedes sah aus wie dieses:

»Was für eine Art von Karte ist das? Was stellt sie dar? Dreh
sie mal um.«

Die Rückseite der Karte bestand aus tausenden und abertausenden sich überlappenden grünen Flecken, spitz zulaufenden Ovalen, die mal größer, mal kleiner waren, und jedes
war sorgfältig gemalt, umrandet und schattiert, um eine räum-
liche Wirkung zu erzielen. Beim genaueren Hinsehen erkannte

Ethan, dass es gar keine Flecken waren, sondern Blätter, grüne Blätter, die durch ein Gewirr von sich windenden, krümmenden und biegenden grauen Linien verbunden waren, die offensichtlich die Äste eines Baumes darstellen sollten. Jedes Blatt war mit kleinen Bildsymbolen für Flüsse und Wälder, Berge und Seen, Hügel und Städte und zahllose andere Orte versehen, und neben jedem stand in der unleserlichen Ferischer-Schrift ein Name.

»Wo sind die braunen Teile geblieben, die eben noch da waren?«, fragte Ethan. »Und die weißen?«

Thor wandte den Kopf und sah Ethan an. Es dauerte nur eine Sekunde, doch Ethan sollte diesen Blick nie vergessen. Er hatte schon so oft Fakten, Daten und lächerliche Theorien aus Thors Mund gehört. Doch bis zu diesem Augenblick hatte er in seinen Augen – oder in denen eines anderen – noch nie einen solchen Ausdruck absoluter Gewissheit gesehen. Was immer mit Thor geschah, was immer aus ihm werden mochte und obwohl er zu groß, zu männlich, zu sterblich, zu *menschlich* war, er hatte den Weg in eine Welt gefunden, die er verstand. In Mittelland war er wie ein Meteorit, der aus dem Weltall in einen Ozean gestürzt ist. Er liegt auf dem Meeresgrund, halb mit Schlamm, Plankton und Muscheln bedeckt, wird durch Spalten in der Erdkruste gewärmt und bietet allen Arten von Fischen Schutz, und doch birgt er in seinem Innern die Chemikalien und Elemente, den sprühenden geheimnisvollen Stoff des Universums. Wortlos faltete Thor die Karte zu einem einzigen Rechteck zusammen, einem grünen diesmal – Ethan sah schwarze Wellenlinien, die ein Meer darstellten. Dann breitete er die Karte wieder aus und drehte sie um. Diesmal bestand die Rückseite aus säuberlich gemalten hellbraunen Blättern, die wie zuvor durch graue Äste und Zweige miteinander verbunden waren. Ethan war sprachlos. Erst nach einer Minute brachte er heraus: »Weiß?«

Thor nickte, und mit der routinierten Leichtigkeit eines Zauberers faltete er die Karte zu einem braunen Rechteck zusammen, dann zu einer Karte mit braunen Blättern auseinander. Er drehte die Karte um. Die andere Seite war mit Büscheln weißer Blätter übersät. Sie waren mit blasser, blaugrauer Tinte gezeichnet und durch graue Adern und Arterien miteinander verbunden.

»Vier Seiten«, sagte Ethan. »Vier Welten! Es ist eine Karte des Baumes!«

»Genau«, sagte Thor. »Weiß für die Winterlande. Grün für die Sommerlande. Braun für Mittelland. Und blau für ...«

»Den Glimmer. Und diese Karte ist leer. Weil niemand weiß, was dort geschieht. Oder wie man hinkommt. Und wer dort überhaupt lebt.«

»Ich weiß, wer dort lebt«, sagte Thor. »Der alte Mr. Wood. Und seine Brüder und Schwestern. Die Tahmahnawis, wie Mr. Rideout sie nannte. Die Geister. Die Götter. Sie sind alle da oben oder da drüben oder da drin. Im Glimmer. Sie sind dort gefangen. Ja. Ja, das ist das Werk des Kojoten. Es gibt da eine Art Geschichte, ein Lied oder ein Gedicht, ich weiß auch nicht genau ...« Er schüttelte den Kopf. »Jedenfalls handelt sie davon, wie der Kojote sie überlistet hat. Er hat sie hineingelockt und dann das Tor zugesperrt. Seitdem ist es verschlossen. Und keiner kann mehr heraus, nicht mal der alte Mr. Wood. Das alles gehört zu den Daten, die anscheinend in meinen Kopf geladen wurden, seit wir in den Sommerlanden sind.«

»Thor?«, sagte Ethan. »Dir ... dir ist doch klar, dass du in Wirklichkeit kein Android bist.«

»Ist mir klar.«

»Aber du weißt, dass du – nehme ich jedenfalls stark an – dass du auch kein richtiger Mensch bist.«

»Was du nicht sagst! Als ob ich das nicht schon mein Leben

lang wüsste.« Er zuckte mit den Schultern. »Ich habe mich für einen Androiden gehalten, weil ich keine andere Erklärung dafür hatte, wie ich mich fühlte.«

»Und es geht dir gut, ich meine, es macht dir nichts aus? Es macht dir nichts aus, dass du ein ... ein Wechselbalg bist?«

»Nein, ich glaube nicht. Was bleibt mir auch anderes übrig? Nur eine Sache lässt mir keine Ruhe. Eine Kleinigkeit. Wenn ich all die Dinge hier sehe, die diese Ferischer den Menschen im Lauf der Jahre gestohlen haben. *Gestohlen*, verstehst du? Die haben nicht irgendwo herumgelegen, und sie haben sie gefunden.«

»Ja und?«, fragte Ethan. »Was beunruhigt dich daran?«

»Na ja, die Sache ist die. Der Keilerhauerstamm, falls er es überhaupt war, hat mich zurückgelassen, verstehst du? Und als er mich zurückgelassen hat ...«

»Ja?«

»Was ist aus dem Baby geworden, das sie gestohlen haben?«

Ethan verspürte kein großes Verlangen, die Antwort auf diese Frage zu erfahren.

»Komm«, sagte er. »Leg die Karte zusammen und nimm sie mit. Ich bin sicher, dass wir sie noch gebrauchen können. Und jetzt suchen wir weiter nach dem Stock.«

An dieser Stelle sollte ich vielleicht noch einen Umstand erwähnen, auch wenn es dafür ein wenig spät ist. Die Schätze der Ferischer unterscheiden sich von denen der Drachen, Zwerge, Gnome usw. zwar in nahezu jeder Hinsicht, doch in einer sind sie ihnen gleich: Sie werden stets, ich betone, *stets* sorgfältig und eifersüchtig gehütet, und unglücklicherweise sehr häufig von einem übellaunigen und nicht allzu gut genährten Wächter.

»Nach welchem Stock?«, fragte eine barsche Stimme hinter ihnen.

14

Die Tränen einer Mutter

DIE KERZEN, die in der kleinen Zelle Licht spendeten, tropften, rauchten und zischten in den Wandleuchtern und verloschen nacheinander, bis nur noch eine über der Stelle flackerte, wo Jennifer T. lag, den Kopf in das weiche Fell Taffys gebettet, im Schatten einer ihrer großen Brüste. Sie sprachen lange kein Wort und lauschten dem flachen Atem des verwundeten Häuptlings und dem unziemlichen Schnarchen der Prinzessin. Der Atem der Bigfoot ging langsamer, und nach einer Weile fiel Jennifer T. auf, dass sie sich lange nicht mehr bewegt hatten.

»Taffy?«, fragte sie schließlich. »Bist du wach?«

»Ja, Jennifer T.«

Taffy verlagerte ihr Gewicht ein wenig, und Jennifer T. legte den Kopf zurück und sah ihr, an den beiden kohleschwarzen Brüsten vorbei, ins Gesicht. Taffys kleine dunkle Augen funkelten im matten Kerzenschein.

»Hast du eigentlich nichts Merkwürdiges gehört? Heute, meine ich, als ich an dem Donnervogel hing?«

»Gehört?«, fragte Taffy, und ein vergnügtes Knurren kam aus ihrer Kehle. »Ich habe eine Menge gehört. Die ganzen Fernen Territorien haben dich gehört, Schätzchen.«

»Nein, ich meine, hast du etwas anderes gehört?«

Doch Taffy ging auf die Frage nicht ein.

»Ich weiß noch«, sagte sie, »als ich klein war, da haben die alten Frauen immer gesagt, der Jüngste Tag werde durch das Krähen eines Hahns angekündigt. Ich glaube, sie haben sich geirrt.«

Jennifer T. dachte einen Augenblick darüber nach. »Tja«, sagte sie dann, »dann bin ich wohl eine Art Hahn.«

Und dann erzählte sie Taffy von der Mustang League auf Clam Island, von Mr. Perry Olafssen, den Angels, den Reds und den Bigfoot Tavern Bigfoots, deren Spitzname Taffy abermals ein Knurren entlockte, allerdings klang es diesmal eher pikiert.

»Wie können sie nur?«, sagte sie und schüttelte ihren großen Kopf. »Das ist so was von gemein!«

Während Jennifer T. von der Mustang League erzählte, stellte sie zu ihrer Überraschung fest, dass sie Clam Island vermisste. Sie war dort geboren und hatte praktisch jede Stunde ihrer elf Jahre dort verbracht. Nur einmal, als sie fünf war, hatte sie den Sommer im Haus ihrer Großmutter mütterlicherseits in Spokane verlebt. Clam Island war das einzige Zuhause, das sie jemals gehabt hatte. Jetzt war sie sehr weit von der regnerischen Insel weg und nicht nur durch Kilometer von ihr getrennt, sondern auch durch die Zeit und Zauberei. Insofern war es eigentlich kein Wunder, dass sie plötzlich schreckliches Heimweh bekam, als sie so in der kalten, dunklen Zelle mitten in der größten Wildnis der Sommerlande lag. Und doch überraschte es sie. Sie vermisste den Staub und den Grasgeruch des alten MacDougal-Stadions. Sie vermisste ihr Fahrrad, und die zerkratzten Wangen von Onkel Mo, und sogar die reizbaren alten Damen in ihren riesigen Sesseln. Sie vermisste Mr. Perry Olafssen!

Nach einer Weile hörte sie auf zu reden, aber sie dachte weiter an zu Hause. Nur gerieten ihre Gedanken jetzt durcheinander wie die Teile einer Karte, die schlampig zusammengelegt wurde. Sie schlief ein. Und beim Einschlafen merkte sie schon halb träumend, dass sie auch den alten Albert Rideout vermisste. Er stand neben ihr am Steuer der *Victoria Jean*, den Hosenschlitz halb offen, und steuerte das Luftschiff mit sicherer Hand über das Kaskadengebirge. Als sie Spokane erreichten, flog er direkt zum Haus von Großmutter Spicer mit seinem spitzen Türmchen, und dort, auf der Veranda, stand ihre Mutter, die mit Vornamen Theodora heißt. Sie war schöner als in ihrer Erinnerung, aber genau genommen sah sie mehr wie Ethans Mutter aus, von der ein gerahmtes Foto auf dem Wohnzimmerbüfett der Felds stand. Sie hob ihre kleine weiße Hand, als Albert über sie hinwegflog, und winkte verhalten mit einem traurigen Lächeln. Und dann erstarb das Lächeln, und aus dem Haus mit dem Türmchen drang lautes Weinen, das laute, stoßweise Schluchzen von jemandem, der großen Kummer hatte.

Jennifer T. setzte sich im Halbdunkel auf, mit pochendem Herzen. Taffy weinte – mit lauten, abgehackten Bigfoot-Schluchzern.

»Du hast doch etwas gehört, stimmt's?«, fragte Jennifer T. mit der völligen Gewissheit eines Menschen, der noch nicht ganz wach ist. »Du hast es gehört. Nachdem ich ›Zackenfels‹ gerufen hatte. Das Weinen einer Frau. Eine Mutter hat geweint.« Sie wusste nicht, warum sie so sicher war, dass die weinende Frau eine Mutter gewesen war, aber sie war es. »Taffy, ich weiß, dass du es gehört hast.«

Taffy schniefte und wischte sich mit dem zottigen Unterarm die Stupsnase ab. Langsam brachte sie ihre massige Gestalt in eine aufrechtere Position und stieß einen langen Seufzer aus. Sie nickte.

»Ja, ich habe es gehört«, sagte sie mit belegter Stimme. »Aber ich dachte, es sei nur die Stimme meines schlechten Gewissens. Vor langer Zeit habe ich meinen Kindern nämlich etwas Schreckliches angetan.«

»Was hast du getan?«

Die Frage brachte die arme Taffy wieder zum Weinen. »Ich habe sie verlassen.«

WAS NUN FOLGT, IST, SOWEIT ICH ES REKONSTRUIEREN konnte, die traurige Geschichte, die Taffy die Bigfoot erzählte. Wie sich später noch zeigen wird, hat sie eine gewisse Bedeutung für *unsere* Geschichte, sonst würde ich an dieser Stelle nicht unterbrechen, um sie zu erzählen. Nicht solange Cinquefoil auf seinem Strohlager in der Ecke wie eine Samenhülse zusammenschrumpft, der Wächter der Ferischer-Schatzes Ethan und Thor in seiner Gewalt hat und Mr. Feld und Cutbelly irgendwo in den Winterlanden als Gefangene für den lächelnden, rostroten Schurken arbeiten müssen, der das Ende des Universums erzwingen will. Zum Glück hat Taffys Geschichte den Vorzug, dass sie, wie die meisten wirklich traurigen Geschichten, ziemlich kurz ist.

In Mittelland stehen Bigfoots in dem Ruf, Einzelgänger zu sein. Doch dies gilt nur für die Männchen, die ihr Leben lang einsam umherstreifen. In den ausgedehnten Wäldern der Fernen Territorien sind sie weit verbreitet, und von Zeit zu Zeit kommt es vor, dass einer auf eine Galle stößt, an der die Äste zweier Wälder zusammengewachsen sind. Dies sind die bedauernswerten Geschöpfe, die in Alberta in das Lager entsetzter Trapper oder Fischer platzen oder, wie einmal geschehen, einem Mann namens Roger Patterson direkt vor die 16-mm-Filmkamera laufen. Der männliche Bigfoot ist ein scheues und ungeselliges Wesen, das die eigene Gesellschaft der anderer vorzieht, und wenn er mit seinesgleichen verkehrt, dann gewöhnlich nur so lange, wie nötig ist, um sich darüber auszutauschen, was es in den Wäldern Neues gibt, und um das eine oder andere Weibchen zu schwängern.

Ganz anders verhält es sich mit den Weibchen. Sie bleiben gewöhnlich in den Wäldern, in denen sie geboren sind, und leben im Kreis ihrer Mütter und Großmütter, Schwestern und Tanten. Sie helfen bei der Pflege der Jungen, bei der Nahrungsbeschaffung – sie sind strenge Vegetarier – und lauschen den endlosen Geschichten der ältesten Weibchen. Diese Geschichten sind selten besonders traurig und daher häufig sehr lang. Oft dauert es zwei Wochen und länger, sie zu erzählen. Da sich die alten Weibchen, wie schon ihre Großmütter und Urgroßmütter, niemals über die Grenzen der ihnen vertrauten Hügel und Wälder hinausgewagt haben, handeln ihre Geschichten selten von den Wundern und Abenteuern dieser Welt. Sie sind eher das, was wir lehrreiche Geschichten nennen, Geschichten mit einer Moral, die sich trotz ihrer Länge und kunstvollen Sprache letztlich in einem schlichten Satz zusammenfassen lassen wie »Lügen haben kurze Beine« oder »Wirf nie etwas weg, denn man kann nie wissen«.

Doch hin und wieder, wenn es zwei Vollmonde in einem Monat gibt oder ein etwas geselligeres Männchen zu Besuch kommt, erzählt eine Bigfoot-Urgroßmutter eine Geschichte vom Anbeginn der Welt, aus der Zeit, bevor der Kojote alles verändert hat. Am Anbeginn der Welt, als die Schöpferhand des alten Mr. Wood die Bigfoots gerade erschaffen hatte, waren die Dinge noch nicht so, wie sie heute sind. Alle Bigfoots irrten schutzlos wie Versprengte durch die tiefe Dunkelheit des Ersten Waldes. Sie erlebten Abenteuer, gewiss, doch es widerfuhr ihnen auch schreckliches Unheil. Da sie keine Familien, keine klaren Verwandtschaftsbeziehungen, keine Organisationform und keine lehrreichen Geschichten hatten, konnten sie sich nur unzureichend gegen die verschiedenen nichtvegetarischen Kreaturen verteidigen, die mit ihnen die früheste Welt bewohnten. Sie wurden gejagt, gefangen und, da der Kojote Hunger und Tod in die Welt gebracht hatte, gefressen. Bald blieben nur noch zwei Bigfoots übrig, ein Männchen und ein Weibchen. Sie riefen den Kojoten um Hilfe an. Und wie gewöhnlich stellte er die Hilfe Suchenden vor eine Wahl: entweder sie streiften weiter durch die Wälder, ohne sich um das

Wohl der anderen zu sorgen, und erlebten die Wunder der Welt, oder sie wurden sesshaft, ordneten ihr Leben, wurden vernünftig und blieben zu Hause. Am Ende entschied sich das Männchen, wie ihr euch wohl denken könnt, für das Erste, das Weibchen für das Zweite, und bis heute haben sie stur an ihrer Entscheidung festgehalten.

Diese alten Geschichten von abenteuerlustigen Weibchen und gefräßigen Raubtieren erschütterten die Zuhörer und endeten ebenfalls mit einer Moral und einer Warnung. Doch auf Taffy – das war natürlich nicht ihr richtiger Name, ihr richtiger Name war sehr lang und ein großes Geheimnis – hatten sie eine besondere Wirkung. Sie weckten bei ihr eine Sehnsucht. Und wenn der männliche Besucher sich satt gegessen, seinerseits ein oder zwei Geschichten zum Besten gegeben, noch ein Junges gezeugt und sich wieder auf Wanderschaft begeben hatte, hatte Taffy das Gefühl, ein kleiner Teil von ihr und ihrer Zufriedenheit sei mit ihm gegangen. Es dauerte nicht lange, nur wenige Jahre nach der Zeitrechnung der Bigfoots, und ihr Glück hatte sich restlos verflüchtigt.

Zu der Zeit war sie selbst bereits zweifache Mutter und Tante von sieben Jungen. Ihr ältester Neffe, den sie innig liebte, hatte das Alter erreicht, in dem er den heimatlichen Wald mehr als Gefängnis denn als Zuflucht empfand. Zuerst zögernd, dann immer mutiger erkundete er die Welt jenseits der Wasserläufe und Wiesen, welche die anerkannten Grenzen ihres Territoriums markierten. Und jedes Mal, wenn er zurückkehrte, strahlte sein Gesicht vor Freude über das Erlebte. Eines Tages, als er von einer besonders langen Reise zurückkehrte, erzählte er von einer wunderbaren Brücke aus Stein, die sich wie ein Bogen über eine tiefe Schlucht spannte und über die sich ein stetiger Strom von Geschöpfen bewegte – Ferischer und Werbären, sprechende Eichhörnchen, Blauhäher und Nerze und seltsame Abenteurer wie haarlose Bigfoots aus einem Land namens Mittelland. Die Brücke, so sagte er, liege nur einen guten Tagesmarsch entfernt im Westen.

Nun hatte Taffy viele sonderbare Geschichten in ihrem Leben gehört, und ein- oder zweimal sogar von dieser wunderbaren Brücke. Die einen behaupteten, der Kojote habe sie errichtet, damit er leichter von einer Welt in die andere springen könne, andere meinten, sie sei ein Überbleibsel aus der Zeit, als der alte Mr. Wood und sein Geistergeschlecht noch im Ersten Wald spazieren gingen. Doch sie hätte nie gedacht, dass sie so nah war, und sie hatte nie zuvor mit jemandem darüber gesprochen, der ihr so nahe stand.

»Wie gern würde ich diese Brücke sehen«, platzte sie heraus und hielt sich sofort die Hand vor den Mund, denn für eine weibliche Bigfoot war diese Bemerkung ziemlich ungehörig. Doch weil ihr Neffe jung war und weil er sie liebte, sagte er: »Dann nichts wie hin, Tantchen. Mach dich gleich auf den Weg. Ja! Unbedingt. Bis Mitternacht bist du dort, und bis Tagesanbruch bist du wieder zurück. Niemand außer uns beiden wird jemals davon erfahren.«

»Und wer passt auf meine Jungen auf, solange ich fort bin? Wer kühlt ihre Stirn mit einem nassen Lappen, wenn sie Fieber bekommen? Wer legt sich neben sie und streichelt ihr Unterarmfell, wenn sie schlecht träumen?«

»Ich!«, rief der Neffe und lachte. »Geh! Mach dich gleich auf den Weg!«

Und so machte sie sich auf den Weg, und sie nahm nichts mit, nur die Erinnerung an sein Gesicht, das von den Wundern erstrahlte, die er gesehen, und an das Brabbeln ihrer am Feuer schlafenden Kinder.

»ICH HABE DIE BRÜCKE NIE GESEHEN«, ERZÄHLTE SIE Jennifer T. jetzt in ihrer dunklen Zelle tief unten im Hügel. »Bevor ich am Ziel war, fielen mitten in der Nacht räuberische Riesen über mich her – diese widerlichen John-Brüder. Die Bigfoot-Manie unter den Riesen war damals auf ihrem Höhepunkt. Sie durchkämmten die Wälder regelmäßig nach ...« Sie schauderte. »... Haustieren. Später hat mir Mushackel-John erzählt, die Brücke sei eingestürzt oder zerstört worden. Das ist lange her. Deshalb werde ich sie nie sehen können. Und ich werde nie meine kleinen Lieblinge wieder sehen.«

»Wieso denn nicht?«, fragte Jennifer T. »Du bist frei. Du bist zu Hause, jedenfalls beinahe. Hör zu, Taffy, wenn wir hier raus sind, brauchst du nicht bei uns zu bleiben. Du kannst in deinen Heimatwald zurückkehren. Du kannst deine Kinder suchen. Bestimmt sehnen sie sich danach ...«

Aber Taffy schüttelte ihren großen zottigen Kopf.

»Sie sind längst tot. Zuerst war ich mir nicht sicher. Es hat eine Weile gedauert, bis sich meine Nase wieder umgewöhnt hat.«

»Tot?« Jennifer T. war verwirrt. »Deine Nase umgewöhnt?«

»Wir Bigfoots haben sehr feine Nasen. Du kannst dir nicht vorstellen, was wir alles riechen können, Schätzchen. Wir können einen Gedanken riechen, der einem Fisch durch den Kopf geht. Wir können den ersten Herzschlag eines Kindes im Mutterleib riechen. Und wir können riechen, wie die Zeit vergeht. Zuerst war ich mir, wie gesagt, nicht sicher. Doch als mir der Gewittersturm in die Nase blies, konnte ich sie nach all den Jahren der Gefangenschaft in dem stinkenden Steinhaus wieder riechen, die Gerüche der Sommerlande. Und da wusste ich es. Meine Kinder können unmöglich noch am Leben sein, nicht einmal meine Enkelkinder. Ich habe einfach zu lange in dem Käfig gesteckt.«

»Aber du hast doch gesagt, dass es nur ein paar hundert

Jahre waren«, sagte Jennifer T. »Und wenn *du* so lange leben kannst ...«

»Ach«, seufzte Taffy. »Aber mein Käfig war nicht aus richtigem Eisen. Er war aus Zaubereisen, das in den Winterlanden gefördert wird. Und solange ich darin gefangen gehalten wurde ...«

»Es heißt, dass die Zeit in den Winterlanden anders vergeht.« Spinnenrose hatte gesprochen. Sie wälzte sich herum und setzte sich auf, und als sie Taffy ansah, legte sich ihr Gesicht in mitfühlende Falten. »Für dich waren es ein paar hundert Jahre, aber hier draußen, in der weiten Welt ...«

»Seit dem Tag, als ich fortging, sind hier neunhundert Jahre vergangen«, sagte Taffy und ließ den Kopf hängen. »Ich kann riechen, dass sie alle tot sind.«

Jennifer T. fasste zu ihr hinüber und streichelte ihre glatte dunkle Wange. Taffy zog sie an ihre Seite, und dann lagen sie da und lauschten in der Zelle unter dem Ferischer-Hügel dem hohlen Echo all der verflossenen Jahre.

15

·········

Grim

»KOMMT SOFORT DA RUNTER. Aber dalli.«

Ethan und Thor fuhren herum, und neue Lawinen von
Adressbüchern rauschten auf den Fußboden der Schatzkammer. Im ersten Moment hätte Ethan am liebsten gelacht. Der
Rufer war ein Junge, kaum so alt und groß wie er selbst, eher
etwas kleiner. Ein extrem hässlicher Junge, um genau zu sein,
mit einer Nase wie eine leere Garnrolle, Ohren wie zwei ver-
schrumpelte Äpfel und zwei stechenden Augen, die rosa und
blutunterlaufen waren und viel zu klein für das Gesicht. Er
schwang Ethans Stock, lässig wie ein Polizist im Trickfilm seinen Gummiknüppel. Irgendwie kam er Ethan bekannt vor,
aber zugleich auch sehr sonderbar. Seine Gesichtszüge waren
für ein Kind viel zu hart. Ethan verging das Lachen, und er
und Thor sahen zu, dass sie von dem Haufen herunterkamen.

»Hast du was, Reuben?«, fragte der Nicht-Junge höhnisch
und gereizt und starrte Thor Wignutt an. Ethan wandte sich
um und sah, dass Thor kreidebleich geworden war.

»Bist du ...?«, begann Thor. Er schluckte so schwer, dass
Ethan es hören konnte. »Haben Sie dich ... entführt?«

»Was ist? Wer soll mich entführt haben?«

»Die Ferischer. Aus Mittelland. Bist du ... ein Wechselbalg?«

Im ersten Moment war Ethan verdutzt über die Frage, aber
dann verstand er. Es war offensichtlich, dass mit dem Nicht-
Jungen etwas nicht stimmte. Vielleicht war es gerade das, was
ihm so vertraut vorkam. Und Thor ging es anscheinend genauso.

Jetzt war es an dem Nicht-Jungen zu lachen. Er warf den knubbeligen Kopf mit dem gelben Haarschopf in den Nacken und brach in ein abgehacktes, schallendes Gelächter aus. Es klang wie das Scheppern einer Mülltonne, die eine Betontreppe hinunterfiel.

»Ich? Du hältst mich für einen Menschen? Pah!« Er wischte sich mit dem Ärmel seines Wildlederrocks die Augen. »Für einen Wechselbalg?« Er ging in die Knie, weil er sich vor Lachen nicht mehr auf den Beinen halten konnte. »Beim Henker, wie haben es zwei schwachsinnige Reuben wie ihr nur geschafft, bis hierher zu kommen?«

»Nun ja«, erwiderte Ethan im freundlichsten Ton, als könnte er kein Wässerchen trüben. Aus irgendeinem Grund fühlte er sich unangenehm an Kyle Olafssen erinnert. Und das war gut so, denn im Umgang mit den Kyle Olafssens dieser Welt hatte er mittlerweile Übung. »Was bist du dann?«

»Was ich bin?«, schrie der Junge und sprang verblüffend schnell wieder auf. Er stürzte sich auf Ethan, stieß ihn gegen einen Haufen gestohlener Briefkästen, hob den Stock mit beiden Händen, drückte ihn gegen Ethans Kehle und klemmte ihm die Luft ab. Die Briefkästen klapperten. »Ich bin ein *Riese*! Das ist doch wohl offensichtlich.«

Es war schwer zu sagen, ob der Nicht-Junge es ernst meinte, vor allem für jemanden, dem die Sauerstoffzufuhr zum Gehirn unterbrochen wurde. Seine Behauptung, er sei ein Riese, hatte durchaus so geklungen. Doch als er sagte, das sei doch offensichtlich, hatte ein bitterer oder spöttischer Ton in seiner Stimme geschwungen. Schließlich war er kaum größer als 1,40 Meter.

Aber solche Fragen mussten vorläufig hintangestellt werden. Thor Wignutt war keiner, der tatenlos zusah, wenn sein Captain angegriffen wurde.

Er packte den Nicht-Jungen an dem dichten gelben Haarschopf. Dann trat er hinter ihn und riss ihm den Kopf zurück, griff mit der anderen Hand nach dem Stock und drehte ihn ruckartig nach unten, weg von Ethans Gurgel. Gleichzeitig stieß er dem Nicht-Jungen das Knie in die rechte Kniekehle. Der Nicht-Junge ging stöhnend zu Boden, und Ethan fiel rückwärts zwischen die Briefkästen und schnappte nach Luft. Als er wieder aufsah, wälzten sich Thor und der Nicht-Junge am Boden. Mal war der Nicht-Junge oben, mal Thor, und die ganze Zeit über schlugen sie aufeinander ein, traten und spuckten. Der Nicht-Junge versuchte, Thor das linke Ohr abzubeißen. Es war der schmutzigste Kampf, den Ethan je gesehen hatte.

Thor siegte. Am Ende saß er auf dem Nicht-Jungen und drückte ihm fest den Stock gegen die Kehle. Das Gesicht des Nicht-Jungen wurde rot, dann blau, und schließlich nahm es eine sehr ungesunde gelb-grüne Farbe an.

»Gib auf«, sagte Thor.

»Ich geb auf!«

Thor ließ von ihm ab, behielt aber den Stock, und der Nicht-Junge rappelte sich auf, würgte ein paar Mal und hustete gelben Schleim, den er mit sichtlichem Vergnügen auf den Boden spuckte. Schließlich richtete er sich zu seiner vollen Größe auf (die, wie erwähnt, nicht beträchtlich war) und musterte Thor von Kopf bis Fuß.

»Nicht schlecht«, sagte er, »für ein so langes Elend von Wechselbalg.«

»Nicht schlecht«, erwiderte Thor, »für einen Schrumpfriesen im Taschenformat.«

»Wie?«, fragte Ethan. »Er ist wirklich ein Riese?«

»Klar doch, du Holzkopf«, sagte der Nicht-Junge mit finsterem Blick und machte eine tiefe Verbeugung. »Und eine boshafte Mutter hat mich mit dem betrüblichen Namen Grimalkin John gestraft. Aber wenn euch euer Leben lieb ist, belasst es einfach bei Grim. Grim der Riese.«

»Aber was ist mit dir passiert?«, fragte Ethan, dem gerade eingefallen war, dass er mal ein Gedicht über eine kleine graue Katze namens Grimalkin gelesen hatte.

»Ich wurde so geboren«, sagte Grim der Riese. »Und was ist mit *euch* passiert?«

»Bist du ein *junger* Riese? Oder ...?«

Grim der Riese zeigte wieder feixend die Zähne und sah ihn rauflustig an. »Ich bin voll ausgewachsen, ein gestandener Riesenmann, du Knülch! Schreib dir das hinter die Ohren!«

»Hier«, sagte Thor zu Ethan und reichte ihm den Stock. Thor sah übel aus. Er hatte blutige Schrammen an den Wangen, als hätte er mit einem jähzornigen Tier wie einem Vielfraß oder Hermelin gekämpft. Sein Hemdkragen war zerrissen, seine Unterlippe blutete. Und er sah so aus, als sei er Ethan wegen des Vorfalls böse. »Gib ihn nie wieder aus der Hand.«

»Bestimmt nicht«, sagte Ethan, als hätte man ihm gerade eine Gardinenpredigt gehalten. »Okay. Los, gehen wir. Nimm den kleinen Riesen mit.«

Grim der Riese machte einen drohenden Schritt auf Ethan zu und schob einen Ärmel nach oben. »›*Nimm den kleinen Riesen mit*‹? Wohin gedenkst du denn zu gehen?«

An diesem Punkt stellte sich die unangenehme Frage, wer wessen Gefangener war. Ethan bezweifelte, dass er in einem Kampf mit dem kleinen Riesen bestehen könnte, selbst mit seinem Stock, und so beschloss er, die Sache psychologisch anzugehen. Darin war er am besten. Normalerweise klappte das bei jedem außer Jennifer T.

»Okay«, probierte er sein Glück, »dann sag doch einfach, dass wir deine Gefangenen sind. Los, sag es.«

»Genau«, erwiderte Grim.

»Das heißt, mit anderen Worten, du arbeitest für sie. Für diese blöden Löwenzahnhügel-Ferischer, die endlos quatschen und dabei nicht mitkriegen, dass einer der ihren und obendrein der Homerun-König der drei Welten da unten in ihrem Kerker im Sterben liegt, weil sie ihn mit einem Eisenpfeil vergiftet haben, und zweitens, dass möglicherweise bald die ganze Welt untergeht.«

»Sie hören sich eben gern reden«, räumte Grim der Riese ein und spuckte wieder aus.

»Dann frage ich dich: Warum willst du für sie arbeiten? Du bist ein Riese. Sie sind Ferischer.«

»Tja«, sagte der Riese, »wenn du mich so fragst. Tatsache ist, dass ich freiwillig oder für Geld niemals für den Stamm arbeiten würde. Aber der arme Grim kann es sich leider nicht aussuchen.«

»Du bist durch einen Zauber an sie gebunden«, sagte Thor. »Ein Sklave.«

Der kleine Riese presste die schmalen Lippen zusammen, als verkneife er sich eine scharfe Erwiderung. Dann nickte er einmal kurz.

»Ferischer halten Sklaven?«, rief Ethan entsetzt.

Der Riese spuckte. »Manche. Dieser Stamm zum Beispiel. Einen. Nämlich mich. Grimalkin John. Chefmechaniker und Oberzeugwart des Löwenzahnhügelstamms. Und« – er errötete – »Chefmäusefänger. Aber das heißt nicht . . .«

Er unterbrach sich und lauschte, und dann hörte es auch Ethan. Ein Grölen, die verhunzte Melodie eines Lieds kam von der anderen Seite der Tür. Vorhin, als er mit Thor die Kammer betreten hatte, war der Lärm der Versammlung verstummt. Jetzt vernahm er nicht nur die ausgelassene Stimme des Sängers, sondern auch andere laute Stimmen auf dem Gang, und gleich darauf ertönte ein lautes Klopfen. Jemand hatte den Schließzauber von der Tür genommen. Grim der Riese lief puterrot an und sah sich nervös in der Schatzkammer um.

»Zum Henker mit ihnen!«, fluchte er. »Die ziehen mir die Haut ab, wenn sie sehen, dass ihr mich überwältigt habt.« Er verlor völlig die Fassung, was überhaupt nicht zu seinem großspurigen Gehabe und seinem hämischen schiefen Grinsen passte. Ethan hatte keine Lust, sich wieder gefangen nehmen zu lassen, doch gleichzeitig tat ihm der rauflustige kleine Riese Leid. Er blickte Hilfe suchend zu Thor. Sein Freund schien mit jeder Minute mehr über die Sommerlande zu wissen, und er vermutete, dass es in Wahrheit nur verschüttete Erinnerungen waren, die nach Jahren der Vergessens in Mittelland wieder zu Tage traten.

Thor musterte Grim den Riesen mit einer Miene, die ebenfalls Mitleid verriet. Der drahtige Kerl, der vor wenigen Augenblicken noch zu glauben schien, dass seine Schultern die Baumwipfel streiften und sein Schatten die Sonne verdunkelte, lauschte dem immer ungehalteneren Pochen an der Tür zur Schatzkammer mit gequälter, ja ängstlicher Miene.

»Er meint es so, wie er es sagt«, sagte Thor schließlich. »Sie könnten ihm tatsächlich die Haut abziehen.«

»Man kann nie wissen«, sagte Grim bedrückt. »Schließlich hat die alte Hexe ihren Baseballhandschuh aus der Oberschenkelhaut meines Urgroßpapas gemacht.«

Ethan dachte an die verblichenen Knochen, aus denen der Keilerhauerstamm sein Stadion gebaut hatte, und sah keinen Grund, die schaurige Behauptung des kleinen Riesen in Zweifel zu ziehen. Gleichzeitig fühlte er, wie alle Sympathie, die er für die Ferischer empfunden hatte, insbesondere seit er gesehen hatte, wie übel die Gehilfen des Kojoten ihnen mitspielten, dahinschwand. Die Ferischer hatten ihn und seine Freunde grundlos abgeschossen und sie, ohne auch nur eine Frage zu stellen, in den tiefsten Kerker ihres Hügels geworfen. Sie hatten Grim den Riesen durch einen Zauberbann zu ihrem Sklaven gemacht. Sie hatten menschliches Eigentum gestohlen und in dieser dumpfigen Kammer gehortet. Und sie hatten einst Mrs. Wignutts Baby gestohlen und ihr einen Wechselbalg untergeschoben. All die düsteren Geschichten, die er über Elfen und Kobolde gelesen hatte, kamen ihm wieder in den Sinn, Geschichten über ihre Herzlosigkeit, ihre Grausamkeit und ihre Gleichgültigkeit gegen menschliches Leben und Streben, über ihre Zauberkünste, ihre Tricks und die bösen Flüche, mit denen sie unglückliche Sterbliche belegten.

»Wenn wir uns wieder gefangen nehmen lassen«, sagte er schließlich, als das Klopfen immer gebieterischer und lauter wurde, »musst du uns helfen, zu unseren Freunden zurückzukehren.«

Grim atmete kräftig aus, als habe er die ganze Zeit die Luft angehalten. »Abgemacht!«, sagte er.

»Und du musst uns helfen, hier herauszukommen.«

Grim drückte die Handflächen zusammen. »Ich schwöre es.«

Ethan sah Thor an. »Bei was sollen wir ihn schwören lassen? Bei der ›Steuerbordkanone‹, von der sie ständig reden?«

»Nicht ernst genug.« Thors Hand verweilte an seiner Schläfe. »Sagen wir, bei dem ›Einzelnen Auge‹.«

»Es heißt ›Augapfel‹«, verbesserte ihn der Riese. »Also gut. Ich schwöre es beim Einzelnen Augapfel. Es gibt keinen ernsteren Schwur. Jetzt bitte ich euch vielmals um Vergebung, aber ich muss euch fesseln. Ich hoffe, ihr versteht das.«

Er hob ein aufgerolltes Kletterseil auf und schlang es rasch um Ethan und Thor.

»Ich ziehe es nicht zu straff«, sagte er. »Es ist nur zum Schein. Sie sehen nie genau hin, außer wenn sie um Geld gewettet haben.«

Er ging zur Tür, fasste nach dem Riegel, winkte ihnen feierlich zu und öffnete dann die große Tür. Höhnisches Gejohle schlug ihm entgegen. Dutzende von Ferischern strömten herein, beschimpften Grim in einer Sprache, die nach Alt-Fatidisch klang, schlugen ihm auf den Hintern und traten ihm gegen die Schienbeine, dann brachen sie in boshaftes Gelächter aus. Sie trugen Leggins wie Cinquefoils Stamm und hatten die gleichen seltsam goldenen Augen und die gleiche rötliche Haut, aber ihre Kittel waren aus einem silbrigen Stoff geschneidert, der im Feuerschein leicht glitzerte. Ethan vermutete, dass es sich um ein zeremonielles Gewand handelte, das sie nur bei Ratssitzungen trugen. Angeführt wurden sie von einer imposanten Person, die einen Kopf größer war als alle anderen und mehr als doppelt so breit. Sie trug Leggins und einen silbernen Kittel wie alle anderen, dazu jedoch einen silbernen Reif auf dem Kopf, der sie unverkennbar als Königin auswies. Ihr Gesicht war weiß gepudert. Sie war die Einzige, die den kleinen Riesen weder auslachte noch verspottete. Sie rauschte an ihm vorbei, ohne ihn eines Blickes zu würdigen, und setzte gerade mit tremolierender Operettenstimme zu einer Rede an, als sie die beiden gefesselten Jungen auf dem Briefkastenberg erblickte. Ihr Mund klappte zu, und ihre Augen mit den rechteckigen Pupillen wurden groß und verengten sich dann. Sie drehte sich zu Grim um, hob eine Augenbraue und schaute, die Arme über dem üppigen Busen verschränkt, zu ihm auf.

Beim Anblick der Ferischer lief Ethan ein kalter Schauer über den Rücken, und er zog nervös die Zehen ein.

»Darf ich erfahren, was im Namen deiner großen und geistig minderbemittelten Vorfahren diese Reuben in meiner Schatzkammer verloren haben?« Sie sprach im selben Akzent wie Cinquefoil, aber ihre Stimme hatte nicht seine raue Herzlichkeit. Sie klang kalt und gefühllos. Mit ihrer Körperfülle, ihrer fahlen Haut und ihrem silbrigen Kleid erinnerte sie Ethan an einen kleinen kalten Mond.

Stille trat ein, die sich immer länger hinzog und bis zum Zerreißen dehnte, ehe Grimalkin John eine Hand auf seinen Bauch legte und zu Ethans Überraschung einen ziemlich bösen Blick in seine Richtung warf und sagte:

»Nehmen Sie es mir nicht übel, Majestät, aber ich ernähre mich schon ziemlich lange allzu übermäßig von Mäusen, Ratten und dergleichen, wie Ihnen wohl bekannt sein dürfte. Es ist furchtbar lange her, dass ich Gelegenheit hatte, gutes saftiges Mark aus einem leckeren, fleischigen Reubenknochen zu saugen.« Er senkte den Blick und zauberte eine überzeugende Schamröte auf seine Wangen. »Ich konnte einfach nicht widerstehen.«

Die Ferischer lachten, und Königin Filaree am lautesten von allen. Mehrere Beutel mit klimpernden Goldstücken wechselten den Besitzer, und Ethan staunte, wie die Ferischer in der kurzen Spanne zwischen Frage und Antwort nur die Zeit gefunden hatten, Wetten darüber abzuschließen, was Grim der Riese als Entschuldigung vorbringen würde. Es gab ihm zu denken, dass einige darauf gesetzt hatten, dass er die Jungen zu verspeisen gedachte. Dann hörte die Königin auf zu lachen, kam zu Thor und Ethan herüber und blieb vor ihnen stehen. Sie schaute zu ihnen auf und sah sie ausdruckslos, aber nicht unfreundlich an, so wie man die Regenbogenfarben in einem fettigen Daumenabdruck an der Fensterscheibe betrachtet, bevor man ihn wegwischt. Dann wandte sie sich wieder dem kleinen Riesen zu.

»Du hast Glück, Mäusefänger«, sagte sie. »Denn nachdem wir den ganzen Tag ein wichtiges Palaver abgehalten haben und zu keiner Entscheidung gelangt sind, haben wir beschlossen, an die frische Luft zu gehen und in der Nachmittagssonne zu spielen. Ich wünschte, es wären neun Innings Baseball. Aber leider.«

Bei dem Gedanken daran erhob sich unter den Ferischern

ein trauriges Murren, und Ethan fragte sich, inwieweit ihre Bosheit einfach dem Verlust ihres Baseballplatzes zuzuschreiben war.

»Hör zu, Rattenfänger«, fuhr die Königin fort. »Du holst jetzt unsere *Tennisschläger*« – sie sprach das Wort angewidert aus –, »unsere Bälle und unsere Krockethämmer und so weiter, dann überlassen wir dich deiner Mahlzeit.«

Der Riese nickte und zog sich ins Halbdunkel zurück, wo Ethan jetzt eine zweite, kleinere Tür entdeckte, die einen Spalt offen stand. Dort hatte sich Grim der Riese offenbar verborgen, als er und Thor die Kammer betreten hatten. Der Riese stieß die Tür auf, und Ethan erspähte zwei lange Regale mit dutzenden und aberdutzenden von Baseballschlägern. Der kleine Riese polterte und klapperte in dem Geräteraum – Ethan vermutete, dass er in den Augen der Ferischer das Herz des Schatzes ausmachte – und kam dann wieder zurück. Er trug mehrere kleine Stoffbeutel und schob einen Krocketwagen vor sich her.

Die Königin betrachtete die Sachen mit Abscheu, und Ethan sah, wie ihr Blick sehnsüchtig zu den Baseballschlägern wanderte, die sich an den Wänden des Geräteraums reihten.

»Ach, Spinnenrose, was hast du deiner Mutter nur angetan«, seufzte sie, und eine dicke goldene Träne kullerte über ihre Wange. Sie wischte sie weg und wandte sich an Grim. »Bring den Plunder hinaus«, befahl sie barsch mit einem Nicken in Richtung der Tennis- und Krocketausrüstung. Grim warf noch einen warnenden Blick über die Schulter, dann folgte er den Ferischern aus der Schatzkammer.

Ethan und Thor versuchten, ihre Fesseln abzuschütteln, doch Riesen verstanden sich auf Knoten, und so mussten sie warten, bis Grim zurückkehrte. Er band sie rasch los, dann verschwand er wieder im Geräteraum und machte sich dort zu schaffen. Ethan und Thor gingen ihm nach. Der kleine Riese kauerte neben einem Strohsack, der nicht anders aussah als die in der Zelle, und stopfte Kleider in einen Sack.

»Was tust du da?«, fragte Ethan.

»Ich verschwinde«, antwortete der kleine Riese. Er band den Sack zu und stand auf. »Ich habe in letzter Zeit oft genug darüber nachgedacht. Dann kann ich es jetzt auch tun.«

»Aber kannst du denn einfach so gehen?«, fragte Thor. »Bist du denn nicht durch einen Zauber gebunden?«

Der Riese nickte grimmig.

»Was geschieht mit dir, wenn du wegläufst?«, fragte Ethan. »Was für eine Art von Zauber ist es?«

»Hab ich euch doch gesagt, ihr Holzköpfe. Sie kriegen meine Haut. Wenn ich mich von dem Hügel entferne, egal in welche Richtung, wird meine Haut vermutlich immer dünner, obwohl ich es, ehrlich gesagt, noch nie gesehen habe. Sie schwindet immer mehr, und wenn ich mich einen Tagesmarsch von der entfernt habe, die mich festhält, von Königin Faulezeh, wie ich sie nenne, ist sie ganz verschwunden. Dann liegen die Knochen und alles blank, und es ist nichts mehr da, was mein Inneres zusammen- und das fern hält, was draußen bleiben soll.«

»Ist ja eklig«, sagte Ethan.

»Macht nichts, denn wenn der Stamm dahinter kommt, dass ich euch und euren Freunden geholfen habe, kriegt er sie sowieso.« Er schulterte den Sack, und sein Blick wanderte ein letztes Mal über die ordentlich aufgereihten Baseballschläger im Ferischer-Format, die verzierten Körbe, die von kleinen weißen Bällen überquollen, die Kissen für die Bases und die Reservehandschuhe, die Catcher-Masken und Beinschützer. Ganz hinten im Raum stand eine lange, mit vielen Werkzeugen bestückte Werkbank und daneben eine klotzige alte Maschine mit Schwungrädern und Treibriemen. Vermutlich stellte der Chefmechaniker dort die ausgefallenen Apparate her, an denen die Ferischer so viel Freude hatten. Abscheu lag in seinem Blick, aber auch ein wenig Bedauern. »Wenn ich stark bin und Glück habe, kann ich mich vielleicht zusammenhalten, bis ich zu Hause bin. Dann kann ich meine blutigen, knochigen Finger denen um die Kehle legen, die mich diesem Stamm ausgeliefert haben. Dieser Schlangenbrut, die mir meine Mutter an Stelle von Brüdern geschenkt hat.«

»Mushackel-John?«

»Ja, das ist einer von ihnen. Und einer der Ersten, dem ich die Luft abdrehe, sowie sich die Gelegenheit bietet.«

Er zeigte ein dünnes, böses Grinsen, dann fiel sein Blick auf den Stock in Ethans Hand.

»Eigentlich haben wir's ja eilig«, sagte er, »aber willst du dem Prügel da nicht eine zweckmäßigere Form geben, bevor wir verschwinden?«

»Eine zweckmäßigere Form?«, fragte Ethan. »Du meinst, du ... du könntest daraus einen Schläger machen?«

»Eine Sache von fünf Minuten mit dem Ding da«, antwortete der kleine Riese und deutete auf die große Maschine. »Aber nur unter einer Bedingung: Ich darf die Späne behalten, die beim Drechseln anfallen. Wenn ich mir die Tasche mit Wundholz voll stopfe, sitzt der Fesselzauber vielleicht etwas lockerer, wer weiß.«

Ethan blickte zu Thor, und der nickte.

»Mein Gefühl sagt mir, dass wir ihn noch brauchen werden«, meinte Thor, »und nicht nur, um Bälle zu schlagen. Wenn man mit einem einfachen Ast genauso gut schlagen könnte wie mit einem Schläger, warum sollten sich die Leute dann die Mühe machen, welche zu machen?«

Also gab Ethan den Stock dem kleinen Riesen, der ihn mit einer gewissen rauen Zärtlichkeit entgegennahm und zu der Maschine im hinteren Teil des Raumes trug. Sie stehe deshalb so weit vom vorderen Raum und dem Gang des Hügels entfernt, so erklärte er, weil sie und die Schneidewerkzeuge, die er zum Arbeiten brauche, teilweise aus Eisen seien. Er spannte die Enden des Stocks zwischen die Spindel und den Reitstock der Drehbank und gab ihm einen Klaps mit der Hand.

»Ein sehr schönes Stück Holz«, sagte er fast so, als tue es ihm Leid, es bearbeiten zu müssen. »Wirklich sehr schön.« Dann begann er, gleichmäßig mit dem linken Fuß auf die Tretkurbel zu treten, die unter der sperrigen Maschine im Sägemehl lag. Zuerst langsam, dann immer schneller drehte sich der Stock. Der kleine Riese nahm ein großes Werkzeug zur Hand und hielt seine Schneide ganz dicht an das dunkle rotierende Holz. Er hielt inne. Ethan und Thor drängten sich hinter ihn.

»Dieser Drehmeißel ist teilweise aus magischem Eisen gemacht«, sagte er. »Sonst würde es nicht funktionieren.«

Er hielt die Spitze des Zaubereisenmeißels an das Holz.

Ethan konnte hinterher nicht genau sagen, was als Nächstes geschah. Etwas Langes und Dünnes schoss aus dem Wirbel über der Drehbank hervor und schien nach ihm zu greifen, ein zackiger Strahl, dunkel am einen Ende, leuchtend golden am anderen. Er schoss unter dem Meißel hervor, den die Hand des kleinen Riesen führte, und traf Ethan mit einem scharfen Zischen mitten in die Brust. Eigentlich konnte es nur ein besonders langer Span des Eschenholzes gewesen sein, der beim ersten Ansetzen des Meißels abgeschält worden war, wie Thor und Grim hinterher steif und fest behaupteten. Doch für Ethan sah es eher wie ein elektrischer Lichtbogen aus und fühlte sich auch so an. Er versengte die Luft in seinen Nasenlöchern und hinterließ einen pulsierenden Schmerz in seinem Brustbein. Ein seltsamer Schleier aus Rauch und Tränen legte sich auf seine Augen. Ein Schwindelgefühl überkam ihn, als sei er zu schnell aus der Hocke aufgestanden. Er verspürte ein heftiges Verlangen, den Ast der Esche anzufassen.

Seine Finger schmerzten und kribbelten, als ob etwas, das er verloren hatte und dessen Abwesenheit ebenso ein Teil von ihm geworden war wie sein Name und der Geschmack seiner Zunge, nun endlich wieder in seine Hände gelegt werden sollte.

Funken sprühten rings um den kleinen Riesen und hüllten seine gebeugte Gestalt in ein seltsames Licht. Einen Augenblick lang standen alle drei, Mensch, Riese und Wechselbalg, im Mittelpunkt der Erde und wurden durch ein altes Schöpfungsfeuer beleuchtet. Dann, eine Stunde oder Minuten später, versiegten die Funken, und der Schleier vor Ethans Augen lüftete sich. Grim der Riese drehte sich um. Sägemehl rahmte sein Gesicht und lag wie Schnee auf seinen Haaren und Augenbrauen.

»Ein letzter Schliff fehlt noch«, sagte er. »Ein Astknorren tief im Holz. Wenn *ich* ihn abschäle, bekommst du einen richtig guten Schläger, den besten, den ich herstellen kann, und mehr nicht. Aber wenn du es selber tust, kannst du aus diesem schönen Stück Wundholz einen Schläger für die Ewigkeit machen, wenn ich mich nicht gewaltig irre. Oder, weil du keine Übung hast, einen hübschen kleinen Zahnstocher für meinen Paps. Hängt ganz davon ab.«

»Wovon?«, fragte Ethan. Er beugte sich vor, um die Arbeit des Riesen zu begutachten. Wie versprochen, hatte er innerhalb von ein paar Minuten aus dem knotigen Ast einen schönen glatten Baseballschläger gemacht, der sich am Griff sanft verjüngte. Der Schläger sah so weich aus wie Wildleder und glänzte matt und einladend. Dort, wo er eingespannt war, verbanden ihn noch schmale Stege mit den beiden unbearbeiteten Enden des Astes. Ethan dachte zuerst, Grim habe gemeint, er solle ihn absägen. Doch dann sah er etwa in der Mitte des schlanken Griffs eine Wulst, die noch nicht abgeschält und dunkler war als der Rest. Sie lief wie ein Ring oder ein Kragen um den Griff herum. Wenn man sie nicht entfernte, würde sie sich in die Hand eingraben. »Wovon hängt es ab?«

»Na, von dir natürlich«, sagte der kleine Riese, genau wie Ethan erwartet hatte. »Davon, was in dir steckt. In deinen Händen und in dem Herzen, das sie führt.«

»Wieso?«, fragte Ethan, von einer plötzlichen Versagensangst gepackt, von derselben Angst, die ihn immer überkam, wenn er zum Schlagmal gehen musste. »Wieso muss es davon abhängen?«

Aber natürlich wusste er die Antwort bereits.

»Wieso?«, wiederholte der kleine Riese. Mit den Händen schaufelte er das Sägemehl vom Fußboden rund um die Drehbank in seine Taschen. »Weil das bei solchen Dingen nun einmal so ist.«

»Mach schon, Feld«, sagte Thor. Es war das erste Mal seit langer Zeit, vielleicht sogar das erste Mal überhaupt, dass er ihn nicht mit Captain anredete. »Wir müssen ihn zu Cinquefoil bringen.«

»Richtig«, erwiderte Ethan. Er nahm Grim den Meißel aus der Hand. Er hatte einen Holzgriff, und das Metallstück war lang und seltsam in Längsrichtung gebogen, als habe es, kurz bevor es zum Rohr wurde, innegehalten. Die Spitze war wie der Halbmond auf einem Daumennagel gekrümmt und glänzte leicht. Grim stellte den Fuß auf die Tretkurbel und setzte sie in Gang. Der Schläger drehte sich wieder. Die Wulst verschwamm zu einem dunklen Streifen und verschwand schließlich ganz bis auf einen flüchtigen Schatten, von dem Ethan nicht wusste, ob er ihn wirklich sah. Langsam senkte er die Spitze des Meißels zu der Stelle, wo er die Wulst vermutete. Er wusste, dass er nicht zu fest drücken durfte, sonst schnitt er womöglich quer durch den ganzen Griff. Was dann übrig blieb, mochte noch genügen, um Cinquefoil zu heilen, aber nicht, um einen Baseball zu schlagen, oder den Kopf eines Skrikers.

»Nicht so fest«, warnte Grim. »Du sollst nicht das Leben aus ihm herausquetschen.«

Ethan lockerte seinen Griff etwas, aber er fürchtete, der Meißel könnte bei einem zu leichten Kontakt mit dem Holz seitlich abrutschen und Furchen in den Schläger ziehen. Er spürte die feste Hand des kleinen Riesen auf der Schulter und den gespannten Blick Thors. Er senkte den Meißel erneut und so schnell, wie er sich traute, doch er hatte keine Ahnung, wo und wie fest er ihn am Schläger ansetzen sollte. Das Kreischen der Treibriemen tat ihm in den Ohren weh. Und dann, kurz bevor er den Meißel endgültig ins Holz drücken wollte, hörte er oder glaubte er Jennifer T. Rideout zu hören: »Und lass die Augen offen!« Da merkte er, dass er die Augen tatsächlich geschlossen hatte. Fast hätte er blind in seinem schönen Schläger herumgestochert, und das mit einem Werkzeug, das ihn für immer ruinieren konnte.

»Ich kann nicht!«, schrie er.

Er drückte Grim den Meißel in die Hand, und der kleine Riese nahm den Fuß von der Tretkurbel. Der Schläger kam zum Stehen. Die dunkle Wulst war natürlich noch da, genau in der Mitte des Griffs.

»Tut mir Leid«, sagte Ethan. »Ich ... ich bin noch nicht so weit. Tu du es.«

Grim nahm den Meißel und setzte den Fuß auf die Tretkurbel. Dann trat er zurück, musterte Ethan merkwürdig von oben bis unten und rieb sich nachdenklich das knochige Kinn. Er nahm eine lange, schmale, wie der Kiefer eines Raubfischs gezähnte Säge von der Werkbank und sägte rasch die Stege an den beiden unbearbeiteten Enden durch. Er packte den Schläger am Griff und schwang ihn ein paar Mal. Er nickte.

»Würde mich verrückt machen, der Knorren«, sagte er. »Aber vorläufig lassen wir ihn so.«

Ethan nahm den Schläger und strich über das Holz. Es

fühlte sich hart und samtig zugleich an, wie das Fell auf der Stirn eines Pferds.

»Selbstverständlich muss er noch geschmirgelt werden«, sagte Grim. »Und eingefettet. Aber ich schätze, dafür ist jetzt keine Zeit.«

Ethan nickte, obwohl er dem kleinen Riesen nur mit halbem Ohr zugehört hatte. Die Scham über sein Versagen pochte so heftig in seiner Brust wie nach jedem seiner zahlreichen Strikeouts. Zum ersten Mal, seit sie Clam Island verlassen hatten, war er froh, dass sein Vater nicht da war und diese erneute Demonstration seiner Unfähigkeit miterlebt hatte. Er umklammerte den Griff, und der Knorren biss sanft in das Fleisch seiner Hand.

»Später«, murmelte er. »Das erledige ich später.«

Er folgte Thor und Grim aus der Werkstatt, durch die Schatzkammer und die Tür in den spiralförmigen Korridor – diesmal öffneten sie die Tür natürlich ganz leicht. Sie blickten den gewundenen Gang hinauf und hinunter, doch von den Ferischern war nichts zu hören oder zu sehen. Der ganze Stamm, meinte der Riese, sei ins Freie marschiert, um zu spielen. Sie rannten schnell nach unten und immer und immer wieder im Kreis herum, vorbei an all den Türen, an denen sie beim Aufstieg vorbeigekommen waren, bis der letzte Korridor endete und sie wieder vor der großen Eichentür ihrer Zelle standen. Thor legte die Hände auf das Holz und schloss die Augen – und die Tür sprang auf. Er stieß einen Schrei aus und machte einen Satz nach hinten. Grim grinste.

»Du brauchst dich nicht mit Flitzen zu verausgaben«, sagte er. »Ich kenne die Türzauber und ... Oh!«

Ethan und Thor drängten sich um ihn und starrten mit offenem Mund durch die Tür. In der Zelle lagen nur Strohsäcke, sonst nichts.

»Los«, sagte Thor. »Wir flitzen.«

16

Eine Ratte in der Wand

»JETZT HABE ICH ABER GENUG«, sagte Jennifer T. »Wo bleiben sie denn? Da muss was passiert sein.«

Die letzte Kerze war fast heruntergebrannt. Sie wussten nicht, wie lange sie schon im Halbdunkel warteten, doch es mussten Stunden sein.

»Wahrscheinlich hat man sie geschnappt«, unkte Spinnenrose.

»Wieso hat man sie dann nicht zurückgebracht?«

»Vielleicht hat man sie Grimalkin John geschenkt. Manchmal tun sie das mit Übeltätern.«

»Grimalkin John?«, fragte Jennifer T. »Ist das ein Riese?«

»Der kleinste Riese in den Sommerlanden«, antwortete Spinnenrose. »Er ist nicht größer als deine Freunde. Er sorgt dafür, dass Mäuse und Ratten nicht überhand nehmen, das kann er besser als eine Katze. Er hat einen Heißhunger auf Ratten. Und er ist geschickt mit den Händen.«

Aus der Ecke, wo der Ferischer lag, kam ein leises Stöhnen. Taffy kniete neben ihm und tupfte ihm die Stirn mit feuchten Binsen, doch es war offensichtlich, dass ihm kühles Wasser keine Linderung mehr brachte. Er war bereits sichtbar geschrumpft, aber mehr innerlich als äußerlich. Seine Brust fiel langsam in sich zusammen, sein Kinn sank immer tiefer. Seine Haut war gelblich grau wie ein alter Bluterguss und fühlte sich ledern und trocken an. Seine Füße rollten sich zusammen wie die Ecken eines brennenden Blatt Papiers. Seine verletzte Hand war auf das Vier- oder Fünffache ihrer normalen Größe angeschwollen, und die kleinen Finger ragten daraus hervor wie die Zitzen eines Euters. Bei dem Anblick drehte sich einem der Magen um.

»Dann müssen wir eben zusehen, dass wir aus eigener Kraft hier herauskommen«, sagte Jennifer T. »Draußen haben wir bessere Chancen, ein Stück Eschenholz zu finden als hier.« »Und wie sollen wir das anstellen?«, fragte Taffy. Die langen Stunden der Gefangenschaft hatten offenbar düstere Erinnerungen an ihre Jahre als Mushackel-Johns Haustier geweckt. Sie saß da, träufelte Wasser auf Cinquefoils Stirn und stierte in die Dunkelheit, als blicke sie in die Gesichter ihrer toten Kinder.

»Sie wird uns helfen«, sagte Jennifer T. und sah Spinnenrose an, die zusammenfuhr. »Ferischer können flitzen. Ich weiß es, denn Cinquefoil hat es gekonnt.«

»Der vielleicht«, sagte Spinnenrose und schüttelte den Kopf. »Er ist mindestens tausend Jahre alt und ein Häuptling und außerdem eine Sportskanone. Ich bin nur ein Kind. Ich kann noch nicht mal einen richtigen Zauber weben. Ich kann überhaupt nichts.«

Jennifer T. sank auf ihren Strohsack und legte sich zurück. Aber sie lag nicht bequem, denn das verrückte Buch, das Onkel Mo ihr geschenkt hatte, pikte sie in den Hintern. *Dieses verrückte Buch.* Sie schnaubte verächtlich, weil sie überhaupt einen Gedanken daran verschwendete, setzte sich träge wieder auf und zog das *Offizielle Handbuch des Wa-He-Ta-Kriegers* aus der Tasche. Vielleicht fand sie wieder etwas im Abschnitt über das Aufbrechen von Schlössern oder eine Herstellungsanleitung für einen Sprengstoff, für den man nur trockene Binsen und Bigfoot-Spucke brauchte. Sie lachte grimmig in sich hinein, und während sie in dem Buch blätterte, fragte sie sich, was zum Teufel aus Ethan Feld geworden war. Sie fand das Kapitel über das Knacken von Schlössern und hielt das

Buch ins flackernde Licht der letzten Kerze, entdeckte aber nichts Brauchbares. Sie blätterte durch die nächsten Kapitel, in denen beschrieben wurde, wie man sich als Messerwerfer, Kanu- oder Iglubauer eine Feder verdienen konnte. Letzteres konnte sich noch als nützlich erweisen, falls sie jemals die Winterlande erreichen sollten. Eins musste man den diesen doofen Wa-He-Ta-Typen lassen – obwohl das ganze Indianer-Getue ein Schwindel war, hatten diese Kids bestimmt einigen Spaß gehabt. Wer eine Feder als Geisteraustreiber ergattern wollte, fand sogar ein ganzes Kapitel über Häuser, in denen es spukt. Es gab Abschnitte über Poltergeister, Klopfgeister, Gespenster und Wiedergänger, dazu eine Reihe gruseliger Abbildungen, und gegen Ende wurde genauer auf typische Merkmale von Spukhäusern eingegangen wie Treppen, die sich verschieben, Tapetentüren und . . .

»Geheimgänge«, flüsterte sie.

»Hä?«, fragte Taffy. »Was ist?«

Jennifer T. stand auf und begann, das Buch in der Hand, die Wände nach, wie es in dem Kapitel hieß, verräterischen Anzeichen für Geheimgänge abzusuchen. »Sucht an der Wand«, schrieb der anonyme Autor, »oder gegebenenfalls an der Decke nach Stellen, die sich farblich von ihrer Umgebung abheben, und sei es nur schwach.« Die Zelle war weiß getüncht, aber der Anstrich war ziemlich schlampig und nicht mehr ganz frisch, und so waren die schrägen Wände mit Flecken in unterschiedlichen Schattierungen übersät. Ja, man konnte fast sagen, dass keine Stelle der anderen im Farbton glich. Die nächste empfohlene Methode war natürlich Abklopfen. Jennifer T. kniete an der Wand neben der Tür nieder und begann, mit dem Buchrücken zu klopfen. Sie arbeitete sich von unten nach oben und lauschte auf ein verräterisches hohles Geräusch. Taffy hatte mittlerweile begriffen, was Jennifer T. im Sinn hatte. Sie begann auf der anderen Seite der Tür und arbeitete sich, mit ihren behaarten Fingerknöcheln pochend, in die entgegengesetzte Richtung vor.

»Ich weiß genau, was ihr sucht«, sagte Spinnenrose. »Aber das ist zwecklos. Seit hundertundsieben Jahre stöbere ich in diesem alten Dreckhaufen herum, und ich würde ... He!«

»Psst!«, zischte Jennifer T., obwohl Spinnenrose das ungewöhnliche Geräusch ebenfalls gehört hatte und sofort verstummt war. Sie klopfte ein-, zwei-, dreimal direkt über dem Fußboden, gleich rechts neben Cinquefoils schrumpeligen Füßen, an die Wand. Und da war es wieder: *Tock-Tock-Tock*. Jemand antwortete von der anderen Seite.

»Ob hinter den Wand noch eine Zelle ist?«, fragte sich Taffy. Spinnenrose schüttelte den Kopf, die Augen weit aufgerissen, den Mund gespitzt.

»Könnten es Ratten sein?« Jennifer T. trat gegen die Stelle, wo es geklopft hatte. Sie hatte den deutlichen Eindruck, dass die Wand den Tritt erwiderte. »Hast du nicht gesagt, hier gibt es Ratten?«

»Nur ein paar«, antwortete Spinnenrose. »Grim der Riese ist ganz wild auf Rattenfleisch. Rattenkebab, Rattengulasch.«

»Rattengulasch«, wiederholte Jennifer T. Sie hatte noch nie Gulasch gegessen, aber sie kannte den Namen aus Büchern und aus dem Fernsehen. Er war ihr schon immer höchst verdächtig vorgekommen, und so überraschte es sie nicht, dass man Gulasch auch aus Rattenfleisch machen konnte. »Igitt.«

»Ratten mögen intelligente Geschöpfe sein«, bemerkte Taffy, »aber soweit ich weiß, können sie nicht bis drei zählen.«

Gips und Steine prasselten zu Boden, und Jennifer T.'s Fuß verschwand in der Wand. Ein piepsige kratzige Stimme rief: »Oh, Mist!«, und im nächsten Augenblick erschien eine kleine schwarze Schnauze mit zitternden Schnurrhaaren und einem feuchten schwarzen Tropfen von Nase obendrauf.

»Was du über Ratten weißt, Bigfoot«, sagte das Geschöpf, während es in die Zelle trat und sich den Staub von den Kniehosen klopfte, »passt jedenfalls bequem in das Suspensorium eines Rüsselkäfers.«

Es war ein, wie Jennifer T. gesagt haben würde, sehr kleiner Mann, etwa halb so groß wie ein Ferischer, aber ein Mann mit der langen spitzen Schnauze, den Schnurrhaaren und den büschligen, leicht zusammengerollten Ohren einer Ratte. Er ging auf zwei Beinen, allerdings gebeugt, und schob einen eindrucksvollen Schmerbauch vor sich her.

»Dick Pettipaw!«, rief Spinnenrose. »Du elender Dieb! Das hätte ich mir gleich denken können!«

»Und ich hätte dich in der Wiege erwürgen sollen, als ich Gelegenheit dazu hatte, aber da haben wir's wieder, das Leben ist nur eine Verkettung verpasster Gelegenheiten.«

»Eine Werratte«, entfuhr es Jennifer T.

»Eine diebische Werratte. Seit Jahren plündert sie unsere Speisekammer.«

»Wie wahr«, sagte Pettipaw. »Und aus demselben Grund bin ich heute hier. Aber ich brauche euch nur anzusehen, und ich weiß, dass mir der Tag verdorben ist. Was fehlt dem Ferischer dort? Ist er von einem Eisenpfeil getroffen worden? O weh. Welch ein Jammer.« Aber er klang alles andere als betrübt. Er schlurfte hinüber zu Cinquefoil und beäugte ihn neugierig mit zitternder Schnauze. »Der gehört auch nicht zu euch Landeiern, wenn ich ihn mir so ansehe, obwohl sich das schwer sagen lässt, so verschrumpelt, wie er schon ist.« Damit richtete er seine Aufmerksamkeit auf Taffy und Jennifer T. und zupfte nachdenklich an einem Schnurrhaar. Jetzt erst fiel Jennifer T. auf, dass er eine schicke Augenklappe aus Seide trug, violett mit einer schwarzen Bordüre. »Eine Ferischer-Prinzessin, eine Bigfoot und ein Reuben-Mädchen. Interessante Kombination. So etwas findet man nicht alle Tage. Ich vermute mal, euch Reuben gehört die Klapperkiste, an der ich vorhin draußen vorbeigekommen bin.«

»Unser Auto«, sagte Jennifer T. »Hören Sie, Mr. Pittypat, oder wie Sie heißen, wie breit ist denn Ihr Tunnel?«

»Breit genug für dich, möchte ich wetten, und die beiden Ferischer. Aber für eure zottige Freundin dürfte es eng werden.«

»Macht nichts«, sagte Taffy und sank in eine Ecke. »Geht ruhig ohne mich.«

»Nein«, rief Jennifer T., »kommt nicht in Frage.« Sie griff in das Loch, das sie in die Wand getreten hatte, und zog an den Rändern. Der Putz war hier dünn. Kleine Steine, Erde und Wurzelwerk bröselten zu Boden, und bald war die Öffnung so groß, dass sie den Kopf und die Schultern hineinstecken konnte. Im Tunnel war es stockfinster, da zu ihrer Überraschung kein Licht aus der Zelle hineinfiel, aber sie tastete die Wände ab und fand bestätigt, was die Werratte gesagt hatte. Es war gerade genug Platz für jemanden ihrer Größe. Sie kroch rückwärts in die Zelle zurück und erkannte, warum es im Tunnel so dunkel war – die letzte Kerze war verloschen.

»Tja, das wär's dann wohl«, kommentierte Spinnenrose. »Jetzt sitzen wir hier im Dunkeln, bis sie neue Kerzen bringen. Und das kann dauern.«

»Ihr vielleicht«, entgegnete die Werratte. »Aber ich kann tadellos sehen, mit Verlaub. Manche sind eben begabter als andere. Zum Glück. Aber wenn Sie mich jetzt entschuldigen würden, meine Damen, ich möchte nur eben ...«

Jennifer T. saß mit dem Rücken direkt vor dem Loch, sodass links und rechts nur ein paar Zentimeter frei blieben.

»Augenblick noch«, sagte sie. Die Anspielung der Werratte auf ihre besonderen Gaben hatte sie auf eine Idee gebracht.

»Sie sind doch eine Werratte. Halb Mensch, halb Ratte.«

»Eine sehr unappetitliche Ausdrucksweise«, antwortete Dick

Pettipaw beleidigt. »Würdest du mich jetzt bitte vorbeilassen.«

»Sind Werratten wie Werfüchse?«

»Sind Reuben wie Paviane? Nein, sparen wir uns die Antwort, sie würde nur deine Gefühle verletzen. Aber ja, wir gehören zur großen Familie der Wertiere. Vor Urzeiten vom Änderer, diesem Schelm, eigenhändig erschaffen.«

»Dann können Sie auch flitzen, nicht wahr?«

»Nein.«

Der Gedanke, dass Pettipaw mit ihnen aus der Zelle flitzen könnte, hatte Jennifer T. in höchste Erregung versetzt. Umso größer war jetzt ihre Enttäuschung.

»Aber ich dachte, dass alle Geschöpfe, die ... die ...« Sie wollte Pettipaw nicht noch einmal kränken, jedenfalls nicht, solange sie seine Hilfe brauchten.

»Ich aber nicht«, kam die schroffe Antwort. »Ich habe mir nie die Mühe gemacht, es zu lernen.«

»Er lügt«, knurrte Taffy aus der Dunkelheit. »Er tut es ständig. Sein Herzschlag, der Klang seiner Stimme – glaub mir, ich weiß es. Ich kann es hören, wenn jemand lügt.« Ihr Ton wurde scharf. »Manche sind eben begabter als andere.«

Dann herrschte in der dunklen Zelle längere Zeit Stille.

»Vorhin«, sagte die Werratte schließlich, »als ich an eurer Rostlaube vorbeikam, war mir, als hätte mein kräftiges Riechorgan den unverwechselbaren Duft von Leberwurst wahrgenommen.«

»Sie gehört Ihnen«, sagte Jennifer T. sofort. »Wenn Sie uns nur helfen, unsere Freunde zu finden. Wenn wir später am Auto sind, kriegen Sie alles, was wir haben.«

»Nichts da«, sagte die Werratte. »Entweder sofort zu Auto und Leberwurst oder gar nicht. Eure Freunde müssen selber zusehen, wie sie herauskommen.«

Jennifer T. dachte nicht im Traum daran, ihre Freunde, die

irgendwo im Hügel herumirrten oder wieder in Gefangenschaft geraten waren, im Stich zu lassen. Sie wollte gerade ablehnen, da ergriff Taffy wieder das Wort.

»Vergiss nicht, Mädchen, dass dieser Thor jederzeit nach Belieben aus dem Hügel flitzen kann. Vielleicht hat er es schon getan.«

»Auch wieder wahr«, sagte Jennifer T. »Also gut.«

Es dauerte ein paar Minuten, bis sie sich im Dunkeln hintereinander aufgestellt hatten. Jennifer T. musste sich vorwärts tasten und gleichzeitig das Loch verdecken, falls Pettipaw auf die Idee kam, in den Tunnel zu fliehen. Die Werratte drückte sich an die gegenüberliegende Wand, wo ihr Schattenschwanz-Instinkt einen Seitentrieb des Baums witterte, der ins Freie führte.

Jennifer T. streckte die Hand nach ihm aus und zuckte zusammen, als sie sein langes raues Fell berührte und darunter seine zarten Schulterknochen spüren konnte. Einen Augenblick später fühlte sie, wie sich Taffys Hand auf ihre Schulter legte. Die Bigfoot hielt Cinquefoil im anderen Arm. Sein Atem rasselte und ging erschreckend langsam.

»Fertig?«, fragte Pettipaw. Er seufzte. »Was tut man nicht alles für ein Leberwurstbrot.«

Jennifer T. fühlte, wie er über seine eigene Gefräßigkeit den Kopf schüttelte. Dann wurde es plötzlich sehr kalt. Sie folgte ihm durch die Dunkelheit. Irgendwo klirrte Eis, und aus dem Augenwinkel sah sie ein Flackern. Sie blieb stehen.

»Weiter!«, schnauzte Pettipaw. »Beim Flitzen darf man nicht stehen bleiben. Los, weitergehen!«

Die Dunkelheit, durch die sie liefen, hatte zu zittern angefangen. Leuchtende farbige Risse, grüne, blaue und goldene, zerschnitten sie wie die Adern eines Blattes oder die Zacken eines Blitzes. Die Farben sprenkelten sie mit Sternen und lösten sie in kleine Vierecke und Kleckse auf. Die Kleckse waren

Teile der Welt da draußen, dachte Jennifer T., aber sie waren verstreut wie die Teile eines Puzzles. Und irgendwie sahen die Teile unterschiedlich aus, als stammten sie von zwei *verschiedenen* Puzzles, die durcheinander geraten waren. Und durch den Wirrwarr von Welt und Dunkelheit schritten im Gänsemarsch drei schattenhafte Gestalten.

»Weitergehen!«, schrie die Werratte. »Wir kommen vom Weg ab!«

»Da ... da ist jemand!«, rief Jennifer T. »Da kommt uns jemand entgegen!«

Eine der Gestalten hielt etwas in der Hand, eine Art Leuchtstab. Je näher sie kam, desto heller leuchtete der Stab und streute sein Licht in alle Richtungen. Die baumgrünen und himmelblauen Flecken begannen, umeinander zu wirbeln und mit violetten, gelben, orangefarbenen und roten zu verschmelzen. Die Dunkelheit zerfloss in dem Wirbel aus Farbe und Licht, bis sich alles drehte und ein großer Strudel entstand, dessen rasende Farbstreifen an die leuchtenden Gürtel des Jupiter erinnerten. Das Licht des Stabs explodierte und ergoss sich über alles. Jennifer T. dröhnten die Ohren, und ein brenzliger Teergeruch stieg ihr in die Nase. Der Boden unter ihren Füßen begann zu poltern und zu wackeln. Sie verlor das Gleichgewicht und streckte die Hände aus, um den Sturz abzufangen. Und kurz bevor das Licht des Stabs bis in die letzten Winkel ihres Gesichtsfelds strahlte, hatte sie das merkwürdige Gefühl, zwei dicke Grasbüschel zu umklammern.

Mr. Feld forscht

DER WERFUCHS CUTBELLY hatte ein Gutteil seines sehr langen Lebens damit zugebracht, die Gewohnheiten und Verhaltensweisen jener interessanten Geschöpfe zu studieren, die in den Fernen Territorien der Sommerlande Reuben genannt wurden. Als Schattenschwanz war er häufig nach Mittelland gereist. Er hatte mehr von dieser Welt gesehen als irgendein Reuben, so viel war sicher. Er hatte Krieg und Leid gesehen. Er hatte Krankheit und Zerstörung gesehen. Er hatte viele traurige Dinge gesehen. Aber so ein komischer Kauz wie Dr. Bruce Feld war ihm noch nie untergekommen.

»So«, sagte der Werfuchs, als er rückwärts ins Laboratorium trat, in der Hand ein Tablett mit Karibubuttertee und einem Teller harter Winterlandkekse, die unter dem Namen Knusperknochen bekannt waren. Das behelfsmäßige Labor im Bauch des Dampfschlittens *Panik* ruckte und wackelte. Die Bechergläser und Röhren tönten unablässig wie ein Glockenspiel. Cutbelly hatte sich oft gefragt, ob es nicht vielleicht das endlose Klirren all dieser verfluchten Gläser und Gefäße war, das Bruce Feld am Ende um den Verstand gebracht hatte. »Ich habe Ihnen etwas zu essen gebracht.«

»Keine Zeit«, antwortete Mr. Feld. Er wandte keinen Blick von dem Kolben, dessen Inhalt er gerade mit einem Autoklav erhitzte. Der Autoklav, eine Art Superdampfkochtopf für Chemiker, war wie all die anderen ausgefallenen Apparate im Labor von den Grauling-Schmieden des Kojoten nach genauen Vorgaben Mr. Felds gebaut worden. Der Plan des Ko-

joten fußte auf mittelländischer Wissenschaft. Deshalb musste sein Giftbeförderungssystem mit mittelländischen Mitteln
erschaffen werden. Bis auf wenige Ausnahmen, versteht sich.

Den Strom lieferte seine Donnerbüffelherde, Feuergnome
hatten die Kolben und Gläser geblasen, und zur Herstellung
der Werkzeuge und Instrumente hatte man Walrossbein und
Zaubereisen aus den Winterlanden verwendet.

»Sie müssen etwas essen, Reuben«, sagte Cutbelly. »Was hat
Ihr Sohn davon, Sie wieder zu sehen, wenn Sie bis dahin ver-
hungert sind?«

»Später«, sagte Mr. Feld. Er war noch nie besonders ge-
sprächig gewesen, aber mittlerweile sprach er kaum noch ein
Wort. Eine komplizierte Skyline aus Glas trennte ihn von seinem Assistenten. »Ich stecke mitten in einem Versuch.«

»Was für einem Versuch?«

»Nummer fünfhundertsiebenundzwanzig. Gehen Sie an
Ihren Platz.«

Gehorsam stellte Cutbelly das Tablett ab und eilte zu dem
Holztisch in der Ecke. Seine Tätigkeit als Laborassistent bestand eigentlich nur darin, Mr. Felds Notizen zu Papier zu
bringen – und in vergeblichen Versuchen, ihn zum Essen zu
bewegen. Seit einer Ewigkeit arbeitete Mr. Feld ununterbrochen, und nur hin und wieder nahm er einen Keks oder einen
Schluck Karibubuttertee zu sich. Er schlief weniger als Cutbelly, und Werfüchse brauchen schon sehr wenig Schlaf.

Vor Erschöpfung hatte er schwarze Ränder unter den Augen, und sein Bart bildete ein wirres Knäuel, denn er wuchs
im Winterlande-Tempo einen Zentimeter pro Tag. Jemand
hatte ihm einen Laborkittel besorgt, und den trug er rund um
die Uhr. Denn alles, was er tat, war arbeiten.

»Ich beobachte die Pikofaserbildung, und allem Anschein
nach erfolgt sie ziemlich gleichmäßig«, sagte er mit jener
trocknen, näselnden Stimme, mit der er immer sprach, wenn

er Cutbelly seine Notizen diktierte. *Faserbildung gleichmäßig,* schrieb Cutbelly. Mr. Feld hielt sich das Becherglas vors Auge und kippte es hin und her. Die klare Flüssigkeit darin war jetzt weiß und steif wie kalt gestellter Pudding. Er stach mit der Spitze einer langen dünnen Sonde hinein. In den Knochengriff der Sonde war ein Messgerät mit Sprungfeder und roter Anzeigenadel eingebaut. Die Sonde glitt mühelos in die dicke weiße Substanz, doch als er sie wieder herausziehen wollte, blieb sie stecken. Er musste das Becherglas abstellen, in eine Klemme einspannen und die Sonde mit beiden Händen herausziehen. »Autoadhäsionszahl außerhalb des Messbereichs«, sagte er.

»War es das?«, fragte Cutbelly mit einem mulmigen Gefühl im Magen. »Haben Sie es geschafft?«

»Es sieht gut aus«, antwortete Mr. Feld. Seine Stimme verriet kaum ein Gefühlsregung. Niemand hätte geahnt, dass der Augenblick da war, auf den er wochenlang hingearbeitet hatte, ohne zu essen oder zu schlafen. Die Flüssigkeit in dem Kolben wurde immer dicker und silbriger, bis sie schließlich wie Quecksilber am Glasboden glänzte. Mr. Feld goss sich den Inhalt in die Handfläche. Die Substanz verteilte sich in alle Richtungen und überzog seine Haut. Aber kein Tropfen fiel von seiner Hand. Er hob sie mit der anderen Hand hoch und formte eine Kugel daraus, knetete sie ein paar Mal durch und knallte sie auf den Arbeitstisch. Sie hielt zusammen und wurde platt wie ein Pfannkuchen. Er nahm den Pfannkuchen vom Tisch und zog ihn auseinander wie Pizzateig. Dann wirbelte er ihn durch die Luft, und der Teig streckte und dehnte sich, bis er wie ein seidiger Fallschirm in der Luft hing und langsam auf die Tischplatte schwebte.

»Holen Sie mir einen Skriker«, befahl Mr. Feld.

»Ich mag diese Dinger nicht«, sagte Cutbelly. »Das wissen Sie doch, Bruce.«

»Na schön«, sagte Mr. Feld. Er ging zu einer schmalen Metalltür im hinteren Teil des Labors. Sie sah aus wie die Tür eines Spinds, schmal und oben mit Schlitzen. Er drehte an dem Griff aus Knochen, öffnete sie und zwängte sich seitlich halb hinein. Aus dem Innern des dunklen Schranks drang ein boshaftes Knurren. Cutbelly sah zu, wie Mr. Feld in den Schrank fasste, und dabei machte er eine äußerst seltsame Beobachtung. Sein Hinterkopf sah ... ja, sein Hinterkopf sah *platt* aus. Als wäre sein Kopf aus Kitt, hätte man meinen können, und als hätte er zu lange auf dem Rücken gelegen. Mr. Feld fuhr zusammen und zuckte zurück. Dann grinste er. Das Grinsen verursachte Cutbelly eine Gänsehaut.

Mr. Feld brachte einen großen schwarzen Drahtkäfig zum Vorschein. Er hielt ihn an einem Ring, der oben befestigt war. Der Skriker im Käfig schlug um sich und fauchte ihn an. Dann fauchte er Cutbelly an. Wie es hieß, kannten Skriker keine Gefühle außer Bosheit und keinen Schmerz außer Hunger. Aber dieser Skriker sah Cutbelly ganz so aus, als hätte er Angst.

»Bruce«, sagte er. »Mr. Feld. Bitte, tun Sie es nicht.«

»Ich habe keine andere Wahl«, erwiderte Mr. Feld. Seine Stimme hatte immer noch diesen näselnden Ton, den sie sonst nur beim Diktieren hatte. »Wenn ich nicht tue, was er verlangt, sehe ich Ethan nie wieder.«

»Und wenn Sie es tun, vielleicht auch nicht«, entgegnete Cutbelly.

»Sei es, wie es sei«, sagte Mr. Feld, immer noch mit der trockenen Diktierstimme. Anscheinend wurde sie zum Dauerzustand. Er zog ein Paar dicke Handschuhe aus Elchleder an und ergriff das Fanggerät, das aus zwei langen Stielen mit einer Schlinge am Ende bestand und das er immer benutzte, um den Skriker zu packen. Obwohl der Skriker verstümmelt war – er hatte ein paar Wochen zuvor bei einem Scharmützel mit einem Stamm wilder Schaggurts bei Grunterburg seine Flügel verloren –, war er immer noch gefährlich. »Ich habe keine andere Wahl.«

Er schloss den Käfig mit einem Schlüssel aus Zaubereisen auf, öffnete vorsichtig die Tür und schob die Schlinge hinein. Der Skriker beschimpfte ihn in der Sprache der Skriker, die Azmamza genannt wurde und deren Wörter und Sätze vorwärts wie rückwärts gelesen den gleichen Sinn ergaben. »*Katnantak*«, keifte der Skriker. »*Tav vatve gala gevtav vatkat nantak!*« Dann lag die Schlinge um seinen Hals. Mr. Feld zerrte ihn aus dem Käfig, und mit einer einzigen geschmeidigen Bewegung klemmte er ihn sich unter den Arm wie einen Dudelsack und drehte mit einem Ruck an seinem Kopf. Ein Knall, und der Kopf des Skrikers war ab. Aus seinem Hals quoll ein schwarzer Tropfen, der zu einer glänzenden Perle anschwoll. »*Tavvat!*«, knurrte der Kopf des Skrikers. »*Vizgon og zivtav vat.*«

Mr. Feld setzte ihn neben sich auf den Tisch und deckte ihn mit einem Handtuch zu. Der Kopf plapperte noch eine Weile weiter, dann verstummte er. Nun wandte sich Mr. Feld der Perle aus schwarzer Flüssigkeit auf dem Hals des toten Skrikers zu. Er hielt den Körper schräg über den Tisch und ließ den Tropfen auf den Pikofaser-Pfannkuchen fallen, den er vorhin ausgerollt hatte. Das schwarze Zeug zerfloss zu einem länglichen Fleck. Im nächsten Augenblick begann es zu dampfen und zu qualmen. Es stank ekelhaft nach faulem Zahn.

»Das sind nur die Rückstände von meinen Händen«, erklärte Mr. Feld. »Fett und Schmutz.«

Tatsächlich hörte, noch während er sprach, das Dampfen auf, und die Rauchkringel stiegen zur Decke und lösten sich auf. Mr. Feld beobachtete, wie sich der schwarze Streifen Skriker-Blut, immerhin die zweitaggressivste Substanz im Universum, auf dem silbernen Stoff abkühlte. Das Pikofaser-Material reagierte nicht mit ihm. Und genau das war das Besondere an den Pikofasern, wie er dem Werfuchs erklärt hatte: Sie wurden von anderen Stoffen nicht angegriffen und griffen andere Stoffe nicht an. Sein Pikofaser-Pfannkuchen interessierte sich für das Skriker-Blut so wenig wie für einen Spritzer verschütteten Kaffee. Auch Cutbelly interessierte sich nicht sonderlich dafür. Aber Mr. Feld betrachtete das Blut, als hätte er noch nie so etwas Schönes gesehen. Tonlos sang er vor sich hin:

»Na na na na
Na na na na
Hey hey hey
Goodbye ...

Biolösungsmitteltest«, sagte er gleich darauf, und seine Stimme klang höher und trockener denn je. »Negativ. Keinerlei Anzeichen einer molekularen Wechselwirkung.« Er spähte zu Cutbelly, der reglos dasaß, statt ins Notizbuch zu schreiben. »Notieren Sie das.«

»Nein«, sagte Cutbelly. »Ich werde Ihnen nicht mehr helfen.«

Cutbelly mochte Mr. Feld. Er mochte die Reuben ganz allgemein und zog ihre Gesellschaft der der Ferischer vor, unter denen er geboren war. Ferischer waren temperamentvoll, aber oberflächlich und ohne Mitgefühl. Sie waren unsterblich. Nur Wesen, deren Leben zu kurz war wie das der Reuben, waren fähig, Mitgefühl zu empfinden. Und er war Mr. Feld dafür dankbar, dass er ihm bei Bettys Knochengrube das Leben gerettet hatte. Aber seine Gegenwart wurde ihm immer unheimlicher. Es musste etwas geschehen.

»Notieren Sie gefälligst!«, stieß Mr. Feld zwischen den Zähnen hervor. »Ich bin fast am Ziel! Schreiben Sie! Oder wollen Sie nicht, dass ich Ethan wieder sehe?«

»Was wollen Sie denn tun?«, rief Cutbelly. »Mir den Kopf abreißen wie dem da? Schreiben Sie doch selber.«

Mr. Feld setzte den Glasbecher ab, nahm ihm das Notizbuch weg und fing wütend zu kritzeln an.

»Mit Ethan hat das alles überhaupt nichts zu tun, Sir«, sagte Cutbelly. »Sie tun es, weil sie es gern tun. Die Arbeit macht Ihnen Spaß. Geben Sie es doch zu. Angenommen, der Kojote würde jetzt hereinkommen und sagen, dass Sie aufhören könnten, würden Sie trotzdem weiterarbeiten, stimmt's?«

»Nein«, erwiderte Mr. Feld. »Natürlich nicht.«

Er schaute weg, und Cutbelly sah, dass sein Hinterkopf noch flacher geworden war. Tatsächlich fiel ihm jetzt auf, dass die ganze Rückseite von Mr. Felds Körper flacher war, als sie sein sollte. Sein Hintern sah aus, als werde er gegen eine durchsichtige Glasscheibe gepresst.

Die Eisenpforte schwang quietschend auf, und der Kojote trat ein. Er trug seine Schneekleidung, eine Jacke und Hosen aus weißem Fell. Seine weiße Pelzkapuze war zurückgeschlagen, und Tropfen glitzerten in seinem kupferfarbenen Haar.

»Aha!«, rief er. »Fleißig bei der Arbeit, wie ich sehe! Fein! Hervorragend! Ausgezeichnet! Und wie läuft es? Gut? Ausgezeichnet sogar? Na, bestens. Mr. Feld, das trifft sich gut. Ich bin nämlich ganz nahe dran, die gewünschte Menge Gift zu bekommen. Eine Freundin arbeitet zur Stunde daran. Ich glaube, sie hat jemanden gefunden, der dazu überredet werden kann, mir das Zeug zu beschaffen. Interessanterweise ist es jemand, der Ihrem Sohn nahe steht.« Er ballte die Fäuste und schlug sich an die Stirn. Er zog sich selbst an den Haaren. »Oh, ich bin zufrieden. Hoch zufrieden. Ja, ich bin so zufrieden, dass ich Sie belohnen möchte. Ab sofort brauchen Sie nicht mehr für mich zu arbeiten. Natürlich kann ich Sie nicht aus meinem Gewahrsam entlassen, jedenfalls nicht, bevor wir Outlandishton genommen und die Flüsterquelle besetzt haben. Aber Sie brauchen nicht länger an dem Transportsystem zu arbeiten. Meine Schmiede können ab sofort übernehmen.« Seine Stimme klang freundlich und vollkommen aufrichtig.

Mr. Feld warf einen Seitenblick auf Cutbelly.

»Hmm«, machte er.

Cutbelly spuckte auf den Boden. »Was habe ich Ihnen gesagt?«

»Es ist nur so«, sagte Mr. Feld schließlich. »Ich stehe so kurz vor dem Ziel. Ich würde jetzt nur sehr ungern aufhören.«

Der Kojote nickte.

»Sie rackern bis zum Umfallen«, sagte er. Dann nickte er Cutbelly zu, und der Werfuchs bemerkte ein kleines gemeines Grinsen in seinem Gesicht. Der Kojote wandte sich zum Gehen. »Oder sollte ich sagen, bis Sie platt sind?«

18

Im Drei-Reuben-Stadion

ETHAN STAND mitten auf einem großen Rasenplatz mit einem perfekten, auf der Spitze stehenden rechten Winkel, der sich wie ein Fächer öffnete. In der Nähe der Spitze und innerhalb eines Quadrats, dessen Seiten mit brauner Erde gezogen waren und grünes Gras umschlossen, erhob sich ein kleiner runder Hügel, der ebenfalls aus brauner Erde bestand. »He«, rief Ethan und blickte über den grünen Diamanten zu Jennifer T. Er selbst befand sich direkt hinter dem Kreis aus Erde, wo das Schlagmal hingehörte. Jennifer T. stand auf dem Werferhügel.

»He«, antwortete sie und blickte sich verwundert um. »War das dein Werk?«

»Es ... es war nicht meine Absicht«, sagte Ethan.

Das Letzte, woran er sich erinnerte, war, dass er den Schläger losgelassen hatte, weil er gebrannt hatte, aber nicht wie ein Feuer oder ein elektrisches Licht, sondern mit einer Art kalten Flamme wie Sternenlicht. Er begann praktisch in dem Augenblick zu flackern, als er Thor in die Flanke des Hügels folgte. Schon nach ein paar Schritten flammte das Licht auf, und dann schien es, als hätte jemand die Welten in einen Mixer gesteckt. Was danach geschah, wusste er nicht mehr. Und jetzt standen sie hier, auf einem Baseballplatz im Schatten des Löwenzahnhügels.

Als die Ferischer vom Löwenzahnhügel das Spielfeld sahen, das wie durch ein Wunder vor ihrer Haustür entstanden war, warfen sie ihre Tennisschläger und Krockethämmer weg und verließen den kahlen grauen Platz, wo sich ihr altes Spielfeld befunden hatte. Sie warfen sich in das dichte neue Gras und badeten darin wie in Wasser, wälzten sich seufzend auf den Rücken und ließen sich treiben.

»Ethan Feld«, rief Taffy von der Ecke des dritten Base. »Wir brauchen das Holz, und zwar schnell.«

Sie hatten den federleichten ausgetrockneten Körper Cinquefoils auf den Werferhügel gelegt. Ethan war über sein Aussehen schockiert. Er hatte kaum noch Ähnlichkeit mit einem lebenden Wesen. Er sah aus wie ein Bündel Lumpen, wie die Puppe, die das Ferischermädchen Spinnenrose mit sich herumtrug. Ethan wollte gerne glauben, dass sein frisch gedrechselter Schläger den Verfallsprozess irgendwie rückgängig machen konnte, doch für wahrscheinlich hielt er es nicht. Und selbst wenn sich erweisen sollte, dass der Schläger dazu im Stande war, so bezweifelte er doch, dass *er* es war.

»Hier«, sagte er zu Jennifer T. und hielt ihr den Schläger hin, den Grim für ihn gemacht hatte. Sie nahm ihn, packte ihn mit beiden Händen und strich mit den Fingern darüber. Sie hatte ihn von dem Augenblick an mit Neugier betrachtet, als sie sich auf dem Innenfeld gegenübergestanden hatten, die Wirbelwinde um sie herum abgeflaut waren und das Chaos der durcheinander geratenen Welten sich aufgelöst hatte.

»Du musst es selbst tun, Reuben«, sagte Grim zu Ethan. »Es ist dein Holz. Du hast es gefunden.«

»Aber ich habe auch schon ihren Schläger benutzt«, protestierte Ethan. »Schläger werden ständig getauscht. Sie kann meinen jederzeit benutzen, wenn sie möchte.«

»Also, ich weiß nicht«, sagte Jennifer T. und schwang ihn ein paar Mal zur Probe. »Da ist ein Knubbel am Griff. Ein Knoten oder so was. Mir tut die Hand davon weh.«

Sie hielt Ethan den Schläger hin, und er nahm ihn zurück. Sie hatte Recht. Er lag nicht gut in der Hand. Wegen des

Knotens. Und das war natürlich seine Schuld. Er hatte nicht den Mut gehabt, ihn abzuschälen. Er unterdrückte die Scham über sein Versagen und wandte seine Aufmerksamkeit der verschrumpelten Gestalt des Häuptlings zu, der vor ihm auf dem Werferhügel lag. Die Ferischer vom Löwenzahnhügelstamm kamen langsam näher, um besser sehen zu können, was er tat. Einige riefen ihm Ratschläge zu, andere schlossen Wetten darüber ab, ob es überhaupt klappen würde.

Wie alle Ratschläge waren auch die der Ferischer widersprüchlich – es war lange her, dass jemand aus der Gegend gesehen hatte, wie mit Eschenholz ein Eisenstachel entfernt wurde. Einige riefen Ethan zu, er solle niederknien und den Schlägerkopf direkt auf die Wunde legen. Andere meinten, er solle stehen bleiben und den Schläger über der Wunde kreisen lassen. Am Ende entschied er sich für eine Kombination von beidem. Er kniete sich hin und beschrieb kleine Kreise über Cinquefoils verletzter Hand. Er schloss die Augen, denn er konnte den Anblick des armen geschrumpften Häuptlings nicht mehr ertragen.

Als er sie wieder aufschlug, sah er zu seiner Überraschung, dass sich der Zustand des Patienten deutlich gebessert hatte. Der harte kleine Kern, in dem sich Cinquefoils Leben verkapselt hatte, platzte wieder auf, und das Leben strömte zurück in sein Gesicht, seine Hände und Füße. Seine Hände brachen auf wie Knospen. Seine Augenlider öffneten sich wie Blütenblätter. Er sah Ethan direkt an.

»Wie ich sehe, hast du deinen Knüppel glatt gehobelt«, bemerkte er.

Jubel brach aus. Es war das erste Mal seit dem Verlust des alten Baseballplatzes durch die Hinterlist des Kojoten, dass am Hügel Jubel ertönte. Dann nahte Königin Filaree. Ihre Miene war streng, und als Einzige auf dem Platz lächelte sie nicht. Ihr Gang war hoheitlich. Am Rand des Rasens blieb sie stehen und musterte einen nach dem anderen: Ethan, Jennifer T., Thor, Cinquefoil, Taffy, Grim den Riesen und das kleine rattenähnliche Geschöpf mit dem Schmerbauch – eine Werratte, wie Ethan vermutete, der neben Jennifer T. stand. Die Werratte erwiderte ihren Blick mit einem Auge. Am längsten jedoch starrte die Königin das Ferischermädchen Spinnenrose an. Doch Spinnenrose schien es nicht zu bemerken. Sie blickte bewundernd zu den Birken rechts neben dem Spielfeld.

»Wir waren verbittert und mürrisch, vergrämt und gemein«, sprach die Königin endlich. »Und schlimmer noch, wir haben in schändlichster Weise die Gesetze der Gastfreundschaft verletzt.« Sie sah Ethan und Jennifer T. an. »Und zum Dank dafür habt ihr unsere gebrochenen Herzen geheilt.«

»Es war eine Art Versehen«, sagte Ethan und blickte auf den Schläger. »Ich weiß nicht genau, was ich getan habe.«

»Ich weiß es auch nicht«, sagte Grim der Riese. »Aber ich denke mir, dass Folgendes passiert ist. Die beiden da« – er deutete auf Jennifer T. und Taffy – »sind zur selben Zeit durch den Hügel geflitzt wie wir. So was soll vorkommen, und wenn sich Leute beim Flitzen begegnen, passiert immer etwas Besonderes. Hab ich jedenfalls gehört. Kurz und gut, der kleine Reuben da hat dieses alte Stück Wundholz dabei, und das Ding hat so geleuchtet, dass ich mir vorstellen könnte ... Also, ich glaube, er hat zwei Welten zusammengebracht. Unsere und Mittelland. Unter Garantie. Nur für eine Minute oder so.«

Die Werratte kam nach vorn und strich mit ihrer zierlichen Vorderpfote sanft über den Schaft von Ethans Schläger.

»Wundholz ist das?« Sie runzelte die Stirn. »Dann muss ich dem Winzling und Einfaltspinsel da drüben Recht geben, auch wenn es mir schwer fällt. Wenn man ein Stück Wundholz an die Stelle hält, wo zwei Äste sich kreuzen, ist es so, als ob man vorübergehend eine kleine, ganz kleine Galle schafft – ihr wisst doch, was eine Galle ist? Aber es war keine richtige Galle. Sie war nicht von Dauer. Und sie blieb nur so lange offen, dass ein winziger Teil der zwei Welten verschmelzen konnte. Gerade so lange, dass ein kleiner magischer Ort entstehen konnte.«

»Ein Baseballplatz«, sagte Jennifer T.

»Er hat genau die magischen Kräfte und die Größe, die wir brauchen«, sagte Königin Filaree. »Wir stehen tief in eurer Schuld.«

»Oh«, sagte Ethan, durch ihren feierlichen Ernst leicht aus der Fassung gebracht. Er konnte noch immer nicht begreifen, dass er, wenn auch nur für einen Moment, zwei Welten vereinigt und dort, wo nur Dreck und graue Asche gewesen waren, etwas so Schönes geschaffen hatte. »Ist schon in Ordnung.«

»Das ist es nicht«, widersprach die Königin. »Nenn einen Preis für dein Geschenk, und er wird bezahlt.«

»Na ja ...«, begann Ethan. Sie hatten bereits sehr viel Zeit verloren. »Ich mache mir große Sorgen um meinen Dad. Der Kojote hat ihn gefangen nehmen lassen.«

»Außerdem versuchen wir, Zackenfels zu verhindern«, rief ihm Thor in Erinnerung.

»Ach ja«, sagte Ethan. »Außerdem versuchen wir, das Ende der Welt zu verhindern. Und wir haben noch einen weiten Weg vor uns. Deshalb ... Na schön, könnten wir bitte unser Luftschiff zurückbekommen?«

Die Wangen der Königin röteten sich, bis sie die Farbe von Blutorangen angenommen hatten. Sie sah an sich hinunter, dann weg. Vereinzeltes freudloses Gelächter stieg aus den Reihen der Ferischer auf. Eine bestimmte Geldsumme wechselte den Besitzer. Ethan sah sich das Gewand der Königin genauer an und dann die der anderen Stammesmitglieder. Fast alle trugen das Gleiche. Der Stoff glänzte matt und silbern wie der Mond. Nun, da sie draußen im Sonnenlicht standen, erkannte er, dass alle aus der Pikofaserhülle des Skidbladnir genäht waren.

»Oh!«, rief er.

»Ich lasse gerade euren Wagen aus den Ställen holen«, sagte die Königin. »Aber zu meinem Bedauern muss ich euch mitteilen, dass er nicht mehr so gut fliegen dürfte wie zuvor.«

Einige Augenblicke später tauchte der alte Saab der Felds hinter dem Hügel auf, geschoben von zwei Dutzend mürrischen Ferischern, die dicke Handschuhe trugen, um nicht mit dem Metall in Berührung zu kommen. Er war verbeult und schmutzig und wirkte an diesem entzückenden Ort deplatzierter denn je. Aber er hatte viel Benzin im Tank, und als sie den Anlasser betätigten, sprang er sofort an.

»Ein Glück, dass ich den Motor nicht weggezaubert habe«, sagte Cinquefoil. »Aber mit einer einzigen Tankfüllung kommen wir nicht weit.« Er zitterte, immer noch blass und mitgenommen, und schaute auf die Anzeige, unter der *BENSIN* stand.

»Ich werde einen Festzauber auf das Auto anwenden, Häuptling Cinquefoil«, versprach die Königin. »Damit kann man einen Brotkanten in einen Festschmaus für einen ganzen Stamm verwandeln. Damit lässt sich das Benzin etwas strecken. Und natürlich bekommt ihr von uns Proviant und alles, was ihr sonst noch braucht.«

»Verzeihung«, sagte eine dünne, kratzige Stimme zu Ethans Füßen. »Aber da wir gerade beim Thema Proviant sind. War da nicht noch eine Kleinigkeit? Stichwort Leberwurst.«

Es war die Werratte. Sie blickte mit zitternder Nase zur Heckklappe des Wagens.

»Ach ja«, rief Jennifer T. »Richtig.«

Sie ging zum Wagen, öffnete die Klappe und stöberte in der Kühltasche, die ihre Großtanten gepackt hatten. Sie kam mit einem Stapel Sandwiches, eingewickelt in Wachspapier, zurück und reichte ihn der Werratte hinunter.

»Pettipaw«, sagte Grim der Riese kopfschüttelnd. »Für ein Stück Leberwurst würdest du deine eigene Mutter verkaufen, habe ich Recht, du einäugiger Abklatsch von einem Nager?«

»Und deine gleich mit, du Knirps«, sagte Pettipaw mit einem Grinsen und bedachte die Sandwiches mit einem zärtlichen Blick. Dann huschte er, nachdem er sich rasch verbeugt hatte, übers Gras und verschwand unter den Bäumen.

»Cinquefoil«, sagte Ethan. »Wir haben kein Luftschiff mehr.«

»Nur zu wahr«, sagte der Ferischer. »Wie sollen wir denn jetzt über die Rauen Berge und den Großen Fluss und so weiter kommen?«

Wieder erhob sich ein Murmeln unter den Ferischern, und die Königin blickte entsetzt.

»Ist das euer Ernst? Ihr wollt zum Apfelhain?«

»Sogar noch weiter«, antwortete Cinquefoil. »Wir wollen über das Diamantgrün und durch die Hintertür in die Winterlande. Und dann hinauf nach Outlandishton.«

»Wir glauben«, erklärte Jennifer T., »dass der Kojote etwas gegen die Quelle im Schilde führt und den Baum zerstören will. Meine verrückte alte Tante hat davon geträumt.«

»Nur wissen wir nicht, wie genau er es anstellen will«, sagte Thor.

»Dann tut es mir umso mehr Leid, dass wir euren Himmelssack zerschnitten haben«, sagte die Königin. »Apfelhain.« Sie schüttelte ihr majestätisches Haupt. »Donnerwetter. Den wollte ich schon immer mal sehen.«

»Kannst du uns sagen, wie wir hinkommen, Schwester?«

Aber die Königin schüttelte nur den Kopf. »Wir haben seit Ewigkeiten nichts mehr über den Apfelhain gehört.«

»Ich kann ihn finden«, sagte Thor. Alle fuhren herum und sahen ihn an. Er stand vor dem Wagen, und die Karte, die er gefunden hatte, lag ausgebreitet auf der Kühlerhaube.»Apfelhain. Hier! Alles klar.« Er zeichnete mit dem Finger eine Route.»Also. Wir brauchen nur über die Berge dahinten zu fahren. Die Rauen Berge. Genau.« Ethan blickte über die Bäume hinweg zu den dunstverhangenen grauen und leicht violetten Bergen, die sie zu Beginn der Reise in der Ferne gesehen und die so alt und abgetragen gewirkt hatten.»Dann, ja, genau, dann geht es auf der anderen Seite der Berge wieder hinunter, durch die Lager der Verlorenen und hier über den Großen Fluss.« Er tippte mit dem Finger auf die Stelle.»Dann sind wir am Ziel. Apfelhain.«

Die Königin des Löwenzahnhügels tauschte einen Blick mit dem Häuptling des Keilerhauerstamms.

»Über den Großen Fluss«, sagte sie.»Das könnte noch schwieriger werden als ein Weltensprung, wenn die Geschichten, die ich gehört habe, wahr sind.«

»Was für Geschichten?«, fragte Ethan.

»Hier steht«, sagte Thor und folgte mit dem Finger dem gewundenen Lauf des Großen Flusses,»ich glaube, hier steht ... *Alte Wasserkatze.* Ist das richtig?«

»Wer oder was ist die alte Wasserkatze?«, fragte Ethan.

»Ich habe so viele merkwürdige Geschichten gehört, dass ich sie gar nicht alle wiederholen kann«, sagte Königin Filaree.»Es könnte ein Art Riese sein. Es könnte aber auch ein Fisch sein, eine Schlange oder ein Drache.« Bei jeder Möglichkeit, die sie erwähnte, nickte eine andere Gruppe von Ferischern beifällig. Einige gerieten sich in die Haare, brüllten»Fisch!« oder»Schlange!«. Filarees blasse Hand zerschnitt die Luft, und sie verstummten sofort.»Ich schätze, ihr werdet noch früh genug dahinter kommen.«

Ethan sah Thor an, und der nickte. Sie hatten keine andere Wahl. Dann blickte er zu Jennifer T. Sie schaute zu den Bäumen, unter denen Pettipaw verschwunden war.

»Proviant und ein Zauber«, sagte sie schließlich. »Das soll die ganze Entschädigung sein?« Ihr Blick wanderte über den neuen grünen Rasen, der sie umgab. »Irgendwie finde ich, das ist nicht genug.«

»Also gut«, sagte die Königin, »ich überlasse euch die Karte. Von der ich sonst annehmen müsste, dass sie aus meiner Schatzkammer gestohlen worden ist.«

»Du wirst doch gar nicht schlau aus ihr, du kannst sie ja nicht mal ausbreiten«, sagte Spinnenrose scharf. Sie hatte bisher abseits gestanden und die Puppe an sich gepresst, als hätte sie Angst, das Spielfeld zu betreten. Als könnte die kleinste Berührung mit ihrem Fuß den Rasen zerstören. Aber jetzt sah Ethan, wie sie hinter Thor Wignutt schlich und auf seine Schulter kletterte, um die Vier-Seiten-Karte besser sehen zu können.

»Der Apfelhain«, seufzte sie mit verträumtem Blick. »Wenn ich mir vorstelle, dass er gleich hinter den Bergen liegt.«

»Es ist ein weiter Weg«, korrigierte sie Thor. »Erst recht, wenn wir fahren müssen.«

»Die Karte wollen wir auf jeden Fall«, sagte Ethan. Jennifer T. nickte.

»Außerdem ...«, fuhr Ethan fort, der gemerkt hatte, wie viel man bekommen konnte, wenn man es nur verlangte. Jennifer T. machte es immer so, doch für ihn war es neu. »Außerdem wollen wir, dass ihr den Zauber aufhebt, der auf Grims Haut liegt.«

Darauf trat eine tiefe und lang anhaltende Stille ein, in der nur das Zwitschern der Vögel und das Säuseln des Winds in den Bäumen zu hören waren. Ausnahmsweise einmal wurden keine Wetten abgeschlossen.

»Und wir wollen die Prinzessin mitnehmen«, sagte Jennifer T. Im nächsten Moment hielt sie sich die Hand vor den Mund, als hätte sie das Gefühl, sie sei zu weit gegangen. Die einzige Anwesende, die in diesem Augenblick überraschter blickte als Jennifer T. Rideout, war Spinnenrose selbst. »Natürlich nur, wenn sie mitkommen möchte.« Sie blickte zu dem Ferischer-Mädchen. »Aber wahrscheinlich möchte sie gar nicht.«

Die Königin blickte zu Spinnenrose, die von der Karte aufschaute und Jennifer T. prüfend ansah. Die Überraschung in ihrem Gesicht wich der Skepsis und vielleicht auch einem ersten aufkeimenden Interesse.

»Das klappt niemals«, sagte sie schließlich und betrachtete traurig ihre Puppe. »Ihr seid verrückt. Aber wenn es euch am Ende gelingt, den alten Kojoten wenigstens ein bisschen zu ärgern, so hätte ich, glaube ich, nichts dagegen.«

»Ihr verlangt viel, ihr Reuben«, sagte die Königin. »Sehr viel. Was meine Tochter tut, ist ihre Sache, denn ich bin bereit, hiermit zu erklären, dass das Verbrechen, das sie an mir und ihrem Volk begangen hat, gesühnt ist – wenn auch ohne ihr Zutun. Aber was den Riesen angeht, das ist etwas ganz anderes.«

»Das ist sehr freundlich von euch«, sagte Grim zu Ethan mit Tränen in den Augen. »Aber ein Riese, der durch einen Zauber gebunden ist, bleibt es für immer.«

»Dann binden wir dich eben an uns«, sagte Thor und blickte zu Cinquefoil. »Das könnten wir doch, oder? Das würde doch gehen?«

»Ja«, antwortete Cinquefoil, »das würde gehen.«

Die Königin schüttelte den Kopf. »Nein. Das ist zu viel. Allein schon die Karte ist unbezahlbar. Sie ist Entschädigung genug.«

Ethan sah Spinnenrose an. Er fragte sich, wie man sich wohl fühlte, wenn man eine Mutter hatte, die sich von ihrem Kind leichter trennte als von allem anderen, was sie besaß.

»Das ist doch ein herrliches Spielfeld, findet ihr nicht?«,

sagte Taffy, die im Gras saß. »Wie wär's, hättet ihr Ferischer nicht Lust, es auszuprobieren? In einem Spiel gegen mich und meine Gefährten?«

Der Stamm vom Löwenzahnhügel geriet in helle Aufregung, und wieder klimperten Münzen.

»Willst du uns eine Wette vorschlagen?«, fragte die Königin. »Neun Innings«, sagte Taffy. »Sie sollen entscheiden, was aus der Haut des kleinen Riesen wird.« Ethan war verblüfft über den Vorschlag, aber nur kurz. Taffy hatte am eigenen Leib erfahren, was es hieß, in Gefangenschaft zu leben. »Also, ich weiß nicht«, sagte er. Er blickte auf seine Uhr und scrollte bis zur Datumsanzeige. Der Pfeil neben der Zwei zeigte jetzt nach unten. »Zweite Hälfte des zweiten Innings!« Plötzlich geriet er in Panik. »Mein Gott! Wie die Zeit rast! Ich glaube nicht, dass wir Zeit für ein Baseballspiel haben, Taffy.«

Alle Ferischer brachen in Gelächter aus, Cinquefoil eingeschlossen. Und dann lachten auch Taffy und Grim mit.

»Du glaubst doch nicht, dass du tausend Meilen und mehr durch die Sommerlande reisen kannst, ohne Baseball zu spielen!«, sagte Cinquefoil. »Genauso gut könntest du versuchen, durch ein Gewitter zu gehen, ohne auf einen Regentropfen zu treten. Das kannst du nicht. Und würde ich dir auch gar nicht empfehlen. Baseball tut dir gut, kleiner Reuben. Du musst noch zehnmal cleverer und zäher werden, bevor unser Abenteuer zu Ende geht und der letzte Ball geschlagen wird, Ethan Feld. Und zu diesem Zweck musst du noch ein paar tausend Fastballs und Sliders deiner Freundin fangen, und mehr.« Ethans Wangen glühten, weil Cinquefoil Jennifer T. als seine »Freundin« bezeichnet hatte. »Das Problem ist nur, dass wir für ein Team zwei Spieler zu wenig haben.«

In diesem Augenblick stieg Ethan ein leicht ranziger Leberwurstgeruch in die Nase.

»Eine Sekunde«, ertönte eine dünne, resolute Stimme hinter Grim dem Riesen. Die Werratte trat hinter ihrem alten Widersacher hervor. »Ihr glaubt doch nicht, ich könnte den Gedanken ertragen, dass ihr ein aufregendes und abenteuerliches Leben führt, ohne dass ich dabei bin und euch auf den Geist gehe?«

»Damit wären wir nur noch *einer* zu wenig«, sagte Cinquefoil.

VOR MIR LIEGT BAND 17 VON ALKABETZ' *Universaler Baseball-Enzyklopädie* (9. Auflage). Nach dem unfehlbaren Professor Alkabetz endete das Spiel, das an jenem Tag zwischen dem umstrittenen Team, das der Löwenzahnhügelstamm aufs Feld schickte, und der bunt zusammengewürfelten, von Cinquefoil, Häuptling des Keilerhauerstamms, angeführten Mannschaft ausgetragen wurde, mit folgendem Ergebnis:

	1	2	3	4	5	6	7	8	9		R	H	E
Gäste	0	0	0	0	0	0	0	0	1		1	1	3
Heim	0	0	0	0	0	0	0	0	0		0	1	5

Wie so oft bei außerplanmäßigen Spielen zwischen den Welten sind auch über diese Begegnung nur wenige Einzelheiten bekannt – es gibt keinen genauen Spielbericht, und vom neunten Mann im Team der Gäste wissen wir nur, dass er Chickweed hieß und Thirdbaseman spielte.

Er gehörte dem Löwenzahnhügelstamm an und war ein drahtiger, schweigsamer Geselle, der das ganze Spiel über mit niemandem ein Wort sprach. Seine Stammesbrüder beschimpften ihn gnadenlos als Abtrünnigen und warnten seine neuen Teamkameraden davor, ihm zu trauen. Aber er pflückte jeden Ball herunter, der in seine Nähe kam, fing in der zweiten Hälfte des sechsten Innings einen tückisch aufspringenden

Grounder und leitete zwei Double-Plays ein. Cinquefoil fühlte sich noch ziemlich schwach, und vier Gästespieler – Taffy, Ethan, Jennifer T. und Grim der Riese – mussten natürlich durch einen Zauber auf Ferischer-Größe geschrumpft werden. Ob die ungewohnte Größe sie irritierte oder ob der Zauber, den Königin Filaree und zwei ihrer besten Zauberer gewoben hatten, einen bewusst eingebauten Haken hatte, mag dahingestellt sein, auf jeden Fall schlugen sie schlecht – insbesondere Ethan. Zweimal wurde er am Schlag ausgemacht, weil er sich am Knoten seines Schlägers die Haut aufscheuerte. Beim dritten Mal probierte er es mit seiner alten Hundejunge-Taktik, legte sich die verwünschte Keule einfach über die Schulter und hoffte darauf, dass vier Balls über die Platte flogen, ehe drei Strikes kamen. Vergebens, wie sich zeigte.

Auf der anderen Seite hatte der Stamm vom Löwenzahnhügel seit über hundert Jahren nicht mehr Baseball gespielt und war daher ziemlich aus der Übung. Ein Blick auf die Error-Spalte belegt es. Den einzigen und zugleich spielentscheidenden Punkt der Gäste erzielte Jennifer T., die nur dank eines Fangfehlers und eines Fehlwurfs das dritte Base erreichte und dank eines Fehlers des Catchers nach Hause kam. Die Heimmannschaft schlug noch schlechter, als sie verteidigte, sofern das überhaupt möglich ist. Anscheinend fanden die Batter nicht das richtige Timing, nachdem sie jahrelang nur Tennisschläger und Krockethämmer geschwungen hatten.

Wie bei jedem Spiel, bei dem schlecht geschlagen wird, hängt natürlich viel von den Werfern ab, und das war laut Professor Alkabetz die eigentliche Geschichte des Spiels. Jennifer T. warf für die Gäste, und die veränderte Größe schien ihr dabei zugute zu kommen. Obwohl sie nur etwa vierzig Zentimeter maß, bewies ihr Gefühl für die Entfernung, die der Ball zurücklegen musste, nach wie vor eine »gewisse Klasse«, wie

Professor Alkabetz es ausdrückte, und mithilfe des sympathischen Schiedsrichters, eines hiesigen Werbären* namens Schmatzlippe, gelang es ihr, alle neun Spieler der Heimmannschaft auszumachen. Nur im vierten Inning ließ sie einen Hit zu, der den Batter aufs erste Base brachte. Mehr nicht. Ethan, der immer, wenn er auf der Bank saß, eifrig in *Wie man Blitze und Rauch fängt* las, variierte beim Anzeigen der Würfe so gut es ging, da Jennifer T. aber nur zwei Würfe beherrschte, Fastball und Slider, waren seiner Fantasie Grenzen gesetzt. Meist gab er das Zeichen für einen Fastball. Das genügte, und der Punkt, den sie nach drei Fehlern der Gastgeber erzielte, brachte die Entscheidung.

Königin Filaree wurde als Letzte ausgemacht, als sie einen Flugball schlug, den ihre Tochter am zweiten Base mühelos fing, bevor er den Boden berührte. Sie warf ihren Schläger weg, fluchte und geiferte und ließ dann eine Schimpfkanonade auf Alt-Fatidisch folgen. Grimalkin John zog seinen Handschuh aus, drehte sich um und kniete vor Ethan nieder.

»Jetzt bin ich an dich gebunden, kleiner Reuben«, sagte er.

»Cool«, sagte Ethan. »Aber jetzt steh wieder auf, okay?«

Chickweed schlich mit gesenktem Kopf zu seinen Brüdern, doch als er an Jennifer T. vorbeikam, schaute er kurz auf und zupfte an seinem langen Schnurrbart.

»Gut gespielt«, sagte er.

Nachdem die größeren Wesen wieder ihre normale Größe zurückerhalten hatten, gab die Königin feierlich bekannt, dass das Spielfeld zum ehrenden Gedenken an die großzügigen Spender den Namen Drei-Reuben-Stadion erhalten

---

* Werbären sind gewissenhafte Wesen und haben scharfe Ohren. Sie können den Unterschied zwischen einem Strike (guter Wurf) und einem Ball (schlechter Wurf) *hören* und haben daher immer schon die besten Schiedsrichter in den Sommerlanden hervorgebracht.

sollte. Ethan fand, dass ihn das in gewisser Weise für den deprimierenden Nachmittag am Schlagmal entschädigte. Der versprochene Proviant wurde gebracht und im Heck des Wagens verstaut, dann zwängten sich auch die Gäste hinein – mit Ausnahme von Taffy natürlich, die wieder ihren gewohnten Platz auf dem Dach einnahm. Bis auf Jennifer T. hatte von den acht eigentlich nur Grim der Riese schon einmal ein Auto gefahren – ein einziges Mal, vor Jahren im schwedischen Trondheim. (»Eine lange Geschichte«, sagte er und leckte sich dabei so anzüglich die Lippen, dass keiner nachfragte.) Und wie es der Zufall wollte, war es ebenfalls ein Saab gewesen. Allein dieser Umstand befähigte ihn nach Ethans Ansicht, die Rolle des Fahrers zu übernehmen und die Gruppe zu chauffieren, die sich auf Jennifer T.'s Vorschlag von nun an die Schattenschwänze nannte.

»Denn ich habe das Gefühl«, erklärte sie, als sie mit Thor, Ethan und Spinnenrose auf den Rücksitz rutschte, »dass wir noch ziemlich viel flitzen müssen, bevor wir am Ziel sind.«

»Leb wohl, Tochter«, sagte Königin Filaree zu Spinnenrose durchs hintere Fenster. Zwei Untertanen hatten sie hochheben müssen. Sie schwankten und stöhnten unter ihrem Gewicht. »Vielleicht kommst du ja eines Tages zurück.«

»Unwahrscheinlich«, sagte Spinnenrose, ohne ihre Mutter anzusehen.

»Falls doch, dann hoffentlich erst, wenn du etwas vernünftiger geworden bist.«

Spinnenrose fuhr herum und funkelte die Königin des Löwenzahnhügels an.

»Unwahrscheinlich«, sagte sie wieder, nachdenklicher diesmal.

Dann ließ Grim den Motor an und blickte hinüber zu seinem alten Widersacher Pettipaw, der mit Cinquefoil auf dem Beifahrersitz Platz genommen hatte. »Hier kann man besser kritisieren«, sagte die Werratte, »was eine Offenbarung fehlender Fahrkünste zu werden verspricht.«

»Bereit, Ratte?«, fragte Grim der Riese mit einem Grinsen.

»Kommt darauf an«, erwiderte Pettipaw, »ob du die Absicht hast, uns zu ertränken oder in einen Abgrund zu fahren.«

Dann legte Grim den ersten Gang ein, und das klapprige alte Auto fuhr auf der breiten, einst von Riesen gebauten Straße, die hinauf in die Rauen Berge führte, in Richtung Wald. Einige Ferischer aus dem Löwenzahnhügel rannten noch eine Weile hinter ihnen her, fielen dann zurück und pfiffen und riefen Lebewohl. Als der Wagen in den Schatten der Großen Wälder eintauchte, waren das Brummen des Motors, das Knirschen der Räder auf der sandigen Piste und das Quietschen der alten Federung so laut, dass nur die auf dem Dach sitzende Taffy in der Ferne das leise, aber unverkennbare Wehklagen einer Frau hörte, die um ihre verlorenen Kinder weinte.

Drittes Base

19

Die Lager der Verlorenen

DER ALL-STAR-BASEBALLCLUB des großen Häuptlings Cinquefoil, die Schattenschwänze, fuhr über den Sidewinder-
Pass hinauf in die Rauen Berge und dann hinunter zu den Verlorenen Lagern im Tal des Großen Flusses. Mit jedem Tag
häuften sich die Anzeichen des nahenden Weltuntergangs:
Krähen verdunkelten die Sonne wie raschelnde Decken,
Wereichhörnchen berichteten von Erdbeben, verheerenden
Waldbränden und mächtigen Flüssen, die bergauf flossen
oder über Nacht austrockneten. Der Mond nahm zunächst
die Farbe von Apfelwein an und in der Nacht darauf, als er voll
war, die von rostfarbenem Gold wie Ferischer-Blut. Und als
sie eines Morgens in ihren Schlafsäcken erwachten, sahen sie
auf dem Gipfel des Koboldbergs Schnee glitzern. Schnee in
den Sommerlanden!

Als sie vom Sidewinder-Pass herunterkamen und sich den
Lagern der Verlorenen näherten, hatten sie zwei Siege und
sieben Niederlagen zu Buche stehen. Den ersten Sieg erzielten sie gegen ein Team von scheuen Berg-Ferischern. Er kam
durch einen Spielabbruch auf Grund übertriebener Schüch-
ternheit zu Stande und wurde mit 9:0 notiert. Das zweite sieg-
reiche Spiel (15:3) glich mehr einer Party. Das gegnerische
Team bestand aus verhutzelten alten Bowling-Männern, die
zu viel Honigbier getrunken und, wie sie selbst zugaben, seit
216 Jahren nicht mehr Baseball gespielt hatten.

Die Schattenschwänze waren bestenfalls ein unausgegli-
chenes Team und chronisch unterbesetzt. Spinnenrose hatte

die leidige Angewohnheit, jedes Spiel verloren zu geben, noch ehe es begonnen hatte, und leistete daher schlampige Arbeit am zweiten Base. Sie vollführte alle möglichen Luft- und Hechtsprünge, die zwar hübsch anzusehen waren, aber nichts bewirkten, und schon beim nächsten Spielzug war sie so tranig, dass sie den Ball kaum zu Cinquefoil am ersten Base brachte. Am Schlag war der Häuptling noch längst nicht wieder der Alte, doch in seiner Ecke war er so zuverlässig wie gewohnt. Pettipaw spielte im rechten Außenfeld und zog eine noch größere Show ab als Spinnenrose, sofern das überhaupt möglich war. Er fing Bälle lässig mit einer Hand und pflügte mit halsbrecherischen Hechtsprüngen den Rasen hart am Begrenzungszaun, aber er machte alles mit so viel Stil, ob er nun Eichhörnchen jagte oder sich mit einer Hand eine Zigarette drehte, dass man ihn sich auf dem Platz gar nicht anders vorstellen konnte. Centerfielder war Taffy, und selbst geschrumpft und den Größenverhältnissen eines Ferischer-Felds angepasst, war sie zu schwerfällig und zu langsam für die Position, sodass jeder gewöhnliche Flugball höchste Gefahr heraufbeschwor. Tatsächlich hatten sich Bigfoots noch nie sonderlich viel aus Baseball gemacht. Im rechten Außenfeld spielte die Leihgabe des jeweiligen Gegners, mal ein blinzelnder blasser Ferischer, mal ein Bowling-Mann, der ständig an einer Flasche nippte. Und Shortstop spielte Grimalkin John. (»Was sonst?«, sagte er, als er die Position zum ersten Mal einnahm.) Die ungewöhnliche Gegenwart eines Miniriesen verfehlte eigentlich nie ihre Wirkung, und allein dass er dort stand und, sobald ein Gegner zum Schlagmal schritt, grimmig dreinschaute und mit den Zähnen knirschte, verunsicherte das gegnerische Team.

Was Jennifer T. anging, so spürte sie, wie ihr Arm mit jedem Tag kräftiger wurde. Jedes Mal, wenn sie warf, flatterte ihr Fastball eine Idee mehr wie ein Stück Metall, das zwischen zwei Magneten gerät, sodass er im letzten Moment eine Winzigkeit von der Flugbahn abwich, die er beim Verlassen ihrer Hand noch hatte. Und unter Cinquefoils Anleitung lernte sie, »mit etwas weniger Schmackes zu werfen«, sodass sie einen Change-up probieren konnte, wenn Ethan drei Finger zeigte. Aber es war ihr Slider, der die Gegner zur Verzweiflung brachte. Und sie warf einen harten Slider. Sie hatte sich ihn von den Profis im Fernsehen abgeguckt. Er fiel nicht nur nach unten ab, sondern drehte auch zur Seite, weg von den rechtshändigen Schlagmännern. Ein »Slurve«, wie ihn die Fernsehreporter manchmal nannten, ein Mittelding aus Curveball und Slider nach Schattenschwanz-Art. Die Ferischer in den Rauen Bergen hatten so etwas noch nie gesehen.

Doch kein Schattenschwanz zeigte eine so durchwachsene Leistung wie Ethan Feld. Seine Trefferquote am Schlag war eine Schande für das Team. Es war verrückt, wie viel eine so kleine Unebenheit im Holz ausmachen konnte. Aber Jennifer T. hatte den magischen Schläger selbst ausprobiert, und der Knoten brachte einen wirklich völlig aus dem Konzept. Es war wie bei Dizzy Dean oder anderen Pitchern, von denen man immer wieder hörte und deren Karriere jählings ein Ende fand, nur weil ein gebrochener Zehennagel anders nachwuchs oder weil eine runde Schwiele plötzlich oval wurde. In den ersten fünf Tagen schwang er und schwang und wurde zwanzigmal ausgemacht, weil er nie traf. Danach versuchte er es wieder mit seiner alten Hundejunge-Taktik und spekulierte auf einen Walk. Aber die Pitcher der Ferischer waren zu gewitzt und putzten ihn weg. Doch so kümmerlich seine Leistung als Schlagmann auch war, als Catcher wurde er immer besser. Dank Peavine. In jedem Spiel wurde er mit Situationen konfrontiert, die Peavine in *Wie man Blitze und Rauch fängt* beschrieb: mit Pitchouts, bei denen der Pitcher den Ball absichtlich weit neben die Platte warf, mit raffinierten Bunts, bei denen der Schlagmann den Ball nur abtropfen ließ, oder mit Läufern, die aus vollem Lauf über den Boden ins Base rutschten.

Er gewöhnte sich an die unbequeme Maske, unter der er schwitzte, an das ständige Hocken und Aufstehen, an schlecht getroffene Bälle, die vom Schläger des Batters direkt in seinen Handschuh spritzten und schmerzten, an die achtlosen Schwünge, die gegen seine Maske knallten und seinen Schädel dröhnen ließen wie einen Blechdeckel.

Eines Nachmittags, als sich lange Schatten über einen Ferischer-Platz oben am Sidewinder-Pass schoben und das Spiel unentschieden 4:4 stand, erhaschte Ethan erstmals einen Blick vom Apfelhain. Er hatte sich gerade erhoben und drehte wie nach jedem Strikeout seine kleine Runde: vom Firstbaseman zum Secondbaseman, dann vom Shortstop zum Thirdbaseman und schließlich wieder nach Hause. Die Sonne hatte in den ersten Innings hinter hohen Erlen gestanden, doch nun kam sie hinter den Bäumen hervor, und da sah er in der Ferne etwas glitzern. Mehr sah er nicht, nur ein Glitzern, wie von einer Münze, einer verlorenen Radkappe, einem Tümpel, einer Luftspiegelung. Doch wie er so dastand und der nächste, nach Tabak riechende Schlagmann zur Platte stolziert kam, Jennifer T. auf dem Werferhügel zum neunhundertsten Mal gedankenvoll mit der Fußspitze im Staub kratzte, die Schatten noch länger wurden, die Kolibris zwischen den Rhododendren schwirrten und schmatzten, als würden sie die Luft küssen, Cinquefoil und Pettipaw leise vor sich hin plapperten *»Komm Mädchen, den machst du fertig, der trifft doch nicht mal einen Kuhhintern mit der Schaufel«* und der Ferischer-Ball warm und fast wie ein lebendiges Wesen in seiner Hand lag, wie er also so dastand und zu dem fernen Glitzern hinter dem breiten grünen Flusstal blickte, da erinnerte er sich der Worte Peavines:»Ein Baseballspiel ist nichts anderes als ein großes langsames Vehikel, das uns dazu bewegt, dem Rhythmus eines Sommertages Beachtung zu schenken.«

Und dann, neun Tage nachdem sie vom Löwenzahnhügel losgefahren waren, ging ihnen unweit den Geisterstadt Dutch Courage das Benzin aus. Es geschah ganz plötzlich, ohne Vorwarnung. Eben noch tuckerten sie zwischen grünen Büschen und Brombeeren dahin, und der Wind blies durch die offenen Wagenfenster, und schon im nächsten Augenblick blieben sie in der Staubwolke stehen, die sie selbst aufgewirbelt hatten. Dunst hing in der Luft und verlieh dem Sonnenlicht selbst am Nachmittag eine wehmütig goldene Farbe, die Farbe des Heimwehs. Der Fluss lag jetzt immer vor ihnen, ein rötlichbronzefarbenes Band, das sich wie eine Mokassinschlange durch das üppige Grün des Tieflands wand. Er war so breit, dass sie das andere Ufer nicht mehr sehen konnten, als sie auf seine Höhe kamen. Er hätte ebenso gut ein schlammiger und trüber Ozean sein können. Thor Wignutt kam nach einem gründlichen Studium der Vier-Seiten-Karte zu dem Ergebnis, dass sie Old Cat Landing, wo sie über den Fluss setzen wollten, mit dem Auto frühestens in drei Tagen erreicht hätten (mit dem Zauberbenzin, das Filaree für sie gestreckt hatte, fuhr der Skid nicht schneller als 20 km/h). Zu Fuß würden sie, eine Gruppe von Kindern und verschiedenen Geschöpfen, die keinen halben Meter groß waren, viel, viel länger brauchen.

»Mist«, sagte Jennifer T.

Nach der kleinen Weltuntergangsanzeige in der Ecke von Ethans Armbanduhr befanden sie sich mittlerweile in der ersten Hälfte des siebten Innings. Und was noch schlimmer war: Das Tempo des Weltenspiels, oder wie man es nennen wollte, schien zuzunehmen. Zackenfels nahte immer schneller. Gestern noch hatte die Uhr die zweite Hälfte des fünften Innings angezeigt. Aber so war das im Baseball. Geriet der Pitcher in

Schwierigkeiten, und ein Läufer nach dem anderen kam nach Hause, konnte ein Halbinning eine Stunde dauern. Und dann wieder rauschten zwei komplette Innings in einer knappen halben Stunde vorbei. Baseball richtete sich nach dem Tempo des Kojoten, der mal gemütlich schlenderte, mal kräftig ausschritt, mal aufs Tempo drückte.

»Erste Hälfte des siebten«, sagte Cinquefoil kopfschüttelnd. »Der Kojote muss mittlerweile vor Outlandishton stehen. Und wir haben noch so viele Kilometer vor uns und müssen den größten Strom in den Sommerlanden überqueren.«

Sie hatten es sich zur Gewohnheit gemacht, häufig einen Blick auf Ethans Uhr zu werfen wie ein Team, das um die Meisterschaft spielt und ständig die Anzeigetafel im Auge behält, um sich über den Spielstand in den anderen Stadien zu informieren. Sie hatten keine Ahnung, was in den Winterlanden geschah, und deshalb fühlten sie sich wie die Red Sox, wenn die Yankees gegen die Orioles spielten: Sie hatten keinerlei Einfluss auf den Ausgang des anderen entscheidenden Spiels. Sie mussten einfach weitermachen und ihr Bestes geben.

»Wir müssen Sprit für die Karre auftreiben, und zwar schnell«, sagte Jennifer T. zu Thor und stieg aus dem Wagen. Sie war dankbar für die Pause, auch wenn sie jetzt hier festsaßen, und das hatte seinen Grund: In den letzten neun Tagen hatten sie drei hart umkämpfte Spiele ausgetragen (und verloren) und nur einmal gebadet. Gut gerochen hatte es im Skidbladnir ohnehin noch nie. Aber wenn man ihn obendrein mit ungewaschenen Kindern und Fabelwesen voll stopfte und eine Bigfoot aufs Dach setzte, musste es nach einer Weile einfach stinken.

Alle drängten ins Freie und ließen die Türen offen, damit der Wagen auslüften konnte. Alle bis auf Ethan. Er blieb auf dem Rücksitz hocken und stierte auf das Zifferblatt seiner Uhr. Seit ihrem Abschied vom Löwenzahnhügel war er 36-mal hintereinander ausgemacht worden, und das drückte auf seine Laune.

»Auf der Karte sind keine Tankstellen eingezeichnet«, sagte Thor. »Nur Sinclair-Stationen.« Er hielt Jennifer T. die grüne Seite der Karte hin, auf der hier und dort ein kleiner Brontosaurier zu sehen war, das Logo der Ölgesellschaft Sinclair. »Aber die sind schon lange nicht mehr in Betrieb.«

»Hinten im Wagen ist ein Benzinkanister«, meinte Jennifer T. »Vielleicht können wir zu Fuß nach Mittelland rüberflitzen, Benzin holen, fünf Liter in den Tank schütten, wieder rübergehen und auf diese Weise den Tank voll machen.«

Thor schlug die Karte auf, pfiff durch die Zähne, legte sie zusammen und faltete sie wieder auseinander, sodass die grünen Blätter der Sommerlande zu sehen waren und auf der Rückseite die braunen von Mittelland. Dann hielt er sie gegen die Sonne, die gerade ihren Zenit überschritten hatte und sich auf die schiefe Bergspitze senkte. Die Karte wurde hell und scheckig wie das Wasser eines Bachs, auf dem kleine Lichtflecken tanzten. Die Flecken, die Thor entdeckt hatte, stellten Orte dar, wo die Äste der verschiedenen Welten so nahe beieinander lagen, dass ein Schattenschwanz von einem zum anderen springen konnte. Wenn man durch einen Fleck hindurchsah, konnte man, seitenverkehrt natürlich, den Namen des Ortes auf der Rückseite lesen, der einem Ort auf der Vorderseite entsprach. Thor spähte eine Weile durch die Karte, dann schüttelte er den Kopf.

»Hier gibt es keine geeignete Stelle für einen Sprung nach Mittelland«, sagte er. »Erst weiter unten im Tal.«

»Und Sie, Häuptling?«, fragte Ethan. »Können Sie denn nichts tun?«

»Früher hätte ich etwas tun können«, antwortete Cinquefoil. Er litt noch unter den Folgen der Eisenvergiftung, der

Kräfte raubenden Zauber, mit denen er sie in der Luft gehalten hatte, und der Verletzungen, die er sich auf Clam Island beim Flitzen zugezogen hatte, gar nicht zu reden von dem Verlust seiner Heimat und seines Stammes an den Kojoten. »Ich hätte den Tank des alten Skid mit Zauberbenzin füllen können, das nie ausgeht. Aber leider ...« Seit Ethan auf dem Werferhügel im Drei-Reuben-Stadion das Eisen aus seinem Körper gezogen hatte, war er selbst für den einfachsten Feueranzündzauber zu schwach.

»Dann gehen wir eben zu Fuß«, entschied Taffy. »Wenn nötig, trage ich euch.« Mit diesen kühnen Worten stapfte sie zum Heck des Wagens und lud ihre Sachen aus.

Jennifer T. reckte sich, gähnte und merkte, dass sie mal pinkeln musste. Ein Stück den Hang hinauf fand sie zwischen den Brombeersträuchern einen Ferischer-Pfad. Im oberen Teil des Wegs war das Gestrüpp lichter, als sei hier noch vor kurzem jemand gegangen. Die Rauen Berge waren mit solchen Pfaden durchzogen. Sie führten nach überall und nirgendwo, tief hinab in Minen, die sagenhafte Reichtümer bargen, aus denen aber niemand lebend wieder herauskam, oder hinauf zu trockenen Felsvorsprüngen, wo man sich zwischen die Knochen seiner glücklosen Vorgänger legte und starb.

Jennifer T. hockte sich hinter eine verkrüppelte Kiefer. Alle anderen, selbst Spinnenrose und Taffy, pinkelten vor den anderen. Sie hingegen wollte dabei lieber ungestört sein. Sie waren die ganze Zeit zusammen, beim Essen, beim Schlafen, die vielen Stunden im Auto. Es war schön, am Ende des Tages wenigstens eine Minute für sich zu haben, unter einer riesigen Eiche oder einem Mammutbaum zu hocken, den Geruch eines Lagerfeuers in der Nase, und die Fledermäuse in der dunkelblauen Luft zu beobachten, während Taffy in der Ferne unablässig eine traurige, schleppende Bigfoot-Melodie sang.

Als sie wieder aufstand, hörte sie es: das Weinen dieser

Frau, La Llorona. Pettipaw hatte ihnen die Geschichte dieser Geistermutter erzählt, die der gemeine Kojote, als sie noch lebte, durch einen Trick oder durch Versprechungen dazu gebracht hatte, ihre Kinder zu töten oder zu verlassen, und die deshalb dazu verdammt war, bis zum Ende der Welt ruhelos durch die Fernen Territorien und die angrenzenden Gebiete von Mittelland zu streifen. Seit neun Tagen hörten sie ihr Weinen, das quälende, unheimliche Lachen ihrer Schluchzer, jede Nacht mindestens einmal. Mal kam es aus sehr weiter Ferne, mal aus beängstigender Nähe. Der Eindruck drängte sich auf, dass La Llorona ihnen folgte, obwohl keiner sagen oder sich vorstellen konnte, aus welchem Grund, nicht einmal Pettipaw, der sich mit solchen Dingen am besten auskannte. Jennifer T. bekam Gänsehaut, als sie jetzt das Weinen wieder hörte, und ein kalter Schauder lief ihr über den Rücken. Wer La Llorona in ihrem zerfetzten weißen Kleid auf einer Wiese am Waldrand oder am Ufer eines Flusses stehen sah, so hatte ihnen Pettipaw erzählt, der musste bald sterben.

Als sie zum Wagen zurückkehrte, bereitete Pettipaw gerade das Abendessen zu. Sein Feuer prasselte und rauchte munter im Schutz einiger Steine. Es sei eine bekannte Tatsache, behauptete er, dass Werratten den feinsten Gaumen des Universums hätten, und er aß grundsätzlich nur, was er selbst gekocht hatte. Grim der Riese lümmelte sich zwischen den Steinen im Gras und übte wohlwollende Kritik an den Kochkünsten des Rattenmanns.

»Tu nicht so viel von dem wilden Knoblauch rein, Nacktschwanz«, sagte er. »Du weißt, dass ich davon Blähungen bekomme.«

»Burgoo braucht Würze«, erklärte Pettipaw unwiderlegbar.

Grim antwortete mit einem donnernden Furz.

»Ahhh«, seufzte er erleichtert und räkelte sich noch tiefer ins Gras.

»Wie kommt es«, fragte sich Pettipaw laut, und nicht zum ersten Mal, »dass das einzig wirklich Riesenhafte an dir deine Blähungen sind?«

Doch er kippte einen Teil des wilden Knoblauchs, den er gehackt hatte, auf die Erde und schabte nur den Rest in den brodelnden Eintopf.

Thor und Cinquefoil trainierten das Fangen von Bällen, die einmal im Infield aufsprangen. Thor lernte, im rechten Außenfeld zu spielen, auf jener Position, die sie, da sie nur zu acht waren, regelmäßig mit einem Spieler aus dem gegnerischen Team besetzen mussten. Ferischer nahmen das Spiel zwar so ernst, dass man sich normalerweise auf sie verlassen konnte, selbst wenn sie gegen Teams ihres eigenen Stammes spielten, doch auf Riesen war weit weniger Verlass. Und nun, da die Schattenschwänze die Lager der Verlorenen erreicht hatten, würden sie laut Pettipaw bald gegen Mannschaften antreten müssen, die aus unzuverlässigen Geschöpfen einer anderen Art bestanden: Menschen. Oder jedenfalls aus einer bestimmten Abart von Menschen. Jennifer T. wusste nicht genau, wer oder was die Bewohner der Lager der Verlorenen waren. Auf jeden Fall schlug Cinquefoil scharfe Bälle auf Thor, die mehrmals auf dem Boden aufsprangen und ihn zwangen, in die Knie zu gehen, mal auf das rechte, mal auf das linke, mal nach dem Ball zu sprinten, mal auf ihn zu warten, und das immer und immer wieder. Jennifer T. stand eine Weile da und genoss es, wenn der Ball mit einem trockenen *Plopp* den Schläger verließ, im Gras aufsprang und dann klatschend in Thors Handschuh landete. Dann hörte sie Spinnenrose am anderen Ende der Lichtung prusten und juchzen. Das Ferischer-Mädchen hatte einen Bach entdeckt und nahm gerade ein erfrischendes Bad in dem, wie es schien, eiskalten Wasser. Was Ethan anging, so saß er immer noch auf dem Rücksitz des Skadbladnir. Jennifer T. hätte sich am liebsten sofort ausgezogen und zu Spinnenrose ins kühle Nass gestürzt. Sie mochte gar nicht daran denken, wie lange sie schon nicht mehr richtig gebadet hatte. Doch stattdessen ging sie hinüber zu Ethan Feld, um festzustellen, was ihn so bedrückte.

Er hatte sich nicht von der Stelle gerührt, doch er hatte jetzt die Sonnenbrille auf, und das gab ihr einen Stich. Sie nahm es ihm nicht übel, dass er sie trug, aber sie konnte nicht verstehen, dass es ihm nicht davor gruselte. Wenn sie die Brille aufsetzte, hatte sie immer das Gefühl, das Haar eines anderen Menschen aufzusetzen. Sie anzufassen war, als ob man die eigene Hand anfasste, wenn sie eingeschlafen war – es war die eigene Hand, aber sie fühlte sich wie die eines anderen an. Sie hatte sie ein- oder zweimal ausprobiert in der Hoffnung, etwas über Mr. Felds Aufenthaltsort zu erfahren oder wenigstens einen Blick von ihm zu erhaschen. Alle hatten das. Aber Ethan war regelrecht davon besessen. Er saß stundenlang reglos da, atmete durch den Mund und glotzte so erstaunt wie Darrin und Dirk, wenn sie sich im Fernsehen Wrestling oder *Power Rangers* ansahen. Dabei war das Bild, das die pechschwarzen Gläser der Brille übermittelten, mit der Zeit immer verschwommener geworden. Das Gestell war mittlerweile so dunkel wie belegte Zähne, und jetzt sah sie, dass es sogar runzlig wurde wie die Haut einer alten Birne. Es war, als ob Padfoots Brille, die sich schon immer seltsam lebendig angefühlt hatte, langsam verwelkte wie eine Schnittblume.

»Hey«, sagte sie.

»Hey.«

»Was tut sich?«

Ethan antwortete nicht. Es saß einfach nur da, starrte in die dunklen Gläser und kratzte mit dem Fingernagel an einem klebrigen Fleck auf dem Kunststoff des Fahrersitzes.

»Hallo, Feld«, rief sie und zwickte ihn in den Arm. »Was tust du, Sherlock Holmes? Siehst du ihn?«

Dass Ethan die Brille so häufig aufsetzte, war auch in anderer Hinsicht beunruhigend. Im selben Maß, wie die Qualität der Bilder nachließ, war Mr. Feld immer seltener zu sehen. Und wenn er mal auftauchte, hatte er das Gesicht meistens abgewendet oder den Kopf geneigt. Man konnte sehen, dass er konzentriert arbeitete. Doch woran er arbeitete und was für ein Gesicht er dabei machte, war nicht zu erkennen. Und im Lauf der Wochen hatte er offenbar immer seltener mit Padfoot zu tun. Ethan hatte ihn seit Tagen nicht mehr gesehen.

»Nein«, antwortete er leise. »Er ist nicht da.«

»Was siehst du dann?«

Zunächst antwortete Ethan nicht. Dann sagte er: »Nichts.«

»Nichts? Gar nichts?«

Sie riss ihm die Brille von der Nase, hielt den Atem an und setzte sie auf. Sie fühlte sich kalt an wie ein Pilz. Jennifer T. bekam eine Gänsehaut und nahm sie wieder ab. Doch bevor sie es tat, sah sie, dass die Bilder von den Winterlanden, die seit Tagen immer dunkler geworden waren und geflimmert hatten, verschwunden waren. Die Gläser waren nun richtig schwarz geworden.

»Schmeiß das Ding weg«, sagte sie. Am liebsten hätte sie die Brille in die Büsche geworfen, aber das wäre gemein gewesen. Sie gab sie ihm zurück. »Meine Güte!«

Ethan saß da und drehte sie in den Händen.

»Wir schaffen es nicht«, sagte er. »Wir sind schon in der ersten Hälfte des siebten.«

»Du darfst nicht den Mut verlieren«, sagte sie. »Wir schaffen es. Wir werden ihn finden.«

»Gerade davor habe ich langsam Bammel.«

»Wie meinst du das?«

»Ich weiß auch nicht. Es ist nur ... Als ich ihn das letzte Mal gesehen habe, ich meine, als die Gläser noch richtig funktionierten, also da ist mir was aufgefallen ... Er sah so ...«

»Ja?«

»Ich weiß auch nicht.« Er schauderte, und sie sah ihm an, dass er es sehr wohl wusste. Er wollte es nur nicht sagen. »Es war wie in einem bösen Traum. Es war mein Vater, und trotzdem wusste ich, dass es nicht mein Vater war.«

»Die Gläser haben nicht richtig funktioniert«, beruhigte sie ihn. »Jetzt sind sie vollends hinüber.«

»Ja«, sagte Ethan. Sein Lächeln wirkte etwas gezwungen. »Wahrscheinlich lag es daran.«

Er legte die Hand auf den Türgriff, ließ sie aber dort liegen, ohne die Tür zu öffnen.

»Hast du sie gehört?«, fragte er.

Jennifer T. nickte. Sie wusste, dass seine Mutter ihm das Herz gebrochen hatte, als sie ihn verließ. Sie konnte sich vorstellen, wie es für ihn sein musste, Nacht für Nacht das Schluchzen der alten Llorona zu hören.

»Was soll's«, sagte er.

Er warf die Brille auf den Wagenboden und stieg aus. Sie gingen gemeinsam zur Kochstelle und fragten, ob sie helfen könnten.

»Ihr könnt mir aus dem Weg gehen, bis der Abwasch fällig ist«, sagte Pettipaw und scheuchte sie mit einer schnellen Schwanzbewegung fort. Er war ein hervorragender Jäger. Er jagte mit bloßen Händen und mit den beiden Dolchen seiner Schneidezähne, und mit besonderer Vorliebe Backenhörnchen. Heute kochte er einen leckeren Backenhörnchen-Eintopf. »Ihr könntet mal nachsehen, wo unser Dickerchen steckt.«

Das war sein Spitzname für Taffy. Jennifer T. fiel auf, dass sie die Bigfoot seit ihrer Ankündigung, sie notfalls bis zum Fluss zu tragen, nicht mehr gesehen hatte. Sie schaute sich um. Ihre Sachen lagen säuberlich gestapelt auf einem Haufen oder waren zum Trocknen oder Auslüften ordentlich auf den

Felsen ausgebreitet, wie es ihre Art war. Aber von ihr selbst war nichts zu sehen. Sie wanderten zu dem Pfad hinauf, den Jennifer T. entdeckt hatte, dann hinunter zum Bach und fragten Spinnenrose, ob sie Taffy gesehen habe.

»Nee«, antwortete die Ferischer. Sie hatte ihren kleinen Puppenbruder, der übrigens Nubakaduba (Alt-Fatidisch für »kleine Rakete«) hieß, mit ins Wasser genommen und kämmte ihm mit einem flachen Stein gerade das Wollhaar. Seit sie aus ihrem Geburtshügel fortgegangen war, hatte sich ihre Laune etwas gebessert, aber sie hing eher noch mehr als früher an der Lumpenpuppe, die ihr den verlorenen Bruder ersetzte. Abends sang sie ihr endlos vor und schlief darüber ein. Sie brachte Pettipaw jedes Mal auf die Palme, wenn sie beim Abendessen um eine Portion für ihren Bruder bat, zu Brei zerdrückt. Und wehe dem, der sich hinten im Wagen aus Versehen auf Nubakaduba setzte oder ihn einquetschte. »Aber ich glaube, sie wollte einen Spaziergang machen. Hat sie jedenfalls gesagt.«

»War das bevor oder nachdem La Llorona angefangen hat?«, wollte Jennifer T. wissen.

»Schwer zu sagen. Danach, glaube ich. Wieso?«

»Nur so«, sagte Jennifer T.

Sie unterdrücke ihre böse Ahnung, scheuchte Ethan fort und nahm ein kurzes, eisiges, aber herrliches Bad in dem Bach, wusch ihre Socken und ihre Unterwäsche und legte alles zum Trocknen auf einen Stein. Dann zog sie saubere Sachen an und machte sich auf die Suche nach Ethan. Er saß am Feuer und arbeitete am Griff seines Schlägers, den irgendjemand – Jennifer T. wusste nicht mehr, wer – »Splitter« getauft hatte. Sie musste seine Ausdauer bewundern. Oder was es einfach eine Art Anhänglichkeit? Was auch immer, jedenfalls war er zu dem Ergebnis gekommen, dass der Splitter und er füreinander bestimmt waren, obwohl er daran schuld war, dass er zu spät oder zu früh, zu weich oder zu hart schlug und jedes Mal ausgemacht wurde. Auch wenn er fürs Spiel nicht taugte – immerhin hatte er mit ihm einen Skriker getötet und Cinquefoil geheilt. Aber mit dem Knoten musste etwas geschehen. Und so bearbeitete er ihn Abend für Abend stundenlang mit Grims Jagdmesser. Doch obwohl die Klinge des Messers so scharf war, dass man sich leicht einen Finger damit abschneiden konnte, kam bei seiner hingebungsvollen Kratzerei nicht mehr heraus als ein paar kümmerliche Eschenspäne, die nicht größer waren als abgeknipste Fingernägel. Als wäre der Knoten gar nicht aus Holz, sondern aus Eisen oder Stein.

»Ich brauche was Schärferes«, sagte Ethan und stieß das Messer des kleinen Riesen neben sich in einen morschen Baumstamm. Wie um ihn Lügen zu strafen, fuhr es bis zum Heft ins Holz.

»Es liegt nicht an der Klinge«, sagte Grim. »Es liegt an dem, der sie führt. Der Knoten wird erst verschwinden, wenn du bereit bist, das hab ich dir schon hundertmal gesagt. Und wie's aussieht, bist du noch nicht bereit.«

»Zum Essen aber schon, möchte ich wetten.« Pettipaw drosch mit einem Löffel gegen einen Topf, und das Scheppern hallte von den Bergen wider. Nach und nach fanden sich alle Schattenschwänze am Feuer ein und nahmen sich eine dampfende Schale Eintopf. Alle bis auf Taffy.

»Ich mache mir Sorgen«, sagte Jennifer T. »Sie ist noch nie allein herumgewandert.«

»Und ich habe ihr einen schönen Kermesbeeren-Salat gemacht«, schmollte Pettipaw. »Ich frage mich, wozu ich mir die Mühe mache.«

In der Ferne rumpelte es leise, und alle schauten auf. Es hätte ein Donner sein können, das Brüllen eines Elchs oder Wapitihirschs, oder vielleicht spielten die kleinen Bergmänner Kegel. Es war fast dunkel. Der Himmel hatte eine kräftige dunkle Farbe wie das Herz einer Gasflamme. Fledermäuse stießen herab, kreisten und malten ihre eckigen Bahnen ins Blau der Nacht. Der Mond ging auf, erhaben und riesig, viel größer und heller als in Mittelland. Irgendwo im Wald schrie eine Eule. Und unten, jenseits der Straße, murmelte der Bach, in dem Jennifer T. und Spinnenrose am Nachmittag gebadet hatten. Es war schön, die Sommerlande waren schön, aber nachts wurde es manchmal etwas unheimlich. Im Wald lebten alle möglichen Nachtwesen, vertraute wie Eulen, Fledermäuse, Wölfe und Füchse, aber auch gruselige.

»Tja«, sagte Cinquefoil und wandte sich wieder dem Eintopf zu. »Bigfoots wandern eben gern. Das liegt ihnen im Blut.«

»Nicht den Mädchen«, widersprach Jennifer T. »Die bleiben lieber zu Hause.«

Der Fleischeintopf war kräftig und mit Lorbeerblättern gewürzt, und Jennifer T. aß ihn, denn der Verzehr eines zerlegten Backenhörnchens, dessen Fleisch wie Huhn aussah, war auch nicht merkwürdiger als alles andere, was ihr widerfahren war, seit sie auf dem Sportplatz der Clam Island Middle School ihren ersten Fastball geworfen und die Bekanntschaft eines Werfuchses gemacht hatte. Nach dem Essen ging sie mit Ethan und Thor zum Bach, um das Geschirr zu spülen. Sie sprachen nicht viel, während sie die schmutzigen Tonschalen und Kürbisflaschen im plätschernden Wasser schwenkten.

»Ich möchte endlich mal einen Hit erzielen«, sagte Ethan.

»Das wirst du«, erwiderte Jennifer T. »Sag es ihm, Thor.«

»Unbedingt. Ich finde nur, du solltest es mal mit einem anderen Schläger probieren.«

»Zum Beispiel mit einem, von dem du keine blutigen Hände bekommst«, schlug Jennifer T. vor.

»Nein«, sagte Ethan. »Ihr habt doch gehört, was Grim gesagt hat. Es liegt nicht am Schläger. Es liegt an mir.« Er blies in seine Hände. Das Wasser war so kalt, dass man taube Finger bekam.»Vielleicht muss ich einfach nur lernen, mit dem Knoten zu schlagen, versteht ihr? So wie dieser alte Grieche, der sich beigebracht hat, mit Steinen im Mund zu sprechen.«

»Demosthenes«, sagte eine traurige Stimme hinter ihnen.

»Taffy!« Jennifer T. sprang auf, rannte ihr entgegen und schlang die Arme um sie.»Ich habe mir solche Sorgen um dich gemacht! Wo warst du denn?«

Taffy antwortete nicht gleich. Jennifer T. schaute zu ihr auf. Auch ohne Tageslicht konnte sie sehen, dass Taffys kleine helle Augen vom Weinen gerötet waren.

»Ich war spazieren«, sagte sie schließlich.»Das ist alles. Mir geht's gut.«

Taffys Kinder waren seit Jahrhunderten tot, und doch hegte Jennifer T. den Verdacht, dass sie nach ihnen gesucht hatte, genau wie La Llorona.

»Hast du ...«

»In gewisser Weise, Schätzchen«, antwortete Taffy leise.»In gewisser Weise, nehme ich an.«

Wieder ertönte das Rumpeln, näher diesmal. Jennifer T. hatte das Gefühl, dass der Boden wackelte. Die Sohlen ihrer Turnschuhe vibrierten. Etwas Großes kam in ihre Richtung. Ein Ruf ertönte vom Lager her. Es war Dick Pettipaws dünne Stimme. Sie klang erregt, oder ängstlich.

»Was ruft er?«, fragte Jennifer T.

»Ein Großer Lügner kommt!'«, antwortete Thor.

»Ein Großer Lügner kommt!«, wiederholte Taffy.»Was sagt man dazu? Es gibt sie also noch. Jedenfalls einen.« Sie strich sich das schwarze Fell auf dem Kopf glatt.»Kommt. Den muss ich sehen.«

Sie raffte das Geschirr zusammen und eilte mit sicherem Tritt den Hang hinauf zum Lager. Wieder rumpelte die Erde. Die Kinder folgten, blieben aber hinter der Bigfoot, da sie nicht wussten, was sie erwartete. Auf Thors Karte hatten sie gelesen, dass die Lager der Verlorenen das Land der Großen Lügen waren. Und ihre Teamkameraden hatten ihnen von den alten Lügen erzählt. Lügengeschichten über Wettschießen, bei denen Stubenfliegen die Haare von den Hinterbeinen geschossen wurden. Oder über Grinswettbewerbe zwischen Menschen und Waschbären. Lügengeschichten über Messerkämpfe, Pokerspiele, Angelausflüge und Moskitos. Oder über Frauen, die auf Alligatoren ritten und Rasiermesser in ihren Stiefeln trugen, oder über Arbeiter, die härter arbeiteten als der Teufel und die Maschine. Einige Lügen kannte Jennifer T. bereits.

»Welcher ist es?«, fragte Ethan, der hinter ihr den Hang hinaufschnaufte. »Kannst du ihn sehen?«

Sie erreichten das Lager. Die Schattenschwänze standen mit dem Rücken zum Feuer und blickten hinüber zum Wald, aus dem gerade ein Mann trat. Jennifer T. hatte natürlich einen Riesen erwartet, und so war sie jetzt ein wenig enttäuscht. Der Mann, der unter den Bäumen erschien, war nicht ganz so groß wie Taffy, hatte eine breite Brust, einen dicken Hals und einen Vollbart. Er trug ein kariertes Flanellhemd, rot wie ein Fahne, schwarze Latzhosen und schwarze Stiefel. Die Stiefel waren so groß und so dick besohlt, dass sie für einen Augenblick glaubte, sie hätten das Rumpeln verursacht. Aber der Mann schritt jetzt auf sie zu, und da war kein Rumpeln. Dann fiel ihr Blick auf die große Axt mit dem roten Blatt. Sie war so lang wie ein Ruder, und die Schneide leuchtete wie Halogen.

»Sieh mal einer an«, sagte der große Mann mit der Axt. »Besucher.«

Er grinste, und obwohl er kein Riese mehr war, gab einem dieses Grinsen das Gefühl, sehr klein zu sein.

»Tag, Kumpel!«, grüßte Grim der Riese. »Nett, dich zu sehen.«

»Besucher!«, wiederholte der Mann. »Hab gehört, dass Besucher kommen, und da sind sie. Hab furchtbar lange keinen Besuch mehr gehabt!«

»Wir sind die reisenden Schattenschwänze«, sagte Cinquefoil. »Wir machen eine kleine Tournee durch diese Gegend. Nur leider ist unserem Mannschaftsbus das Benzin ausgegangen.«

»Wir müssen zum Apfelhain«, sagte Ethan. Er ging auf den Mann zu und hielt ihm die linke Hand hin. »Zackenfels naht.«

Der Mann blinzelte auf Ethans Armbanduhr.

»Ach!«, sagte er. »Tatsächlich?«

Seine Freude über den Besuch war wie weggeblasen.

»Dann wollt ihr tatsächlich zum Apfelhain? Da haben uns die Krähen und Werhörnchen doch keinen Mist erzählt.«

»Hast du was dagegen?«, fragte Cinquefoil.

»Nicht das Geringste«, antwortete der große Mann. »Nicht das Geringste. Nur kann ich euch leider nicht durchlassen.«

»Du tust so, als ob dir die Straße gehört«, entgegnete Cinquefoil. Jennifer T. bewunderte seinen Mut. Der große Mann grinste nicht nur wie ein Riese, er trat auch so auf.

»Oh, das tut sie auch.« Damit ging er zum nächsten Baum, einer dicken Tanne, und holte seitlich mit der Axt aus. Er drehte den Stiel, bis das Blatt waagrecht in der Luft lag, dann hieb er gegen den Stamm. In diesem Augenblick wusste Jennifer T., was das Rumpeln verursacht hatte. Die Tanne erzitterte, und alle ihre Nadeln schienen zu seufzen. Sie verharrte noch einen Augenblick reglos, wankte über der tiefen Kerbe, die der Mann in den Stamm gehauen hatte, und fiel dann lautlos um. Als sie aufschlug, wackelte der Boden so heftig, dass Jennifer T. das Gleichgewicht verlor und hinfiel. Ihr dröhnten noch die Ohren, als der Mann wieder sprach. »Ihr wollt doch keinen Ärger mit mir, oder?«

Stille trat ein. Cinquefoils Blick wanderte von der gefällten Tanne zu dem Riesengrinsen des Mannes.

»Na schön«, sagte er. »Dann kehren wir eben um und suchen uns einen anderen Weg über den Fluss.« Er winkte den Kindern. »Kommt, Reuben.«

Er ging hinüber zu Taffy, nahm ihr eine Kürbisflasche ab und stopfte sie in den Leinensack, in dem sie ihr Kochgeschirr aufbewahrten. Es sah wirklich so aus, als wollte er aufbrechen. Jennifer T. wusste nicht, ob er bluffte.

»He, nicht so eilig. Warte doch.«

Der große Mann bückte sich und entriss ihm den Sack.

»Ich glaube, ihr habt mich missverstanden. Ist doch kein Grund, gleich in die Luft zu gehen.«

»Du hast doch gesagt, dass du uns nicht durchlassen willst!«, sagte Pettipaw.

»Hab ich das?« Er sah ehrlich schockiert aus. »Na ja, ich hab gemeint, nicht ohne vorher Guten Tag zu sagen. Unten an der Anlegestelle. Alle alten Lügner wohnen zurzeit da unten. Ich weiß, dass sie euch kennen lernen wollen.«

»Wie weit ist es denn zu Fuß?«

»Drei Tage für euresgleichen, schätze ich, ungefähr.«

Jennifer T. hörte, wie Ethan stöhnte. In drei Tagen konnte schon das neunte Inning angefangen haben.

»Wir müssen früher dort sein!«, sagte Jennifer T. »Hast du etwas, das wir als Treibstoff benutzen könnten?«

Der Mann grinste, fasste in die Hüfttasche seiner Latzhose und zog eine silberne Flasche hervor.

»Was ist das für ein Zeug, Kumpel?«, fragte Grim.

»Ich will's dir erklären, kleiner Riese«, sagte der Mann und grinste wieder. »Ein Freund von mir macht das Zeug. Er nimmt die leuchtende Schneide meiner Axt und legt sie in eine Flasche. Und das Ganze nennt er dann Rachenputzer.«

»Rachenputzer!«, sagte Grim. »Damit bringt man keinen Motor zum Laufen.«

»Mit einem Zauber schon«, widersprach Cinquefoil.

332

»Rachenputzer!«, sagte Pettipaw und schnupperte anerkennend an der Flasche des Manns. »Man kann doch eine schöne Flasche Rachenputzer nicht an ein Auto verschwenden!«

SIE BRAUCHTEN FAST DEN GANZEN TAG FÜR DIE FAHRT hinunter nach Old Cat Landing. Der Charakter des Landes veränderte sich, als sie in die grasbedeckten Hügel der Lager der Verlorenen jenseits der Rauen Berge kamen. Ferischer-Hügel wurden seltener, und die Höhlen der Bowling-Männer blieben zurück. Die Straße wurde wieder breiter. Sie führte meist geradeaus und machte nur gelegentlich einen Bogen um eine mit Kiefern oder Schwarzeichen bewachsene Anhöhe. In dem Land gab es Indianerdörfer und Jagdhütten, Bergarbeitersiedlungen, Farmen und Ranches, Schuppen und einsame Landhäuser, aus deren Küchenfenster ein bleiches Gesicht spähte. Und zu Ethans Überraschung lebten fast überall Männer *und* Frauen. Er sah Goldwäscher, Wolfs- und Bärenjäger, Landarbeiter und Cowboys, befreite Sklaven, schwarze Soldaten und chinesische Arbeiter mit Zöpfen, deren Baseballschläger und Handschuhe den Stempel EIGENTUM VON BIG JIM HILL trugen. Doch obwohl diese Leute eine menschliche Gestalt hatten, waren sie beileibe keine Reuben. Sie waren richtige Lebewesen, aber eben keine Menschen, sondern so etwas wie die vermischten Erinnerungen von Menschen, die in den Sommerlanden konserviert wurden wie Eintagsfliegen in Bernstein. Sie waren Geister, Schatten und Spiegelbilder. Sie waren Fleisch gewordene Lügen und Legenden. Und die größten unter diesen Geisterwesen waren die Großen Lügner. Einst waren sie überall in diesem Teil der Sommerlande verbreitet gewesen und hatten mit einem einzigen Schritt einen halben Kilometer zurückgelegt. Mittlerweile lungerten sie in Old Cat Landing herum und besuchten seine Bars und Bordelle. Als die Schattenschwänze neben dem Jersey Lily Saloon auf der Hauptstraße auftauchten, kamen die Lügner alle heraus und lachten.

Die Straße war mit einer Mischung aus Kreide, Austernmuscheln und zerbrochenen Whiskeyflaschen gepflastert, sodass man Acht geben musste, wo man hintrat.

»Oho, da sind sie ja! Die Retter der Sommerlande.«

Der Sprecher war ein großer Mann mit Bart. Er trug eine weite, hüftlange blaue Jacke und eine Strickmütze mit Bommel, und in seinem Mundwinkel steckte eine Pfeife. Auf seiner Schulter lag eine lange Harpune, an deren Spitze ein Widerhaken funkelte. Der große Mann mit der Harpune warf den Kopf zurück und lachte, aber mit Bedacht, als würde sein Lachen nicht so demütigend und er selbst nicht so imposant wirken, wenn er nicht vorher innehielt und den Kopf zurückwarf. Sie waren alle groß, die Männer und Frauen, die sich um den Skid und die Schattenschwänze drängten, und einer von ihnen trug einen Cowboyhut und eine riesige lebende Klapperschlange um den Hals wie einen Schlips. Es waren insgesamt neun, den Mann mit der Axt mitgerechnet. Sieben Männer, die etwa so groß wie Taffy waren, und zwei Frauen, die nicht ganz so groß, aber kräftig waren und breite Schulter und dicke Beine hatten. Zwei Männer und die beiden Frauen waren dunkelhäutig, und ihre Hände waren so groß wie die Familienbibel, die bei Jennifer T.'s Großmutter Billy Ann auf dem Fernseher lag. Einer der beiden schwarzen Männer hatte einen gewaltigen schwarzen Eisenhammer in der Hand, und er lächelte zwar freundlicher als der Mann mit der Pfeife, aber nicht minder spöttisch.

»Der alte Ringfinger hat gesagt, ihr wärt ein bunt gemischter Haufen«, sagte der große Mann mit dem Hammer und beäugte die Schattenschwänze aus luftiger Höhe. »Aber dass ihr so bunt gemischt seid, hat uns keiner gesagt.«

Alle neun brachen in Gelächter aus, klopften sich gegenseitig auf den Rücken, spuckten eklige Säfte auf die Straße und klatschten sich mit dem Mann ab, der den schweren Hammer in der Hand hielt.

»Jetzt habt ihr gut lachen«, sagte Jennifer T., und Ethan liebte sie dafür, noch ehe sie den Satz beendet hatte, »aber das Lachen wird euch gründlich vergehen, wenn wir euch auf dem Platz die fetten Hintern versohlen.«

Ein noch größere Lachsalve war die Antwort. Einer der großen weißen Männer, der kurz geschorenes rotes Haar hatte und etwas kleiner und fetter als die anderen war, musste so heftig lachen, dass er seine lange Stange fallen ließ, umkippte und von einem Kameraden wieder aufgerichtet werden musste, einem Bären mit Stupsnase, Knopfaugen und einer Haut, die glänzte wie polierte Bronze. Er hatte ein hammerähnliches Werkzeug, das auf einer Seite mit einer Eisenspitze versehen war. Ein Stahlarbeiterhammer, wie sie später erfuhren.

»Chiron Brown?«, sagte Ethan. »Ist er hier? Ist er hier gewesen?«

Der Mann mit der Axt deutete mit dem Zeigefinger, der so dick und lang war wie Cinquefoils Beine, die Straße hinauf, und als sie sich umdrehten, sahen sie den alten weißen Cadillac auf sich zurollen. Hinter dem Steuer saß Ringfinger Brown. Er trug einen grünen und goldenen Anzug mit einem diagonalen gelben Gittermuster. Er schälte vorsichtig seinen alten Körper aus dem Wagen und kam direkt auf Ethan und Jennifer T. zu.

»Na also«, sagte er. »Wer sagt's denn. Sieht so aus, als hätte sich der alte Ringfinger doch nicht in euch getäuscht.« Er kicherte, sichtlich zufrieden mit sich, als hätte der Fehler, ausgerechnet die beiden ausgesucht zu haben, lange an ihm genagt. »Ihr kommt von weit her und habt einen weiten Weg hinter euch. Und habt obendrein halbwegs gutes Baseball gespielt, nach dem, was ich gehört habe.«

»Ständig verloren haben sie, nachdem was *wir* gehört haben«, sagte einer der Lügner, ein sehr dunkelhäutiger und gut aussehender Mann. Er trug einen grau-weißen Nadelstreifenanzug mit lila Brokatweste, neben dem Ringfingers Anzug langweilig und altmodisch wirkte. Aus dem Schaft seines halbhohen und verzierten Lederstiefels ragte der Horngriff eines großen Messers. »Kommen von weit her, um sich das Fell gerben zu lassen.«

»Wir sind nicht wegen eines dämlichen Baseballspiels hier«, sagte Spinnenrose. »Wir sind auf dem Weg zum Apfelhain, um den Kojoten zu suchen.« Sie streckte ihm die zerknautschte Puppe Nubakaduba hin. »Er soll meinen Bruder wieder in ein Baby zurückverwandeln.«

Die Schattenschwänze drehten sich zu ihr um, sperrten den Mund auf und runzelten die Stirn. Was für ein lächerlicher Gedanke, dachte Ethan. Er hatte in Nubakaduba bisher immer nur ein dickes Knäuel aus Leder und Garn gesehen, und keinen süßen kleinen brabbelnden Ferischer, dessen Gesicht jedes Mal strahlte, wenn seine Schwester den Raum betrat. Aber noch mehr überraschte ihn der ungestüme Optimismus, der aus ihren Worten sprach. Spinnenrose hatte unter Schattenschwänzen längst den Titel »größte Schwarzseherin« errungen.

»Und überhaupt«, schloss sie, und vor Scham nahm ihr Gesicht das kräftige Gold von Pfirsichfleisch an.

Jennifer T. legte den Arm um sie. »Wir schaffen es bestimmt.«

»Tut mir schrecklich Leid, dass ich euch enttäuschen muss«, sagte eine der großen Frauen, »wo ihr doch von so schrecklich weit herkommt.« Sie war eine wohlbeleibte Dame mit schönen grünen Augen und Sommersprossen und trug einen weiten

Overall aus Jeansstoff und ein langläufiges Gewehr über der Schulter. »Aber wir sind auch nicht hier, um auf dem Baseballplatz irgendwelche Mätzchen zu veranstalten. Wir sind hier, um zu verhindern, dass ihr jemals über diesen Fluss kommt.«

»Und wer, wenn ich fragen darf«, sagte Grim der Riese, »will uns daran hindern?«

»Annie Christmas«, sagte die Frau im Overall. »Und ihre Freunde.«

Alle traten einen Schritt vor, der große Mann mit der Axt, der große Mann mit dem Hammer, der große Mann mit dem Stahlarbeiterhammer, der große Mann mit der Harpune, der große Mann mit dem Klapperschlangenschlips, der große Mann mit dem Messer im Stiefel, der große Mann mit der Stange und die andere große Frau, die ein enges rotes Kleid trug, das so glänzte, dass der schicke graue Anzug des Mannes mit dem Messer im Stiefel daneben verblasste, und dazu rote Schuhe, deren Absätze fast so hoch waren wie Spinnenrose groß. Um ihren Hals lag eine Silberkette, an der ein Rasiermesser baumelte.

»Das sind meine Freunde«, sagte Annie Christmas. »Die großen Lügner von Old Cat Landing.«

»Ach ja? Wenn ihr alle so toll und alles seid, warum seid ihr dann so *klein*?«, sagte Jennifer T. Sie trat vor den großen Mann mit der Axt und musterte ihn von oben bis unten so kritisch wie gegnerische Pitcher vor Spielbeginn. »Das wollte ich dich schon den ganzen Tag fragen. Ich dachte, du wärst so eine Art Holzfällerriese. Einer, der angeblich, *angeblich*, einen ganzen Mammutbaum als Zahnstocher benutzt. Und den Oberen See als Schlittschuhbahn. Und solche Sachen. Wo ist dann Babe, dein blauer Ochse?«

Der große Mann mit der Axt strich sich über den graublonden Bart und blickte auf Jennifer T. hinunter. Verdutzt sah

Ethan, dass ihm Tränen in die Augen traten. Die anderen Lügner umringten ihn, und der große Mann mit dem Hammer legte dem Mann mit der Axt den Arm um die Schulter. Und dann vergrub der Mann mit der Axt das Gesicht in den Händen und begann zu schluchzen.

»Verzeihung«, sagte er nach einer Weile und wischte sich die Nase am Ärmel ab. Er rang nach Fassung, doch jedes Mal, wenn die Tränen zu versiegen schienen, rief er herzzerreißend »Babe!« und brach wieder in heftiges Schluchzen aus. Schließlich führte ihn der Mann mit dem Hammer in den Jersey Lily Saloon, nicht ohne Jennifer T. über die Schulter einen vorwurfsvollen Blick zuzuwerfen.

»Tut mir Leid«, sagte sie. »Das wollte ich nicht ... Ich hatte ja keine Ahnung. Ist dem Ochsen etwas zugestoßen?«

»Was Babe zugestoßen ist, wird uns allen zustoßen«, sagte der Mann mit dem Stahlarbeiterhammer. Er hatte einen leichten Akzent, und Ethan tippte auf Russisch, Polnisch oder so etwas in der Art. »Seht mich an. Früher war ich so groß wie eine Schlackenhalde. Hatte Beine wie Walzwerke. Ein Herz wie eine Bessemerbirne. Und seht mich jetzt an. Ein Winzling. Schlappe zwei Meter. Und ich schrumpfe weiter. Früher habe ich in Hochöfen gebadet, habe mich eingeschmolzen und mir mit der Schöpfkelle einen schönen neuen Körper gegossen. Das ist vorbei. Die Stahlwerke sind verschwunden. Alles ist verschwunden.«

»Walfangschiffe.«

»Eisenbahnbautrupps.«

»Kielboote.«

»Heckraddampfer«, sagte der Mann mit dem Messer im Stiefel.

»Ganz zu schweigen von den guten alten Indianerschlachten«, klagte der Mann mit dem Klapperschlangenschlips.

»Na ja, auf den Mist können wir verzichten«, sagte Jennifer T. »Auf Walfangschiffe auch. Wale sind empfindsame Wesen, habt ihr das nicht gewusst? Auf eine gewisse Art sind sie klüger als Menschen, und sie haben eine Sprache, Geschichten und eine Vergangenheit.« Sie wandte sich an den großen Mann mit der Stange, und trotz seiner zwei Meter und seiner massigen Gestalt wich er einen Schritt zurück. »Und ich weiß zwar nicht genau, was ein Kielboot ist, aber ich möchte wetten, dass wir auch ohne Kielboot-Männer klarkommen. Mensch, du siehst aus, als hätte dir jemand das Ohr abgebissen.«

Der Mann mit der Stange rieb sich sanft sein linkes Ohr. »Ja«, sagte er mit verträumtem Blick. »Hat mir auch das Auge ausgestochen, aber ich hab's ihm heimgezahlt.«

»Sei es, wie es wolle, Miss Rideout«, sagte Pettipaw, trat zwischen Jennifer T. und den Mann mit der Stange und zupfte an einem seiner Schnurrhaare. »Ich hatte zwar nie das Vergnügen, die Bekanntschaft des verstorbenen Ochsen zu machen, doch ich bin überzeugt, dass wohl niemand, der heute in den Sommerlanden lebt, nicht dann und wann den alten Zeiten nachtrauert.«

»Sehr richtig, Pettipaw«, sagte Cinquefoil. »Es sind wirklich magere Zeiten.«

»Gleichwohl muss ich gestehen«, fuhr die Werratte fort, »dass ich nicht verstehe, wie ihr guten Leute auf den Gedanken kommt, dass sich das Los von uns Sommerländern verbessern könnte, wenn ihr den Kojoten gewähren lasst.«

Es wurde still, und die Großen Lügner traten verlegen von einem Bein auf das andere, als wäre die Antwort so offensichtlich, dass sie mit Rücksicht auf Pettipaw lieber schwiegen. Schließlich entzündete der große Mann mit der Harpune ein Streichholz, brannte seine Pfeife an und schaute auf.

»Wir erhoffen uns davon keine Verbesserung unserer Lage, Sir«, sagte er. »Wir erhoffen uns ein schnelles Ende. Wir wollen, dass der alte Kojote den Lodgepole zu Fall bringt.«

Eine Möwe schrie, die Luft strömte knisternd durch die Tonpfeife, und der abkühlende Motor von Ringfingers Cadillac tickte wie eine Uhr in der Sonne.

»Diese Leute hier«, sagte Ringfinger, »sind schon seit einiger Zeit der Ansicht, dass alles keinen Sinn mehr hat.«

»Aber darüber haben nicht sie zu entscheiden«, sagte Jennifer T.

»Sie haben kein Recht, uns an der Überquerung des Flusses zu hindern«, sagte Thor.

»Das brauchen wir nicht, Wechselbalg«, sagte Annie Christmas, krempelte ihre Ärmel hoch und entblößte ein Paar muskelbepackte Arme. »Nicht um Leute wie euch aufzuhalten.«

»Aber *einen* Sinn hat es«, rief Ethan zu seiner eigenen Überraschung. Alle anderen drehten sich um und sahen ihn an. »Na ja, ich möchte meinen Vater finden. Meinen Dad. Ich brauche meinen Vater, und er braucht mich.« Er sah auf seine Uhr. Sie zeigte immer noch die erste Hälfte des neunten Innings an. Und noch während er hinsah, drehte sich der kleine Pfeil und zeigte nach unten. Nur noch zwei Innings. »Also hat es doch einen Sinn, oder?«

»Und da ist noch etwas«, sagte Cinquefoil, »und ihr solltet euch schämen, dass ihr es vergessen habt.«

Die Großen Lügner blickten verdutzt.

»Baseball«, fuhr Cinquefoil fort. »Solange noch irgendwo im alten Stil, im Sommerlande-Stil, Baseball gespielt wird, mit Geduld und Hingabe, wird das Leben immer einen Sinn haben.«

In Ethans Ohren klang das gut und richtig, auch wenn er nicht genau wusste, was Cinquefoil mit »Hingabe« meinte.

Annie Christmas wandte sich an den Mann mit dem Messer im Stiefel.

»Schnäuzelchen«, sagte sie, »geh in den Saloon und hol die beiden Gentlemen zurück. Wir müssen ein längeres Palaver abhalten. Nein, warte, wir gehen selbst rein. Ich könnte jetzt einen Schluck gebrauchen.«

Die sieben Großen Lügner marschierten in den Jersey Lily, und die Schattenschwänze gingen mit Ringfinger Brown hinunter zur Anlegestelle und schlenderten ein Stück am Pier entlang. Das träge Wasser des Großen Flusses schwappte schäumend gegen die Pfähle.

»Tja«, sagte Taffy. Sie hatte die ganze Zeit geschwiegen. Jetzt setzte sie sich an den Rand des Piers und ließ ihre berühmten Füße im Wasser baumeln. Sie kehrte den anderen den Rücken zu. »Sieht so aus, als wären wir am Ende.« Sie klang irgendwie erleichtert, dachte Ethan.

»Selbst wenn sie uns durchlassen, ihr seht ja selbst«, sagte Jennifer T. und deutete übers Wasser. »Der Apfelhain liegt dahinten am anderen Ufer. Wir sollen wir denn hinüberkommen?«

»Ja, und was ist mit der alten Wasserkatze? Wer oder was ist das?«

»Das weiß niemand so genau«, sagte Ringfinger Brown. »Keiner, der sie aus der Nähe gesehen hat, ist zurückgekommen. Aber sie ist groß. Sehr groß. So viel ist gewiss.«

»Wieso?«

»Weil sie den Lodgepole trägt, Kinder. Sie hält ihn mit ihrem Schwanz. So wie der große muskelbepackte Arm, den ihr vorhin gesehen habt, den Fünf-Kilo-Hammer hält. Und jeder, der zum Apfelhain will, muss an ihr vorbei.«

»Ja«, sagte Jennifer T. »Aber vorher müssen wir an *denen* vorbei.«

Die neun Großen Lügner waren aus dem Jersey Lily Saloon gekommen, standen am Pier und blickten über den Fluss, der einst so viele Geschichten und Prahlereien, Märchen und faustdicke Lügen befördert hatte, dass sie sich an den Kais in den Himmel stapelten und mit Scharnieren versehen und heruntergeklappt werden mussten, um den Mond vorbeizulassen.

»Also«, sagte Annie Christmas. »Wir spielen gegen euch neun Innings im alten Stil, und wir werden alles geben. Wenn ihr gewinnt, dürft ihr vorbei und könnt euer Glück bei der alten Katze versuchen. Denn wenn es euch gelingt, uns zu besiegen, dann *wolltet* ihr uns besiegen, und wenn ihr etwas tun *wolltet*, nun ja, dann habt ihr der Situation eben dadurch eine Art Sinn gegeben.« Sie drehte sich zu ihren stämmigen Gefährten um, und Ethan konnte ziemlich deutlich sehen, wer in Old Cat Landing das Sagen hatte. »Das ist nur logisch. *Quod erat demonstrandum.*«

Pettipaw kletterte an Grims Hosenbein hoch, hievte sich auf seine Schulter, erklomm seinen Kopf, sprang in die Luft und vollführte auf dem Weg nach unten einen Rückwärtssalto. Ethan und Jennifer T. klatschten sich ab und stießen die Fäuste aneinander.

»Ja!«, jubelte Spinnenrose und drückte Nubakaduba fest an sich.

Nur Thor stand da und rieb sich sanft die Schläfe.

»Da ist nur ein Problem«, sagte er. »Wir sind acht. Ihr seid neun. Wir brauchen noch einen Spieler.«

»Das ist euer Problem«, sagte die große Frau mit dem Rasiermesser. Sie hatte sich umgezogen und trug an Stelle des flammend roten Kleids jetzt alte weiße Flanellhosen und Baseballstiefel. Quer auf ihrer Brust stand in geschwungener blauer Schrift *Lügner.* »Wenn ihr nur zu acht seid, müsst ihr uns eben zu acht schlagen.«

»Ich zähle neun«, sagte der große Mann mit der Axt und sah den alten Chiron Brown an.

»Ich doch nicht«, gluckste Ringfinger. »Ich bin Talentspäher. Ich muss unparteiisch bleiben. Außerdem ...« Er bückte sich und krempelte sein rechtes Hosenbein hoch. Darunter kam eine braune Kunststoffprothese zum Vorschein, die in einer weißen Sportsocke steckte. »Ich habe nur noch ein Bein.«

ANNIE CHRISTMAS QUARTIERTE SIE IN IHREM HAUS EIN, dem größten in der Stadt, und nachdem sie gebadet und etwas geruht hatten, trafen sie sich unten im Esszimmer, wo Annie ein üppiges Mahl vorbereitet hatte, bestehend aus Schweinebacken, Schweinedarm, Schweinekoteletts, Rübstielgemüse, Maisbrot, Ziegenmelker-Erbsen, Makkaroni-Salat und Süßkartoffelbrei. Natürlich aß sie mit ihnen, und sie aß mehr als jeder andere bis auf Pettipaw, der das Mehrfache seines Körpergewichts an Schweinefleisch, Furcht erregende Berge Makkaroni-Salat, siebeneinhalb Stück Kuchen und zehn Portionen Vanilleeis verdrückte. Er erklärte, als Koch habe er seinen Meister gefunden. Nach dem Essen setzte sich Annie in ihren Schaukelstuhl, zündete sich eine kleine Porzellanpfeife an, stieß eine lange Rauchfahne aus und sagte: »Ich hoffe, ihr habt nichts dagegen, vom Gegner einen Rat anzunehmen. Aber ihr müsst irgendwo einen neunten Spieler auftreiben.«

»Daran habe ich auch schon gedacht«, sagte Jennifer T.

»Ich auch«, sagte Cinquefoil. »Oben in den Lagern der Verlorenen gibt's ein paar gute. Dieser Eichental-Mann zum Beispiel. Ein sensibles Händchen. Der geborene Schlagmann. Vielleicht sollten wir ...«

»Nein«, sagte Grim der Riese. »Keinen Freizeit-Klopper aus der Gegend. Sieh uns doch an. Wir sind schon okay. Wir werden immer besser. Manchmal spielen wir gar nicht so übel. Das wird jeder zugeben, der uns sieht und uns einigermaßen wohlwollend gegenübersteht. Aber wenn wir uns schon die Mühe machen, einen neunten Mann zu suchen, dann sollte er auch, na ja ...«

»Ein Champion sein«, sagte Ringfinger Brown.»Ein Held.«
Grim schlug so kräftig auf den Tisch, dass die Teller hüpften.»Genau das wollte ich sagen!«

»Ist das nicht komisch?«, sagte Ringfinger und wischte mit
einem krümligen Stück Maisbrot den letzten Rest Bratensoße
auf.»Ihr braucht einen Helden, und dann kreuze ich ausgerechnet hier auf, wo Helden doch genau meine Sparte sind, hier am
Ende der Welt, wo ihr am wenigsten damit rechnen konntet.«
Das Funkeln in seinen Augen war unmissverständlich.

»Wer ist es, Mr. Brown?«, fragte Ethan.»Wen habt ihr für
unser rechtes Außenfeld?«

»Nun ja, ich weiß nicht, ob ich jemand Bestimmtes im Auge
habe, aber wollen mal sehen. Mr. Wignutt, könnten Sie die
verrückte Karte auspacken, die Sie ständig in den Fingern haben, und uns sagen, ob es hier in der Gegend ein hübsches
Fleckchen gibt, wo wir kurz mal nach Mittelland rüberhüpfen
können?«

Thor zog gehorsam die Vier-Seiten-Karte hervor und faltete und drehte sie so lange, bis auf der einen Seite grüne Blätter und graue Zweige und auf der anderen braune Blätter und
graue Zweige zu sehen waren. Dann ging er hinaus in den
Vorgarten und hielt sie in die untergehende Sonne.

»Tja, ich ... ich bin mir nicht ganz sicher. Aber es sieht so
aus, als ob ...« Er hielt die Karte ganz dicht vor sein Gesicht
und etwas höher.»Ja, da ist eine Stelle, direkt hier. Auf einem
kleinen Zweig. Auf dieser Seite heißt sie Old Cat Landing.
Und auf der anderen heißt sie ... heißt sie ...« Er ließ die
Karte sinken und sah Ethan an.»Ethan, da steht ›Anaheim‹.«

»Anaheim«, wiederholte Jennifer T.»*Anaheim.*«

»Oh, mein Gott«, entfuhr es Ethan.

»Mr. Brown«, sagte Jennifer T. und drehte sich zu Ringfinger.»Haben Sie an Rodrigo Buendía gedacht?«

»Rodrigo Buendía«, sagte Ethan.»Oh, mein Gott.«

ES WAR ABEND, ALS SIE DIE SOMMERLANDE VERLIESSEN. Sie standen auf dem Baseballplatz von Old Cat Landing, auf irgendeinem Felsufer, das den Fluss überragte. Große schlanke Bäume reihten sich wie Zuschauer hinter dem Zaun des rechten Außenfelds. In diese Richtung marschierte Thor, genau auf die Pappeln zu. Sie waren nur zu dritt: Jennifer T., Ethan und Thor.

»Ich weiß, dass die Stellen auf deiner Karte eingezeichnet sind«, sagte Ethan. »Aber wie willst du sie denn finden, in der Welt, meine ich. Woher weißt du, wohin du gehen musst?«

»Ich weiß auch nicht«, antwortete Thor. »Ich gehe einfach an einem Ast entlang, bis ich es spüre.«

»Dann gehen wir im Moment also an einem Ast entlang?«, fragte Jennifer T. und sah hinab zu ihren Füßen. Da war nur Gras, soweit sie es beurteilen konnte. Und sie spürte nichts, nur Nervosität, wenn sie an ihr Vorhaben dachte. Sie versuchte sich vorzustellen, wie es wohl wäre, wenn sie sich von ihrem Gefühl in eine andere Welt führen lassen könnte.

»Könntest du den Weg zu Rodrigo Buendía auch ohne Karte finden?«, fragte sie.

Thor ging weiter. Glühwürmchen schwirrten durch die Sommernacht. Es wurde dunkler und kälter. Thor schloss die Augen.

»Ich glaube, ich könnte jeden finden«, sagte er.

»Könntest du uns auch zu meinem Dad bringen?«, fragte Ethan.

»Na ja. Vielleicht. Aber es wäre nicht einfach. Ich würde ziemlich lange brauchen. Ich müsste ziemlich viel hüpfen. Und würde dabei wahrscheinlich eine Menge Fehler machen. Wir könnten an einigen unangenehmen Orten landen.«

Ganz plötzlich wurde es noch viel kälter. Die Bäume waren verschwunden. Die Sterne waren verschwunden.

»Thor?«, sagte Jennifer T. »Kann ich dich was fragen?«

»Ja«, antwortete er sofort und öffnete die Augen. »Ich könnte dich zu deiner Mutter bringen. Ich werde es tun, wenn du es willst.«

»Gut«, sagte Jennifer T. »Ich denke darüber nach.«

»Könntest du mich zu meiner bringen?«, fragte Ethan lachend.

Dann nahm ihn Jennifer T. an der Hand, und er fasste nach Thors kalter schwieliger Hand. Und dann ging Thor weiter, und sie folgten ihm Hand in Hand ins gleißende Tageslicht.

20

Rancho Encantado

DIE KRIMINALITÄTSRATE in Rancho Encantado ist sehr gering, »verschwindend gering«, wie sich der Polizeichef der 27 000-Einwohner-Stadt in Kalifornien gerne brüstet. Und dies ist ohne Zweifel auch ein Verdienst der Männer und Frauen seiner Behörde, die gute Arbeit leisten. Ein weiterer Grund dürfte sein, dass ganz Rancho Encantado von einem vierzig Kilometer langen Elektrozaun umgeben ist.

Innerhalb dieser abschreckenden Stadtgrenze gibt es eine hübsche Wohnsiedlung namens Villa Borghese mit sehr großen Häusern, die im italienischen statt im sonst üblichen spanischen Stil gebaut sind. Um dieses elegante Viertel ist zusätzlich ein Zaun gezogen, ein nüchterner Zaun aus Holz und Gips, übermannshoch und oben mit dekorativen hellgrünen Eisendornen versehen. Und innerhalb dieses Zauns, auf den Straßen von Villa Borghese, patrouillieren nicht nur Beamte der Ortspolizei, sondern auch Mitarbeiter privater Sicherheitsfirmen. Die Häuser von Villa Borghese, in denen ungefähr 2700 Menschen leben, sind ihrerseits mit Mauern und Zäunen gesichert, darunter auch elektrische. Jedes einzelne dieser rund achthundert Häuser verfügt über eine Alarmanlage. Einige haben zusätzlich Überwachungskameras, andere werden von bissigen Hunden bewacht, wieder andere sogar von Bodyguards, die in Nebengebäuden wohnen. Nur ein einziges Haus in Villa Borghese und in ganz Rancho Encantado verfügt über alle von mir erwähnten Sicherheitseinrichtungen. Dies ist das Haus in der Via Vespasiana Nr. 234, das Haus des kubanischen Flüchtlings und dreimaligen Batter-Königs Rodrigo Buendía.

Mit anderen Worten, es wäre sehr schön gewesen, wenn Thor eine Möglichkeit gefunden hätte, direkt ins Wohnzimmer des Mannes zu springen. Vielleicht wird er eines Tages sein Talent so geschult haben, dass er dazu im Stande ist. Einstweilen jedoch landeten sie an einer Stelle ganz am anderen Ende seiner Straße. Es war eine lange Straße, und sie wand sich einen Hügel hinauf, aus dem man einige Jahre zuvor ganz Villa Borghese gehauen hatte. Buendía, so erklärte Thor, wohne ganz oben im letzten Haus. Diesmal fragte Ethan ihn nicht, woher er das wusste. Sie stapften die Via Vespasiana hinauf. Er war ein sehr warmer Tag. Die Sukkulenten, die den Bürgersteig säumten, flimmerten in der Hitze wie auch der Bürgersteig selbst. Kein Mensch war zu sehen. Nicht einmal in den einsamsten Tälern der Rauen Berge hatten sie eine solche Stille und Verlassenheit vorgefunden. Nur das ferne Surren eines Rasenmähers und das nahe Zip-zip-zip eines Rasensprengers waren zu hören.

An der Ecke Via Vespasiana und Via Aureliana entdeckte sie ein Polizist, der vor dem Haus Nr. 441 in der Via Aureliana in seinem Streifenwagen saß. Über Funk meldete er der Zentrale seine Beobachtung. In der Zentrale wurde sie vorschriftsmäßig zu Protokoll genommen: Um 14.13 Uhr wurden drei Kinder dabei beobachtet, wie sie die Via Vespasiana hinaufgingen.

»Komische Gegend«, meinte Jennifer T.

Eine viel sagende Bemerkung, wenn man bedachte, wo sie sich fast den ganzen letzten Monat aufgehalten hatten, überlegte Ethan. Aber er war ganz ihrer Meinung.

»Es ist so still«, sagte er. »Ich kann hören, wenn ich schlucke.«

Sie kamen an einer großen Villa vorbei, schön und weiß,

mit rotem Ziegeldach und grünem Rasen. Nach den ständig wechselnden Farbtönen von Erde, Laub und Himmel in den Sommerlanden wirkte die Villa auf Ethan so sauber und hell, ihre Farben so grell, dass sie ebenso gut aus Legosteinen hätte bestehen können.

»Jetzt müsstet ihr mich schlucken hören«, sagte Thor.

»Ja«, sagte Jennifer T. »Vielen Dank.«

»Seht mal da«, sagte Ethan. Er deutete auf ein Haus mit legorotem Lehmziegeldach. Ein Zimmer im Obergeschoss hatte einen kleinen Balkon mit einem hübschen schmiedeeisernen Gitter. Und auf dem Balkon stand ein Kind, ein Mädchen, ungefähr in ihrem Alter. Sie stand einfach nur da, hielt sich am Gitter fest und beobachtete, wie sie die Straße hinaufgingen. Ihr Gesicht war ausdruckslos, soweit Ethan erkennen konnte. »Da ist ein Mädchen.«

Sie blieben stehen. Seit Wochen hatten sie kein Kind, keinen kleinen Reuben mehr gesehen. Kinder waren in den Lagern der Verlorenen ebenso selten wie bei den Ferischern, und die wenigen, die sie gesehen hatten, waren ihnen wie Kinder auf alten Fotografien vorgekommen, schweigsam, plump und geisterhaft, mit braunen Bundhosen und staubfarbenen Kleidern. Dieses Mädchen hier trug ein Sweathirt, das rosa war wie ein Bonbon.

»Hi«, grüßte Jennifer T. und winkte unsicher.

»Hi«, antwortete das Mädchen auf dem Balkon.

Der Polizist, der ihnen im Abstand von durchschnittlich drei Einfahrten unauffällig folgte, informierte die Zentrale, dass die Kinder, deren Auftauchen er um 14.13 Uhr gemeldet hatte, nun offenbar ein Gespräch anknüpften. Auch das wurde in der Zentrale sorgfältig notiert.

»Wohin geht ihr?«, fragte das Mädchen auf dem Balkon.

Ethan wollte ihr gerade antworten, da trat ihm Jennifer T. auf den Fuß.

»Spazieren«, sagte sie.

Das Mädchen rümpfte die Nase. »Oh«, sagte sie.

Ethan konnte nicht sagen, ob sie die Idee, einen Spaziergang zu machen, interessant, langweilig oder bloß ungewöhnlich fand. Im nächsten Moment drehte sie sich um und verschwand im Haus. Sie gingen weiter, und der Polizist folgte
ihnen. Als ihm dämmerte, dass sie zu Rodrigo Buendías Haus
wollten, unterrichtete er die Zentrale. Sie pflichtete ihm bei,
dass hier ein Fall von »glaubhafter Gewaltandrohung« vor-
liege, und erteilte ihm die Erlaubnis zum Eingreifen. Der Polizist stieg aus seinem silbergrauen Streifenwagen. Er näherte
sich den Kindern, eine Hand an der Furcht erregend aussehenden Elektroschockpistole, die er an der Hüfte trug.

»He«, rief er. »He, Kids.«

Sie drehten sich um. Dann blickten das Mädchen und der
kleinere der beiden Jungen zu dem größeren, alle drei fassten
sich an den Händen und rannten die Zufahrt zu Buendías
Haus hinauf. Sie rannten – das Wort, das dem Polizisten in
den Sinn kam, war *flitzten* – in die Garage. Folglich musste
das Garagentor offen gestanden haben, doch der Polizist war
sich sicher und erwähnte dies auch später in seinem Bericht,
dass das Tor in dem Moment, als die Kinder auf die Garage
zurannten, geschlossen gewesen war.

IN DER GARAGE STANDEN ZWEI WAGEN, EIN GROSSER
BWM und ein Landrover, und es war noch genug Platz für
zwei weitere, aber das Haus sah so aus, als wäre es unbewohnt.
Sie rannten durch eine Reihe großer, hoher Räume mit wei-
ßen Wänden und blanken Parkettböden, in denen keine Mö-
bel standen. Ethan konnte das scharfe und ärgerlich klingende
Knacken im Funkgerät des Polizisten vor dem Haus hören.
Seine vage Hoffnung, ihr Schicksal in die Hände des großen

Buendía zu legen, zerstob angesichts des leeren Hauses. Jetzt waren sie gewöhnliche Einbrecher. Man würde sie verhaften und einsperren. Doch dann gelangten sie in eine große Küche mit Wandschränken und Elektrogeräten, und mittendrin lag ein Haufen leerer Konservendosen, die einmal schwarze Bohnen enthalten hatten. Die Dosen waren von einer Arbeitsplatte aus Edelstahl auf den Boden gerollt und innen mit einer schwarzen Kruste überzogen, und die Unordnung, die sie verursachten, erweckte fast den Eindruck, hier hätten Vandalen gehaust. Die gelben Etiketten waren in Spanisch beschriftet: FRIJOLES NEGROS. Auf dem Herd stand ein Topf, groß und schwarz wie der Kessel in einer Hexenküche. Ethan warf einen Blick hinein. Eine bräunliche Haut klebte an der Innenwand, und hier und dort ein Reiskorn, das noch nicht vergammelt war.

»*Er ist hier*«, flüsterte er.

»Ich weiß, dass er hier ist«, erwiderte Thor mit seiner normalen Stimme. Bildete Ethan es sich nur ein, oder klang da wieder der monotone Tonfall von TW03 durch? »Sonst hätte ich doch nicht ...«

Die Türglocke ertönte. Sie spielte eine lange Melodie, die an ein Kirchenlied erinnerte. Sie erstarrten und sahen einander an. Dann schlich Jennifer T. zu der großen schmalen Tür neben dem Kühlschrank und öffnete sie. Es war eine Besenschrank voller Wischlappen und Kehrschaufeln. Sie bot gerade genug Platz für einen von ihnen. Jennifer T. gab Ethan ein Zeichen, hineinzuklettern. Er schüttelte den Kopf.

»*Du*«, flüsterte er. »*Wenn sie uns kriegen, bist du wenigstens ...*«

»Sie werden uns nicht kriegen«, sagte Thor. »Wir können einfach hinausflitzen.«

Wieder ertönte die Türglocke. Dann klopfte der Polizist an die Tür, fest und laut und sehr lange wie jemand, der weiß, dass er irgendwann für seine Hartnäckigkeit belohnt wird.

Schließlich hörten sie irgendwo in den Tiefen des Hauses eine Stimme, eine mürrische Männerstimme. Buendía. Die Fußböden hallten von donnernden Tritten wider, ein großer Mann polterte die Treppe hinunter zur Haustür. Er sagte etwas auf Spanisch, entweder zu sich selbst oder zu dem Polizisten. Und seine Stimme klang nicht besonders freundlich.

»Verzeihen Sie die Störung, Mr. Buendía«, begann der Polizist, aber danach senkte er die Stimme, und so konnten sie nicht verstehen, was er sagte und was Buendía erwiderte. Doch es hatte nicht den Anschein, als interessiere Buendía sich sonderlich dafür, was ihm der Polizist mitzuteilen hatte. Ethan schlich zur Küchentür, um besser hören zu können – sie waren im Haus Rodrigo Buendías!, diese belegte, murmelnde Stimme gehörte dem großen Buendía! –, und dabei stieß er gegen eine Konservenbüchse. Er zuckte zusammen, wirbelte herum und blickte in die vorwurfsvollen Gesichter seiner Freunde. Du Idiot! Die Stimmen an der Haustür verstummten, und gleich darauf waren sie da, der fremde Polizist in seinem engen schwarzen Overall und Buendía, *El Gran Oso,* groß, dunkelhäutig, mit schlurfendem Gang, in einem knappen weißen Frotteebademantel, der nachlässig zugebunden war. Sein Haar war auf einer Seite zerknautscht, und unter dem Bademantel trug er nur eine enge blaue Unterhose. Und eine einzelne Socke. Doch er sah, wie gegen seinen Willen, hellwach aus, als er Ethan über den Kopf des Polizisten hinweg anfunkelte.

Ethan wusste, dass er jetzt etwas sagen musste, und es musste eine Art Zauberformel sein, eine Folge von Wörtern, die genau die richtigen waren, die einzigen, die sie von den Fesseln der normalen Welt befreien konnten, die sich immer enger um sie zogen.

»Chiron Brown schickt uns«, sagte er, ohne den Polizisten eines Blickes zu würdigen. Er richtete seine verzweifelte kleine

Zauberformel direkt an die Ohren und das große, starke Heldenherz Rodrigo Buendías. Doch Buendía schien die magischen Worte nicht gehört zu haben. Er blinzelte einmal träge, dann schürzte er die Lippen und blickte zu dem Polizisten.

»Schaffen Sie sie raus«, sagte er.

DER POLIZIST VERFRACHTETE SIE AUF DEN RÜCKSITZ seines Streifenwagens und fuhr mit ihnen in die Innenstadt. Ethan schielte immer wieder zu Thor, doch der schüttelte den Kopf. Im Polizeipräsidium, einer Art Legofestung an einem sonnenüberfluteten Platz mit Brunnen, nahm eine freundliche Frau mit Kopfhörer ihre Personalien auf. Anschließend führte sie der Polizist in einen kleinen Raum mit Teppichboden und Spielsachen, für die sie viel zu alt waren. An den Wänden hingen Spiegel, und Ethan argwöhnte, dass es sich um Einwegspiegel handelte. Bestimmt waren überall auch Abhörwanzen versteckt. Sie saßen nebeneinander auf Plastikstühlen und ließen die Beine baumeln. Ein Wanduhr surrte und klickte jedes Mal, wenn der Zeiger eine Minute vorrückte. Ethan sah auf seine Armbanduhr. Erste Hälfte des achten Innings. Normalerweise hätte er seine Freunde über diese erschreckende Tatsache informiert, doch sie waren so schon aufgeregt genug.

»Chiron Brown schickt uns«, sagte Jennifer T. und schüttelte den Kopf. »Das war voll daneben, Feld.«

»Na ja«, sagte Ethan, »ich dachte, er kennt Buendía. Hat sich jedenfalls so angehört.«

»Der ist aus Kuba!«, sagte Jennifer T. »Wie soll ihn Mr. Brown denn dort entdeckt haben?«

»Chiron Browns Gebiet ist sehr groß«, sagte Thor tonlos. »Ich glaube, er kennt alle.«

Ethan spähte an Jennifer T. vorbei zu ihm hinüber. Thor starrte auf ein rotes Feuerwehrauto aus Plastik, das vor ihm auf dem Boden stand.

»Darf ich dich was fragen, Thor?«, fragte Ethan. »Wer bist du im Moment gerade?«

Thor blickte nachdenklich. Er schien genau zu wissen, was Ethan mit der Frage meinte: War er noch Thor, der Ferischer-Wechselbalg mit dem Blut und Körper eines Reuben, oder hatte er sich irgendwie in TW03 zurückverwandelt, in den Jungen, der sich für einen Androiden hielt, aber unbedingt ein Junge sein wollte?

»Vielleicht werde ich die Antwort auf diese Frage nie erfahren«, sagte er schließlich. Er sah dabei sehr traurig aus, und eine Sekunde lang, nur eine Sekunde lang, dachte Ethan, er würde gleich weinen.

»Ich möchte dir eine andere Frage stellen«, sagte Jennifer T. sanft. »Kannst du uns hier rausbringen?«

»Klar«, antwortete Thor. »Im Auto ging es nicht, weil … na ja, das ist schwer zu erklären. Ich könnte *mit* einem fahrenden Auto flitzen, aber nicht *aus* einem fahrenden Auto. Das hängt, glaube ich, mit dem Schwung zusammen.« Er kniete sich neben das Feuerwehrauto und schob es mit einer Hand. »Angenommen, wir würden so fahren, und ich würde versuchen, mit euch aus dem Wagen zu flitzen.« Er packte einen der Plastikfeuerwehrmänner und zog ihn seitlich heraus. »Unsere Körper würden in der Vorwärtsbewegung bleiben, wegen des Autos.« Er warf sich den kleinen Feuerwehrmann über die Schulter, und er flog gegen die Wand. »Ich könnte nicht abbremsen. Außerdem hab ich mir gedacht, das wir lieber ohne den Polizisten flitzen.«

Er stand auf und ging in eine Ecke des Raums. Er holte tief Luft. Ethan löschte das Licht für den Fall, dass sie durch das verspiegelte Glas beobachtet wurden.

»Okay«, sagte er. »Dann also zurück nach Old Cat Landing. Wir sagen ihnen eben, dass …«

»Nein«, protestierte Jennifer T. »Nicht nach Old Cat Landing. Zurück nach Burger Village oder wie das heißt.«

»Aber er …«

»Ist mir egal, was er gesagt hat«, unterbrach ihn Jennifer T. »Ich gehe nicht ohne ihn zurück.«

Und damit Schluss der Diskussion, wie immer, wenn sich Jennifer T. etwas in den Kopf gesetzt hatte.

SIE FANDEN IHN IM BETT. ER TRUG IMMER NOCH DIE blaue Unterhose und die eine Socke, und er schnarchte in einer Lautstärke, die seinem Spitznamen alle Ehre machte. Er lag auf dem Rücken. Eine Hand hatte er sich unter den Kopf geschoben, die andere hing über den Rand der Matratze und hielt einen kalten Zigarrenstummel. Es stank nach Rauch, Bohnen und einem ungewaschenen Baseballspieler. Von ihrem ersten Besuch wussten sie, dass dieses Zimmer von allen siebzehn im Haus das einzige war, das, sah man einmal von der Küche ab, halbwegs bewohnt war. Außer dem Bett gab es einen Nachttisch, eine Kommode, auf der Geldstücke und Zigarren lagen, und ein Monstrum von Fernseher mit Flachbildschirm. Auf dem Bildschirm war ein kleines pelziges Tier mit großen Augen zu sehen, das mit geschickten Pfoten klebriges Baumharz naschte.

»Ein Buschbaby«, sagte Ethan. Er musste daran denken, wie er mit seinem Vater über den Clam Island Highway gefahren war, und die Erinnerung lag wie ein kalter schwerer Stein in seiner Magengrube. Was geschah dort, in der Welt, die ihm Padfoots Sonnenbrille nicht mehr zeigen konnte? War etwas Schreckliches im Gange? Und wenn sein Vater schon tot war?

Buendía schniefte und hustete, und im nächsten Moment fuhr er hoch und setzte sich auf. Er starrte sie an, verständnislos, die Augen weit aufgerissen. Sein Blick wanderte zu dem Digitalwecker auf dem Nachttisch – es war 15.12 Uhr – und wieder zurück zu den Kindern. Erinnerung belebte seine Züge, und er sank stöhnend aufs Bett zurück.

»Ich hätte es wissen müssen«, sagte er. Und dann stieß er eine Reihe von spanischen Flüchen aus, die ich übersetzen könnte, was ich aber nicht tue; vielmehr begnüge ich mich mit dem Hinweis, dass sie ordinär und fantasievoll waren. Sie endeten unüberhörbar mit dem Namen »Chiron Brown«, den er allerdings wie »Kiroan Bron« aussprach.

»Sie kennen ihn also«, sagte Jennifer T.

»Ja, ich kenne den Mann. Ich kannte ihn schon, da war ich noch jünger als du.« Er klang angewidert, als wollte er ihnen zu verstehen geben, dass er von Ringfinger Brown genug habe, aus welchem Grund auch immer. Aber wenn sich Ethan das leere, miefige Haus ansah, den Schmutz, in dem er lebte, hatte er eher das Gefühl, dass Buendía von sich selber angewidert war. Ethan wusste, dass er ein schlimmes Jahr durchmachte. Es war seine zweite Saison bei den Angels. Seit seiner Flucht in die Vereinigten Staaten hatte er fast die ganze Zeit in der National League gespielt, zuerst bei den Phillies, danach bei den Mets. Ursprünglich war er Centerfielder, und als die Verletzungen und Operationen sich häuften, rückte er auf die rechte Seite, doch seit seinem Wechsel in die American League wurde er nur noch als Designated Hitter eingesetzt, das heißt, er spielte nie in der Verteidigung und saß das ganze Spiel über auf der Bank, bis er zum Schlag kam. Manchmal kann ein alternder Spieler als Designated Hitter noch einmal aufblühen, Homeruns erzielen und seine Karriere um ein paar Jahre verlängern. Aber am Schlagmal konnte Rodrigo Buendías nur einen kleinen Teil seines Könnens zeigen. In jungen Jahren war er einer der besten Outfielder gewesen, einer, der weite Wege ging, mit spektakulären Aktionen glänzte und mit Würfen tief aus dem Außenfeld Läufer am Schlagmal ausmachte. So gesehen, war seine neue Rolle ein Abstieg. Ethan wusste eine Menge über ihn, denn Rodrigo Buendía war ein Lieblingsspieler seines Vaters. Er wusste, dass Buendía mit einem kleinen Boot aus Kuba geflüchtet war und auf der Überfahrt nach Florida angeblich drei Menschen das Leben gerettet hatte. Er wusste, dass er als erster Spieler seit Jahrzehnten die dreifache Batter-Krone für den besten Erfolgsdurchschnitt, die meisten Punkte und die meisten Homeruns errungen hatte. Er wusste aus einer Fernsehsendung von Barbara Walters, dass Buendía eine hübsche blonde Frau und eine Tochter hatte, die, wie ihm plötzlich einfiel, Jennifer hieß. Und er wusste, dass vor ein paar Jahren durch die Presse und das Fernsehen ans Licht gekommen war, dass Buendía bei seiner Flucht aus Kuba in Wahrheit niemanden gerettet hatte. Nicht dass er jemanden hätte ertrinken lassen. Das nicht. Es war nur niemand da gewesen.

»Wo sind sie denn alle?«, fragte Ethan. »Wo ist Jennifer?«

»Fort. Fort. Sie sind alle fort. Anwälte. Psychologen. Richter.« Seine Hand wanderte hinunter zu seinem Knie. Es war mit hässlichen Narben übersät. »Und jetzt dieser verfluchte Bron. Ich hab's ihm schon zweimal gesagt. Buendía ist so schon Held genug. Ich habe im Golf von Mexiko keine zwei Frauen und kein Baby gerettet. Ich habe die dreifache Krone errungen. Ich habe in meiner Karriere 396 Homeruns erzielt. Schlagdurchschnitt 0,315. Das kann sich sehen lassen. Ich will mit diesem Bron nichts mehr zu tun haben. Ich will euch mal was sagen: Wenn Buendía irgendwo hinkommt, sprechen ihn die Leute an, und alle sagen, Rodrigo, du bist für mich der Größte.«

Er setzte sich auf und zog sich mit einem Seitenblick auf Jennifer T. die Bettdecke über. Er glotzte auf den Zigarren- stummel in seiner Hand, schob ihn in den Mund und sog daran, als wäre noch ein letzter glühender Funke darin. Dann legte er ihn auf die Ecke des Nachttisches.

»Buendía ist heute ein Held. Als Buendía in dieses Land kam, hatte er das Zeug zu einem ganz Großen. Und Kiroan Bron war vielleicht der Einzige, der es gemerkt hat, und dafür bin ich ihm auch dankbar. Aber seht ihn euch heute an, diesen Buendía. Seht ihn euch an, Mann. In diesem weißen Haus. Umgeben von lauter Weißen. In diesem weißen Land.« Er deutete auf das breite blaue Band der Schlafzimmerfenster. Von hier oben, dem höchsten Punkt der weißen Siedlung, die mal ein kahler, von Eidechsen wimmelnder Hügel gewesen war, konnte man über ganz Rancho Encantado blicken und weiter unten über das endlose Gewirr von Groß-Anaheim, das durch einen elektrischen Zaun und den mächtigen, für das menschliche Auge unsichtbaren Zauber des Reichtums von der Siedlung getrennt war. Man konnte die falschen Berge von Disneyland sehen und dahinter einen weiteren Berg aus Glas und noch weiter dahinter den glitzernden weißen Streifen des Meeres. Und man konnte das Stadion mit den Flutlichtmasten sehen, in dem die Angels spiel- ten. »Buendía ist müde, Mann. Was mal groß an ihm war, ist heute ganz klein. Meine Frau, meine Tochter, die wissen es. Sie haben es gesehen. Sie haben es gesehen, weil ...« Seine Stimme schnappte über, und sein breites, von Natur aus freundliches Gesicht legte sich in Falten. »Weil ich es ihnen gezeigt habe.«

Und dann vergrub er das Gesicht in seinen großen braunen Händen.

»Mr. Buendía«, sagte Ethan. »Wenn Sie mit uns kommen, werden Sie sich nicht mehr so müde fühlen, das verspreche ich

Ihnen. Ich glaube, es würde Ihnen gut tun, meint ihr nicht auch, Leute?«

»Unbedingt«, sagte Jennifer T. »Es wäre eine Verjüngungskur.«

Buendía spähte hinter seinen Händen vor. »Wohin denn?«, fragte er, und seine Stimme klang Mitleid erregend dünn.

»Ich glaube, Sie waren schon mal dort«, sagte Thor. »Vor langer, langer Zeit.«

Buendía starrte ihn an. Er machte fast dasselbe Gesicht wie alle Erwachsenen, wenn sie Thor Wignutt ansahen.

»Ja, ich war dort«, sagte er. »Vor langer ...« Er schloss den Mund, und hinterher sollten sich alle einig sein, dass man sehen konnte, wie die Erinnerung von seinem Gesicht Besitz ergriff. »Mann o Mann«, sagte er, und für einen Augenblick tauchten seine Gedanken noch einmal in das Licht und den Schatten der Sommerlande. Dann griff er wieder zu seinem Zigarrenstummel. Er sah ihn kurz an, dann hob er den Kopf und sah Jennifer T. scharf an: »Wie heißt du, Mädchen?«

Jennifer T. zögerte einen Moment und blickte zu Ethan, ehe sie antwortete. Ethan sah ihr an, wie viel Überwindung es sie kostete, den Namen auszusprechen.

»Jennifer«, sagte sie und zuckte sichtbar zusammen, als sie das *T.* wegließ. Und um auf Nummer sicher zu gehen, fügte sie hinzu: »Wie Ihre Tochter.«

»Ach, tatsächlich?« Er nickte und kratzte sich am Hinterkopf. »Okay, Jennifer, Tochter, geh und hol mir eine Zigarre von der Kommode.«

»Kommt nicht in Frage«, sagte sie. »Erstens bekommt man davon Mundkrebs. Zweitens bekommt man davon Lungenkrebs. Drittens stinkt es. Wenn Sie nicht so viele Zigarren rauchen würden, wären Sie vielleicht nicht so alt und traurig und verzweifelt.«

Für Ethans Geschmack ging ihre letzte Bemerkung ein bisschen zu weit, doch zu seiner Überraschung lächelte Buendía. »Vielleicht«, sagte er. »Aber eins kann ich dir gleich sagen: Ohne Zigarre wird Buendía auf keinen Fall mit dir an diesen verrückten Ort zurückkehren.«

RINGFINGER BROWN WARTETE AUF DEM BASEBALLPLATZ von Old Cat Landing, als Rodrigo Buendía zum ersten Mal seit seinem siebten Lebensjahr in die Sommerlande zurückkehrte. Wie viele Kinder, die ihren Kummer an einsame Plätze tragen und dabei auf die Gallen und magischen Orte der Welten stoßen, war Buendía an jenem Tag vor dreißig Jahren aus dem kleinen Haus in den Zapata-Sümpfen bei Trinidad geflüchtet, nachdem er erfahren hatte, dass seine Großmutter, die ihn aufgezogen hatte, gestorben war. Und vielleicht erregte er schon damals die Aufmerksamkeit Chiron Browns, der auf der Suche nach hoffnungsvollen Talenten für das Spiel der Welten regelmäßig jene Orte aufsuchte, wo die Äste des Baums miteinander verflochten waren. Heute, als er im Alter von siebenunddreißig Jahren zurückkehrte, ein geschiedener, einsamer Mann und alternder Baseballspieler mit kaputten Knien, wusste nur er selbst, vor wie vielen Dingen er davonlief. Doch vielleicht war es auch nur eine große Sache: die Bürde, Buendía zu sein, der große Bär, El Gran Oso. Er betrat den Rasenplatz, in der Hand eine Tasche mit Kleidern zum Wechseln, zwei Schlägern, einem Handschuh und einer Kiste Zigarren der Marke El Rey del Mundo. Chiron Brown stand in einem weißen Anzug und mit einem weißen Panamahut neben der Third-Base-Linie. Bei seinem Anblick blieb Buendía stehen und ließ die Tasche fallen. Halb taumelnd ging er hinüber zu dem alten Mann. Er gab ihm die Hand. Dann sank er auf seine kaputten alten Knie.

»*Lo siento*«, sagte er.

»Wofür entschuldigst du dich, Bärenjunge?«

»Ich entschuldige mich dafür, dass ich deine Erwartungen nicht erfüllt habe. Ich bin nur ein Baseballspieler, und ich weiß, dass du mehr mit mir vorgehabt hast. Es tut mir Leid, dass ich niemandem das Leben gerettet habe.«

»Hoch mit dir, Rodrigo«, sagte Ringfinger und zog den großen Mann ohne erkennbare Anstrengung auf die Beine. »Das macht nichts. Manche fangen eben etwas später an.«

Jennifer T. und das Wurmloch

BISHER HATTEN ALLE SPIELE der Schattenschwänze mehr
oder weniger unter Ausschluss der Öffentlichkeit stattgefun-
den. Auch wenn Professor Alkabetz und sein aus Baseball-
kobolden bestehendes Expertenteam von der Gesellschaft für
Universale Baseballforschung ordnungsgemäß Ergebnis- und
Spielberichte schrieben, so wurde doch keine Begegnung in
einem offiziellen Rahmen ausgetragen. Sie wurden kurzfristig
angesetzt und hatten kaum Zuschauer.

Doch am Abend vor dem Spiel zwischen den Großen Lügnern von Old Cat Landing und den Schattenschwänzen vom
All-Star Baseball Club des großen Häuptlings Cinquefoil kamen sie aus den Bergen. Sie strömten aus allen Teilen der Fernen Territorien herbei, Inuquillits aus dem Schneeland und
Ferischer aus den Schlammhügeln der Flussebene. Ganze Familien von Wasserklopfern stakten auf Seerosenflößen in die
Stadt. Werotter lümmelten an den Piers, tranken schockie-
rende Mengen Bier und gerieten mit den Werbibern in Streit.
Die Bibermänner waren zum größten Teil Abstinenzler, und
so wundert es nicht, dass die beiden Gruppen von Flusswer-
tieren nichts füreinander übrig hatten.

Miss Annie Christmas verpasste ihrem Haus mit Blechdach
einen frischen Anstrich, nähte sich eine neue Baseballuni-
form und ging danach, wie sie später berichtete, in die Berge
und schoss siebzehn riesige Wildschweine. Nach ihrer Rückkehr machte sie für die Schattenschwänze Frühstück, begab
sich auf den Baseballplatz und erschoss einen Moskito (von

der Größe eines Adlers laut Annie) als Aufforderung an die anderen Moskitos, aus der Stadt zu verschwinden. Dann ging sie wieder nach Hause und briet die Schweine am Spieß. Der große Mann mit der Harpune holte seine letzten fünf Dutzend Fässer Jamaica-Rum aus dem Keller, und der große Mann mit dem Messer im Stiefel begann zu trinken. Bald wurde überall auf der Hauptstraße ausgelassen gefeiert. Ein Feuerwerk wurde abgebrannt, danach explodierten Kracher, und als die Kracher alle waren, zückten die Männer aus den Lagern der Verlorenen Dynamitstangen und Sprengkapseln. Die Bewohner der Sommerlande hatten eine altmodische Art von Humor. Sie banden Knallfrösche an Katzenschwänze, deren Besitzerinnen daraufhin kreischend und fauchend durch die Straßen jagten. Alle Sommerländer fanden das höchst unterhaltsam, selbst Spinnenrose und Grim der Riese. Mit Dolchen und Rasiermessern wurden blutige Zweikämpfe ausgetragen. Ausgedrückte Augäpfel hüpften spritzend über den Boden, kullerten unter Betten und in die Ecken des Jersey Lily. Spät am Abend wurde gemunkelt, dass Hoodoos und knochengesichtige Nachtgeister dichter um die Lagerfeuer strichen als sonst, da die Kunde vom bevorstehenden Spiel bis in ihre entlegenen und einsamen Behausungen gedrungen war.

»Ich möchte nicht wissen, wie sie feiern, wenn sie gewinnen«, sagte Jennifer T. Sie beobachteten das Treiben von Annies Schlafveranda aus. Sie hatten sich schon vor Stunden hingelegt – etwa um die Zeit, als die Leute anfingen, Katzenschwänze zu versengen –, aber bei dem Lärm konnten sie nicht schlafen, zumal sie dem morgigen Spiel entgegenfieberten.

»Glaubst du denn, dass sie gewinnen?«, fragte Ethan.

»Möglich wär's schon.«

»Wir sind nicht so toll, oder?«

»Ich finde uns schon irgendwie gut«, sagte sie nach einer Weile. »Aber eben nicht sehr gut.«

»Wenn wir zu Hause wären und hätten ein Spiel in der Mustang League, glaubst du, du würdest dann genauso gut werfen wie hier in den Sommerlanden?«

»Nein«, antwortete sie bestimmt. Sie war hart gegen sich selbst, die kleine Jennifer T. »Auf keinen Fall. Ich glaube, das liegt daran, dass wir ständig die Größe ändern, und an den vielen Zaubern für dies und das. Ich glaube, hier herrschen einfach andere physikalische Gesetze.«

»Glaubst du, es hängt von der Einstellung ab, so nach dem Motto: Du musst nur fest daran glauben, dass du so hart wie Randy Johnson werfen kannst, dann kannst du auch so hart werfen wie er?«

»Ich hab's versucht«, sagte sie. »Es hat nicht geklappt. Aber weißt du was?«

»Was?«

»Ich glaube, als Catcher wärst du genauso gut. Zu Hause, meine ich.«

»Ehrlich?«

»Alle Pitcher haben einen Lieblingscatcher. Ich würde Mr. Olafssen sagen, dass ich dich will.«

»Danke«, sagte Ethan, oder wollte es vielmehr sagen, musste aber feststellen, dass ihm die Stimme wegblieb. Die Erinnerung an zu Hause, an Mr. Olafssen und Arch Brody, an den Erdbeerschuppen hinter dem Haus, sein Zimmer, sein Kissen, an die Küche und den Geruch nach angebrannten Pfannkuchen überwältigte ihn.

»Zumindest lässt du jetzt endlich die Augen offen«, sagte Jennifer T.

»Wo steckt eigentlich Taffy?«, fragte Thor, der bis jetzt geschwiegen hatte. Er saß in Unterhosen auf dem Geländer und beobachtete die Leute und Kreaturen, die sich unten an der Anlegestelle vergnügten.

»Ich habe sie am Fluss gesehen«, sagte Ethan. »Allein.«

»La Llorona geht an den Fluss«, sagte Jennifer T. »Ich glaube, sie wollte La Llorona sehen.«

Die weinende Frau hatte sie mit ihrem Klagen und Schluchzen die ganze Zeit verfolgt, aber bis jetzt hatte sie keiner gesehen.

Es sei denn, Taffy hatte sie gesehen.

»Geht das denn?«, fragte Ethan. »Kann man einfach losschlappen und sie sehen?«

»Ich glaube, sie hat zu ihr gesprochen«, sagte Jennifer T.

»Wozu denn das? Was könnte sie La Llorona schon zu sagen haben? ›Tut mir Leid, dass du deine Kinder umgebracht hast und dass bis in alle Ewigkeit ein Fluch auf dir liegt?‹«

Jennifer T. stand auf und wühlte in ihren Kleidern, die in einer dunklen Ecke der Veranda lagen.

»Ich gehe sie suchen«, sagte sie und schlüpfte hektisch in ihre Jeans. »Ich habe Angst, sie könnte sich ertränken. Wie La Llorona. Sie benimmt sich in letzter Zeit so komisch.«

»Wir kommen mit«, sagte Ethan. »Falls jemand versucht, dir einen Knallfrosch an den Pferdeschwanz zu binden.«

»Hier bin ich«, sagte Taffy. Sie fuhren herum. Die Bigfoot stand geduckt in der Verandatür. Sie strich sich mit einer Hand das Fell auf dem Kopf glatt, und Ethan sah, dass sie schmutziger und zerzauster war als sonst. In der anderen Hand hielt sie einen großen länglichen Gegenstand, mit einem Stöpsel am schmaleren Ende.

»Weißt du eigentlich«, sagte Jennifer T, »dass ich mir jedes Mal Sorgen um dich mache, wenn du einfach so weggehst?«

»Entschuldige«, sagte Taffy.

»Ich werde einfach aufhören, mir Sorgen zu machen.«

»Ich weiß. Tut mir Leid, Schätzchen.«

»Was hast du da, Taffy?«, fragte Ethan. »Sieht aus wie ein Ei.«

»Das? Das ist auch ein Ei. Ein Hodag-Ei. Hier.«

Sie gab es Ethan. Es war kalt wie Stein und doppelt so hart und mit kleinen steinigen Warzen und Karbunkeln überzogen.

»Ist das eine Flasche?« Er schüttelte das Ding, hörte aber nichts. Er versuchte, den Stöpsel herauszuziehen. Taffy riss es ihm aus der Hand.

»Halt! Lass das, bei der Steuerbordkanone!« Sie schlug mit der Hand auf den Stöpsel. »Nein, das ist keine Flasche, sondern ein Hodag-Ei. Hab ich doch gesagt! Ein Hodag ist eine Art gepanzerte Kuh mit Stacheln auf dem Rücken. Früher waren sie überall zu sehen, gewaltige stinkende Herden, aber heute gibt es kaum noch welche. Wie alle Hodag-Eier ist es innen genau neunmal größer als außen, absolut unzerstörbar, widersteht allen bekannten Substanzen außer einer und eignet sich deshalb hervorragend als Behälter, insbesondere für Ätzmittel oder böse Medizin. Ich glaube zwar, dass es leer ist, aber ich habe keine Ahnung, was vorher drin war. Es könnten Dämpfe entweichen, Junge! Bei der Steuerbordkanone!«

»Tut mir Leid«, sagte Ethan.

»Wo hast du es her?«, fragte Thor. »Kann ich es mal sehen?«

»Nein!«, sagte Taffy. »Ich weiß auch nicht, was ich mir dabei gedacht habe. Ich … ich habe es gewonnen.«

Ihre Stimme veränderte sich, nur ein wenig, aber hörbar. Eben noch hatte sie fast so schulmeisterlich und gereizt geklungen wie früher. Jetzt wurde sie unsicher, und ihre Augen wanderten auf die Straße. »Beim Würfeln.«

»Von wem?«

»Von einem Freund des großen Mannes mit dem Messer im Stiefel. Er hieß Billy. Billy Lyons.«

»Und was willst du darin aufbewahren? Parfüm?«

»Parfüm! Ich bin die Letzte, die hier Parfüm braucht!« Sie stand auf. »Und jetzt ab in die Falle, ihr drei. Wir haben morgen ein Spiel.«

»Taffy?«

»Was ist denn noch, Mädchen?«

»Würdest du uns eins von deinen langen Bigfoot-Liedern vorsingen? Die sind so schön langweilig.«

»Ja«, rief Ethan. »Sing uns das eine vor, von dem du uns erzählt hast: ›Ein Schlange in Not bleibt eine Schlange.‹«

»Das würde elf Tage dauern, mein Lieber.«

»Dann sing eben nur die allerlangweiligsten Stellen«, schlug Jennifer T. vor.

Sie schlüpften wieder in die Schlafsäcke, und Taffy zwängte sich zwischen sie auf die Veranda, die unter ihrem Gewicht knarrte und wackelte. Sie streichelte ihnen den Kopf und sang ihnen vor, und nach und nach verklang der Lärm des Festes, und Ethan hörte nur noch den Bigfoot-Singsang seiner Träume.

ZUM FRÜHSTÜCK GAB ES AUSGERECHNET PFANNKUCHEN. Der große Mann mit der Axt backte sie mitten auf der Straße. Er benutzte dazu ein Blech von den Ausmaßen eines Billardtisches und einen Bratenwender, der so groß war wie ein Catcher-Handschuh. Sie waren köstlich, fast so gut wie die von Ethans Mutter, mit einem Hauch von Vanille, locker und knusprig zugleich. Aber sie waren riesig, und die meisten wanderten in den Abfall, weil kaum jemand vor elf aufstand und die wenigen Frühaufsteher keinen Appetit hatten, da sie noch zu betrunken oder verkatert waren. Ethan und Jennifer T. teilten sich einen, und Thor aß zwei, was eine Leistung war, denn ein einziger war so groß, dass man sich damit zudecken konnte. Dann erschien Cinquefoil. Er hatte die ganze Nacht mit Ferischern vom Ort gezecht und sie über die Lügner ausgefragt, und er und Jennifer T. begannen jetzt, die Taktik für das heutige Spiel zu besprechen. Rodrigo wälzte sich aus dem

Bett. Er sah zehn Jahre jünger aus und zog sich ein Hawaii-hemd an. Anfangs lauschte Ethan der Fachsimpelei noch mit Interesse, aber nach einer Weile wurde das Gespräch immer allgemeiner – sein Vater hätte an all dem Gerede über die »Zeitlosigkeit« von Baseball und »endlose Innings« seine Freude gehabt –, und seine Gedanken schweiften ab.

Er stand vom Tisch auf und machte sich auf die Suche nach dem großen Mann mit dem Messer im Stiefel.

Er hatte einiges über sein Messer gehört. Wie es hieß, konnte der Mann damit das Schnurrhaar eines Flohs in drei Teile spalten, seine Initialen in die Tür eines Banktresors schnitzen und einem Mann die Eingeweide herausschneiden, ohne dass dieser den Verlust bemerkte.

»Wofür brauchst du es denn?«, fragte der Mann. Er lag in einer Hängematte unter einem Dattelpflaumenbaum hinter Annies Haus. Er hatte sich den großen Stetson tief in die Augen gezogen und machte sich nicht die Mühe, ihn ein Stück hochzuschieben, während er mit Ethan sprach. »Du willst doch keine Dummheit machen?«

»Nein«, antwortete Ethan. »Es geht um diesen Knoten an meinem Schläger. Ich kriege ihn nicht ab, und er ist echt lästig. Ich hab mir gedacht, vielleicht geht es mit Ihrem Messer.«

»Du brauchst Antoinette, um einen Knubbel abzuschneiden?« Jetzt schob er den Hut hoch. »Am Stock von einem Knirps wie dir?«

»Der Knubbel ist ziemlich hart.«

Der Mann schwang sich aus der Hängematte und fasste in seinen Stiefel. Das Messer war weder besonders lang noch besonders spitz. Doch es pfiff leise, als es aus dem Stiefel kam und die Luft zerschnitt, und es sah gefährlich aus. Es schien glücklich über die Befreiung aus dem Stiefel. Man spürte, dass es sich darauf freute, etwas zu zerschneiden.

»Gib her«, sagte der Mann. Ethan reichte ihm den Schläger.

Der Mann hielt ihn gegen den Himmel, dann vors Auge wie ein Gewehr und schwang ihn ein paar Mal hin und her. »Ein hübscher Schläger, den du da hast, Reuben. Woher hast du ihn?«

»Gefunden«, antwortete Ethan. »Er heißt Splitter.«

»Ja«, sagte er, »ganz recht, das ist ein Splitter. Ein Splitter vom alten Baum.« Er packte den Schläger am Schaft und drehte den Griff von sich weg. Dann legte er Antoinette an den kleinen Wulst. »Sag Lebewohl zu deinem alten Knubbel.« Die Klinge fuhr in das Holz des Griffs und blieb sofort stecken. Die Kerbe war nicht breiter als ein Haar. Der Mann biss die Zähne zusammen, starrte auf den Knoten und umklammerte Antoinettes Griff. Er drückte, fester und fester, bis ihm die Augen aus dem Kopf quollen und der Stetson wackelte wie der Deckel eines Teekessels. Schließlich begann dort, wo er Antoinette hielt, die Haut seiner Hand zu zischen und dampfen, und dann ertönte ein Geräusch wie von einer reißenden Klaviersaite und das Messer zerbrach am Heft. Die Klinge flog in den Wald und blieb in einem Hickorybaum stecken. Hinterher erzählte der Mann überall herum, das Messer hätte den Baum gefällt und in Zaunstangen, Brennholz und Späne für Miss Annies Räucherofen zerlegt. Dies dürfte aber leicht übertrieben gewesen sein.

»Tut mir Leid, Junge«, sagte er und gab Ethan den Schläger zurück. »Sieht so aus, als müsstest du dich daran gewöhnen.«

JENNIFER T. WAR 1,40 METER GROSS, WOG 46 KILO UND beherrschte drei Würfe: einen Fastball, einen Slider und einen Change-up, auf den jedoch nicht immer Verlass war. In Mittelland, wo sie geboren und aufgewachsen war, hätte die Genauigkeit ihrer Würfe als überdurchschnittlich für eine ehrgeizige und talentierte Elfjährige gegolten. Ich bin überzeugt, sie hätte mich ausmachen können, und wahrscheinlich hätte sie auch euch ausmachen können. Aber gegen einen begabten jungen Spieler von der High-School, um nur ein Beispiel zu nennen, hätte sie Probleme bekommen, und gegen einen Profi wie Buendía hätte sie in Mittelland keine Chance gehabt. Aber in den Sommerlanden war, wie sie und Ethan sehr wohl wussten, alles anders. Was möglicherweise, wie Jennifer T. im Gespräch mit Ethan vermutet hatte, an den merkwürdigen physikalischen Gesetzen lag, die dort herrschten. Oder an dem unerforschten Zusammenhang zwischen dem, was manche Leute Magie nennen, und der besonderen, natürlichen Gabe, *sich mit aller Kraft auf eine Sache zu konzentrieren.* Aber vielleicht war es auch nur eine Folge der vielen wilden Zauber, die in den Sommerlanden seit Jahrtausenden aufeinander geschichtet werden und sie zu einem solchen Anziehungspunkt für junge Abenteurer machen. Ich kann es nicht mit Sicherheit sagen. Tatsache aber bleibt: In den Sommerlanden war Jennifer T.'s Fastball sehr schnell, ihr Slider unberechenbar wie der Flug einer Schwalbe und ihr Change-up so täuschend langsam wie der alte Kojote selbst.

Und dennoch machte sie an diesem Tag gegen die Großen Lügner von Old Cat Landing keinen Stich. Von Anfang an hatte man den Eindruck, dass die Lügner, wie Fernsehreporter es ausdrücken, ihre Würfe »lasen«. Der Mann mit dem Messer im Stiefel machte mit einem Double den Auftakt, erreichte nach einem soliden Single des Manns mit der Stange das dritte Base und punktete beim nächsten Schlag, den Annie Christmas an der First-Base-Linie entlangdrosch. Der Ball rollte so weit ins rechte Außenfeld, dass Buendía ihn aus einem Rhododendronstrauch fischen musste, wo er direkt neben einem Augapfel lag. Zu Beginn des dritten Innings stand es 7:2 für die Lügner. Und bis Mitte des fünften hatten sie ihre Führung auf 12:6 ausgebaut.

Trotz des Rückstands zeigte Cinquefoils Team, das zum ersten Mal komplett in der Größe seines zotteligen Centerfielders spielte, alles in allem guten Baseball. Es verteidigte gut, und es gelang ihm sogar, einen krachenden Grounder des Manns mit dem Stahlarbeiterhammer, der normalerweise für einen Hit gut war, in ein Double Play zu verwandeln. Und wenn es im fünften Inning noch nicht aussichtslos zurücklag, so war das vor allem Rodrigo Buendías zu verdanken. Auf seiner angestammten Position im Außenfeld fühlte er sich wie ein Fisch im Wasser. Mit einem breiten Grinsen deckte er seine breite Zone, schüttelte mit unbekümmerter Lässigkeit die Schatten der Vergangenheit ab und pflückte jeden Flugball aus der Luft, als bringe er frohe Kunde aus den blauen Weiten des Himmels. Im dritten Inning verhinderte er mit einem tödlichen Wurf zum Schlagmal einen Punkt, und dasselbe wiederholte er im vierten, als er den Ball zu Ethan beförderte, bevor der Läufer am dritten, die Frau mit dem Rasiermesser, überhaupt auf die Idee kam, in die Platte zu rutschen.

Jennifer T. warf gar nicht mal schlecht. Ihr Slider war tückisch und ihr Fastball war schnell. Sie spürte, dass der Ball mit viel Wucht und Schwung ihre Hand verließ. Und hätte sie nicht mit eigenen Augen gesehen, wie die Lügner die Bases besetzten, hätte sie gesagt, dass sie heute besser warf als jemals zuvor. In der ersten Hälfte des sechsten Innings nutzte Spinnenrose einen Fangfehler von Annie Christmas zu einem Triple, und nachdem Grim einen Walk herausgeholt hatte, brachte Rodrigo Buendía die Schattenschwänze mit einem mächtigen Homerun bis auf drei Punkte an den Gegner heran. Es sah tatsächlich so aus, als könnte der Spieler, den sie eigens zu diesem Zweck aus einer anderen Welt importiert hatten, das Blatt noch wenden.

In der zweiten Hälfte des siebten punkteten die Lügner noch viermal bei sieben Hits und bauten ihre Führung auf 16:9 aus.

An diesem Punkt nahm der Spieler-Manager der Schatten-schwänze eine Auszeit. Er schritt sehr langsam vom ersten Base zum Werferhügel. Jennifer T. schwante nichts Gutes – Cinquefoil würde sie auswechseln. Natürlich hatten sie keine Bank, deshalb würde er sie durch einen anderen ersetzen, wahrscheinlich durch Pettipaw, der in fernen Tagen als Ratten-junge an den Gestaden des Krakenmeers einige Male ge-worfen hatte. Ethan kroch hinter der Platte hervor. Im Gehen blätterte er in dem dämlichen Buch von diesem Peavine, und Jennifer T. vermutete, dass er nach einem Kapitel suchte mit der Überschrift »Was sage ich meiner Werferin, wenn ihr ein Haufen Lügner den Hintern versohlt«. Shortstop Grim ver-ließ seine Position, und dann schlappte auch noch Taffy aus dem Außenfeld herüber. Ja, sie wollten auf dem Werferhügel eine kleine Totenwache halten, wenn Jennifer T. Rideouts Karriere als Pitcher beendet wurde.

»Kannst du mir sagen, was hier los ist?«, fragte Cinquefoil ruhig und gefasst. Sie hatte erwartet, dass er wütend oder zu-mindest aufgebracht sein würde, doch seine Stimme klang so verständnisvoll und sogar zuversichtlich, dass ihr Tränen der Rührung in die Augen traten. Um nicht zu weinen, zog sie sich den Wollkragen ihres Jerseys über den Mund und kaute darauf herum. Sie sagte nichts.

»Wisst ihr, was ich denke?«, sagte Grim der Riese. »Was die da gestern Nacht veranstaltet haben, war kein normales Fest. Das war eher eine Art Abschiedsparty. Ich habe das Gefühl, die wollen dieses Spiel wirklich gewinnen. Und der ganzen traurigen Geschichte der Welten ein Ende machen.«

»Red keinen Stuss«, sagte Cinquefoil. »Jedes gute Team will gewinnen. Was nicht heißt, dass sie es auch können. Ich will nämlich auch gewinnen. Nur du nicht, wie mir scheint.«

Grim sah verlegen weg und kratzte sich mit einem Finger-nagel seine einzelne buschige Augenbraue.

»Hört zu«, sagte Taffy. Es war ein ungewohntes Gefühl, auf Augenhöhe mit ihr zu sein. »Du hast bis jetzt gut geworfen, Mädchen. Ehrlich. Aber sie durchschauen dich einfach. Vielleicht durchschauen sie uns alle. Vielleicht hat Grim Recht. Vielleicht wäre es besser, wenn du nicht gewinnst.«

Grim blinzelte die Bigfoot an. »Das soll ich gesagt haben?«

»Vielleicht wäre es besser«, fuhr Taffy fort, »wenn der Kojote den Lodgepole zerstört. Die Geschichte der Welten ist so verwickelt, abgedroschen und ausgereizt.«

In diesem Augenblick schien sie sogar bereit zu sein, endgültig aufzugeben.

Jennifer T. wusste nicht genau, wie sie über einen baldigen Weltuntergang dachte. Sie nahm an, dass sie im Großen und Ganzen dagegen war. Aber Cinquefoil war ihr Manager. Wenn er darauf bestand, dass sie den Werferhügel räumte, blieb ihr keine andere Wahl, als zu tun, was er von ihr verlangte. Sie hielt ihm den Ball hin. Zu ihrer Überraschung schlug er ihre Hand weg.

»Was ist nur los mit euch, Leute?«, brüllte er. »Wir brauchen Spieler, die mit allen Mitteln versuchen, das Spiel zu gewinnen. Riese! Bigfoot!« Er riss sich die Mütze herunter und schlug ihnen damit unter Ausnutzung des Gestaltveränderungszaubers auf die Köpfe und Schultern. »Zurück auf eure Positionen und haltet mit allem, was ihr habt, dagegen. Wenn ich noch einmal so ein Gerede höre, reiße ich euch jedes Haar einzeln aus und klebe es euch mit Teer wieder an!«

Betröppelt schlichen Taffy und der Riese auf ihre Plätze zurück. Mit zunehmender Dauer der Auszeit war die Menge immer unruhiger geworden. Jetzt buhte sie die Schattenschwänze aus. Cinquefoil schien es nicht zu hören.

»He, du da!«, rief er. Ethan zuckte zusammen. Er hatte sich in *Wie man Blitze und Rauch fängt* vertieft und lief nun rot an, weil er mitten in einem Spiel beim Lesen ertappt worden war.

»Das ist deine Pitcherin! Hast du ihr nichts zu sagen?«

»Oh!«, sagte Ethan. »Eine Sekunde.« Er leckte sich den Finger und blätterte im Buch. »Richtig. Okay.« Er überflog die Seite, nickte und blickte dann zu Jennifer T. »Häng dich noch mal rein, Jennifer T.«, sagte er. »Streng dich an und bleib dran, dann finden wir ins Spiel zurück, okay?«

Obwohl sie wusste, dass Ethan die Sprüche gerade in seinem Buch gelesen hatte und dass sie im Grunde nichts sagend waren, fühlte sie sich besser. Sie wollte ihm gerade antworten, dass sie sich reinhängen würde, als der hiesige Richter, dem auch der Jersey Lily Saloon gehörte und der bekannt dafür war, dass er Leute gern hängen ließ, mit krummem Rücken und wiegendem Gang auf den Werferhügel zusteuerte.

»Na«, sagte er, »wie wär's, wenn wir den Plausch jetzt beenden und wieder etwas Baseball spielen? Oder ist das zu viel verlangt?«

Im selben Moment hörte Jennifer T. hinter sich ein Trappeln. Sie drehte sich um und sah Pettipaw aus dem linken Außenfeld herbeieilen. Er war außer Atem und sichtlich erregt.

»Ich habe gerade was von den Flussschiffern auf der Tribüne aufgeschnappt«, sagte er. »Mit diesen überaus empfindlichen Organen.« Er streichelte liebevoll eines seiner Ohren. »Kleiner Reuben, könnte es sein, dass der Mann mit dem Messer im Stiefel ein Stück von deinem Schläger in seinen Besitz gebracht hat?«

»*Schluss jetzt!*«, brüllte der Richter und watschelte auf den Werferhügel. Er hatte eine scheußliche Whiskeyfahne, in die sich ein Hauch von Vanille mischte, denn er hatte siebzehn Pfannkuchen des Mannes mit der Axt verzehrt.

Jennifer T. sah, das Pettipaws Frage Ethan in Verlegenheit brachte.

»Ja«, antwortete er kleinlaut. »Das wäre möglich. Ich habe ihn gebeten, den Knoten für mich abzuschneiden. Aber sein Messer ist dabei zerbrochen. Vielleicht hat ein paar Späne bekommen. Ich habe es nicht gesehen.«

»Der Mann hat ein Zauberauge«, zischte Pettipaw mit leiser Stimme. »Ist dir nicht aufgefallen, dass er blaues Zahnfleisch hat? Nicht auszudenken, wozu er im Stande ist, wenn er nur einen Span von deinem Schläger in die Hände bekommt, nur einen winzigen Span. Er verleiht ihm Baseballmacht.«

»Höchstwahrscheinlich hat er den Lügnern mit einem Zauber den Blick geschärft«, sagte Cinquefoil. »Da kannst du noch so hart und raffiniert werfen, Mädchen, sie sehen jeden Ball kommen und hauen ihn weg.«

Jennifer T. starrte Ethan an. Er war ihr Freund, und sie hatte ihn gern, aber in diesem Augenblick hätte sie Kleinholz aus ihm machen können. Er und sein bescheuerter Knoten! Schlimm genug, dass er sich davon sein Spiel am Schlagmal kaputtmachen ließ – jetzt machte er auch noch ihr Spiel kaputt!

»Egal«, sagte sie. Sie ließ sich von Ethan einen neuen Ball geben, schaute ihm aber nicht in die Augen. »Zeigen wir's ihnen.«

Cinquefoil und Ethan kehrten auf ihre Positionen zurück, und Jennifer T. begann wieder, mit der Fußspitze in der Erde zu kratzen. Sie hatte keine Ahnung, wie sie auf einen Gegner werfen sollte, dessen Blick durch einen Zauber geschärft war, aber sie war fest entschlossen, sich nichts anmerken zu lassen.

»Die Sitzung ist eröffnet«, rief der kahlköpfige Richter und hob seine weißen Hände mit den manikürten Fingernägeln. Die Zuschauer jubelten, pfiffen, entrichteten ihre Wetteinsätze und nahmen wieder Platz, um den Fortgang des Spiels zu verfolgen. Der Mann mit der Harpune kam zum Schlag. Aus seinem rotblondem Bart blitzte ein hämisches Grinsen. In ihrer Fantasie sah Jennifer T. auf der Spitze seines Schlä-

gers eine Harpune mit Widerhaken sitzen, die zum Zustoßen
bereit war. Dann reckte zu ihrer Überraschung Ethan die
Arme in die Höhe.

»*Time!*«, rief er. Er sah sie merkwürdig an, so als hätte er ihr
etwas zu sagen, von dem er vermutete, dass es ihr nicht gefallen würde. Sie kannte diesen Blick, und normalerweise lag er
mit seiner Vermutung richtig.

Knurrend informierte der Richter die Spieler über die erneute Unterbrechung. Die Zuschauer stöhnten und verhöhn-
ten die Schattenschwänze, die ihnen die Zeit stahlen. Ethan
achtete nicht darauf. Er trabte zu ihr hinüber und begann zu
reden.

»Halt die Hand vor den Mund«, fuhr sie ihn an. »Damit sie
uns nicht von den Lippen ablesen können.«

»Oh, richtig«, sagte Ethan mit einem Seitenblick zur Bank
der Lügner. Er hielt sich den Handschuh vor den Mund und
sprach leise hinein.

»Mir ist da eine Idee gekommen«, sagte er. »Peavine hat
mich darauf gebracht.«

»Was für eine Idee?«, fragte Jennifer T. Sie hielt das Spiel
nur ungern auf, aber wenn es um die Frage ging, wie zum
Teufel sie den nächsten Ball werfen sollte, hörte sie sich lie-
bend gern alles an.

»Also, Peavine schreibt über einen Pitcher vom Kraken-
meer, mit dem er mal als Catcher zusammengespielt hat.«

»Und?«

»Der Pitcher war ein Selkie. Das ist eine Art Seehund, aber
irgendwie kann er seine Haut ablegen und ein Mensch werden
oder ...«

»Ich weiß, was ein Selkie ist. Ich habe den Film mit der See-
hund-Dame gesehen.«

»Also, dieser Typ war ein Schattenschwanz, denn Selkies
sind ja ein Art Tiermensch. Der einzige Schattenschwanz-

Pitcher, mit dem Peavine jemals zusammengespielt hat. Und weißt du was? Dieser Typ, der Selkie, konnte einen Baseball *flitzen* lassen.«

Jennifer T. hatte das Gefühl, dass sie sofort verstand, was er meinte, auf irgendeiner tieferen Ebene. Gleichzeitig hatte sie keinen blassen Schimmer, wovon Ethan redete. »Er konnte den Ball an einem kleinen Zweig des Baums entlangwerfen, verstehst du? Ihn verschwinden lassen. Und dann, im letzten Moment, kurz bevor er über die Platte flog, konnte er ihn wieder auftauchen lassen. Auf die gleiche Art hat mich Cutbelly innerhalb von fünf Minuten von unserem Haus zum Zahn gebracht.«

»Ein Wurmloch«, sagte sie. »So nennt man das. Ich habe davon gelesen, in *Eli Drinkwater: Ein Leben für Baseball* von Happy Blackmore.« Eli Drinkwater spielte, wie ihr vielleicht wisst, bei den Pittsburgh Pirates. Er war ein hervorragender Catcher und ein bekannter Theoretiker des Werfens. Er ist bei einem Autounfall ums Leben gekommen, bevor Jennifer T. geboren wurde. »Man wirft den Ball in ein Wurmloch, schreibt er, und dann kommt er ganz woanders wieder raus.«

»Genau!«

»Aber Wurmlöcher gibt es in Wirklichkeit doch gar nicht, Ethan. Er will damit nur zum Ausdruck bringen, wie viel Bewegung in einem Fastball steckt.«

»In Mittelland vielleicht«, sagte Ethan. »Aber nicht hier.«

»Hä?«, sagte Jennifer T. »Was willst du damit sagen? Dass Pettipaw werfen soll, weil er ein Schattenschwanz ist? Oder Thor?«

»Aber genau darum geht es mir. Auch wenn die Idee vielleicht ein bisschen verrückt ist. Pass auf.« Er beugte sich vor und sprach durch die Maschen seines fleckigen alten Kuchentellers. Auch sein Atem roch nach Pfannkuchen. »*Vielleicht bist du ein Schattenschwanz.*«

377

»Das reicht jetzt«, brüllte der Schiedsrichter. »Spielt jetzt weiter, oder ich breche das Spiel ab.«

»Was?«, sagte sie. »Verschwinde!«

Ethan machte ein langes Gesicht und sah sehr bestürzt aus. Er wollte noch etwas sagen.

»Zisch ab!«, sagte Jennifer T. »Zurück mit dir hinter die Platte, wo du hingehörst.«

Er nickte, drehte sich um und ging langsam zum Schlagmal.

Jennifer T. stand da und drehte den Ball in der Hand. Ein Schattenschwanz?

Wie hatte Onkel Mo noch gesagt: »So ein Wesen ist weder Fisch noch Fleisch, versteht ihr? Ein wenig von diesem, ein wenig von jenem. Immer halb in dieser Welt und halb in der anderen.« Mit ihr war es nicht anders. Ihre Mutter war eine halbe Schottin-Irin und eine halbe Deutsche mit einem Schuss Cherokee-Blut. Und ihr Vater war halb Suquamish, halb Salishan. Alle bezeichneten sie als Wildfang, und das war auch eine Art Zwischending. Nach ihrer Tante Shambleau – und sie hatte das nicht als Kompliment gemeint – war sie halb Mädchen, halb Frau. Sie war auf Clam Island aufgewachsen, doch als eine Rideout hatte sie nie richtig dazugehört und als Kind die meiste Zeit in ihrer eigenen Welt gelebt, draußen am Strandhotel. Im Lauf der Jahre hatte sie sich abwechselnd für ein Halbblut, einen Bastard, eine Außenseiterin und eine Verrückte gehalten. Ihr war nie in den Sinn gekommen, dass sie ein Schattenschwanz sein und Kraft daraus schöpfen könnte, zwischen zwei Welten gefangen zu sein.

»Hah!«, sagte Jennifer T. und drehte den Baseball in der Hand. »Wir werden ja sehen!«

Als der Mann mit der Harpune wieder zum Schlagmal kam und noch breiter und höhnischer grinste als zuvor, dachte er an gar nichts. Normalerweise versucht ein Batter zu erraten, wie der Pitcher werfen wird, und schwingt nicht nur entsprechend, sondern stellt sich auch innerlich darauf ein. Da der listige Mann mit dem Messer im Stiefel ihn aber, wie alle seine Mitspieler, mit einem scharfen Auge ausgestattet hatte, bestand für ihn keine Notwendigkeit, zu raten oder sich auf irgendetwas einzustellen. Er stand einfach nur da und holte mit dem Schläger aus, weil er wusste, dass er den Ball deutlich sehen würde, wenn er die Hand des Reuben-Mädchens verließ, so deutlich wie ein Wollknäuel, das ein Kätzchen über einen dicken Teppich rollt.

Das Mädchen schaute zu dem Reuben-Jungen, schüttelte den Kopf, schüttelte ihn noch einmal, und dann nickte sie. Sie wusste, wie sie werfen würde. Und der Mann mit der Harpune auch. Der Zauber lieferte die Information sozusagen frei Haus.

Das Mädchen legte den Handschuh an den Gürtel und verbarg dahinter die Hand mit dem Ball. Dann hob sie den Handschuh, den Ball und die nackte Hand über den Kopf und verharrte so einen Augenblick. Ein kühner Gedanke schien über ihr Gesicht zu huschen, und dem Mann mit der Harpune kamen erste Zweifel an der Wirkung des Zaubers. Dann ließ sie den Handschuh wieder sinken. Die Wurfhand kam hinter dem Kopf hervor, schnellte mit einer geschmeidigen Drehbewegung nach vorn, und der Ball sprang aus ihren Fingern. Der Zauber hielt. Er sah alles. Dick und träge wie eine Hummel flog der Ball auf ihn zu. Die Nähte drehten sich. Ein Stich nach dem anderen kam nach vorn, so langsam und gleichmäßig, wie der Sekundenzeiger seiner alten Taschenuhr vorrückte.

Und dann war er plötzlich weg. In einem Dampfkringel verschwunden. Für den Mann mit der Harpune sah er aus wie gefrorener Atem an einem frostigen Morgen. Verwirrt und erschrocken peitschte er mit dem Schläger die leere Luft. Dann ertönte zum tiefen und anhaltenden Erstaunen des Mannes mit der Harpune ein fettes Klatschen. Der Ball lag im Handschuh des Catchers.

»*Strike ONE!*«, brüllte der Schiedsrichter.

Ethan betrachtete den Ball in seinem Handschuh, grinste und hielt ihn hoch. Selbst vom Werferhügel aus konnte Jennifer T. sehen, dass er noch mit Reif überzogen war.

Die Menge johlte und pfiff vor Begeisterung.

»Sie sollten sich den Ball mal genauer ansehen«, sagte der Mann mit der Harpune zum Schiedsrichter.

»Lass das Gejammer«, sagte der Richter. »Und zurück mit dir in die Box.«

Sie machte ihn mit zwei weiteren Würfen aus, und danach die beiden anderen. Dasselbe wiederholte sich im achten und neunten Inning – neun Strikeouts in Folge. Und sie benötigte dafür nur 28 Würfe, einen mehr als das Minimum. Der einzige Fehler unterlief ihr im neunten, als der Mann mit dem Messer im Stiefel zum Schlag kam und sie sich vom Anblick seines blaugrauen Zaubererzahnfleischs irritieren ließ. Der Ball, den sie durch ein kleines Loch in den Welten warf, verschwand in einer Dampfwolke und ward in den Sommerlanden nie wieder gesehen.

Der Richter zögerte einen Augenblick, dann rief er: »*Ball one!*«

Ethan hatte Recht gehabt. Jennifer T. verhinderte, dass der Vorsprung der Lügner größer wurde, und dann erzielte ihr Team im achten Inning fünf Punkte (wovon einer auf ihr Konto ging) und im neunten drei weitere. Damit hatten sie die Lügner von Old Cat Landing besiegt und sich das Recht erworben, den Großen Fluss zu überqueren. Dies alles steht in der *Universalen Baseball-Enzyklopädie* von Professsor Alkabetz.

Ihr könnt es dort nachschlagen.

22

Die Wasserkatze

BIS AUF DEN MANN mit dem Messer im Stiefel, der es nicht
verwinden konnte, dass die Wirkung seines Zaubers aufgehoben worden war, und flussabwärts beim Würfeln und Karten-
spielen Trost suchte, hatten die Lügner ihre Niederlage bald
verschmerzt, was ihnen hoch anzurechnen ist. Auf Annies
Drängen hin halfen sie den Schattenschwänzen sogar nach
Kräften bei den Vorbereitungen für die letzte Etappe ihrer
langen Reise. Der große Mann mit der Harpune und der
große Mann mit der Stange bauten ein Floß, das nicht nur allen neun Schattenschwänzen, sondern auch dem Skibladnir
Platz bot, obwohl dessen Vorrat an Rachenputzer längst erschöpft war. Sie schickten den Mann mit der Axt in die Berge,
um Bäume zu fällen und Stangen und Planken zu zimmern.
Die beiden Männer mit den Hämmern trieben die Nägel ins
Holz, und der Mann mit der Harpune band die Stämme mit
komplizierten Knoten zusammen, in die er alte seemännische
Zauber einwob, die für günstiges Wetter und ruhiges Wasser
sorgen sollten. Annie Christmas schmiedete in ihrer Schmiede
mit einem sechs Pfund schweren Hammer die Ruderdollen,
nähte aus festem Tuch das Segel und backte achtzehn ihrer
berühmten Beerdigungskuchen (Rosinen und Zuckersirup).
Die große Frau mit dem Rasiermesser ging auf Wildschwein-
jagd, auf die sie nur ihr Rasiermesser mitnahm, und kehrte
mit Schinken und Speck aus den Bergen zurück. Sie behauptete, die Schweine hätten bei ihrem Anblick so große Angst
bekommen, dass sie sich gleich selbst geschlachtet und geräu-

chert hätten. Und was den großen Mann mit dem Klapperschlangenschlips anging, so sahen sie ihn erst am zweiten
Morgen nach dem Spiel wieder, als das Floß beladen wurde
und die Schattenschwänze sich bei günstigem Wind zum Ablegen bereit machten.

Er erschien in dem Moment, als Ethan seine Sporttasche
zum Fallreep trug. Die anderen Spieler waren bereits an Bord,
und der Mann mit der Stange gab Rodrigo und Taffy, den beiden kräftigsten, einen Schnellkurs im Staken. Ethan kam zu
spät, weil er noch bei dem Mann mit der Axt vorbeigeschaut
und einen letzten Pfannkuchen ergattert hatte. Er lag jetzt, in
Wachspapier eingerollt wie ein Teppich, zwischen den Hen-
keln seiner Tasche.

»Hey, Junge«, rief der Mann mit dem Klapperschlangenschlips. Er lehnte an einem Pfosten am Pier und stocherte,
die Stiefel übereinander geschlagen, mit einem Bowiemesser
zwischen seinen Zähnen.

»Oh, hallo«, antwortete Ethan.

Der Mann mit dem Klapperschlangenschlips war von allen
Lügnern der Einzige, der Ethan nervös machte. Das lag zum
Teil natürlich an der Schlange, die sich unablässig mit starrem
Blick um seinen Hals wand. Aber nicht nur. Obwohl er kein
Zauberauge oder etwas Ähnliches besaß, hatte er etwas an
sich, das Ethan durcheinander brachte. Vielleicht hatte es damit zu tun, dass seine Lügengeschichten von Feuer schnau-
benden Wildpferden, Viehtrieben, die über tausend Meilen
führten, und Duellen in den staubigen Straßen von Tomb-
stone und Abilene in Mittelland länger überdauert hatten als
die der anderen. In gewissen Momenten, wenn seine Augen
funkelten und seine Goldzähne blitzten, fühlte man sich an sie
erinnert.

Ethan blieb stehen und sah ihn an, weil er das Gefühl hatte,
der andere wolle ihm etwas sagen. Doch der Mann bohrte wei-

ter in seinem Pferdegebiss und sah auf Ethan hinab, so wie man einen Spatz ansieht, der nach einem Stück Kuchen pickt, das einem runtergefallen ist, angewidert und ärgerlich zugleich. Er hatte ein längliches, hageres Gesicht, blasse Augen und aufgeschürfte Wangen.

»Schon mal 'ne Katze geritten?«, schnarrte er schließlich näselnd.

Ethan wusste nicht, was er antworten sollte. Das heißt, er wusste natürlich, dass er noch nie eine Katze geritten hatte. Aber er hatte so eine Ahnung, dass mit der Frage etwas anderes gemeint war.

»Meine Braut hat mal 'ne Katze geritten«, sagte der Mann.

»Aha«, sagte Ethan und fragte sich, ob der alte Cowboy leicht reizbar war. »Wie schön.«

»Ist mit ihr den ganzen Rio Grande runter geritten.«

»Den Rio Grande«, sagte Ethan. »Ach ja. In Texas.«

»Hat gesagt, man muss sie packen. Einfach die Hand reinstecken und dort packen, wo's wehtut.«

»Ich muss jetzt weiter«, sagte Ethan.

»Hab mir nur gedacht, das solltest du vielleicht wissen«, sagte der Mann.

»Was wollte er von dir?«, fragte Jennifer T., als Ethan auf das Floß stieg.

»Nichts«, antwortete er. »Irgendwas von wegen, dass seine Braut eine Katze geritten hat.«

»Seine Braut?«, sagte Pettipaw und zupfte an einem Schnurrhaar. »Die hat er doch erschossen. Heißt es.«

»Das überrascht mich nicht«, sagte Ethan.

Dann nahmen sie endgültig Abschied von den Leuten aus Old Cat Landing und den umliegenden Territorien, die an den Pier gekommen waren, um ihnen Lebewohl zu sagen. Zwischen ihnen saß Ringfinger Brown auf der Kühlerhaube seines Cadillac und winkte mit einem weißen Taschentuch.

»Ohne mich«, hatte er gesagt, als Ethan und Jennifer T. ihn gebeten hatten, mitzukommen. »Bis die Welt untergeht, falls sie überhaupt untergeht, widme ich mich meiner gewohnten Beschäftigung. Es gibt für mich noch einiges zu tun. Mal ganz davon abgesehen, dass ein Talentspäher zur Stelle sein sollte, wenn etwas anfängt. Er ist wie Moses – übrigens auch meine Entdeckung. Er klappert die Provinz nach hoffnungsvollem Nachwuchs ab. Er braucht nicht dabei zu sein, wenn das gelobte Land entdeckt oder die Meisterschaft gewonnen wird.«

Jetzt standen Ethan und Jennifer T. an der Holzreling des Floßes und winkten dem alten Talentspäher und all den anderen Zurückbleibenden zum Abschied, und Buendía und Taffy stachen ihre langen Stangen tief in den Schlamm des Flusses, dessen braune Brühe auf die frischen Planken schwappte. Sie sahen, dass er ihnen noch etwas zurief, waren aber schon zu weit entfernt, um es zu verstehen.

»Was ruft er, Pettipaw?«, fragte Jennifer T.

Der Rattenmann hüpfte auf die Reling, legte eine Hand an sein Ohr und streckte den Kopf in Richtung Ufer. Er lauschte so angestrengt, dass sein Schwanz zitterte.

»Er ruft: ›Manchmal muss man nur eine Auszeit nehmen, um ein Stück voranzukommen.‹«

Es war das letzte Mal, das Ethan und Jennifer T. den alten Talentspäher in einer der Welten sahen.

NACH EINER STUNDE WURDE DER FLUSS ZUM STAKEN zu tief. Sie setzten das Segel, das Annie Christmas ihnen genäht hatte, und sofort kam ein Wind auf, als hätten die Knoten des großen Mannes mit der Harpune ihn herbeigezaubert, und schob sie in Richtung des anderen Ufers. Sie segelten dem Herzen, dem Achsenpunkt, dem Mittelpunkt der drei Welten entgegen. Niemand wusste genau, wie breit der Fluss

384

war. Die einen behaupteten, er werde immer schmaler, je näher man bei der Überfahrt dem Tod komme, andere dagegen meinten, dass er umso schmaler werde, je edler die Absichten seien, die man verfolge. Doch als der Tag sich neigte, sahen sie einen grünen Streifen am Horizont.

»Land voraus!«, rief Thor. Ethan und Jennifer T. hockten am Rand des Floßes, ließen die Füße ins Wasser baumeln, verdrückten einen von Annies Beerdigungskuchen und leckten sich die Finger, aber Thor saß auf der Kühlerhaube des Skid. Taffy, die den ganzen Morgen gestakt hatte, lag auf dem Wagendach und stöhnte leise. Sie war erschöpft und obendrein seekrank und stritt mit Grim dem Riesen darüber, ob man auf einem *Fluss* seekrank werden könne. Er piesackte sie so lange, bis sie den Arm hob und mit ihrer haarigen Pfote nach ihm schlug. Um ein Haar wäre er ins Wasser gefallen. Rodrigo Buendía lag auf den Planken und rauchte eine dicke Rey del Mundo. Und was Spinnenrose anging, so bekam sie im Unterschied zu Taffy nach den langen Jahren der Gefangenschaft in weiten, offenen Räumen Beklemmungen. Sie saß mit ihrer Puppe im Wagen und starrte durch die Windschutzscheibe in das Land ihrer unerfüllbaren Hoffnungen.

»Es wird nicht klappen«, sagte sie immer wieder zu Nubakaduba. »Es kann nicht klappen.«

Eine Stunde später konnten sie dicke weiße Wolken über dem grünen Land erkennen. Cinquefoil meinte, das seien Apfelblüten.

»Wenn der Wind etwas auffrischen würde«, sagte er, »wären wir noch vor Einbruch der Dunkelheit am Apfelhain.«

Im selben Moment knatterte das Segel, als hätte Cinquefoil seine verlorene Fähigkeit, Zauber zu weben, endlich wiedererlangt. Und die Sportsocke, die Buendía an seine Stange gebunden und wie eine Fahne auf die Planken gepflanzt hatte, flatterte im Wind. Dann sprang der Wind um, und die Socke wehte plötzlich in die andere Richtung. Sie zerrte an dem Knoten, knallte und flatterte, bis der Knoten sich endlich löste und sie in Richtung Old Cat Landing davonflog.

»Ein Unwetter zieht auf«, sagte Pettipaw und schnupperte.

»Ein Unwetter?«, wunderte sich Cinquefoil und ließ den Blick nach Westen schweifen. »Aber der Himmel war doch klar ...«

Alle blickten zum Himmel, der vor einer Minute noch blau und wolkenlos gewesen war. Von Westen trieb etwas auf sie zu, und Ethan dachte zunächst, ein Schwarm Schmetterlinge, wilde weiße Schmetterlinge. Sie hüllten das Floß ein, flogen ihnen in die Haare und Augen, blieben an ihren Kleidern kleben, bedeckten Windschutzscheibe und Kühler des Skid. Die seidigen Dinger verursachten Ethan eine Gänsehaut. Er kratzte sie mit der Hand weg, und dabei stellte er fest, dass es gar keine Schmetterlinge waren, sondern Blüten, tausende und abertausende von Apfelblüten, die es von den Bäumen des Landes im Westen geweht hatte. Sie blickten in diese Richtung, und da sahen sie über dem grünen Band einen dicken dunklen Streifen, der auf und nieder wogte und von Blitzen durchzuckt wurde.

»Donnerbüffel«, sagte Cinquefoil mit leiser, grimmiger Stimme. »Der Kojote ist im Apfelland eingetroffen.«

Das Unwetter nahte vom Apfelhain, sandte lange schwarze Ranken, die sich über ihre Köpfen wanden und entrollten. Der Fluss wurde schuppig wie die Haut eines großen bronzenen Fischs, und das Floß begann zu schaukeln. Buendía ergriff die Stange und tauchte sie Hand über Hand ein, bis der Fluss sie zu packen schien und seinen Händen entriss. Gleich darauf ertönte ein fürchterliches Zischen, das Wasser schäumte und brodelte, und dann hörte Ethan einen dumpfen Knall, als hätte etwas von unten gegen das Floß geschlagen.

Im nächsten Moment wurde er in die Luft gehoben. Er

hatte gerade noch Zeit, nach hinten zu fassen und den Splitter zu ergreifen, ehe das Floß sich hochkant stellte und alles darauf ins Wasser kippte, so wie man Zwiebeln vom Schneidebrett in einen blubbernden Topf schabt.

Kaltes Metall drang in seinen Mund und seine Nasenlöcher. Kalte Wasserfinger bohrten sich in seine Ohren und drückten gegen seine Augenhöhlen. Er kämpfte, strampelte, wälzte sich im Wasser, und dann, ganz plötzlich, befahl ihm eine ruhige innere Stimme, still zu liegen. Sobald er aufhörte, sich zu bewegen, schien ihn der Splitter zu halten und mit ihm an die Wasseroberfläche zu steigen. Gleißendes Licht empfing ihn, als sein Kopf endlich auftauchte. Spuckend und hustend klammerte er sich an den Splitter und schnappte nach Luft. Er meinte, Stimmen zu hören – Buendía, Taffy, Jennifer T. –, und sah sich um. Zwischen den Trümmern des Floßes trieben rings um ihn Schattenschwänze im Wasser, und mittendrin schaukelte Skidbladnir, das Wunderschiff, mit den Rädern nach oben. Dann hörte er ein Rauschen wie von Regenwasser, das nach einem Wolkenbruch durch einen Abzugskanal schoss, und drehte sich um. Vor Schreck ließ er beinahe den Splitter los.

Zwischen ihm und der Stelle am Horizont, wo eben noch der Apfelhain war, nahm eine gewaltige Wassersäule den gesamten Himmel ein. Sie hatte eine seltsame orangerote Farbe, und das Wasser stürzte aus schwindelnder Höhe in den Fluss. Ein Wasserspeier, dachte Ethan, bis er den Kopf so weit zurücklegte, dass sich seine Ohren mit kaltem Wasser füllten, und da sah er, dass auf der Spitze der Säule ein riesiger Kopf mit Schnurrhaaren, wulstigen Lippen und hässlichen Glotzaugen saß. Die Schnurrhaare waren wie lange, sich windende Anakondas, die Lippen fleischig und schwarz, und die Augen blickten tückisch und kalt auf das lebende Treibgut tief unter ihnen. Was Ethan für eine Wassersäule gehalten hatte, war nur das Wasser, das von der Haut des schlangenartigen Körpers troff, als er sich aus dem Fluss in die Luft schraubte. Ein Paar grüne Flossen, die aussahen wie Segel und wie die Flügel einer Fledermaus mit Knochen geädert waren, standen auf jeder Seite etwa einen halben Kilometer ab, und eine dritte Flosse entsprang knapp über der Wasserlinie und strebte hinab in die unvorstellbaren Tiefen, in denen der Körper des Geschöpfs endete.

Die alte Wasserkatze, sagte sich Ethan.

»Die alte Wasserkatze«, rief Jennifer T. und schwamm zappelnd von hinten an Ethan heran. Er packte den Schläger am Griffende, damit sie sich am Schaft festhalten konnte.

»Danke.«

»Keine Ursache.«

Die Wasserkatze kniff die vorquellenden Augen zusammen und schürzte die Lippen zu einer blauschwarzen Pflaume.

»*Was hast du da, Winzling?*«

Ethan spürte, wie etwas Großes gegen seine Beine stieß, und dann wurde er zusammen mit Jennifer T. aus dem Wasser gehoben. Er fasste nach unten und spürte die Haut von dem Ding. Sie war glitschig und rau wie halb ausgehärteter Beton und gab nach, wenn er mit dem Finger dagegen drückte. Die alte Katze hatte sie mit ihrem langen schlangenartigen Schwanz umschlungen, und wie Marienkäfer, die auf dem Unterarm eines Kindes saßen, wurden sie nun von ihr in die Höhe gehievt.

Ethan hörte neben sich ein Grunzen und sah, wie Taffy zu ihnen auf den lebenden Berg kletterte, während er in den Himmel wuchs. Sie hielt das Hodag-Ei in den Armen, das sie vom Floß gerettet hatte.

»Taffy?«, rief Jennifer T. »Was hat sie vor? Will sie uns fressen?«

Aber Taffy antwortete nicht. Sie stand breitbeinig auf dem

gekrümmten Körper der Katze und fuhr mit diesem seltsamen Fahrstuhl in den Himmel. Aus den Kiemen der Katze roch es nach Moder, Schlamm und Verwesung, und der Gestank schlug ihnen wie große, rollende Wellen entgegen. Die Lippen glänzten wie nasses Gummi. Die weit auseinander liegenden Augen, die ihr etwas beunruhigend Menschliches gaben, musterten sie mit lebhaftem Interesse. Ihre Stimme war überraschend dünn und leise, beinahe unsicher, als sei sie das Sprechen nicht gewohnt.

»*So. Du bringst mir ein Stück von meinem großen Stock. Meiner schweren, schweren Bürde. Ist es so, Winzling? Nun, du kommst zu spät! Ich danke dir herzlich, aber mir scheint, es ist an der Zeit, meine schwere Bürde abzuwerfen. Ein Unwetter am Apfelhain, wo es nie ein Unwetter gab. Den lieben langen Tag überall ein sonderbares Rumoren im Baum. Eine innere Stimme sagt mir, dass es Zeit ist, aufzuwachen.*«

»Ethan, sieh doch.« Jennifer T. hörte der Katze nur mit halbem Ohr zu – sie hatte für Reden noch nie viel Geduld aufgebracht.

»*Hab lange geschlafen, ihr Winzlinge*«, sagte die alte Katze. »*Bin sehr hungrig.*«

Jennifer T. deutete hinunter auf den Fluss, wo ihre Freunde vom Leib der Katze und den sturmgepeitschten Wellen hin und her geworfen wurden. In spätestens einer Minute waren sie alle gefressen oder ertrunken.

Ethan senkte die Stimme und legte den Mund an ihr Ohr: »Weißt du noch, was der Mann mit dem Klapperschlangenschlips zu mir gesagt hat, von wegen, dass seine Braut eine Katze geritten hat? Ich dachte, er meint eine richtige Katze, aber glaubst du, er wollte mir sagen, dass . . .«

»Eine Katze reiten?«, flüsterte Jennifer T. »So was haben wir doch mal im Fernsehen gesehen, in dieser Sendung übers Fischen, erinnerst du dich? Über diese Leute in Alabama oder wo das war. Die sind getaucht und haben ihre Hände als Köder benutzt, um Katzenfische zu fangen. Und wenn der Fisch nach der Hand geschnappt hat, haben sie ihn nach oben gezogen.« Sie verzog das Gesicht. »Aber wir können doch nicht ...«

»Und ob wir können«, sagte Taffy. »Wir müssen.«

Die Bigfoot rannte zum Rand der Windung, an die sie sich klammerten, das Hodag-Ei unter den Arm geklemmt wie einen Fußball.

»Friss mich zuerst!«, rief sie. »Die beiden da sind nur Haut und Knochen.«

»*Mächtig hungrig*«, stimmte die Katze zu. Sie dehnte die Lippen zu einem Grinsen und öffnete ihr großes Maul, ganz langsam, Zentimeter für Zentimeter, als wäre ihr Kiefer zu breit für ihre Muskeln. Taffy hüpfte auf die Lippe, und die Katze mühte sich, das Maul so weit zu öffnen, dass sie hineinpasste.

»Den Splitter, Ethan! Rasch. Den Splitter!«

»Sie will, dass wir ihn dazwischen klemmen!«, sagte Jennifer T. »Wir müssen ihr eine Maulsperre verpassen.«

Ethan kletterte zum Maul der Katze hinauf und stieß den Splitter so weit hinein, wie er konnte. Er sah, dass sich an ihrem Gaumendach hunderte und aberhunderte von langen, sandig-grauen Zähnen reihten. Zur gleichen Zeit hörte er, wie Jennifer T. hinter ihm angerannt kam. Aus vollem Lauf hechtete sie in das Maul der Katze und sprang sofort wieder auf. Sie sah sich nervös um, während aus dem fernen Schlund der Kreatur ein empörtes Knurren drang.

»Ich weiß nicht, wo ich sie packen soll« schrie sie. Sie zögerte noch einen Moment, dann fasste sie nach oben und ergriff einen der grauen Zähne, die im empfindlichen Gaumendach steckten. Ethan hielt den Splitter fest. Der Stock erzitterte unter den verzweifelten Versuchen der Katze, das Maul zu schließen. Dann, ganz plötzlich, stellte sie ihre Bemühungen ein, und wieder ertönte die Stimme aus ihrem Innern. Diesmal klang sie flehentlich, und Jennifer T. ritt auf ihrer mächtigen, sich auf und ab bewegenden Zunge, als surfe sie auf ihren Worten.

»Bitte, lass meinen Zahn los«, bat sie zahm wie ein Kätzchen. Allerdings klang es eher wie *Itte lass ein Sahn los*.

»Nur wenn du uns zum Apfelhain lässt«, sagte Jennifer T. »Und alle unsere Freunde auch. Los, hol sie heraus. Sofort.«

Ethan spähte über die Unterlippe hinunter zum Wasser. In großen glitschigen Spiralen wälzte sich der riesige Fisch mal hierhin, mal dorthin und begann, die Schattenschwänze einzusammeln. Er krümmte und streckte sich so lange, bis alle auf einer Spirale übereinanderpurzelten. Dann hob er sie zusammen in die Luft.

»Gut gemacht, Reuben«, rief Cinquefoil und winkte, als er mit den anderen am Maul der Katze vorbei zum Kopf hinaufschwebte. »Ihr habt sie im Maul zu fassen gekriegt. Aber was ist aus der Bigfoot geworden?«

Ethan sah sich um. Taffy hatte eben noch auf der Lippe der Katze gesessen. Jetzt war sie fort.

»Taffy!« Er blickte über den Fluss. Keine Spur von ihr. Und auch keine Spur vom Skidbladnir. Ein Stich ging ihm durchs Herz. »Taffy!«

»Hier.«

Zu seiner Überraschung sah Ethan, wie Taffy hinter Jennifer T., die immer noch dastand und verzweifelt den großen Zahn festhielt, aus dem Schlund der Katze auftauchte. Sie trug das Ei noch vorsichtiger als zuvor, und er sah, dass eine schwarze Flüssigkeit aus dem Stöpsel sickerte und an der Seite herunterlief. Taffy kniete nieder und wischte die Flüssigkeit an der rauen grauen Zunge der Katze an. Ein Schauer durchlief das Tier in seiner ganzen Länge, und im selben Augenblick ging ein mächtiger Ruck durch die gesamten Sommerlande, und eine Reihe von Erdstößen suchte Mittelland heim und erschütterte, vom Rand des Pazifiks ausgehend, die Erdbebengebiete der Welt in einer Weise, die alle Seismologen völlig überraschte.

»Gehen wir!«, sagte Jennifer T. »Je schneller du uns hinbringst, desto früher lasse ich deinen Zahn los.«

Und so ließen sie das demolierte Floß zurück und legten den Rest des Weges über den Großen Fluss im Maul und auf dem Kopf der entrüsteten Katze zurück. Das riesige Geschöpf, dessen Windungen tief hinab bis zu den Wurzeln des Baumes reichten, benötigte für die Strecke keine fünf Minuten. Vorsichtig wie ein Kind, das ein Küken in den Händen hält, setzte es die Passagiere ins grüne Gras des Apfelhains. Das Gras war mit verwehten Blüten übersät, und breite Stahlbänder von Wolken riffelten den Himmel. Ein Schattenschwanz nach dem anderen kletterte oder rutschte vom Kopf der Katze, und dann sprang Taffy aus dem Maul.

»*Sahn loslassen, itte*«, flehte die Katze.

Ethan sah Jennifer T. an.

»Wenn ich den Splitter herausziehe, frisst sie dich vielleicht«, sagte er.

»Aber wenn ich loslasse, haben wir sie nicht mehr unter Kontrolle«, erwiderte sie. »Sie könnte abhauen und dich gegen einen Berg oder so schleudern.«

»O weh!«, sagte Ethan.

»*Verspreche gehalte*«, sagte die Katze, um sie daran zu erinnern, dass sie Wort gehalten hatte. »*Lass euch gehen.*«

»Ich zähle bis drei. Eins – zwei – drei!«

Sie ließ den Zahn der Katze los, und zur gleichen Zeit zog Ethan mit einem Ruck den Schläger weg. Sie sprangen aus dem Maul und landeten bäuchlings im weichen Gras.

Die Katze fauchte und blickte finster auf sie herab, und für einen Moment schien sie mit dem Gedanken zu spielen, sie alle aufzusaugen wie ein riesiger Staubsauger. Doch dann besann sie sich anders.

»*Ich hätte im Bett bleiben sollen*«, sagte sie und schüttelte traurig den großen Kopf. Ein Schauer rieselte durch die neunundneunzig obersten Windungen ihres Körpers, dann wandte sie sich ab und schlüpfte zurück in ihr dunkles Haus auf dem Grund der Welt.

Es dauerte eine Weile, bis sie zu Atem kamen, sich daran gewöhnten, dass sie wieder festen Boden unter den Füßen und sich ganz allgemein von der Überfahrt erholt hatten. Dann verschafften sie sich einen Überblick, was sie verloren hatten.

»Alles«, sagte Cinquefoil. »Wir haben alles verloren. Alles bis auf den Splitter.«

»Und das Ei«, fügte Ethan hinzu. »Und das zähe schwarze Zeug, das Taffy darin hat.«

»Ja«, sagte Jennifer T. »Was ist das für ein Zeug, Taffy? Taffy?«

Doch obwohl sie die Obstgärten zwei Stunden lang absuchten, bis es dunkel wurde, konnten sie Taffy die Bigfoot nirgendwo finden.

23

Die Einnahme von Outlandishton

AM RAND DER WINTERLANDE, nahe dem Mittelpunkt des Baums, liegt ein Teich. Er ist nicht breiter als ein gewöhnlicher Tümpel – ihr könntet einen Stein bis in seine Mitte werfen –, und doch ist er tiefer als jeder See auf der Erde. Er ist tiefer als der Schlaf und blauschwarz wie der Nachthimmel im Winter. Manche sagen, er habe keinen Grund, andere behaupten, er fließe als der Große Fluss, der Hexenfluss und der Fluss der Träume in die Winterlande und dann weiter nach Mittelland, wo er den Nil, den Amazonas, die Wolga, den Mekong, den Mississippi, den Kongo, den Jangtsekiang, den Colorado und den Rhein speise. An den Ufern dieses Flüsterteichs, so sagen manche, soll die Otter-Frau einst den Lachs-Mann gefangen haben. Statt ihn zu verschlingen, bewunderte sie sein ruhiges Auge und seine glänzende Stirn und verliebte sich in ihn. Der Lachs-Mann spie einen kühlen Strahl Wasser aus der Flüsterquelle auf das Hinterteil der Otter-Frau. Und neun Monate später gebar sie ein Kind, einen Silberjungen, ein phänomenales Energiebündel, aus dem Äonen später der alte Mr. Wood wurde, der Schöpfer der Welten. Das Wasser der Flüsterquelle nährt den Baum und bringt allen Weisheit, die von ihm trinken (ungefähr sechzig Leute bis heute).

Rings um die stillen Ufer der Flüsterquelle schmilzt das ewige Eis der Winterlande. Es schwindet, wird dünner und streifig, bis Grün durch das gräuliche Weiß dringt. Dieses Zwischenland, der Grünschmelz, markiert Anfang und Ende der Winterlande. Jenseits des Teichs geht das Eis in das süße saftige Gras des Diamantgrüns über. Diesseits erhebt sich eine hohe frostige Felsenspitze namens Schattenwasserberg. Und oben auf diesem Berg lag Outlandishton, die Zitadelle der Schaggurts.

Cutbelly hatte für die Schaggurts noch nie etwas übrig gehabt, und was er auf der Reise durch die Winterlande bislang erlebt hatte, war nicht dazu angetan, seine Meinung über sie zu ändern. Sie hatten alle unangenehmen Eigenschaften der Graulinge: Sie waren laut, grausam, übellaunig und zänkisch. Und da sie obendrein sechs bis sieben Meter groß waren, hatten sie mindestens einen Fehler *mehr* als die Graulinge. Sie selbst behaupteten, von Eulenspiegel John abzustammen, dem allerersten Riesen, und wie ihre entfernten Verwandten hatten sie einen unbändigen Appetit auf Fleisch. Zudem waren sie kriegerisch, tapfer und furchtbar stark. Sie hatten dem Wilden Heer im Verlauf der Reise über das Eis empfindliche Verluste beigebracht. Nur auf Grund ihrer großen zahlenmäßigen Überlegenheit war es den Truppen des Kojoten gelungen, bis zu den gezackten Mauern von Outlandishton vorzustoßen.

Die klotzige Zitadelle ragte schwarz und spitz in den Himmel wie ein Haufen Hammerköpfe. Sie war am Anbeginn der Zeiten errichtet worden, um im Herzen der vier Welten die Grenze der Winterlande zu markieren und um Wanderer und Eindringlinge fern zu halten. Sie thronte hoch auf dem Schattenwasserberg und blickte jetzt drohend herab auf die übrig gebliebenen Dampfschlitten und deren Werwolf-Besatzungen, die sich erdreisteten, ihre Mauern erstürmen zu wollen.

Cutbelly umklammerte das Eisengeländer oben auf dem *Panik* und reckte den Hals, um besser zu sehen. Auch die Schlittengoblins und Werwölfe verrenkten sich fast den Hals. Nun, da sie am Ziel waren, warteten sie auf Befehle des Kojoten. Doch sie hatten den Kojoten schon geraume Zeit nicht mehr gesehen.

»Er ist bereits drin, hähä«, erklärte Padfoot. Er war der Einzige, der nicht zu den Eisenwällen von Outlandishton hinaufglotzte. Er saß mit übereinander geklappten Beinen auf dem Dach des *Panik* und wetzte seine Zähne mit einem grauen Stein. »Eine List, verstehst du? Er ist gerade dabei, die Zottelbrüder aufs Kreuz zu legen. Sie auszutricksen. Jeden Moment wird das Tor aufschwingen, und wir können reinspazieren.«

»Wenn er Outlandishton so spielend leicht nehmen kann«, entgegnete Cutbelly, »hätte er das Wilde Heer nicht gebraucht und sich die weite Reise sparen können.«

»Möglich«, meinte Padfoot. »Vielleicht hast du Recht. Hähä. Vielleicht auch nicht. Vielleicht hast du nicht bedacht, dass der Boss gar nicht so schnell hier sein wollte. Vielleicht hat er ja gewisse andere Entwicklungen abwarten wollen.«

»Was für andere Entwicklungen?«, fragte Cutbelly, doch das Gespräch wurde durch Gebrüll auf dem Schattenwasserberg unterbrochen. Im nächsten Augenblick war ein einzelnes, klägliches Heulen zu hören, gefolgt von einem mehrfachen kurzen Jaulen, und dann pfiff etwas durch die Luft. Es kam direkt auf sie zu. Es schlug neben dem *Panik* aufs Eis auf und hopste noch mehrere hundert Meter weit, ehe es gegen einen Dampfschlitten prallte, der die Nachhut des Wilden Heeres heranführte. Mit einem ohrenbetäubenden Scheppern brach der Schlitten auseinander, und seine Graulingbesatzung flog wie Kegel in alle Richtungen. Das Ding, das aus Outlandishton geworfen worden war wie eine leere Bierdose aus einem Auto, schob den Schlitten noch etwa zehn Meter übers Eis und blieb dann liegen.

Eine Sekunde lang schien es Cutbelly, als wäre alles im Umkreis von tausend Kilometern erstarrt. Der Wind pfiff sich selbst ein Lied. Das Eis knackte und ächzte. Dann regte sich das Flugobjekt. Langsam und zitternd stand es auf. Es schüttelte sich. Es war der Kojote. Er taumelte über das Eis zurück zum *Panik.*

»Die Schaggurts haben sich anscheinend nicht aufs Kreuz legen lassen«, sagte Cutbelly. »Sieht so aus, als müsste er an dem Trick noch etwas feilen.«

»Klappe«, fuhr ihn Padfoot an. »Der Boss hatte alles unter Kontrolle.«

»Seid wann?«, entgegnete Cutbelly. »Er hatte noch nie alles unter Kontrolle, in seinem ganzen bewegten Leben nicht. Kein einziges Mal. Warum sollte es heute anders sein?«

»Diesmal ist es anders. Diesmal hat der Boss wirklich aufgepasst. Sich konzentriert. Immer den Ball im Auge behalten.«

»Ich fürchte«, sagte der Kojote, »ich habe einen schweren Fehler gemacht.«

Irgendwie war er plötzlich da, stand neben Padfoot. Er sank auf das Dach des *Panik* und vergrub das Gesicht in den Händen.

»Boss«, fragte Padfoot, »was ist passiert?«

Doch der Kojote schüttelte nur den Kopf.

»Reden Sie«, fuhr Padfoot fort. »Wir haben einen weiten Weg hinter uns. Wir haben eine Recht darauf, es zu erfahren.«

»Ich habe einen Moment den Ball aus den Augen gelassen«, antwortete der Kojote. »Da war eine Person, die ich nicht auf der Rechnung hatte.«

»Wer, Boss? Wer?«

»SEINE FRAU!«

Die Stimme kam von oben aus der Zitadelle, aber sie war so laut und gereizt, dass sie es trotz der Entfernung verdient, in Großbuchstaben wiedergegeben zu werden.

»Oh, Bruder«, stöhnte Padfoot. »Nicht schon wieder.«

»Ich dachte, sie sei tot!«, sagte der Kojote. »Ich dachte, der Recke aus dem Mittelland – wie war noch sein Name? Beowulf – hätte sich um die alte Schachtel gekümmert.« Er fasste sich in die Haare und schüttelte seinen Kopf vor und zurück. »Oh, Betty. Böse, Böse Betty. Was habe ich nur ...«

Doch er beendete den Satz nicht, und Cutbelly vermutete, dass er sagen wollte: *Was habe ich nur an einer großen stinkenden Schaggurt wie dir finden können?* Der Kojote ließ sein Haar los, strich es glatt und spähte zur Zitadelle hinauf. Ein überraschend zärtlicher, ja bewundernder Ausdruck mischte sich in seine spöttische Miene.

»Betty!«, rief er. »Oh, Betty! Bitte, sei mir nicht böse! Ich bin den weiten Weg gekommen, nur um dich zu sehen.«

An dieser Stelle erhob sich unter den verbliebenen Streitern des Wilden Heers ein Glucksen, das Cutbelly mittlerweile kannte. Es klang, als würden dreihundert Sägen gleichzeitig dreihundert Bretter durchsägen. Es klang wie ein Feuer, das durch eine trockene Wiese brauste. Es waren die Werwölfe, die mühsam ein Lachen unterdrückten. Der Boss griff wieder mal zu einem seiner Tricks.

Ein Kopf erschien über dem Tor von Outlandishton. Er war bedeckt mit ungekämmtem weißem Haar, und wenn die Gesichtszüge aus dieser Entfernung auch schwer zu erkennen waren, so war der Tonfall der Stimme doch unmissverständlich.

»DER KOJOTE HÄLT BETTY FÜR DUMM«, rief die Böse Betty.

Der Kojote machte ein schockiertes Gesicht. »Was?«, antwortete er. Er blickte zu Padfoot, eine Hand an die Brust gedrückt. Padfoot zuckte mit den Achseln, als wollte er zum Ausdruck bringen, dass er keine Ahnung habe, was Betty mit dieser seltsamen und abwegigen Bemerkung meinen könnte.

»*Dumm?* Im Gegenteil, Schätzchen, du weißt doch, dass ich ...«

»VERZIEH DICH!«, rief die Böse Betty. »BEVOR BETTY RUNTERKOMMT UND DEINE JÄMMERLICHEN KLEINEN FREUNDE ALLE MITEINANDER VERSPEIST.«

Das Kichern der Werwölfe verstummte. Die Vorliebe der Bösen Betty für Wolfsfleisch war weithin bekannt.

»Schätzchen«, rief der Kojote. »Komm runter! Bedien dich. Ich könnte mir denken, dass Sie zurzeit etwas zäh sind, weil sie seit Wochen und Monaten nur von Eismäusen leben. Aber zu einem kleinen Imbiss bist du mehr als willkommen.« Die Werwölfe hatten aufgehört, sich zwischen den Schlitten auf dem Eis zu kugeln. Sie rückten enger zusammen und bedachten den Kojoten mit vorwurfsvollen Blicken.

»DER KOJOTE GLAUBT, BETTY DENKT IMMER NUR AN DIE NÄCHSTE MAHLZEIT! BETTY HAT KEINE GEISTIGEN INTERESSEN!«

»Unsinn, Betty. Komm runter, Liebes. Bring deine Familie mit. Mach schon. Esst meine Werwölfe. Kommt, ihr könnt sie alle haben.« Ein Winseln erhob sich unter dem Werwolfrudel, hier und dort knurrte einer ungehalten. »Ich konnte deine Brüder vorhin nur flüchtig sehen, ehe du mich ... äh ... zur Tür gebracht hast. Meine Güte, wie groß sie geworden sind! Wie geht es denn dem kleinen Geryon?«

Lautes Gebrüll drang aus der Zitadelle. Einzelne Stimmen waren herauszuhören, die nach Wolfsfleisch verlangten. Cutbelly sah, wie sich einige Werwölfe klammheimlich in Richtung Winterlande verdrückten. Als Werfuchs konnte er es ihnen nachfühlen. Wer eine Vorliebe für Wolfsmenschen hatte, sah in einem Fuchsmenschen bestimmt einen leckeren Appetithappen. Das lag auf der Hand.

»RUHE!«, bellte die Böse Betty, und das Geschrei ihrer wilden Verwandten verstummte. »DIE BÖSE BETTY IST JETZT DIE SCHAGGURT-KÖNIGIN. SIE MACHT DAS GESETZ. UND DAS GESETZ LAUTET: KEINER FÄLLT MEHR AUF DIE TRICKS DES KOJOTEN HEREIN.«

»Wie überaus weise«, sagte der Kojote und lief auf und ab.

Er hinkte noch leicht von seiner unsanften Landung. »Und ich bin, wenn ich das sagen darf, keineswegs überrascht, dass eine Frau von deiner Intelligenz in solch schwindelnde Höhen aufgestiegen ist. Du warst schon immer ein kluges Mädchen, Betty-Schätzchen.«

Nach dieser Bemerkung trat Stille ein, und dann versetzte ein leises Geräusch Cutbellys Trommelfelle in Schwingungen. Es klang, oder besser gesagt, fühlte sich an wie, ja, wie das Schnurren einer riesigen Katze. Die Böse Betty fühlte sich, ohne Zweifel gegen ihren Willen, durch die Worte des Kojoten geschmeichelt. Einen Augenblick später erfüllte ein Quietschen die eisige Luft, und mit einem lauten Ächzen schwang das große Eisentor von Outlandishton auf.

»Habt ihr zugehört? Habt ihr begriffen?«, zischte der Kojote leise. »Habt ihr den Schlüsselzauber mitbekommen, der das Tor öffnet?«

Padfoot nickte eifrig zwei- oder dreimal, dann hielt er inne. Er schüttelte den Kopf.

»Tut mir Leid, Boss«, sagte er.

»Werfuchs?«

»Selbst wenn, würde ich es Ihnen nicht sagen. Ich kann nicht behaupten, dass ich die Schaggurts ins Herz geschlossen habe, aber wenn sie Ihnen im Weg stehen, finde ich sie ...«

»Ja, ja, ja«, sagte der Kojote. »Geschenkt.«

Er blickte wieder zur Zitadelle. Etwas, das aussah wie ein großer weißgrauer Heuhaufen, rollte den Berg herunter auf sie zu. Es war, natürlich, die Böse Betty persönlich. Das Tor fiel hinter ihr zu, und sie schlitterte auf ihren großen platten Schaggurt-Füßen zu Tal. Sie war am ganzen Körper mit dem hellen schütteren Pelz der Schaggurts bedeckt, und über der Schulter trug sie eine schwere Holzkeule, die mit gefährlich aussehenden Stoßzähnen gespickt war. Je näher sie bei ihrer Schussfahrt kam, desto menschlicher wirkte ihr Gesicht, und

Cutbelly musste zugeben, dass sie trotz allem ein durchaus attraktives Frauenzimmer war, wenn man einmal von dem langen weißen Bart absah, der, zu neun dicken Zöpfen geflochten, an ihrem Kinn baumelte.

Der Kojote sprang vom *Panik* hinunter aufs Eis und humpelte ihr entgegen. Im Gehen gab er den Graulingen einen Wink, und sie setzten den Werwölfen nach, die sich gerade fortstehlen wollten. Sie trieben sie mit Peitschen und Stachelstöcken zusammen und der Schaggurt entgegen.

»Iss! Iss!«, rief der Kojote und deutete mit der einladenden Geste eines Küchenchefs auf den Tisch, den er für sie gedeckt hatte.

Was sich dann abspielte, war grausig, und ich sehe keinen Grund, mich näher darüber auszulassen. Die Böse Betty hatte sich sehr lange nicht mehr an Wolfsfleisch gütlich tun können. Der Schnee dampfte vom Blut der Werwölfe. Als der Schmaus beendet war, klatschte der Kojote in die Hände, und eine große Plane wurde herbeigeschafft und der Schaggurt-Königin als Serviette gereicht. Anmutig wischte sie sich das Kinn, tat einen Rülpser und hockte sich in den Schnee. Sie strahlte den Kojoten an. Er schenkte ihr ein Lächeln.

»SO, SO«, sagte sie. »DER KOJOTE PERSÖNLICH. NICHT SCHLECHT, IHN ZU SEHEN. BETTY BEDAUERT, DASS SIE IHN ÜBER DIE MAUER GEWORFEN HAT. ABER ER HAT SIE ERSCHRECKT. ER HÄTTE NICHT ALS EKLIGER ALTER RABE AN BETTYS HOF ERSCHEINEN DÜRFEN. BETTY KANN VÖGEL NICHT AUSSTEHEN. EKELHAFTE BIESTER. DER KOJOTE WEISS DAS.«

»Es ist lange her, Betty. Ich habe deine charmanten Eigenheiten vergessen.«

Wieder vernahm Cutbelly das leise Schnurren ihres geschmeichelten Herzens.

»VERLOGENER ALTER ROTFUCHS.«

»Schnuckelchen.«

»ALTE SCHLANGE.«

»Schnuckiputzi.«

Der Kojote kroch übers Eis zu ihr, und dann verblüffte er Cutbelly damit, dass er der großen Schaggurt auf den Schoß kletterte. Er hob den Arm und fasste nach dem längsten ihrer neun Bartzöpfe. Er war mit Werwolfblut verschmiert.

»Was hat denn mein großes Mädchen wieder angestellt, ihr Bart ist ja voller Blut. Weißt du noch, wie ich früher stundenlang dagesessen und ihn gekämmt habe?«

Betty nickte und schloss die Augen. Sie erinnerte sich. Der Kojote gab seinen Graulingen ein Zeichen, und einer schlurfte übers Eis und verschwand im Bauch eines Dampfschlittens.

»Ich frage mich, wie sie so vertrauensselig sein kann«, bemerkte Cutbelly.

»Von wegen vertrauensselig«, erwiderte Padfoot. »Sie wittert einen Hinterhalt einen Tag, bevor er gelegt wird. Sie riecht einen Überraschungsangriff, sie spürt den Tritt einer Katzenpfote auf eine Meile Entfernung. Ihre Haut ist hart wie Stahl. Und ihre Fäuste können einen Berg spalten. Sie traut ihm nicht. Sie fürchtet sich nur vor nichts.«

Einen Augenblick später tauchte der Grauling wieder auf, in der Hand eine große Bürste mit steifen Drahtborsten. Der Kojote nahm die Bürste und flocht nacheinander die Zöpfe von Bettys Bart auf, bis er in blutrosa Fransen von ihrem Kinn hing. Dann kletterte er von ihrem Schoß, raffte einen Arm voll sauberen Schnee zusammen und trug ihn zu ihrem Bart. Langsam und liebevoll wusch er ihr mit dem Schnee das geronnene Blut aus den Haaren. Ihr Schnurren brachte die Dachverkleidung unter Cutbellys Füßen zum Zittern.

Erst als er den Kamm durch ihren Bart zog, öffnete Betty

wieder die Augen. Sie schnupperte, die Löcher ihrer langen blassen Nase blähten sich.

»BETTY RIECHT EINEN REUBEN«, sagte sie. »HAT ER EINEN? EINEN REUBEN IN DEN WINTERLANDEN?«

Cutbelly krampfte sich das Herz zusammen. Mr. Feld war der einzige Reuben im Wilden Heer des Kojoten. Er lag unten im *Panik* auf seiner Pritsche und starrte an die Decke. Cutbelly brauchte nicht nachzusehen, denn Mr. Feld lag schon lange so da. Seine Arbeit für den Kojoten war beendet. Und dessen heimtückisches Werk an ihm auch.

»Oh, könnte sein«, sagte der Kojote. »Was wäre er dir wert?«

»IST LANGE HER, DASS BETTY DAS FLEISCH EINES REUBEN GEKOSTET HAT. LANGE, LANGE HUNGERJAHRE.«

»Würdest du den Schlüsslzauber für euer hübsches stabiles Tor gegen ihn tauschen?«

Betty setzte sich auf, funkelte den Kojoten an und stach mit einem dicken Finger in seine Richtung. Er duckte sich.

»War nur ein Scherz«, sagte er und zupfte an einer Bartsträhne. Er blickte übers Eis zum *Panik*. Cutbelly spürte die ganze Kälte der Winterlande in diesem Blick. »Padfoot, mein Freund, würden Sie unseren armen alten Freund Mr. Feld holen?«

»Nein!« Cutbelly rannte ans Geländer und schrie aus Leibeskräften. »Das können Sie nicht tun!«

»Und ob ich kann«, sagte der Kojote sanft. »Er hat seine Schuldigkeit getan. Jetzt ist er zu nichts mehr nütze.«

Padfoot öffnete die Luke und verschwand im Schlitten. Cutbelly hörte, wie er die Stufen zum Hauptdeck hinabstieg. Wenn er jetzt nichts unternahm, würde der Kojote Bruce Feld den unersättlichen Eingeweiden der Bösen Betty und seinen ehrgeizigen Plänen opfern. Aber was konnte er tun? Ihre Haut war hart wie Stahl. Sie würde ihn bemerken, noch ehe er die Hälfte der Strecke auf dem Eis zurückgelegt hatte.

Die Graulinge im Bauch des *Panik* fluchten und plapperten, als sie Mr. Feld zur Luke schleppten. Cutbelly hörte die schwachen Proteste des Reuben. Betty stand auf und rieb sich in freudiger Erwartung ihren Hängebauch.

Im nächsten Augenblick ertönte von irgendwo tief im Innern der Bösen Betty ein dumpfer Knall. Sie sperrte Augen und Mund auf, und eine große hellrosa Blase aus Blut quoll zwischen ihren Lippen hervor. Sie wurde immer größer, wackelte hin und her und flog dann davon, getragen vom letzten Schnaufer, den die Königin der Schaggurts in ihrem Leben tat. Sie kippte nach vorn und schlug unter ohrenbetäubendem Krachen aufs berstende Eis. Der Kojote war gerade noch rechtzeitig zur Seite gesprungen, sonst hätte ihr massiger Leib ihn zerquetscht. Die Blase schwebte noch eine Weile in der Luft über der Toten, dann zerplatzte sie und sprenkelte den Schnee mit Blut.

Oben auf dem Schattenwasserberg brach ein entsetzliches Geheul los, und Trommeln wurden geschlagen. Die Graulinge, die Schlittengoblins und die wenigen überlebenden Werwölfe sahen einander verwundert an.

»Was ist passiert?«, fragte Padfoot, als er allein aus der Luke des *Panik* auftauchte. Er sah sofort, das der flache Mann nicht mehr gebraucht wurde.

»Es war, als ob ihr Herz geplatzt wäre«, sagte der Kojote und schüttelte sich den Schnee von den Ärmeln. »Ich habe es gehört.«

Einen Moment später schimmerte die Luft über dem breiten Rücken, und dann tauchten aus dem Pelz und Fleisch der toten Schaggurt die spitze Schnauze und die Fuchsohren Cutbellys auf. Er kletterte aus ihrem Körper, ohne darin eine Spur

seiner Schattenschwanzreise zu hinterlassen. Die Überlebenden des Wilden Heeres brachen in lauten Jubel aus.

»Das habe ich nicht für euch getan!«, rief er.

»Trotzdem nett«, sagte Padfoot. »In Outlandishton werden
sie die ganze Nacht trauern und führungslos herumirren. Nur
leider gelangen wir jetzt nie in den Besitz des Schlüsselzau-
bers.«

»Würde ich so nicht sagen«, meinte der Kojote und hob die
rechte Hand. Seit er Betty am Bart gezupft hatte, hielt er Zeigefinger und Daumen zusammengepresst. Er schnalzte ein
paar Mal mit der Zunge, und gleich darauf vernahmen Cutbellys scharfe Ohren, wie ihm leise Schnalzer antworteten.
Das Gesicht des Kojoten verzog sich zu einem Grinsen. Mit
einem zärtlichen Ausdruck betrachtete er seine Finger, und
dann setzte er die winzige Fracht, die sie transportierten, in
das Haar auf seinem Kopf.

»Es kann nie schaden«, erklärte er, »wenn man ein paar aus-
gewählte Sätze der Flohsprache lernt.«

24

Der Apfelhain

WIR, IN UNSERER ENTZAUBERTEN WELT, im schönen
Mittelland, haben leider schon lange keinen Zugang mehr
zum Diamantgrün, seinem Frieden, seiner kühlen Luft und
seinem saftigen Gras. Wie ihr vielleicht wisst, konnte man das
Diamantgrün eine Zeit lang noch durch eine Galle betreten,
die den Namen Elysische Felder trug und an den Ufern eines
breiten, glitzernden Flusses lag. Hier war es, wo im Jahr 1846
das erste Baseballspiel in der Geschichte Mittellands statt-
fand. Längst jedoch hat der Kojote die Galle entdeckt und
zerstört. Heute steht dort eine stillgelegte Maxwell-Kaffee-
Fabrik. Alles, was von dem Tor ins Glück verheißende Land
geblieben ist, ist ein kleiner Park, ein bescheidener Spielplatz
mit Schaukel und Rutsche. Einmal habe ich versucht, von
dort aus das Diamantgrün zu erreichen, ein großer, ungelen-
ker Erwachsener, der sich auf einer Kinderschaukel zum Narren machte. Doch zu meinem Bedauern muss ich gestehen, dass
ich kläglich gescheitert bin. Vielleicht habt ihr mehr Erfolg,
wenn ihr den Ort eines Tages besucht. Oder ihr werdet, wenn
ihr erwachsen seid, den Elysischen Feldern von Hoboken in
New Jersey wieder zu alter Pracht verhelfen.

An dem Tag, als das Wilde Heer Outlandishton, die Stadt
der Frostriesen, einnahm und das Diamantgrün besetzte,
suchte eine Reihe ungewöhnlich schwerer Gewitter den Norden New Jerseys heim. Sonst aber deutete nichts auf die dro-
hende Katastrophe hin.

Um den Frieden im Apfelhain war es endgültig geschehen.

Der Sturm blies alle Blüten, Blätter und Vogelnester von den Bäumen und verstreute sie über den Boden. Bitterer roter Regen fiel auf die Wohnungen der Seligen, fraß sich durch die Dächer, verdarb die festlich gedeckten Tafeln und parfümierten Bäder. Die Rinder der Sonne stoben in wilder Flucht davon, und die Schafe des Mondes rannten blökend in die fernen Hügel des Schlafes. Ein Rudel randalierender Werwölfe vertrieb die drei alten Biberfrauen, welche die Wohnungen der Seligen bauten, aus ihrem großen Haus am Großen Fluss und zerstreute die Bände ihrer riesigen Märchenbibliothek in alle vier Winde. Wo die Schattenschwänze auf ihrem Marsch zum Diamantgrün auch hinkamen, sah Ethan entwurzelte Apfelbäume, umgestürzte Karren und zertrampelte Felder und Wiesen. Graulinge und Goblins hatten in den Obstgärten gewütet und mit den gefällten Apfelbäumen Freudenfeuer entzündet, und da sie sich mit den vielen süßen Äpfeln, die sie gierig verschlangen, den Magen verdorben hatten, hinterließen sie dampfende graue Dunghaufen, deren Gestank die apfelsüße Luft verpestete.

Nach einem traurigen und anstrengenden Tag kamen die Schattenschwänze, immer noch ohne ihre große zottelige Außenfeldspielerin, einen nach Goblinkot stinkenden Berghang herunter und gelangten auf eine große Rasenfläche, die von Bäumen umgeben war. Zuerst dachte Ethan, der Rasen wäre quadratisch, doch beim genaueren Hinsehen stellte er fest, dass er die Form eines großen ausgebreiteten Fächers hatte. Ein Baseball-Diamant. Direkt gegenüber, hinter dem rechten Außenfeld, dehnte sich nur ein wolkenloser Himmel, eine leere blaue Fläche so hoch und nichts sagend wie eine Glaswand. Zu ihrer Rechten, neben dem ersten Base, rankten sich große dunkle Kletterpflanzen in die Höhe, dick wie Baumstämme und gespickt mit langen Dornen, die in der Sonne blitzten. Neben dem linken Außenfeld lag ein länglicher Teich mit klarem Wasser, und dahinter ragte ein Berg empor, der in Flammen zu stehen schien. Weit draußen in der Eissteppe standen, wahllos verstreut, seltsame gepanzerte Fahrzeuge.

Rund um den Teich hatte das Heer des Kojoten purpurrote Zelte aufgeschlagen, und überall am Rand der Winterlande lagen große weiße Haufen, die Ethan zunächst für Schnee hielt, bis er erkannte, dass es die Leichen gefallener Schaggurts waren.

»Wir haben's nicht geschafft«, sagte Cinquefoil und trat auf den Rasen. Er hob den Blick. Dunkle Wolken hingen am Himmel. »Der Kojote war schneller. Er hat Outlandishton in Schutt und Asche gelegt. Das ist vor ihm noch keinem gelungen. Und er war vor uns an der Quelle.«

»Nein!«, rief Ethan. Tränen brannten in seinen Augen. Er sah auf seine Uhr. Das kleine graue Display war leer. Er drückte die kleinen Knöpfe, zuerst sachte, dann immer fester. Nicht passierte. Er riss sich die Uhr vom Handgelenk und warf sie ins Gras.

Jennifer T. setzte sich schwerfällig auf die Erde. Sie ließ den Kopf hängen und schlug die Hände vors Gesicht.

»Ein furchtbarer Ort«, sagte sie.

»Wir kommen zu spät«, sagte Spinnenrose. Sie ließ die Hand sinken, in der sie Nubakaduba hielt. »Ich hab's gewusst. Jetzt können wir nur hier herumsitzen und warten, bis alles zusammenbricht.«

»Besser, wir verdrücken uns unter die Bäume«, schlug Grim der Riese vor. »Sonst haben sie uns bald entdeckt.«

Ein wildes Heulen ertönte. Es erinnerte Ethan an die Kojoten in den Bergen um Colorado Springs.

»Schätze, das haben sie bereits, Mann«, sagte Buendía. »Da kommen sie.«

Kleine braune Gestalten kamen in einer ungeordneten Reihe übers Gras gehüpft, direkt auf sie zu. Ethan drehte sich um, packte Jennifer T. am Arm und wollte sie in Richtung der Bäume ziehen, doch er konnte die Füße nicht heben. Als wären seine Schuhsohlen am Boden angepflockt. Er blickte sich um. Thor, Buendía, Cinquefoil und die anderen führten denselben lächerlichen Tanz auf. Sie wackelten mit den Hüften und beugten die Knie wie Leute, die bis zu den Knöcheln im Schlamm steckten und nicht von der Stelle kamen. Das Geheul wurde lauter und freudiger, und Ethan sah, dass die Gestalten Menschenkörper und Wolfsköpfe hatten, und im nächsten Augenblick stieg ihm der Geruch ihrer Pelze in die Nase. Sie rochen süßlich und ranzig wie eine Lunchbox am Ende eines warmen Nachmittags. Er hob den Splitter, und dabei spürte er, wie etwas Unsichtbares den Schaft packte und heftig an ihm zerrte. Er umklammerte den Griff mit beiden Händen und zog in die andere Richtung. Kurz bevor eine Art großer weicher Hammer niedersauste und sein Kopf in die unendlich weiten Gefilde eiserner Schwärze eintauchte, erhaschte er einen Blick von einem Mann, der hinter den Werwölfen herging, einem Mann in einem langen schwarzen Mantel, mit roten Haaren, die wie Flammen um seinen Kopf loderten.

Mitten unter den roten Zelten, zwischen dem blauen Teich und den Stümpfen gefällter Bäume, war an einer Stelle das Gras zertrampelt. Hier war es, wo Ethan aus dem Zauber erwachte, der ihn und seine Gefährten festgehalten hatte. Erschrocken tastete er nach dem Schläger. Zu seiner Erleichterung stellte fest, dass er ihn noch in der linken Hand hielt, und zwar so fest, dass seine Finger zu einer Art Klaue erstarrt waren und schmerzten. Und das unsichtbare Etwas zog noch immer kräftig und gleichmäßig am anderen Ende.

Er setzte sich auf. Der Mann mit den roten Haaren stand am Rand der Flüsterquelle, die Arme vor der Brust verschränkt. Ein Lächeln umspielte seine Lippen, und seine hellen Augen hatten einen stechenden Blick. Ethan spürte zu seiner großen Überraschung, dass er den Kojoten vom ersten Augenblick an mochte.

»Komm, Kleiner«, sagte der Kojote zu ihm. »Lass endlich los.«

Der Schläger ruckte in seinen Fingern, und er verstärkte seinen Griff. Ein jäher Schmerz durchzuckte seine Hand, er schrie auf. Er hatte sich am Knoten die Haut wund gescheuert.

»Nicht loslassen!«, rief Cinquefoil. »Er kann ihn dir nicht wegnehmen, solange du nicht loslässt.«

Ethan dachte an neulich im Löwenzahnhügel, als ihm der Splitter abhanden gekommen war. Damals hatte er sich nicht freiwillig von ihm getrennt, es war eine Art Diebstahl gewesen – er hatte den Schläger nicht in der Hand gehalten, als er ihm entwendet wurde. Die Ferischer hatten ihn einfach vom Rücksitz des Autos stibitzt.

»Wozu wollen Sie ihn?«, fragte er den Kojoten.

»Wozu? Nun ja, weil ich alles andere schon habe«, antwortete der Kojote und kam über das zertrampelte Gras auf ihn zu. »Dank der bewundernswerten Bemühungen einer guten Freundin von dir ist ein kleiner Krug mit einem hoch konzentrierten, hoch wirksamen Unkrautvertilgungsmittel in meinen Besitz gelangt.«

Noch bevor das Hodag-Ei in den Händen des Kojoten erschien, schoss Ethan ein Gedanke durch den Kopf: *Taffy.*

»Ja«, sagte der Kojote. »Taffy. Ein nobler Charakter. Traurige Geschichte. Als ich das alte Ekel La Llorona mit meinem Angebot zu ihr schickte, hoffte ich beinahe, dass sie ablehnen würde. Ich glaube nämlich, dass ihr Reuben-Kinder drauf und dran wart, die Leere in ihrer armen Bigfoot-Seele zu füllen. Drauf und dran.«

In diesem Augenblick wurde der Wind stärker. Ein Zelt

löste sich aus seiner Verankerung und flatterte wie ein großer roter Vogel in die Lüfte. Und zum Vorschein kam, wie die weiße Taube in der Hand eines Zauberers, ein großer Eisenkäfig, der auffallende Ähnlichkeit mit dem Käfig in Mushackel-Johns Steiniglu hatte. Soweit Ethan erkennen konnte, *war* es derselbe Käfig aus Zaubereisen. Und darin lag, ein weicher schwarzer Haufen wie damals, als er sie zum ersten Mal gesehen hatte, Taffy. Sie hielt sich die Arme vors Gesicht, als schäme sie sich. Neben dem Käfig stand eine hässliche bucklige Gestalt mit farblosem Fell, dickem Hals und Säbelbeinen. Sie stach mit einem langen Stock nach der Bigfoot.

»Aber am Ende konnte sie dann doch nicht widerstehen, nicht wahr, Taffy?«

Der Kojote wandte sich dem Käfig zu. Ethan wunderte sich über die Zärtlichkeit in seiner Stimme, zumal sie echt klang. »Ich hatte ihr nämlich versprochen, ihr ihre Kinder zurückzugeben. Immerhin habe ich den Tod in die Welten geholt, wie du wohl weißt, kleiner Feld. Deshalb ist der Gedanke, ich könnte ihn wieder fortschicken, gar nicht so abwegig, wie ich finde, zumindest im Fall von zwei Bigfoots. Auch wenn sie schon seit über neunhundert Jahren tot sind.«

Ein leises Wimmern drang aus dem Käfig. Die hässliche weiße Kreatur pikte sie erneut.

»Leider, hähä, hat er gelogen«, sagte das verfilzte weiße Ding, dessen Stimme Ethan merkwürdig bekannt vorkam.

»Tu ich das nicht immer?« Der Kojote hielt das Hodag-Ei in die Höhe, spreizte die langen eleganten Finger und balancierte es auf einer Hand. »Und dank deinem Dad, kleiner Feld, der wirklich ein brillanter Kopf ist, bin ich jetzt stolzer Besitzer einer höchst raffinierten Giftpumpe, die zu hundert Prozent aus einem wirklich bahnbrechenden, halb starren Pikofaserverbundstoff besteht. Damit kann ich dieses fabelhafte Unkrautvertilgungsmittel dorthin befördern, wo es dringend gebraucht wird. Nämlich ganz tief unten an den Wurzeln von allem.«

Er hob die Hand, und ein metallisches Geräusch ertönte. Ethan blickte hinüber aufs Eis der Winterlande. An einem der Panzerfahrzeuge sprang eine Luke auf, und mehrere Graulinge purzelten heraus. Aus dem Innern der Luke war ein Quietschen zu hören, und als die Graulinge sich wieder aufgerappelt hatten, zogen sie einen langen glänzenden Schlauch mit einer dunkleren silbernen Spitze ins Freie. Der Schlauch wurde von einer großen Rolle abgewickelt und ringelte sich hinter ihnen, als sie zum Teich rannten. Dort angekommen, beschwerten sie die Düse mit runden Gewichten und warfen sie ins Wasser. Sie tauchte mit einem schaurigen leisen Platschen unter. Der Schlauch glitt zischend in die Tiefe.

»Wenn die Berechnungen deines Vaters stimmen, müsste der Schlauch bis zum Grund der Quelle reichen, wo sie die Wurzeln des Baumes speist.«

»Mr. Feld würde Ihnen niemals helfen«, rief Jennifer T. »Sie sind ein großer Lügner.«

»Oh, der größte«, gluckste der Kojote. »Aber nicht in diesem Fall, auch wenn es euch schwer fällt, mir zu glauben. Mr. Feld?«

Irgendwie war plötzlich sein Vater da. Ethan konnte sich nicht erklären, wie er ihn bisher hatte übersehen können. Und doch war er da, stand in seinen alten Jeans und einem sauberen weißen T-Shirt neben dem Kojoten, der Bart zerzaust, das Haar ungekämmt, die Augen hinter den Brillengläsern ruhig und aufmerksam. Ethan sprang auf, um zu ihm rennen, hielt aber inne. Sein Vater schien ihn gar nicht anzusehen, vielmehr überhaupt nicht zu *sehen*. Es war schwer zu erklären. Ethan machte probeweise einen Schritt auf ihn zu. Der Zauber, der ihn zuvor am Gehen gehindert hatte, war aufgehoben. Und so rannte er mit ausgebreiteten Armen los und wartete darauf, dass sein Vater sich lachend bückte, ihn auffing, in die Höhe hob und im Kreis herum wirbelte. Doch er stand einfach nur da, sah ihn an, ohne ihn zu sehen, die Hände in den Taschen, ein ernstes Lächeln auf den Lippen. Ethan blieb stehen. Es war, als ob ihn von diesem Lächeln ein kalter Wind anwehte, der in alle Ritzen seines Herzens drang.

»Das wäre alles, Bruce«, sagte der Kojote. »Danke.«

Mr. Feld drehte sich um und ging weg, und dabei sah Ethan, dass sein Vater – es gab kein anderes Wort dafür – ausgeräumt war. Sein Kopf, sein Oberkörper und seine Beine hatten keine Rückseite. Er hatte keine inneren Organe, keine Muskeln, keine Knochen. Alles war durch ein scheußliches weißgraues Futter ersetzt, dessen frische Farbe noch glänzte. Man hatte das Gefühl, die Rückseite einer Maske zu betrachten, einer Ganzkörpermaske mit Ausbuchtungen für Nase und Mund, Brustwarzen und Penis, Schultergelenke, Kniescheibe und Zehen. Das Schlimmste von allem waren die Augen – sie waren nur Löcher, durch die man die weite Schneefläche und den blauen Himmel dahinter sehen konnte. Ethan sah entsetzt zu, wie die leere Hülle seines Vaters in den Panzerwagen kletterte und verschwand.

»Er wollte uns nicht helfen, das kann ich dir versichern«, sagte der Kojote. »Obwohl ihn das Problem brennend interessiert hat. Jetzt weißt du, was es ihm eingebracht hat. Er ist ein Flachmensch geworden. Genauso ist es vielen Atombombenbauern ergangen, damals, als ich diese kleine Fiesta veranstaltet habe.«

Ethan stand jetzt nur noch ein paar Schritte von ihm entfernt, und die Kraft, die am Schläger zog, wurde plötzlich enorm groß. Er stemmte sich mit aller Macht dagegen, und der Schmerz in seiner Hand wurde stechender.

»Komm, Ethan«, sagte der Kojote. »Hilf mir jetzt. Ich habe alles, was ich brauche. Das Gift der Nazuma – das ist der richtige Name der alten Wasserkatze, hast du das gewusst? Das ist nämlich kein gewöhnliches Gift. Eigentlich ist es gar kein richtiges Gift.«

»Was ist es dann?«, fragte Thor.

»Was für ein neugieriger Bursche. Thor, der Wechselbalg. Gut, ich will es dir sagen. Damals, als der alte Woodenhead die Welten erschuf und das Etwas aus dem Nichts heraustrennte, merkte er, dass noch ein bisschen Nichts übrig war. Einen Teil davon benutzte er dazu, wie ihr wisst, um die Zwischenräume zwischen den Blättern und Zweigen des armen alten Baumes zu füllen. Aber der Rest, nun ja, ihr wisst ja, wie so etwas läuft. Unternehmen in Mittelland machen es ständig. Er vergrub ihn, und zwar dort, wo seiner Meinung nach niemand nachsehen würde. Ganz weit unten auf dem Grund von allem, noch unter den Wurzeln des Lodgepoles. Und Nazuma sollte auf dem Grund leben, den Lodgepole stützen und das Nichts hüten. Und dann, so vermute ich, fand Nazuma ein Stück vom Nichts, das durch ein Loch im Grund von allem ausgelaufen war, und als alte Naschkatze kostete sie davon. Das Nichts schmeckte ihr ziemlich gut. Seitdem nascht sie regelmäßig davon und bewahrt es in diesen kleinen Taschen hinten in ihrem Schlund auf. Würden wir die Wasserkatze sezieren und uns die Taschen ansehen, würden wir wahrscheinlich feststellen, dass sie aus demselben organischen Pikofasergewebe sind wie das Hodag-Ei hier. Dieses Nichts«, er schüttelte das Ei,»wird den Baum nicht bloß zum Absterben bringen. Es wird ihn *auflösen*. Alles wird sich wieder in den zugegebenermaßen ziemlich düsteren grauen Nebel verwandeln, mit dem alles begonnen hat. In ein leeres graues Meer, und ich werde mit meinem kleiner Splitter vom Baum in der Hand darauf schaukeln wie ihr kürzlich auf dem Großen Fluss. Und dann, wenn ihr und sie und überhaupt alles sich sprudelnd und zischend in Nichts aufgelöst hat, werde ich meinen kleinen

Splitter nehmen und als Stütze für eine fabelhafte neue Schöpfung verwenden. Und dann geschieht das, was längst überfällig ist: Der Änderer wird zum Schöpfer. Und verlasst euch darauf, ich werde nicht dieselben Fehler machen wie der alte Woodenhead damals, als er angefangen hat. Also komm. Lass los.«

»Nein«, sagte Ethan. Der Knoten verursachte ihm quälende Schmerzen. »Er gehört mir. Ich hasse Sie. Sie sind verrückt.«

»Ja, ja«, sagte der Änderer. Er winkte mit der rechten Hand, wackelte mit den Fingern, und das Ziehen am Schläger ließ nach und hörte ganz auf. »Na schön, ich kann warten. Irgendwann muss deine Wachsamkeit erlahmen, und wenn nicht, wirst du aus Verzweiflung deine Meinung ändern.«

Werwölfe schleppten Ethan und Jennifer T. zu einem roten Zelt und stießen sie hinein. Man gab ihnen eine dünne, aber schmackhafte Fleischbrühe und gesäuertes Fladenbrot zu essen. Dann überließ man sie ihren Gedanken und der aufkommenden Verzweiflung.

»Was, glaubst du, wird jetzt geschehen?«, fragte Ethan.

»Noch mehr schlimme Dinge, schätze ich«, antwortete Jennifer T. »Ethan, das mit deinem Dad ist furchtbar.«

»Ich weiß nicht, wer dieser Flachmensch war«, sagte Ethan. Er schauderte, wenn er daran dachte. »Mein Dad war es jedenfalls nicht.«

»Und die arme Taffy.«

»Ich kann es nicht fassen, dass sie auf diese lächerliche Lüge hereingefallen ist«, sagte Ethan herzlos.

»So ist das nun mal«, sagte Jennifer T. »Die Leute fallen auf seine Lügen herein.«

Viel mehr gab es nicht zu sagen. Nach einer Weile schliefen sie ein, und im Traum sah Ethan seinen Vater und seine Mutter. Sie hatten keinen Rücken, der Himmel schien durch ihre Augenhöhlen, und sie lächelten auf ihn herab, sagten, dass sie ihn liebten, und zerrten erbarmungslos an seinen Händen.

Er erwachte. Etwas zog an seinen Händen – nicht an dem Schläger, den er immer noch festhielt –, sondern an seinen Händen, an den Handgelenken. Etwas Kühles und Weiches mit scharfen Spitzen. Zwei kühle kleine Klauen.

»Beeilung, Schweinchen«, sagte eine Stimme aus einem fernen, weit zurückliegenden Traum. »Wir müssen von hier verschwinden.«

Cutbelly führte sie durch die Dunkelheit zu dem großen Brombeergestrüpp mit den riesigen Dornen, das Ethan neben dem ersten Base des Diamantgrüns gesehen hatte, als sie, aus den Sommerlanden kommend, den Hang herabgestiegen waren. Dieser Ort, so erklärte er, werde Dornenfeld genannt. Das Gestrüpp habe die Grenze zwischen dem Mittelland und dem Diamantgrün überwuchert und in ein abweisendes Dickicht verwandelt, als die alten Wege und Straßen des Abenteuers in Vergessenheit gerieten und Reisende und Helden aus Mittelland aufhörten, in den Wohnungen der Seligen Zuflucht zu suchen. Das Gestrüpp war so riesig und hoch, dass sie keine Mühe hatten, einen Durchschlupf zu finden. Sie krochen einfach unter den verästelten Ranken durch oder kletterten, wenn dies nicht möglich war, oben drüber. Die Dornen selbst waren bis zu zwei Meter lang und an ihrer Basis so dick wie ein Baumstamm. Sie waren fast zu groß, um sie ernstlich in Gefahr zu bringen, so wie die Dornen einer Rose für die Blattlaus keine große Bedrohung darstellen.

Unsere drei Blattläuse sprachen kein Wort, bis sie eine Stelle erreichten, wo das Dickicht sich etwas lichtete. Die krumme Sichel des Monds warf ein mattes Licht auf die Lichtung. In der Ferne pulsierte die Luft, schwach und gleichmäßig wie eine Art lebloses Atmen. In Ethans Ohren klang es wie das

Rauschen des Verkehrs auf einer Schnellstraße. Cutbelly hatte sie an den Rand von Mittelland geführt.

Sie sanken zu Boden und lehnten sich mit dem Rücken gegen einen Baum, und zum ersten Mal merkte Ethan, wie erschöpft er war. Sie waren den ganzen Tag marschiert, seit die alte Katze sie am Flussufer abgesetzt hatte. Er hatte keine Ahnung, wie lange er nicht mehr geschlafen hatte. Seit Tagen? Wochen? Er hatte das Gefühl, dass er auf der Stelle einschlafen könnte, wenn er die Augen schloss. Sein Kopf schien sich rasch mit einem feinen, kühlen und dunklen Sand zu füllen. Aber dann sah er wieder die leere Hülle, den glitzernden Hohlraum, den Flachmenschen, der den Platz seines Vaters eingenommen hatte, und er schrie auf und versuchte, das Bild zu verscheuchen, indem er sich ins Gesicht schlug.

»Ist ja gut«, sagte Jennifer T. und nahm seine Hand. »Nimm es nicht so schwer.«

»Schlaf, Schweinchen«, sagte Cutbelly. »Morgen früh sehen wir klarer und finden einen Ausweg aus dem Schlamassel.«

»Ich wüsste nicht, wie«, erwiderte Ethan.

»Ich auch nicht, ehrlich gesagt«, meinte der Werfuchs. »Trotzdem müssen wir es versuchen. Wir haben den Splitter, und das ist doch was. Das war stark von dir, wie du ihn festgehalten hast, Schweinchen. Vor allem wenn man bedenkt, was du ... was du gesehen hast. Wir müssen alles tun, damit wir diese Stärke behalten.«

»Cutbelly«, sagte Ethan, »dieser Flachmensch. Ist er das wirklich? Ist das wirklich mein Vater?«

Jetzt sank auch der Werfuchs zu Boden. Er zog seinen Knochenpfeife aus dem Beutel, entzündete ein Streichholz und stieß eine stinkende Rauchwolke aus.

»Ich fürchte, ja«, antwortete er. »Ich habe alles getan, um es zu verhindern, denn er war ... er ist ein guter Mensch, dein Vater. Er hatte Mitleid mit mir, als es mir an den Kragen ging, und er hat alles getan, um meine Lage erträglicher zu machen. Aber wenn die unergründlichen Rätsel des Kojoten Geister wie deinen Vater in ihren Bann schlagen, kann ein ungebildetes Geschöpf wie ich nicht mehr viel tun. Er hat nicht mehr gegessen. Er hat nicht mehr geschlafen. Und eines Tages, als er sich umgedreht hat, habe ich es gesehen.« Er ließ die Pfeife sinken und schüttelte den Kopf. »Das, was du gesehen hast.«

»Ich möchte nicht bis morgen früh warten«, sagte Jennifer T. und stand wieder auf. »Ich möchte sofort etwas unternehmen.«

»Ich weiß«, sagte Cutbelly. »Ich merke es dir an, als hättest du Fieber.«

»Es ist doch sinnlos, hier herumzusitzen. Er weiß, wo wir sind. Er kann uns jederzeit holen.«

»Vielleicht versucht er es gar nicht. Der Kojote will alles, aber er ist ein Bruder Leichtfuß und hält sich nicht an eine bestimmte Reihenfolge. Ich könnte mir durchaus vorstellen, dass er stundenlang mit dem Absenken des Schlauchs beschäftigt ist und uns darüber vergisst.«

»Ich kenne den Kojoten«, sagte Jennifer T. und klang dabei fast so, als sei sie darüber wütend. »Und ich will euch was sagen. Manchmal kommt alles ganz anders, als er denkt, und der Schuss geht für ihn nach hinten los.«

»Nur zu wahr«, sagte Cutbelly. »Aber in der Dunkelheit, und so wenige und so müde, wie wir sind ...«

»Manchmal«, sagte Jennifer T. langsam, und Ethan meinte fast zu hören, wie der Gedanke in ihrem Kopf Gestalt annahm, »muss man den Kojoten mit seinen eigenen Waffen schlagen. Okay.«

»Was ...?«, sagte Ethan. »Jennifer T.!«

»Schweinchen!«

Das Knacken von Zweigen war zu hören, ein Rascheln, als die Hosenbeine ihrer Jeans aneinander rieben, und dann nur noch das ferne Rauschen des Verkehrs auf irgendeiner Schnellstraße in Mittelland. Im fahlen Mondlicht verlor sie sich bald zwischen den Schatten des Dornenfelds.

»Warum geht sie zurück?«, fragte Ethan. »Was hat sie vor?«

»Ich gehe ihr nach. Du bleibst hier. Leg dich hin und verhalte dich still. Und denk dran, Schweinchen: Zwei Drittel der Schatten, die du siehst, sind keine richtigen Schatten.«

Und damit eilte er Jennifer T. nach, zurück zu dem Platz, wo die Truppen des Kojoten kampierten.

Ethan kämpfte so lange er konnte gegen den Schlaf an. Unterstützung in diesem Kampf erhielt er von dem gelegentlichen verdächtigen Rascheln eines Schattens in den Bäumen über ihm und dem immer wiederkehrenden Bild von dem Ding, das sein Vater geworden war. Doch irgendwann erlahmte sein Widerstand. Der Kopf sank ihm auf die Brust, und er dachte bei sich: Nein, nein, kleiner Ethan, schlaf nicht ein. Doch wieder füllte sich sein Kopf mit feinem schwarzem Sand. Und dann hörte er es – das leise Geräusch, das man im ersten Augenblick für den Schrei eines einsamen Vogels weit draußen über dem Wasser hielt. Den wilden Ruf von La Llorona, so heiser und rau, dass er fast wie ein Lachen klang.

Sie war ganz in der Nähe. Seine Arme kribbelten vor Erregung, einer seltsamen Mischung aus Sehnsucht und Angst, und er stand auf, so selbstverständlich und unausweichlich, dass er sich fragte – und er wusste es auch hinterher nicht mit Sicherheit –, ob er eingeschlafen war und träumte.

Er ging los, aber weder nach Mittelland noch zurück zum Diamantgrün, sondern in Richtung der Wildnis dazwischen, indem er sich geduckt durch das Dornenfeld schlängelte. Und dann geschah etwas Überraschendes. Als er näher kam und das Weinen immer kläglicher und hemmungsloser wurde, fielen alle Müdigkeit und Angst von ihm ab. Stattdessen empfand er tiefes Mitleid mit dieser Frau, die dazu verdammt war, an den Rändern der Welt umherzuirren.

Er gelangte auf eine andere Lichtung im riesigen Dornengestrüpp, einem morastigen Platz, den ein im Mondlicht
schimmernder Bach in der Mitte durchschnitt. Dort stand sie,
am spöttisch glucksenden Wasser, in ihrem zerfetzten weißen
Kleid. Er erkannte sie sofort und rannte zu ihr, und sie schlang
ihre weichen kalten Arme um ihn.

»Mein Junge«, sagte La Llorona. »Mein einziger, mein heiß
geliebter Sohn.«

»Mom«, sagte Ethan. »Oh, Mom.«

Das Schluchzen hörte auf, und nur sein Geist oder sein
Echo schüttelten noch von Zeit zu Zeit ihren zerbrechlichen
Körper. Er konnte die Knochen unter ihrer Haut spüren, so
wie damals in Colorado Springs, als sie in der Klinik im Sterben gelegen hatte. Ihre hohlen Engelsknochen. Das süße Gefühl dieser bitteren Erinnerung, das Gefühl, sie wieder zu umarmen, zu halten und ihre Stimme zu hören, erschütterte sein
Herz so sehr, dass die alten Wunden wieder aufbrachen. Und
in diesem Augenblick fühlte er – denn zum ersten Mal ge-
stattete sich dieser zuversichtliche und fröhliche Junge dieses
Gefühl –, wie unvollkommen und brüchig das Leben war.
Einerlei wie reich man es mit all dem Lärm und der Vielfalt
des Etwas ausstattete, das Nichts fand immer einen Weg hinein, sickerte durch die Ritzen und Flicken. Sein Vater hatte
Recht: Das Leben war wie Baseball, voller Verluste und Fehler, schlechter Sprünge und planloser Würfe, ein Spiel, bei
dem sogar die Champions fast ebenso oft verloren wie gewannen und selbst die besten Batter in siebzig Prozent der Fälle
ausgemacht wurden. Der Kojote hatte Recht, wenn er es beenden, wenn er das ganze Trauerspiel wegen Dunkelheit abbrechen wollte.

»Ich bin nur ein kleiner Junge«, sagte er zu sich selbst, oder
zu seiner Mutter, oder zu der Welt, die sie ihm weggenommen
hatte.

»Lass uns gehen, mein Junge«, sagte die weinende Frau. »Mein einziger Sohn. Lass uns gehen.«

Sie streichelte sein Haar, und mit der anderen Hand griff sie sachte nach dem Schläger. Der Schmerz ließ nach, und schließlich lockerte er den Griff seiner Finger, die ihn so lange umklammert hatten. Mit einem Gefühl der Dankbarkeit spürte er, wie der Schläger durch seine Finger glitt.

»Also gut«, sagte Ethan. »Ich lasse ihn los.«

In diesem Augenblick geschah das Merkwürdigste von allem: La Llorona, die schreiende Todesfee der Fernen Territorien, die zerlumpte Königin des Kummers, lächelte.

In diesem Augenblick fühlte Ethan einen stechenden Schmerz in der Hand. Es war der Knoten, dieses kleine zähe Stück Etwas, das sich einfach nicht entfernen, vergessen oder ignorieren ließ. Als er La Llorona den Schläger übergab, rieb der Knoten zufällig an der Blase, die sich in seiner Hand gebildet hatte. Die Blase war unglaublich empfindlich, und Ethan schrie auf. Und als er schrie, fiel es ihm wie Schuppen von den Augen. Er blinzelte, nur einmal, und fand sich in der kalten Umarmung eines Geistes wieder, der nach Staub und verrottetem Stoff roch. La Lloronas Gesicht war eine schmale bleiche Maske, ein dünner weißer Schleier, durch den die Knochen ihres Schädels schimmerten. Ethan griff zu, und im allerletzten Moment gelang es ihm, ihr den Schläger zu entwinden. La Llorona stieß einen spitzen Schrei aus und griff mit einer Knochenhand in sein Haar.

»Nein!«, schrie Ethan. »Nein, du bist nicht sie!«

Der Kummer über den Tod der Mutter war zurückgekehrt und nahm wieder seinen richtigen und gewohnten Platz ein, als Teil des Lebens, als Teil der Geschichte von Ethan Feld, als ein Teil der Welt, die schließlich eine Welt von Geschichten war, tragischen und glücklichen, und alles in allem gar nicht so schlecht. Die Erinnerung an Dr. Victoria Jean Kummerman Feld war ein Etwas, ein unveränderliches Etwas, ein Hodag-Ei, dem kein Nichts etwas anhaben konnte.

»Nimm deine Hände weg!«, schrie er und schwang drohend den Schläger. »Sonst schlitze ich dich auf wie eine alte Piñata!« Der Kummer war aus La Lloronas Gesicht verschwunden. Sie gab keinen Laut von sich, als seien alle ihre Tränen endlich vergossen. Sie schwebte ein paar Zentimeter über dem Boden und blickte auf ihn herab. Eine Sekunde lang meinte Ethan noch, das Gesicht seiner Mutter zu sehen, das wie ein flimmerndes Bild auf die leere Leinwand von La Lloronas Gesicht projiziert wurde. Sie sah ihn unendlich vorwurfsvoll an, und Ethan wurde von der Gewissheit überwältigt, dass er sie noch einmal verloren hatte, und für immer. Dann wich sie vor ihm zurück, unter die Bäume, und war verschwunden.

JENNIFER T. RANNTE LANGE, DOCH ALS SIE SICH DEM Diamantgrün näherte, musste sie ihre Schritte verlangsamen. Die Nacht war erfüllt von Eisenmusik, vom Klang der Hämmer und Schaufeln, der Fahrradketten und Lukendeckel. Im Dornenfeld brannten Lagerfeuer, und sie suchte sich vorsichtig einen Weg. Das Lachen der Krieger klang wie das Bellen von Hunden, die an Würgehalsbändern zerrten, wie das Kreischen von Möwen. Sie trat vorsichtig auf, zwang sich, leise und gleichmäßig zu atmen, huschte an den Lagerfeuern vorbei und gelangte glücklich auf das Diamantgrün. Im Mondlicht konnte sie die großen Maschinen sehen, die drüben in den Winterlanden standen und das dichte Gras an der Flüsterquelle niederdrückten. Sie hörte das gleichmäßige Rattern der Spule, die Mr. Felds fabelhaften Schlauch auf den Grund des Universums beförderte. Oben an den Hängen der Sommerlande brannten weitere Feuer, und sie konnte das kantige Hämmern ihrer Musik hören. Die schemenhaften Puppenschatten tanzender Graulinge und anderer Kreaturen stachen gegen das Laub der Bäume ab. Sie fragte sich kurz, aus welchem Grund diese boshaften kleinen Kreaturen dem Kojoten bei ihrer eigenen Vernichtung halfen. Wenn der Kojote den Splitter tatsächlich in seinen Besitz brachte und die Welt sich in ein großes Meer des Nichts auflöste, dann fand auf diesem schmalen kleinen Floß nur *einer* Platz. Dann fiel ihr wieder ein, dass die Graulinge Ferischer waren, oder einst gewesen waren, und die Skriker ein merkwürdiges Zwischending aus Kobold und Maschine – Erfindungen der Änderers. Vielleicht tanzten sie jetzt gar nicht aus Freude am Bösen, sondern aus Freude über das bevorstehende Ende ihres armseligen Lebens.

Auf der vierten Seite des Grüns, hinter dem rechten Außenfeld, herrschte tiefe Dunkelheit. Nur hier und dort leuchtete ein Feuerschein auf, doch sie begriff, dass es nur der Widerschein der Feuer war, die gegenüber in den Sommerlanden brannten. Der Glimmer, den der Kojote durch irgendeinen Trick für immer abgetrennt hatte, den er entweder nicht rückgängig machen konnte oder aus Furcht nicht rückgängig machen wollte. Oder er hielt es für unnütze Mühe, da ohnehin alles zu Ende ging.

Es war schwer vorstellbar, das der mächtige und durchtriebene Kojote sich vor etwas fürchtete, doch als sie jetzt mitten auf dem Diamantgrün stand, hatte sie das deutliche Gefühl, dass es so war. Er hatte die Gärten des Apfelhains zerstört, den Grünschmelz um die Flüsterquelle zertrampelt und das Wasser der Quelle entweiht. Und er hatte seinen Gefolgsleuten erlaubt, ihre roten Zelte im dunklen Dornengestrüpp des Mittellands aufzuschlagen. Doch das Diamantgrün selbst, auf dem sie jetzt stand, war unangetastet geblieben, dehnte sich glatt und makellos in jede Richtung, und das mit Tau benetzte Gras glitzerte im Mondschein. Obwohl der Glimmer abgetrennt war, hatte es den Anschein, als gebe es in der Welt, auf diesem großen, grasbewachsenen Diamanten, noch eine Macht, die der Kojote fürchtete.

Sie hörte hinter sich ein Geräusch wie von einer flatternden Fahne. Sie fuhr herum, dachte an die Schatten, die sie auf Clam Island bei ihrer Rückkehr nach Mittelland verfolgt hatten. Ein schwarzer Schatten, der nach Rauch roch wie Haare nach einem Grillfest, schwirrte neben ihr durch die Luft. Es war ein großer schwarzer Vogel, ein Rabe. Vor Schreck stockte ihr das Herz, doch sie wich nicht zurück, als er auf sie herabstieß. Mit einem Arm schützte sie ihr Gesicht, mit dem anderen schlug sie nach ihm, wobei sie sich vor seinem scharfen Schnabel und seinen Krallen in Acht nahm.

»Immer mit der Ruhe!«, krächzte der Rabe. »Ich suche nur einen Sitzplatz.«

Kaum hörte sie ihn sprechen, konnte sie nicht mehr die Hände bewegen, um ihn zu verscheuchen. Ihr Herz pochte jetzt so heftig, dass ihr die Ohren klingelten. Sie stand reglos da und erlaubte dem Raben, sich auf ihrer Schulter niederzulassen.

»Wer hat jetzt Angst?«, fragte der Rabe, und obwohl seine Stimme heiser war, kam sie ihr bekannt vor. »Der Kojote fürchtete die Macht dieses Spielfelds nicht. *Er* hat hier die Macht. Dies ist sein Grund und Boden, die großen Kreuzungen der vier Welten. Hier war es, wo er vor einer Ewigkeit einschlief und von einem Kojoten-Spiel der Wege und Chancen träumte. Dem Spiel, das du so liebst, kleines Mädchen. Deshalb solltest du nicht so schlecht vom Kojoten denken.«

»Mich täuschen Sie nicht«, sagte Jennifer T. »Sie sind es selbst.«

Darauf stand er im Mondlicht neben ihr und sah sie neugierig an, den Kopf auf eine Weise auf die Seite gelegt, die sie tatsächlich an einen schlauen und neugierigen alten Kojoten erinnerte.

»Ich weiß, dass du ein ganzes Team mitreißen kannst«, sagte er. »Und wenn ich nicht gerade dabei wäre, meines aufzulösen, wäre ich versucht, dich unter Vertrag zu nehmen.«

»Wo ist mein Team?«, fragte Jennifer T. »Cinquefoil, Rodrigo und Spinnenrose? Wo sind sie?«

»Ich habe sie«, antwortete er. »So wie ich dich habe.«

»Sie haben mich noch nicht«, sagte sie. »Also seien Sie still.«

Er schmunzelte. Sie sah ihm an, dass er sie mochte. Aus irgendeinem Grund machte sie das noch wütender.

»Sie wissen, warum ich hier bin, stimmt's?«, fragte sie. »Sie können meine Gedanken lesen.«

»Ja, das kann ich. Und ich tue es auch.« Er fasste in die Manteltasche und zog eine lange Tabakspfeife hervor. Im Mondlicht war sie hellgrau, doch sie vermutete, dass sie wie Cutbellys Pfeife aus einem Knochen geschnitzt war. Er wackelte mit zwei Fingern, und ein kleiner goldener Feuerfisch zappelte in der Luft über der Pfeife und tauchte dann zischend in den Pfeifenkopf. »Du willst Baseball spielen.«

»Genau. Meine Leute gegen Ihre Leute. Neun gegen neun. Hier, auf dem Diamantgrün. Wenn wir gewinnen, ziehen Sie den Schlauch da wieder heraus und packen zusammen. Wenn Sie gewinnen, dann ...« Sie zögerte, bevor sie es aussprach. Sie hatte Ethan nicht um Erlaubnis gefragt, und möglicherweise war er dagegen. »Dann geben wir Ihnen den Splitter. Den Schläger. Das Stück Holz, das Sie brauchen.«

»Interessanter Vorschlag. Für ein Kaugummi kauendes Mischlingskind, das gern fernsieht, kennst du den Kojoten ziemlich gut. Und die Vorstellung, dass sich das Schicksal des gesamten Universums im letzten Halbinning entscheidet, gefällt mir. Gefällt mir sogar sehr. Aber du hast eines nicht bedacht. *Ich* habe hier alle Macht, und du hast keine. Ich habe alle Trümpfe in der Hand bis auf einen, den Schläger, aber sieh dich um. In den Zelten und Wohnwagen rund um das

Spielfeld kampieren zehntausend von meinen verrückten kleinen Freunden. Ihr dagegen seid nur zu neunt, und bis auf zwei befinden sich im Augenblick alle in meiner Gewalt. Meine Leute haben einen Ring um die unmittelbare Umgebung gezogen, den Apfelhain, den Grünschmelz und das Dornenfeld, und sie sind nicht nur bewaffnet, sondern verfügen auch über mächtige Zauber, mit denen sie die Talente der Schattenschwänze neutralisieren können. Ihr könnt nicht entkommen, und ihr könnt keine Hilfe holen. Ich brauche eigentlich nur zu warten und deinen Freund Ethan ein oder zwei Wochen hungern zu lassen. Und der Stock gehört mir.«

Jennifer T. hatte ihren ganzen Mut aufgebracht, um durch das Dornenfeld hierher zu schleichen und dem Kojoten die Stirn zu bieten. Jetzt verfiel sie in Schweigen und ließ geschlagen den Kopf hängen.

»Womit willst du gegen mich kämpfen?«, fragte der Kojote. »Was weißt du schon? Deine Vorvorväter haben mich noch gekannt und mich viele Male besiegt. Aber du hast nicht ihr Wissen, kleines Mädchen. Was weißt du schon?«

Bei dem Wort Wissen musste Jennifer T. an das Buch denken, das Onkel Mo ihr gegeben hatte. *Die Dreifache Lehre, wie sie es nennen. Alles Humbug, wenn du mich fragst.* Sie zog es aus der Tasche und hielt es ihm hin. »Ich habe das«, sagte sie. »Die Lehre des Wa-He-Ta-Stamms.«

»Was ist das?« Er spähte durch die Dunkelheit auf den Buchdeckel mit den drei kostümierten Jungs, die am Lagerfeuer saßen und einem großen Indianer mit gehörntem Kopfschmuck lauschten, der ihnen beibrachte, wie man Forellenköder befestigte oder eine Kordel flocht. »*Das?*« Er grinste. »Dieses Buch hat ein kleiner alter Mann namens Irving Posner 1921 in einem Hotelzimmer in Pittsburgh, Pennsylvania, geschrieben. In diesem Buch steckt kein überliefertes Wissen. Darin steht nichts, was euch retten kann.«

»Die Dreifache Lehre«, sagte sie ohne große Überzeugung. *Irving Posner?* Wie so oft in ihrem Leben flüchtete sie sich in ihre eigene Sturheit. »Achtung, Zuversicht und Glaube.«

Der Kojote lachte so heftig, dass er seine Pfeife ausblies. Ein kleiner Komet aus glühendem Tabak schoss in die Luft. Er bog sich vor Lachen. Er richtete sie wieder auf, strich sein Haar glatt und tupfte sich die Augen. Und dann fiel ihm die Pfeife aus dem Mund, und er blickte überrascht, so wie nur der Kojote, bei dem peinliches Scheitern und grandioses Triumphieren immer dicht beieinander liegen, überrascht blicken kann. Jennifer T. drehte sich um. Zuerst dachte sie, es sei Nebel, der vom Gras aufstieg, doch dann erkannte sie, dass es aus dem Dornenfeld kam, aus Mittelland. Es war etwas Seidiges, Wolfsmilchsamen oder fliegende Spinnen. Sie schwebten zu tausenden im Mondschein, und ein Wind, den sie nicht spürte, wehte sie vom Dornenfeld herüber.

»Das sind Geister, du dumme Gans«, sagte der Kojote mit einem schiefen, bestürzten Grinsen.

Fetzen des seidigen Nebels legten sich auf das Feld wie Rauch, der sich in einer Flasche kringelt. Dann schien jeder Fetzen eine feste Form anzunehmen, die oben merkwürdig spitz war. Und wie Jennifer T. mit dem Kojoten dastand und *Das offizielle Handbuch des Wa-He-Ta-Kriegers* in der Hand hielt, füllte sich der Rasen des Diamantgrüns mit einer Armee von geisterhaften Jungen. Die Geisterjungen waren wie kleine Indianer aufgemacht, mit Lederanzug und Kriegsbemalung, und jeder trug eine dämlich aussehende Federhaube. Die Jungen verteilten sich auf dem Rasen und bekamen dabei immer klarere Konturen wie Fotografien beim Entwickeln. Ihre Gesichter wurden immer deutlicher. Sie nahmen sogar eine blasse Färbung an. Sie erinnerten sie an alte Fotografien ihrer Großmutter und Großtanten, die im Haus auf Clam Island hingen: vergilbte Schwarzweißfotos, die mit zarten Ostereierfarben koloriert waren. Einige Jungs waren größer als sie, andere kleiner, aber keiner war offenbar älter, soweit sie es beurteilen oder soweit man einem Geist überhaupt ein Alter zuordnen konnte.

»Wer seid ihr, Jungs?«, fragte sie den Geist, der ihr am nächsten war, einen stupsnasigen Burschen mit großen dunklen Augen und bleichen Wangen, die rosa angemalt waren wie ein Bonbon.

»Wir sind die Krieger des Wa-He-Ta-Stammes«, antwortete er. »Und wir sind treu bis zum Letzten.«

»Das stimmt«, sagte ein zweiter Junge, der mager und pickelig war. »Auch wenn du ein Mädchen bist.«

Jennifer T. schlug die erste Seite des Handbuchs auf und hielt sie dem Kojoten hin. Unter dem Symbol der Wa-He-Ta-Krieger, einem schrägen Kreuz aus Tomahawk und Friedenspfeife, prangte in großen schrägen Lettern eine Losung. Sie vermutete, dass die Augen des Kojoten scharf genug waren, um sie im Mondlicht lesen zu können.

»Genau das steht hier«, sagte sie. »*Treu bis zum Letzten.*«

»Dein Onkel Mo hätte uns gerne hierher begleitet«, sagte der Junge mit den rosa Wangen. Sie konnte deutlich durch seinen Körper das Namensschild lesen, das in den Kragen seines Hemdes eingenäht war. Der Name lautete COOTER SIMMS. »Da er aber noch nicht tot ist, konnte er nicht.«

»Er ist der letzte Wa-He-Ta«, sagte ein anderer Geisterjunge.

»Wir brauchen ihn nicht«, sagte ein Dritter. »Wir sind flink wie Eichhörnchen, bissig wie Hechte und rauflustig wie eine Meute Terrier.« Unter den Geisterjungen erhob sich ein beifälliges Gemurmel, und einige warteten mit ähnlich drastischen Vergleichen auf. »Und auf jede dieser kleinen Kreaturen, auf jeden Grauling und was weiß ich noch alles, die hier für Sie die schmutzige Arbeit machen, kommt einer von uns.

Und, Mister«, schloss der Junge und krempelte die Ärmel hoch, »wir werden dafür sorgen, dass sie wenig für Sie tun können.«

»So«, sagte Cooter Simms. »Jetzt ist es ein fairer Kampf. Zehntausend gegen zehntausend.«

Der Kojote drehte sich herum. Die wogende Masse der Geisterjungen versperrte ihm die Sicht zu den Lagerfeuern seiner Truppen. Ihr leises Rascheln schien sogar die blecherne Musik des Wilden Heeres zu dämpfen. Das höllische Stampfen der Spule, die den Pikofaserschlauch abwickelte, wurde leiser und verstummte. Der Kojote öffnete den Mund und schürzte die Lippen, und Jennifer T. meinte, eine Reihe hässlicher Raubtierzähne zu sehen. Dann schloss er den Mund und lächelte sein schönstes Lächeln. Er stopfte wieder seine Pfeife und senkte einen weiteren Feuerfisch in ihren Kopf. Eine Weile paffte er fröhlich und ließ den Blick über die Armee der Geisterjungen schweifen. Dann sah er Jennifer T. an, und in seinen Augen loderte ein Feuer, das so alt und so kalt war, dass sich ihre Selbstsicherheit der letzten Minuten verflüchtigte wie ein Tropfen Wasser in einer heißen Bratpfanne.

»Na schön«, sagte der Kojote. »Ich lasse deine Teamkameraden frei und gebe euch eure Ausrüstung zurück. Morgen Mittag treten wir auf diesem Grün gegeneinander an. Aber glaub ja nicht, dass ihr gewinnt. Meine Hobbledehoys spielen mit harten Bandagen. Sie rutschen brutal in den Gegner, spucken Gift und Galle, lesen eure Zeichensprache, nieten mit gezielten Würfen eure besten Batter um und schmieren den Ball mit Vaseline ein. Sie sind die original Gaswerk-Gang, und sie spielen nach Kojote-Regeln. Und was ihren Pichter angeht, so lasst euch sagen ...« Er zog an seiner Pfeife, und die Glut beschien von unten sein Gesicht, so wie man es mit einer Taschenlampe macht, wenn man seinen Freunden eine Gruselgeschichte erzählt und ihnen einen Schrecken einjagen will. »Er hat die fiesesten Tricks drauf, die ihr je gesehen habt.« Er gluckste. »Eine echte Kanone.«

Dann drehte er sich um und ging vom Spielfeld.

Ein Spiel der Welten

DIE GEISTERJUNGEN begleiteten Jennifer T. durch das Dorngestrüpp zu der Stelle, wo Ethan zusammengekauert neben einem Bach lag, die Wangen tränennass. »Ethan?« Sie kniete neben ihm nieder. »Alles in Ordnung?« Er schüttelte den Kopf. »Was ist passiert?« »Ich möchte nicht darüber reden«, antwortete er. »Einverstanden?«

»Klar.« Jennifer T. hielt ihm eine Hand hin. Er ergriff sie, und sie zog ihn hoch. Er betrachtete die flimmernde Armee von toten Jungen, die sie mit ins Dornenfeld gebracht hatte.

»Wer sind all die ... Jungs?«

»Wir sind die Wa-He-Ta-Krieger«, sagte der Geist von Cooter Smith. »Und wir halten nicht viel von Jungen, die weinen.«

»Oh«, rief Jennifer T., »als hättet ihr in eurem ganzen Leben nie geweint. Von wegen. Ich wette, ihr hättet euch eine Feder im Flennen nach echter alter Indianerart verdient, wenn es dafür eine gegeben hätte.«

Cooter Smiths Geist funkelte sie an, und das zarte Rosa seiner Wangen schien dunkler zu werden. Unter den anderen Wa-He-Tas erhob sich ein belustigtes und zustimmendes Gemurmel.

»Kommt«, sagte Jennifer T. »Suchen wir Cutbelly.«

Sie fanden den Werfuchs im Gestrüpp, wo er sich mühsam durch das Gewirr von Ranken und Dornen zwängte und dabei ihre Namen rief. Als er die jugendlichen Geister all der Männer sah, die ihre Zeit in den Reihen der treuen Wa-He-Tas niemals vergessen hatten, erschrak er, doch als Jennifer T. ihm erzählte, wie sie den Kojoten eingeschüchtert hatten, grinste er verschmitzt.

»So, so, dann gibt es also ein Baseballspiel. Und was hast du ihm versprochen, wenn wir verlieren?«

Jennifer T. blickte zu Ethan, dann auf den Schläger in seiner Hand. Er glänzte schwach im fahlen Mondlicht.

»Den Splitter?«, fragte Ethan. »Du hast ihm meinen Schläger versprochen?«

»Er will nichts anderes, Ethan. Was hätte ich ihm denn sonst anbieten können? «

Ethan hob den Schläger hoch und zuckte zusammen. Er öffnete die linke Hand, und sie sah die dicke Blutblase.

»Wahrscheinlich ist es egal, ob ich ihn verliere«, sagte er. »Ich kann das verdammte Ding ja eh nicht schwingen.«

»Du musst auf die Blase spucken«, riet ihm einer der Wa-He-Tas.

»Drauf spucken und dann mit Sauerklee einreiben«, sagte ein anderer.

»Spucke und Limonade«, empfahl ein Dritter. »Und dann legst du eine hübsche haarige Spinnwebe darüber.«

Jennifer T. zwinkerte Ethan zu. »Jetzt wissen wir, woran sie gestorben sind.«

Die restliche Nacht verbrachten sie schlafend in einem Ford Citation Baujahr 1977, den jemand auf einem wilden Autofriedhof neben der Route 179 bei Sedona in Arizona abgestellt hatte. Die Luft war kühl und roch würzig nach Salbei. Der Himmel in der Ferne leuchtete wie das Zifferblatt eines lumineszierenden Weckers. Was aus den Geisterjungen geworden war, wussten sie nicht genau. Am nächsten Morgen, als sich der Himmel über der Wüste in Mittelland rosa färbte, bezweifelten sie sogar, dass irgendwelche Geisterjungen da gewesen waren – bis Cutbelly sie zum Diamantgrün zurückführte und sie sahen, was aus dem Wilden Heer geworden war. Die roten Zelte waren abgebaut, die großen gepanzerten Fahrzeuge außer Sichtweite gerollt. Selbst der Schwarm der Sturmvögel war weitergezogen und hatte über dem Diamantgrün einen endlos weiten blauen Himmel hinterlassen. Jennifer T. vermutete, dass die Wa-He-Ta-Krieger das Wilde Heer vertrieben hatten, doch Cutbelly sagte, der Kojote selbst hätte sie fortgejagt, da er nun keine Verwendung mehr für sie hätte. »Die gehen ihm nämlich auf die Nerven«, sagte er. »Das ständige Gebrüll, Gepolter und Gejammer. Alle tausend Jahre oder so dreht er durch und isst sie alle auf.«

Vom Wilden Heer geblieben war nur der gepanzerte Lastwagen, der wie eine große schwarz-rote Heuschrecke am Rand der Flüsterquelle kauerte und aus dessen Bauch der endlos lange Schlauch Mr. Felds abgewickelt wurde. Außerdem stand da noch ein bemalter Schlitten, eine Art Zigeunerwagen auf Stahlkufen, den eine Meute Werwölfe zog. Als sie das Diamantgrün betraten, sah Ethan, wie die hintere Tür dieses Wagens aufging und die zottige weiße Kreatur mit dem irritierenden Lachen heraustrat. Sie hob die Hand, und dann traten nacheinander die Schattenschwänze heraus und blinzelten in die Sonne. Sie rannten aufeinander zu und trafen sich in der Mitte des Platzes, wo in der Nacht auf mysteriöse Weise ein Werferhügel aufgeschüttet worden oder von selbst aus dem Rasen gewachsen war. Sie umarmten sich oder gaben sich die Hand. Sie machten eine Bestandsaufnahme ihrer Verletzungen und Blessuren und stellten zum allgemeinen Bedauern fest, dass Taffy nicht unter ihnen weilte. Dann zogen sie in die verwüsteten Obstgärten des Apfelhains, um ein Frühstück zu organisieren.

Neben dem Verlust ihres Centerfielders – Cutbelly sollte die

Position der Bigfoot übernehmen – war ihr größtes Problem Ethans Hand. Über Nacht war die Blase auf Olivengröße angewachsen. Die Haut darum herum war entzündet und geschwollen. Zudem war seine Hand verkrampft und schmerzte vom tagelangen Festhalten des Schlägers, den ihm der Kojote und La Llorona hatten wegnehmen wollen. Er konnte sich kaum den Handschuh überstreifen.

»Wir brauchen eine Salbe«, sagte Pettipaw. »Gegen so eine Blase hilft nur Schwarzwurz.«

»Schwarzwurz!«, rief Grim der Riese. »Dass ich nicht lache! Schwarzwurz ist gut gegen Furunkel. Wir brauchen Schafgarbe.«

Ein hitziger Wortwechsel entbrannte, doch Cutbelly schaltete sich energisch ein.

»Mit euren Kenntnissen in Kräuterkunde kriegt ihr beide nicht mal einen Pickel weg«, sagte er. »In einem solchen Fall braucht man Eibisch.«

Die drei stapften streitend in die Sommerlande, und die anderen sammelten Holz, das die Graulinge nicht verbrannt hatten. Zwischen den Haufen aus stinkenden Abfällen und dubiosen Knochen fanden sie einen Sack mit Sauerbroten der Graulinge, der wie durch ein Wunder auch zwei Dutzend Eier enthielt, die sie unter Spinnenroses Anleitung in der Glut des Feuers brieten. Laut Cinquefoil waren es Gänseeier. Sie hatten einen vollen, kräftigen Geschmack, und nachdem Ethan drei davon gegessen hatte, fühlte er sich stark genug, die Schmerzen in seiner Hand zu ertragen. Die drei zankenden Kräuterheilkundigen verständigten sich darauf, aus den Kräutern, die jeder bevorzugte, ein Gemisch herzustellen. Grim der Riese stülpte einen Eisenhelm um, den ein geflohener Skriker zurückgelassen hatte, und füllte ihn mit Wasser. Dann warf er die Blätter hinein und ließ das Ganze so lange kochen, bis das Wasser vollständig verdampft war und nur noch ein angebrannter, nach Teer stinkender Brei übrig blieb. Wie Teergeruch ging einem der Gestank durch und durch und erinnerte einen daran, dass man noch am Leben war. Cutbelly schmierte ihn mit flinker Pfote auf Ethans Handteller. Jetzt halfen nur noch Hoffen und Beten.

»Ihr wisst, dass wir sie unmöglich schlagen können«, sagte Spinnenrose. »Ich finde, wir sollten es gar nicht erst versuchen. Jeder weiß, dass die Hobbledehoys die Besten sind. Sie spielen von Anfang an im Team des Kojoten, seit er das Spiel erfunden hat. Hab ich jedenfalls gehört.«

»Das stimmt«, sagte Pettipaw. »Sie waren die ersten neun. Und sie waren Dämonen, ehe der Kojote Handschuhe über ihre nicht vorhandenen Hände stülpte und sie hier auf den Platz schickte. Sie tauschten ihre Höllenhämmer gegen Schläger und ihre Eisenstiefel gegen Baseballschuhe zum Schnüren ein. Auf diese Weise konnten alle Dämonentugenden – Geduld, Hinterlist, flinke Hände, Schlauheit, der Blick für die Fehler der anderen – in ihr Spiel mit einfließen.«

»Ich hab schon mal gegen sie gespielt«, sagte Cinquefoil, und alle sahen ihn an. Sie saßen um die Glut des Feuers, während die morgendliche Kühle sich endgültig verflüchtigte. »Starkes Team. Ich zweifle nicht daran, dass sie Dämonen sind, obwohl sie in meinen Augen mehr oder weniger wie normale Reuben aussahen, nur noch hässlicher. Sie machten eine Tournee auf den Äußeren Inseln. Oh, das ist schon eine Ewigkeit her. Haben eine Best-of-Nine-Serie in fünf Spielen gegen uns gewonnen. Ein sehr starkes Team.«

»Wie sollen wir gegen sie spielen?«, fragte Jennifer T.

»Wo liegen ihre Stärken?«, fragte Grim. »Erzähl uns alles über sie. Habt ihr überhaupt was getroffen? Sag Sie die Wahrheit.«

»Ja, Häuptling«, meinte Ethan. »Erzählen Sie uns alles ganz genau.«

»Nein!« Es war Buendía. Er hatte den ganzen Morgen geschwiegen, war auf dem Diamantgrün auf und ab gegangen, wie um es abzumessen, und hatte eine Zigarre nach der anderen gepafft. Man hatte ihn und die anderen in einer dunklen Zelle im Wagenschlitten eingesperrt, und er hatte darunter am meisten gelitten. Cinquefoil hatte Ethan erzählte, dass er im Schlaf sogar geweint habe. »Reine Zeitverschwendung, Mann. Wir sollten uns lieber aufwärmen. Sprints machen. Bunts trainieren. Und danach zwei Stunden Schlagen und Fangen. Du, kleiner Fuchs, spielst heute Centerfielder. Wann hast du das letzte Mal Baseball gespielt?«

»1569«, antwortete Cutbelly sofort. »Ich habe drei Double Plays verursacht.«

»Genau davon rede ich«, sagte Buendía.

IN DEN FOLGENDEN ZWEI STUNDEN TRAINIERTEN SIE AUF dem Diamantgrün, und dann, als die Sonne fast im Zenit stand, tauchte eine Gruppe von Graulingen mit Base-Kissen und Kreidewagen aus dem Wagenschlitten auf und jagte sie vom Feld. Sie zogen die Linien, markierten die beiden Batter's Boxes und die Base-Pfade. Eine halbe Stunde später war das Feld bespielbar. Jennifer T. ging zum Werferhügel und warf Ethan an der Platte locker ein paar Bälle zu, um sich aufzuwärmen. Nach und nach erhöhte sie das Tempo ihrer Würfe, bis sie mit einem satten Klatschen in Ethans Handschuh landeten. Den Trick mit dem Wurmloch würde sie heute nicht anwenden können. Das Diamantgrün war das Scharnier der Welten, der Angelpunkt. Alle Äste entsprangen hier, aber keiner kreuzte es. Es war nicht möglich, über das Diamantgrün zu flitzen.

Jedes Mal, wenn Ethan einen Ball fing, hatte er so große Schmerzen, dass er die Zähne zusammenbiss und zischend die

Luft ausstieß. Er erwartete gerade einen Curveball von Jennifer T., als er Cinquefoil sagen hörte:

»Da kommen sie.«

Sie waren ganz plötzlich da, die Hobbledehoys, und schritten vor dem weiten blauen Himmel des verlorenen Glimmers übers Außenfeld, als seien sie soeben aus dieser abgetrennten Welt gekommen. Cinquefoil hatte Recht. Sie sahen wie Menschen aus, wie schlanke, schlaksige Männer, und nur einer war breiter gebaut und muskulös. Ihre blassen, schmalen Gesichter erinnerten Ethan an die Gesichter, die er auf sehr alten Baseball-Sammelkarten gesehen hatte, derbe Gesichter mit zusammengekniffenen, eng beieinander stehenden Augen, scharf geschnittenen Nasen und lippenlosen Mündern, die grimmig lächelten. Sie trugen weiße Flanelluniformen mit roten Nadelstreifen und schwarze Mützen mit rotem Schild. Vorn auf dem Jersey stand in schwarzer Schrift einfach nur HOBS. Ihre langen schwarzen Schuhe hatte spitze Rattenschnauzen und flatternde schwarze Schnürsenkel. Sie schritten zum Werferhügel, stellten sich locker im Halbkreis auf und sahen Jennifer T. zu. Sie tat so, als wären sie ihr völlig egal – tatsächlich vermutete Ethan, dass sie ihr wirklich egal waren –, holte aus und schickte einen Slider auf die Reise, der sich erst ganz am Schluss wie ein Stiefelknöpfer krümmte und wie ein Stein in Ethans Handschuh plumpste. Einer der Hobbledehoys grunzte, aber keiner sagte etwas. Dann schlappten sie rüber zu ihrer Bank und setzten sich. Bis auf ein gelegentliches Grunzen und Murren gaben sie kaum einen Ton von sich. Wenn nötig, verständigten sie sich durch Zeichen, wie sie von Managern und Third-Base-Coaches benutzt werden.

»Es sind nur acht«, sagte Thor. »Wo ist denn der neunte?«

»Hier«, rief der Kojote. »Hier ist er.«

Er stand hinter der Besucherbank und sah in seiner Hobs-

437

Uniform blendend aus. Neben ihm stand auf schwarzen Rädern der große Eisenkäfig, in dem Taffy gefangen gehalten wurde.

»Ich hoffe, es macht euch nichts aus«, sagte er, »aber es wäre doch eine Schande, wenn das allerletzte Baseballspiel keinen einzigen Zuschauer hätte.«

»Taffy.«

Ethan, Jennifer T. und Thor rannten zum Käfig und pressten die Gesichter an die Eisenstäbe. Die Bigfoot lag wieder da wie ein Haufen Felle ohne Knochen und hielt sich einen Arm vors Gesicht.

»Taffy!«, sagte Jennifer T. »Geht es dir gut?«

Es kam keine Antwort. Sie kniete neben dem Käfig nieder und schob die Hand zwischen die dicken Stäbe. Mit den Fingerspitzen erreichte sie gerade den Kopf der Bigfoot und streichelte sie sanft. »Wir sind dir nicht böse, Taffy«, sagte sie. »Wir verstehen dich.«

»Ja ...«, begann Ethan. Er wollte noch sagen, dass La Llorona auch zu ihm gekommen war, um ihn von seinem Kummer zu erlösen. Aber dann fiel ihm ein, dass er dank dem Knoten der Versuchung widerstanden hatte, während Taffy ihr erlegen war und dadurch den Baum zum Untergang verurteilt hatte. Und so sagte er einfach nur »Ja«.

Aber Taffy rührte sich nicht.

»He«, sagte Ethan zum Kojoten. »Ich brauche jemanden, der meinen Schläger hält, wenn ich hinter der Platte stehe. Um sicherzugehen, dass Sie ihn nicht kriegen.«

»Als ob ich jemals zu solchen Tricks greifen würde.«

»Ja, und ich will, dass Taffy es macht.«

Taffy nahm den Arm vom Gesicht und sah Ethan mit ihren kleinen runden Augen an. Sie glänzten von Tränen.

»Willst du, Taffy? Willst du auf meinen Schläger aufpassen?«

438

Taffy blinzelte und runzelte die Stirn. Dann nickte sie langsam.

»Dann wäre ja alles geklärt«, sagte der Kojote. »Fangen wir an.«

»Einen Moment noch«, sagte Thor. »Wer macht den Schiedsrichter?«

»Hähä«, sagte eine krächzende Stimme. »Ich.«

Ethan drehte sich um. Er erwartete, die zottige, abscheuliche Kreatur zu sehen, die, blass wie ein Wurm, seit ihrem Eintreffen am Diamantgrün um den Kojoten herumscharwenzelte, doch stattdessen sah er einen jungen Mann mit langen, hinter die Ohren gekämmten Haaren, der das hellblaue Hemd und die dunkelblauen Hosen eines Schiedsrichters trug.

»Padfoot!«, rief Ethan.

»Was ist los, Junge?«

»Kommt nicht in Frage!«, brüllte Ethan und wandte sich dem Kojoten zu. »Der Typ arbeitet für Sie! Er kann nicht den Schiedrichter machen.«

»Erstens habt ihr keine andere Wahl«, sagte der Kojote. »Und zweitens habe ich zu meiner Überraschung und meinem Bedauern festgestellt, dass sich mein alter Freund Robin Padfoot in der Frage seines Weiterlebens auf eure Seite geschlagen hat.«

»Bei allem schuldigen Respekt, Boss, hähä«, sagte Padfoot, »aber ich finde das Universum ganz in Ordnung, hähä. Ich weiß, dass mich das schwach macht.«

»Er ist hin- und hergerissen zwischen seinem Eid, mir zu dienen, und dem unerklärlichen Wunsch, sein erbärmliches Leben weiterzuleben. So gesehen, kann er, denke ich, einen fairen Unparteiischen abgeben. Also kommt. Fangen wir an.«

»*Play Ball!*«, rief Padfoot.

Hier sind, nach Alkabetz, die Mannschaftsaufstellungen

für das Spiel, das am neunten Tag des neunten Monds im Jahr 1335 des Spechts (Universale Zeitrechnung) ausgetragen wurde:

SCHATTENSCHWÄNZE	HOBBLEDEHOYS
Rideout, J. T., P	Genickbruch, J., SS
Pettipaw, D., LF	O'Kratz, J., 2B
Keilerzahn, C., 1B/Mgr	Knöchel, J., 3B
Buendía, R., RF	Keule, J., CF
Reineke, C., CF	Van Slang, J., RF
Wignutt, T., 3B	Lupomanaro, J. 1B
Löwenzahn, S., 2B	Strzyga, J., LF
John, G.,SS	Schlächter, J., C
Feld, E., C	Kojote, P/Mgr

In den ersten Innings war es ein Duell zwischen den Pitchern. Der Kojote warf Hitze und Rauch, Blitz und Donner. Seine Würfe waren so ungestüm und dabei so platziert, dass der Batter das Gefühl hatte, die Bälle würden genau auf seinen Kopf zufliegen, und wenn er dann nach unten sah, lagen sie sauber und ordentlich im Handschuh des Catchers. Einige Bälle waren so gut wie gar nicht zu sehen, andere färbten die Luft, die sie durchschnitten, blau. Er warf Junk Pitches, Screwballs and Offspeed-Curves, Sinkers, Sliders, Back-door-Curves und wie sie alle heißen. Und immer warf er mit jener List und Tücke, die seine Unternehmungen in den letzten fünfzigtausend Jahren so interessant gemacht haben.

Jennifer T. ging, wenn sie auf den Werferhügel kam, bedächtiger zu Werke. Sie hielt häufig inne, um sich mit Ethan über den nächsten Wurf abzustimmen. Meist verließ sie sich auf ihren Fastball, doch auch ihr Change-up klappte gut, und ihr Slider blitzte in der Luft wie ein silberner Haken, der nicht zu treffen war. Ein oder zwei Entscheidungen Padfoots waren nach Ansicht der Schattenschwänze fragwürdig, doch auf der anderen Seite wertete er ein paar Würfe Jennifer T. Rideouts als Strikes, die Ethan außerhalb und zu tief gesehen hatte.

Doch die Hobbeldehoys waren das erwartet starke Team. Sie trotzten Jennifer T. hier einen Hit, dort einen Walk ab, brachten mal durch einen Bunt einen Läufer aufs zweite Base, stahlen mal das dritte, bis ihnen in der zweiten Hälfte des fünften Innings der erste Punkt gelang. Im sechsten und siebten Inning konnten sie nicht punkten, dafür am Ende des achten, als Cutbelly einen Flugball nicht fing, weil ihn die Sonne blendete. Nach der ersten Hälfte des neunten stand es 2:0 für die Hobs. Und diese Null beinhaltete mehrere Nullen: Die Schattenschwänze hatten keinen Punkt, keinen Hit und keinen Walk erzielt. Der Kojote warf perfekt. Von allen Battern der Schattenschwänze hatte nur Buendía sauber getroffen und zwei Würfe des Kojoten tief ins Feld geschlagen, wo sie jedoch von Jack Keule, dem Centerfielder der Hobs, gefangen worden waren.

Zu Beginn des neunten Innings luchste Spinnenrose dem Kojoten einen Walk ab, weil ihn der Anblick der zerlumpten Puppe, die er einst Filaree untergeschoben hatte, sichtlich irritierte. Grim folgte mit einem ersten sauberen Single. Doch obwohl es so aussah, als sollte sich das Blatt zu Gunsten der Schattenschwänze wenden, machte sich Ethan kaum Hoffnungen, als er zum Schlag kam. Er war bereits einmal ausgemacht worden – und er hatte geschwungen. Er hatte jedes Mal versucht, den Schmerz in seiner Hand und das Scheuern des Knotens zu ignorieren, doch es war unmöglich. Bei seinem zweiten Besuch an der Platte hatte er einen hohen Foul Ball nach links geschlagen, den Jack Strzyga erlaufen und gefangen hatte, und das war noch das Beste, was er an diesem Nachmittag bisher gezeigt hatte.

Als er nun an die Platte trat, und vermutlich zum allerletzten Mal, blieb er stehen. Er blickte zu Spinnenrose, die, Nubakaduba unterm linken Arm, am zweiten Base stand, und zu Grim, der hinter dem First-Baseman der Hobs lauerte. Er drehte sich um und sah hinüber zu seiner Bank, zu Jennifer T., Pettipaw, Thor und Cutbelly, Cinquefoil, Taffy in ihrem Käfig und Rodrigo Buendía. Taffy stand und sah, die Gitterstäbe umklammernd, direkt zu ihm herüber. Er fragte sich, wie sie sich jetzt zu dem drohenden Weltuntergang stellte. Wahrscheinlich wünschte sie sich nur noch ein schnelles Ende. Wahrscheinlich hoffte sie, dass er ausgemacht wurde.

Buendía zeigte mit dem Finger auf ihn. Er legte die Hände um einen imaginären Schläger und schwang. Dann deutete er zum Himmel. Ethan nickte.

»Ja, alles klar«, sagte er.

Padfoot forderte ihn auf, seine Position einzunehmen.

Der Kojote zupfte am Schild seiner Mütze, dann machte er sich bereit. Er konzentrierte sich auf den Ball, den er im Handschuh vor dem Bauch hielt. Dann holte er aus und warf. Ethan erhaschte einen Blick von den Nähten, als der Ball angeschnitten auf ihn zuflog. Er schwang, aber im letzten Moment brach der Pitch weg.

»Strike one!«, rief Padfoot.

Der nächste Wurf war wieder ein Curveball. Er drehte von Ethan weg und sackte dann ab. Er schwang nach dem Ball, und ein Schmerz durchzuckte seine Hand.

»Strike two!«

Ethan trat aus der Box, nahm die linke Hand vom Schläger und schüttelte sie. Er versuchte noch einmal, den Schmerz aus seinem Kopf zu verbannen, doch es war unmöglich. Also beschloss er, etwas Neues zu versuchen. Die Idee hätte von Mr. Olafssen stammen können. Anstatt gegen den Schmerz anzukämpfen, wollte er sich gestatten, ihn zu empfinden. Er wollte sich den Schmerz zu Nutze machen, wenn irgend möglich. Vielleicht würde er ihn wütend machen oder ihm helfen, sich zu konzentrieren. Er nahm wieder seine Position ein und packte den Schläger. Er packte ihn mit der linken Hand so fest, wie er konnte, sodass der Knoten tief in die empfindliche Stelle an seiner Hand drückte. Der Schmerz rieselte durch seinen Körper. Er hob den Schläger über die Schulter.

»Hau ihn weg, Ethan!«, rief eine schrille, unbekannte Stimme. Sie kam von irgendwo hinter dem dritten Base. Ethan schaute auf und sah seinen Vater, vielmehr das, was noch von ihm übrig war. Er stand auf den Stufen des Pumpwagens und sah sich das Spiel an. Der Flachmensch hob nicht die Hand und machte auch sonst keine Bewegung, doch Ethan war sich sicher, dass er es war, der gerufen hatte. Aber auf der Besucherbank hatte ihn offenbar niemand gehört oder bemerkt. Niemand drehte sich um. Ethan fragte sich, ob der Anfeuerungsruf seines Vaters vielleicht nur seinem Wunschdenken entsprang. Er blickte zum Kojoten. Der Wurf kam. Es war ein Fastball. Er kam genau in die Mitte. Ethan drückte den Schlägergriff in die entzündete Handfläche und schwang. Der Ball prallte mit solcher Wucht gegen den Schaft, dass er spürte, wie die Knochen in seinem Leib splitterten. Seine Arme brachen an den Ellbogen, seine Schultern barsten, und der Schwung des Schlages riss ihn herum. Sein Oberkörper drehte sich oberhalb der Hüften um die eigene Achse, dann noch einmal und noch einmal wie ein kandierter Apfel am Stiel, und seine Taille wurde dabei dünner und dünner, bis schließlich sein Oberkörper mit einem dumpfen Aufschlag zu Boden fiel.

»Mensch, Kleiner!«, rief die Stimme Buendías von irgendwo weiter hinten, wo die Zeit und die Freude und der beißende Geruch einer brennenden Zigarre noch existierten. »Kleiner! Kleiner!«

Ethan rappelte sich auf, hob den Blick und entdeckte den Ball, den er getroffen hatte. Er stieg in die Luft, hoch über dem linken Außenfeld, ein Sperma, ein Flugzeug, ein gefrorenes Seil, das über dem Diamantgrün himmelwärts raste. Die Geschwindigkeit eines Homerun-Schlags hängt nicht nur von der Geschwindigkeit des Schlägers im Augenblick des Aufpralls ab, sondern auch von dem Tempo, mit dem der Ball auf den Batter zufliegt. Und so muss es die Kombination gewesen sein von Ethans Schlag, in den er seinen ganzen Schmerz und seine ganze Verzweiflung über das Schicksal seines Vaters hineingelegt hatte, und einem wahrhaft gewaltigen Hammer des Änderers der Welten, die dazu führte, dass der Ball von Ethan Felds Schläger wie eine Rakete in den Himmel schoss. Er stieg und stieg und stieg, flog immer weiter und weiter, dem grenzenlosen Blau hinter dem Außenfeld entgegen. Dann schien er, wie jeder bestätigen konnte, einen winzigen Moment dort zu hängen, ein heller Punkt vor dem Blau – und verschwand. Ethan stand da, betrachtete das fasrige kleine Loch, das der Ball am Himmel hinterlassen hatte und das zitterte wie jene Lichterscheinungen (tatsächlich heißen sie Phosphene), die man zuweilen im Augenwinkel durch die leere Luft gleiten sieht.

»Lauf!«, rief es von der Bank der Schattenschwänze. »Lauf, Ethan, lauf!«

Er begann zu laufen, und als er das Schlagmal überquerte und seinen tanzenden Teamkameraden in die Arme fiel, stellte er zu seinem Erstaunen fest, dass die Schattenschwänze dank ihm mit 3:2 in Führung gegangen waren. Der Jubel endete jedoch abrupt, als von fern ein Geräusch ertönte. Es war ein vertrautes Geräusch, kristallklar und glockenhell und doch alarmierend. Es klang nach Unheil, nach sorglosem Spiel und drohender Katastrophe, nach einem Baseballmatch im Hinterhof, bei dem der Ball ein paar Zentimeter zu weit geflogen war. Es war das unverkennbare und doch unendlich weit entfernte Geräusch einer zerbrechenden Fensterscheibe. Alle, Schattenschwänze wie Hobbledehoys, drehten sich um und blickten hinauf zu der hohen, nichts sagenden Himmelswand hinter dem Außenzaun. Und nur das in den Ohren nachklingende Klirren störte die Stille, die sich nun über den Platz breitete.

Es war der Kojote, der das Schweigen brach.

»Auwei«, sagte er, »jetzt kriegen wir Ärger.« Er blieb noch einen Moment stehen und starrte in den Himmel, dann drehte er sich um, schob Zeigefinger und kleinen Finger zwischen die Lippen und pfiff. Ethan sah, wie drüben neben der Flüsterquelle die Gestalt seines Vaters die Hand hob. Dann schlüpfte sie zurück in den Laster.

»Das Spiel ist aus!«, rief der Kojote und rannte in Richtung Quelle. »Abbruch! Ihr habt gewonnen.«

Die Hobbledehoys gestikulierten wild und jagten ihrem Manager nach. Sie waren empört über den Spielabbruch. Sie hatten stark gespielt, lagen nur einen Punkt zurück und hatten selbst noch das Angriffsrecht. Die Schattenschwänze standen betreten am Spielfeldrand. Einige blickten dem Kojoten nach, andere starrten zu dem zitternden kleinen Loch, das Ethans Geschoss in die gläserne Versiegelung des Glimmers gebohrt hatte. Ethans Blick war jedoch auf den gepanzerten Laster gerichtet. Die Besatzung kam stolpernd aus dem Bauch des Wagens. Die Graulinge schoben eine Maschine auf Rädern, in der Ethan eine Pumpe erkannte, wie sie sein Vater zum Aufblasen seiner Luftschiffhüllen benutzte. Dann kam der Flachmensch mit dem Drachenei. Der Kojote nahm ihm das Ei ab und zog den Stöpsel heraus. Ein leises Pfeifen ertönte, und schwarzer Dampf kringelte sich aus der Öffnung. Der Kojote hob das Ei in die Höhe und griff nach einem Schlauch, der an die Pumpe angeschlossen war.

445

»He!«, schrie Jennifer T. »Sie haben nicht gewonnen! Wir haben eine Abmachung!«

»Dann habe ich eben gelogen!«, rief der Kojote zurück.

Wie aus dem Nichts tauchte etwas Großes und Dunkles neben dem Kojoten auf, und er taumelte zurück.

»Taffy!«, schrie Ethan. »Das ist Taffy! Sie ist frei!«

Mit einem wütenden Knurren legte die Bigfoot ihre langen Arme um den Hals des Kojoten. Dann packte sie seine erhobene Hand, auf der wackelnd das Hodag-Ei saß. Ein schwarzes, sternenloses Loch klaffte am Himmel hinter ihnen. Sie stürzten zu Boden, doch dem Schlüpfrigsten der Schlüpfrigen gelang es, sich Taffys großen pelzigen Armen zu entwinden und das knorrige Ei aufzufangen, ehe es ins Gras fallen konnte. Er hielt es hoch und stand über ihr, ein wildes Grinsen im Gesicht. Dann kippte er das Ei ein-, zweimal, und zwei längliche Tropfen Nichts spritzten auf ihre großen ledernen Fußsohlen, und sie heulte vor Schmerz auf.

Der Kojote knallte das Ei auf das Einlassventil der Pikofaserpumpe, und der Flachmensch legte einen Schalter um. Sofort lief die Pumpe an, *onk-squitsch-onk-squitsch-onk-squitsch.* Der silberne Schlauch hüpfte einmal und noch einmal, dann sank er zitternd zurück auf den Boden.

Eine Sekunde, eine Stunde, ein Jahr lang geschah nichts. Dann hörten sie wieder ein schwaches, vertrautes Geräusch, noch beängstigender als das Klirren von Glas. Es war das ferne Krähen eines Hahns. Sie spürten, wie der Boden unter ihren Füßen zitterte, als wäre er die Haut eines gewaltigen Tiers, das sie wie lästige Fliegen abzuschütteln versuchte. Ein Quietschen wie von den rostigen Angeln einer riesigen Tür zerriss die Luft, und rings um sie war ein Prasseln und Rascheln und Ächzen alter Baumstämme, das von den Hügeln des Apfelhains und den schroffen Hängen des Schattenwasserbergs widerhallte.

»Zackenfels«, sagte Cinquefoil leise und setzte sich ins Gras. »Zwei aus in der zweiten Hälfte des neunten. Es steht 0:2.«

Die Wertiere, Cutbelly und Pettipaw, die schärfere Augen hatten als alle anderen, waren die Ersten, die sahen, dass sich, wie sie es hinterher ausdrückten, ein Fenster am Himmel öffnete. Sie schrien und deuteten auf die Stelle weit oben in der blauen Weite jenseits des Außenfelds. Ethan strengte seine Augen bis zum Äußersten an, sah aber nichts, und dann war er plötzlich da, ein kleiner, fast rechteckiger Fleck von dunklerem Blau und mittendrin das ausgefranste Loch, den sein Homerun-Schlag gerissen hatte. Obwohl das Rechteck dunkler war als der Himmel darum herum, leuchtete es an den Rändern in einem matteren Licht, und während sie hinsahen, zeigten sich darin zuckende graue Schatten.

Die Erde bebte immer heftiger, und Ethan stürzte zu Boden. Als er wieder zum Himmel blickte, war das blaue Fenster größer geworden, und das blassblaue Licht strömte nun ungehindert in alle Richtungen und sandte lange blaue Strahlen in jeden Winkel der Welt. Dann tauchte ein riesiger Schatten aus der Lichtquelle auf und senkte sich vom Himmel, und Ethan schien es, als hätte er die Form eines Menschen. Nein, es war gar kein Schatten. Es war dunkel, aber irgendwie ging ein Leuchten von ihm aus.

»Nein! Nein!«

Es war die Stimme des Kojoten. Ethan wollte in die Richtung blicken, aus der sie kam, doch mit einem Mal war die Schwerkraft viel stärker geworden. Er war nicht im Stande, den Kopf zu wenden oder den Körper aufzurichten. Er konnte nur zu dem großen leuchtenden Loch blicken, das sein Homerun-Schlag in die himmelblaue Versiegelung des Glimmers gerissen hatte.

»Nein!«, schrie der Kojote. Er bückte sich, nahm Bälle aus einem Stoffbeutel zu seinen Füßen und feuerte Fastballs in den Himmel. »Zurück mit dir! Verschwinde, du großer einäugiger Kerl! Ich bin noch nicht am Ende! Ich bin noch lang nicht am Ende!«

Kurz bevor sich ein Vorhang über Ethan senkte, meinte er zu sehen, wie das Licht um das Gesicht im Fenster sich veränderte und verdichtete. Es war, als habe es sich zu einem riesigen Arm geformt, mit Blitzen als Adern und Wolken als Muskeln. Der Arm langte aus dem Himmel herunter, und die wie die Strahlen eines Sterns gespreizten Finger fassten nach etwas, das neben der Flüsterquelle flackerte, und löschten eine züngelnde rote Flamme.

Home

EPILOG

Das Leben, die Welt
und Baseball in den Tagen
nach der Flut

VOR NICHT ALLZU LANGER ZEIT gab es hier, in Mittelland, eine Stunde – es können auch dreiundsechzig Minuten gewesen sein –, in der eine Anzahl ungewöhnlicher Phänomene auftrat. Ein verbeulter alter Mercedes-Transporter fuhr in den Hof eines kleinen Waisenhauses bei Cuzco in Peru, und als die neun Kinder, die in dem Waisenhaus lebten, zu seiner Begrüßung hinausrannten, stellten sie fest, dass in dem Wagen ihre Eltern saßen, die sie drei Jahre zuvor bei einem verheerenden Erdrutsch verloren hatten. Im französischen Jura verschwand über Nacht ein kleiner, noch im Bau befindlicher Staudamm, der nach seiner Fertigstellung ein schönes altes Dorf überflutet und dessen Bewohner entwurzelt hätte. An der Südspitze Thailands entdeckten Taucher am nächsten Morgen, dass ein Korallenriff, das seit zehn Jahren am Absterben war, wieder von Leben wimmelte. Neuntausend todkranke Patienten in aller Welt erhielten die Nachricht, dass sich ihr Krebs zurückgebildet hatte. Zehntausende zerstrittene Paare versöhnten sich, und hunderte von Kindern, die ausgerissen waren, hatten plötzlich genug Geld, um nach Hause zu fahren, wo sie auf einmal willkommen waren.

Nicht alle Ereignisse waren so dramatisch. Je weiter man sich auf den Ästen Mittellands vom Diamantgrün entfernte, desto schwächer wirkte sich die Öffnung des Glimmers aus. Menschen fanden geliebte Krawatten, Fotografien und Talismane wieder, die sie längst verloren geglaubt hatten. Andere, die ihr Leben lang vom Pech verfolgt gewesen waren, zogen bescheidene Lotteriegewinne, die Blätter vernachlässigter Zimmerpflanzen glätteten sich und wurden wieder grün, und Chihuahuas, denen man durch einen chirurgischen Eingriff die Fähigkeit zu bellen geraubt hatte, fanden plötzlich ihre Stimme wieder und revanchierten sich für die Grausamkeit ihrer Besitzer mit lautem Gekläff. Ein Großteil der Welt verschlief diese magische Stunde, und nach dem Aufwachen am nächsten Morgen berichteten viele von heiteren, beglückenden Träumen, in denen sie geliebte Verstorbene wieder sahen oder, obwohl sie bis dahin nie ein musikalisches Talent offenbart hatten, geniale Sinfonien komponierten.

Es ist wirklich eine Schande, wie viel Unrat sich in dem Raum, der uns einst mit dem Diamantgrün verband, ansammeln konnte, weil es uns an Achtung, Zuversicht und Glauben mangelte. Nahezu alle Kraft, die bei der großen heilsamen Flut des Geistes frei wurde und aus dem Loch entwich, das Ethans Homerun-Schlag gerissen hatte, musste dafür verwendet werden, das Dickicht des Dornenfelds aus dem Weg zu räumen. Am Ende gelangte zu den meisten von uns nur ein Rinnsal, ein kleiner Tropfen dieser gewaltigen Flut. Alles, was etwa auf dem Spielplatz, dem letzten Überbleibsel der Elysischen Felder von Hoboken in New Jersey, von den Geschehnissen am Diamantgrün zeugte, war ein vergilbter Spalding-Baseball mit dem geheimnisvollen Autogramm *Van Lingle Mundo*. Er lag plötzlich unter der Schaukel, und später an jenem Tag kamen ein paar Mädchen und Jungen vorbei und spielten mit ihm.

Ein Gutes hat es allerdings: Ein Großteil des Dornenfelds wurde tatsächlich beseitigt, und der Weg ins Land des ewigen Sommers, der Apfelblüten und des grünen Grases ist wieder frei, fürs Erste zumindest – sofern man weiß, wo man suchen muss.

Für die Hauptbetroffenen der Flut waren die Folgen in der Tat dramatisch. Als Ethan zu sich kam, fühlte er auf der Stirn eine kühle trockene Hand, die er sofort als die seines Vaters erkannte. Er setzte sich auf und blickte in ein feuchtes braunes Augenpaar, das ihn forschend ansah.

»Hi, Dad«, sagte er. Es war fast eine Frage.

»Hi, mein Sohn.«

Die Felds sahen einander an, und lange Wochen der Trennung, des Sichfremdwerdens und des Grauens füllten das Schweigen.

»Äh, fehlt dir etwas?«, fragte Ethan schließlich, noch etwas unsicher.

»Ja, in der Tat«, antwortete Mr. Feld. »Meine Brille. Aber merkwürdigerweise scheine ich sie nicht mehr zu brauchen. Ich sehe dein liebes Gesicht genauso gut ohne.«

In diesem Augenblick fand sich Ethan endlich in den Armen seines Vaters wieder, und alle Fremdheit und Abscheu waren wie weggeblasen.

»Ich habe dich gefunden«, sagte Ethan. »Dad, ich habe gesagt, ich würde dich finden, und ich habe dich gefunden.«

»Ich habe mir alles berichten lassen«, sagte Mr. Feld. »Und ich bin sehr stolz auf dich.«

Ethan blickte sich um und sah seinen Rucksack ganz in der Nähe im Gras liegen. Er ging hin und nahm die Brieftasche seines Vaters heraus.

»Hier«, sagte er. »Du bist ohne sie aus dem Haus gegangen.«

Sein Vater nahm die Brieftasche mit verwirrter Miene.

»Das sieht mir gar nicht ähnlich«, sagte er.

»Du hast eine schwere Zeit hinter dir, Dad«, sagte Ethan. »Ich erkläre es dir später.«

»Okay«, sagte Mr. Feld.

»Es war nicht leicht, dich zu finden, Dad. Ich möchte, dass du nie wieder weggehst.«

»Das werde ich nicht«, sagte sein Vater.

Es war die Art von Versprechen, das ein Vater gerne gibt und auch ehrlich meint, obwohl er weiß, dass er es unmöglich halten kann. Bei gewissen Versprechen kommt es aber nicht darauf an, ob man sie halten kann, wichtig ist nur, ob man wirklich an sie glaubt. Ein Baseballspiel kann nicht bewirken, dass ein Sommertag ewig dauert. Ein Homerun kann nicht alle Wunden dieser Welt oder eines einzelnen Menschenherzen heilen. Und Mr. Feld konnte sein Versprechen, Ethan niemals wieder zu verlassen, unmöglich halten. Alle Eltern müssen ihr Kinder eines Tages verlassen. Ethan wusste das jetzt besser als jemals zuvor. Und dennoch war er froh über das Versprechen.

Lange Zeit sprachen sie kein Wort und lagen nur nebeneinander in der Sonne im Gras.

»Hörst du das?«, fragte Ethan schließlich und setzte sich auf. »Es klingt wie ein schreiendes Baby.«

»Es ist ein schreiendes Baby«, sagte Mr. Feld. »Eine von deinen, äh, kleinen Freunden hat anscheinend ein kleines Kind gefunden.«

Er half Ethan auf, und zusammen gingen sie hinüber zur Flüsterquelle. Dort, neben dem kühlen Wasser, saß Spinnenrose. Sie hielt ihren kreischenden Bruder in den Armen und küsste seine kleinen Füße, die nicht größer waren als eine Wachsbohne. Wie alle Ferischer-Babys war er wie Gummi und mager, wirkte im Gesicht viel älter und hatte struppiges schwarzes Haar, das wie ein Garnknäuel aussah, doch seine strampelnden Füßchen waren es durchaus wert, geküsst zu werden.

»Es hat geklappt!«, frohlockte Spinnenrose. »Ich wusste, dass es klappen würde. Hab ich es nicht immer gesagt?«

Ein Dutzend Ferischer saßen im Gras neben dem Teich, lachten und schnitten dem Baby Grimassen, und erst als Ethan Cinquefoils seliges Grinsen sah, begriff er, dass es sich um Angehörige des Keilerhauerstammes handeln musste, die bei dem Überfall auf den Birkenwald verschleppt worden waren. Sie waren die Grauling-Platzwarte gewesen, die vor dem Spiel auf dem Diamantgrün die Linien gezogen hatten. Die Pumpe, der Schlauch und der eisenschwarze Laster waren verschwunden. Der Wagenschlitten war nur noch Kleinholz, als hätte ihn eine Riesenfaust zerschmettert.

»Hey«, sagte Jennifer T. Sie kam mit Thor zu ihm herüber. Eine Weile standen sie da wie die drei Ecken eines Dreiecks, dann fielen sie einander um den Hals. Als Ethan Thor umarmte, merkte er, dass irgendetwas anders war als sonst, und zuerst dachte er, es sei der Geruch seines Freundes. Irgendwie roch er jetzt *grüner,* wie Kiefernadeln oder Eukalyptus. Er trat einen Schritt zurück und sah Thor an.

»Du bist kleiner geworden«, sagte er.

Thor nickte. »Ich schrumpfe. Und sieh hier.« Er winkelte den Unterarm an und zeigte Ethan ein paar Kratzer unter dem Ellbogen. Die blutigen Striemen waren blasser, als sie sein sollten, und hatten eine rötlich goldene Farbe.

»Was hat das zu bedeuten?«, fragte Ethan. »Was ist passiert? Wo ist der Kojote?«

»Fort«, sagte Mr. Feld. Er schüttelte den Kopf. »Sie sind gekommen und haben ihn geholt.«

Er deutete zum rechten Außenfeld, und da sah Ethan, dass sich am Himmel über dem Glimmer, der bisher nur eine leere blaue Fläche gewesen war, dunkle Gewitterwolken türmten. Hinter dem rechten Außenfeld ragte nun ein riesiger, dreißig Meter hoher Zaun aus goldenen Pfählen und silbernen Latten empor. Um ihn zu überwinden, brauchte ein Batter einen gewaltigen Bums. Am Ende des Zauns, direkt gegenüber, war ein großes Holztor. Es war geschlossen und verriegelt. Über dem Tor hing ein silbernes Spruchband mit der einfachen Aufschrift:

216

»Zweihundertsechzehn?«, fragte Ethan. »Was bedeutet das?«

»Die Anzahl der Stiche eines Baseballs«, antwortete Jennifer T.

»Und die Anzahl der möglichen Kombinationen, wenn man mit drei Würfeln würfelt«, sagte Mr. Feld. Das war genau die Art von unpassender Bemerkung, mit der man bei Mr. Feld in einem dramatischen Augenblick immer rechnen musste. Ethan konnte nicht anders, er musste ihn noch einmal umarmen.

»Ich habe mal gehört«, sagte Pettipaw, »dass der richtige Name des alten Mr. Wood aus zweihundertundsechzehn Buchstaben besteht.«

»He«, meinte Thor. »Die vier Seiten meiner Karte sind jeweils in vierundfünfzig Rechtecke unterteilt. Neun mal sechs. Und vier mal vierundfünfzig ist zweihundertundsechzehn.«

»Zweihundertundsechzehn?«, sagte Rodrigo Buendía. »Das ist die Vorwahl von Cleveland, Ohio. Ich habe eine Schwester in Cleveland. Eine baseballverrückte Stadt.«

Dann krempelte er seine Hosenbeine hoch und zeigte jedem hocherfreut, dass seine hässlichen weißen Narben verschwunden waren.

JEDE FLUT HAT IHRE GEGENSTRÖMUNGEN, IHRE WIDER-standsnester und ihre Inseln, die unerklärlicherweise trocken bleiben. Sie fanden Taffy auf einer Eisplatte liegend, am Rand der Winterlande. Sie war ohne Bewusstsein, reglos und halb tot. Ihr Fell war mit Reif überzogen, ihr Mund mit Blut verkrustet. Und ihre Füße, diese ebenso berühmten wie belächelten Gliedmaßen, waren verschwunden. Ein verhängnisvoller Spritzer vergorenes Nichts hatte sie aufgelöst.

»Das ist nicht fair«, sagte Jennifer T.

Sie hatte neben Taffy gekniet. Jetzt stand sie auf und rannte davon.

»Jennifer T.!«, rief Mr. Feld. »Komm zurück.«

So schnell, wie ihre Füße sie trugen, rannte sie aus den Winterlanden über die Third-Base-Line des Diamantgrüns und direkt zu dem großen Eichentor. Sie warf sich gegen das Tor. Sie hämmerte mit den Fäusten dagegen, und als dies nichts fruchtete, trat sie mit den Füßen dagegen. Doch sie erzeugte nicht mehr Lärm als eine Fliege, die gegen eine Fensterscheibe stößt. Sie drehte sich um und trat wieder dagegen, diesmal aber mit der Fußunterseite wie ein Maultier. Als Ethan sich zu ihr gesellte, hatte sie ihren Angriff auf das Himmelstor eingestellt und lag zerknirscht davor im Gras.

»Ich schätze, die sind im Moment ziemlich beschäftigt«, sagte Ethan. »Mit dem Kojoten und so.«

»Es ist nicht fair«, sagte sie. »Was ist mit Taffy? Was ist mit mir?«

Denn ihre Narben waren noch da. Der Finger, den sie sich mal gebrochen hatte, war immer noch etwas krumm. Und innen drin war sie immer noch Jennifer T. Rideout von Clam Island, eine von den nichtsnutzigen Rideouts, ein Schattenschwanz, ein Mischling, ein Bastard.

Ethan sank neben ihr ins Gras.

»Ich mag dich so, wie du bist«, sagte er und drückte ihr raue Hand. »Ich bin froh, dass du nicht anders bist.«

»Ja, ja, Feld«, sagte sie, zog ihr Hand weg und rappelte sich hoch. Sie zog ihren Pferdeschwanz noch fester durch das Loch hinten an ihrer Mütze. Aber sie lächelte, und er sah, dass ihre Wangen sich röteten. »Blablabla.«

AUS DEN TRÜMMERN DES WAGENSCHLITTENS ZIMMER-
ten sie eine Bahre und trugen Taffy über das Diamantgrün in
den warmen Apfelhain, den Ruheplatz so vieler verwundeter
Helden. Hier, wie überall in den Fernen Territorien der Sommerlande, war ein kühler blauer Lichtregen gefallen, der die
verheerenden Brände gelöscht und viele tausend Hektar bereits verbranntes Land wieder mit Leben erfüllt hatte. Die
Apfelbäume trieben neue Blüten, und die Biberfrauen waren
eifrig damit beschäftigt, die Wohnungen der Seligen wieder
aufzubauen. Zwei Tage genossen sie die legendäre Gastlich-
keit dieses Ortes und pflegten Taffys Wunden. Und bereite-
ten sich auf die lange Rückreise vor. Nach einer detaillierten
Anleitung im Kapitel über Wasserfahrzeuge im *Offiziellen
Handbuch des Wa-He-Ta Kriegers* bauten sie ein stabiles
und geräumiges Floß, und Grim der Riese fertigte aus schlanken Bäumen, die er fällte und schälte, lange Stangen zum
Staken. Dann fuhren sie wieder auf den Großen Fluss hinaus. Diesmal verlief die Überfahrt ohne Zwischenfall, und
keine Schnurrhaarspitze kräuselte die glatte Oberfläche des
Wassers.

Bei ihrer Ankunft in Old Cat Landing bereitete ihnen eine
Abordnung der Großen Lügner einen herzlichen Empfang.
Sie waren im Gefolge der Flut beträchtlich gewachsen, auch
wenn sie noch nicht ihre frühere Größe erreicht hatten.
Gleichwohl waren sie aus ihren bisherigen Häusern herausge-
wachsen und gezwungen gewesen, die ganze Siedlung nieder-
zureißen und zehnmal größer wieder aufzubauen. Der große
Mann mit der Axt war so groß geworden – größer noch als
Mushackel-John –, dass er ohne Mühe in den Fluss hinauswa-
ten und den armen alten Skidbladnir bergen konnte. Obwohl
der Wagen mit braunem Schlamm überzogen und auch sonst
in einem traurigen Zustand war, freuten sich die Felds, ihn
wieder zu sehen. Mr. Feld und Grim der Riese zerlegten ihn

komplett, reinigten und trockneten sorgfältig jedes Ventil, jede Schraube und jeden Schlauch und setzten ihn wieder zusammen (wobei sie allerdings Kupplungs- und Bremspedal vertauschten). Von gewissen Personen wurde in einem gewissen Teil des Gebirges ein Vorrat Rachenputzer besorgt, und nachdem sie eine Woche lang Miss Annie Christmas' großzügige Gastfreundschaft in Anspruch genommen hatte, machten sie sich wieder auf den Weg zum Großen Kobold, nur diesmal von der anderen Seite.

Grim hatte aus einem alten Klaviergehäuse und zwei Lastwagenrädern einen offenen Anhänger gebaut, und in dieser selbst gemachten Ambulanz, in der sie auch die zwölf Ferischer vom Keilerhauerstamm versteckten, transportierten sie Taffy. Sie hatte das Bewusstsein noch nicht wiedererlangt, und während sie auf der einen Seite der Rauen Berge hinauf- und auf der anderen wieder hinunterfuhren, gab sie nur gelegentlich ein Stöhnen von sich und von Zeit zu Zeit düstere Melodiefetzen irgendeines alten traurigen Bigfoot-Liedes. Spinnenrose, die mit Unterstützung der Ferischer-Frauen aus Blättern und Bienennektar, die sie im Wald sammelten, für ihren kleinen Bruder einen gehaltvollen Babytrank bereitete, übernahm auch die Fütterung der Bigfoot. Sie flößte ihr die klare grüne Flüssigkeit mit einem Stück Schlauch ein, das übrig geblieben war, nachdem Grim das Auto wieder zusammengebaut hatte.

Im Löwenzahnhügel wurde ihnen ein wärmerer Empfang bereitet als beim ersten Mal. Sie blieben ein paar Tage, ruhten sich aus und sahen zu, wie die kleinen Wangen und der ernste Blick Nubakadubas, den alle Neujunge nannten, das Herz Königin Filarees erweichte. In manchen Fällen stellte sich die heilsame Wirkung der Flut mit etwas Verspätung ein.

Als es Zeit wurde, den Löwenzahnhügel zu verlassen, galt es auch, Abschied von Pettipaw zu nehmen. Er war glücklich, wieder in die Tunnel und Geheimgänge des großen Hügels zurückzukehren, allerdings stimmte es ihn traurig, dass er künftig auf den Wettstreit mit dem findigen Rattenfänger Grimalkin John verzichten musste. Der kleine Riese hatte nämlich beschlossen, die verbliebenen Schattenschwänze vom All-Star-Baseballklub des großen Häuptlings Cinquefoil bis in seine Heimat zu begleiten. Die Flut hatte den Rachedurst gegen seine Brüder, die ihn in die Sklaverei verkauft hatten, zwar gelöscht, doch eine Rechnung war noch offen.

»Ich möchte, dass sie mir in die Augen sehen und mich um Verzeihung bitten«, sagte er. »Und wenn sie dazu auf dem Bauch kriechen müssen.« Er grinste. »Besonders dann.«

»Dein schwerfälliges Getrampel wird mir fehlen«, sagte der Werfuchs und schnäuzte in ein Seidentaschentuch. »Es hat mich aus einem Kilometer Entfernung vor deinem Kommen gewarnt.«

»Und ich werde dein wichtigtuerisches Geschwafel vermissen«, erwiderte Grim der Riese. »Und deinen Dickschädel.«

So schieden sie im Schatten des Löwenzahnhügels als beste Feinde.

Der Skid fuhr los, aber langsam, um Sprit zu sparen. Ihr Ziel war ein Punkt auf einem Ast mehrere Tagesreisen östlich des Löwenzahnhügels. Beim gründlichen Studium seiner Karte hatte Thor herausgefunden, dass dieser Punkt nur einen Sprung von einem Ort in den Winterlanden namens Gnashville und der wiederum nur einen Sprung von der Stadt Bellingham im Bundesstaat Washington entfernt lag, wo sie die Fähre nach Hause nehmen konnten. Sie waren seit zwei Tagen unterwegs, als Grimalkin John einen vertrauten Geruch schnupperte: »Der gute alte faulige Gestank eines Riesen.« Nach einem weiteren halben Tag bat er Mr. Feld, anzuhalten und ihn abzusetzen. Alle wussten, dass er ein kalkuliertes Risiko einging. Cinquefoil hielt es für wahrscheinlich, dass der

Fesselzauber, mit dem die Haut des kleinen Riesen belegt war, durch die Öffnung des Glimmers seine Macht verloren hatte. Aber niemand konnte es mit Sicherheit sagen, bevor Grim einen Tagesmarsch zwischen sich und Ethan Feld gebracht hatte. Und so drückte er, nachdem er sich die Taschen mit den restlichen Holzspänen von Ethans Schläger voll gestopft hatte, seinen Freunden und allen Ferischern die Hand. Dann stieg Grim der Riese aus dem Wagen, schulterte seinen Rucksack und verschwand, nachdem er sich noch einmal umgeblickt und gewinkt hatte, in den Sommerlanden und aus dieser Geschichte.

Drei Tage und zwei Weltensprünge später fanden sie sich am Fährhafen von Bellingham wieder.

»So«, sagte Rodrigo Buendía, »da wären wir, Leutchen.«

»Ja«, sagte Ethan.

Rodrigo seufzte. Er war völlig durcheinander. Er hatte beschlossen, irgendwo in der Stadt ein Auto zu mieten, aber weiter reichten seine Pläne nicht. An dem Tag, als Ethan und Jennifer ihn gekidnappt hatten, sollte sein Baseballteam, die Angels, zu einer zwölftägigen Reise mit mehreren Auswärtsspielen aufbrechen. Und er war davon überzeugt, dass man ihm wegen seines unentschuldigten Fehlens den Vertrag gekündigt hatte. Er ging zu einem Zeitungsautomaten und kaufte sich die *Seattle Times*, um nachzusehen, ob etwas über das mysteriöse Verschwinden des heruntergekommenen Batter-Königs von den Angels drinstand. Aber er fand nichts, nur eine Meldung, wonach die Angels heute nach Seattle reisten. Seine Kinnlade fiel herunter, und er riss so weit die Augen auf, dass er fast komisch aussah.

»Mann!«, rief er. Er deutete auf das Datum der Zeitung, und dann machten alle große Augen. Sie hatten fast zwei Wochen in den Sommerlanden verbracht, und doch waren seit ihrer Abreise aus Clam Island in Mittelland erst zwei Tage vergangen. Und bis zu dem Tag, an dem sie Rodrigo aus Rancho Encantado herausgezaubert hatten, war es noch eine Woche hin! Versucht nicht, es zu verstehen. Glaubt es mir einfach. »Wisst ihr, was das bedeutet?«, fragte er sie. »Ich weiß noch genau, welcher Tag das war. Wir hatten frei. Genau! Wir hatten ein Spiel in Seattle … ja … und ich vergaß den Geburtstag meiner Frau. Sie war deswegen so was von … Damit hat alles angefangen … Oh, Mensch, Leute!«

»Geh!«, sagte Jennifer T.

»Ich muss los! Macht's gut! Besucht mich mal in Anaheim. Ich besorge euch die besten Plätze.«

Ein weitere Spätfolge von Ethans Homerun war die Rettung von Rodrigo Buendías Ehe. Von einem Dairy Queen aus rief er seine Frau an und lud sie ins Four Seasons Hotel nach Seattle ein, in die Flitterwochen-Suite. Und wie ihr wisst, legte er eine Bombensaison hin und feierte nach Meinung der Sportjournalisten mit 32 Homeruns und 98 RBI's *das* Comeback des Jahres.

Sie warteten bis zur letzten Nachtfähre nach Clam Island, da sie wahrscheinlich die wenigsten Fahrgäste hatte. Mr. Feld hatte in einem Gemischtwarenladen eine Plane gekauft, mit der sie die stöhnende haarige Fracht des Anhängers zudeckten. Die Ferischer blieben natürlich für jeden unsichtbar, der nicht an Ferischer glaubte. Nun ist Bellingham im Bundesstaat Washington aber eine Stadt, die für alles aufgeschlossen ist, und so war es nicht auszuschließen, dass sie jemandem begegneten, der an solche Dinge glaubte. Aus diesem Grund nahmen sie erst die Fähre um 1.14 Uhr.

Wie es der Zufall wollte, kehrte in derselben Nacht Albert Rideout von einem seiner ziellosen Streifzüge im Grenzgebiet zwischen Kanada und den Vereinigten Staaten nach Clam Island zurück. Er saß während der Überfahrt in der Snack Bar der Fähre und trank Whisky aus einer 7-Up-Dose. Seine Laune war miserabel. Er war nie besonders glücklich oder zufrieden, wenn er nach Hause geschlichen kam, wo ihn nur Unannehmlichkeiten erwarteten. Aber diesmal war es noch schlimmer als sonst. Bei seiner letzten Zechtour vor zehn Tagen war er irgendwann zufällig vor einem mannshohen Spiegel gelandet. Und zwar, was er natürlich nicht wusste, genau in dem Augenblick, als die verebbende Flut die Stadt in Idaho erreichte, in der er sich gerade aufhielt. Und in diesem Augenblick sah er sich so, wie er wirklich war, in ungeschminkter Deutlichkeit – sah sein verpfuschtes Leben und vor allem sein Versagen als Vater. Es war nur ein kurzer Augenblick, doch die Erinnerung daran verfolgte ihn seitdem.

Als er dem Zittern im Bauch der Fähre entnahm, dass sie sich langsam dem Southend Dock näherten, rülpste er und torkelte die Treppe hinunter zum Autodeck. Der Wind blies aus Westen und trug den vertrauten Geruch der Insel herüber, auf der er geboren war und einst so hoffnungsvoll in die Zukunft geblickt hatte. Den Geruch nach Douglas-Tannen, Watt und, kaum merklich, nach den alten Erdbeerfeldern. Er sah, dass die Lichter der Anlegestelle rasch näher kamen. Besser, er stieg jetzt in seine alte Schrottkiste.

Er drehte sich um und suchte mit den Augen nach dem AMC Matador, Baujahr 1976, den er kürzlich gekauft hatte. Er stand nicht dort, wo er ihn abgestellt hatte. Das heißt, er wusste nicht mehr, wo er ihn abgestellt hatte. Und plötzlich war er sich gar nicht mehr sicher, ob er überhaupt mit dem Wagen an Bord gekommen war oder ob ihn eine Lady namens Shermanette am Fährhafen in Bellingham abgesetzt hatte. Er ging an den wenigen Autos entlang und stellte sich dabei vor, wie ihn die Inselbewohner darin mit der gewohnten Missbilligung anglotzten, doch es war ihm egal. In diesem Augenblick meinte er zu hören, wie jemand ein richtig großen Schleimklumpen aushustete. Sein Blick wanderte zu einem orangefarbenen Saab, der ihm vage bekannt vorkam. Er hatte einen komischen Anhänger aus Holz, über dem eine nagelneue Plane lag. Gerade als er hinsah und sich fragte, ob das Husten aus dem Anhänger gekommen sein könnte, zuckte die Plane. Da war etwas. Es zappelte und stöhnte. Alberts Herz schlug schneller. Er hatte das Gefühl, dass unter der Plane etwas steckte, was ganz und gar nicht hierher gehörte. Und dann, einen Augenblick später, blickte er in ein erschöpftes und verwirrtes Gesicht. Ein Mann in einem Gorillakostüm, dachte er zuerst – bis er die lange rosa Zunge sah, die aus dem Mund von dem Ding kam und die Lippen leckte, wie um einen unangenehmen Geschmack loszuwerden. Dann rutschte die Plane mit einem Ruck zur Seite, und Albert sah, wie groß das Ding war, und gerade als sein benebeltes Hirn begann, alle notwendigen Bestandteile des Begriffs *Bigfoot* zusammenzusetzen, genau in diesem Augenblick sah er, dass das riesige, grässliche Tier überhaupt keine Füße hatte!

Als das letzte Auto von der Fähre fuhr, fand ihn ein Fährangestellter namens Big Dave Cordon, der mit ihm zur Schule gegangen war, betrunken und ohnmächtig mitten auf dem leeren Deck. Er half ihm auf die Beine, und als sich herausstellte, dass Albert keinen Wagen hatte, verfrachtete er ihn in seinen Transporter und fuhr ihn zum Haus der Rideouts. Anfangs fand er es noch lustig, dass Albert ständig vor sich hin brabbelte, ein Bigfoot habe ihn angespuckt, doch nach einer Weile ging es ihm auf die Nerven, und so war er froh, als er den armen Kerl endlich aus dem Wagen hieven und die ausgetretenen Stufen zum Haus hinaufschleppen konnte.

SIE WAREN GERADE VON DER FÄHRE GEROLLT, ALS EINER der Ferischer vom Anhänger aufs Wagendach kletterte, den Kopf durchs Fenster steckte und sagte, dass Taffy wieder zu sich gekommen sei und offenbar starke Schmerzen habe. Ethan hörte ihr lautes Stöhnen, und an der Art, wie ein Hafenarbeiter zum Wagen herübersah, merkte er, dass auch andere Leute es hören konnten.

»Sie muss zum Arzt«, sagte Mr. Feld. »Ich drehe um. Wir bringen sie nach Bellington ins Krankenhaus, ins St. Joseph's. Weiß der Himmel, wie wir ihnen das erklären ...«

»Dad«, sagte Ethan. »Hätte Mom gewusst, wie man sie behandelt?«

»Deine Mutter? Wie man eine Bigfoot behandelt?« Er hatte das Gas weggenommen und wollte gerade wenden, um aufs Festland zurückzufahren. Jetzt hielt er an. Er runzelte die Stirn. »Weißt du was, Ethan? Irgendwie glaube ich, ja. Gibt es einen Tierarzt auf der Insel? Es muss einen geben.«

»Ja, eine Tierärztin«, sagte Jennifer T. »Sie heißt Margaret Soundso. Unten bei der Baumschule. Wir waren mal mit einem Hund dort, als ihm einer von den anderen ein Ohr abgebissen hat.«

»Na wunderbar«, sagte Mr. Feld und wendete.

DR. MARGARET PEDERSEN WOHNTE IN EINEM HÜBSCHEN kleinen Backsteinhaus, an dem ein Schild mit ihrem Namen hing. Das Haus war zu dieser späten Stunde dunkel, nur die Verandalampe brannte. Als sie in die Kieseinfahrt einbogen, hatten sie das Gefühl, hundert Hunde fingen gleichzeitig zu bellen und zu heulen an. Die Aluminiumtür flog auf, und eine groß gewachsene Frau in einem langen Morgenrock trat auf die Veranda und spähte in die Dunkelheit.

»Ja?«, rief sie, und ihre Stimme klang sympathisch und ärgerlich zugleich und vielleicht auch ein wenig ängstlich. »Wer ist da?«

»Dr. Pedersen?«, sagte Mr. Feld, während er aus dem Wagen stieg. »Ich heiße Bruce Feld. Ich wohne drüben im alten Okawa-Haus.«

»Ja und?« Diesmal klang der Ärger schon deutlicher durch.

»Wie haben eine ... eine verletzte ...«

»Ein verletztes Tier«, rief Thor dazwischen.

Dr. Pedersen zog den Gürtel ihres Morgenmantels enger und kam über den Rasen. Ethan sah, wie die Ferischer vorn aus dem Anhänger sprangen und, dicht gefolgt von Cinque-foil, in den nahen Wald huschten, als ob sie spüren könnten, dass Dr. Pedersen an Märchenwesen glaubte, und es für besser hielten, sie jetzt nicht zu verwirren.

»Und?«, fragte Dr. Pedersen. Sie blickte etwas ungeduldig von Mr. Feld zu den drei Kindern, die er offensichtlich mitten in der Nacht aus dem Schlaf gerissen hatte. Dann blickte sie zu dem zugedeckten Anhänger. Sie war eine sehr groß gewachsene Frau mit Schmollmund und großen, hellen Augen. Und sie trug das Haar kurz geschnitten. Es war diese Frisur und diese warme, ärgerliche Stimme, die in einem den Wunsch weckte, eine verletzte Bigfoot ihrer Obhut anzuvertrauen. Mr. Feld zögerte noch einen Moment, dann schlug er mit einem Ruck die Plane zurück. Taffy setzte sich auf und rang nach Luft, als wäre sie gerade aus einem schlechten Traum erwacht. Sie und Dr. Pedersen starrten einander an.

Dr. Peggy Pedersen wurde, wie sie später erfahren sollten, häufig mitten in der Nacht geweckt. Als einzige Tierärztin auf der Insel, die ihre Praxis in einem Wohnwagen hinterm Haus hatte, war sie es gewohnt, dass um drei Uhr morgens Leute bei ihr auftauchten, die, von einer Bar im Clam Center kommend, auf dem Nachhauseweg einen Hund angefahren hatten. Und seit die Unfallstation aus Kostengründen nur noch tagsüber besetzt war, kam es sogar vor, dass nächtliche Besucher einen menschlichen Notfallpatienten zu ihr brachten. Aber eine Bigfoot hatte sie noch nie behandelt. Sie schloss die Augen und öffnete sie wieder, blickte hilflos zu Mr. Feld, mit einem Gesichtsausdruck, als wollte sie von ihm hören, dass die ganze Sache ein Scherz sei. Doch Mr. Feld nickte sehr ernst. Dann sah Dr. Pedersen nach unten und bemerkte Taffys Beinstümpfe, und alle Zweifel und nächtliche Verwirrung verschwanden aus ihrem Gesicht.

»Oh, das arme Ding«, sagte sie.

AM TAG NACH IHRER RÜCKKEHR WAR TRAINING, UND als Ethan, Thor und Jennifer T. sich im MacDougal-Stadion einfanden, hatten sie nur ein Spiel versäumt. Das Team hatte 2:8 gegen die Bigfoot Tavern Bigfoots verloren.

»Sieh mal an«, sagte Mr. Perry Olafssen, als sie über den Parkplatz in Richtung Spielfeld schlappten. Er setzte seine strenge Miene auf, aber sie war nur eine Variante seines enttäuschten Gesichts. »Ihr habt ein Spiel versäumt. Und wir hätten euch gebraucht.« Die letzte Bemerkung war an Jennifer T. gerichtet. »So geht es nicht, Kinder. Ihr könnt nicht einfach wegbleiben. Ihr könntet wenigstens vorher anrufen. Das ist doch nicht zu viel verlangt. Wenn ihr Profis wärt, müsste ich euch das Gehalt kürzen.« Er sah Mr. Feld an. »So geht es nicht, Bruce.«

Wie wir wissen, war Mr. Feld nichts wichtiger, als zu einem Spiel zu erscheinen, doch jetzt war er zu müde, um auch nur zu erröten. Denn in den letzten beiden Nächten hatte er fieberhaft gearbeitet. Er versuchte, aus seinem bemerkenswerten Pikofaser-Kunststoff für Taffy zwei große Fußprothesen herzustellen, die einerseits leicht und flexibel, andererseits den Anforderungen eines Bigfoot-Lebens gewachsen waren. Und in den kurzen Pausen hatte er Taffy besucht, die in Dr. Pedersens hinterem Schlafzimmer lag. Allerdings regte sich bei Ethan der Verdacht, dass seine Besuche auch Dr. Pedersen galten, die, wie sich herausstellte, schon ihr Leben lang ein Fan der Phillies war.

»Tut mir Leid, Perry«, sagte Mr. Feld. »Wird nicht wieder vorkommen.« Und das tat es auch nicht.

Beim Training beobachtete Mr. Olafssen Ethan mit zusammengekniffenen Augen. Hinterher rief er ihn zu sich.

»Merkwürdiger Schläger«, sagte er. »Wo hast du ihn her?«

Er gab ihm den Schläger. Er hatte diesen Augenblick kommen sehen.

»Selbst gemacht«, antwortete er, ließ aber absichtlich offen, von wem. Er wollte nicht lügen – was wenn die Leute ihn baten, ihnen ebenfalls einen Schläger zu machen? Aber er legte auch keinen gesteigerten Wert darauf, dem Coach von Grim dem Riesen zu erzählen.

»Du hast eine Stelle vergessen.« Mr. Olafssen deutete auf den Knoten. »Das muss doch scheuern.«

Ethan hielt ihm die Hand hin. Aus der Blase war längst eine dicke gelbliche Schwiele geworden. Er zuckte mit den Schultern.

»Ich habe mich daran gewöhnt«, sagte er.

Nach dem Training gingen die Kinder quer durch den Wald, um nachzusehen, was aus dem Strandhotel geworden war. Die Bulldozer, Bagger und Planierraupen und die Verbotsschilder, welche die Leute von TransForm-Immobilien aufgestellt hatten, waren verschwunden. Aber das war noch nicht alles. Die Birken waren nachgewachsen und hatten fast schon wieder ihre alte Größe erreicht, oder sie waren bei der Flut einfach ersetzt worden. Als Ethan so dastand und die weißen Bäume betrachtete, konnte er die Sommerlande deutlicher *fühlen* als je zuvor. Er fühlte, dass er selbst hinüberspringen könnte, auch ohne die Hilfe Cutbellys oder Thors.

»Ich frage mich, wie es ihnen wohl geht«, sagte er, und die anderen wussten, wen er meinte.

»Man braucht hundert Jahre, um einen Ferischer-Hügel zu bauen«, sagte Thor. »Sie werden lange in Zelten hausen müssen.«

Von da an sahen sie Thor immer seltener. Er brachte immer mehr Zeit damit zu, in die Sommerlande zu hüpfen, in der Welt, in der er geboren war, von hier nach da zu flitzen und in Begleitung Taffys zu reisen. Überall, wo er hinkam, forschte er nach einem Reuben-Baby, das elf Mittellandjahre zuvor von einem Ferischer-Stamm am Stadtrand von Cle Ellum in Washington entführt worden war. Das letzte Mal, als Ethan ihn sah, war er so geschrumpft, dass er kaum größer als Cinquefoil war und für 98,3 Prozent der Bevölkerung unsichtbar. Aber das war nun auch schon wieder eine Weile her, und wer weiß, wo in den Welten er und Taffy umherstreiften, um den Wechselbalg zu suchen, dessen Platz er eingenommen hatte, und einen Heimatwald für sich selbst.

Auch ohne Thor feierten die Rooster ein Come-back, das als das erstaunlichste Come-back in der Geschichte des Baseballs auf Clam Island in Erinnerung bleiben sollte. Ein begeisterter Spieler allein kann ein Team nicht aus dem Tabellenkeller holen, aber zwei können eine Saison auf den Kopf stellen. Kurz nach der Rückkehr von Rideout und Feld begannen die Roosters ihre ersten Spiele. Von Jennifer T. hatten sie schon vorher große Stücke gehalten, aber nun lernten sie sehr schnell und nicht ohne eine gewisse Verwunderung, auch ihrem Catcher zu vertrauen. Und als sie das geschafft hatten, war es nur noch ein kleiner Schritt, sich gegenseitig zu vertrauen. Sie stellten fest, dass Baseball mehr war, als nur den Ball so hart wie möglich zu schlagen, den Handschuh in die ungefähre Richtung des Balls zu halten und auf sein Glück zu hoffen. Sie schlugen gut, erzielten Double Plays, warfen den Ball genau zum Mitspieler, und statt jedes Mal, wenn sie am Schlag waren, wild auf den Ball zu knüppeln, taten sie alles, um den Läufer aufs nächste Base zu bringen. Sie spielten wie die Ferischer, mit Umsicht und Hingabe. Schließlich begannen sie, an sich zu glauben. Sie gewannen ihre letzten zwölf Spiele in Serie und standen am Ende punktgleich mit den Shopway Angels an der Tabellenspitze der Mustang League.

Ein Entscheidungsspiel um die Meisterschaft folgte. In der zweiten Saisonhälfte hatten sie gegen die Angels seltener gespielt als gegen die Reds und die Bigfoots, und so brauchten die Angels eine Weile, bis sie merkten, dass der Junge mit der Gesichtsmaske und den Brust- und Beinschützern, der hinter dem Schlagmal hockte, ihr alter Freund, der Hundejunge, war.

Sie merkten es erst, als Ethan, ohne Maske und den Mund zu einem hoffnungsvollen O geöffnet, einen Spielzug der Angels zunichte machte, indem er hinten am Zaun einen Ball fing.

»Gut gefangen«, sagte der Batter, Tommy Bluefield, der auch der Catcher der Angels war.

»Nicht der Rede wert«, erwiderte Ethan. »Joe Gibson, der Star aus den Negro Leagues, der vielleicht der beste Catcher aller Zeiten war, hat mit seinem Kuchenteller mal einen Ball gefangen, der von der Spitze des Washington Monument fiel.«

Tommy Bluefield kratzte sich am Kopf.

»Was ist denn mit dem los?«, fragte er Jennifer T., als sie vom Werferhügel kam.

»Er hat Peavines Buch gelesen«, antwortete sie. »Vielleicht solltest du das auch.«

»Erzähl ihm davon, Jennifer T.«, sagte Albert Rideout und hielt ihr die gespreizte Hand zum Abklatschen hin. Er war jetzt regelmäßiger Gast bei den Spielen der Roosters und beim Abendessen der Rideouts. Und er hatte damit angefangen, kleinere Jobs für Ethans Vater zu erledigen. Seine plötzliche Verwandlung schien echt zu sein und blieb nicht unbemerkt. Niemand kannte den Grund, aber einige aus der Clam Island Tavern munkelten, ein paar Hell's Angels oben in Blaine oder Gangster unten in Tacoma oder Neonazis drüben am Flathead Lake hätten ihm einen tüchtigen Schrecken eingejagt.

»Halt die Klappe, Albert«, sagte Jennifer T.

Sie hatte ihrem Vater noch nicht verziehen, und sie war sich nicht sicher, ob sie dazu so bald in der Lage sein würde. Im Lauf der Jahre hatte sie sich zu oft seinetwegen schämen müssen. Bei zu vielen Spielen, Konzerten, Arztbesuchen und Schulaufführungen hatte er durch Abwesenheit geglänzt, und wenn er mal erschienen war, hatte er zu oft die Stimmung verdorben. Aber jetzt gab er sich Mühe, und obwohl sie bezweifelte, dass er das lange durchhalten würde, liebte sie Baseball zu sehr, um der anderen Seite nicht Anerkennung zu zollen, wenn sie sich bemühte. Als sie an ihm vorbeischlappte, schlug sie gegen seine ausgestreckte Hand.

»Weiter so, Jennifer T.«, sagte er und sah ihr nach.

»Okay, Dad«, sagte sie, und dann merkte sie, wie ihre Wangen glühten. Es war sehr lange her, dass sie ihren Vater »Dad« genannt hatte.

Was Ethan angeht, so wurde er das ganze Spiel über auf Trab gehalten. Im zweiten Inning stahlen zwei Läufer ein Base, was dazu führte, dass ein Angreifer zwischen dem dritten Base und dem Schlagmal hin und her gejagt und ausgemacht wurde. Außerdem fing Ethan im Nachfassen einen geschlagenen Ball, der als dritter Strike gewertet wurde und zum Aus des Batters führte. Im fünften bekam Jennifer T. diesen genervten Blick, den Ethan kannte. Sie rümpfte die Nase, weil ihre Socke sie anscheinend juckte.

Zwei Batter hintereinander holten einen Walk. Ethan ging zu ihr, um mit ihr zu sprechen.

»Du kannst es«, sagte er.

»Das weiß ich«, entgegnete Jennifer T. »Vielen Dank. Und jetzt runter von meinem Hügel, Feld.«

Ethan nickte. Peavine schrieb in seinem Buch, dass Pitcher es nicht gern hatten, wenn sie von ihren Catchern Besuch bekamen, ganz gleich wie dringend sie den Besuch brauchten. Danach schien ihre Socke wieder richtig zu sitzen. Die nächsten beiden Batter schickte sie mit einem Strikeout auf die Bank zurück.

In der zweiten Hälfte des siebten, als es unentschieden stand, kam ein Läufer der Angels vom dritten Base in Richtung Platte gestürmt. Ethan bekam den Ball vom Shortstop. Er kam hinter der Platte hervor. Er stellte sich breitbeinig hin. Er senkte die Schulter. Er erinnerte sich, dass man den Ball festhalten musste, als ob man, um mit dem großen Peavine zu sprechen, »die Liebe seines treuesten Freundes festhält«. Er stellte sich vor, dass er die Liebe von Jennifer T. festhielt, und das große Abenteuer, das sie zusammen erlebt hatten. Er hatte in dem Spiel bisher so viel zu tun gehabt und darüber ganz vergessen, dass es das allerletzte Spiel der Saison war. Der Läufer der Angels kam mit gesenktem Kopf und rudernden Armen auf ihn zu.

Ethan holte tief Luft. Der Teer- und Buttergeruch des Öls, mit dem Jennifer T. seinen Handschuh eingefettet hatte, stieg ihm in die Nase. Er konnte den grünen Streifen des Außenfelds und den langen Schatten der Tribüne sehen. Er hörte das Scharren der näher kommenden Stollen im Staub des Base-Pfads. Er hörte sein Herz hinter seinem Brustschutz pochen. Auch ohne hinzuschauen, konnte er die Angels zu den Bases stürmen sehen. Er konnte sehen, wie seine Teamkameraden aufsprangen, hüpften und schrien und zur Homeplate starrten, die Hände an ihren Mützen, wie um sie festzuhalten. Er konnte die abgehackten heiseren Anfeuerungsrufe seines Vaters in seinem XXL-Jersey mit der Aufschrift *Ruth's*

Fluff 'n' Fold hören. Er konnte sehen, wie Jennifer T. halb vom Werferhügel herunterkam, den Handschuh in die Hüfte stemmte und an ihn glaubte.

Er wurde umgerannt. Als er wieder aufstand, den Mund voller Dreck, hatte er ein Knie ins Auge bekommen und blutete aus der Nase. Aber den Ball hielt er noch fest.

Kleine Baseballkunde

Das Spiel

Im Baseball treten zwei Mannschaften zu je neun Spielern gegeneinander an. Ein Spiel besteht aus sieben oder neun Durchgängen (Innings) ohne zeitliche Begrenzung. Jedes Inning ist in zwei Halbinnings unterteilt, wobei jede Mannschaft einmal in der Offensive und einmal in der Defensive spielt. Punkte erzielen kann nur das angreifende Team.

Das Spielfeld besteht aus einem Innen- und einem Außenfeld. Das Innenfeld hat die Form eines auf der Spitze stehenden Quadrats. An der Spitze befindet sich das Schlagmal, das erste, zweite und dritte Base bilden die anderen Ecken des Quadrats.

Der Pitcher (Werfer) der verteidigenden Mannschaft eröffnet das Spiel. Er wirft den Ball zu seinem Catcher (Fänger), der hinter dem Schlagmal hockt. Zwischen den beiden steht der Batter (Schlagmann) des angreifenden Teams. Er muss versuchen, den geworfenen Ball mit seinem Schläger zu treffen und so ins Feld zu schlagen, dass kein gegnerischer Spieler ihn fangen kann. Damit er eine reelle Chance hat, den Ball zu treffen, muss der Pitcher in die vorgeschriebene Wurfzone werfen. Darunter muss man sich ein hochkant gestelltes Rechteck über dem Schlagmal vorstellen, das von den Knien bis zu den Achselhöhlen des Batters reicht. Ein Wurf, der diese Zone passiert, ist ein guter Ball (Strike), einer, der daneben geht, ein schlechter (Ball).

Trifft der Batter den geworfenen Ball, wird er zum Läufer. Er lässt den Schläger fallen und sprintet los. Sein Ziel: mindestens das erste Base erreichen, bevor die verteidigende Mannschaft den Ball dorthin geworfen hat. Gelingt ihm das, ist er »safe« – er kann nicht mehr ausgemacht werden –, und der zweite Batter des angreifenden Teams kommt an die Reihe. Trifft auch er, so versucht der erste Batter, der jetzt Läufer ist, zum zweiten oder dritten Base weiterzulaufen. Dann kommt der nächste Spieler zum Schlag. Im Idealfall könnte die Mannschaft endlos schlagen, laufen und Punkte sammeln. Einen

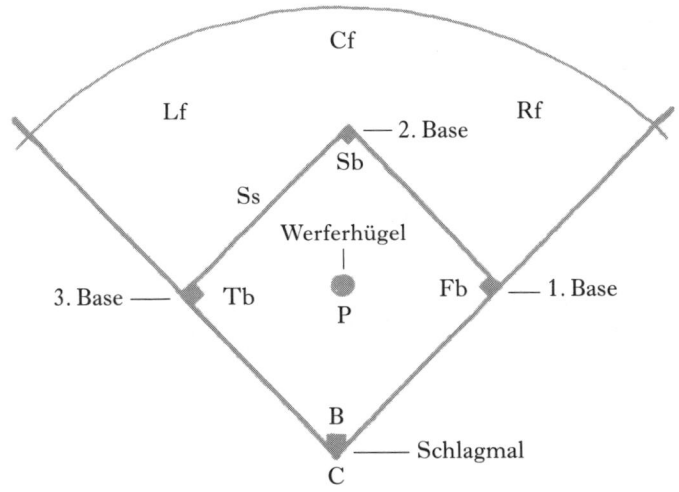

P = Pitcher   C = Catcher   B = Batter   Fb = Firstbaseman
Sb = Secondbaseman   Tb = Thirdbaseman   Ss = Shortstop
Lf = Leftfielder   Rf = Rightfielder   Cf = Centerfielder

Punkt erhält sie, wenn es einem Batter/Läufer gelingt, alle drei Bases zu umrunden und zum Schlagmal zurückzukehren. Benötigt er dazu nur einen einzigen Schlag, spricht man von einem Homerun.

Aber natürlich versucht die verteidigende Mannschaft, Punkte des Gegners zu verhindern. Zu diesem Zweck muss sie die geschlagenen Bälle möglichst schnell unter Kontrolle bringen. Nur wenn sie im Ballbesitz ist, kann sie einen Angreifer ausmachen. Ein Spieler, der ausgemacht worden ist, scheidet aus dem aktuellen Spielgeschehen aus und kann folglich nicht punkten. Er muss auf der Bank warten, bis er wieder zum Schlag kommt. Ziel der verteidigenden Mannschaft ist es, drei Batter oder Läufer auszumachen. Nach dem dritten Aus wechselt nämlich das Angriffsrecht, und sie bekommt selbst die Chance, Punkte zu erzielen. Es gibt vier Möglichkeiten, einen Batter oder Läufer auszumachen: 1. Der Pichter wirft so gut, dass der Batter dreimal daneben schlägt. 2. Ein Feldspieler fängt den geschlagenen Ball aus der Luft. 3. Ein Feldspieler berührt mit einem auf den Boden geschlagenen Ball das Base vor dem Läufer, der auf das Base zuläuft. 4. Ein Feldspieler, der im Ballbesitz ist, berührt einen Läufer zwischen zwei Bases.

Sieger ist, wer am Ende die meisten Punkte erzielt hat. Steht die Begegnung unentschieden, wird so lange weitergespielt, bis am Ende eines Innings eine Mannschaft mindestens einen Punkt mehr erzielt hat.

Die wichtigsten Begriffe

Ball: Hier ist mit dem englischen Wort *Ball* nicht der Spielball gemeint, sondern ein Wurf des Pitchers, der nicht durch die vorgeschriebene Wurfzone fliegt und deshalb vom Batter nicht geschlagen werden muss.

Base: Eines von vier quadratisch angeordneten Laufmalen, die die Ecken des Innenfelds markieren und gegen den Uhrzeigersinn angelaufen werden.

Base hit: Schlag des Batters, der ihn auf ein Base bringt.

Batter: Schlagmann. Angriffsspieler, der am Schlagmal versucht, den vom Pitcher geworfenen Ball zu treffen, um dann als Läufer zumindest das erste Base zu erreichen. Im günstigsten Fall schlägt er den Ball über die hintere Spielfeldbegrenzung hinaus, dann können er und alle Läufer, die auf einem Base stehen, direkt zum Schlagmal laufen.

Batter's box: Der für den Schlagmann vorgesehene und markierte Bereich rechts und links neben dem Schlagmal.

Bunt: Ein Trickschlag, bei dem der Batter den geworfenen Ball absichtlich nicht hart schlägt, sondern – meist zur Überraschung des Gegners – am Schläger abtropfen lässt, so dass er im Innenfeld liegen bleibt.

Catcher: Fänger. Er hockt hinter dem gegnerischen Schlagmann und fängt den geworfenen Ball des Pitchers, wenn der Batter nicht trifft. Außerdem zeigt er dem Pitcher an, welche Wurftaktik er anwenden soll, und verteidigt das Schlagmal gegen Läufer, die einen Punkt zu erzielen versuchen.

Centerfielder: Zentraler Außenfeldspieler.

Change-up: Wurf aus der Trickkiste des Pitchers, der für den Schlagmann wie ein normaler Fastball aussieht, aber nur mit der halben Geschwindigkeit fliegt.

Count: Zählung von Balls und Strikes beim Duell zwischen Pitcher und Batter.

Curveball: Einer der beiden Standardwürfe des Pitchers. Ein mit viel

Spin geworfener Ball, dessen Flugbahn einen Bogen beschreibt. Langsamer als der Fastball.

Cut-off-man: Innenfeldspieler, der als »Wegverkürzer« fungiert und den Wurf eines Außenfeldspielers zum Schlagmal oder zum dritten Base weiterleitet.

Designated hitter: Spieler, der anstelle des Pitchers schlägt.

Double: Schlag, der den Batter auf das zweite Base bringt.

Double play: Spielzug der verteidigenden Mannschaft, bei dem unmittelbar nacheinander zwei Angreifer ausgemacht werden.

Error: Fehler der verteidigenden Mannschaft, z. B. ein Fangfehler.

Fastball: Einer der Standardwürfe. Ein gerader und schneller Wurf, der eine Geschwindigkeit von bis zu 160 km/h erreicht.

Firstbaseman: Feldspieler, der das erste Base verteidigt.

Foul ball: Ein vom Batter geschlagener Ball, der außerhalb des Feldes den Boden berührt.

Grand slam: Homerun eines Batters, wenn alle drei Bases mit Läufern besetzt sind. Bringt der angreifenden Mannschaft vier Punkte.

Hit: Gelungener Schlag des Batters, der ihn zumindest das erste Base erreichen lässt.

Homerun: Ball, der vom Batter über die hintere Spielfeldbegrenzung geschlagen wird und für die verteidigende Mannschaft unerreichbar ist. Ergibt einen Punkt für den Batter und jeden Läufer, der sich auf einem Base befindet.

Inning: Spielabschnitt im Baseball. In Amerika werden 9 Innings, in Deutschland 7 Innings pro Spiel gespielt. Jedes Inning besteht aus zwei Halbinnings, in dem jeweils eine Mannschaft das Schlagrecht hat und die andere verteidigt. Hat die verteidigende Mannschaft drei Angreifer ausgemacht, wechselt das Schlagrecht und die bisher angreifende Mannschaft geht in die Verteidigung.

Knuckleball: Ein Wurf, der fast ohne Rotation geworfen wird. Der Ball ist unberechenbar und fällt unerwartet vor dem Batter herunter.

Leftfielder: Linker Außenfeldspieler.

Major leage: Nordamerikanische Profiliga, die aus der National League und der American League besteht.

Out: »Aus« eines Spielers. Nach drei Outs darf die angreifende Mannschaft nicht weitermachen und muss in die Verteidigung.

Pitch: Wurf des Pitchers zum Batter (Schlagmann).

Pitcher: Werfer. Spieler der verteidigenden Mannschaft, der den

Spielball so hart oder raffiniert zum Catcher werfen soll, dass der Batter der angreifenden Mannschaft ihn nicht trifft.

Play ball: Kommando des Schiedsrichters, mit dem er ein Baseballspiel eröffnet oder nach einer Spielunterbrechung fortsetzt.

Rightfielder: Rechter Außenfeldspieler.

Screwball: Wurf des Pitcher, der gerade fliegt und sich im letzten Moment in die Wurfzone hineinschraubt.

Secondbaseman: Feldspieler, der das zweite Base verteidigt.

Shortstop: Spieler der verteidigenden Mannschaft. Er deckt vor allem die Lücke zwischen dem ersten und zweiten Base ab und führt während der Verteidigungsphase die meisten Spielzüge aus.

Single: Schlag, der den Batter auf das erste Base bringt.

Sinker: Wurf des Pitchers, der gerade fliegt und in die Wurfzone hineinfällt (ca. 100 km/h schnell).

Slider: Wurf des Pitchers, der etwas langsamer als der Fastball fliegt und seitlich in die Wurfzone absinkt.

Strike: Ein vom Pitcher geworfener Ball, der a) durch die Wurfzone fliegt, b) vom Batter verfehlt wird, c) vom Batter getroffen wird, aber außerhalb des Spielfelds den Boden berührt.

Strike out: Ist das »Aus« eines Batters am Schlagmal, wenn er drei regelgerechte Würfe des Pitchers nicht geschlagen oder dreimal nach dem Ball geschwungen, ihn aber nicht getroffen hat.

Thirdbaseman: Verteidiger, der das dritte Base verteidigt.

Triple: Schlag ins Feld, der dem Batter genug Zeit gibt, im Sprint das dritte Base zu erreichen.

Walk: Freilauf. Nach vier ungültigen Würfen des Pitchers (»Balls«) darf der Batter aufs erste Base vorrücken, ohne den Ball auch nur einmal geschlagen zu haben.

INHALT

Erstes Base

1 Der schlechteste Baseballspieler in der
  Geschichte von Clam Island, Washington 7
2 Ein heißer Kandidat 38
3 Ein Wind wird hergepfiffen 62
4 Mittelland 96
5 Entkommen 120

Zweites Base

6 Thors Weltensprung 149
7 Der achtzehnte Riesenbruder 158
8 Taffy 167
9 Ein Wurfduell 174
10 Mr. Feld in den Winterlanden 195
11 Die Vorbotin 220
12 Die verräterische Prinzessin 227
13 Die Einbrecher im Löwenzahnhügel 240
14 Die Tränen einer Mutter 251
15 Grim 260
16 Eine Ratte in der Wand 277
17 Mr. Feld forscht 286
18 Im Drei-Reuben-Stadion 294

Drittes Base

19 Die Lager der Verlorenen 313

20 Rancho Encantado 347

21 Jennifer T. und das Wurmloch 362

22 Die Wasserkatze 381

23 Die Einnahme von Outlandishton 394

24 Der Apfelhain 406

25 Ein Spiel der Welten 431

Home

Epilog: Das Leben, die Welt und Baseball

in den Tagen nach der Flut 451

*

Kleine Baseballkunde 474

Das Spiel 474

Die wichtigsten Begriffe 476